Ka

TAAVI SOININVAARA

Weiß

Leo Kara ermittelt

Aus dem Finnischen
von Peter Uhlmann

atb aufbau taschenbuch

Die Originalausgabe erschien 2010 unter dem Titel
Pakonopeus
bei Otava, Helsinki.

ISBN 978-3-7466-2803-5

Aufbau Taschenbuch ist eine Marke der Aufbau Verlag GmbH & Co. KG

1. Auflage 2012

Umschlaggestaltung Mediabureau Di Stefano, Berlin
unter Verwendung eines Motivs von © Chris Keller/bobsairport
Satz Dörlemann Satz, Lemförde
Druck und Binden CPI – Clausen & Bosse, Leck
Printed in Germany

www.aufbau-verlag.de

Hauptfiguren und wichtigste Institutionen

Arbuzow, Dimitri. Russischer Menschen- und Drogenhändler.

Arho, Anita. Stellvertretende Vorstandsvorsitzende der Nokia AG. Mitglied des »Kabinetts«.

Birou, Gilbert. Generaldirektor des Büros der Vereinten Nationen für Drogen- und Verbrechensbekämpfung (UNODC).

Bojanić, Bogdan. Chef der serbischen kriminellen Organisation Voždovac.

Butko, Kirill. Major des weißrussischen Geheimdienstes KGB.

COBR (Cabinet Office Briefing Room). Krisenkomitee bestehend aus den führenden Politikern und Beamten Großbritanniens.

Egger, Nadine. Wirtin in Wien. Leo Karas Freundin.

FSB. Inlandsgeheimdienst der Russischen Föderation.

Gilmartin, Betha. Vizechefin des Britischen Auslandsnachrichtendienstes SIS.

Hofman, Viktor. Einflussreicher Drahtzieher hinter den Kulissen im internationalen Waffengeschäft.

Kabinett. Eine Gruppe führender Persönlichkeiten Finnlands, die in ihrem Land die Interessen der russischen Administration, des Kreml, vertritt.

Kara, Leo. Persönlicher Assistent des Generaldirektors des Büros der Vereinten Nationen für Drogen- und Verbrechensbekämpfung (UNODC).

Karlsson, Jonny (Paranoid). Computerguru, bricht in Datensysteme ein, Cracker. Kati Soisalos Freund.

Ketonen, Jussi. Ehemaliger Chef der finnischen Sicherheitspolizei SUPO.

KRP (Keskusrikospoliisi). Zentrale der finnischen Kriminalpolizei, deren Hauptaufgabe in der landesweiten Bekämpfung der organisierten und der besonders schweren Kriminalität besteht.

Krylow, Marat (»Ratte«). Russischer Krimineller. Dimitri Arbuzows Helfer.

Manas. Kirgise, vom KGB ausgebildeter Killer. In Diensten der Stiftung Mundus Novus.

Mundus Novus. Eine Stiftung, die Forschungszentren besitzt.

Nyman, Claes (Klasu). Kriminaloberinspektor. Chef der Aufklärungsabteilung der KRP.

Palomaa, Eero. Assessor, Rechtsanwalt. Für das Kabinett tätig.

Pianini, Sabrina. Doktorin der Physik. Leiterin einer Forschungsgruppe an der Universität von Pennsylvania.

Rostow, Andrej. Wissenschaftler. Verantwortlich für die Forschungsprogramme von Mundus Novus.

SIS. Auslandsnachrichtendienst Großbritanniens.

Soisalo, Kati. Assessorin, Rechtsanwältin. Ehemalige Chefjuristin der Fennica AG, eines Konzerns der finnischen Rüstungsindustrie.

Tirkkonen, Sakke. Präsident der finnischen Sektion des Motorradclubs MC Black Angels.

Ukkola, Jukka. Stellvertretender Leiter der KRP. Kati Soisalos Exmann.

UNODC. Büro der Vereinten Nationen für Drogen- und Verbrechensbekämpfung.

»Die Wahrscheinlichkeit, dass ein Unternehmen gelingt, ist dann am größten, wenn es so lange vor dem Feind geheim gehalten wird, bis die Zeit für seine Ausführung reif ist.«

Niccolo Machiavelli (1469–1527)

»Der Ausschuss ist auf der Grundlage des ihm vorliegenden Beweismaterials zu der Ansicht gelangt, dass Präsident John F. Kennedy höchstwahrscheinlich im Ergebnis einer Verschwörung einem Attentat zum Opfer gefallen ist. Der Ausschuss ist nicht in der Lage, die Identität des anderen Bewaffneten oder den Umfang der Verschwörung zu klären.«

US-Repräsentantenhaus, Untersuchungsausschuss
zu den Attentaten, Washington, D. C.
29. Dezember 1978

PROLOG

Die Puppe Saara

Dubrovnik, Kroatien. 13. September 2007

Kati Soisalo hatte ihre Tochter Vilma in den zurückliegenden drei Jahren mehr als alles andere auf der Welt geliebt. In den folgenden drei Jahren würde sie ihr Kind ebenso sehr vermissen. Doch das wusste sie noch nicht, als sie an jenem heißen Tag in Dubrovnik auf dem »Stradun« stand, der wichtigsten Straße der Altstadt.

Sie hörte einer Reiseführerin zu, die wenige Meter entfernt einer gestressten Touristengruppe einen Vortrag hielt. Nach den neuesten archäologischen Funden galt es als wahrscheinlich, dass die Gegend von Dubrovnik bereits in der griechischen Epoche, vor Beginn unserer Zeitrechnung, besiedelt wurde. Die Seefahrer der Griechen brauchten nicht nur Süßwasser, sondern auch Sandstrände, damit sie ihre Schiffe über Nacht an Land ziehen konnten, und in der Gegend des heutigen Dubrovnik fanden sie beides. Zudem lag der Ort für die Schiffe, die zwischen den zwei griechischen Kolonien Budva und Korčula hin- und hersegelten, genau auf halbem Wege, hier mussten sie nachts anlegen.

Nach dem Ende des griechischen Zeitalters lebten im Gebiet von Dubrovnik, wie die Führerin berichtete, sowohl Nachfahren der ursprünglichen Bevölkerung als auch Slawen, die hier ansässig geworden waren. Beide lernten allmählich, miteinander auszukommen, bis ihre Siedlungen schließlich im 12. Jahrhundert vereint wurden. Die flache Meerenge, die vorher die Stadt teilte, schüttete man zu, und so entstand der »Stradun«, das Zentrum von Dubrovnik.

Die kleine Vilma hüpfte in der Fußgängerzone umher, interessiert an allem und nichts Böses ahnend, wie es nur ein dreijähriges Mädchen sein kann. Kati Soisalo entdeckte im Schaufenster eines Souvenirgeschäfts schöne Leinentücher, suchte eine englisch- oder deutschsprachige Erklärung, ob sie handgemacht waren, und schaute dann nach ihrer Tochter, die zwei Meter von ihr entfernt einen kleinen grauen Hund bewunderte. In dessen Augen leuchtete Interesse auf, er flitzte zur Wand eines Barockgebäudes, hob das Hinterbein und leerte seine Blase.

Auf dem Stradun waren hunderte Touristen unterwegs, man hörte das Stimmengewirr, laute Rufe und das Klappern der Absätze auf den weißen Marmorplatten der Straße. Der Sonnenschein hatte die Erinnerung an den Regenguss vom Vortag längst getilgt. Eine Reisegruppe eilte vorbei, die Japaner knipsten hastig ein Foto nach dem anderen, als fürchteten sie, die Sehenswürdigkeiten könnten jeden Augenblick verschwinden. Eine betagte Einheimische, die ein schwarzes Kleid und ein schwarzes Kopftuch trug, hob sich im Meer der Touristen mit ihren Shorts und Sandalen ab wie ein Tropfen Öl in Wasser. Das Mütterchen schien nicht zum Straßenbild zu gehören und war doch sicher schon im sozialistischen Jugoslawien unter Josip Broz Tito und auch bereits während der italienischen und deutschen Okkupation im Zweiten Weltkrieg auf den Steinplatten des Stradun gelaufen. Kati Soisalo ärgerte es, dass die kroatischen Männer ihr Interesse für eine blonde Touristin wie sie ohne jede Hemmung zeigten, obwohl sie doch mit ihrem Kind spazieren ging. Ein Mann fehlte ihr derzeit etwa so sehr wie die Beulenpest.

Sie beschloss, kurz in den Souvenirladen hineinzugehen, und wandte sich Vilma zu. Aber das Mädchen war weg. Kati Soisalo erschrak und sah sich rasch um – Vilmas gelb-schwarzer Buggy und ihre Puppe Saara, die japanischen Touristen, ein lautstarker Trupp junger Briten, ein Kroate mit Baskenmütze, der sein Fahrrad schob, eine Bierdose, die übers Pflaster rollte … Vilma war zwar ein lebhaftes Kind, aber auch folgsam und sogar ein wenig schüchtern, sie entfernte sich im Gedränge nie weiter als ein paar Meter von ihrer Mutter.

»Mutti, schau mal. So ein süßes Baby!« Vilma tauchte plötzlich im Rücken ihrer Mutter auf und zeigte fröhlich auf ein Kleines mit Mütze, das in einem Kindertragerucksack hin und her schaukelte.

Kati Soisalo beugte sich vor und legte ihrer Tochter die Hände auf die Schultern. »Wie oft haben wir darüber gesprochen, dass du in meiner Nähe bleiben sollst. Weißt du, wie sehr Mutti erschrocken ist?«

Das Weinen begann lautlos, dann verzog sich Vilmas Gesicht, und Tränen rollten über ihre Wangen. Die Mutter hob das Mädchen hoch, umarmte es und bedeckte sein Gesicht mit Küssen.

»Entschuldige, Vilma, Mutti hat Angst um dich gehabt. Hier sind so unheimlich viele Leute, Mutti hat dich in diesem Gedränge nicht mehr gesehen. Komm, wir gehen woandershin, wir könnten uns ein Eis kaufen.«

Kati Soisalo trug ihre Tochter auf dem Arm, schob mit der anderen Hand den leichten Buggy und ging zum Platz am Pile-Tor. Obwohl sie nur ein helles, hauchdünnes Sommerkleid trug, war sie schweißgebadet. Wie üblich suchte Vilma ihr Eis nach der Farbe der Verpackung aus; diesmal hatte sie Glück, in der Kühlbox fand sich eine violette Eistüte. Sie setzten sich auf die Stufen des Großen Onofrio-Brunnens, und Kati Soisalo schaute Vilma an wie Kommissar Hunter aus Entenhausen, das war ein todsicheres Mittel, ihre Tochter zum Lachen zu bringen. Alle Anspannung wich, als sie an die Standardfiguren ihrer gemeinsamen Spiele dachte: die Mäuse Limppu und Lamppu, die am liebsten Käse stibitzten, das unsichtbare Mädchen Ninni aus dem Muminland, das am Frühstückstisch saß, den Hund Roffe, ein Wipptier vom Spielplatz im Park …

Vilmas Mundwinkel waren vom Schokoladeneis ganz braun, sie kicherte und legte Saara auf die Stufen, um die Verpackung weiter aufzureißen. Der Haarschopf der kleinen Puppe roch nach etwas Süßem, vermutlich Vanille. Wenn sich das Mädchen um Saara kümmerte, die sie nie länger als für einen Augenblick allein ließ, nannte sie sich selbst Mutti Vilma.

»Wo ist Vater?«, fragte Vilma und wickelte ihre schneeweißen Nackenhaare um den Zeigefinger, das war eine Angewohnheit.

Kati Soisalo wusste nicht, wie sie den Gesichtsausdruck des Mädchens interpretieren sollte. »Vater ist in Finnland. Bei sich zu Hause. Wir haben doch darüber gesprochen, dass deine Eltern seit dem Sommer nicht mehr zusammenwohnen und Vilma jetzt zwei Zuhause hat – eins bei Vater und eins bei Mutter«, sagte Kati Soisalo ganz ruhig, obwohl sie das ihrer Tochter schon Dutzende Male erklärt hatte. Vilma wollte sich fast jeden Tag vergewissern, dass der Vater nicht aus ihrem Leben verschwunden war.

Sobald Kati Soisalo an Jukka Ukkola denken musste, verdüsterte sich ihre Laune schlagartig. Sie tastete auf ihrem Unterarm und fand den blauen Fleck, der sich schon gelb verfärbt hatte. Ihr Exmann war nicht nur Leiter der Hauptabteilung der KRP, der Zentrale der finnischen Kriminalpolizei, sondern auch ein waschechter Psychopath und Narzisst, ein gefühls- und persönlichkeitsgestörter Verrückter, der sich im Laufe ihrer knapp vierjährigen Beziehung aus einem netten Gentleman in einen arroganten und gewalttätigen Tyrannen verwandelt hatte. Doch vermutlich hatte er sich gar nicht verwandelt, sondern einfach nur mehr und mehr seinen wahren Charakter gezeigt.

Nachdem sie im Juni mit Vilma aus Ukkolas Haus in Pitäjänmäki geflohen war, hatte der vollkommen jede Selbstkontrolle verloren. Durch Erpressung wollte er sie und Vilma zwingen, zu ihm zurückzukehren, er drohte damit, Beweise für ihre angebliche Beteiligung an Straftaten zu erfinden und ihrer Familie zu schaden. Obendrein war dieser Irre schon mehrmals aufgetaucht, wenn sie sich mit irgendeinem Bekannten oder Freund traf. Manchmal hatte sie den Verdacht, dass dieser Idiot, der aussah wie ein Dobermann, in ihr E-Mail-Fach eingebrochen war oder ihre Telefongespräche abhörte. Wie hätte er sonst wissen können, wen sie wann und wo traf. Gott sei Dank hatten Mutter, Vater und ihre Schwester Mari zu ihr gehalten, nur durch ihre Hilfe hatte sie die letzten Monate überstanden, ohne den Verstand zu verlieren.

»Sieh mal, Mutti, Saara schleckt auch Eis.« Vilmas Worte holten ihre Mutter zurück in die Gegenwart. Kati Soisalo hatte die Zähne so fest zusammengepresst, dass ihre Kiefermuskulatur schmerzte.

»Ach Schatz, Saaras Kleid wird doch bekleckert!« Sie holte ein Taschentuch heraus und wischte erst ihrer Tochter und dann der Puppe den Mund ab.

»Wollen wir eine Weile in diesen schönen Park gehen, in dem der Teich mit den Fischen ist? Erinnerst du dich? Dort ist es viel ruhiger. Etwas zu essen haben wir im Rucksack, auch Erdbeeren.«

»Jaa!«, antwortete Vilma begeistert. Sie nahm ihre Puppe unter den Arm und griff mit der anderen Hand nach dem Buggy. Mutter und Tochter gingen zum Pile-Tor, dem Haupttor von Dubrovnik mit einer Statue des Heiligen Blasius. Das Innere Tor im gotischen Stil führte auf die Steinbrücke über den Wallgraben, der einst mit Wasser gefüllt war. Später hatte man ihn in einen Park umgewandelt. Vom Äußeren Tor liefen sie noch etwa zweihundert Meter bis zum Gradac-Park, Kati Soisalo musste den Kinderwagen die steile Treppe hinauftragen.

Aber sie wurde für die Mühe entschädigt. In dem idyllischen Park fühlte sie sich sofort viel ruhiger und ausgeglichener. Aleppo-Kiefern säumten die langen Sandwege mit schattigen Bänken, ein kleiner Springbrunnen plätscherte, in dem Teich schwammen Fische. Und man hatte einen wunderbaren Blick auf die Altstadt und auf die türkisfarbene, glitzernde Adria. Einige umgebrochene Bäume waren nach Auskunft der Angestellten in der Touristeninformation Überbleibsel des Krieges von 1991.

Vilma sauste zum Fischteich, und Kati Soisalo setzte sich

auf die Steinkante am Wegesrand. Sie breitete ein Handtuch aus und legte alles für ihr Picknick zurecht: eine große Schale Erdbeeren, Schlagsahne in einer Spraydose, Brötchen, dalmatinischen Schinken, Käse aus Kuhmilch in Olivenöl, Schafskäse von der Insel Pag, Oliven, einen Tetrapak Saft mit Trinkröhrchen, eine Viertelliterflasche kroatischen Weißwein und ein Multifunktionsmesser.

»Vilma! Es ist Picknick-Zeit!« Ihr Rufen blieb jedoch ohne Wirkung, das Mädchen warf weiter voller Eifer Sand in den Teich. Plötzlich knackte hinter Kati Soisalo ein Ast, sie drehte sich um. Vielleicht ein Eichhörnchen oder ein Vogel.

Sie wollte Vilma nicht zur Eile antreiben, es tat gut, ihr beim Spielen zuzuschauen. Das Mädchen trug ein geblümtes Kopftuch und ein neues, buntes Sommerkleid, auf dem Affen, Palmen und Lianen abgebildet waren – ihr Dschungelkleid. Vilma war in einem wunderbaren Alter, sie dachte sich eigene Geschichten aus, stellte Fragen und gab Lebensweisheiten von sich, die verblüfften. Mit einem dreijährigen Kind konnte man sich schon unterhalten. Jedenfalls mit Vilma, sie war sprachlich begabt, hatte bereits in ihrem ersten Lebensjahr sprechen gelernt und merkte sich Liedtexte und Geschichten in Bilderbüchern erstaunlich gut.

Kati Soisalo nahm eine Erdbeere, sprühte Schlagsahne darauf, steckte sie in den Mund und schmatzte so laut, dass ihre Tochter es mit Sicherheit hörte.

»Iss nicht alle!«, schrie Vilma und rannte zu ihrer Mutter, die Puppe hielt sie in der Hand.

Die Digitalkamera klickte. Kati Soisalo fotografierte, wie ihre Tochter die Erdbeeren genüsslich verspeiste. Vilma war ganz darin vertieft und mampfte mit vollen Backen, schon bald war ihr Gesicht bis zu den Wangen und zum Kinn von den Beeren ganz rot gefärbt und die Hände auch. Schlagsahne aus der Dose mochte sie nicht, ein kluges Mädchen. Die beiden ließen es sich schmecken, ohne jede Eile, und unterhielten sich dabei über das, was sie gesehen hatten: das Schifffahrtsmuseum und das Aquarium in der Festung des Heiligen Johannes, den Sandstrand der Insel Lopud … und sie fragten sich, warum es in den Toiletten kroatischer Restaurants kein Töpfchen für kleine Kinder gab.

»Jetzt geht Mutti mit ihrem Kind Saara spazieren«, beschloss Vilma resolut, als sie sich den Bauch vollgeschlagen hatte, und Kati Soisalo musste sich beeilen, damit sie ihrer Tochter noch den Mund und die Hände abwischen konnte.

»Geh nicht so weit weg«, ermahnte sie das Mädchen und wunderte sich einmal mehr, warum der Gradac-Park so wenig Spaziergänger anlockte, sie sah niemanden weit und breit. Allerdings war Mitte September die Hochsaison im Tourismus schon langsam vorbei. Plötzlich schien es ihr so, als hörte sie in der Nähe jemanden flüstern, sie drehte sich um und glaubte zwischen den Kiefern kurz etwas Gelbes gesehen zu haben. Doch so sehr sie auch die Ohren spitzte und angestrengt Ausschau hielt, es war nichts zu hören und niemand zu sehen. Vilma spielte wenige Meter entfernt mit ihrer Puppe.

Zum Glück fand das Kind trotz allem Freude an ihrer Urlaubsreise. Die Ereignisse im Spätsommer hatten auch bei dem Mädchen ihre Spuren hinterlassen: Vilma litt zuweilen unter Alpträumen und hing mehr an ihrer Mutter als zuvor. Kein Wunder, Jukka Ukkola kümmerte es nicht im Geringsten, ob seine Tochter mithörte, was für Gemeinheiten er ihrer Mutter an den Kopf warf, wenn er immer wieder in ihrer Wohnung oder an Vilmas Kita auftauchte. Kati Soisalo fürchtete, dass sie bei den Einzelheiten des gemeinsamen Sorgerechts und des Besuchsrechts nie eine Einigung erreichen würden. Ukkola drohte, alle Prozesse zu behindern und in die Länge zu ziehen, dieser Idiot bildete sich tatsächlich ein, er könnte sie durch Erpressung zwingen, zu ihm zurückzukehren. So durfte es nicht mehr lange weitergehen; sie musste sich entscheiden, wie sie Ukkola in die Schranken weisen wollte. Sollte sie ein Näherungsverbot beantragen oder Strafanzeige erstatten? Hausfriedensbruch, Körperverletzung, gesetzwidrige Drohung ... Gründe gab es genug, das wusste sie als Juristin natürlich, allerdings wusste sie genauso gut, dass sie dann handfeste Beweise für Ukkolas Vergehen brauchte. Sollte sie jemanden bezahlen, der sie beschaffte?

Kati Soisalo trank Wein und grübelte über ihre Probleme nach. Es war unfassbar, wie sich ihr Leben innerhalb von vier Jahren so vollständig ändern konnte. Bevor sie Ukkola kennengelernt hatte, waren die viel zu langen Arbeitstage und die Suche nach einem anständigen Mann und einer Stelle als Justitiarin eines Unternehmens ihre größten Sorgen gewesen. Sie goss die letzten Tropfen aus der kleinen Weinflasche in den Pappbecher, stopfte die Speisereste und den Abfall in eine Plastiktüte, packte ihren Rucksack ein und schaute sich nach Vilma um. Der Buggy stand fünfzig Meter entfernt auf dem Sandweg, wie hatte sie es in der kurzen Zeit so weit geschafft.

»Vilma! Wir gehen jetzt!«, rief Kati Soisalo. »Wir wollen uns im Hotel noch ein bisschen hinlegen vorm Zähneputzen und der Gutenachtgeschichte.« In aller Ruhe ging sie auf den Kinderwagen zu und erwartete jeden Moment, dass ihre Tochter hinter einem Baum hervorsprang. Neben dem Buggy blieb sie stehen, es war niemand zu sehen und nichts zu hören. Allmählich machte sie sich Sorgen, sie schaute in alle Richtungen, verließ den Weg und lief zwischen den Kiefern hinauf zum Gipfel der Anhöhe, obwohl sie nicht glaubte, ihre Tochter dort zu finden. Es war nicht Vilmas Art, sich herumzutreiben ... Auf einmal wurde Kati Soisalo alles klar – der Teich mit den Fischen!

Sie rannte zu dem Teich, schüttelte die Pumps von den Füßen und watete durch das Wasser, bis sie jeden Quadratzentimeter abgelaufen war. Nichts. Doch die Erleichterung währte nur kurz, und an ihre Stelle trat Angst, noch mehr als zuvor. Die Beine waren schwer wie Blei und die Kehle ausgetrocknet, ihr war übel.

Jetzt blieb ihr nichts anderes übrig, als die ganze nähere Umgebung zu durchforsten. Das blanke Entsetzen überkam sie, aber sie zwang sich, zu überlegen, was jetzt getan werden musste.

Als sie alle denkbaren Verstecke durchsucht hatte, kehrte sie atemlos zum Fischteich zurück und geriet nun noch mehr in Panik. Es gab in dem Park keinen einzigen steilen Hang, den Vilma womöglich hinabgestürzt wäre, sie konnte nicht verstehen, wohin das Mädchen verschwunden war. Plötzlich bemerkte sie ein paar Meter entfernt hinter der Wegeinfassung etwas Buntes, ein Stück Stoff. Sie trat näher heran und erblickte die Puppe Saara. Vilma hätte ihre Puppe niemals ins Gebüsch geworfen.

Kati Soisalo klappte nach vorn und erbrach alles, was sie im Magen hatte, mit solcher Wucht, dass sie das Gefühl hatte, die Speiseröhre platzte. Nun gab es kein Halten mehr, sie stürzte Hals über Kopf los und rannte mit langen Schritten durch den Park und rief in ihrer Not Vilmas Namen. Niemand antwortete. Sie biss sich so heftig auf die Zähne, dass an einem Schneidezahn ein Stück abbrach, die Splitter spuckte sie aus. War doch etwas Gelbes zwischen den Bäumen zu sehen gewesen, als sie beim Picknick saßen? Auf alle Fälle hatte sie gehört, wie ein Ast brach. Der Mann am Onofrio-Brunnen mit der Kamera und der gelben Jacke, hatte er sie und Vilma beobachtet?

Unfähig, klar zu denken raste sie die Treppe hinunter, die Angst hatte ganz von ihr Besitz ergriffen. Sie verspürte den unwiderstehlichen Wunsch, aus diesem Alptraum zu erwachen, die ganze Weltordnung zu negieren und das Geschehene rückgängig zu machen.

Sie brauchte unbedingt Hilfe. Je eher die Polizei mit der Suche beginnen konnte, umso größer waren ihre Chancen, Vilma zu finden. Bis zur Polizeiwache war es ein reichlicher Kilometer, sie befand sich in derselben Straße wie die zentrale Touristeninformation von Dubrovnik, in der sie vom Gradac-Park gehört hatte. Ihren Entschluss, den Park zu besuchen, bereute sie nun mehr als alles andere auf der Welt. Wie hieß doch gleich diese Straße, Doktor …

Dr. Ante Starčević. Kati Soisalo las den Namen auf dem Schild an der Kreuzung und bog in die Straße ein. Sie rannte schneller, als sie es sich zugetraut hätte, ruderte dabei mit den Händen und zwang ihre Beine, sich zu bewegen, ohne Rücksicht darauf, dass ihr fast die Lunge platzte und die Oberschenkel schmerzten. Ihre Hände waren zu Fäusten geballt, die Nägel drangen tief ins Fleisch, und sie biss sich so heftig auf die Lippen, dass sie das Blut schmeckte. Doch sie wollte den Schmerz spüren, er lenkte von der unausweichlichen Tatsache ab, die sie nie und nimmer akzeptieren würde, und er verdrängte die Gedanken an all das, was ihrer Tochter zugestoßen sein könnte.

Endlich erblickte sie das vierstöckige sandbraune Polizeigebäude und das Schild *Policija*. Kati Soisalo riss die Tür auf, stürzte keuchend zum nächstgelegenen Schalter und schlug so heftig gegen das Plexiglas, dass der junge Polizist dahinter erschrocken aufsprang.

»Helfen Sie mir! Meine Tochter ist verschwunden. Sie wurde im Gradac-Park entführt. Vor ein paar Minuten, vor fünf Minuten …!«, brüllte sie auf Englisch, und jeder in dem Raum schaute zu ihr hin. Sie schnappte nach Luft, Speichel rann ihr aus dem Mundwinkel.

Der Polizist mit einem Namensschild am Revers, auf dem »Darinko Kozlevac« zu lesen war, breitete ratlos die Arme aus und sagte etwas auf Kroatisch, einer Sprache, die anscheinend vor allem aus rasselnden Kehllauten und Zungenspitzen-R bestand.

»Meine Tochter! Verschwunden!«, rief Kati Soisalo in ihrem dürftigen Deutsch, doch der Polizist schüttelte nur den Kopf.

»Verdammt noch mal, tun Sie etwas!« Kati Soisalo verlor die Selbstbeherrschung und verpasste dem Plexiglas mit aller Kraft einen Fausthieb. Da packte sie jemand an der Schulter.

Sie drehte sich um und sah einen Mann mit spitzer Nase,

seine Augen funkelten vor Zorn, das ließ sie noch mehr verzweifeln.

»Beruhigen Sie sich. Erzählen Sie, was passiert ist. Mein Name ist Branko Mikulić, ich möchte Ihnen helfen«, erklärte der Polizist ganz ruhig in ausgezeichnetem Englisch.

Dabei hielt er sie allerdings immer noch mit einem schmerzhaften Griff an der Schulter fest. Bildete der sich etwa ein, dass sie fliehen wollte, fragte sich Kati Soisalo verwundert. Der wütende Blick des Mannes sagte etwas ganz anderes als seine freundlichen Worte.

»Als Erstes wollen wir uns mal Ihren Pass anschauen«, fuhr Mikulić fort und streckte seine Hand aus.

Kati Soisalo wusste nicht, was ihr einen größeren Schreck einjagte: dass sie ihren Rucksack mit Pass und Portemonnaie im Park liegengelassen hatte oder dass der kroatische Polizist sie an Jukka Ukkola erinnerte. Der Mann starrte sie an wie eine Patientin aus der Psychiatrie. Hasste auch er die Frauen oder nur Touristinnen, die herumbrüllten und nicht Kroatisch konnten? Dieser Mensch sollte die Suche nach Vilma einleiten?

Mikulić beugte sich vor und näherte sich ihrem Gesicht. »Haben Sie viel Alkohol getrunken?«

Kati Soisalo kam es so vor, als würde sie im Meer an der Wasseroberfläche auftauchen und eine riesige Sturzwelle erblicken, die auf sie zu rollte. Im Polizeipräsidium von Dubrovnik in der *Ulica Dr. Ante Starčevića 13* brach sie in dem Augenblick zusammen, als ihr klar wurde, dass sie ihre Tochter verloren hatte.

ERSTER TEIL

Der neue Alptraum

9. August – 12. August, Gegenwart

1

Montag, 9. August

Die Geschichte des Stadtteils Skadarlija, wie man sie kennt, beginnt in der ersten Hälfte des 19. Jahrhunderts, als sich Zigeuner in den einst zum Schutz der alten Stadtmauer ausgehobenen Wallgräben ansiedelten. Am Anfang des 20. Jahrhunderts entdeckten dann Künstler diese Gegend für sich. Und heutzutage war Skadarlija die vielleicht schönste Touristenattraktion in der Belgrader Altstadt, ein Ort, zu dem Tag für Tag Tausende und Abertausende bunt gekleidete Reisende zogen wie Ameisen zu ihrem Bau.

Auf der Terrasse des Restaurants »Tri Šešira« bot ein großer, dichtbelaubter Ahorn Schatten. Die Mittagshitze in Belgrad war drückend und der Blumenduft berauschend. Neben Gaststätten, Kunsthandlungen und uraltem Pflaster gab es in der Skadarska-Straße auch Dutzende kleine Blumenläden und -stände.

»›*Mein Name ist Skadarlija … oder Skadarska-Straße, ganz wie ihr wollt. Ich bin kein Boulevard … keine Allee … und auch keine Hauptverkehrsstraße. Nein, ich bin eine ganz gewöhnliche, kurvenreiche Gasse im Zentrum von Belgrad. Und mehr brauchte man über mich auch nicht zu berichten, wären da nicht meine Boheme-Vergangenheit, zerfallende Dächer, schwankende Treppen …*‹ Das hat ein Schreiberling namens Zuko Džumhur über diesen Ort verfasst«, sagte Tuula Numminen zu ihrem Mann und prüfte nebenbei, ob etwa ihre mit viel Mühe hergerichtete luftig-lockere Frisur durch die Hitze in sich zusammengefallen war.

Eino Numminen, der im Versandhandel gekaufte Sandalen der Größe 47 trug, legte den rechten Fuß auf seinen behaarten Oberschenkel, ein paar Zentimeter über jenem Knie, in das an einem

Herbstmorgen vor sechs Jahren die Kette seiner Stihl-Motorsäge eingedrungen war und ihn mit achtundvierzig Jahren nicht nur dazu verdammt hatte, als Invalidenrentner zu leben, sondern auch mit seiner Frau ohne Ende Urlaub zu machen. Tuula hingegen hatte es nie gereizt, arbeiten zu gehen.

Er sah, wie Musikanten von Tisch zu Tisch zogen, faltete die Hände und hoffte inständig, dass sie nicht bei ihnen stehen blieben. Seine Frau würde ihn garantiert auffordern, das Portemonnaie herauszuholen. Ihm war immer noch nicht klar, warum sie mit ihrem Wohnmobil einen Abstecher ins Binnenland machen mussten, wo doch die Küstenstraßen an der Adria so eine strahlend schöne Aussicht boten. Seine Frau hatte ihm zwar erklärt, dass man die Hauptstädte gesehen haben musste, aber trotzdem. Auch Rentner hatten nicht endlos viel Zeit, im Oktober würde es schon kälter werden. Er wollte die Sonne am Meeresstrand genießen und nicht im brütend heißen Asphaltdschungel umherziehen. Den nächsten Winter würden sie auf jeden Fall nicht mehr auf dem Lande, sondern in der Stadt verbringen, da seine Frau im letzten Frühjahr auf Biegen und Brechen unbedingt in ein Mehrfamilienhaus ziehen wollte. Angeblich hatte sie die Nase voll von Beeten und ihren vielen Anpflanzungen, und das war auch gut so, denn ihre Begeisterung für die Gartenarbeit war in den letzten Jahren allmählich zu einer Art Zwangsvorstellung geworden, sogar die Nachbarn hatten Tuula schon als »Mehrzweck-Gartengerät« bezeichnet.

»Was soll denn hier Boheme sein?«, fragte Tuula Numminen und schnaufte abfällig. »Es ist ein ziemlich starkes Stück, dass im Reiseführer Skadarlija mit dem Pariser Montmartre verglichen wird. Das hier ist eine schöne Gegend, dagegen lässt sich nichts sagen. Aber Paris ist dann doch noch etwas anderes.« Sie redete betont laut und beobachtete dabei ein kleines blondes Mädchen, das wenige Meter von ihnen entfernt saß. Das Kind erwiderte neugierig ihren Blick.

Eino Numminen hob die Kaffeetasse zum Mund und vergewisserte sich mit einem Blick aus den Augenwinkeln, dass seine Frau nicht zu ihm schaute, dann trank er klammheimlich seinen Kognak aus und bestellte sogleich noch einen, indem er das Glas hoch hielt, als die Kellnerin vorbeirauschte. Es wurmte ihn, dass seine Frau selbst an den Tagen, an denen er nicht mit dem Fahren dran war, argwöhnisch überwachte, was er trank. Zwar ödete es ihn an, ständig die Schnapsflaschen zu verstecken, andererseits sorgte dieses Hobby wenigstens für etwas hochwillkommene Spannung in seinem Leben. Er musste grinsen, als ihm sein neuestes Versteck einfiel – Tuula würde nie auf die Idee kommen, seine Rasierwasserflasche zu kontrollieren.

»Ich habe mir für den letzten Teil der Reise die Karte angeguckt und eine anscheinend ganz gute Straße durch eine schöne Landschaft gefunden. Sie führt von hier über Sarajevo und Mostar bis in die Gegend nördlich von Dubrovnik«, erklärte Eino Numminen, als die Kellnerin seinen Kognak brachte. Erstaunlicherweise sah seine Frau gar nicht verärgert aus, sondern starrte mit zusammengekniffenen Augen irgendwohin.

»Das kleine Mädchen dort versteht Finnisch«, sagte Tuula Numminen und nickte in Richtung eines blonden, blauäugigen Kindes, das zwei Tische weiter saß. »Ich beobachte das Mädchen schon eine ganze Weile, jedes Mal, wenn wir den Mund aufmachen und reden, schaut es zu uns her. Das Kind hat gelacht, als du den Witz von den schwedischen Touristen, die sich in Split verirrt haben, erzählt hast.«

»Das Mädchen sieht auch finnisch aus«, konstatierte Eino Numminen mit lauter Stimme in der Hoffnung, das Mädchen würde es hören und irgendwie reagieren. Dann beugte er sich zu seiner Frau hin und flüsterte: »Im Gegensatz zu der ganzen restlichen Gesellschaft an dem Tisch.«

Tuula Numminen schaute wieder angestrengt hinüber. »Das Mädchen wirkt irgendwie ängstlich.«

Plötzlich erhob sich der stämmige, stark behaarte Mann an dem Tisch, sagte laut etwas zu der Frau, die neben ihm saß, und packte das kleine, blonde Mädchen am Arm. Das Kind brach in Tränen aus und sträubte sich, doch der Mann hob es mit einer Hand so mühelos hoch wie einen Sack Federn und nahm es unter den Arm.

»Da stimmt irgendwas nicht«, verkündete Tuula Numminen, und ihrem Mann schwante nichts Gutes. Seine Frau hatte die schlechte Angewohnheit, ihre Nase in die Angelegenheiten fremder Leute zu stecken.

*

Kati Soisalo lag auf dem Bett und spürte, wie Jonnys Glied in ihr erschlaffte. Der muskulöse Mann war unheimlich schwer. Wie lange würde Jonny noch Lust auf sie haben? Die vierzehn Jahre Altersunterschied wurden zumindest in ihren Augen mit jedem Tag deutlicher: Jonny war erst Anfang zwanzig und in seiner Entwicklung zum erwachsenen Mann noch nicht am Ende angelangt, während sie selbst sich in raschem Tempo auf die Mitte des Lebens zu bewegte, nachdem sie kürzlich fünfunddreißig geworden war. Sie fühlten sich beide sehr wohl, wenn sie zusammen waren, und im Bett lief es normalerweise gut, aber von Anfang an stand die unausgesprochene Übereinkunft im Raum, dass ihre Beziehung zu nichts Festem führen sollte. Allerdings glaubte Kati Soisalo ohnehin nicht, dass sie fähig wäre, mit irgendjemandem in einer richtigen Partnerschaft zu leben, ob nun mit Jonny oder einem anderen. Nicht nach all dem, was Jukka Ukkola ihr angetan hatte. Und immer noch antat.

Jonny rollte von ihr herunter, beide waren nicht in bester Stimmung und schwiegen betreten, wie immer nach unbefriedigendem Sex.

»Sorry, ich war nicht richtig bei der Sache«, sagte Kati leise. »Ukkola läuft wieder mal auf Hochtouren, heute Morgen kam er in meine Kanzlei marschiert, um mir zu drohen. Er hat behauptet, er würde sich nun für unseren Kunstgriff vom letzten Jahr rächen, als wir ihn mit den Fotos erpresst haben. Schon bei dem Gedanken, was dieser Verrückte nun wieder vorhaben könnte, wird mir angst und bange.«

Eine unangenehme Stille senkte sich über den Raum und endete erst, als das Telefon auf dem Nachttisch schrillte.

Kati Soisalo streckte den Arm aus, griff nach ihrem Handy und zog aus irgendeinem Grund die Tagesdecke bis unters Kinn, als sie sah, dass Leo Kara der Anrufer war. Letztes Jahr hatte sie dem Mitarbeiter des UN-Büros für Drogen- und Verbrechensbekämpfung bei Ermittlungen zu illegalen Waffengeschäften finnischer Großunternehmen geholfen.

»Guten Morgen«, sagte Kara, obwohl es in Helsinki schon nach 15 Uhr war. »Nett, dass du anrufst. Bist du in Wien? Was gibt's Neues?«

»Nichts Umwerfendes. Im Dienst ist nach unseren Ermittlungen vom letzten Jahr alles ziemlich ruhig verlaufen. Birou, mein Chef, hat dafür gesorgt, dass ich aus seiner Sicht möglichst weit weg bin. Ich war lange in Afghanistan und bin letzte Woche von einer Reise nach Myanmar zurückgekommen.«

»Urlaubsparadiese sind das nicht gerade. Das hört sich so an, als wollte Gilbert Birou dich ernsthaft loswerden«, erwiderte Kati Soisalo lachend. »Schönen Gruß übrigens von Paranoid, er sitzt hier neben mir. Unser Cracker.«

Kara kam zur Sache. »Nachdem sich unsere Wege im letzten Jahr getrennt hatten, habe ich in Wien wie versprochen mit dem Chef unserer Abteilung zur Bekämpfung des Menschenhandels über den Fall deiner Tochter gesprochen. Ich hatte die ganze Angelegenheit schon vergessen, doch gerade eben hat er angerufen.«

Die Tagesdecke rutschte auf den Fußboden, als Kati Soisalo aufsprang.

»Ich sage aber gleich im Voraus, dass nicht unbedingt irgendein

Zusammenhang mit deiner Tochter bestehen muss«, erklärte Kara, um ihre Aufregung zu dämpfen. »Jedenfalls hat ein finnisches Ehepaar heute in einem Belgrader Restaurant ein Mädchen ungefähr in Vilmas Alter beobachtet, das angeblich nordisch aussah und vermutlich Finnisch verstand. Nach Aussage der finnischen Touristen hat ein serbischer Mann dann die Gaststätte verlassen und das Mädchen, das sich gesträubt hat, mitgeschleppt. Sie haben den Vorfall bei der finnischen Botschaft in Belgrad gemeldet und …«

Kati Soisalo öffnete den Mund, brachte aber kein Wort heraus. Karas Stimme war nur noch ein fernes Rauschen, das Blut stieg ihr in den Kopf, sie musste sich hinsetzen. Die schmerzlichsten Erinnerungen ihres Lebens kamen hoch: Vilma beim Erdbeerenessen in Dubrovnik am Wegesrand im Gradac-Park. Die vollkommene Stille und die grenzenlose Angst nach ihrem Verschwinden. Die Puppe Saara im Gebüsch und der Polizist Branko Mikulić, dessen Zögern und Misstrauen den Entführern Vilmas über eine Stunde Zeit für die Flucht aus Dubrovnik verschafft hatte, bevor die Ermittlungen und die Suche nach dem Mädchen richtig eingeleitet wurden.

»Ist es möglich, dass dieses Mädchen Vilma war?«, fragte Kati Soisalo leise.

»Möglich ist das schon. Serbien liegt an der Balkan-Route, über die liefern kriminelle Organisationen Drogen, Waffen und Menschen nach Westeuropa …«

»Danke, Leo, du ahnst gar nicht, wie viel mir das bedeutet.«

»Das ist doch nur ein kleiner Gefallen, schließlich hast du mir voriges Jahr in der Papierfabrik das Leben gerettet.«

»Ich … halte dich auf dem Laufenden«, stammelte Kati Soisalo, brach das Gespräch ab und zog sich hastig an.

Verdutzt wartete Jonny auf eine Erklärung. »Hast du irgendetwas Neues über Vilma erfahren? Erzähl.«

Kati Soisalo rannte in den Flur und fuhr in ihre Schuhe. Sie öffnete die Wohnungstür, murmelte, sie werde abends anrufen, und stürzte ins Treppenhaus. Endlich war es passiert! Jetzt, drei Jahre nach Vilmas Verschwinden, als sie die Hoffnung schon fast aufgegeben hatte. Erstaunt stellte sie fest, dass sie keine Spur von Freude oder Erleichterung empfand, sondern nur Angst. Die Angst davor, dass sie Vilma doch nicht wiederbekam.

Ihre Kanzlei lag in Hietalahti, nur ein paar Häuserblocks von Jonny Karlssons Wohnung in der Punavuorenkatu entfernt. Kati Soisalo rannte den ganzen Weg. Sie wusste sehr genau, was sie nun tun würde, diese Situation hatte sie im Kopf unzählige Male durchgespielt. Die Haustür in der Tehtaankatu flog auf, sie hastete die Treppen hinauf und stürmte in ihre Kanzlei. Aus einem Schubfach des feuersicheren Aktenschranks holte sie die wichtigsten Unterlagen zu Vilmas Fall, ein halbes Dutzend Hefter, und stopfte sie in einen Koffer.

Nach Vilmas Verschwinden war sie über einen Monat in Dubrovnik geblieben und hatte jeden Tag mit Anrufen Druck auf die Polizei, das kroatische Innenministerium und die finnische Botschaft in Kroatien ausgeübt und die Behörden ständig um Treffen gebeten. Doch man fand nichts über die Entführer Vilmas heraus, überhaupt nichts. Es schien so, als hätte sich das Mädchen in Luft aufgelöst. Schließlich hatte sie einen einheimischen Juristen angeheuert, die Behörden in Kroatien weiter auf Trab zu halten, und war selbst nach Finnland zurückgekehrt. Dieser Tag war der schwerste nach Vilmas Verschwinden gewesen; sie hatte ihre Abreise aus Kroatien so empfunden, als hätte sie das Handtuch in den Ring geworfen und Vilma aufgegeben.

Kati Soisalo buchte im Internet einen sauteuren Flug der Lufthansa über Frankfurt nach Belgrad, das war die einzige Alternative, wenn sie noch am selben Tag ankommen wollte. Dann rief sie die finnische Botschaft in Serbien an und konnte nach langem Warten mit einem Botschaftssekretär sprechen, der ihr zusagte, sich darum zu bemühen, dass die Touristen, die Vilma gesehen hatten, weiter in Belgrad blieben. Zum Schluss musste sie noch all ihre Termine in der folgenden Woche absagen, das dauerte etwa eine halbe Stunde, ein Glück, dass in den nächsten acht Tagen wenigstens keine Gerichtsverhandlungen anstanden.

Sie schloss die Tür ihrer Kanzlei ab und fuhr mit dem Lift in die Tiefgarage. Wenig später steuerte sie ihr Zwergauto, einen zweisitzigen Smart Fortwo, auf die Tehtaankatu. Als sie das Restaurant »Mange sud« erblickte, den Nachfolger eines Lokals namens »Schiffshund«, fiel ihr ein, wie sie nach ihrer Rückkehr aus Dubrovnik verzweifelt vor der Wahrheit geflohen war. Anfangs hatte sie sich bemüht, ihren Schmerz in Schnaps zu ertränken, dann war sie auf der Couch von Psychotherapeuten in die Tiefen ihrer Seele eingetaucht und hatte geistliche Literatur und die Wahrheiten längst gestorbener Denker verschlungen, bis sie nahe daran war durchzudrehen. Schließlich hatte sie versucht, das, was sie tief in ihrem Inneren bedrängte, durch verbissene körperliche Schinderei zu verjagen. Die beim Krav-Maga-Training gebrochene Rippe zwang sie dann endlich, zur Ruhe zu kommen, und allmählich machte sie sich die finnischste aller Formen der Flucht vor dem Leben zu eigen – sie wurde zum Workaholic. Freilich vertrieb auch das nicht den Hass und die Trauer, nichts und niemand schaffte das. Sie hatte lernen müssen, mit ihnen zu leben und sie auszunutzen. Hass und Trauer hatten sie vorangetrieben wie die Peitsche eines Kutschers, sie gaben ihr Kraft.

In ihrer Wohnung in Herttoniemi packte Kati Soisalo den Koffer, holte aus dem Kühlschrank einen Becher Joghurt und blieb im Flur stehen, um zu überlegen, ob sie an alles Notwendige gedacht hatte. Ihr Blick fiel auf ein gerahmtes Foto von ihr und Vilma auf dem Telefontischchen. Sie nahm es in die Hand und betrachtete sich erst auf dem Foto, dann im Spiegel. War sie in drei Jahren so sehr gealtert? Falten hatten sich um die Augenwinkel und den Mund eingegraben, manche glichen einem ausgetrockneten Flussbett, die straffen Brüste hatten ihre Elastizität verloren und ihr blonder kurzgeschnittener Haarschopf war nicht mehr so dicht. Ein schönes Gesicht und eine ziemlich gute Figur hatte sie wohl immer noch, sie zog weiterhin die Blicke der Männer auf sich, aber aus einem anderen Grund als früher: Eine ungeschminkte, gestresst wirkende Frau mit Jungenfrisur und in Hemd und Hose dürfte in den Augen der Männer eher bedrohlich wirken.

Kati Soisalo stellte das Foto wieder hin und erblickte eine Postkarte von UNICEF, die im Spiegelrahmen steckte und verkündete: *Stoppt den illegalen Kinderhandel.* Wie viele freiwillige, unbezahlte Arbeitsstunden hatte sie nach dem Verschwinden Vilmas in Projekten des Kinderschutzbundes, von »Entführte Kinder e.V.«, Amnesty International, ECPAT und UNICEF geleistet? Ob das nun Selbstquälerei war oder nicht, sie wollte Vilmas Schicksal nicht einmal für einen Augenblick vergessen. Es wäre ihr wie Verrat der übelsten Sorte vorgekommen, ein ganz normales Leben zu führen, während Vilma zur gleichen Zeit womöglich irgendetwas Grauenhaftes durchmachen musste.

Sie fühlte sich energiegeladen, die lange angestauten Gefühle wogten auf und ab, sie konnte es kaum erwarten, am liebsten wäre sie schon zum Flughafen gefahren. Der Magen tat ihr weh, wie so oft in der letzten Zeit, das machte ihr Sorgen. Sie trat ins Schlafzimmer, brachte den an der Decke hängenden Sandsack für ihr Krav-Maga-Training zum Pendeln und ließ dann ein Feuerwerk von Tritten und Schlägen auf das Kunstleder los, bis sie mit weit aufgerissenem Mund nach Luft schnappte.

Als sich ihr Puls wieder beruhigt hatte, öffnete sie nach kurzem Zögern die Tür zu Vilmas Zimmer. Sie hatte alles so gelassen, wie es war, unverändert, alles wartete. Das Kinderbett, die Plüschtiere, der Lego-Baukasten, der Puppenwagen, die Tapete mit den Bildern von Pu dem Bären, die Puppe Saara … Auf den Fotos an der Wand lächelte das liebenswerteste kleine Mädchen der Welt.

Das Warten war nun nach drei langen Jahren bald vorbei, endlich gab es einen Hinweis, dem sie nachgehen konnte.

Und dieses Mal würde sie nicht allein heimkehren.

*

Sabrina Pianini ging auf dem mittelalterlichen Pflaster durch ihre Geburtsstadt Barga und grüßte die Leute, denen sie begegnete. Für die einen war sie eine ehemalige Klassenkameradin oder Schülerin, für andere eine Nachbarin oder jenes ausgelassene Mädchen, das einst genau in jenem Frühjahr, als der Rio Fontana Maggio nach einem schneereichen Winter vom Schmelzwasser angeschwollen mit urwüchsiger Kraft durch den Ort toste, von der Alten Brücke eine ganze Packung Waschmittel in die Strömung geschüttet hatte. Hier war sie einfach ein Mädchen aus dem Ort und nicht Frau Dr. Pianini wie in Philadelphia, wo sie wegen ihrer derzeitigen Arbeit den größten Teil des Jahres verbrachte.

In den verschlungenen, schattigen Gassen der Altstadt wirkte die Hitze von über dreißig Grad nicht so drückend, zumal Sabrina Pianini nur ein Leinenkleid und leichte Sommerschuhe trug. Sie ging bis ans Ende der Via di Mezzo und dann durch die Porta Reale, das Haupttor der Stadtmauer, auf den Piazzale del Fosso. Ein von der DARPA bezahlter Bodyguard folgte ihr auf Schritt und Tritt überallhin. Sie wusste nicht recht, ob sie darüber lachen oder weinen sollte. In dem kleinen Gebirgsort mit kaum zehntausend Einwohnern würde der Mann in ihrem Schlepptau, der wie ein Beamter aussah, binnen kurzem ganz sicher auffallen, und wenn sie dann noch erzählte, warum er sie beschützte, wäre sie im Ort für einige Zeit das Gesprächsthema Nummer eins und könnte sich nirgendwo mehr bewegen, ohne von allen beachtet zu werden. Doch darüber wollte sie sich erst am nächsten Tag Gedanken machen, im Moment fühlte sie sich einfach nur todmüde.

Sabrina Pianini blieb vor dem Haus in der Via Sasso 18 stehen, öffnete die schmiedeeiserne Pforte der massiven Villa Elena, ihres

Elternhauses, wartete, bis der Leibwächter mit raschen Schritten den Hof hinter der Mauer betreten hatte, und überlegte dabei, wie viel der Mann die DARPA wohl kostete. Zu viel dürfte es kaum sein: Die Defense Advanced Research Projects Agency war eine Einrichtung, die dem Pentagon unterstand, und die jährlichen Verteidigungsausgaben der USA lagen nach ihrer Kenntnis bei etwa sechshundertfünfzig Milliarden Dollar.

»Ich will den Abend ganz geruhsam verbringen und vielleicht auch den morgigen Tag noch, am Mittwoch muss ich ja schon zurück zu meinem Bruder nach Florenz. Ich gebe dann Bescheid ...«, sagte sie zu dem Bodyguard. Ohne weitere Erklärungen ging sie zur Haustür, wich dabei den Weinranken aus und stieg die Treppe hinauf zu ihrer Wohnung im ersten Stock. Es war ihr unangenehm, den Mann so unfreundlich zu behandeln, aber sie wollte ihre außerplanmäßigen Urlaubstage allein genießen und nicht mit einem wildfremden Amerikaner. Und der Bodyguard hatte es doch gut, wenn er sein Geld ohne viel Mühe und in dieser Gegend verdienen konnte, in der nordwestlichen Toskana, in der Landschaft des Apennin und der Apua-Alpen, im Schatten der Weinstöcke.

Sabrina Pianini streifte die Schuhe von den Füßen und ließ ihr Leinenkleid auf den Boden gleiten. Sie holte sich ein Handtuch, ging kurz in die Küche und trat dann splitternackt hinaus auf die Terrasse, die sich über die ganze Südwestseite der Villa erstreckte. Es tat gut, über die kühlen Marmorplatten zu laufen. Am Freitag war sie von Philadelphia nach Florenz geflogen und hatte zwei Tage bei ihrem Bruder Guido im Universitätskrankenhaus Careggi verbracht, wo sie peinlich genau untersucht worden war, um ihren Gesundheitszustand zu ermitteln. Sogar die Fragen eines Psychiaters hatte sie beantworten müssen. Am Morgen war sie mit dem Zug in Barga angekommen. Ihre innere Uhr hatte nach dem Flug und der Zeitverschiebung von sechs Stunden immer noch nicht den richtigen Rhythmus gefunden.

Sie zog den Sonnenschirm an den Liegestuhl heran, setzte sich auf das ausgebreitete Handtuch und hob das Glas mit einem Rotwein aus der Villa Elena an den Mund. Gott sei Dank hatten Liliana und Piero nach der Verschlechterung des Gesundheitszustands ihres Bruders den Weinanbau des Hauses weitergeführt. Nun war sie gespannt. Sie trank Pieros Wein jetzt das erste Mal, behutsam, mit wachen Sinnen. Und sie war überrascht. Der Wein schmeckte ein wenig anders, charaktervoller, vielleicht sogar besser als früher. Hatte Piero an der Feinabstimmung des Mischungsverhältnisses etwas geändert? Im Weinberg der Villa Elena wuchsen nur Trauben der Sorte Sangiovese, aber sie tauschten schon seit Jahrzehnten einen Teil ihrer Ernte gegen die Rebsorte Canaiolo des Nachbarn ein, um eine vollmundigere Mischung zu erzielen.

Von der Terrasse der Villa, die vierhundert Meter über dem Meeresspiegel lag, bot sich ein ungehinderter Blick auf das Tal des Flusses Serchio zu Füßen des fast zweitausend Meter hohen Pania della Croce. »*L'uomo morto*, der ›Tote Mann‹«, dachte Sabrina Pianini wie immer, wenn sie die Gestalt sah, die sich in der Silhouette der Berge abzeichnete und an einen auf dem Rücken liegenden Mann erinnerte. Der von der Natur geformte Pass, der den Monte Forato durchbrach, bildete den Mund des »Toten Mannes«. Manche Leute behaupteten, an einen schönen Anblick gewöhne man sich. So ein Unsinn! Das hier war ihre Landschaft, die Landschaft ihrer Familie und ihrer Vorfahren, schon seit Jahrhunderten. Sie empfand diesen Anblick als einen Teil von sich, der genauso wichtig war wie die Villa Elena, vielleicht sogar noch wichtiger.

Sabrina Pianini betrachtete den Apfelbaum, auf dessen Ästen sie als Kind mit ihrem Zwillingsbruder Guido zahllose Baumhäuser gebaut hatte. Sie waren einander stets sehr nah gewesen, fast unzertrennlich, vielleicht deshalb, weil der an einer angeborenen Niereninsuffizienz leidende Guido als Kind immer schmächtig und schüchtern wirkte. Sabrina hatte sich von Anfang an schuldig gefühlt, weil sie ein paar Minuten vor ihrem Bruder zur Welt gekommen war. Nach Ansicht der Ärzte lag es an ihrem Übereifer, dass Guidos Bein bei der Geburt Schaden nahm. Ein Leben lang hatte sie versucht, auf ihren kleinen Bruder aufzupassen, ihm zu helfen. Eine Last war das nur manchmal in ihrer Teenagerzeit gewesen, als das Aussehen und der Freundeskreis eine große Bedeutung besaßen. Ihr Verhältnis war etwas Besonderes, sie fühlten sich miteinander verwachsen. Manchmal schien es so, als könnten sie auch ohne Worte miteinander kommunizieren.

Ihre Augenlider fielen zu und sie musste an die Arbeit denken. Wer hätte vor ein paar Jahren geahnt, dass jenes Forschungsprojekt bei Acta, an dem sie damals arbeitete, ihr einen hochbezahlten Job an einer der renommiertesten Universitäten der Welt, in Philadelphia, einbringen würde. Acta war ein nicht gerade großes Chemieunternehmen in der Kleinstadt Lavoria, weit weg von den Metropolen der Welt. Für sie war die Lage jedoch perfekt gewesen: Die Entfernung zu den Bekleidungsgeschäften in Pisa betrug nur fünfzehn Kilometer, und vor allem waren es nach Barga und in die Villa Elena nur knapp hundert Kilometer. Als sie in Lavoria arbeitete, konnte sie sich selbst um ihren Bruder kümmern.

Sie wollte an der Penn, der Universität von Pennsylvania, noch etwa fünf Jahre hart arbeiten und in dieser Zeit finanziell unabhängig werden. Danach würde sie für immer nach Barga zurückkehren, Wein anbauen und, so Gott wollte, ihren Bruder betreuen. Die von ihr geleitete Forschungsarbeit wurde durch die DARPA finanziert, die für die Forschungsprojekte des US-Verteidigungsministeriums zuständig war, und sie hatte nicht die Absicht, bis ans Ende ihrer Tage Waffen für die Amerikaner zu entwickeln. Die Aufgabe der DARPA bestand schließlich in aller Bescheidenheit darin, die technologische Überlegenheit der US-Streitkräfte in der Welt aufrechtzuerhalten.

Die unangenehmen Gedanken verflüchtigten sich, als Sabrina Pianini die Augen einen Spalt öffnete und die Silhouette des »Toten Mannes« sah. Der bevorstehende Urlaubstag rückte in den Vordergrund: Sie freute sich auf die Wanderung zu den Bergen Tiglio Basso und Tiglio Alto, den Badeausflug zum Lago Santo, das lange Abendessen auf der Panoramaterrasse in Riccardos Restaurant … Sekunden später hatte der Schlaf sie übermannt.

Sabrina Pianini schreckte hoch, als Glassplitter klirrten. Hatte sie das gehört oder nur geträumt? Das Geräusch kam aus dem Erdgeschoss, wo sich derzeit nur der Bodyguard aufhielt.

Sie stand auf, hüllte sich in das Handtuch und trat ans Terrassengeländer. Liliana, die ein langes, hochgeschlossenes schwarzes Kleid und ein Kopftuch trug, arbeitete trotz ihres hohen Alters bei der Hitze im Weinberg. Sie stützte sich auf ihre Harke und schien zu lauschen.

»Liliana, hast du etwas kaputtgemacht? Ich habe gehört, wie Glas geklirrt hat.«

»Das Geräusch kam aus dem Erdgeschoss. Piero ist nicht da, vielleicht ist Ihrem amerikanischen Freund etwas passiert.«

»Das ist nicht mein Freund«, erwiderte Sabrina Pianini. »Wärest du so lieb, kurz nachzuschauen, was geschehen ist, ich habe einfach keine Lust, mich erst anzuziehen.«

Sabrina Pianini nahm ihr Glas, holte sich Wein und kehrte auf die Terrasse zurück, die Sonne brannte wie eine Gasflamme, der Nordostwind brachte in der drückenden Hitze ein wenig Erleichterung. Sie fragte sich, wo sie so ein gutes Hausmeisterehepaar finden sollte, wenn Piero und Liliana es eines Tages nicht mehr schafften.

Als von Liliana nichts zu hören und zu sehen war, wurde Sabrina Pianini nervös und zog sich an. Sie ging zur Tür und griff nach dem Schlüssel, als plötzlich im Treppenhaus etwas laut und metallisch quietschte. Jemand stützte sich auf das verrostete Treppengeländer; Liliana war das nicht, sie hasste dieses Geräusch. Der Bodyguard, er musste das sein. Was war passiert? Gerade als sie im Begriff war, die Tür aufzuschließen, läuteten in ihrem Kopf die Alarmglocken. Warum war Liliana nicht in den Garten zurückgekommen? Sie ließ den Schlüssel los, rannte in den Flur, der zum Schlafzimmer führte, und kletterte auf den kippligen Blumentisch, dessen Beine unter der Last ihrer fünfzig Kilo wackelten. Durch das Fenster unterhalb der Decke konnte sie in den Treppenflur lugen und erschrak so sehr, dass sie um ein Haar heruntergefallen wäre. Ein Mann in einem grünen Schutzanzug mit Kapuze, Schutzbrille, Handschuhen, Stiefeln … Er stand vor der Tür und hielt in einer Hand eine Pistole, die ein durchsichtiger, am Ärmel festgeklebter Plastikbeutel schützte. Und der war mit Blut bespritzt. Ein Killer war hinter ihr her.

Der Mann drehte den Kopf. Jetzt erkannte Sabrina Pianini den Asiaten, sie hatten sich zweimal getroffen: Als der Vertrag über das Forschungsprojekt ausgearbeitet wurde, war er in Philadelphia gewesen, und im letzten Jahr zu Weihnachten war er mit einem Wissenschaftler zusammen nach Barga gekommen, um ihr einen Job anzubieten. Die linke Wange des Killers war blutig, und der zerrissene Atemschutz hing vom Ohr herab auf die Schulter.

Sabrina Pianini geriet in Panik, der Blumentisch kippte um, sie fiel herunter und verletzte sich das Knie. Der Killer zerrte schon an der Türklinke. Sie stand auf, nahm rasch ihr Handy und rannte auf die Terrasse – in ihrem Kopf war nur ein Gedanke: Sie musste fliehen, und zwar sofort! Der Höhenunterschied zum Hof betrug fünf Meter, es gab nur diesen Fluchtweg.

Sie packte mit beiden Händen die Zweige der Kletterrose, ließ sich über das Geländer fallen und spürte, wie die Dornen tief ins Fleisch drangen. Vor Schmerz kamen ihr die Tränen, sie biss sich auf die Lippen und versuchte vergeblich, sich mit den Füßen abzustützen. Blut strömte aus den Wunden, als sie mit einer Hand losließ und möglichst weit unten wieder zugriff. Doch nun blieb sie mit einem Bein in den Zweigen hängen, die Rosendornen gruben sich in ihren Unterschenkel, warmes Blut floss hinunter bis zum Fuß. Ihr entrang sich ein Schrei. Jetzt würde der Killer sie finden, hatte er schon die Tür aufgebrochen? Noch einmal musste sie den höllischen Schmerz ertragen und wieder zufassen, doch sie brauchte nicht lange zu überlegen, ob sie nun wagen sollte, sich fallen zu lassen: Der Zweig, an dem sie sich festhielt, rutschte ihr aus der Hand. Sie landete mit einem dumpfen Geräusch auf dem Pflaster, sprang auf und hielt sich die Hüfte.

Sabrina Pianini raste den Pfad im Weinberg hinunter, so schnell sie ihre Beine trugen. Sie riss das eiserne Tor auf, warf einen Blick zurück und stürmte weiter, als sie den Mann im grünen Anzug unterhalb der Terrasse sah. Der Asphalt der Via Zerboglio hinauf nach Alt-Barga brannte unter ihren Fußsohlen, sie mobilisierte all ihre Kräfte. Zwar besaß sie eine gute Kondition, aber bis zur Carabinieri-Wache würde sie es keinesfalls schaffen, die Via Roma im neuen Teil von Barga war einen reichlichen Kilometer entfernt. Sie beschloss, zum Palazzo Pancrazi zu rennen, das Hauptquartier der Ortspolizei lag in der Altstadt. Auf der Via Zerboglio fuhren Autos an ihr vorbei, sollte sie eins anhalten, würde der Killer sie und auch den Fahrer erschießen? Sie schaute sich um und sah, wie der Mann durch das eiserne Tor auf die Straße trat.

Das Handy in der tiefen Tasche des Leinenkleids schlug ständig an ihren Oberschenkel. Ihr Tempo verlangsamte sich nur geringfügig, während sie den Polizeinotruf eintippte. Als sich nur der Anrufbeantworter meldete, trieb die Wut sie dazu an, noch schneller zu laufen.

»Überfall auf mein Haus, Via Sasso 18, mein Leibwächter und meine Haushälterin wurden vielleicht umgebracht … Ein Mann, Asiate, etwa eins neunzig groß … war letztes Weihnachten bei mir zu Hause in Barga und voriges Jahr in der Uni von Philadelphia, wo ich arbeite … Melden Sie sich bei meinem Bruder Guido …« Sabrina Pianini holte tief Luft und bog auf die Via Bellavista ein.

Plötzlich stoppte ein Kleintransporter mit quietschenden Reifen genau vor ihr, die Schiebetür rauschte auf und zwei Männer packten sie an den Armen. Sabrina Pianini konnte sich noch mit Händen und Füßen erbittert wehren, ehe die Injektionsnadel in ihre Ellbogenbeuge eindrang.

Man wollte sie lebendig haben.

2

Dienstag, 10. August

Leo Kara, der persönliche Assistent des UNODC-Generaldirektors Gilbert Birou, trug einen meterhohen Aktenstapel, Pressesprecher Anders Aasen, den seine Kollegen nicht sehr schmeichelhaft MG-Schnauze nannten, folgte ihm auf dem Fuße. Alle, die ihnen auf dem Flur der zwölften Etage des Hauses E entgegenkamen, traten zur Seite. Die beiden schleppten den Papierberg zu Karas Zimmer. Die Unterlagen hatten Behörden verschiedener Staaten in den letzten Tagen einer neugegründeten Arbeitsgruppe des UNODC geschickt, die von Kara geleitet wurde und aus einer Person bestand. Kara lief der Schweiß über die Stirn, das war sein dritter August in Wien und mit Abstand der heißeste.

»Der ganze Stab sitzt in der klimatisierten dreizehnten Etage, nur Leo Kara nicht, der heißblütige Finne«, sagte der sommersprossige Aasen in seinem breiten Nynorsk und keuchte unter seiner Last. »Du bist doch wohl nicht so blöd, dass du freiwillig ein Zimmer hier in diesem Stockwerk wolltest?«

»Warum machst du nicht im August Urlaub wie alle anderen?«, fragte Kara. Allmählich hatte er von dem Norweger die Nase voll, alles, was der sagte, hörte sich so an, als wollte er ihn verarschen. Aasen suchte neuerdings ziemlich oft seine Gesellschaft, um ihn dann aufzuziehen.

»Was hat Birou gegen dich, warum hat er dich hierher beordert? Duschst du nicht oft genug?«, erwiderte Aasen lachend und setzte seinen Stapel auf Karas schon vollgepacktem Schreibtisch ab.

»Danke für die Hilfe«, sagte Kara und zeigte mit dem Finger zur

Tür. Als der Norweger verschwunden war, öffnete er die drei obersten Knöpfe seines Hemdes. Die Hitze war die Krönung: Unter allen Tieren war nur der Homo sapiens so dumm, sich an einem heißen Tag in vier Wände einzuschließen und etwas zu tun, was ihn nicht im Geringsten interessierte. Nach den Einsätzen in Afghanistan und Myanmar fiel es Kara noch schwerer, sich auf die Schreibtischarbeit zu konzentrieren.

Im Laufe des letzten Monats hatte jemand die Iridiumvorräte der Welt aufgekauft. Zwei Wissenschaftler, die Forschungsgruppen zum Thema Iridium leiteten, der eine in Oxford, der andere an der Sorbonne, waren entführt worden. Und die Ergebnisse von zwei Projekten der Iridium-Forschung waren in Rauch aufgegangen, bei einem Brand im holländischen Delft und bei einer Explosion im spanischen Toledo. Das war alles, was Kara wusste. Mehrere Staaten hatten Interpol gebeten herauszufinden, warum die Iridium-Forschung sabotiert wurde. Vom UNODC erhoffte man sich Hilfe bei der Entwicklung neuer Rechtsvorschriften und Sicherheitsvorkehrungen zum Schutz wissenschaftlicher Forschungsprojekte. Kara setzte sich und schlug eine Mappe auf.

Unsere Arbeitsgruppe konnte auch die Existenz einiger bislang unbekannter Mischmetallstrukturen nachweisen, die durch Ruthenium- und Iridiumatome gebildet werden. Die über deren Aufbau gewonnenen Informationen können zur Vorhersage der Struktur derzeit noch unbekannter Metallclusterverbindungen genutzt werden …

Kara kämpfte sich durch die Unterlagen und wurde immer frustrierter, er verstand von dem, was er las, lediglich hier und da einen Satz. Garantiert hatte Generaldirektor Birou ihn nur deswegen angewiesen, sich mit diesem Berg von Papier zu beschäftigen und eine vorläufige Zusammenfassung zu schreiben, weil der größte Teil der Mitarbeiter des UNODC gerade im Sommerurlaub war und der Generaldirektor in der Lage sein wollte, auf Nachfragen zu versichern, eine Arbeitsgruppe sei gegründet und befasse sich intensiv mit dem Thema. Karas schweißnasses Hemd klebte ihm am Rücken, er versuchte das Fenster richtig aufzuziehen, doch der Stopper aus Metall verhinderte das. Vor Ärger wurde ihm noch heißer. Wutentbrannt zerrte er so heftig an dem Griff, dass die Schrauben durch die Gegend flogen, er verlor das Gleichgewicht, stürzte und wäre beinahe auf dem Rücken gelandet. Seine Flüche hörte man bis auf den Flur. Er stand auf, wetterte dabei wie ein Kutscher und griff nach der nächsten Mappe.

Als Strahlungsquelle wird radioaktives Material, das Isotop Iridium-192, eingesetzt, das sich in einer kleinen Kapsel befindet. Die Strahlung durchdringt das zu untersuchende Objekt und belichtet einen hinter dem Objekt angebrachten Röntgenfilm.

Wütend blätterte Kara um.

Die maximale Aktivität des Iridium-192, das in den verwendeten Gammastrahlungsquellen enthalten ist, beträgt 10000 GBq …

Kara ärgerte sich über das Fachchinesisch und fluchte in seinen Dreitagebart, als er noch mehr Formeln, Zahlen und fingerlange Abkürzungen erblickte. Er suchte sich die Hefter mit dem Material über die entführten Wissenschaftler heraus und merkte, wie sein Mitgefühl schwand, als er las, an welcher Art von Forschungsprojekten sie beteiligt waren: Laserwaffen, die zum Erblinden führten, Mikrowellenwaffen, die Menschen kochen ließen, Pulsenergie-Waffen … Blieb nur zu hoffen, dass diese Wissenschaftler nachts genau so unruhig schliefen wie er.

»Schönen Gruß von Birou!« Anders Aasen schob sich mit einem Stoß Unterlagen durch die Tür. »In Italien gab es gestern einen neuen Vorfall, der mit deinem … Projekt zusammenhängt. Die ersten Informationen sind gerade eingetroffen.« Er ließ den ganzen Stapel auf Karas Tisch fallen.

»Bist du hier der Postbote, verdammt noch mal?«, fuhr Kara ihn erbost an.

»Ich versuche nur, zu helfen. Und sicherzustellen, dass dir alle erforderlichen Unterlagen zur Verfügung stehen.«

»Hau ab!« Kara war so geladen, dass Aasen auf der Stelle verschwand. Er ballte die Fäuste, ihm war jetzt klar, was den Norweger fuchste. Vor ein paar Wochen hatte er bei einer Besprechung des Stabes eine von Aasen verfasste Pressemitteilung vernichtend kritisiert. Der Kollege hatte unglaublich nachlässig gearbeitet und sich überhaupt nicht mit den Unterlagen beschäftigt. Kara kannte die Fakten außergewöhnlich gut, weil er für Birou über den Fall eine Zusammenfassung in Französisch geschrieben hatte. Er regte sich im Nachhinein immer noch darüber auf, aber ihm blieb nichts anderes übrig, als sich weiter durch den Stapel auf seinem Tisch zu kämpfen.

FORSCHUNGSVERTRAG

Der Zweck dieses Forschungsvertrags besteht darin, den Inhalt und die Bedingungen des unten angeführten Forschungsprojektes an der Sektion für Chemie und Biomolekulartechnik der Universität Pennsylvania festzulegen.

1. Vertragsparteien
Auftragnehmer:

(1)
University of Pennsylvania, 3451 Walnut Street, Philadelphia, PA 19104, USA. Verantwortlich für die Projektrealisierung: Sektion für Chemie und Biomolekulartechnik / Forschungsdirektor, Sabrina Pianini, Ph. D.

Weitere Vertragspartner:

(2)
Defence Advanced Research Projects Agency (DARPA)
3701 North Fairfax Drive
Arlington, VA 22203–1714, USA

(3)

Spacetech Ltd.
c/o Mr. Viktor Hofman
Gateway Building
3535 Market St # 3535
Philadelphia, PA 19104, USA

1.1 Die Vertragsparteien sind verpflichtet, dafür zu sorgen, dass Dritte, die durch ihre Vermittlung möglicherweise an dem Projekt beteiligt sind, die Bedingungen dieses Vertrags einhalten. Dritte können nur durch einen Beschluss der Projektleitung in das Projekt einbezogen werden.

Kara wischte sich den Schweiß von der Stirn und warf den Hefter auf den Schreibtisch, es war höchste Zeit, sich ein wenig abzukühlen, und dazu musste er in die klimatisierte dreizehnte Etage gehen. Er stand auf und griff nach der Klinke, hielt aber plötzlich inne. Was für einen Namen hatte er da eben gelesen? Er trat an seinen Schreibtisch, blätterte zurück und spürte plötzlich die schwere Last abscheulicher Erinnerungen, als er den Namen las, von dem er angenommen hatte, dass er ihm nie wieder begegnen würde – Viktor Hofman. Das war der Mann, der sich im vergangenen Jahr bei finnischen Unternehmen Erzeugnisse der Rüstungsindustrie beschafft hatte, um Marschflugkörper herzustellen, und der Leiter eines Forschungszentrums im sudanesischen El Obeid gewesen war, dessen »Produktentwicklung« zum Tod Hunderter sudanesischer Sklaven geführt hatte. Viktor Hofman, der Mann, der im Mai letzten Jahres lieber sich selbst erschossen hatte als ihn.

Kara schloss die Augen, als ihm einfiel, was Hofman kurz vor seinem Tode gesagt hatte: *Du weißt bei weitem nicht alles darüber, was im Oktober 1989 geschehen ist. Nichts über das Schicksal deiner Schwester und deiner Mutter, und über so gut wie alles andere auch nicht.*

Hofmans Worte hatte er ganz bewusst in einer Kammer seines Gedächtnisses eingesperrt und verriegelt. Er tat alles, was in seinen Kräften stand, um nicht an die Ereignisse von 1989 zu denken, die quälten ihn ohnehin schon, er war Tag für Tag ihr Gefangener, rund um die Uhr. In wachem Zustand hatte er wegen einer damals erlittenen Kopfverletzung sein Verhalten nicht unter Kontrolle, nachts plagten ihn Alpträume, ausgelöst von dem, was vor mehr als zwanzig Jahren geschehen war. Er spürte, wie die Wut in ihm hochstieg. Rasch steckte er sich eine Dialar-Pille in den Mund, es würde eine Weile dauern, bis die Wirkung des Beruhigungsmittels einsetzte. Ein Epilepsiemedikament zur Behandlung der Frontalpsyche, einer Persönlichkeitsveränderung durch die Frontallappenverletzung, und eine Kapsel Exelon gegen die Gedächtnisstörungen wegen der Hirnverletzung nahm er früh und abends. Und dennoch fühlte er sich in den letzten Monaten immer schlechter.

Plötzlich ging die Tür auf und MG-Schnauze Anders Aasen trat ein. »Noch mehr Lektüre für den Abend, jetzt kommt am laufenden Band Post für dich.« Er strahlte übers ganze Gesicht, als er die Mappen in einer Zimmerecke fallen ließ. »Bei dir liegen wohl langsam die Nerven blank, dein Gesicht ist so rot wie die Eier von einem Ziegenbock.«

Kara rastete aus, er sprang auf und packte Aasen am Arm. Dann trat er die Tür auf und stieß den Norweger so unsanft hinaus, dass der über die Schwelle stolperte, stürzte und auf dem Flur gegen die Wand fiel. Kara schloss sich in seinem Zimmer ein. Es dauerte ein paar Sekunden, bis ihm klar wurde, was er getan hatte. Genau so lief das immer ab, wenn er die Selbstbeherrschung verlor: Zuerst trübte die Wut seinen Verstand und dann entlud sich der tief in ihm angestaute Hass, treffen konnte es jeden. Er verabscheute diese Ausbrüche, war aber seiner eigenen Impulsivität ausgeliefert.

Als er sich etwas beruhigt hatte, verließ er sein Zimmer, fuhr mit dem Aufzug ins Foyer hinunter und genoss den Wind im Verbindungsgang zum Haus D. Die Biergärten der Restaurants quollen über von Menschen. Es war zwar erst Mittag, aber Kara fand, dass er heute eher Schluss machen durfte.

*

Kara saß auf der Terrasse der Kneipe seiner Freundin Nadine Egger an der Ecke Prater- und Heinestraße und trank sein zweites Bier. Der leichte Wind und der Schatten einer alten Linde machten zusammen mit dem kühlen Bier die Hitze erträglich. Amüsiert beobachtete er die Choreographie seines Lieblingskellners Walter, der Gäste, die nach ihm riefen, mied und mit wütenden Gesten zu verstehen gab, dass er es eilig hatte. Er zog sich in die toten Winkel zurück, die von den Tischen draußen nicht eingesehen werden konnten, und gab knappe, trockene Bemerkungen von sich wie etwa: »Ich kann immer nur eins machen«. Die Wiener Kellner waren für ihre Unfreundlichkeit berühmt, und Walter galt als Galionsfigur seines Berufsstandes.

»Spargelsalat und Schweinsbraten in Milch«, rief Nadine, die aus dem Restaurant kam und zwei Teller und zwei Bierkrüge trug. »Es ist soviel Mittagessen da, dass es auch für uns reicht.«

»Hast du nie den Verdacht, dass ich mich bloß wegen des Essens und des Freibiers im ›Hansy‹ mit dir treffe?«, fragte Kara und grinste.

»Sollte bei mir so ein Verdacht aufkommen, dann werde ich es dir sofort in Rechnung stellen. Das Essen und Trinken meine ich«, erwiderte Nadine lachend. »Ich beköstige dich doch aus Mitleid, du kannst ja nicht mal ein Ei kochen.«

Kara hätte Nadine gern berichtet, was bei ihm auf Arbeit passiert war, ernsthafte Gespräche waren jedoch kein Bestandteil ihrer Beziehung; die gemeinsamen Stunden verbrachten sie mit möglichst stressfreien Freizeitunternehmungen und ungehemmtem Sex. Er hatte Nadine weder vom tragischen Schicksal seiner Familie, noch von seiner Kopfverletzung erzählt. Gerade als Kara seine Gabel in den Schweinebraten stach, tauchte auf der Heinestraße ein Cabrio mit ohrenbetäubendem Motorengeräusch auf.

Nadines achtzehnjähriger Sohn Bruno lächelte wie eine Buddhastatue, als er aus seinem stahlblauen BMW Z3 Roadster stieg.

»Mit wessen Auto fährst du hier herum?«, fragte Nadine ihren Sohn zur Begrüßung.

»Mit meinem eigenen«, erwiderte Bruno und dachte gar nicht daran, das noch weiter zu erklären.

Das brachte seine Mutter sofort auf die Palme: »Wo hast du das Geld her? Das muss doch Tausende gekostet haben!«

Bruno gefror das Lächeln auf den Lippen. »Der Wagen ist fast zehn Jahre alt. Was ist los mit dir, hast du vergessen, deine Medikamente zu nehmen?«

»Woher hast du das Geld?«, rief Nadine, aber Brunos Antwort ging im Lärm unter, als das Cabrio aufheulte und in Richtung U-Bahn-Station Praterstern davonraste.

»Für einen Gymnasiasten ist das eine ziemlich protzige Karre«, sagte Kara. Er wusste, dass Bruno erst im letzten Sommer vom Amphetamin losgekommen war, bis dahin hatte der Junge sowohl sein eigenes Geld als auch das seiner Mutter für Speed ausgegeben. »Für so eine Kiste zahlst du ohne weiteres zehntausend.«

Nadine schaute vom Salatteller auf und sah Kara mit besorgter Miene an. »Vielleicht leide ich allmählich unter Wahnvorstellungen, aber Bruno scheint derzeit genug Geld zu haben, um sich alles Mögliche zu kaufen. Der Junge arbeitet an den Wochenenden im ›Hansy‹ und hilft angeblich auch in einer Firma, die dem Vater eines seiner Bekannten gehört, aber mit dem, was du bei solchen Jobs verdienst, kannst du dir keine Autos kaufen. Ich sehe Bruno im Moment auch so selten, er ist immer mit den Freunden aus seiner neuen Clique auf Achse. Doch ich sollte mich lieber nicht beklagen, diese neuen Kumpels sind wenigstens keine Junkies und geben nicht ihr ganzes Geld für Stoff aus.«

»Idiot.« Das Wort rutschte Kara heraus, und als ihm klar wurde, was er da von sich gab, war es schon zu spät. Nadine saß da und starrte ihn entgeistert an wie einen Verrückten. Er hätte ihr gern erzählt, dass er wegen seiner Krankheit nichts dafür konnte, aber es war nicht gerade verlockend, sich auf den Weg der Enthüllungen zu begeben. Auch Nadine hatte es in ihrem Leben schwer gehabt, es war besser, wenn sie sich nicht gegenseitig mit Horrorgeschichten aus ihrer Vergangenheit belasteten.

»Entschuldige, das ist mir so herausgerutscht«, sagte Kara aufrichtig. »Ich habe gerade daran gedacht, dass Bruno ein Idiot wäre, wenn er sich ausgerechnet jetzt, wo er endlich von den Drogen losgekommen ist, auf irgendetwas Gesetzwidriges einlassen würde.«

Nadine akzeptierte die Notlüge. »Jemand müsste mit dem Jungen reden, wenn er sich mit mir unterhält, schreit er nur herum.«

Kara wollte Nadine eigentlich fragen, ob sie die Nacht zusammen verbringen könnten, aber nun beschloss er, noch zu warten, bis sie wieder etwas entspannter war. Plötzlich schrillte sein Telefon, auf dem Display blinkte Gilbert Birous Name, und Kara wusste sofort, was er als Nächstes tun würde.

*

Gilbert Birou und Leo Kara saßen im Büro des Generaldirektors in der dreizehnten Etage des Hauses E und betrachteten einander abschätzend. Die Serie von Ereignissen vor einem reichlichen Jahr hatte ihr bis dahin eisiges Verhältnis verändert, nun war es außerdem noch feindselig. Kara umwehte eine intensive Bierfahne. Auf dem Ärmel von Birous weißem Hemd, direkt neben dem goldenen Manschettenknopf, hatte beim Mittagessen im Restaurant »Mörwald« ein Tropfen der verführerischen Ochsenschwanzsuppe einen Fleck hinterlassen.

Birou sah Karas tiefliegende Augen, das kurze, stehende blonde

Haar, die dunklen Brauen, die in seinem blassen Gesicht besonders auffielen, und inmitten der Bartstoppeln das Grübchen am Kinn. Kara war ein Nervenbündel und mehrfach wegen Körperverletzung zu Bewährungsstrafen verurteilt worden, allerdings besaß er eine schnelle Auffassungsgabe und galt als Sprachgenie. Nach letzten Informationen beherrschte er elf Sprachen, zudem verfügte er über eine Berufserfahrung, die mit fünfunddreißig nur wenige vorweisen konnten. Kara hatte vier Jahre im Konfliktforschungsinstitut Global Crisis Group, drei Jahre beim britischen Nachrichtendienst MI5 und die letzten drei Jahre beim UNODC gearbeitet. Im Bericht des MI5 über Karas Sicherheitsüberprüfung hieß es, seine Eltern und seine Schwester seien im Oktober 1989 unter Umständen gestorben, die der Geheimhaltung unterlagen. Für Gilbert Birou stellte Leo Kara eine Bedrohung dar, eine wandelnde Katastrophe, die das mit viel Mühe errichtete Fundament seines Lebens, die absolute Sicherheit, ins Wanken brachte; Kara war der Mann, der ihn im vorigen Jahr auf unverschämte Weise erpresst hatte.

Leo Kara starrte angewidert auf die goldene Cartier-Brille und die mit Pomade dunkel gefärbten Schläfen seines Chefs, der einen dreiteiligen Nadelstreifenanzug und eine gelbe Hermès-Krawatte trug. Generaldirektor Gilbert Birou war dick und faul und stets auf den eigenen Vorteil bedacht, der Mann mied jedes Risiko und drückte sich vor jeder Verantwortung, er häufte Luxusgegenstände an, speiste jeden Abend im Restaurant und war in seinem Verhalten so variabel wie ein Uhrzeiger. Birou verkörperte nahezu alle Charakterzüge, die Kara verachtete. Und überdies hatte der Franzose vor einem Jahr den sudanesischen Behörden verraten, dass Kara heimlich in das Land einreisen wollte, was ihn fast das Leben gekostet hätte. Leider konnte er nicht beweisen, dass Birou versucht hatte, ihn endgültig loszuwerden.

»Du bist Anders Aasen gegenüber handgreiflich geworden, er hat sich bei dem Sturz die Schulter verletzt«, sagte Birou.

»Das stimmt. Der Mann ist ein Dummkopf«, erwiderte Kara. Aus lauter Bosheit sprach er mit seinem Vorgesetzten stets Englisch, obwohl sein Französisch ganz passabel war.

»Kara, warum tust du uns beiden nicht einen Gefallen und reichst deine Kündigung ein. Du arbeitest nur deshalb hier, weil ich unserer gemeinsamen Bekannten Betha Gilmartin eine Gefälligkeit erweisen wollte, und entlassen kann ich dich nicht, weil du ... Dinge über mich weißt, die du nicht wissen solltest.«

»Meine Arbeit macht mir Spaß«, sagte Kara und staunte selbst, dass er sich bemühte, seinen Job zu behalten. Vielleicht war der seine einzige Verbindung mit der Wirklichkeit.

Birou überlegte angestrengt, ob diese Bemerkung ein Scherz sein sollte. In Karas Kopf stimmte wirklich etwas nicht, er hatte sich nicht unter Kontrolle, weder bei dem, was er tat, noch bei dem, was er sagte. »Die Angelegenheit ist damit nicht erledigt. Jetzt muss ich ernsthaft überlegen, was mit dir geschehen soll.«

Kara stand auf, und es kostete ihn einige Mühe, sich den bissigen Kommentar zu verkneifen, der ihm auf der Zunge lag.

»Hast du schon irgendeine Meinung zu diesen Straftaten, bei denen es um Iridium geht?«, erkundigte sich Birou, während Kara bereits nach der Klinke griff.

»Das sind Dutzende Ordner!«

»Ist für dich erkennbar, worum es bei dieser ganzen Sache geht?«, fragte Birou in versöhnlichem Ton.

Kara schüttelte den Kopf, bemühte sich, einen interessierten Eindruck zu machen, und setzte sich wieder hin.

»Keiner scheint zu wissen, warum jemand in den letzten Monaten auf dem Weltmarkt das ganze Iridium aufgekauft hat und Forschungsprojekte sabotiert, die mit dem Iridium-Metall zusammenhängen«, klagte Birou. »Ich werde aus dieser ganzen Geschichte nicht schlau.«

»Das Gefühl müsstest du ja kennen«, dachte Kara, sagte aber: »Die Sache wird sich schon irgendwann klären.«

Birou wirkte nachdenklich: »Wir sehen uns morgen Nachmittag um fünf Uhr, bis dahin wirst du sicher so etwas wie eine vorläufige Zusammenfassung schaffen.« Dann öffnete er mit sichtlichem Stolz den Deckel seiner funkelnagelneuen Tasche.

»Das ist vermutlich auch die beste ihrer Art?«, sagte Kara mit einem Grinsen und nickte in Richtung Tasche. Jeder im UNODC wusste, dass der Generaldirektor fast alle seine Neuanschaffungen als beste ihrer Art rühmte.

»Die Crème de la Crème, the best of the best, die beste ihrer Art. Ein Attaché-Koffer von Swaine Adeney Brigg«, erklärte Birou. »Modell Churchill. Man hat das Gefühl, Teil einer großen Tradition zu sein, wenn man Erzeugnisse einer 1750 gegründeten Firma benutzt.«

»Man hat das Gefühl, Teil einer großen Farce zu sein, wenn man dich anschaut«, dachte Kara und verließ den Raum.

Gilbert Birou schloss die Augen und fragte sich zum tausendsten Mal, warum gerade er mit Leo Kara bestraft wurde. In seiner dreißigjährigen Laufbahn als Gesetzeshüter war er natürlich auch früher schon auf solche Verrückten wie Kara gestoßen, aber die hatten alle die andere Seite vertreten, die der Kriminellen. Kara war allerdings auch ein Krimineller, ein Gewalttäter, der ihn – und wer weiß wie viele weitere Opfer – zudem noch erpresst hatte, ohne für seine Taten zur Verantwortung gezogen zu werden. Wie könnte er den Mann loswerden? Er wollte wegen Kara nicht noch einmal ähnlich in die Klemme geraten wie während des Raketenkonflikts im vergangenen Jahr. Außerdem wusste Kara zu viel über ihn – er kannte sein einziges Geheimnis.

Die Attacke gegen Anders Aasen stellte vielleicht zusammen mit früheren Vergehen Karas einen ausreichenden Kündigungsgrund dar, aber das war nur ein schwacher Trost. Er konnte Kara nicht rausschmeißen, solange er nicht dafür gesorgt hatte, dass Betha Gilmartin vom britischen Auslandsnachrichtendienst sein

Geheimnis um die Ereignisse vor vielen Jahren im Londoner Stadtteil Mayfair vergaß.

Kara hatte in der Tat etwas Ungewöhnliches an sich, in seiner Gesellschaft war man gezwungen, ständig auf der Hut zu sein. Beschämt musste er sich eingestehen, dass er vermutlich Angst hatte vor dem unberechenbaren Mann oder vielmehr davor, was für Schwierigkeiten Kara ihm diesmal bereiten könnte.

3

Dienstag, 10. August

Das Taxi hielt am weißen Tor des Campingplatzes »Dunav«, zehn Kilometer vom Belgrader Zentrum entfernt. Hier wollte das finnische Ehepaar, das Vilma gesehen hatte, seinen Wohnwagen für eine Nacht abstellen, falls die Standgebühr übernommen wurde. Das hatte Kati Soisalo am Morgen in der finnischen Botschaft erfahren. Hoffentlich waren die Numminens nicht doch schon abgefahren, die einzigen Menschen, die sie davon überzeugen konnten, dass Vilma noch lebte. In ihr tobte ein Widerstreit der Gefühle: Hoffnung und Sehnsucht auf der einen, Angst auf der anderen Seite. War sie in derselben Stadt wie ihre Tochter?

Kati Soisalo nahm ihre Umhängetasche, drückte dem Taxifahrer ein Bündel Dinarscheine in die Hand und lief hastig zu dem Büro neben dem Tor. Das Schiebefenster der kleinen Bude öffnete sich, ein schüchtern wirkendes Mädchen beugte sich vor und kniff geblendet vom gleißenden Sonnenlicht die Augen zusammen.

»Ich suche ein Wohnmobil mit dem Kennzeichen JBZ-863 aus Finnland. Möglicherweise hat es auch das Kennzeichen FIN oder EU«, sagte Kati Soisalo, ohne zwischendurch Luft zu holen.

Das Mädchen lächelte, antwortete etwas auf Serbisch und zeigte mit der Hand erst auf das Tor, dann auf die Wanduhr.

Kati Soisalo wiederholte die Frage in ihrem holprigen Deutsch, gab dann aber auf, als das Mädchen mit denselben Gesten antwortete.

JBZ-863, JBZ-863 … Kati Soisalo rannte über den Campingplatz und schaute auf die Kennzeichen. Sie kam schnell voran, das Gelände war relativ klein, es gab nicht viele Wohnwagen und noch weniger aus Finnland. Das Ufer der Donau rückte immer näher, es blieb nur noch eine Handvoll Fahrzeuge übrig, warum zum Teufel hatte die Botschaft die Numminens nicht gezwungen, in Belgrad zu bleiben?

»Tuula, komm mal her und schau dir an, in was für einem Kahn die Einheimischen dort angeln!«

Kati Soisalo empfand eine ungeheure Erleichterung, als sie den Satz in Finnisch hörte. Sie beugte sich vor, legte die Hände auf die Knie und holte ein paarmal gierig Luft, bis sie wieder ruhig atmete. Endlich würde sie die Gewissheit erhalten, dass Vilma am Leben war.

»Eino Numminen?«, sagte sie zu dem dickbäuchigen Mann im Trikot der finnischen Eishockeynationalmannschaft, der am Flussufer stand.

»Ach du lieber Gott. Ihre Tochter ist verschwunden?«, fragte Tuula Numminen, die aus dem Wohnwagen herauskam. »Ich habe gar nicht gewusst, dass auch in Finnland Kinder entführt werden.«

»Jedes Jahr mehrere Kinder, schlimmstenfalls Dutzende. Allerdings ist meistens ein Elternteil der Schuldige«, erwiderte Kati Soisalo. »Aber Vilma ist in Dubrovnik verschwunden, und in Osteuropa ist Kindesraub leider etwas Alltägliches.«

»Ich war ein bisschen dagegen, hier zu bleiben«, sagte Eino Numminen mit verlegener Miene, »doch das ist gar kein übler Campingplatz.« Er deutete mit der Hand in Richtung Donau. »Es gibt wenig Orte, wo man so nahe am Ufer parken kann.«

Sie reichten sich die Hand und stiegen dann in den Wohnwagen. An den Wänden des gemütlich eingerichteten Raumes hingen Fotos der Enkel und im Radio war eine Sendung in finnischer Sprache zu hören. Kati Soisalo stand jedoch nicht der Sinn danach, mit den Numminens zu plaudern, sondern sie erzählte ihnen von Vilmas Verschwinden.

Dabei packte sie alles aus, was sich in ihrer Tasche befand, und legte Fotos von Vilma in einer Reihe auf den kleinen Esstisch. »Ist dies hier das Mädchen, das Sie gesehen haben?«

Sie hatte Zusammenfassungen und Listen mit, in denen alles Mögliche aufgeführt war: Vilmas Lieblingsspeisen, die Namen ihrer Phantasiefreunde und Puppen, die Lieder und Kinderreime, die Vilma auswendig konnte, die Namen der Erzieherinnen und Kinder in der Kindertagesstätte und anderer Menschen, die Vilma kannte und möglicherweise erwähnte ... Kurzum alles, was anderen helfen könnte, zu erkennen, dass es sich um ihre Tochter handelte. Sie hatte ihr Interesse an Vilma nicht nach wenigen Wochen verloren wie die Polizei, sondern drei Jahre Zeit gehabt, sich Mittel und Wege auszudenken, wie sie die Suche nach ihrer Tochter unterstützen könnte, wenn sich eines Tages die Gelegenheit bot.

Das Ehepaar setzte sich an den Tisch und betrachtete die Fotos mit gerunzelter Stirn. Im Radio begann gerade eine historische Sendung aus den siebziger Jahren, in der Präsident Kekkonen die Finnen warnte, ihnen stünden schwere Zeiten bevor.

»Das ist wie russisches Roulette«, dachte Kati Soisalo. Die Antwort »nein« wäre das Ende all ihrer Hoffnung, und ein »Ja« würde ihr ein neues Leben mit ihrer Tochter schenken. Der Einsatz war viel zu hoch.

»Es ist ziemlich schwierig, das zu sagen, ich bin mir nicht sicher. Wann sind diese Fotos gemacht worden?«, fragte Eino Numminen und fuhr sich durch die grauen Haare.

»Vor drei Jahren, kurz bevor Vilma verschwunden ist. Einige habe ich in Dubrovnik aufgenommen ... in jenem Urlaub.«

Die Angst, sie könnte jeden Moment die falsche Antwort hören, quälte sie immer mehr. Gebannt starrte sie auf ihr liebstes Foto von Vilma und versuchte sich vorzustellen, wie sie jetzt aussehen könnte. Vielleicht hatte man ihr blondes Haar gefärbt oder kurz geschnitten, und ihr Gesicht glich garantiert auch nicht mehr dem, das sie kannte. In drei Jahren verändern sich Kinder enorm, manchmal war es ihr so vorgekommen, als wäre Vilma schon in den knapp zwei Tagen an einem Vater-Wochenende gewachsen und gereift.

»Wie hat sich das Mädchen verhalten, haben Sie sein Lachen gehört?«, fragte Kati Soisalo eindringlich. »Vilma hat eine etwas spezielle Art zu lachen, ihre Stimme ist dann so hoch wie bei einem Sopran.«

Die Numminens schüttelten den Kopf und mieden es, Kati Soisalo anzuschauen.

»Haben Sie gesehen, wie das Mädchen hüpft? Vilma hat die Angewohnheit, auch auf längeren Strecken immer wieder zu hüpfen.«

Die Numminens blickten sich an und schwiegen beide.

Es hing in der Luft, das »Nein«, Kati Soisalo konnte es schon fast hören und seine niederschmetternde Wirkung spüren. »Haben Sie irgendetwas Besonderes bemerkt, etwas Auffälliges? In ihrer Art zu sprechen, in ihrem Aussehen …«

Eino Numminen räusperte sich. »Gesehen haben wir, dass dieses Kind wahrscheinlich Finnisch verstand. Warum hätte es uns sonst so aufmerksam zugehört? Und das Mädchen ist auch nicht ganz freiwillig mit diesem Serben hinausgegangen, es hat sich mächtig gesträubt, der Mann musste es aus dem Restaurant hinaustragen.«

Plötzlich schien Tuula Numminen etwas einzufallen. Sie steckte die Hand in die Tiefen ihrer Frisur und wickelte eine Haarsträhne um den Zeigefinger. »Das hat sie gemacht, während sie uns zuhörte. Es sah so aus, als würde sich das Mädchen an irgendetwas … erinnern.«

Die Freude war so groß und überwältigend, dass Kati Soisalo nach vorn sank. Vor Erleichterung war sie einen Augenblick wie gelähmt, das Herz wollte ihr fast zerspringen.

»Sie haben meine Vilma gesehen.«

*

Anders als die meisten Bewohner der südfranzösischen Gemeinden Chusclan und Codolet machten sich die Färsen der Rasse Montbéliarde auf der Weide am Rande des riesigen Industriekomplexes nicht die geringsten Sorgen wegen der Ereignisse in ihrer Umgebung. Sie fraßen Gras, käuten wieder, tranken Wasser aus einer alten Badewanne, schliefen, fraßen Gras, käuten wieder und trotteten zuweilen einer Artgenossin hinterher, die eine Glocke um den Hals trug, oder der Bäuerin, wenn die auf der Weide erschien.

Neben den Kühen und Rotweingütern, die zu den besten der Welt zählten, gab es in der Region Côtes-du-Rhône auch ein Kernkraftwerksgelände des französischen Atomenergiekommissariats. Auf dem riesigen, zweihundertachtundsiebzig Hektar großen Industrieareal von Marcoule war gegenwärtig statt der Kernreaktoren ein Druckwasserreaktor in Betrieb, der Tritium erzeugte. Außerdem befanden sich hier mehrere Forschungszentren sowie Anlagen für die Wiederaufbereitung und Lagerung von Atommüll, in denen jährlich über zehntausend Tonnen Plutonium eintrafen, das für die Herstellung von Kernwaffen geeignet war. Der Angriff auf Marcoule erfolgte um 23.33 Uhr.

An den Lagerhallen auf dem Gelände des Energiekonzerns Arcva im Südteil des Areals erloschen auf einen Schlag alle Lampen der Außenbeleuchtung. Niemand sah, wie zwanzig Männer in schwarzen Kampfanzügen mit dem Lift aus dem unterirdischen Tunnelsystem hinauf in die Innenräume des STEL-Gebäudes fuhren. Der Leiter des Kommandos, Manas, schaltete das taktische Licht seines Sturmgewehrs an, ging zu einer Stahltür, tippte einen sechsstelligen Code in das digitale Kombinationsschloss ein und machte einen Schritt zur Seite, als sich die strahlensichere Drucktür öffnete.

Die neunzehn Männer betraten den Lagerraum, und jeder von ihnen nahm zwei Stahlbehälter, die jeweils elf Kilo und siebenhundert Gramm wogen. Die zwei ersten Eindringlinge hatten mit ihrer Last den Raum schon verlassen, als Manas plötzlich den Befehl gab, stehen zu bleiben. Er hatte etwas gehört, lief rasch zum Aufzug und lauschte einen Augenblick, dann wies der breitschultrige Kirgise seine Männer an weiterzumachen.

Als sich die Diebe mit achtunddreißig Stahlbehältern und knapp vierhundert Kilo Iridium und anderen Elementen in den Fahrstuhl gezwängt hatten, drückte Manas den Knopf, und die Einbrecher fuhren tief hinunter in das weitverzweigte Tunnelsystem unter Marcoule. Vierzehn Minuten und acht Sekunden später stiegen sie außerhalb des Kernkraftwerksgeländes auf der nächtlichen Rue Chemin de la Mode aus der Kanalisation und liefen rasch zu ihrem Lkw, der in einem Wäldchen wartete. Der Anschlag war wie geplant verlaufen und perfekt gelungen. Dachte Manas.

*

Kati Soisalo saß in einem schäbigen Büro im Gebäudekomplex des serbischen Innenministeriums in der Ulica Kneza Miloša 101. Der finnischen Botschaft in Belgrad war es gelungen, für sie ein Treffen mit Vertretern der serbischen Polizei zu organisieren. Dragoslav Marković, der stellvertretende Leiter des Polizeidirektorats, sprach über die Balkan-Route der Menschenhändler, und Kommissarin Jovana Ćebić von der UBPOK, der Abteilung zur Bekämpfung der organisierten Kriminalität, machte den Eindruck, als würde sie gern Kati Soisalos Hand halten.

»Déjà vu«, dachte Kati Soisalo. Sie war so wütend, dass sie am liebsten laut geschrien hätte. Lang und breit herumreden, darauf verstanden sich die Vertreter der Behörden, aber in der Zwischenzeit entfernten sich die Entführer mit Vilma immer weiter von Belgrad. Es würde genau so kommen wie vor drei Jahren in Dubrovnik. Damals hatte es über ein Jahr gedauert, bis sie nach Vilmas Verschwinden wieder im normalen Leben Fuß gefasst hatte. Doch nun spürte sie erneut diese panische Angst, schon seit sie erfahren hatte, dass Vilma lebte. Ihr schwirrten tausend Gedanken durch den Kopf.

So gut wie alles, was der stellvertretende Polizeidirektor Marković erzählte, wusste sie längst. Als sie nach Vilmas Verschwinden wieder so weit auf dem Posten war, dass sie arbeiten konnte, hatte sie sich mit dem internationalen Kinder- und Menschenhandel beschäftigt, und zwar systematisch und akribisch, wie es sich für eine Juristin gehörte. In Europa verschwanden jedes Jahr etwa einhundertfünfzigtausend, in den USA achthunderttausend, in Indien fünfundvierzigtausend Kinder und in China schätzungsweise eine Million Mädchen. Jährlich wurden bis zu vier Millionen Menschen über Ländergrenzen geschmuggelt und gezwungen, entweder zu arbeiten oder als Sexsklaven zu dienen. Die Kriminellen strichen jedes Jahr durch die Zwangsarbeit ihrer Opfer und den sexuellen Missbrauch von Frauen und Kindern hunderte Millionen Euro Gewinn ein. Der größte Teil dieser Verbrechen wurde in den Industrieländern begangen, unter den Augen der ganz normalen, gesetzestreuen Bürger. Der Menschenhandel war laut UNO nun schon einträglicher als der Drogen- oder Waffenhandel. Dass hinter einem derart gewinnbringenden Geschäft die organisierte Kriminalität steckte, wie Marković mehrmals betonte, hatte Kati Soisalo auch schon vorher gewusst. Jeder konnte sich das an den Fingern einer Hand abzählen.

»Es ist ziemlich unwahrscheinlich, dass Ihre Tochter in Belgrad wohnt. In der Regel steckt man die Kinder nach einer Entführung in einen sogenannten Tunnel, das heißt, sie werden derart oft verkauft und woandershin gebracht, dass es unmöglich ist, ihrer Spur zu folgen. Und am Schluss kann es passieren, dass man sie beispielsweise bei Internetversteigerungen in irgendeinen beliebigen Ort der Welt verkauft.«

»Da bin ich anderer Meinung«, entgegnete Kati Soisalo schroff. »Es kann sehr wohl sein, dass Vilma in Belgrad wohnt, schließlich liegt das in einem anderen Land, nicht in Kroatien. Hier in Belgrad leben fast zwei Millionen Menschen, und bis nach Dubrovnik sind es immerhin dreihundert Kilometer.«

Kommissarin Jovana Ćebić schaute sie mit einem Lächeln voller Mitgefühl an: »Die Chance, dass Ihre Tochter gefunden wird, ist – das muss ich leider so sagen – statistisch gesehen äußerst gering. Seit ihrem Verschwinden sind schon ...«

»Ich kenne die Statistiken.« Kati Soisalos Stimme wurde noch lauter. »Meine Tochter wurde aber gestern in Belgrad gesehen, das ist Fakt. Und jetzt möchte ich erfahren, was Sie unternehmen wollen, um sie zu finden.«

»Sie sind hier in Serbien«, erwiderte Marković. »Hier ist es nicht so einfach, jemanden zu finden. Die Kriege nach dem Zerfall Jugoslawiens haben Hunderttausende von Menschen zu Flüchtlingen gemacht. Viele von ihnen konnten immer noch nicht in ihr Zuhause zurückkehren. In den Staaten auf dem Territorium des ehemaligen Jugoslawien gibt es weiterhin fast eine halbe Million Flüchtlinge. Am schlimmsten ist die Situation hier, in unserem Land leben über achtzigtausend Flüchtlinge, und dazu kommen noch über zweihunderttausend Serben, die aus dem Kosovo geflohen sind. Die meisten von ihnen sind bei Verwandten untergekommen, aber man findet hier auch Tausende Flüchtlinge, die schon jahrelang in verschiedenen zweifelhaften Flüchtlingslagern leben müssen. Elend gibt es eben auch hier in Europa, da braucht man gar nicht bis nach Afrika zu schauen.«

»Jetzt sollten Sie sich erst mal beruhigen«, bat Kommissarin Ćebić. »Wir tun selbstverständlich alles, was in unseren Kräften steht. Das Foto Ihrer Tochter und eine Beschreibung ihrer Begleiter wurden nicht nur der Polizei, sondern auch schon den Flughäfen, der Grenzwacht, den Grenzübergangsstellen, Hotels, Bahnhöfen und so weiter geschickt ... Und die Ermittlungen der Kriminalpolizei laufen natürlich auf Hochtouren.«

»Ich werde Belgrad nicht mit leeren Händen verlassen.«

Jovana Ćebić legte ihre Hand auf Kati Soisalos Knie. »Wir untersuchen schon seit Jahren die Aktivitäten von Bogdan Bojanić, dem serbischen Verbindungsmann zur Balkan-Route. Das ist kein Geheimnis, auch die Presse weiß davon und behält Bojanić sehr genau im Auge. Er ist wahrhaftig kein Robin Hood, den das Volk liebt. Wenn die Hauptschuldigen der Balkan-Route gefasst werden, kann es durchaus sein, dass sie uns in der Hoffnung auf mildere Urteile ihre Verbrechen gestehen. Vielleicht wird sich dann auch das Schicksal Ihrer Tochter aufklären. Das kann man nie wissen.«

»Genau darin liegt das Problem«, sagte Kati Soisalo. »Ich will es jetzt erfahren und nicht erst in ein paar Jahren.«

*

Die ganze Welt zitterte und ratterte, als Sabrina Pianini die Augen öffnete. Sie lag auf einer schmalen Pritsche, die sich zu bewegen schien. Plötzlich tauchten Bilder wie Momentaufnahmen aus ihrem Gedächtnis auf: die Blutspritzer auf dem Plastikbeutel über der Pistole des Killers, die Rosendornen, die in ihre Hand eindrangen …

Sie fühlte sich immer noch benommen von der Injektion, die man ihr in der Via Bellavista gegeben hatte. Panik kündigte sich an. Wohin brachte man sie und warum? Lag sie in einem Lkw? Die Taschenlampe an der Decke erleuchtete den Raum nur dürftig, und das Motorengeräusch übertönte alles. In diesem Loch stank es wie in einer Latrine.

Sabrina Pianini erschrak jedes Mal, wenn sich etwas bewegte, sie versuchte sich zusammenzurollen, aber die Pritsche war kaum dreißig Zentimeter breit. Sie drehte den Kopf zur Seite und sah im dämmrigen Licht etwas: zierliche Hände, Beine und einen kleinen Kopf. Da lag ein Kind! Dann entdeckte sie auf der Pritsche darüber eine ähnliche Gestalt und direkt unter der Decke noch eine dritte. In diesem Container wurden entführte Menschen transportiert! Als sie die traurige Wahrheit begriff, überkam sie entsetzliche Angst. Gerade als sie einen Fuß auf den Boden setzen wollte, erblickte sie einen langen Kerl mit Bart, der in der Ecke hockte – ein Wächter. Sie zog sich aufs Bett zurück, schob ihren Kopf jedoch über den Rand, um besser sehen zu können.

Je mehr Sabrina Pianini um sich herum erkannte, umso bedrückter fühlte sie sich. Zwei höchstens zehn Jahre alte, völlig verdreckte Mädchen umarmten einander und weinten so leise, dass man es kaum hörte. Ein magerer Junge schaute zum Wächter hin und schien zu zögern, dann wagte er es doch aufzustehen und kauerte sich in die Ecke. Jetzt bemerkte Sabrina Pianini den Abortkübel. Doch der war nicht die einzige Quelle des Gestanks in dem engen Raum, es sah so aus, als hätten sich die Kinder seit Tagen nicht gewaschen. Ihre Angst und ihre Not konnte man spüren, sie legte sich wie eine dicke, unsichtbare Folie über Sabrina Pianini. Ihr war übel. Sie versuchte nicht daran zu denken, wie furchtbar das Leid sein musste, das diese Kinder gerade erlebten. Und ihre Eltern.

»*Mua më quajnë Afërdita.*«

Die geflüsterten Worte waren so nah an ihrem Ohr zu hören, dass sie zusammenzuckte. Sie stützte sich auf den Ellenbogen, hob den Kopf und sah ein kleines, vielleicht sechsjähriges Mädchen, das sie anlächelte, obwohl die Tränen Spuren auf ihrem schmutzigen Gesicht hinterlassen hatten.

»*Si jeni, si te quajnë?*«, fragte das Mädchen und schien eine Antwort zu erwarten.

Sabrina Pianini war dem Weinen nahe, unterdrückte es aber und zwang sich zu lächeln. »Ich verstehe nicht, was du sagst«, antwortete sie in ihrer Muttersprache so liebevoll wie möglich, sie streichelte die Hand des Kindes und hob ihre Decke ein wenig hoch. Afërdita kuschelte sich an ihre Schulter und umarmte sie.

»Mi chiamo Afërdita«, sagte sie zu Sabrina Pianinis Überraschung in einem holprigen Italienisch.

Das Mädchen raunte ihr Worte ins Ohr, Sabrina Pianini verstand nur einen Teil: Männer, Zuhause, weggebracht, dunkler, enger Raum, geschlagen, man darf nicht weinen ... Mutter.

Plötzlich blendete sie das grelle Licht einer Taschenlampe, der Bärtige stand vor Sabrina Pianini, zerrte Afërdita unter der Decke hervor, riss sie auf den Fußboden und bückte sich dann so weit nach vorn, dass er mit seinem Gesicht fast Sabrina Pianinis Ohr berührte. Er knurrte etwas in einer Sprache voller Konsonanten, von der sie kein Wort verstand. Sie wagte es nicht, sich zu wehren, als der Mann ihr die Fuß- und Handgelenke fesselte und ein dickes, festes Stück Klebeband auf den Mund drückte.

Dann richtete er sich auf, hielt eine Injektionsspritze gegen das Licht und sprühte etwas Flüssigkeit in die Luft. Er beugte sich über das Mädchen, stach die Nadel in die Vene am Arm und ging zum nächsten Kind ...

Was hatte man mit ihr vor? Der Mann spritzte alle Gefangenen mit derselben schmutzigen Nadel, würde sie an der Injektion sterben oder an den Krankheiten, die mit der Nadel übertragen wurden?

Schließlich blieb der Bärtige vor ihr stehen. Das alles musste mit ihrem Forschungsprojekt, der DARPA und dem Pentagon zusammenhängen. Wie viel Zeit hatte sie hier schon herumgelegen, wie lange würde die Fahrt noch dauern? Sie musste am Mittwoch in Florenz bei ihrem Bruder sein.

Es tat weh, als die Nadel in ihre Armbeuge stach. Die Wirkung setzte sofort ein. O Gott, wie fühlte sie sich auf einmal, so wunderbar war noch nie irgendetwas gewesen, Hunger und Schmerz verschwanden, und alle Wünsche und Ängste auch, sie schwebte auf einer Wolke. Sabrina Pianini dachte an ihren Bruder Guido, der ohne neue Niere sterben würde. Ohne ihre Niere, die sie spenden wollte, deswegen war sie nach Italien gekommen. Doch gerade jetzt, in diesem Augenblick, war sie nicht fähig, Trauer oder Sorge zu empfinden.

*

Kati Soisalo lief durch den Park Kalemegdan am Fuße der alten Belgrader Festung, schaute zur Donau und Save hinunter und hörte der Reiseführerin einer englischen Touristengruppe zu. Diesen ältesten Teil Belgrads hatten angeblich einst die Kelten, Römer, Goten, Hunnen, Oströmer, Ungarn, Bulgaren, Ottomanen und schließlich die Serben beherrscht. Dann blieb die Führerin stehen und erzählte von dem Ort, an dem Truppen Österreich-Ungarns nach dem Attentat der serbischen Organisation »Schwarze Hand« auf den Kronprinzen Franz Ferdinand 1914 in Sarajevo Schüsse abgegeben hatten, die mit den Beginn des Ersten Weltkriegs markierten. Die Geschichte Belgrads interessierte Kati Soisalo freilich nicht im Geringsten, momentan interessierte sie nur eins: Vilma. Wieder kamen ihr unversehens die Tränen.

Für wie viel Schlechtigkeit und Niedertracht bot die Welt Raum? Ungewollt musste sie daran denken, was man Vilma im schlimmsten Fall angetan hatte. Weltweit wurden jährlich etwa eine Million Kinder in den Dienst der Sex-Industrie gezwungen. Über drei Millionen Kinder lebten auf der Straße, ein großer Teil von ihnen als Prostituierte, und das kümmerte offensichtlich niemanden.

Kati Soisalo befand sich in einer Sackgasse. Die Botschaft hatte das Treffen im Innenministerium organisiert und behauptete nun, sie habe alles getan, was in ihren Kräften stand. Die stereotypen Aussagen der serbischen Polizei waren nicht sehr vielversprechend, Amnesty International besaß in Serbien kein Büro, und in der Belgrader Unicef-Filiale hatte man ihr geraten, sich an die Polizei zu wenden. Die serbische Kontaktperson der ECPAT, einer Organisation, die weltweit gegen die sexuelle Ausbeutung von Kindern und den Kinderhandel kämpfte, war immerhin bereit gewesen, mit ihr über Vilmas Fall zu reden. Die Frau konnte ihr zwar keine konkreten Ratschläge geben, aber zumindest bestätigte sie, dass in Serbien hinter Verbrechen auf dem Gebiet des Menschenhandels fast ausnahmslos einer der Befehlsempfänger von Bogdan Bojanić steckte.

Kati Soisalo hatte eine Entscheidung getroffen: Wenn niemand imstande war, ihr zu helfen, dann würde sie eben selbst versuchen herauszufinden, wo Vilma war. Doch damit das gelang, brauchte sie Informationen, irgendetwas, was sie Bogdan Bojanić bei einem Tauschgeschäft anbieten konnte.

Sie wischte Vogelkot von einer Parkbank und setzte sich hin, um Jonny Karlsson anzurufen. Er meldete sich sofort.

»Du hattest vorgestern gesagt, dass du abends anrufst«, sagte Jonny, es klang so, als wäre er beleidigt.

Kati Soisalo hatte keine Lust, um Entschuldigung zu bitten. Sie berichtete in einem Atemzug alles, was in Belgrad vorgefallen war.

In der Leitung herrschte Schweigen, während Jonny das Gehörte verarbeitete.

»Finde etwas über Bogdan Bojanić heraus«, bat Kati. »Ich brauche etwas, womit ich den Mann erpressen kann. Sonst bekomme ich Vilma nie zurück.«

»Dir ist hoffentlich klar, auf was für ein gefährliches Spiel du dich da einlassen willst?«, erwiderte Jonny.

»Ist dir klar, zu was für einem Spiel Vilma in den letzten drei Jahren gezwungen wurde?«, entgegnete sie barsch.

Jonny schwieg einen Moment. »Ich rufe an, wenn ich etwas gefunden habe.«

Kati Soisalo verabschiedete sich von ihrem Freund und stand gerade auf, als ihr Telefon klingelte. Sie freute sich, als sie Leo Karas Namen auf dem Display erblickte, und schilderte noch einmal ihre Situation.

Als sie fertig war, machte Kara ihr Mut: »Lass nicht locker.

Paranoid ist an seinem Computer zu beachtlichen Zauberkunststücken fähig, es kann gut sein, dass er Informationen findet, mit deren Hilfe du vorankommst. Und ich könnte mich hier beim UNODC auch nach Bojanić erkundigen. Unsere Abteilung, die den Menschenhandel untersucht, ist die weltweit führende Einrichtung auf diesem Gebiet.«

»Bleibt wirklich nur zu hoffen, dass ich irgendwo Hilfe finde«, erwiderte Kati Soisalo, und es klang nicht sehr hoffnungsvoll. »Und du, wie stehen die Aktien in Wien?«

»Willst du das wirklich hören?«, fragte Kara. »Du hast doch selber schon genug Probleme.«

»Red frisch von der Leber weg«, befahl Kati Soisalo.

»Ich bin wieder auf den Namen von Viktor Hofman gestoßen. Es sieht so aus, als hätte der Mann neben den Forschungsprogrammen im Zusammenhang mit den Marschflugkörpern auch andere wissenschaftliche Projekte finanziert. Und eines davon wird jetzt im UNODC untersucht. Um ehrlich zu sein, es liegt auf meinem Schreibtisch.«

Kati Soisalo pfiff überrascht. »Dann sei auf der Hut.«

»Ich wollte dich eigentlich um einen Gefallen bitten. Auf Hofmans Konten wurden Millionen Euro überwiesen, die von finnischen Banken kamen. Ich glaube, Paranoid könnte helfen, denen auf die Spur zu kommen, die sie eingezahlt haben.«

»Wofür brauchst du mich da, ruf Paranoid an.«

4

Mittwoch, 11. August

Legoland nannten die Mitarbeiter des britischen Auslandsnachrichtendienstes SIS ihr Londoner Hauptquartier, das an die Stufenpyramiden der Azteken erinnerte. Das Gebäude in Vauxhall Cross, am Südufer der Themse, wurde von einem Wallgraben umgeben, seine speziell verstärkten Wände hielten der Wucht selbst einer starken Explosion stand. Legoland unterlag einem hohen Terrorismusrisiko und war Ziel der Aktivitäten feindlicher Geheimdienste, deswegen wurde es in die Kategorie A eingestuft.

Clive Grover, Leiter der Abteilung für Aufklärungsoperationen, setzte sich im Büro von Betha Gilmartin, der stellvertretenden SIS-Chefin, auf den Besucherstuhl. Der Mann, der bei operativen Einsätzen den Decknamen ›Kapellmeister‹ trug, besaß großes Geschick in der Menschenführung. Und wer seine graue Löwenmähne erblickte, dachte sofort an einen Dirigenten, der den Taktstock schwang.

»Jetzt ist keine Zeit, lange irgendwelchen Scheiß rumzulabern, du kannst gleich zur Sache kommen. Aber warte mal einen Moment«, sagte Betha Gilmartin in barschem Ton und beugte sich vor, um etwas in ihr Notizbuch zu schreiben, das in Leder gebunden war.

Grover wunderte sich nicht über ihre unverblümte Ausdrucksweise, die Frau redete wie ein Kerl und stand außerdem stark unter Stress. Für ihre Ernennung zum SIS-Chef, die schon längere Zeit als sicher galt, waren in den letzten Monaten Hindernisse aufgetaucht. In dem erzkonservativen Nachrichtendienst gab es immer noch jede Menge Geheimdienstleute der alten Schule, Absolventen von Oxford und Cambridge, die sich nicht entscheiden konnten, ob sie mehr Verachtung dafür empfanden, dass Gilmartin eine Frau war, oder dass sie an der Universität Edinburgh studiert hatte. Gerüchten zufolge lag Gilmartin im Wettstreit um den Chefposten allerdings immer noch in Führung.

»Auf dem Kernkraftwerksgelände des französischen Atomenergiekommissariats im südfranzösischen Marcoule wurden gestern Hunderte Kilo … Elemente gestohlen. Bei einem sehr eindrucksvollen und professionellen Anschlag«, berichtete Grover, als Betha Gilmartin ihre Notizen beendet hatte.

»Ach, diese Franzosen. Letztes Jahr fand ihr Atomenergiekommissariat im KKW Cadarache dreißig Kilo mehr Plutonium, als die Buchführung der Anlage auswies. Angeblich hatten sie versäumt, einen Teil des Plutoniums in die Bestandsliste einzutragen«, sagte Betha Gilmartin und lachte.

Grover zog die Augenbrauen hoch. »Du hast hoffentlich nicht die Probleme in Sellafield vor fünf Jahren vergessen. Dort fehlten in der Buchführung dreißig Kilo Plutonium. Damit könnte man sieben Atombomben herstellen.«

Betha Gilmartin kehrte zum Thema zurück: »Und warum soll mich … uns dieser Vorfall in Marcoule interessieren?«

»Wir verfolgen natürlich von Amts wegen alle Anschläge auf dieser Ebene, in Marcoule werden ja tonnenweise das für die Herstellung von Kernwaffen geeignete Plutonium-Isotop Pu-239 und das zum Auslösen von Kernwaffen verwendete radioaktive Wasserstoff-Isotop Tritium gelagert …«

»Mann! Das weiß ich selber. Komm zur Sache, du knauserst wieder mal mit deinen Informationen wie eine Teenagerin«, knurrte Betha Gilmartin.

Grover rückte den tadellos sitzenden Kragen seines hellroten Hemdes zurecht. »Bei den Ermittlungen des französischen Nachrichtendienstes DCRI tauchte der Name eines … alten Bekannten von uns auf – Manas.«

Betha Gilmartin warf einen besorgten Blick auf ihren Pulsmesser. Der Wert durfte hundertzehn nicht überschreiten, das war eine Anordnung des Arztes. Sie lehnte sich zurück und versuchte zu entspannen.

Der Anblick war Grover vertraut, er wartete einen Augenblick und fuhr dann fort: »Die Franzosen haben die Aufnahmen der Überwachungskameras von Marcoule untersucht und festgestellt, dass einer der Männer eindeutig als Anführer in Erscheinung getreten ist. Er hat zweimal etwas gesagt«, Grover schaute auf seine Unterlagen. »*›Halt! Ruhe!‹* und *›Alles in Ordnung, jetzt schnell raus!‹*«

»Das hat gereicht, um ihn als Manas zu identifizieren?«, fragte Betha Gilmartin.

»Die Ermittler des DCRI haben in ihrem Register eine Sprachprobe des Mannes gefunden, genauer gesagt war es die Probe, die wir ihnen geschickt haben, dieselbe, die unser Kommunikationshauptquartier GCHQ bei den Ermittlungen zu den Marschflugkörpern im vorigen Jahr eingefangen hatte. Laut Stimmanalyse war der Leiter des Kommandos bei dem Angriff auf Marcoule mit zweiundneunzig Prozent Wahrscheinlichkeit Manas.«

»Was wurde in Marcoule gestohlen?«

»Das ist das Merkwürdige – etwa vierhundert Kilo seltener Metalle und Elemente. Das mit Abstand meiste ist Iridium.«

Betha Gilmartins Miene verriet, dass sie nicht ganz folgen konnte.

Grover blätterte in seinen Unterlagen. »Iridium ist ein extrem hartes Metall der Platingruppe, neben dem Osmium das dichteste aller Elemente und das mit der höchsten Korrosionsbeständigkeit. Sein Schmelzpunkt liegt bei unglaublichen zweitausendvierhundertneunzehn Grad Celsius, es löst sich auch in Säuren nicht auf. Pro Jahr werden nur drei Tonnen produziert. Der größte Teil des Iridiums auf der Erde, wenn nicht sogar alles, ist mit Asteroiden aus dem Weltraum gekommen. Vielleicht mit demselben Asteroiden, der die Dinosaurier ausgelöscht hat.«

»Die Dinosaurier?«, fragte Betha Gilmartin verwundert.

»Iridium wird zur Herstellung von Metalllegierungen mit extrem guter Korrosions- und Hitzebeständigkeit verwendet. Die braucht man in Flugzeugmotoren, zum Einkapseln des Plutoniumbrennstoffs von Raumschiffen und für alles mögliche andere.«

Betha Gilmartin beugte sich zu Grover hin. »Manas ist ein Auftragskiller. Warum zum Teufel hat er Iridium geklaut?«

»Jemand hat in den letzten Monaten die Iridiumvorräte der ganzen Welt aufgekauft. Zwei Wissenschaftler wurden entführt und zwei Forschungseinrichtungen zerstört, beides hing mit Iridium zusammen. Die Behörden verschiedener Länder sowie Interpol und das UNODC führen schon Ermittlungen zu diesem Komplex.«

»Wer bearbeitet das beim UNODC?«, fragte Betha Gilmartin interessiert.

Grover blätterte wieder in seinen Unterlagen. »Leo Kara. Der Name kommt mir bekannt vor.«

»Er hat im letzten Jahr die Geschäfte des Waffenhändlers Ruslan *Witwenmacher* Sokolow im Zusammenhang mit diesen Marschflugkörpern untersucht«, erklärte Betha Gilmartin und hätte am liebsten hinzugefügt, dass Leo Kara für sie wie ein Sohn war.

»Die Franzosen befürchten, dass jemand die Absicht hat, ›schmutzige‹ Bomben herzustellen«, fuhr Grover fort. »Das radioaktive Isotop Iridium-192 eignet sich ausgezeichnet als Strahlungsquelle einer ›schmutzigen‹ Bombe. Laut Atomüberwachungsbehörde der USA ist weltweit von keinem der für die Herstellung einer solchen Bombe geeigneten Stoffe so viel verschwunden wie vom Iridium-192.«

Betha Gilmartin verdaute Grovers Worte noch, doch der redete schon weiter: »Vielleicht will jemand Iridiummetall stehlen, um daraus Iridium-192 herzustellen und ein gewaltiges Arsenal ›schmutziger‹ Bomben anzulegen. Zumindest muss diese Möglichkeit in Betracht gezogen werden.« Grover beugte sich über seine Unterlagen. »Das radioaktive Isotop Iridium-192 wird in Kernkraftwerken durch Neutronenaktivierung aus gewöhnlichem Iridium hergestellt, geringe Mengen können auch in Forschungsreaktoren oder Teilchenbeschleunigern erzeugt werden.«

Grover wollte weiterreden, aber Betha Gilmartin fuhr ihm dazwischen: »Das klingt so, als wäre es verdammt mühselig. Warum klauen die nicht gleich dieses radioaktive Iridium?«

»Das weißt du doch so gut wie ich. Verglichen mit dem Raub radioaktiver Stoffe wie beispielsweise Plutonium ist der Diebstahl gewöhnlichen Iridiummetalls das reinste Kinderspiel. Die Lager von hochradioaktivem Atommüll werden mit den effektivsten Sicherheitssystemen der Welt geschützt.«

»Alle Alternativen müssen geklärt werden«, sagte Betha Gilmartin und befürchtete schon das Schlimmste. »Sind die Franzosen Manas auf den Fersen. Wie ist der Stand der Ermittlungen?«

Grover lächelte. »Der Raub aus einem Lager auf einem Kernkraftwerksgelände ist ein derart peinlicher Rückschlag, dass einem die Franzosen fast leidtun können. Aber sie unternehmen natürlich alles, was in ihren Kräften steht, um die Schuldigen zu ergreifen: Derzeit gilt in Frankreich die höchste Stufe der Bedrohung durch den Terrorismus. Die Franzosen haben Interpol und einige Sicherheitsbehörden und Nachrichtendienste um Informationen gebeten. Auch uns.«

»Ich fresse einen Besen mitsamt der Putzfrau, wenn die Franzosen Manas finden«, verkündete Betha Gilmartin im Brustton der Überzeugung. »Schließlich haben wir das letztes Jahr auch nicht geschafft, und andere erst recht nicht.«

»Wir haben schon einen guten Hinweis. In Italien wurde vorgestern …«, Grover warf einen Blick auf seine Unterlagen, »eine Wissenschaftlerin namens Sabrina Pianini entführt. Laut dem italienischen Inlandsnachrichtendienst AISI hat Pianini zum Zeitpunkt ihres Verschwindens beim Notruf der örtlichen Polizei in hysterischem Zustand eine Nachricht hinterlassen. Angeblich hat sie Manas sowohl in Philadelphia als auch in Barga getroffen. Die Sicherheitsmaßnahmen der Yankees haben einen hohen Standard, in den Aufzeichnungen der Überwachungskameras der Universität, an der Pianini arbeitet, auf dem Flughafen oder irgendwo anders wird man also zwangsläufig Bilder von Manas finden.«

Betha Gilmartin wirkte nun etwas hoffnungsvoller. »Na, dann los, heb deinen Arsch und dirigiere dein Orchester.«

*

Der Verkehrslärm auf dem Terazije-Platz im Herzen Belgrads klang im Hotel »Moskva« wie ein gleichmäßiges Rauschen. Kati Soisalos Absätze klapperten auf dem Parkett ihres Zimmers, als sie zur Minibar ging, eine kleine Flasche Weißwein öffnete und sich ein Glas halbvoll eingoss. Sie hatte Angst vor dem, was sie erfahren würde, wenn das Telefon irgendwann endlich klingelte.

Jonny sollte alles, was er konnte, über den Menschenhändler Bogdan Bojanić herausfinden, den ganzen Dreck, den der Mann am Stecken hatte. Wenn jemand das schaffte, dann Jonny. Immerhin war der Cracker vor etwa zwei Jahren in das Datensystem des Pentagon eingedrungen und hatte es zum Absturz gebracht, und das nur, um seinen »Nick« P@r@noid und eine Nachricht zu hinterlassen, in der er gegen das Gefangenenlager in Guantanamo und die US-Außenpolitik protestierte. Das hatte ihm mehrere Gerichtsverfahren eingebracht, das letzte war erst im Frühjahr zu Ende gegangen, als die Administration von Barack Obama das unter Präsident Bush eingeleitete Ersuchen um die Auslieferung von Paranoid in die USA zurückgezogen hatte.

Dann klingelte das Handy endlich, Jonny war am Apparat.

»Die Adresse von Bogdan Bojanić habe ich schnell herausgekriegt, aber andere Informationen über den Mann ließen sich einfach nicht finden. Auf elektronischem Wege kommt man überhaupt nicht an ihn heran, er besitzt weder ein Handy oder E-Mail-Adressen noch Kreditkarten, nicht einmal Bankkonten. Ich musste Verbindung zu zwei ... Kollegen aufnehmen. Die Besten von uns haben zuweilen Kontakt untereinander ... wir tauschen manchmal Informationen aus.«

»Nun rück schon raus damit. Hast du etwas in Erfahrung gebracht, was mir helfen könnte?«, erkundigte sich Kati Soisalo nervös.

»Ich will nicht, dass du auch nur in die Nähe von Bojanić kommst. Hast du ernsthaft die Absicht, einen serbischen Menschenhändler zu erpressen? Während des Krieges in Kroatien und Bosnien war Bojanić Mitglied der paramilitärischen Arkanovci-Milizen, die Tausende Menschen abgeschlachtet haben. Nach dem Krieg hat er sich der kriminellen Organisation Voždovac angeschlossen und ist heute einer der Hauptorganisatoren der Balkan-Route.«

»Ich will einfach nur wenigstens einen Menschen sehen, der für Vilmas Verschwinden verantwortlich ist. Ich will jemanden treffen, der weiß, was mit Vilma passiert ist. Bojanić wird ja wohl kaum jeden seiner Gesprächspartner umbringen«, sagte Kati Soisalo, um Paranoid zu beruhigen. Allerdings kamen angesichts dieser Informationen auch bei ihr Zweifel auf, ob ihr Vorhaben vernünftig war.

»Wenn Bojanić in dir eine Bedrohung sieht, dann ist ihm alles zuzutrauen, glaub mir. Naša Stvar – die serbische Mafia – spart wahrhaftig nicht beim Pulver, die Liste der Morde, die auf ihr Konto gehen, ist unglaublich lang. In Serbien werden Polizisten und auch Politiker einfach so umgebracht, von Kriminellen ganz zu schweigen.«

»Was hast du herausgefunden, Jonny? Sag es mir«, bat Kati Soisalo mit all ihrer Überzeugungskraft.

»Ich sage es dir, wenn du mir versprichst, vorsichtig zu sein.«

Sie versprach es ihm und erhielt die Informationen sowie die

Adresse von Bojanić. Dann brach sie das Telefongespräch ab, damit es Jonny nicht gelang, sie doch noch umzustimmen. Sie wusste selbst, dass ihr Vorhaben waghalsig war, aber sie weigerte sich, darüber nachzudenken. Es war Zeit, zu handeln.

Kati Soisalo nahm ihre Schultertasche von der Garderobe, verließ eilig das Hotel, winkte auf dem Terazije-Platz ein vorbeifahrendes Taxi heran und sagte die Adresse.

»In was für einem Stadtteil liegt diese Straße? Ist das weit entfernt?«, fragte sie.

»Dedinje ist die teuerste Gegend in Belgrad, da wohnt nur die Crème de la Crème, Diplomaten und die Promis der Stadt. Es gibt dort viele große Villen, Herrenhäuser, Botschaften und zwei ehemalige königliche Paläste. Von hier sind es knapp zehn Kilometer, aber wir kommen auf der Straße Kneza Miloša fast ans Ziel.« Der junge Fahrer sprach gut Englisch. Es stellte sich heraus, dass er an der Universität studierte und sich mit Taxijobs seine Miete verdiente. Kati Soisalo spürte, dass ihre Angst im selben Tempo größer wurde wie der Hügel Topčidersko Brdo, der immer näher kam.

Der Fahrer hielt vor einer riesigen Villa an, Kati Soisalo bezahlte, stieg aus und stand mit ihrer Tasche auf dem Fußweg.

Sie kam sich plötzlich sehr einfältig vor. Den Garten umgab eine drei Meter hohe Mauer, hinter dem eisernen Tor stand ein Wächter, und an den Hauswänden waren Überwachungskameras zu sehen. Wie zum Teufel wollte sie denn da hineinkommen? Als sie im Garten Kindergeschrei hörte, trat sie ans Tor heran. Mehrere Terrassen, Balkons, gewaltige Zedern, Rosenbüsche, Zierpflanzen und eine Beregnungsanlage, deren zarter Wasserschleier in den Regenbogenfarben glitzerte. Im Nachbarhaus hatte, nach dem Wappen an der Wand und der flatternden Fahne zu urteilen, eine Botschaft ihr Quartier. Im Garten der Villa spielten zwei gut gekleidete Mädchen im Vorschulalter, die von einem Leibwächter und einer grauhaarigen Frau bewacht wurden. Und auf einem Liegestuhl unter einem Sonnenschirm ruhte Bogdan Bojanić mit einer Zeitung in den Händen. Kati Soisalo hatte Fotos des Mannes im Internet gesehen und erkannte ihn sofort an seinem mächtigen Haarschopf und der Hakennase.

Kati Soisalo räusperte sich und winkte den Wächter heran, der hinter dem Tor stand, die Hände in den Taschen. »Ich möchte Bogdan Bojanić sprechen.«

Der tätowierte Mann in Jeans und kurzärmligem Hemd legte eine Hand auf die Pistolentasche am Gürtel und fragte in einem Englisch mit starkem Akzent: »Ist das ein vereinbartes Treffen?«

»Nein, aber die Angelegenheit ist wichtig.«

»Rufen Sie die Sekretärin an und lassen Sie sich einen Termin geben«, entgegnete der Wächter in abweisendem Ton und wandte ihr den Rücken zu.

»Bogdan Bojanić!«, schrie Kati Soisalo aus vollem Halse. »Ich will mit dir über meine verschwundene Tochter reden! Willst du das hier im Garten tun oder im Haus?«

Der Wächter stürzte zum Tor, warf dabei einen Blick nach hinten zu seinem Herrn und wusste nicht, was er machen sollte. Anscheinend war das für den Bediensteten der serbischen Mafia der erste derartige Fall. Ein Mann mit gebeugtem Rücken, der seinen Hund ausführte, blieb verwundert neben Kati Soisalo am Tor stehen, um zu sehen, was hier im Gange war.

»Bogdan Bojanić! Ich will mit dir über die Balkan-Route reden. Und über meine Tochter. Über die verschwundenen Kinder und den Menschenhandel. Ich kann ohne weiteres auch den ganzen Tag hier stehen und schreien«, brüllte Kati Soisalo und bemerkte, wie nebenan in der Botschaft jemand auf dem Balkon erschien.

Wutentbrannt lief Bojanić zum Tor. »Wer bist du, verdammt noch mal? Soll ich die Polizei rufen?«

»Die hat mich ja hierhergeschickt. Oder zumindest haben sie deinen Namen erwähnt.«

Bojanić öffnete das Tor und packte Kati Soisalo am Arm. Er führte den Störenfried in die Villa, die massive Marmortreppe hinauf in sein Arbeitszimmer und stieß sie rabiat auf einen Stuhl. Dann holte er aus und schlug ihr mit der flachen Hand ins Gesicht.

»Meine Tochter ist vor drei Jahren in Dubrovnik verschwunden. Gestern wurde sie in Belgrad gesehen.« Kati Soisalo stieß die Worte hervor und spuckte dabei Blut.

»Du schwachsinnige Hure. Wie ist dein Name?«, brüllte Bojanić rasend vor Wut, während der Chef seiner Bodyguards das Zimmer betrat.

Kati Soisalo holte aus ihrer Tasche eine Visitenkarte, zögerte aber. Danach gäbe es kein Zurück mehr. Sie hielt Bojanić die Karte hin und schaute ihn mit entschlossener Miene an. »Wie kannst du lächelnd mit deinen Töchtern spielen, während zur gleichen Zeit deine Leute die Kinder anderer Menschen rauben und mit ihnen Geschäfte machen?«

Die Hände in den Hüften stand Bojanić einen Schritt von Kati Soisalos Stuhl entfernt und sah so aus, als würde er gleich wieder zuschlagen. »Bist du Hure aus irgendeiner Anstalt ausgebrochen? Du kommst einfach hierher in das Haus von Bogdan Bojanić, um irgendwelche Anschuldigungen vorzubringen. Hast du gar keinen Selbsterhaltungstrieb?«

»Dimitri Arbuzow«, sagte Kati Soisalo, und die Drohungen von Bojanić hörten schlagartig auf.

»Ich weiß von eurer Zusammenarbeit«, fuhr sie fort und hoffte aus tiefstem Herzen, dass Paranoids Informationen stimmten. Er war sich selbst nicht sicher gewesen, ob sie als zuverlässig gelten konnten. Dem Vernehmen nach hatte ein serbischer Cracker-Kollege die Information über die Zusammenarbeit von Arbuzow und Bojanić im Datensystem des serbischen Innenministeriums und auf dem Computer des Kriminalreporters der Zeitung »Blic« gefunden. Es war nur ein Gerücht, aber brandneu und noch nicht überprüft.

»Machen Sie wenigstens einmal in Ihrem Leben eine Ausnahme«, flehte Kati Soisalo ihn an. »Geben Sie mir meine Tochter zurück, niemand wird erfahren, wer sie entführt hat, ich will sie nur wiederhaben. Verlangen Sie ein Lösegeld, alles, was Sie wollen …« Sie griff in ihre Tasche und wollte die Fotos von Vilma herausholen, aber der Sicherheitschef trat vor sie hin, um das zu verhindern.

»Meine Tochter ist genau so alt wie Ihr jüngeres Kind«, sagte Kati Soisalo in beschwörendem Ton.

Bojanić sah seine Sekretärin im Zimmer nebenan und ging zur Tür, um sie zu schließen. »Von wem hast du den Namen Arbuzow gehört?«, fragte er.

»Von der serbischen Polizei«, log Kati Soisalo. »Bitte haben Sie Mitleid mit meiner Tochter.«

Im selben Augenblick betraten drei Männer so groß wie Mauerbrecher das Zimmer.

»Wenn du mein Haus still und ruhig verlässt, begleiten dich diese Männer in dein Hotel. Wenn du aber weiter randalierst oder noch einmal in der Nähe meiner Villa auftauchst, dann schneiden sie dir mit dem Messer die Milz heraus. Du kannst selbst wählen«, drohte Bojanić.

Kati Soisalo schaute den serbischen Menschenhändler an und empfand grenzenlose Wut und zugleich abgrundtiefe Trauer. Dieser widerliche Kerl wusste, was mit ihrer Tochter geschehen war, doch ihr blieb nichts anderes übrig, als dieses Haus zu verlassen. Nur ein anderthalb Meter großes Stück eines Perserteppichs lag zwischen ihr und Vilma. So nahe würde sie ihrer Tochter vielleicht nie wieder kommen.

Als Kati Soisalo begleitet von den Bodyguards das Zimmer verlassen hatte, knöpfte Bogdan Bojanić sein Hemd zu und schüttelte lächelnd den Kopf. »Die Hure hat Schneid, das muss man ihr lassen. Kommt einfach her und schreit am helllichten Tag hier herum.«

»Woher weiß sie von dir und Arbuzow?«, fragte der Sicherheitschef verwundert.

Bojanić schniefte und zuckte die Achseln. »Erkundige dich nach dem Weib. Auf der Visitenkarte steht, dass sie eine finnische Juristin ist.«

»Was sollen wir mit ihr machen?«

»Finde heraus, ob wir etwas mit dem Verschwinden ihrer Tochter zu tun haben und ob das Mädchen in Belgrad ist. Wenn ja, muss das Kind weggebracht werden, weit weg. Danach holst du alles aus der Frau heraus, was sie über Arbuzow weiß, wer ihr das gesagt hat und so weiter. Und schließlich organisierst du irgendeinen Unfall, es darf ruhig ein schwerer sein. Schließlich ist diese Scheißhure mit Gewalt in mein Zuhause eingedrungen.«

*

Sabrina Pianini versuchte nicht einmal mehr, Vermutungen anzustellen, was hier vor sich ging, die ganze Situation überstieg ihr Begriffsvermögen, obwohl ihr Intelligenzquotient nach den Ergebnissen bei drei standardisierten Tests immerhin zwischen 169 und 182 lag. Sie wusste nur, dass sie mit den anderen Gefangenen mehrere Tage in dem stinkenden Loch im Auflieger eines Sattelzugs vegetiert hatte, bis man sie vor einigen Stunden herausgezerrt und mit verbundenen Augen in diesen kleinen zellenartigen Raum aus Metall geführt hatte. Vermutlich war ihr in regelmäßigen Abständen Heroin gespritzt worden. Der Euphorie nach der Injektion folgten Übelkeit und ein trockener Mund, die Beine waren schwer wie Blei. Sie fühlte sich mal frisch und munter und dann wieder schläfrig.

Ein schmales Bett, zwei Klappstühle, ein Kleiderschrank und ein Tisch, den man aus der Wand heraus klappte, das war das ganze Mobiliar. Sie hatte sich waschen und saubere Sachen genau in der richtigen Größe anziehen dürfen und anschließend ein Abendessen serviert bekommen, das es mit Gerichten der besten

Restaurants aufnehmen konnte. Und gerade eben war eine Aluminiumplatte automatisch hochgesurrt wie ein Rollladen und hatte ein wandgroßes Fenster freigegeben.

Sie kam sich vor wie eine Ratte, die von irgendeinem übermächtigen Wesen skrupellos für dessen Zwecke ausgenutzt wurde. Der Betonfußboden strahlte Kälte aus, die sie durch die Stoffschuhe spürte. Das Absurde der Situation jagte ihr einen eisigen Schauer über den Rücken. Aus einer Höhe von fünf Metern schaute sie auf eine Forschungshalle, die sich über Tausende Quadratmeter erstreckte. Sie hatte zwar während des Studiums und in ihren Berufsjahren Dutzende unterschiedliche Forschungsinstitute kennengelernt, aber so etwas sah sie zum ersten Mal: Hunderte, vielleicht Tausende Wissenschaftler in weißen Kitteln und Techniker in Overalls und dazu Unmengen von elektronischen Geräten, darunter etliche, die sie überhaupt nicht kannte. War das da auf dem großen Flüssigkristallmonitor das Bild eines Teilchenbeschleunigers?

Durch die riesigen Fenster der Halle sah sie die ersten Sonnenstrahlen, seit auf der Via Bellavista in Barga um sie herum alles dunkel geworden war. Das Forschungszentrum umgab eine mehrere hundert Meter breite, kahlgeschlagene Sicherheitszone, die an einem hohen Maschendrahtzaun mit Stacheldraht endete. Aus dem dahinter erkennbaren Kiefernwald konnte man nur den Schluss ziehen, dass sie sich jetzt wahrscheinlich weiter nördlich befand als zum Zeitpunkt ihrer Entführung. Doch das half ihr auch nicht viel weiter, möglicherweise war sie also in Norwegen, es konnte aber genauso gut Polen sein.

Wie sollte sie fliehen? Nach ihren Berechnungen war jetzt Mittwoch, sie müsste eigentlich schon in Florenz sein. Wie viele Tage blieben Guido noch, zwei, drei, fünf …? Einen neuen Spender einer Niere würde das Krankenhaus auf keinen Fall rechtzeitig finden, deshalb hatte man sie ja nach Italien eingeflogen. Guido wartete schon seit über einem Jahr auf eine neue Niere. Die Ärzte hatten sie in den USA alarmiert und um Hilfe gebeten, nachdem sich vor einer Woche sein Zustand dramatisch verschlechtert hatte. Sie war Guidos einzige Chance. Es tat weh, wenn sie an ihren Bruder dachte. Als dann noch das Bild des kleinen verweinten, aber lächelnden Mädchens vor ihr auftauchte, wie es in der stickigen Gefangenenzelle des Lastzuges etwas in ihr Ohr flüsterte, hatte sie das Gefühl, jeden Moment zusammenzubrechen. Afërdita. Wer würde diesen Kindern helfen?

Sabrina Pianini fiel ein Film ein, den sie kürzlich gesehen hatte. Darin ging es um einen Politiker, der sich vor etwa zweihundert Jahren gegen den von Großbritannien betriebenen Sklavenhandel eingesetzt hatte. Früher waren die Sklaven unter unmenschlichen, entsetzlichen Bedingungen auf Schiffen von Afrika nach Westindien verfrachtet worden, heute transportierte man die Sklaven mit Lastkraftwagen quer durch Europa. Manche Dinge änderten sich im Laufe der Jahrhunderte überraschend wenig.

Plötzlich öffnete sich die Schiebetür des Raumes, ein Mann in weißem Kittel trat ein und reichte ihr die Hand.

»Nun sehen wir uns also wieder. Sie erinnern sich gewiss noch an mich, ich bin Doktor Andrej Rostow. Willkommen in meinem Forschungsinstitut. Ist hier alles soweit in Ordnung? Man sagte mir, dass Sie schon etwas zu essen bekommen haben.«

Sabrina Pianini war verblüfft. Vor ihr stand der Mann, der sie zu Weihnachten in Barga besucht und ihr Arbeit angeboten hatte. Ein Mann, der das ganze Zimmer auszufüllen schien. In seinem Wesen lag etwas Dominantes, etwas, das sich nicht erklären oder beschreiben ließ – *je ne sais quoi*, wie die Franzosen sagten. Eins achtzig groß, altersbedingt weißhaarig, wachsame und klare Augen, eingefasst von einer Brille mit Metallgestell, eine hohe Stirn und eine Figur, die sicher auch die meisten Vierzigjährigen gern gehabt hätten. Der Mann war irgendwie … anders.

»Spielen Sie Schach?«, fragte Doktor Rostow.

Sabrina Pianini schüttelte den Kopf.

»Ärgerlich. Nach meiner Erfahrung ist das Schachspiel eine ausgezeichnete Methode, sich kennenzulernen. Beim Spielen verrät man ungewollt oft mehr von sich selbst, von seiner Intelligenz und seinem Charakter, ob man aggressiv oder vorsichtig ist, tollkühn oder besonnen …«

»Der Mann artikuliert sein Englisch sehr akkurat, fast wie ein geborener Brite der Upperclass«, dachte Sabrina Pianini und machte endlich den Mund auf: »Man hat mich gekidnappt und mit Drogen betäubt, und Sie fragen, ob ich Schach spiele.«

Doktor Rostow verzog den Mund. »Ich bitte um Entschuldigung dafür, wie man Sie behandelt hat, aber wir waren gezwungen, rigorose Maßnahmen zu ergreifen. Ihr Vertrag mit der Universität von Pennsylvania, der DARPA und Spacetech Ltd. gilt noch Jahre, und Sie sind nicht bereit gewesen, sich uns auf dem Wege einer gütlichen Einigung anzuschließen, obwohl wir Ihnen ein Honorar in astronomischer Höhe angeboten haben. Übrigens sind Sie die einzige Wissenschaftlerin, die ich persönlich aufgesucht habe, um sie für die Arbeit bei uns zu gewinnen. Ihre Rolle in unserem Forschungsprojekt wird bedeutend sein, schließlich wissen Sie so gut wie alles über die Verwendung von Iridiumkatalysatoren in Treibstoffen. Wir können unsere Mitarbeiter nicht auf die herkömmliche Weise über Anzeigen rekrutieren, in der Regel nicht einmal durch persönliche Kontaktaufnahme. In der Wissenschaftsgemeinde würden schon bald Gerüchte über uns zirkulieren und über unsere … Vorschläge. Und nichts ist wichtiger, als dass die Existenz unseres Instituts geheim bleibt. Diesen Punkt kann man gar nicht genug betonen.«

Andrej Rostow wies auf die Klappstühle, die an der Wand standen.

Sabrina Pianini schaute nicht einmal in die Richtung, in die er zeigte. »Ich erwarte eine Erklärung. Für das … alles«, sagte sie, deutete ziellos auf ihre Umgebung und wunderte sich, wie gelassen sie reagierte.

»Sie sind ein intelligenter Mensch, Fräulein Pianini, Ihnen schwirren momentan sicher Dutzende brennende Fragen durch den Kopf. Ich erkläre Ihnen zum jetzigen Zeitpunkt nur das Wichtigste. Sie sind hier, weil wir Ihr Fachwissen bei der Entwicklung bestimmter Iridiumkatalysatoren benötigen. Sie werden in diesem Institut mehrere Monate, vielleicht sogar Jahre verbringen, das lässt sich leider nicht ändern. Es ist am besten, wenn Sie über all das mit unserem Psychologen reden, er wird Sie sofort empfangen, wenn Sie es wünschen. Ihre Stimmung muss möglichst schnell besser werden, damit das Interesse für die Arbeit geweckt wird.«

»Was wird hier eigentlich gemacht, das Institut ist ja riesengroß?«, fragte Sabrina Pianini, die ans Fenster getreten war.

»Das da ist mein ganzer Stolz«, antwortete Doktor Rostow und strahlte vor Zufriedenheit, als er auf eine Anlage zeigte, die so groß wie ein Lkw war und in der Mitte der Halle stand. »Das ist ein in seiner Art beispielloser Prototyp, und er wird in wenigen Tagen einsatzbereit sein. Wir werden ihn bald brauchen im Zusammenhang mit … dem ›Langen Marsch‹ der Chinesen.« Rostow fand gar kein Ende, nachdem er einmal angefangen hatte, voller Begeisterung über sein Lieblingsthema zu reden.

»Ich lasse Ihnen etwas Hintergrundmaterial über Ihre neue Forschungsgruppe hier, machen Sie sich damit vertraut«, sagte Doktor Rostow schließlich, legte den Ausdruck aufs Bett und verließ den Raum.

»Sie bringen meinen Bruder um, wenn Sie mich gefangen halten«, dachte Sabrina Pianini, hielt aber den Mund und sagte kein Wort.

5

Mittwoch, 11. August

Leo Kara saß im Straßencafé vor dem Haupteingang des Gebäudekomplexes der UNO-City und schlürfte ein Bier. Die letzten noch unerledigten Mappen zu den Iridium-Fällen lagen vor ihm auf dem Tisch, seine Arbeitszeit war zwar vor kurzem zu Ende gegangen, er würde aber noch den ganzen Abend für diesen Auftrag brauchen. Die Mitarbeiter des UNODC saßen meist in den Lokalen des Hauses F, hier hingegen entspannten sich größtenteils Besucher und die Leute, die an den täglichen Führungen für Touristen teilnahmen. Kara war nicht sonderlich daran interessiert, Leuten aus dem Stab des Generaldirektors zu begegnen: Anders Aasen hatte mit so viel Eifer über den Zwischenfall getratscht, dass jeder zweite entgegenkommende Kollege ihn anstarrte, als wäre er der Elefantenmensch.

Das eiskalte Bier beruhigte die Nerven. Kara betrachtete den großen Springbrunnen mitten auf dem Innenhof, den ein Kranz von Flaggen umschloss. Dahinter stand das zylindrische Konferenzgebäude umgeben von sechs ypsilonförmigen Bürotürmen aus Beton und Glas. Neben dem UNODC hatten auch viele andere Einrichtungen der UN hier ihr Quartier. In ihnen arbeiteten über viertausend Menschen aus hundert Ländern. Die Wiener hatten den Gebäudekomplex UNO-City getauft, und das Gelände erinnerte tatsächlich an eine Stadt.

Zwei Stunden später war der Stapel auf Karas Tisch geschrumpft, und auf dem Nachbartisch türmten sich die durchgearbeiteten Hefter. Die Sonne in ihrer goldgelben Aura tauchte gerade am Horizont unter. Kara war müde, aus Angst vor Alpträumen hatte er nachts nicht viel und noch dazu unruhig geschlafen. In den Mappen fand sich nichts Wichtiges, die ganze Arbeit war anscheinend reine Zeitverschwendung. Er öffnete den nächsten Hefter und fluchte derart laut, dass die anderen Gäste im Café zu ihm herüberschauten. Kontoauszüge, Quittungen und andere Buchhaltungsunterlagen, keine Arbeit verabscheute er so sehr wie das Überprüfen von Geldangelegenheiten, das galt für seine eigenen wie auch für die anderer Leute.

Kara holte sich noch ein Bier und beschloss, die Ärmel hochzukrempeln und die letzten Mappen in einem Zuge durchzugehen. Er hatte erst ein paar Unterlagen umgeblättert, da stach ihm ein Name ins Auge, hinter dem er schon den ganzen Tag her war – Viktor Hofman. Es handelte sich um einen zwei Jahre alten Überweisungsbeleg der finnischen Aktia-Bank über drei Millionen Euro. Eingezahlt von einem Unternehmen namens Kivijalka. Ein Durchbruch! Kara freute sich, blätterte um und entdeckte eine zweite und noch eine dritte Zahlung von Kivijalka an Hofman. Am Schluss fanden sich in der Mappe auch noch zwei andere Belege für Zahlungen aus Finnland an Hofman: Überweisungen in Höhe von zweihunderttausend und vierhunderttausend Euro von einer Firma Severnaja. Der Name deutete auf Russland hin.

Kara kämpfte sich im Schnellzugtempo durch den Rest der Unterlagen, trank sein Bier aus und packte die Mappen in mehrere Beutel. Dann eilte er im Laufschritt zum Haus E, schloss die Unterlagen in seinem Zimmer ein und schaute bei seinem Chef vorbei, um sich zu vergewissern, dass Gilbert Birou sein Büro schon verlassen hatte. Der Generaldirektor saß garantiert längst in irgendeinem Restaurant mit mehreren Michelin-Sternen. Kara schickte seinem Vorgesetzten eine SMS, in der er ihm versicherte, gleich am nächsten Morgen über den Iridium-Fall Bericht zu erstatten. Nun musste er sich ernsthaft Gedanken über seine Zukunft machen, und das hatte er in seinem ganzen Erwachsenenleben noch kein einziges Mal getan.

Auf der Station Vorgartenstraße stieg er aus der Metro der Linie U1 aus und steuerte den Laden an seiner Ecke an. Als eine tiefgefrorene Pizza, Bier, Nudeln, Brot und eine Landjäger-Wurst in seinem Einkaufskorb lagen, spürte er, dass sein Telefon in der Hosentasche vibrierte. Auf dem Display blinkte der Name »Paranoid«, er hatte den Computerguru gebeten, etwas über die Zahlungen an Viktor Hofman aus Finnland in Erfahrung zu bringen.

»Ich habe einige vorläufige Informationen. Um die eine Firma, die Hofman Geld überwiesen hat, Severnaja, kümmert sich in Finnland Marat »Ratte« Krylow. Der Mann arbeitet ausschließlich für Dimitri Arbuzow, seit sie sich Ende der neunziger Jahre in einem Sankt Petersburger Untersuchungsgefängnis kennengelernt haben. Und Arbuzow wiederum steht im Verdacht, in den Menschenhandel auf der Balkan-Route verwickelt zu sein. Aber diese Information dürfte eher Kati interessieren.«

»Alles, was mit Hofman zusammenhängt, interessiert mich«, versicherte Kara.

»Dieser Firma namens Kivijalka auf die Spur zu kommen ist allerdings ein wenig schwieriger. Es handelt sich um ein ausländisches Unternehmen, Kivijalka ist nur ein paralleler Firmenname für seine Aktivitäten in Finnland. Ich rufe wieder an, sobald ich weitere Informationen habe.«

Kara dankte Paranoid, bezahlte die Einkäufe, ging rasch zur Engerthstraße und stieg die Treppe hinauf bis zu seiner Mietwohnung im vierten Stock.

Er stopfte den ganzen Beutel mitsamt Inhalt in den Kühlschrank, goss Linie-Aquavit in ein Whiskyglas, bis es halbvoll war, und ließ sich in seinen Sessel fallen, die einzige Sitzgelegenheit im Wohnzimmer. Er fühlte sich müde, aber jetzt war die Zeit gekommen, Entscheidungen zu treffen. Als er im letzten Jahr erfahren hatte, dass der Arbeitgeber von Viktor Hofman, die Stiftung Mundus Novus, verantwortlich war für das Schicksal seiner Familie im Oktober 1989, hatte er sich entschlossen, die Angelegenheit freiwillig dem SIS und Betha Gilmartin zu überlassen. Doch jetzt wurde ihm eine neue Gelegenheit, Mundus Novus auf den Pelz zu rücken, geradezu aufgedrängt. Er schloss die Augen und suchte sich eine bequeme Sitzposition.

Du ahnst wirklich nicht, mit was für gewaltigen Dingen du zu tun hast, hatte Hofman behauptet. Legte man dessen Angaben zugrunde, dann hatte Mundus Novus im Sudan an Versuchspersonen, also an Menschen, die Auswirkungen von Waffen der Zukunft getestet: Laserdesignatoren, starke Mikrowellen, elektromagnetische Pulse, Gammastrahlung, Gaskombinationen ... Mundus Novus war damals auf der Suche nach Informationen gewesen, die großen Einfluss auf die Zukunft der Menschheit haben würden. Auch das hatte Hofman gesagt. Jetzt bereute Kara, dass er nicht einmal den Versuch unternommen hatte, Mundus Novus auf die Spur zu kommen.

*

Kati Soisalo spürte die Sehnsucht wie einen heftigen Schmerz, als sie die Tische des Restaurants »Tri Šešira« im Belgrader Stadtteil Skadarlija betrachtete. Hier hatte Vilma gestern gesessen. Nur wenige Stunden trennten sie voneinander.

Um im Schatten eines großen Ahorns sitzen zu können, rückte sie ans Ende der Holzbank. Durch die brütende Hitze und den betäubenden Duft der Blumen wirkte die Luft drückend. Kati Soisalo trank Eiskaffee und dachte über ihre Lage nach. Sie hatte alles in ihren Kräften Stehende getan, doch Vilma entfernte sich immer weiter von ihr. Wiederholte Besuche bei den Behörden brachten anscheinend nichts. Was sie sehen wollte, waren Straßensperren, Polizeistreifen, Vilmas Fotos in den Zeitungen und an Häuserwänden. Es war frustrierend, hier herumsitzen zu müssen, denn sie wünschte sich nichts sehnlicher, als etwas zu tun, das half, Vilma zu finden.

Das Geschrei von Kindern, die auf der Skadarska-Straße spielten, weckte ihre Aufmerksamkeit. Eine Gruppe von Mädchen spielte »Himmel und Hölle«, dabei trällerten sie einen Kinderreim und brachen ein ums andere Mal in Gelächter aus. Ein Mädchen in einem geblümten Kleid war kleiner als die anderen, es stand etwas abseits und leckte hingebungsvoll ein Eis. Ein paar Meter entfernt kauerte eine Schar von Jungen auf dem Pflaster und spielte irgendetwas; Kati Soisalo konnte nicht erkennen, ob sie Münzen, Würfel, Murmeln oder Steine warfen.

Ihr Magen knurrte, kein Wunder, sie wusste nicht mehr, wann sie das letzte Mal richtig gegessen hatte. Rasch winkte sie den Kellner heran, der mit einem weiblichen Gast flirtete, und bestellte einen Hamburger und Eiswasser. Sie hatte keine Lust, erst in der Speisekarte zu blättern.

Die hüpfenden Mädchen waren ein paar Meter näher gerückt und riefen jetzt ihren Reim noch lauter. Kati Soisalo schaute zu, wie sie abwechselnd an der Reihe waren und mit gestreckten Beinen weite Sprünge machten. Ihr Blick blieb am Haar und Nacken eines Mädchens in einem hellen Sommerkleid hängen, das gebückt dastand, mit dem Rücken zu ihr.

Der Kellner brachte lächelnd ihr Essen und das Eiswasser, sie bedankte sich und biss lustlos in den lauwarmen Hamburger. Im selben Augenblick rückte das Mädchen in der Schlange weiter vor und wandte Kati Soisalo sein ebenmäßiges Gesicht zu, das von blonden Haaren umrahmt wurde. Es wickelte eine Locke um den Finger und spitzte dabei die Lippen. Kati Soisalo schloss die Augen, atmete tief durch und schaute wieder hin. Die Entfernung zwischen ihnen betrug kaum zehn Meter. Sie war sich vollkommen sicher, das musste Vilma sein.

Kati Soisalo erhob sich, den Blick auf das Mädchen geheftet, aus Angst, es könnte verschwinden, wenn sie nur zwinkerte. Die Zeit blieb stehen, sie fühlte nicht den Drang, vor Freude zu schreien, sie war ganz ruhig und wollte nur eins, Vilma in die Arme schließen und den jahrelangen Alptraum beenden.

Vorsichtig legte sie eine Hand auf die Schulter des Mädchens und kniete vor ihm nieder, sie schaute in die vertrauten blauen Augen, wäre fast in ihnen ertrunken und sagte immer wieder Vilmas Namen. Eines der Kinder bemerkte sie, verstummte und kam näher. Die anderen Mädchen folgten seinem Beispiel und schließlich auch die Jungen.

Kati Soisalo war schockiert. Erkannte Vilma sie denn wirklich nicht? Jetzt musste sie einen kühlen Kopf bewahren, drei Jahre waren für ein kleines Kind eine ungeheuer lange Zeit. Wer weiß, was man mit dem Mädchen gemacht hatte. Das Wort Mutter jetzt auszusprechen würde das Mädchen möglicherweise aus der Fassung bringen. »Du erinnerst dich doch an mich, Vilma?«

Im Blick des Mädchens lagen Neugier, Verwirrung und auch ein wenig Angst, als es etwas auf Serbisch antwortete.

Kati Soisalo legte auch ihre andere Hand auf die Schultern des Kindes, doch das war zu viel, das Mädchen trat einen Schritt zurück und zeigte nun noch mehr Zurückhaltung.

»Du hast mich vergessen, es ist seitdem so viel Zeit vergangen. Aber Finnisch verstehst du sicher immer noch. Du wirst dich bestimmt wieder an alles erinnern, sei ganz unbesorgt.« Kati Soisalo redete so beherrscht und besonnen wie möglich, obwohl die Gefühle, die in ihr tobten, sie fast erdrückten.

Das Mädchen trat einen weiteren Schritt zurück, und Kati Soisalo bemerkte nicht, dass einer der Jungen zu einem Tisch ging, um seinen Vater zu holen. Sie betrachtete Vilma, dem Mädchen schien es ausgezeichnet zu gehen, Gott sei Dank. Allerdings war die Haut über den Backenknochen durch die Sonne gerötet und anscheinend auch zu trocken, sie müsste eingecremt werden. Vilmas Ohrläppchen wirkten größer als früher, und an ihrem Kinn war ein Leberfleck aufgetaucht. War es möglich, dass ihre Tochter die finnische Sprache gänzlich vergessen hatte? Sollte sie es wagen, ihr zu sagen, dass sie seine Mutter war? Womöglich wäre das ein zu großer Schock für das Kind. Sie mussten möglichst schnell nach Hause, nach Finnland, zurückkehren und einen erstklassigen Psychologen aufsuchen.

Plötzlich stellte sich ein korrekt gekleideter graubärtiger Mann hinter das Mädchen und legte seine Hände auf dessen Schultern. Mit der Geste markierte er sofort sein Revier. *»Mogu li da vam?«*, fragte er.

»Warte in aller Ruhe einen Augenblick«, sagte Kati Soisalo zu Vilma und erhob sich. »Meine Tochter ist vor drei Jahren verschwunden ... entführt worden«, sagte sie auf Englisch. Währenddessen versammelten sich um sie herum weitere Erwachsene, sie fühlte sich bedroht.

»Solche Dinge sind wohl eher Sache der Polizei«, erwiderte der Bärtige in gutem Englisch, sein Gesichtsausdruck wirkte jetzt besorgt. Er nahm eine Hand des Mädchens und zog es näher an sich heran.

»Sie verstehen nicht. Ich habe meine Tochter gefunden, das hier ist sie«, erklärte Kati Soisalo und zeigte auf das Mädchen. »Sie erinnert sich nicht mehr an mich, anscheinend hat sie auch ihre Muttersprache vergessen.«

Der Mann musterte sie einen Augenblick. »Dieses Kind ist meine Tochter Jovana. Alle Umstehenden hier können das bezeugen. Sie kennen das Mädchen seit seiner Geburt.«

»Wollen Sie damit behaupten, dass ich meine eigene Tochter nicht erkenne?« Kati Soisalos Stimme wurde lauter. Sie hörte, wie jemand das Wort *policiju* sagte.

»Sie machen einen gestressten Eindruck. Drei Jahre sind eine lange Zeit, sicher möchten Sie in diesem Mädchen Ihre Tochter sehen. In drei Jahren verändern sich Kinder enorm. Aber ich kann Ihnen versichern, dass dieses Mädchen Jovana Vesović ist, daran besteht keinerlei Zweifel.«

»Das ist nicht wahr«, widersprach Kati Soisalo und hockte sich hin. Plötzlich war sie sich gar nicht mehr so sicher, ihre Augen wurden feucht. Sie fühlte sich schwach. Auf einmal hatte das

Mädchen irgendwie ein schmaleres Gesicht und sein Kinn war spitzer als eben noch. Und auch die Ohren waren wohl nicht die ihrer Tochter. Das Bild Vilmas entfernte sich, sie vermochte es nicht festzuhalten. Das Gefühl, das sie nach einer jahrelangen Pause für einen Augenblick wieder empfinden durfte, verschwand mehr und mehr.

Kati Soisalo stand auf und versuchte den Vater des Mädchens anzulächeln. Sie wollte nur noch weg hier. Und der Hamburger musste bezahlt werden. Was sollte sie diesen Menschen sagen? Alle schauten sie voller Mitleid an.

*

Ein ganz normaler Freitagabend im Oktober. Ich schaue auf den Kalender an der Wand, auf dem Vater alle Freitage mit rotem Filzstift angestrichen hat, der Mann tickt nicht ganz richtig. Jetzt steht wieder die obligatorische vorprogrammierte Familienzeit auf dem Plan, an der Reihe ist gerade das Abendessen, bei dem alle zusammensitzen. Ich schaue auf die Ziffern und Buchstaben – 1989, Oktober, Freitag, der 13. …

Es ist in dieser Woche das erste gemeinsame Essen der ganzen Familie am Tisch im Speisezimmer. Man sieht auf der Tischdecke immer noch den Soßenfleck, als ich gekleckert habe. Mutters Lammbraten riecht so wie immer, und Vater, der angespannt wirkt, trinkt seinen ersten Wodka. Emma ist auf hysterische Weise fröhlich und plappert in einem fort, Zehnjährige sind anstrengend. Und ich empfinde komischerweise fast so etwas wie Zufriedenheit, obwohl sich Vater und Mutter in den letzten Tagen noch heftiger als sonst gestritten haben. Dieses Freitagabendessen ist eine blöde Tradition. Aber die Wochenenden bringen wenigstens etwas Abwechslung in die eintönige Zeit zwischen Sommerferien und Weihnachten. Vater redet wieder mal über seine Arbeit, das macht er immer, obwohl keiner hinhört. Niemand versteht sein Geschwafel über technische Dinge.

Urplötzlich zerspringt die Fensterscheibe, verdammt, bin ich erschrocken, auch die anderen kauern sich auf den Fußboden. Emma schreit, als noch ein zweites Fenster klirrt und zerbricht. Bewaffnete Männer stürmen gleichzeitig ins Wohnzimmer und in die Küche. Vater erhebt sich, und einer der Angreifer schwingt seinen Gewehrkolben. Ein schwarz gekleideter Mann kommt auf mich zugestürzt …

Im dunklen Laderaum eines Transporters. Mit einer über das Gesicht gezogenen Kapuze fällt das Atmen schwer, Emma weint, jemand tastet nach meiner Hand und hält sie fest. Mutter. Wohin bringen die uns und warum? Im Radio erklingt ein schreckliches Liebeslied, ich muss brechen …

Ich wache auf. Meine Lippe ist aufgesprungen und das Blut zu Klumpen geronnen, die rutschen in den Mund, als ich mir die Lippen lecke. Ich spucke aus. Es ist kalt. Emma schläft auf dem Fußboden, was für eine beschissene Gefängniszelle ist das, wo sind Vater und Mutter? Die Faust tut mir weh, als ich an die Stahltür hämmere. Ich höre Schritte und weiche zurück, während der Schlüssel im Schloss umgedreht wird. Die Tür geht auf … Dieser Mann ist kein Brite, warum lächelt er, von seinen Händen tropft Blut …

Leo Kara war im Sessel eingeschlafen. Sein Kopf sackte auf die Brust und er wurde wach, gerade als das schwarze Haar, die dunklen Augen und die asiatischen Gesichtszüge von Manas so scharf wie auf einem digitalen Foto aus seinem Gedächtnis auftauchten. Wieder war in dem Alptraum eine Lücke geschlossen.

Seit seinem fünfzehnten Lebensjahr hatte er denselben Traum, in stressigen Zeiten fast jede Nacht, in ruhigeren Wochen nur hin und wieder. In dem Alptraum schaute er zunächst aus einem Versteck zu, wie sein Vater gefoltert wurde. Dann folgte eine quälende Pause von einigen Minuten, anschließend kehrte der Folterer in die Verhörzelle zurück. Hier war der Alptraum bislang immer zu Ende gewesen, doch in den letzten Wochen hatte er sich verändert, Kara sah mehr und erinnerte sich an mehr. Dafür gab es zwei Gründe. Zum einen das vom Arzt verordnete neue Medikament Exelon zur Behandlung der Gedächtnisstörungen von Patienten mit Hirnverletzungen und zum anderen die Tatsache, dass er das Gesicht von Manas letztes Jahr im Sudan gesehen und erfahren hatte, dass der Mann in den Tod seiner Familie verwickelt war. Nach Aussage der Psychiater rührte sein Gedächtnisverlust von der Verletzung des Frontallappens her, doch jetzt wusste er, dass die Erinnerungen irgendwo in den Tiefen seines Gedächtnisses noch vorhanden waren. Und warteten.

Wenn er es ernsthaft angehen würde, den Spuren von Mundus Novus zu folgen und die Ereignisse des Jahres 1989 aufzuklären, und dabei denen, die für das Schicksal seiner Familie verantwortlich waren, auch nur einen Schritt näher käme, würde sich sein Leben total verändern. Das wusste er. Er wäre nicht imstande, mittendrin aufzuhören, er würde die Schuldigen jagen, bis er sie gefasst hatte, selbst wenn er sein ganzes restliches Leben dafür brauchte. Diese Verfolgungsjagd würde entweder für ihn ein schlechtes Ende nehmen, was die wahrscheinlichste Alternative war, oder sie würde dazu führen, dass er die Wahrheit erfuhr. Das wiederum würde ihm nach Ansicht der Psychiater vermutlich den Verstand rauben. Die Weißkittel hielten es für möglich, dass er im Oktober 1989 etwas erlebt hatte, was derart schockierend war, dass sein Gedächtnis die Ereignisse aus seinem Bewusstsein herausgefiltert hatte, um ihn zu schützen.

Kara holte aus dem obersten Fach des Kleiderschrankes eine Mappe, die er jahrelang nicht geöffnet hatte, und suchte die psychiatrischen Gutachten zu seinem Fall aus den Jahren 1989 und 1992 heraus. Er war nur zweimal zu Gesprächen mit den Seelenklempnern bereit gewesen, direkt nach den entsetzlichen Tagen, und beim zweiten Mal hatte Betha ihn halb gezwungen, sich untersuchen zu lassen, nachdem er einen Schulkameraden misshandelt hatte. Der erste Psychiater war ein dünner Mann mit kleinen Augen gewesen, der nur geflüstert hatte, und der zweite eine Frau mit gelocktem Haar und einem Flaum auf der Oberlippe. Er erinnerte sich an ihre Gesichter, als würde er sie vor sich sehen. Gut, dass wenigstens ein Teilbereich seines Gedächtnisses glänzend funktionierte.

Kara fand, was er suchte:

Die Rückkehr von Erinnerungen an extrem traumatische Erlebnisse ist nicht in allen Fällen wünschenswert. Am Institut für Psychologie der Universität Glasgow wurden während der letzten zehn Jahre sechsundvierzig Patienten untersucht, die äußerst traumatische Erinnerungen zurückgewonnen hatten. Sie waren alle noch drei Jahre, nachdem die ersten Erinnerungen wieder aufgetaucht waren, in einer Therapie. Vor der Wiederherstellung des Gedächtnisses zeigten sich nur bei zehn Prozent der Patienten selbstzerstörerische Gedanken oder Taten, danach bei siebenundsechzig Prozent. Vor der Wiederherstellung des Gedächtnisses hatten sich zehn Prozent einer stationären Behandlung unterziehen müssen, danach siebenunddreißig Prozent. Bei allen Patienten wurde über zunehmende Probleme in ihren zwischenmenschlichen Beziehungen berichtet …

Im Bericht des anderen Psychiaters hatte er nur eine Stelle unterstrichen.

Der Patient ist an einer selektiven Amnesie erkrankt, er erinnert sich an einige kleine Bruchstücke aus der Zeit der dramatischen Tage, die er im Oktober 1989 erlebt hat, ist jedoch nicht fähig, diese Erinnerungen zu einem Ganzen zusammenzufügen. Außerdem leidet der Patient unter einer »Inkontinenz im Gefühlsleben«, was sich in einem unberechenbaren, gewalttätigen Verhalten sowie im Überreagieren selbst auf geringfügige Widrigkeiten äußert.

Kara stand aus seinem abgewetzten Sessel auf, warf die Gutachten auf den Küchentisch, holte die Landjäger-Wurst aus dem Kühlschrank und trat hinaus auf seinen kleinen Balkon. Er setzte sich auf einen Hocker und betrachtete das vertraute Bild: schimmernde Lichter auf der Donau und der Donauinsel, dem Vergnügungspark mitten auf dem Fluss. Doch in seinem Kopf hämmerte nur ein Gedanke: Die Wiederherstellung des Gedächtnisses könnte seinen Zustand verschlechtern.

Plötzlich packte ihn die Wut, er stieß den Hocker weg, marschierte ins Wohnzimmer und schaute sich um. Es war genauso leer wie sein Leben. Nur ein paar Möbelstücke, kein einziges Bild, kein Teppich, nichts Dekoratives, von Fotos ganz zu schweigen. Er besaß nichts Überflüssiges, nichts, was Erinnerungen aufkommen ließ oder für Gemütlichkeit sorgte. Sein einziger Lebensinhalt bestand darin, mit der Vergangenheit fertig zu werden. So konnte das nicht ewig weitergehen.

Kara goss sich Linie-Aquavit ein, bis der Boden des Glases zwei Zentimeter hoch bedeckt war, und blieb vor seinem DVD-Regal stehen. Diesmal fiel ihm die Auswahl aus den tausendsechshundert Filmen leicht – Memento, einer der wenigen Filme, die den Gedächtnisverlust richtig darstellten. Die Hauptfigur erkrankt an einer fortschreitenden Amnesie, sie verliert die Fähigkeit, neue Erinnerungen zu bilden, und muss alles, was sie erlebt, auf Zettel schreiben oder sich die Informationen auf die Haut tätowieren.

Er schaltete den Fernseher und den Blu-Ray-Player ein. Es war wieder einmal Zeit, der Wirklichkeit zu entfliehen. Ihm war nun bereits klar, dass er herausfinden wollte, was mit seiner Schwester, seinem Vater und seiner Mutter geschehen war. Wer dafür die Verantwortung trug. Vielleicht verschaffte ihm das Wissen um die Wahrheit Erleichterung, vielleicht auch nicht, das würde sich in Kürze herausstellen. Seine Entscheidung war nun gefallen, und er brachte immer zu Ende, was er anfing.

6

Donnerstag, 12. August

»Warum lässt du mich diese Bude nicht einrichten, wenn du selber zu faul bist?«, fragte Nadine Egger, die nackt in der Schlafzimmertür stand und ihre Haare trocknete. Sie war früh um acht bei Kara erschienen, um ihn zu besuchen.

»Die ist doch eingerichtet, ich mag den minimalistischen Stil«, witzelte Kara. Er hatte keine Lust, ihr zu erklären, dass er sich gar nicht wie in einem gemütlichen Zuhause fühlen wollte.

Als Nadine ihre Armbanduhr anlegte, hatte sie es plötzlich sehr eilig. »Ich müsste schon im ›Hansy‹ sein, unsere morgendliche Nummer zieht sich seit einiger Zeit zu sehr in die Länge. Jetzt herrscht im ›Hansy‹ beim Frühstück gerade Hochbetrieb.«

»Das Lokal gehört dir aber doch.«

»Eben deswegen. Du weißt ja, wie motiviert Walter und die anderen bei der Arbeit sind, wenn man nicht vor Ort mit Argusaugen aufpasst.«

Solche Sprüche hörte Kara nicht zum ersten Mal. Er zog die Unterhose über sein halbsteifes Glied und fuhr in die Jeans.

Nadine gab ihm einen Schmatz auf die Wange, eilte zur Wohnungstür und stürmte die Treppe hinunter.

Kara hatte leichte Kopfschmerzen, die nicht von dem Aquavit herrührten, den er am Vorabend zum Film Memento getrunken hatte, sondern vom Ballast der Vergangenheit. Er ging ins Bad, putzte sich die Zähne und entdeckte an den Schläfen noch mehr graue Haare.

Es war Zeit, Betha Gilmartin anzurufen, seine Ersatzmutter, die allerdings nach den Jahrzehnten in der von Männern beherrschten Welt der Nachrichtendienste nicht sehr viele mütterliche Wesenszüge aufwies. Sie hatten sich vor etwa zwanzig Jahren bei den Ermittlungen Bethas und des SIS zur Tragödie seiner Familie kennengelernt und seitdem engen Kontakt gehalten.

»Verdammt nett, von dir zu hören, Leo. Es ist ja auch schon früh um acht. Hast du mich wegen der Ermittlungen zum Iridium geweckt oder nur so aus Spaß?«, frotzelte Betha.

»Entschuldige, ich hab gar nicht daran gedacht, dass es in London tatsächlich noch so früh ist. Und du schläfst ja immer mindestens bis um neun.«

»Weil sich auch die Arbeit fast immer bis um neun hinzieht«, klagte Betha. »Albert lässt dich übrigens von der Matratze neben mir grüßen, indem er sich die Decke über die Ohren zieht.«

Kara kam zur Sache. »Wir haben kein einziges Mal darüber gesprochen, wie diese Ermittlungen vom letzten Jahr weitergelaufen sind, nachdem ich nicht mehr mit von der Partie war. Es hat sich nun etwas herausgestellt, weswegen ich …«

»Darüber werden wir auch jetzt nicht reden. Du wirst ja wohl verstehen, dass der stellvertretende Chef des SIS seinen Freunden nicht von seiner Arbeit erzählen kann. Nicht einmal seinen besten Freunden.«

»Gilbert Birou hat mich angewiesen, einen Bericht zu diesen Fällen im Zusammenhang mit Iridium zu schreiben, und als ich mich in die Sache hineingekniet habe, bin ich gleich auf den Namen Viktor Hofman gestoßen«, sagte Kara.

»Wirklich?« Bethas Interesse war sofort geweckt. »Welche Verbindung besteht denn zwischen Hofman und diesem ganzen Komplex?«

»Du wirst ja wohl verstehen, dass der persönliche Assistent des UNODC-Generaldirektors nicht von seiner Arbeit erzählen …«

»Verdammt noch mal, du Grünschnabel!« Bethas nordirisches Blut geriet in Wallung. Es dauerte eine Weile, bis sie sich wieder beruhigt hatte. »Zum Glück kann ich gar nichts Besonderes verraten, da wir kaum etwas herausgefunden haben. Bei dem Fall mit den Marschflugkörpern sind die Ermittlungen in fast alle Richtungen letztlich bei Viktor Hofman gelandet und festgefahren. Es scheint klar zu sein, dass der Mann sich umgebracht hat, weil er wusste, dass er sowieso sterben würde. Möglicherweise war er Mundus Novus gegenüber sogar so loyal, dass er den Selbstmord auf Befehl begangen hat. Über den Auftragskiller namens Manas haben wir ein paar Informationen ausgegraben, aber mit denen kannst du nichts anfangen. Und in Bezug auf Mundus Novus erweisen sich alle Aufklärungsversuche als genauso fruchtlos wie 1989. Ich habe weiterhin verteufelt starke Zweifel, ob es die ganze Stiftung überhaupt gibt, ich kann mich nicht erinnern, jemals gehört zu haben, dass die Existenz irgendeiner Organisation über Jahrzehnte geheim gehalten werden konnte.«

Jetzt war Kara an der Reihe, seine Karten auf den Tisch zu legen. »Viktor Hofman war beteiligt an der Finanzierung der Forschungsgruppe, die von der vorgestern entführten Sabrina Pianini geleitet wurde. Pianini hat an der Universität Pennsylvania gearbeitet, und ihre Gruppe wurde auch von der DARPA finanziert, die für die Forschungsprojekte des Pentagon zuständig ist. Wusstest du, dass es deren Aufgabe ist, die technologische Überlegenheit der US-Streitkräfte in der Welt aufrechtzuerhalten? Bei mir zumindest läuten da die Alarmglocken. Hofman war letztes Jahr für die Herstellung eines technologisch überlegenen Marschflugkörpers verantwortlich, und er hat behauptet, Mundus Novus entwickele alle möglichen Waffen der Zukunft.«

Betha Gilmartin dachte einen Augenblick nach. »Richtig ist, dass zwischen dem Fall der Marschflugkörper vom letzten Jahr und diesem Iridiummysterium möglicherweise ein Zusammenhang besteht. Wir wissen nämlich, dass der *Hitman* von Mundus Novus, Manas, kürzlich mit seinen Leuten auf einem Kernkraftwerksgelände in Frankreich Hunderte Kilo Iridium und andere

Elemente gestohlen hat. Doch das, mein Junge, erzählst du niemandem. Vielleicht haben sie die Absicht, ›schmutzige‹ Bomben herzustellen.«

»Bomben, die mit normalem Sprengstoff zur Explosion gebracht werden und radioaktives Material verbreiten«, dachte Kara und sagte dann: »Hofman hat übrigens vor seinem Tod mehrere Überweisungen in Millionenhöhe aus Finnland bekommen. Diese Gelder könnten auf die Spur von Mundus Novus führen.«

»Ich sorge dafür, dass in Legoland jemand die Sache unter die Lupe nimmt. Und du mach keine Dummheiten, sondern ruf mich erst an«, ermahnte ihn Betha. Sie erkundigte sich noch, wie es ihm ging, und beendete dann das Gespräch.

Diese Phase des Tages verabscheute Betha Gilmartin – jetzt musste sie ihre Rüstung anlegen. Sie ließ den Fön wie üblich fünf Minuten lang heulen und steckte anschließend ihr rotes Haar mit Spangen hoch. Dann erhob sie sich von dem Rattanstuhl im Bad, schnallte sich den Gürtel für den Sender des Pulsmessers unter den Brüsten um und zog das Stützkorsett straff, das sie sich ursprünglich für die Rückenprobleme beschafft hatte. Doch verglichen mit einer Diät war es die einfachere Lösung gegen den Bierbauch. Und der passte nun mal nicht zu einer Frau, von der alle erwarteten, dass sie demnächst neue Chefin des SIS wurde. Die Katze Violet schnurrte wie immer um ihre Beine.

Betha Gilmartin drehte den Hahn auf, das Plätschern des Wassers erinnerte sie an Nordirland und den Bach auf dem Bauernhof ihrer Eltern bei Newry. Sie dachte nur noch äußerst selten an ihre Kindheit. Vor einem halben Jahrhundert hatte sie beim Blick in den Bach das Spiegelbild eines wilden und unschuldigen Mädchens vom Lande gesehen, das seine Zeit am liebsten draußen in der Natur verbrachte. Jetzt jedoch starrte sie im Badspiegel eine übergewichtige, durch dreißig Jahre Büroarbeit zermürbte Frau an, die eher wie ein Kerl wirkte. Es stimmte sie traurig, dass sie sich nicht einmal mehr vorstellen konnte, was für ein Leben sie gehabt hätte, wenn sie, dem Wunsch ihres Vaters folgend, in Newry geblieben wäre und den Hof weiter bewirtschaftet hätte.

Das Leben war beim Kartengeben zuweilen so brutal, dass es schon fast komisch wirkte. Sie hatte am Vortag zwei Neuigkeiten erfahren: Nach Aussage ihres Vorgesetzten würde sie zum Jahreswechsel Chef des SIS werden, und nach Ansicht ihres Arztes dürfte sie diese Aufgabe nicht übernehmen. Sie litt unter einer angeborenen Herzkrankheit, die man zwar mit Medikamenten behandeln, aber nicht heilen konnte, und laut den Ergebnissen der letzten ärztlichen Untersuchung hatte sich ihr Zustand so sehr verschlechtert, dass sie möglicherweise in Lebensgefahr geriet, wenn sie den stressigen Job des Chefs annahm. Betha hatte den Arzt nachdrücklich drängen müssen, das Attest über ihre Arbeitsfähigkeit auszustellen. Und sie hatte ihm vorgelogen, alle seine Anweisungen pedantisch genau einzuhalten und sich zudem bald pensionieren zu lassen. Wenn sie also irgendwann tot umfiel, würde es mit großer Wahrscheinlichkeit bei der Arbeit passieren. Überraschenderweise beunruhigte sie das nur wegen Albert und Leo, die brauchten beide jemanden, der auf sie aufpasste.

Bethas Gedankengänge wurden unterbrochen, als Albert, der sich die Haare kämmte, in der Badtür erschien. »Was wollte Leo denn, der Junge steckt doch nicht etwa wieder in Schwierigkeiten?«

»Noch nicht. Er hat aus dienstlichen Gründen angerufen. Im UNODC gibt es Ermittlungen zu einer Serie von Ereignissen, die auch den SIS interessieren.«

»Ich frage gar nicht erst, worum es geht. Du würdest es mir sowieso nicht erzählen oder dir irgendetwas ausdenken. Schließlich habe auch ich in dem Vierteljahrhundert gelernt, dass man mit dir nicht auf kultivierte Weise über die Arbeit reden kann.«

»Geh du in deinen Buchladen und vergrab dich da, du Fossil«, entgegnete Betha bissig. Sie war wirklich nicht in Plauderstimmung. Nach dem Gespräch mit Leo machte sie sich ernsthaft Sorgen. Nicht, weil Leo etwas Bedeutendes herausgefunden hätte, sondern weil sie selbst auf etwas Wichtiges gestoßen war.

Betha ging in ihr Arbeitszimmer, schloss die Tür hinter sich und nahm eine ihrer Mappen zu Leo Kara heraus. Mit dem Eifer einer jungen, kaum vierzigjährigen Controllerin des SIS, die für den Bereich Großbritannien zuständig war, hatte sie die Ereignisse vom Oktober 1989 damals sofort und dann ununterbrochen über ein Jahr lang untersucht. Bei den Ermittlungen hatte sie Leo kennengelernt und sich mit ihm angefreundet, im Laufe der Zeit war ihr Verhältnis immer enger geworden. In all den Jahren hatte sie Informationen, die mit Leos Fall zusammenhingen, weiter gesammelt, ohne zu wissen, was sie mit ihnen anstellen sollte, und ohne es zu wagen, Leo mit ihren unbedeutenden Funden aus dem Gleichgewicht zu bringen.

»Eine Tasse Yunnan-Tee mit Honig und Zitrone«, rief Albert, stellte den Becher auf den Schreibtisch seiner Frau, gab ihr einen Kuss auf die Wange und ging zur Arbeit in sein Antiquariat in der Charing Cross Road, wie an fast jedem Werktag in den letzten sechsundzwanzig Jahren.

»Du bist ein Schatz«, sagte Betha zum Abschied, obwohl Albert die Tür schon geschlossen hatte. Sie klappte die Mappe auf. Der Fall vom letzten Frühjahr, als fünfundzwanzig Staaten der Sahel-Zone und der Sahara die UNO, den Internationalen Währungsfonds und die Weltbank erpresst hatten, galt in den Unterlagen des SIS, der CIA und auch aller anderen führenden Nachrichtendienste als abgeschlossen. Aber in Betha Gilmartins Kopf war der Fall noch aktuell. Für die Entwicklung, die Tests, den Schmuggel und den Verkauf der Marschflugkörper in dem Konflikt vom vergangenen Jahr war ein Tscheche namens Viktor Hofman verantwortlich gewesen, darin stimmten alle überein. Aber Hofman hatte vor seinem Selbstmord Leo gegenüber behauptet, dass die Stiftung Mundus Novus hinter allem steckte. Dieselbe Organisation, die nach einem damals beim SIS eingegangenen Tipp auch die Verantwortung für die Ereignisse im Oktober 1989 trug, also für den Tod von Leos Vater, Mutter und Schwester. Betha Gilmartin hätte notfalls ihren linken Fuß hergegeben, um zu erfahren, wer 1989 den Hinweis auf Mundus Novus gegeben hatte.

Die Suche nach Mundus Novus war im vergangenen Herbst beim SIS wie auch in den anderen Nachrichtendiensten fast ergebnislos eingestellt worden. Die wenigen vorhandenen Informationen hatte man als geheim eingestuft. Doch in Bethas Kopf stand der Name Mundus Novus weiter ganz oben, geschrieben in flammenden Buchstaben. Sie hatte Leo nämlich nicht alles verraten. Anscheinend existierte Mundus Novus wirklich. Irgendwo gab es tatsächlich ein völlig einzigartiges rüstungstechnologisches Forschungsinstitut, das an der Entwicklung von Waffen arbeitete, die jede Kriegsführung revolutionieren würden. Und die das militärische Gleichgewicht in der Welt erschüttern könnten. Im letzten Jahr hatte Mundus Novus sowohl einen Marschflugkörper mit beispielloser Wirkung hergestellt als auch eine Abwehrrakete, die ein bewegliches Ziel suchte und traf.

Betha Gilmartin nahm eine Seite eines internen Protokolls des SIS vorsichtig in die Hand, als fürchtete sie, das Papier könnte zu Asche zerfallen, wenn man es zu fest anfasste. Es handelte sich um eine Zusammenfassung, die das Staatliche Kommunikationshauptquartier GCHQ erarbeitet hatte. Sie enthielt ein Telefongespräch zwischen Viktor Hofman und einer unbekannten Person, das die NSA, die Nationale Sicherheitsbehörde der USA, vor einem reichlichen Jahr aufgezeichnet hatte.

MONTAG, 5. MAI 2009, 21.08 UHR (UTC+3)

V. Hofman:
Ich habe dem Kirgisen einen Auftrag für Kara erteilt.

Nicht identifizierter Mann:
(Nach langem Schweigen.) Dazu bist du nicht befugt. Mundus Novus will, dass Kara am Leben bleibt.

V. Hofman:
Weshalb?

Nicht identifizierter Mann:
Wegen einiger Ereignisse, die Jahrzehnte zurückliegen. Als Karas Familie in London getötet wurde, konnte der Junge fliehen und versteckte sich auf dem Dachboden eines Fabrikgebäudes und ... Doch genau genommen brauchst du die Gründe für Entscheidungen nicht zu wissen. Du tust einfach, was man dir befiehlt.

V. Hofman:
Ihr entscheidet das ja, ihr entscheidet doch alles.

An sich brauchte Betha Gilmartin die Sache nicht nachzuprüfen, sie war sich in Hinsicht auf das, was Leo ihr 1989 erzählt hatte, absolut sicher, trotzdem suchte sie das Verhörprotokoll K12/7/11/1989 heraus. Sie konnte nur mit Mühe ihre eigene Handschrift aus der Zeit vor zwanzig Jahren lesen.

Ein Durchbruch! Leo hat erzählt, dass er sich an etwas erinnert, was im Park Royal passiert ist. Es war ihm gelungen, zu fliehen und sich auf dem Dachboden des Fabrikgebäudes zu verstecken. Durch ein Loch, das er an der Brandmauer in den Fußboden gekratzt hatte, sah er, wie sein Vater in dem Raum darunter gefoltert wurde.

Nach mehr als zwanzig Jahren war die Ungewissheit zu Ende gegangen, als Betha im letzten Sommer die Zusammenfassung des

GCHQ gelesen hatte. Außer ihr, Leo Kara und den Tätern des blutigen Verbrechens im Oktober 1989 wusste niemand von den Ereignissen im Park Royal. Betha hatte ihre Informationen nur in ihren eigenen Aufzeichnungen niedergeschrieben, und sie wusste, dass Leo niemals mit irgendjemandem über seine Vergangenheit sprach. Hofmans Gesprächspartner hatte ihr die Bestätigung geliefert, dass Mundus Novus tatsächlich existierte. Und auch, dass Mundus Novus für die Geschehnisse im Oktober 1989 und für Leo Karas Schicksal verantwortlich war.

Es musste dafür gesorgt werden, dass Kara von diesen Ermittlungen abgezogen wurde, bevor er zu viel in Erfahrung brachte, beschloss Betha Gilmartin.

*

Sabrina Pianini wachte völlig durchgeschwitzt auf, sie war in ihren neuen Sachen eingeschlafen. Die Unterlagen, die ihr Doktor Rostow gegeben hatte, lagen auf dem Bett. Sie fühlte sich schlapp, seit der letzten Injektion waren schon Stunden vergangen. Bauchschmerzen plagten sie und das Atmen fiel ihr schwer, sie begriff, dass sie wieder Stoff haben wollte, und das machte ihr Angst.

Es dauerte einen Augenblick, bis sie in dem stockdunklen Raum den Lichtschalter fand. Weshalb war es in dem Zimmer so heiß wie in einem Backofen? Das grelle Licht blendete, sie blinzelte und hielt Ausschau nach einem Regler der Klimaanlage oder einem Thermostat. Plötzlich hörte man draußen Geräusche, sie ging zur Tür und legte ein Ohr an das Metall. Die Tür war warm, beinahe heiß. Irgendetwas knisterte und knallte, und dieser Geruch, war das Rauch …

Im selben Augenblick jagte ihr der Knall einer Explosion einen solchen Schreck ein, dass sie auf die Knie fiel. Alarmsirenen heulten los, die Sprinkleranlage an der Decke sprühte Wassernebel in die Luft und die metallische Schiebetür des Raumes öffnete sich. Hitze schlug Sabrina Pianini ins Gesicht. O Gott, ein großer

Teil der Räume in der Halle stand in Flammen. Irgendein großes Gerät brannte, es prasselte und krachte, angsterfüllte Rufe ertönten …

Sabrina Pianini schob die Füße in die Stoffschuhe, wickelte sich als Schutz für ihr Haar ein Handtuch um den Kopf, nahm Rostows Unterlagen und trat hinaus auf den Gang. Die Menschen rannten aus dem Forschungsinstitut hinaus, die großen Tore zu der abgeholzten Sicherheitszone standen sperrangelweit offen. Draußen war es schon hell. Das Sirenengeheul wurde lauter und kam näher … Feuerwehrautos. Sabrina Pianini stieg die Treppe hinunter in die Halle und beschleunigte ihre Schritte, als die Hitze größer wurde. Die Luft draußen wirkte auf der Haut frisch, obwohl es ein warmer Morgen war. Auf dem Hof standen Dutzende erschrockene Menschen. Ein schnurrbärtiger Mann redete laut in ein Telefon, sein Oberkörper war nackt. Sabrina Pianini faltete die Unterlagen von Doktor Rostow zusammen und stopfte sie in ihre Hosentasche. Sie fühlte sich nun noch wackliger auf den Beinen.

»Ist die städtische Feuerwehr alarmiert, unsere eigene Ausrüstung reicht nicht, das ist eine Katastrophe, bald steht die ganze Forschungshalle in Flammen …« Der halbnackte Mann sprach französisch und extrem schnell, es klang wie das Rattern eines Maschinengewehrs.

Die Feuerwehrautos des Forschungsinstituts standen neben dem Gebäude und befeuchteten mit ihren Wasserstrahlen die Wände. Dann rief ein Mann in der Uniform eines Wächters den Hunderten von Menschen, die sich auf dem Hof versammelt hatten, Anweisungen zu: Alle sollten sich an den Rand der Sicherheitszone begeben und dort auf Busse warten, in Kürze würde man sie in ein anderes Gebäude transportieren.

Sabrina Pianini blieb stehen, jetzt musste sie Zeit gewinnen. Vielleicht bekam sie eine Chance. Die Rufe des Wachmannes hörten auf, als in der Ferne am Ende der Straße ein Blaulicht zu sehen war. Es dauerte nicht lange und das erste Feuerwehrauto einer ganzen Kolonne von Löschfahrzeugen kurvte auf den Hof. Sabrina Pianini sah an der Tür der Fahrerkabine kyrillische Buchstaben. Wo zum Teufel befand sie sich eigentlich?

Ein Fahrzeug mit einer Hebebühne hielt wie auf Bestellung genau zwischen Sabrina Pianini und den Menschen am Rande der Sicherheitszone an, endlich hatte sie einmal Glück. Ihr Plan stand auf sehr schwachen Füßen, es war einfach nur eine Idee, aber ihr fiel nichts Besseres ein. Und so eine Gelegenheit bekam man nicht ein zweites Mal. Aus der Fahrerkabine unter der Hebebühne sprangen zwei Männer heraus, sie winkten in Richtung des Feuerwehrautos, das hinter ihnen stand, und schon bald sah man überall Löschgerät und Feuerwehrleute, deren Sprache sich wie Russisch anhörte.

Sabrina Pianini ging in aller Ruhe zu dem Fahrzeug mit der Hebebühne, kletterte die Leiter hinauf und versteckte sich auf dem Dach unter Metallstangen.

*

Andrej Rostow verließ den Aufzug in der zweiten Etage des Forschungsinstituts und lief die knapp zweihundert Meter bis zu seinem Büro neben dem Fahrsteig, um seine tägliche Dosis Fitnesssport zu absolvieren. Er goss Kaffee in seinen Porzellanpott, obwohl die Maschine nicht eingeschaltet war, aber ein Kaffee, den er nicht mochte, war noch nicht erfunden worden. Ein Knopfdruck und die zehn Meter breite Aluminiumplatte surrte hoch zur Decke. Nun bot sich ihm freie Sicht auf die Halle, in der es von Menschen wimmelte wie im Abflugterminal eines Flughafens: Feuerwehrleute, Mechaniker, Wissenschaftler … Er betrachtete die zerstörten Apparate und war erleichtert, dass die Flammen sein Lebenswerk wenigstens nicht ganz vernichtet hatten.

»Ich habe gehört, dass es erhebliche Schäden gibt«, hörte er plötzlich hinter sich jemand sagen und erschrak so heftig, dass er

Kaffee auf den weißen Kittel schüttete. Verblüfft starrte er seinen kirgisischen Kooperationspartner an, Manas versetzte ihn immer wieder in Erstaunen. Der Mann, der von der Kommunistischen Partei der Sowjetunion ausgebildet und vom KGB und FSB einer Gehirnwäsche unterzogen worden war, besaß die Fähigkeit, Gewalt mit chirurgischer Präzision anzuwenden. Und er hatte äußerst interessante Krankheiten, oder vielleicht sollte man besser sagen: Abnormitäten. Der Kirgise litt an Alexithymie, das hieß, sein Gehirn erkannte Reize, die Gefühle auslösten, konnte sie aber nicht interpretieren, und außerdem war sein »himmelblauer Ort« im Gehirn, der Locus caeruleus, beschädigt. Manas fehlte die Fähigkeit, Gefühle zu empfinden, er kannte weder Angst, Bedrängnis noch Mitleid oder Mitgefühl. Damit war er wie geschaffen für seine Arbeit, begonnen hatte er seine Karriere in der Verwaltung V der Auslandsaufklärung des KGB mit »nassen Sachen«, also Auftragsmorden.

»Das stimmt. Einige wichtige Teile des Prototyps, der nächste Woche getestet werden soll, sind zerstört worden, das Gerät muss am Abschussort fertiggestellt werden«, antwortete Andrej Rostow auf Russisch. »Aber Rückschläge gibt es über kurz oder lang bei jedem großen Forschungsprojekt, das ist unvermeidlich. Allerdings ist der Zeitpunkt problematisch. Sowohl Interpol als auch das UNODC untersuchen die Fälle im Zusammenhang mit dem Iridium, und du wurdest in Marcoule erkannt. Es war dumm von dir, dort den Mund aufzumachen.«

Manas antwortete nicht.

»Nach diesem Rückschlag brauchen wir auf jeden Fall erheblich mehr Material als geplant«, sagte Rostow und reichte ihm eine Liste.

Manas warf einen Blick auf das Verzeichnis. »Wir sind gezwungen, auf den Sellafield-Plan zurückzugreifen.«

»Den umzusetzen wird nicht einfach werden«, erwiderte Rostow.

Manas schien sich absolut sicher zu sein. »Der Sellafield-Plan wurde ja genau für eine solche Situation ausgearbeitet. Wir unternehmen unseren letzten und größten Anschlag und verschwinden danach von der Bildfläche.«

»Die Entscheidung liegt bei dir, du trägst die Verantwortung für die operativen Aktionen. Vielleicht sollte man dennoch die Zustimmung von Mundus Novus einholen«, sagte Rostow. »Wann kann der Sellafield-Plan ausgeführt werden?«

»Sehr bald. Vielleicht schon in vierundzwanzig Stunden, nächste Nacht, wenn ich das jetzt sofort in Angriff nehme«, antwortete Manas, stand auf und ging zur Tür.

»Wurde diese Frau schon gefunden? Pianini?«, fragte Andrej Rostow, als Manas bereits auf der Schwelle stand.

»Noch nicht, aber man wird sie auf alle Fälle fassen. Wie soll sie es denn schaffen, von hier weg zu kommen, das ganze Land ist doch ein großes Gefängnis. Pianini spricht nicht russisch, sie hat kein Geld und keine Papiere. Ich gebe natürlich sofort Bescheid, wenn sie gefunden wird.«

7

Donnerstag, 12. August

Gilbert Birou schaute durch das Fenster seines Büros in der dreizehnten Etage zu, wie die Mitarbeiter des UNODC zur Arbeit eilten. Um diese Zeit am Morgen strömten die Menschen alle in eine Richtung, von oben sah es aus, als wälzten sich Wassermassen durch die Gänge. Birou wartete auf Leo Kara, und zwar mit freudigen Gefühlen. Dass er dieses Wunder noch erleben würde, hätte er nie für möglich gehalten. Ihm war eine Lösung für sein Kara-Problem eingefallen, die auf der Hand lag und so einfach erschien, dass er sich erstaunt fragte, warum er diese Idee erst jetzt hatte. Vermutlich deshalb, weil er es gewöhnt war, im Leben zwei Regeln einzuhalten, um vorwärtszukommen: Unsichtbar bleiben und bei allem Vorsicht walten lassen. Ging man hingegen ein Risiko ein und zeigte Initiative, so hatte das nur zusätzliche Mühe und Schwierigkeiten zur Folge. Aber jetzt würde er endlich die Zügel in die Hand nehmen.

Er beabsichtigte, sein ständiges Ärgernis, das heißt Leo Kara, weiterzureichen. Genau so wie Betha Gilmartin vor etwa drei Jahren, als sie ihn halb zwang, Kara einzustellen und sich darauf berief, er sei ihr zu Dank verpflichtet. Die Britin hatte ihm ein Jahr zuvor bei einem äußerst peinlichen Zwischenfall im Londoner Viertel Mayfair aus der Patsche geholfen.

Am Vorabend hatte sich Birou mit dem Generalsekretär von Interpol, einem ehrgeizigen Amerikaner, in Verbindung gesetzt. Der Mann war ein Meister der Vernetzung, der allen hohen Tieren, die sich interessiert zeigten, bereitwillig einen Gefallen tat und dann ebenso selbstverständlich Gegenleistungen erwartete, um mit diesen Manövern auf der Karriereleiter die nächsten Sprossen zu erklimmen.

Birous Freude nahm noch zu, als er unten im Verbindungsgang eine Frau mit einer Handtasche von Tanner Krolle erblickte, zumindest sah es aus der Ferne so aus. Wenn sein Plan gelang, würde er sich zur Belohnung solch eine exquisite Tasche gönnen und dazu im Restaurant »Korso« dinieren. Und die Krönung des Abends wäre – Mathilde.

Als Leo Karas Stimme im Zimmer der Sekretärin zu hören war, warf Birou schnell einen Blick in den Spiegel, zog seine Weste gerade, strich über die mit C.A.R.-Pomade von Truefitt dunkel getönten Schläfenhaare, die auf der Kopfhaut klebten, und schob die Brille mit Goldrahmen lässig auf halbe Nasenhöhe.

»Morgen, Kara. Bevor wir zu deinem Bericht kommen, habe ich gute Nachrichten für dich. Eigentlich sogar ausgezeichnete Nachrichten.«

»Was für einen Geistesblitz hat dieser Lebemann denn nun wieder gehabt«, dachte Kara und sagte: »Das ist ja sehr angenehm. Lass hören.« Der Lederbezug knarrte, als er auf dem Besuchersessel Platz nahm.

Birou hatte nicht die Ruhe, sich erst noch hinzusetzen, er konnte es nicht mehr erwarten. »Anthony Blake, der Generalsekretär von Interpol, hat sich gestern gemeldet und angefragt, ob ich bei mir einen geeigneten Mann für eine Stelle hätte, die bei Interpol neu geschaffen wird. Es handelt sich um den Posten eines stellvertretenden Direktors, eine Art Verbindungsoffizier, der die Arbeit der Regionalbüros von Interpol und der nationalen Zentralbüros der Mitgliedstaaten koordiniert. Für das Amt ist keine Polizeiausbildung erforderlich, und du könntest deine Sprachkenntnisse nutzen. Die Stelle ist, was die Vergünstigungen angeht, hervorragend ausgestattet.«

»Dankeschön, aber trotzdem: nein danke«, erwiderte Kara postwendend und öffnete eine Mappe auf seinem Schoß. Er war gekommen, um den versprochenen Bericht zu liefern. »Ich habe gestern im Zusammenhang mit den Iridiumfällen das eine oder andere Interessante herausgefunden, es sieht so aus, als …«

Birou riss der Geduldsfaden: »Ich biete dir einen Spitzenposten bei Interpol an und du willst über Iridium reden!«, rief er aufgebracht. »Du sollst nur eine Zusammenfassung der vorliegenden Erkenntnisse zu diesen Fällen schreiben, sobald die Ermittler von der Abteilung für organisierte Kriminalität aus dem Urlaub zurück sind, kümmerst du dich wieder ausschließlich um deine normale Arbeit.«

Kara tat so, als hätte er Birous heftige Reaktion nicht gehört. »Ich habe gestern Beweise gefunden, dass Viktor Hofman vor seinem Tod Millionen Euro aus Finnland erhalten hat, nun möchte ich untersuchen, von wem das Geld stammt. Unsere Abteilung zur Bekämpfung der Geldwäsche kann da nicht helfen. Dank der Ermittlungen zu den Marschflugkörpern vom letzten Jahr weiß ich, dass Hofman illegale Waffengeschäfte betrieben und die Entwicklung von revolutionierenden waffentechnologischen Erfindungen überall in der Welt finanziert hat. Und jetzt weiß ich auch, dass dieses von ihm vertretene Unternehmen an dem Forschungsprojekt beteiligt war, das die vergangenen Montag entführte italienische Wissenschaftlerin geleitet hat.«

»Willst du untersuchen, wer einem Mann Geld gezahlt hat, der vor über einem Jahr gestorben ist? Habe ich da irgendetwas nicht verstanden?«

»Du verstehst immer irgendetwas nicht«, dachte Kara. Sowohl Manas als auch Hofman waren in die Fälle verwickelt, die mit dem Iridium zusammenhingen, und Mundus Novus war der Arbeitgeber von beiden. Wenn er Hofmans Geldgeber fand, könnte ihn das durchaus auf die Spuren von Mundus Novus führen. Doch das wollte er Birou noch nicht sagen.

»Auch der SIS und Betha Gilmartin sind der Ansicht, dass uns die Untersuchung der Geschäfte Hofmans bei den Ermittlungen in den Iridiumfällen weiterhilft«, sagte Kara.

»Du scheinst nicht zu begreifen, in was für Schwierigkeiten ich vor einem Jahr geraten bin, als ihr beide, du und Betha Gilmartin, auch einer Meinung wart«, entgegnete Birou und wirkte verzweifelt. »Ich wäre beinahe gefeuert worden, und das nur deswegen, weil ich dir erlaubt habe, allein und anonym in den Sudan einzureisen.«

»Wahrscheinlich hast du angenommen, dass ich nicht wieder zurückkomme.« Die Atmosphäre war schon angespannt, nun wurde sie noch explosiver.

Birou errötete, er hatte sich eingebildet, Kara loszuwerden, wenn er ihm eine Stelle bei Interpol anbot, stattdessen nahm der ihn einmal mehr in die Zange. Er begriff nicht, wie Kara es schaffte, jedes Mal, wenn sie sich trafen, sein Konzept völlig durcheinanderzubringen.

»Gehe ich richtig in der Annahme, dass du, wenn ich dir verbiete, Hofmans Geschäfte zu untersuchen, sagst: Curzon Street, Mayfair?«

Kara nickte und klappte seine Mappe zu. »Ich fliege mit der nächsten Maschine nach Finnland«, antwortete er im Hinausgehen.

Gilbert Birou schloss die Augen und verfluchte jenen Tag vor vier Jahren, an dem ihn die Metropolitan Police bei einer Routinerazzia im Londoner Mayfair erwischt hatte. Es sah so aus, als müsste er bis ans Ende seiner Tage für dieses Missgeschick büßen. Doch auch er brauchte in seinem Leben etwas, das ihm Erleichterung brachte, der Schutzschild, den er sich schon als Junge geschaffen hatte, erwies sich als dick, aber porös. Es war merkwürdig, wie die Kindheit das ganze Leben des Menschen bestimmte. Er hatte seine ersten achtzehn Jahre in der toten und windigen Kleinstadt Penmarch verbracht, seinen despotischen Vater, einen Gärtner, gehasst, seine Mutter angebetet und ausschließlich davon geträumt, die Bretagne, seinen tyrannischen Vater und die ewigen Kartoffeln mit Fisch loszuwerden.

Im Laufe der Jahre war es ihm gelungen, sein Leben so einzurichten, dass es sorgenfrei blieb. Im UNODC erledigten die Mitarbeiter des Stabs nahezu alles für ihn, und er konnte sich ganz dem Rrepräsentieren widmen. Er besaß in Paris eine geräumige Wohnung in der Avenue du Docteur Brouardel im siebenten Arrondissement, er kleidete sich ohne Abstriche wie ein Gentleman, speiste jeden Abend im Restaurant und kaufte leidenschaftlich gern exquisite Erzeugnisse, die zu den renommiertesten der Welt gehörten. Und das Sahnehäubchen waren seine Momente mit Mathilde. Das alles bot ihm Lebensinhalt im Überfluss. Über Jahrzehnte hatte er seinen Vorgesetzten gegenüber den kompetenten und effizienten Leiter spielen können, und nun drohte ein fünfunddreißigjähriger finnisch-britischer Verrückter all das zu ruinieren, nur weil er sein einziges Laster kannte.

Gilbert Birou hatte nicht die Absicht, das einfach so hinzunehmen.

*

Milica Molnar, die Sekretärin von Bogdan Bojanić, wusste nur von einem Teil der Brutalitäten, die ihr Arbeitgeber täglich beging, aber das reichte. Sie verabscheute den Mann aus tiefstem Herzen. Eine Mittagspause hatte sie nicht, aber sobald Bojanić die Villa verließ, konnte sie eigentlich tun, was sie wollte, sie musste nur die Telefongespräche, die für ihn eingingen, auf ihr Handy umleiten. Als Milica Molnar hinaustrat, legte sich die heiße Luft auf ihre Haut wie die schwüle Feuchte nach einem Regen. Einige Wolken brachten in der glühenden Hitze wenigstens etwas Erleichterung.

Sie war zweiunddreißig Jahre alt, aber ihr Leben war praktisch zu Ende. Zumindest ein Leben, wie sie es sich gewünscht hätte. Das lag keineswegs an dem Maienabend vor zehn Jahren, als sie im Lukas-Club, der auf den Wellen der Save schaukelte, Uroš Molnar begegnet war. Und auch nicht daran, dass sie nach einigen Smirnoff-Coolern ganz relaxt gewesen war und Uroš gleich bei ihrem ersten Date auf dem Vordersitz seines Cabrios, eines Porsche 911 Carrera, unter ihren Rock gelassen hatte. Es lag vielmehr daran, dass sie von all dem fasziniert war, was Uroš mitbrachte, als er in ihrem Leben auftauchte: modische Kleidung, Auslandsreisen, Schmuck, wilde Partys, kurz gesagt – Geld. Serbien war durch den Krieg ramponiert und durch die Handelssanktionen verelendet, in so einem Land sagten junge Leute um die zwanzig nicht: »Da spuck ich drauf«, wenn sich ihnen die Chance bot, an Geld oder Waren aus dem Westen zu kommen.

Die Hupe eines Cabrios dröhnte so laut, dass Milica Molnar zusammenzuckte, ein paar junge Männer fuhren mit ihrem Wagen im Schneckentempo den Bulevar Kneza Aleksandra Karađorđevića entlang und winkten ihr mit obszönen Gesten zu.

Nachdem sie Uroš geheiratet hatte, wurde sie allmählich Teil der kriminellen Organisation Voždovac, die Ehefrauen der Mitglieder hielten zusammen wie die Frauen in einem Harem. Als der ehrgeizige Uroš dann vorschlug, sie solle als Sekretärin für Bogdan Bojanić arbeiten, willigte sie aus Dummheit ein. Das war der letzte Nagel zu ihrem Sarg gewesen, sie war tief in die Welt von Bojanić und der ganzen serbischen Mafia, der Naša Stvar, eingesunken, so tief, dass sie nie wieder herauskommen würde.

Seit dem Tod von Uroš gab es in ihrem Leben nur noch die Arbeit. Ein *Hitman* hatte ihren Mann vor drei Jahren in der Bar »Kolosseum« erschossen, nur wenige hundert Meter von der Straße entfernt, die sie gerade entlangging. Der Mörder wurde nie gefasst, aber Milica Molnar wusste, wer die Verantwortung für den Anschlag trug. Der beliebte Uroš stellte für Bogdan Bojanić damals eine Bedrohung dar, und bei Naša Stvar verlangte die Stellung als Chef, dass Gefahren eliminiert wurden. Bojanić hatte bis zum heutigen Tag ihr gegenüber den Tod von Uroš mit keinem Wort erwähnt, obwohl ihr Ehemann einer seiner engsten Mitarbeiter gewesen war. Eines hatte Bojanić ihr allerdings sofort klargemacht: Von Voždovac trennte man sich nicht, wollte jemand den inneren Zirkel der Organisation verlassen, gab es nur einen Weg, und das war der, auf dem man seine letzte Reise antrat.

Milica Molnar war kinderlos, Witwe, noch ziemlich jung und mit Bogdan Bojanić und Voždovac durch Bande verknüpft, die fester waren als jene, mit denen der Pope sie und Uroš Molnar vor acht Jahren in der Kirche des Heiligen Erzengel Gabriel miteinander verbunden hatte. Sie kannte nur ein Mittel, von Bojanić loszukommen: Wenn die Behörden den Mann mit seinen engsten Helfern ins Gefängnis beförderten, würde irgendeine der konkurrierenden Organisationen in Belgrad die Reste von Voždovac zerschlagen. Und sie damit befreien.

Milica Molnar erreichte den kleinen Park Rozali Morton und holte ihr Handy heraus und den Zettel mit der Telefonnummer der Frau, die in der Villa von Bojanić für Unruhe gesorgt hatte. Sie wusste, was Bojanić mit der Finnin vorhatte. Erst raubten diese Schweine ihre Tochter und nun, drei Jahre später, wollten sie die Frau umbringen. Sie tippte Kati Soisalos Nummer ein.

»Ich rufe an, um Sie zu warnen«, sagte Milica Molnar in ihrem schwachen Englisch. »Bogdan Bojanić will …«

Kati Soisalo unterbrach sie: »Ist meine Tochter am Leben?«

»Sie müssen jetzt sofort aus Belgrad abreisen. Fahren Sie zum Flughafen und lassen Sie Ihre Sachen im Hotelzimmer. Die Männer von Bojanić …«

»Ohne meine Tochter fahre ich nirgendwohin. Wer sind Sie? Sagen Sie mir Ihren Namen.« Erregt entfernte sich Kati Soisalo von der Rezeption des Hotels Moskva.

»Hören Sie mir zu!« Milica Molnars Stimme wurde lauter. »Man will Sie umbringen. Die Leute von Bojanić haben vor einer Stunde die Informationen über Ihre Tochter bekommen, die sie haben wollten, man wird Sie jeden Augenblick abholen. Bogdan Bojanić ist durch und durch verdorben und ein verrückter Killer, aber in der Organisation der Balkan-Route ist er bloß ein kleines Licht. Die Schlüsselfigur ist Dimitri Arbuzow, er verkauft die entführten Kinder und Frauen von Russland aus nach West- und Mitteleuropa und in die nordischen Länder. Finnland wird als Transitland benutzt, Sie sollten in Ihr Heimatland zurückkehren und dort weiter suchen«, sagte Milica Molnar und schaltete das Telefon aus.

Kati Soisalo hielt ihr Handy am Ohr und rief so laut hallo, dass die Leute im Foyer zu ihr hinschauten. Sie marschierte quer durch das Foyer zu den Aufzügen und bemerkte, dass zwei Männer, die vorher die ganze Zeit untätig herumgesessen hatten, aufstanden und ihr folgten. ... *Lassen Sie Ihre Sachen im Hotelzimmer* ... Die Worte der Anruferin klangen ihr noch im Ohr. Wollte man im Hotelzimmer über sie herfallen? Zum Glück waren die wichtigsten Unterlagen zu Vilma in ihrer Schultertasche, und auch den Pass hatte sie bei sich, die anderen Sachen durften in Belgrad bleiben.

Entschlossen lief sie an den Aufzügen vorbei. Was zum Teufel sollte sie jetzt tun? Das Schild der Damentoilette war ihre Rettung, dorthin könnten die Männer ihr nicht folgen, denn das würde im Foyer für Aufsehen sorgen. So gewann sie etwas Zeit zum Nachdenken. Sie betrat die leere Toilette, schloss sich in eine Kabine ein und setzte sich auf den Deckel. Dann holte sie ein paarmal ganz ruhig und tief Luft und ging all ihre Möglichkeiten durch, dabei sagte sie sich immer wieder: Denke wie eine Juristin, analysiere die Alternativen und wähle die beste.

Als sie wenig später aus der Kabine herauskam, bemerkte sie zu ihrer Enttäuschung, dass es in der ganzen Damentoilette kein einziges Fenster gab. Hatte sie vorhin am Ende des Ganges eine Tür gesehen? Sie holte ihre Handtasche heraus, suchte die Haarbürste und putzte den im Griff eingelassenen Spiegel. Mit Müh und Not ließ sich der Griff unter der Tür hindurch ein Stück auf den Flur schieben, es knisterte, als sie ihn so drehte, dass sie im Spiegel das

Foyer sehen konnte. Die beiden Männer warteten auf sie. Sie drehte den Griff noch einmal und erlebte wieder eine herbe Enttäuschung, denn am Ende des Flures erblickte sie einen Spiegel mit Werbung – keine Tür.

In ihr Hotelzimmer würde sie nicht gehen, also blieb nur eine Alternative übrig. Sie atmete tief durch, holte das Handy aus der Tasche und redete beim Verlassen der Toilette laut Finnisch mit einem imaginären Gesprächspartner. Als sie an den Männern von Bojanić vorbeiging, überkam sie der dringende Wunsch loszurennen, aber sie schaffte es, sich zu beherrschen. Die beiden wussten nicht, dass man sie gewarnt hatte, sie wollten ihr garantiert folgen, bis der geeignete Augenblick kam.

Kati Soisalo lief durch das Foyer, trat hinaus auf den Terazije-Platz und wandte sich nach rechts. Sie wusste schon, wohin sie versuchen würde zu fliehen, der Ort lag ganz in der Nähe. Doch in ihr kroch die Angst hoch, die Männer könnten sie jetzt gleich ergreifen, auf der belebten Straße. Verstohlen schaute sie sich um. Ein schwarzer Porsche Cayenne mit getönten Scheiben fuhr hinter ihr so langsam, dass jemand hupte, und auch die Männer, die ihr zu Fuß folgten, machten sich nicht die Mühe, besonders unauffällig zu bleiben. Allmählich beschleunigte sie ihr Tempo, bis sie im Laufschritt den Eingang des Einkaufszentrums Čumićevo Sokače erreichte.

In dem Augenblick, als die Sichtverbindung zu den Männern abbrach, rannte Kati Soisalo los, ohne eine Ahnung zu haben, wohin sie laufen sollte. Das Center hatte sie nur von außen, vom Taxi aus, gesehen. Sie steuerte die Stelle an, wo das Gedränge am größten zu sein schien, Gott sei Dank war das Čumićevo Sokače ein chaotisches Labyrinth von Läden, Treppen und Gängen.

Sie schaute sich um: Die Verfolger waren nicht zu sehen, aber der Tumult und die taumelnden Gestalten weit hinter ihr verrieten, dass sich da jemand rücksichtslos einen Weg durch die Menschenmenge bahnte.

Die Schuhe rieben und die Füße schmerzten, als Kati Soisalo all ihre Kräfte mobilisierte, um noch schneller zu rennen, ihre Schritte hämmerten auf den Steinplatten, die Schultertasche schlug gegen die Rippen und die Angst packte immer fester zu. Das Einkaufszentrum war wie ein Irrgarten, wo zum Teufel kam man hier hinaus, der Zeitpunkt wäre günstig, sie sah hinter sich keinen einzigen Verfolger …

Urplötzlich tauchte der Fußweg einer Straße vor ihr auf, sie war so überrascht, dass sie mit einem Mann zusammenstieß, der sein Fahrrad schob und hinstürzte. Beide entschuldigten sich hastig, der eine auf Serbisch, die andere auf Finnisch. Kati Soisalo sah sich rasch um. In dieser Gegend war sie vorher noch nicht gewesen. Den schwarzen Porsche konnte sie nirgendwo entdecken, und auch keine Verfolger. In welche Richtung sollte sie fliehen …?

Kati Soisalo beschleunigte ihre Schritte und ließ sich von ihrem Orientierungssinn leiten, ihr Gehirn lief auf Hochtouren. Jetzt musste sie ein Taxi finden und zum Flughafen fahren, dort würde es selbst Bojanić nicht wagen, sie anzugreifen, obwohl er ein Verrückter war.

Sie hörte hinter sich einen wütenden Ausruf, wandte den Kopf und erblickte einen Mann, der einem langen Kerl mit der Faust hinterherdrohte – einer der Männer von Bojanić raste den Fußweg entlang! Sie musste die Sichtverbindung unterbrechen, die Männer durften nicht wissen, in welches Taxi sie stieg.

Kati Soisalo bog an der nächsten Straßenecke ab und fluchte laut, weil sie an ihren Ausgangspunkt zurückgekehrt war, vor ihr lagen der Terazije-Platz und der Nikola-Pašić-Platz. Sie rannte, was die Beine hergaben, das würde kein glückliches Ende nehmen. Dann sah sie vor dem Springbrunnen einen jungen Mann im Sattel eines Motorrads und warf einen Blick nach hinten. Ihr blieb vielleicht eine halbe Minute, höchstens.

Im Laufen griff sie in ihre Handtasche und holte alle Geldscheine heraus, die sie besaß. Dann blieb sie keuchend vor dem

Motorrad stehen, öffnete das Helmvisier des jungen Mannes und drückte ihm das Bündel Geldscheine in die Hand. »Fahr mich zum Flughafen!«

Der verdutzte Mann leckte über sein Lippenpiercing, starrte auf seine Hand voller Dinare und Euros und bemerkte dann den Verfolger, der rasch näher kam.

Das Motorrad heulte auf und Kati Soisalo setzte sich hinter den Fahrer. Auch ohne den heftigen Wind, der ihr in die Augen blies, hätte sie geweint, schon das zweite Mal in ihrem Leben ließ sie ihre Tochter allein in einem fremden Land zurück.

*

Der Lkw der Firma International Nuclear Transport kurvte zwischen den Betonhindernissen hindurch und stoppte um 22.03 Uhr vor dem mit Beton und Stacheldraht gesicherten Haupteingang von Sellafield. Die mit Maschinenpistolen bewaffneten Konstabler der Civil Nuclear Police, die Großbritanniens Kernkraftwerke schützte, beobachteten den Lkw.

Das Kernkraftwerk Sellafield und die Anlage zur Wiederaufbereitung und Lagerung von Atommüll befanden sich an der Küste der Irischen See in Cumbria im Nordwesten Englands. Auf dem über dreihundert Hektar großen Gelände war das Plutoniumarsenal Großbritanniens untergebracht, das über hunderttausend Kilo umfasste. Abgesehen von militärischen Sperrgebieten war dies das weltgrößte Lager von waffenfähigem Plutonium.

Hochradioaktiver Atommüll, das heißt verbrauchter Kernbrennstoff, wurde in den einundzwanzig Stahltanks der oberirdischen Betonsilos der Anlage B215 gelagert. Um zu verhindern, dass es zum Sieden, zu einer Kettenreaktion oder zur Entstehung radioaktiver Emissionen kam, musste der Atommüll ständig gekühlt und gemischt werden. Ein erfolgreicher Terroranschlag auf die Silos der Anlage B215 in Sellafield würde viele radioaktive Stoffe in die Atmosphäre und die Irische See freisetzen, auch Cäsium-137, das die Emissionen beim Unglück von Tschernobyl ausgelöst hatte. Siebenundzwanzig Kilo des entwichenen Isotops Cäsium-137 hatten dort ausgereicht, um riesige Zerstörungen zu verursachen, in Sellafield lagerten Tausende Kilo des Stoffes. Ein Terroranschlag im Herzen von Sellafield würde die Küsten sowohl von England und Irland als auch von Schottland verseuchen und mit dem Wind würde sich der atomare Niederschlag in weiten Gebieten Nordenglands, Irlands und Schottlands ausbreiten und sie für Generationen unbewohnbar machen. Zumindest Dublin, Edinburgh, Leeds und Newcastle müssten wegen des nuklearen Niederschlags evakuiert werden, in Abhängigkeit von der Windrichtung vielleicht auch andere Großstädte.

Nick Fletcher, der hinterm Lenkrad des Lkws der Firma Nuclear Transport saß, hatte nicht Schmetterlinge im Bauch, sondern mindestens Sperlinge. Bei diesem Auftrag war etwas faul, er spürte das auf dieselbe rätselhafte, unerklärbare Weise, wie er die seltenen empfindlichen Niederlagen von Everton schon wenige Minuten nach dem Anstoß auf dem Rasen des Goodison Park voraussagen konnte. Er bezeichnete das nicht als sechsten Sinn, an so einen Scheiß glaubte er schließlich nicht, aber manche Dinge konnte er unbestreitbar einfach nur durch die Stimmung spüren. Ob nun Gabe oder Fluch, jedenfalls vererbte sich die Fähigkeit in seiner Familie. Er selbst hielt sein Talent geheim. Ganz anders seine Mutter, die hatte ihre Begabung auf allen Märkten und Plätzen ausposaunt und sich am Ende in ihrer Heimat selbst zum allgemein anerkannten Dorftrottel gemacht.

Fletcher fuhr den Laster in die Durchleuchtungsanlage, sein Gehilfe Luke sprang mit einem Stoß Unterlagen aus der Kabine. Um eine Fuhre aus Sellafield abzuholen, war so eine Menge Papierkrieg nötig, dass die Firma kürzlich eine neue Mitarbeiterin eingestellt hatte, die sich ausschließlich darum kümmerte. Die Papiere für den Auftrag waren in Ordnung, das wusste Fletcher, er hatte sie selbst überprüft. Und genau das war das Problem. Wie zum Teufel hatte man es geschafft, dass die Unterlagen in nur vierundzwanzig Stunden fertig waren? Der Chef hatte ihn erst letzte Nacht gegen zwei Uhr über diesen Auftrag informiert, obwohl die Listen der Touren in der Regel jeweils für eine ganze Woche im Voraus festgelegt wurden. Laut Frachtbrief sollten sie lediglich ein paar Tonnen einer ungefährlichen Fracht abholen, aber der Chef hatte sich so aufgeführt, als ginge es darum, die Kronjuwelen aus dem Tower zu holen. Der Leiter der Abteilung für die Lagerung ungefährlicher Stoffe in Sellafield würde schon am Haupteingang zusteigen, und die Fracht musste nach Einbruch der Dunkelheit abgeholt werden, obwohl man normalerweise nächtliche Besuche in Sellafield vermied. Und all diese ungewöhnlichen Vorkehrungen bloß wegen einer ungefährlichen Fracht, die zudem nur schlappe zehn Meilen bis zum Hafen von Whitehaven gebracht werden sollte. Das war ein kleiner Touristenhafen, in den sonst normalerweise keine Fracht aus Sellafield gekarrt wurde. Auf seine neugierigen Fragen hatte ihn der Chef nur angeschnauzt: »Lies den Frachtbrief!«, und sich dann wieder in seine Arbeit vertieft.

Die Polizisten, die den Lastwagen überprüft hatten, winkten in Richtung Wache, und Luke kletterte in die Fahrerkabine, gefolgt von dem Abteilungsleiter. Fletcher schaute den Mann in der Hoffnung an, wenigstens so etwas Ähnliches wie eine Erklärung für diese außergewöhnlichen Regelungen zu erhalten. Vergeblich.

»Alles ist vorbereitet. Dann wollen wir die Sache rasch hinter uns bringen«, sagte der Sellafield-Mitarbeiter mit angespannter Miene und deutete hektisch auf das riesige Gelände von Sellafield, das vor ihnen lag.

Fletcher zögerte nur ein oder zwei Sekunden. Die Neugier plagte ihn noch stärker als vorher, aber die Papiere waren in Ordnung, und der Abteilungsleiter würde beim Beladen helfen. Er konnte nichts anderes tun, als Gas zu geben. Der Mann gab ihm Anweisungen, wie er fahren sollte, und Fletcher lenkte den Wagen durch die Straßen von Sellafield, das die Ausmaße einer kleinen Stadt hatte.

Der Lkw erreichte einen Platz umgeben von großen Gebäuden, und Fletcher lauschte angestrengt: Das war der Rotor eines Hubschraubers, das Geräusch wurde schnell lauter. Plötzlich traf ein grelles Licht das Auto und blendete ihn so, dass er die Augen schließen und auf die Bremse treten musste. Der Laster kam zum Stehen und wurde dabei kräftig durchgeschüttelt. Luke und der Abteilungsleiter schrien auf, doch ihre Rufe wurden von dem Lärm übertönt, der von draußen hereindrang.

Fletcher wollte seinen Augen nicht trauen, hol's der Teufel, er sollte sich als Hellseher im Tivoli oder als Wettermann beim Fernsehen engagieren lassen. Er hatte geahnt, dass irgendetwas Merkwürdiges im Gange war. Scheinwerfer beleuchteten das Industriegelände wie einen Weihnachtsbaum, ein Hubschrauber der Civil Nuclear Police ratterte fünfzig Meter vor dem Laster in der Luft und ein zweiter lärmte hinter dem Wagen. Neben ihnen standen schon zwei Polizeiwagen, und noch mehr Bullen kamen mit Sirenengeheul aus allen Richtungen.

»Was für ein Auftrag ist das, verdammt?«, konnte Fletcher den Abteilungsleiter noch fragen, bevor das Lenkrad, das er festhielt, durch die Wucht einer Explosion in die Luft flog und der Platz in ein Flammenmeer verwandelt wurde.

ZWEITER TEIL

Die Ritter von Marx

13. August – 15. August

8

Freitag, 13. August

Kati Soisalo schlug mit der Faust so heftig gegen den Kleiderschrank in ihrem Büro, dass sie sich die Haut an den Knöcheln abschürfte. Hass und Selbstverachtung quälten sie, obwohl ihr die Fakten natürlich bekannt waren: In Belgrad hätten die Leute von Bogdan Bojanić sie zusammengeschlagen oder umgebracht. Sie hatte in Serbien alles in ihren Kräften Stehende getan, um Vilma zu finden, und die anonyme Anruferin hatte ihr geraten, die Verbindungen zu untersuchen, die Dimitri Arbuzow, der Geschäftspartner von Bojanić, nach Finnland unterhielt. Das waren zwar unumstößliche Fakten, aber das half ihr auch nicht weiter, sie empfand die Rückkehr nach Finnland dessen ungeachtet als schlimmen Verrat an Vilma. Die bedauernswerten Kinder auf den Plakaten des Kinderschutzbundes und von Amnesty, ECPAT und Unicef schauten sie vorwurfsvoll an.

Wütend versetzte sie ihrem Schreibtischsessel einen Tritt, er rollte in Richtung Bücherschrank und schlug die Scheibe der Tür ein. Diesmal wollte sie das Spiel bis zum Ende durchziehen, sie würde herausfinden, wer für Vilmas Verschwinden verantwortlich war, koste es, was es wolle. Und jetzt würde sie sich nicht an die Regeln halten, die hatte sie nicht aufgestellt. Wenn sie die Regeln befolgte, würde sie nur den Kürzeren ziehen. Sie beugte sich vor, um in ihrem Schreibtischkalender die Telefonnummer des Helsinki Shooting Club zu suchen, und wünschte sich fast, dass sie in der nächsten Zeit gezwungen wäre, ihre Schießkünste anzuwenden. Kati Soisalo konnte sich nicht erinnern, jemals solch eine Wut empfunden zu haben, nicht einmal in Dubrovnik vor drei Jahren. Was ging in ihr eigentlich vor? War der Zwischenfall auf der Skadarska-Straße ein Anzeichen dafür, dass sie allmählich den Verstand verlor? Wie zum Teufel konnte sie ein ihr völlig unbekanntes serbisches Mädchen für Vilma halten? Sie war nicht gerade in einem blendenden Zustand, sondern weit davon entfernt.

Jemand steckte den Schlüssel ins Schloss, öffnete die Tür der Kanzlei und hätte sich dafür keinen ungünstigeren Zeitpunkt aussuchen können. Kati Soisalo machte auf den Hacken kehrt und verpasste Jukka Ukkola, der auf der Schwelle stand, einen derart heftigen Schlag ins Gesicht, dass bei ihm die Lichter ausgingen und die Schwerkraft das ihre tat. Der stellvertretende Leiter der KRP ging zu Boden, zwar nur kurz, aber das genügte Kati Soisalo, um einzusehen, dass sie eine Dummheit begangen hatte. Wenn es irgendjemanden gab, den man besser nicht verärgern sollte, dann war das Jukka Ukkola.

Scheiß drauf, sagte sich Kati Soisalo, es war Zeit, mit der Duckmäuserei Schluss zu machen. Sie zog rasch Ukkolas Schlüssel aus dem Schloss. »Das war das letzte Mal, dass du einfach so, ohne meine Erlaubnis, in die Kanzlei gekommen bist.«

Jukka Ukkola erhob sich flink und geschmeidig, seine Augen glühten. »So ist es, um dir das zu sagen, bin ich gekommen.« Am liebsten hätte er es diesem Weibsstück in gleicher Münze heimgezahlt und noch etwas draufgelegt, aber er wusste, das wäre nicht so einfach. Kati hatte vor Jahren das Krav-Maga-Training begonnen, um sich gegen ihn verteidigen zu können. Jetzt musste er kaltes Blut bewahren, er würde schon Mittel und Wege finden, um die Frau an die Kandare zu nehmen.

Eine Rentnerin war vom Lärm aufmerksam geworden und warf ihnen entrüstete Blicke zu, während sie die Treppe mit ihrem pechschwarzen schottischen Terrier auf dem Arm herunterstieg.

»Du darfst hereinkommen, um zu erklären, warum du dich entschlossen hast, mich in Ruhe zu lassen«, verkündete Kati Soisalo und ging in ihre Kanzlei.

»Ich habe gehört, dass du kurz in Belgrad warst und dich nach den Geschäften von Bogdan Bojanić und Dimitri Arbuzow erkundigt hast. Dass du dumm bist, weiß ich, aber diese Männer zu reizen, grenzt schon an Wahnsinn«, sagte Ukkola und setzte sich auf den Sessel der Sitzgruppe in der Mitte der Kanzlei. »Weshalb bist du nach Belgrad gereist?«

»Weil deine Tochter am Leben ist.«

Ukkolas Augen weiteten sich, er beugte sich ein wenig zu ihr hin und öffnete den Mund, sagte aber nichts.

Kati Soisalo schaute ihm überrascht ins Gesicht. War das Angst oder Hoffnung, was sie da sah, bekam sein Panzer Risse? War Jukka doch nicht völlig gefühlsgestört? Seit sie mit Vilma bei ihm ausgezogen war, hatte der Mann nichts als Hass und Rachgier ausgestrahlt. Nicht einmal nach Vilmas Entführung hatte er Emotionen gezeigt, zumindest nicht in ihrer Anwesenheit.

»Das ist unmöglich«, sagte Ukkola schließlich und lehnte sich zurück.

»Ein finnisches Rentnerehepaar hat Vilma am letzten Montag in Belgrad gesehen. Die serbischen Behörden tun ihr Möglichstes, um Vilma zu finden, und das UNODC hilft ihnen dabei«, erwiderte Kati Soisalo. »Hast du jetzt endlich die Absicht, deinen Leuten den Befehl zu geben, etwas zu unternehmen? Die KRP könnte bei der Suche nach Vilma sicher helfen.«

»Du wolltest hören, warum dies das letzte Mal ist, dass ich dir einen Besuch abstatte«, entgegnete Ukkola, um das Thema zu wechseln. »Was sagt dir der Name Eini Eronen?«

Kati Soisalo war erneut überrascht. Was hatte sich dieser Verrückte jetzt wieder ausgedacht? Eini war seit der Kindheit ihre Freundin gewesen, aber letztes Jahr im Herbst bei einem Verkehrsunfall ums Leben gekommen. Im Laufe der Jahre hatte sie Eini gelegentlich bei juristischen Fragen geholfen und zuletzt ein Nachlassverzeichnis ihres Eigentums aufgestellt.

Ukkola sah so aus, als würde er triumphieren, ohne zu lächeln.

»Eini Eronen erhielt vor einigen Jahren von ihrer vermögenden Mutter ein Perlenhalsband im Werte von hundertzwanzigtausend Euro. Dessen echte Perlen hatte Eini Eronens Vater auf seinen Geschäftsreisen in alle Welt über Jahrzehnte einzeln gekauft. Eini hat diesen ... Vorausempfang vom Erbe weder dem Finanzamt noch ihrem Ehemann gegenüber angeführt. Anscheinend kriselte es in ihrer Ehe, und eine Gütertrennung gab es nicht. Da ist es durchaus verständlich, wenn sie nicht wollte, dass ihr Mann von den Perlen profitierte, die über hunderttausend wert sind.«

»Wovon redest du Idiot da?«, fuhr Kati Soisalo ihn an. »Eini besaß Pfandbriefe, Aktien im Werte von etwa zwanzigtausend und ihr Eigenheim in Tapanila. Ich habe all ihre Sachen ordnungsgemäß aufgeführt und diese Liste findet sich im Nachlassverzeichnis.« Kati Soisalo befürchtete schon das Schlimmste.

Ukkola ignorierte die Bemerkung, mit der sie ihn unterbrochen hatte, er genoss die Situation. »Matti Eronen erfuhr erst kürzlich von dem Schmuck, als er ihn am Hals seiner Frau auf einem Foto sah, das ein Bekannter der Familie aufgenommen hatte. Der erzählte Matti Eronen natürlich alles, was er von dem Schmuck und den echten Perlen wusste, Eini Eronen hatte ja nicht erwähnt, dass es da ... Geheimnisse gab.«

Kati Soisalo setzte sich hin und schloss die Augen. Am liebsten hätte sie diesen Verrückten hinausgeworfen, aber es blieb ihr nichts anderes übrig, als diese Geschichte bis zu Ende anzuhören.

»Ihrer besten Freundin, also dir, hat Eini Eronen sicher von ihren Perlen erzählt, und du hattest Zugriff auf die Sachen von Eini, als du das Nachlassverzeichnis aufgestellt hast, somit hielt Matti Eronen dich natürlich für den wahrscheinlichsten Schmuckdieb. In Finnland gibt es für echte Perlen mit einem Wert von über hunderttausend Euro nur sehr wenige potentielle Käufer. Die Polizei fand also nach dem Eingang von Matti Eronens Strafanzeige ziemlich schnell heraus, dass du die Perlen dem Juwelier Myrow zum Spottpreis von sechzigtausend Euro verkauft hast. Der wiederum hat sie dann für einen bar gezahlten Höchstpreis an einen vorläufig nicht identifizierten Russen verkauft. Das Geschäft kam angeblich schnell und problemlos zustande, weil für jede Perle ein Echtheitszertifikat vorlag.«

»Was willst du mit diesem Märchen eigentlich erreichen?« Kati Soisalo kostete es viel Mühe, ruhig zu bleiben.

»Ich will gar nichts erreichen, ich nenne dir nur Fakten. Polizei und Amtsgericht werden der Sache natürlich auf den Grund gehen. Der Eigentümer des Juweliergeschäfts ist bereit, als Zeuge aufzutreten, und ebenso natürlich Matti Eronen. Das dürfte dann wohl für eine Verurteilung reichen, obwohl Eini Eronens Mutter nicht mehr befragt werden kann, die Frau ist leider im Frühsommer verstorben.« Ukkola erhob sich lächelnd.

»All das ist eine Lüge, und du weißt es!«, schrie Kati Soisalo und ballte die Fäuste so, dass es weh tat.

»Bei schwerer Unterschlagung kommt man nicht mit Bewährung davon, wie du als Juristin sehr wohl weißt. Bald wirst du um Versöhnung betteln und um so manches andere Gute auch. Du kehrst einfach zu mir nach Pitäjänmäki zurück, dann lässt sich alles regeln.« Ukkolas Stimme war lauter geworden, als er die Klimax seiner Geschichte erreichte und sich dabei an den Hosenschlitz fasste. Dann fiel die Tür ins Schloss, und Kati Soisalo blieb bestürzt mitten in ihrer Kanzlei stehen.

Zwei Zeugen. Man würde sie garantiert verurteilen, wenn Matti Eronen und der Juwelier vor Gericht Ukkolas Behauptungen bestätigten. Hatte Ukkola die beiden dazu gebracht, für ihn zu lügen? Matti Eronen zu überreden dürfte kaum Probleme bereitet haben, der Mann war ein ausgesprochener Glücksritter, einer, der gerne auf Kosten anderer lebte. Eini hatte er während ihrer ganzen Ehe geschröpft und sich mit beiden Händen an ihrem Geld bedient.

Es dauerte eine Weile, bis Kati Soisalo begriff, dass es an der Tür klingelte.

»Mir war so, als hätte ich Ukkola eben im Treppenhaus gesehen, aber das muss eine Sinnestäuschung gewesen sein, der Mann hat nämlich gelächelt. Geht es dir gut? Auf dem Flughafen in Belgrad ist hoffentlich nach deinem Anruf nichts mehr passiert?« Jonny Karlsson stand in einem lockeren Trainingsanzug auf der Schwelle und beugte sich zu Kati Soisalo hin, die sich jedoch abwandte, bevor der Kuss sein Ziel erreichte, und mit großen Schritten in ihre Kanzlei ging.

Kati Soisalo öffnete das Fenster, um zu lüften. Sie wollte den muffigen Gestank und den Geruch von Ukkolas Aftershave loswerden. »Ukkola hat einen Fall inszeniert, bei dem es so aussieht, als hätte ich eine schwere Unterschlagung begangen.«

Jonny trat näher an Kati Soisalo heran, um ihr Gesicht zu sehen. Ihre ernste Miene überzeugte ihn. »Und wie?«

»Dieser Wahnsinnige hat seine Mittel«, antwortete sie und erzählte dann, was sie soeben erfahren hatte.

»Für eine schwere Unterschlagung muss man sitzen? Ukkola ... die Polizei kann ja wohl nichts beweisen?«

»Doch, behauptet er. Und ich habe keinerlei Zweifel an seinen Worten, wenn es sich darum handelt, anderen Menschen zu schaden. Ukkola weiß, was er tut, wie immer«, sagte Kati Soisalo.

Jonny atmete hörbar aus. »Wie lange willst du dir das von diesem Verrückten noch gefallen lassen? In Finnland wird sich ja wohl irgendeine Instanz finden, die den Mann in die Schranken weisen kann, der Leiter der Hauptabteilung der KRP ist schließlich kein Gott. Sondern ein ganz normaler Beamter.«

»Versucht habe ich es, das weißt du. Ukkola ist übrigens jetzt stellvertretender Chef der KRP«, erwiderte Kati Soisalo schroff. »Kannst du immer noch in Ukkolas Computer einbrechen?«

Jonny grinste. »Da brauche ich nirgendwo einzubrechen. Ich habe doch die Festplatten von Ukkolas dienstlichem und seinem privaten Computer im letzten Jahr auf meinem PC gespiegelt. Wenn Ukkola annimmt, dass er sich in seinen Computer einloggt, dann loggt er sich eigentlich in die Kopie seiner Festplatte auf meinem PC ein. Wir können Ukkolas Festplatten nutzen, sobald wir wollen, und sehen dann in Echtzeit, was er treibt. Und wir …«

»Geh seine Dateien durch, vielleicht findet sich etwas, das mir hilft, polizeiliche Ermittlungen gegen mich zu vermeiden.«

Jonny fuhr sich mit ratloser Miene durch seine Locken.

»Das alles kommt zum ungünstigsten Zeitpunkt, denn die Suche nach Vilma darf durch nichts verzögert werden«, schimpfte Kati. »Hast du etwas Neues herausgefunden?«

»So viel, dass ich lieber vorbeikommen wollte«, antwortete Jonny und nahm sich aus der Glasschale eine Pfefferminzpastille. »Dimitri Arbuzow schmuggelt also Menschen durch Russland hindurch nach Europa und nutzt auch Finnland als Transitland. Ich habe die Bestätigung dafür erhalten, dass Arbuzows alter Zellengenosse Marat ›Ratte‹ Krylow dessen Geschäfte in Finnland besorgt, die Telefondaten besagen, dass die beiden fast täglich miteinander in Verbindung stehen. Und Krylow betreibt in Finnland die Firma Severnaja, die hier russische Landmaschinen des Unternehmens Agromasch vertritt und außerdem in Helsinki ein Restaurant besitzt.«

»Warum hast du gesagt, dass Krylow eine Ratte ist?«

»Das ist sein Rufname – Krysa, das heißt ›Ratte‹.«

Kati Soisalo lächelte. »Zum Auftakt rede ich mit Krylow. Vielleicht schaffe ich das vor unserem Treffen mit Kara am Nachmittag.«

»Kara interessiert sich auch für Severnaja, die Firma hat in den letzten Jahren Viktor Hofman viel Geld überwiesen.«

»Und du, durchforstest du weiter das Bit-Universum?«, fragte Kati Soisalo.

»Ich fange mit Ukkola an. Weißt du zufällig, was er für ein Handy benutzt?«

»Nein. Warum fragst du?« Kati Soisalos Neugier war geweckt.

»Wir hätten ihn noch besser im Griff, wenn wir imstande wären, mit meinem neuen Spionageprogramm seine Telefongespräche abzuhören. Es zeigt auch die Position des Telefons an, und mit seiner Hilfe lässt sich das Mikrophon des Telefons aktivieren, selbst wenn das Handy ausgeschaltet ist. Wir müssen nur einen Weg finden, das Programm auf Ukkolas Telefon zu installieren.«

Kati Soisalo schüttelte den Kopf und lächelte. Dann klingelte ihr Telefon, und ein wütender Mandant wollte ihr am liebsten durch die Leitung auf die Pelle rücken, weil er keine Antwort auf seine Bitte um einen Rückruf erhalten hatte.

*

»Ace of Spades« von Motörhead dröhnte mit berauschender Kraft in Jukka Ukkolas schwarzem Volvo, der auf der Autobahn in Richtung Turku rauschte. Aus irgendeinem Grund wirkten die aggressiven Megahits aus seiner Jugendzeit immer noch am intensivsten auf sein Nervensystem. Vielleicht weil sich ihm die besten Titel beim Aufwärmen vor den Eishockeyspielen eingeprägt hatten, wenn im Blut eine Extradosis Testosteron zirkulierte. Der Lärm half ihm außerdem, nicht an die Neuigkeiten zu denken, die Vilma betrafen.

Katis Gesichtsausdruck zu sehen, als sie von der drohenden Anklage erfuhr, hatte ihm enormen Genuss bereitet, der fast dem gleichkam, den er bald bei Jelena erleben würde. Ein stellvertretender Chef der KRP war ein mächtiger Mann, das wusste Jukka Ukkola besser als jeder andere. Doch seine Arbeit gab ihm schon lange nicht mehr so den Kick wie die Teenagerinnen und seine Nebengeschäfte. Zu den letzteren zählte er nicht nur die Angelegenheiten des Kabinetts und die Drogengeschäfte mit den Russen, sondern auch alles, was er unternahm, um Kati Soisalo und seine anderen Feinde zu beherrschen und zu tyrannisieren. Und das Beste war, dass Katis Probleme gerade erst anfingen.

Amüsanterweise musste er Kati gewissermaßen dankbar sein für seine Erfolge im Kabinett. Als sie voriges Jahr in den Geheimnissen finnischer Waffenfirmen herumgestochert hatte, bekam er die Gelegenheit, seine Fähigkeiten zu demonstrieren. Er hatte das Kabinett und seine Mitglieder erfolgreich vor internationalen polizeilichen Ermittlungen bewahrt. Dieses Kunststück hatte ihn in der Rangordnung des Kabinetts einen großen Schritt vorangebracht, er besaß jetzt direkten Sprechkontakt zum Vorsitzenden und kannte schon die Namen vieler anderer Mitglieder. Sie übermittelten einander Informationen über Kontaktpersonen, die Namen aller Mitglieder kannten somit nur wenige, vielleicht nur der Vorsitzende. Das war eines von vielen Mitteln zum Schutz des Kabinetts.

Kurz nach der Abfahrt Lohja verließ Ukkola die Autobahn und näherte sich dem Feriendorf Hormajärvi. Er wollte sich dafür, dass er Kati gedemütigt hatte, mit einer anständigen Nummer belohnen.

Wenn der Prozess wegen der Perlenkette demnächst vor der Tür stand, würde sich herausstellen, ob Kati endlich einsah, dass es in ihrem eigenen Interesse lag, wenn sie einwilligte, sein neues Hästens-Bett mit ihm zu teilen. Er beabsichtigte, noch eine Weile zu warten und ihr erst später zu erzählen, dass er die Zeugen zum Schweigen bringen könnte, falls sie beide sich über die Gegenleistungen einig wurden. Und das Allerbeste war, dass der Prozess auch dafür genutzt werden konnte, Kati durch Erpressung zu zwingen, die Suche nach Arbuzow aufzugeben. Diesmal bewegte sich die Frau auf noch gefährlicherem Terrain als vor einem Jahr; Arbuzow arbeitete schließlich sowohl mit dem Kabinett als auch mit ihm selbst zusammen. Kati Soisalo durfte nicht einmal in die Nähe des Kabinetts gelangen, und genauso wichtig war es, seine und Arbuzows Nebengeschäfte auch weiter sorgfältig geheim zu halten. Die waren doppelt gesetzwidrig – er und Arbuzow hintergingen Kriminelle.

Der Volvo hielt auf dem Parkplatz des Feriendorfes mit seinen billig gebauten Häusern. Ukkola steuerte das Reihenhaus Nummer 2 an. Ihm war so, als würde er die Wohnung seiner Großmutter betreten: In der Diele stand ein Schaukelstuhl, an der Wand hing eine Rya, und der Vinylteppich knisterte.

Ukkola griff nach der Türklinke des Zimmers 5 und ärgerte sich – es war abgeschlossen. Er klopfte ein paarmal mit der Faust an die Tür, es klang lauter als beabsichtigt.

Jelena öffnete, das Mädchen sah so aus, als wäre es gerade aufgewacht, die roten Haare standen zu Berge, und der Pyjama mit dem Prinzessinmuster war zerknittert.

»Ich habe doch angerufen«, sagte Ukkola auf Englisch und hätte dem Mädchen um ein Haar eine Ohrfeige verpasst, dann entschloss er sich jedoch, die Atmosphäre nicht zu verderben. In diesem Zimmer war es ohnehin schon schwierig, in Stimmung zu kommen – lackierte Kiefermöbel, ein schmutziger Flickenteppich und an der Wand Poster mit Pferden. Hoffentlich war das Mädchen schon volljährig, er hatte vergessen, das zu überprüfen. Fotografieren würde er sich und das Mädchen beim Akt nicht mehr, dieser Fehler wäre ihm vor einem Jahr fast zum Verhängnis geworden. Heutzutage traf er sich nur noch mit Handelsware, sogar für ihn war es zu gefährlich, finnische Mädchen zu benutzen.

»Zieh dich an. Die Sachen, die ich letztes Mal mitgebracht habe«, befahl Ukkola. Dann setzte er sich auf einen unangenehm harten Stuhl und holte aus einer Tasche seines Sakkos eine Pillendose. MDPV, Methylendioxypyrovaleron oder »ABC«. Der Name der neuen Designerdroge, die er von Arbuzow bekommen hatte, war genauso psychedelisch wie die Wirkung des Stoffes. Diese Sexdroge hatte er Jelena noch nicht gegeben, er war neugierig, in was für einen Rausch sie das Mädchen versetzen würde. Er selbst stopfte sich so einen Scheiß nicht in sein Triebwerk. Arbuzow hatte erzählt, dass er MDPV vor allem deshalb an junge Leute verkaufte, die rasch Karriere machen wollten, weil der Stoff bei normalen Drogentests anders als Koks, Ecstasy und Speed nicht nachgewiesen wurde.

Jukka Ukkola schaute Jelena brünstig wie ein Zuchtbulle beim Anziehen zu.

Schnallenschuhe aus Lackleder, lange rote Strümpfe und ein Minirock mit Schottenkaro, der an eine britische Schuluniform erinnerte, und dazu ein enges Top. Die seitlich abstehenden Zöpfe krönten das Ganze.

Der Menschenhandel war ein gutes Geschäft, fast so gut wie der Drogenhandel.

*

Sabrina Pianini lief mit kurzen Schritten, die zerrissenen Stoffschuhe blieben immer wieder an Sprösslingen und anderen Pflanzen hängen. Seit Beginn ihrer Flucht waren Stunden vergangen. Die ersten Kilometer war sie gerannt, später in zügigem Tempo gegangen, nun schleppte sie sich nur noch dahin. Lange würde sie das nicht mehr durchhalten, jeder einzelne Muskel schmerzte, und ihr war übel, auf andere Weise als je zuvor. Das musste an den Mitteln liegen, die man ihr gespritzt hatte.

Sie ging am Waldrand entlang und trat jedes Mal in den Schutz der Bäume, wenn auf der Fernverkehrsstraße ein Auto vorbeiraste. Nachdem sie an einer Kreuzung vom Dach des Hebebühnenwagens in den Wald gesprungen war, hatte sie schon bald auf der Straße viele Fahrzeuge der Armee und der Polizei gesehen. Blieb nur zu hoffen, dass die nicht alle hinter ihr her waren. Sie musste sich möglichst weit vom Forschungsinstitut des Doktor Rostow entfernen, der Mann hatte gedroht, sie jahrelang als seine Gefangene festzuhalten.

Sabrina Pianini hatte keine Ahnung, wo sie umherirrte, aber sie wusste ganz genau, wohin sie wollte – nach Florenz zu ihrem Bruder Guido. Hoffentlich war es noch nicht zu spät. Am liebsten hätte sie sich ins Gebüsch fallenlassen, sie wollte ausruhen und versuchen mit all ihren Sinnen zu spüren, ob es Guido gut ging. Als Kind war ihr das manchmal gelungen, einfach so, von ganz allein. Sie erinnerte sich immer noch, wie sie in dem Moment eine unerklärliche Mischung von Angst und Sorge empfunden hatte, als Guido sich etliche Kilometer von ihr entfernt bei einem Sturz mit dem Fahrrad die Hand gebrochen hatte. Jetzt musste sie durchhalten und auch die letzten Kräfte in die Waagschale werfen.

Als vor ihr eine Straßenkreuzung auftauchte, blieb sie stehen. Doch so sehr sie auch die Augen zusammenkniff, die Namen auf den Straßenschildern ließen sich nicht erkennen. Es blieb ihr nichts anderes übrig, als das Risiko einzugehen. Sie biss die Zähne zusammen und rannte so weit auf die Straße, bis sie den Text auf den Wegweisern sehen konnte: Rechts ging es nach Віцебск, links nach Орша und Магілёў und vorn nach Барысаў und Мінск. In der Richtung, aus der sie kam, führte die Straße nach Смоленск und Москва.

Москва – das klang auch mit lateinischen Buchstaben ein wenig wie Moskau. Sie las die anderen Namen noch einmal, Мінск könnte Minsk sein. Sabrina Pianini rannte mit letzter Kraft wieder in den Wald. Jetzt konnte sie wenigstens ihren Standort auf der Karte einordnen: vierhundertfünfundsechzig Kilometer von Moskau und zweihundertzwölf Kilometer von Minsk entfernt, der Hauptstadt Weißrusslands. Das war allerdings ein schwacher Trost, bis Minsk oder Moskau würde sie es nur per Anhalter schaffen.

Wütend trat Sabrina Pianini gegen einen Stein und fiel mit einem Aufschrei auf die stechenden Grashalme. Nun hatte sie auch noch eine blutende Wunde an der großen Zehe. Sie war müde, ihr Magen knurrte und die Hände zitterten, als hätte sie Schüttelfrost. Zwölf Stunden hatte sie nichts gegessen. Voller Angst fragte sie sich, wohin das alles noch führen sollte. Rasch steckte sie die Hand in die Hosentasche und vergewisserte sich, dass

Doktor Rostows Unterlagen noch da waren. Sie musste eine Gelegenheit erhalten, all das irgendjemandem zu erzählen, Hilfe herbeizurufen, Guido mitzuteilen, dass …

Plötzlich hörte man ein metallisches Rattern. Sie lauschte angestrengt, das gleichmäßige, rhythmische Klappern wurde lauter – ein Zug. Und nach dem Geräusch zu urteilen wahrlich kein Hochgeschwindigkeitszug. Sabrina Pianini erhob sich taumelnd und rannte, so schnell es ihr schmerzender Fuß zuließ, in die Richtung, aus der das Rattern kam. Sie stürzte zweimal und verletzte sich an einem Ast das Handgelenk, dann sah sie ihn – einen Güterzug. Er fuhr im Schneckentempo. Es könnte ihr gelingen. Der Zug war schon zur Hälfte an ihr vorbeigerollt. Es dauerte noch eine Weile, bis sie den Rand des Bahndamms erreichte, auf dem groben Schotter fiel das Laufen schwer, sie verrenkte sich die Fußgelenke, die Lunge verlangte mehr Luft. Fast der ganze Zug hatte sie überholt, nur ein paar Waggons blieben noch übrig.

Sabrina Pianini streckte die Hand aus, ertastete mit den Fingerspitzen Metall und stürzte auf den Schotter. Als sie wieder aufstand, spürte sie, wie Blut die Beine hinunterlief, sie musste schnell in Schwung kommen, der letzte Waggon rückte immer näher. Sie streckte wieder die Hand aus, die Entfernung war zu groß, etwa zwanzig Zentimeter fehlten …

Da griff jemand nach ihrem Handgelenk.

9

Freitag, 13. August

Das COBR-Komitee, das man für den Fall von Terroranschlägen gegen Großbritannien geschaffen hatte, und das Joint Intelligence Committee JIC waren wegen des Bombenanschlags in Sellafield schon zusammengetreten. Das Joint Terrorism Analysis Centre JTAC hatte für Großbritannien die höchstmögliche Stufe der Terrorismusgefahr, »kritisch«, ausgerufen. Man erwartete jeden Augenblick einen neuen Anschlag. Die Hauptverantwortung für die operativen Ermittlungen zu dem Anschlag in Sellafield lag beim Nachrichtendienst MI5, der für die innere Sicherheit Großbritanniens zuständig war. Dessen Krisenstab für diesen Fall trug die Bezeichnung »Riddle«.

Im Auslandsnachrichtendienst SIS untersuchte den Anschlag von Sellafield eine achtzehnköpfige Gruppe, zu der neben den Leitern der wichtigsten Abteilungen die fähigsten Köpfe der »Firma« gehörten. Die Ermittlungsgruppe hatte sich im Beratungsraum der siebten Etage von Legoland versammelt, und diesmal war auch der Leiter der für die Bewachung von Sellafield zuständigen Civil Nuclear Police anwesend. Die stellvertretende Chefin des SIS Betha Gilmartin hatte die Leitung der Ermittlungen an Clive Grover delegiert, den Chef der Abteilung für Aufklärungsoperationen. Wenn es sich um anspruchsvolle Untersuchungen handelte, wollte sie immer, dass der »Kapellmeister« den Taktstock schwang.

Die Geräusche von Albert Embankment, Vauxhall Cross und von der Themse drangen nicht durch die Dreifach-Fenster von Legoland. Nur das Surren der Klimaanlage störte die Stille, während die Mitglieder der Ermittlungsgruppe auf Betha Gilmartin warteten. Auf der großen, aus Flachbildschirmen zusammengesetzten Lagetafel leuchtete das Datum der Beratung – Freitag, 13. August.

Die Tür ging auf und das Warten wurde lautstark belohnt.

»Ein Bombenanschlag in Sellafield! Wie zum Teufel ist es möglich, dass es jemandem fast gelingt, das weltgrößte Plutoniumlager in die Luft zu jagen und wir davon nichts im Voraus wissen? Dreimal dürft ihr raten, ob der Premierminister fragen wird, was mit all den Milliarden passiert, die in die Terrorismusabwehr gesteckt werden. Das frage ich mich ja auch, verdammt noch mal!«, brüllte Betha Gilmartin mit rotem Gesicht. Dann fiel ihr offensichtlich etwas ein, sie warf einen Blick auf ihren Pulsmesser und setzte sich hin, um sich zu beruhigen. Anscheinend lernte sie das nie.

»Das ist ein äußerst außergewöhnlicher Fall«, sagte Clive Grover zu seiner Verteidigung. »Die elektronische Aufklärung läuft auf Hochtouren, ebenso die Signal-, Bild- und Personenaufklärung … Das Staatliche Kommunikationshauptquartier und wir gehen jeden Tag Informationen im Umfang von Petabytes durch, und niemand hat auch nur den kleinsten Hinweis gefunden. Nicht einmal in der Anzahl der überprüften E-Mails wurden Veränderungen bemerkt, auch die internen Nachrichten haben bei keiner der bekannten Terroristengruppierungen zugenommen. Ich befürchte, dass sowohl im MI5 als auch bei uns Köpfe rollen werden.« Grover ließ den Blick von einem Kollegen zum anderen wandern.

Unterstützung fand er beim Leiter der technischen Abteilung. »Sellafield ist weltweit die gefährlichste Anlage für die Wiederaufbereitung und Lagerung von Atommüll. Immer wieder werden in den dortigen Sicherheitsvorkehrungen schwerwiegende Mängel festgestellt. Mehrfach wurde auch im Unterhaus darauf hingewiesen. In Sellafield wird schließlich über sechzehntausendmal mehr Plutonium aufbewahrt als in der Bombe von Nagasaki eingesetzt wurde.«

»Habe ich das richtig verstanden, der Anschlag ist misslungen? Die Explosion hat also die MOX- oder THORP-Anlagen oder die HAL-Behälter nicht beschädigt?«, fragte Betha Gilmartin.

»Seit der Explosion werden ständig Messungen der Radioaktivität vorgenommen. Die Werte sind normal«, versicherte der Leiter der Civil Nuclear Police.

Betha Gilmartin fühlte, wie die Bürde, die auf ihr lastete, leichter wurde, aber nur ein wenig. »Was zum Teufel ist dort eigentlich passiert? Wie ist das möglich? So etwas hat noch nie jemand gemacht.«

Der Leiter der Nuclear Police stand aus irgendeinem Grund auf, öffnete sein Notizbuch und sah aus wie ein Pastor, der seine Predigt begann. »Der Leiter der Abteilung für die Lagerung ungefährlicher Stoffe in Sellafield hat einen Fehler begangen. Er hatte als Helfer bei den Beladearbeiten eine Person angegeben, die für diese Zeit gar nicht auf dem Schichtplan stand. Das wurde erst bemerkt, nachdem der Lkw den Haupteingang schon passiert hatte. Selbst bei der geringsten Abweichung werden in Sellafield jedoch sofort Gegenmaßnahmen ausgelöst. Wir sind sehr präzise und effizient ...«

Betha Gilmartin fiel ihm ins Wort: »Wie ist der gottverdammte Lkw explodiert?«

Der Polizeichef hob die Arme: »Wir haben den Lkw umzingelt und dann – wumm! Er ist von allein explodiert und hat zugleich einen unserer Helikopter und eines unserer Autos zerstört. Alle drei Personen in dem Lastkraftwagen starben, genauso die drei Mann Besatzung des Hubschraubers und die zwei Polizisten in dem Auto. Wir haben Trauer ...« Der Polizeichef berührte das schwarze Band am rechten Ärmel seiner Uniform.

»Die Techniker sollen mal die Art des Sprengstoffs und die anderen Einzelheiten herausfinden, und zwar schnell«, verlangte Betha Gilmartin in scharfem Ton. »Vor allem, warum der Sprengstoff am Haupteingang von Sellafield nicht bemerkt wurde.«

Grover drehte einen Manschettenknopf seines hellroten Hemdes zwischen den Fingern. »Die Ermittlungen stehen natürlich erst am Anfang, aber es lässt sich schon sagen, dass dieser Anschlag in beträchtlichem Maße von allen in Großbritannien bisher begangenen und verhinderten Terroranschlägen abweicht. In der Biographie der Täter findet sich nichts Verdächtiges: Der MI5 hatte sie einer umfassenden Sicherheitsüberprüfung unterzogen wie alle anderen Mitarbeiter in Sellafield und alle, die einen Passierschein beantragen. Es handelt sich um drei waschechte Briten, keinerlei Kontakte zur moslemischen Welt oder zu etwas anderem, das auf Terrorismus hindeuten würde. Wir haben nicht die geringste Ahnung, was das Motiv und das Ziel der Männer war, niemand hat sich zu dem Anschlag bekannt.«

Betha Gilmartin saß eine Weile in Gedanken versunken da, stand dann auf und sagte mit lauter Stimme: »In Sellafield lagern hunderttausend Kilo Plutonium. Das reicht, um die ganze Erde in die Luft zu sprengen und in Staub zu verwandeln. Wer will das tun und warum? Unsere Aufgabe ist es herauszufinden, welche Verbindungen zum Ausland es bei dieser Tat gibt. Hoffentlich ist euch klar, was für eine Verantwortung ihr tragt. Und jetzt an die Arbeit!« Sie winkte Grover, ihr zu folgen.

Keiner von beiden sagte ein Wort, als sie durch die kahlen Flure gingen. An den Wänden hingen nur die Grundrisse gemäß den Brandschutzvorschriften, die Pfeile, die auf die Notausgänge hinwiesen, und die Buchstabenkennung der einzelnen Büroräume. Betha Gilmartin keuchte und Grover drückte einen Stapel Unterlagen an seine Brust.

Die Vizechefin des SIS öffnete die Tür zu ihrem Büro und wollte gerade den Verschluss ihres Stützkorsetts aufreißen, doch im letzten Moment wurde ihr klar, dass Grover sie begleitete. Das verdammte Teil versteckte zwar ihren Bauch, schnürte sie aber ein wie ein Harnisch.

»Hoffen wir, dass dieser Misserfolg keine Auswirkungen auf

deine Ernennung hat, wir alle wollen, dass du Chefin wirst«, sagte Grover, und es klang aufrichtig.

»Ich will mit dir über unseren anderen Fall reden, wie du dir sicher denken kannst.«

»Ich stehe in Kontakt mit Interpol, mit dem französischen Nachrichtendienst, dem italienischen Inlandsnachrichtendienst und dem UNODC. Bei den Ermittlungen zu dem Anschlag in Marcoule gibt es keinen Durchbruch, und auf den Bildern der Überwachungskameras in Philadelphia wurde Manas nicht gefunden. Aber der italienische AISI hat etwas wirklich Bemerkenswertes in Erfahrung gebracht.«

Grover fuhr fort, bevor Betha Gilmartin ihn anblaffen konnte.

»Sabrina Pianini hat auch den Vorgesetzten von Manas getroffen ... seinen Arbeitgeber, oder sollte man den Chef eines *Hitmans* Auftraggeber nennen.«

»Wen? Kennt man den Namen?«

»Doktor Andrej Rostow.«

»Verdammt noch mal, Grover, du bringst deine Informationen absichtlich tropfenweise, um mich zu ärgern.«

»Das ist wie beim Paartanz«, dachte Grover, sagte aber: »Von Andrej Rostow weiß man nur den Namen. Und dass er und Manas Sabrina Pianini voriges Jahr am zweiten Weihnachtsfeiertag zu Hause in Barga besucht haben. Die Quelle dieser Information ist die Haushälterin von Pianini ...« Grover suchte den Namen in seinen Unterlagen. »Liliana Vezzoni. Manas hat ihr bei der Entführung von Pianini mit einer Pistole aus einem Meter Entfernung in den Kopf geschossen. Und der zweite Schuss traf sie ein paar Millimeter neben dem Herz.«

»Hat sie etwa überlebt?«

»Die Frau wurde ins Krankenhaus gebracht, wo sie kurz vor ihrem Tod noch versichern konnte, der Begleiter von Manas habe sich als Doktor Andrej Rostow vorgestellt. Rostow leitete angeblich irgendein Forschungsinstitut und wollte Pianini dort einstellen. Mehr hat Sabrina Pianini ihrer Haushälterin nicht erzählt.«

»Ist dir klar, was das bedeutet?«, fragte Betha Gilmartin.

»Dass wir eine neue Verbindung zu Mundus Novus gefunden haben. Wenn Mundus jetzt versucht, sich waffenfähiges Plutonium zu beschaffen, dann wird einem schon bei dem Gedanken, was da im Gange ist, angst und bange. Letztes Jahr hat Mundus Novus einen beispiellosen Marschflugkörper zustande gebracht und dann auch noch eine Abwehrrakete, die ein bewegliches Ziel aufspürt. Allerdings habe ich den Verdacht, dass Andrej Rostow genauso schwer auffindbar ist wie Manas.«

Betha Gilmartin bemerkte, dass sie mit allzu viel Eifer bei der Sache war, und atmete tief durch. »Sabrina Pianini wäre uns eine große Hilfe. Sie könnte uns auch helfen, diesen Rostow zu finden.«

Grover nickte.

»Gibt es aus Finnland etwas Neues? Du hast doch jemanden angewiesen, diese Behauptungen Leo Karas zu überprüfen. Stimmt es, dass Viktor Hofman große Geldsummen aus Finnland erhalten hat?«

»Ja. Ich wollte davon erst berichten, wenn wir wissen, woher das Geld stammt«, antwortete Grover. Betha Gilmartin saß in Gedanken versunken da.

»Meine Mitarbeiter haben übrigens die Mappe mit Material über Manas ergänzt, darin müsste jetzt alles zu finden sein, was die Behörden verschiedener Länder über den Mann wissen. Russland ist allerdings immer noch nicht bereit, seine Informationen preiszugeben.« Grover reichte der stellvertretenden Chefin den Hefter, da er annahm, dass sich die Besprechung ihrem Ende näherte.

»Danke. Wir haben anstrengende Tage vor uns.«

Clive Grover hatte die Tür noch nicht hinter sich geschlossen, da zerrte Betha Gilmartin schon an den Klettverschlüssen ihres Stützkorsetts, die sich mit einem lauten Knistern öffneten. Sie zog das Band aus den Haaren und schüttelte den Kopf, um ihre roten Locken freizugeben. Irgendwie war ihr taumelig. An einem der nächsten Tage würde sie Grover die Wahrheit über ihren Gesundheitszustand sagen und ihm Leo Karas Geschichte erklären. Jemand musste das alles wissen für den Fall, dass der Arzt recht behielt und ihre von Geburt an defekte Pumpe demnächst ihren letzten Schlag machte. Der Bürosessel schwankte, sie hob die Füße mit den niedrigen Absatzschuhen, ließ sie krachend auf die Schreibtischkante fallen und öffnete die Mappe, die Grover ihr gegeben hatte.

Der richtige Name von Manas ist nicht bekannt. Geboren wurde er etwa 1967 wahrscheinlich in Kirgisien, wo er die ersten Jahre seiner Kindheit verbrachte. 1972 fand man ihn auf der Treppe der Militärakademie des Luftwaffenstützpunktes 999 der Sowjetarmee. Der Stützpunkt lag in der Stadt Kant, etwa zwanzig Kilometer entfernt von Frunse, dem heutigen Bischkek, der Hauptstadt Kirgisiens. Der Junge verstand nur Kirgisisch. Laut der Personalakte, die der KGB über ihn anlegte, stand er unter Schock, und man vermutete, dass er Autist war, er sprach so gut wie gar nicht und konnte oder wollte nichts über seine Vergangenheit sagen.

Der Leiter der Militärakademie Oleg Budarin interessierte sich für das Findelkind, nachdem es sich bei psychologischen Tests als ungewöhnlich intelligent erwiesen hatte und sich zudem herausstellte, dass es fast gänzlich unfähig war, Gefühle zu empfinden. Als Mitglied der Kommunistischen Partei informierte Budarin den Kreml über das außergewöhnliche Individuum, und einige Jahre später schickte man den Jungen auf die Internationale Schule »E. D. Stasowa« in Iwanowo, einer Stadt dreihundert Kilometer nordöstlich von Moskau. Aufgabe der Spezialschule der Kommunistischen Partei war es, die Schüler einer Gehirnwäsche mit der Ideologie der sozialistischen Welteroberung zu unterziehen. Auch die Söhne von Mao Tse-tung und Josip Broz Tito und die Leibwächter von Fidel Castro drückten die Schulbank in Iwanowo. Die Existenz der Einrichtung wurde in der für die Sowjetunion typischen Art streng geheim ge-

halten; ihre Zöglinge kannten nicht einmal die richtigen Namen der Mitschüler, denn jeder erhielt von der Schule einen Rufnamen. Manas bekam seinen nach dem Helden des kirgisischen Nationalepos.

Manas schloss mit glänzenden Noten ab und trat in den Dienst des KGB wie viele andere Absolventen. Er studierte an der Schule Nr. 101 (VRŠ), d.h. an der KGB-Hochschule für Aufklärung, und nach dem Zerfall der Sowjetunion an der Akademie des Sicherheitsdienstes der Russischen Föderation und am Moskauer Institut für Internationale Beziehungen. Seine militärische Ausbildung erhielt er in der Eliteeinheit »Alfa« des KGB und später des FSB, wo er einer psychotronischen Gehirnwäsche unterworfen wurde. Man nahm an Manas Tests mit Funkwellen hoher Frequenz vor, sein Unterbewusstsein wurde manipuliert und die Gehirnfunktion sowie der Gesichtssinn mit elektromagnetischen Pulsen gestört, man testete die Manipulierung von Gefühlen durch magnetische Signale, innere Organe wurden …

Betha Gilmartin blätterte um.

Der KGB und der FSB haben Manas mehr als zehn Jahre lang für besonders anspruchsvolle Spezialeinsätze ausgebildet. Der SIS hat trotz wiederholter Bitten von den russischen Behörden keinerlei Angaben zu seinen operativen Einsätzen in der Vergangenheit erhalten, man nimmt aber an, dass er vor dem Zusammenbruch der Sowjetunion sowohl in Afghanistan und Angola als auch in Berg-Karabach gedient sowie viele Auftragsmorde ausgeführt hat.

Die Erben des KGB, der FSB und der SVR, behaupten, sie hätten nach 1992 nichts mehr mit Manas zu tun gehabt. Doch unbestätigten Informationen zufolge trat Manas nach seiner Ausbildung in den Dienst der für Mordanschläge zuständigen Abteilung des FSB und war noch nach 1992 in der einen oder anderen Weise unter anderem an der Liquidierung folgender Personen beteiligt:

- *Giorgi Chanturian (gest. 1994), georgischer Oppositionsführer*
- *Wladislaw Listjew (gest. 1995), Journalist und Direktor des TV-Senders ORT*

- *Dschochar Dudajew (gest. 1996), Führer der tschetschenischen Aufständischen*
- *Galina Starowoitowa (gest. 1998), einflussreiche Duma-Abgeordnete*

Betha Gilmartin übersprang den Rest der Liste.

Manas ist ein äußerst effizienter und professioneller Killer, er hinterlässt keine belastenden Beweise an den Tatorten der Morde und meidet geschickt Überwachungskameras, wenn er sich auf öffentlichen Plätzen bewegt. Der FSB und SVR haben dem SIS trotz wiederholter Bitten kein einziges verwertbares Foto von Manas übermittelt. Uns stehen nur einige Bilder zur Verfügung, auf denen Manas entweder eine Schutzausrüstung trägt oder sein Gesicht verdeckt hat. Manas ist asiatischer Herkunft, etwa eins sechsundachtzig groß, robust gebaut und schwarzhaarig.

»Nichts, wo man einhaken könnte«, dachte Betha Gilmartin und warf die Mappe auf den Schreibtisch. Ihr Blick wanderte zu Leos Foto, und plötzlich erschien ihr der Inhalt der Mappe noch bedrohlicher. Es verwunderte sie, dass der Kirgise Kara letztes Jahr im Sudan sein Gesicht gezeigt hatte, obwohl er sonst extrem vorsichtig agierte.

Ihr Entschluss war gefasst, ohne dass sie lange zu überlegen brauchte: Leo musste auf der Stelle von den Ermittlungen abgezogen werden, bei denen er Viktor Hofman und Manas auf der Spur war. Wenn er Hofman, Manas oder Mundus Novus auch nur ein Stück näher käme, würde er eine Grenze überschreiten, nach der es für ihn kein Zurück mehr gab. Dann würde Leo Kara nichts mehr aufhalten.

Betha Gilmartin wollte Kontakt zu Gilbert Birou aufnehmen und ihn um einen Gefallen bitten. Das könnte für Leo zur Folge haben, dass er beim UNODC rausflog, aber das ließ sich jetzt nicht ändern. Ihr war der Junge arbeitslos, aber lebendig lieber als tot.

Gilbert Birou meldete sich nach mehrmaligem Klingeln. Er machte einen missmutigen Eindruck, als er ihre Stimme hörte. Kein Wunder, schließlich hatte sie im letzten Sommer Kara einen Teil von Birous Geheimnis verraten.

Betha Gilmartin hielt sich nicht mit der Vorrede auf: »Auf diesen Anruf wartest du schon seit Jahren. Es ist die Zeit gekommen, dich um eine Gegenleistung zu bitten. Wenn du Kara von diesen laufenden Ermittlungen zum Iridium abziehst, ihn meinetwegen in eines eurer Regionalbüros schickst, dann betrachte ich die Ereignisse von Mayfair als erledigt.«

Birou war sprachlos, er fühlte sich so, als hätte man ihm einen schweren Stein abgenommen, der um seinen Hals hing. »Vernichtest du auch die Beweise? Garantierst du, dass niemand mehr diesen ... Zwischenfall gegen mich verwenden kann?«

Betha Gilmartin zögerte nur kurz. »Ich gebe dir mein Wort.«

»Ich weise Kara an, Finnland zu verlassen, am Montag, dann kommen bei uns die ersten Leute aus dem Urlaub zurück«, versprach Birou. »Für ihn wird sich ganz bestimmt ein neuer geeigneter Arbeitsplatz finden, beispielsweise in unserem Büro in Nigeria oder in Usbekistan.«

*

Gilbert Birou trat in Paris von der Avenue du Docteur Brouardel in das Vestibül des Hauses im siebenten Stadtbezirk, stieg hinauf in die zweite Etage und öffnete die Tür seiner Wohnung. Der zweistündige Flug von Wien nach Paris hatte seine Geduld mehr auf die Probe gestellt als die Arbeit. Seit dem Anruf von Betha Gilmartin waren vier lange Stunden vergangen, und Gilbert Birou konnte immer noch vor Freude kaum an sich halten. Das wollte er allerdings auch nicht mehr, nun würde er jede Zurückhaltung fallen lassen. Die geräumige Wohnung war gefüllt mit wertvollen Gegenständen, einer schöner als der andere: Kristallschalen, Porzellanvasen, mundgeblasenes kunstvolles Glas, Gemälde in vergoldeten Rahmen, Perserteppiche, Rokokomöbel. Schon seit dreißig Jahren sammelte er Schönes, nur um zu überdecken, wie hässlich seine Erinnerungen waren.

Er zog seine Schuhe aus, stellte sie millimetergenau ins Schuhregal, hängte seine Jacke an die Garderobe und ging ins Schlafzimmer, wo er sich splitternackt auszog. Im Bad rasierte er sich, beschnitt die Haare in den Nasenlöchern, zupfte sich die Augenbrauen und vollendete sein Werk, indem er die Körperhaare überall abrasierte, besonders genau unter den Achseln, im Genitalbereich und an den Unterschenkeln.

Alles war bereit. Für diese Augenblicke lebte er, das war für ihn das Salz in der Suppe.

Nackt ging Gilbert Birou in der Diele zu einer unauffälligen Tür, steckte den Schlüssel ins Schloss und betrat sein Ankleidezimmer, sein Boudoir, den »kleinen und eleganten Salon der Frau«, wie es Guy de Maupassant ausdrückte. Sein bescheidener Raum konnte sich natürlich nicht mit dem gewaltigen Boudoir Marie Antoinettes im Hameau de la Reine in Versailles oder dem blauroten Boudoir der letzten russischen Zarin Alexandra Fjodorowna Romanowa im Petersburger Alexanderpalast messen. Aber ihm genügte er.

Es fehlte nur noch, dass er sich zusammen mit seiner Mutter vorbereiten könnte, dann wäre alles perfekt gewesen. In seiner Kindheit hatten sie einander jeden Abend die Haare gebürstet, und er hatte oft ihre Nägel lackieren oder ihr für die Nacht das Gesicht eincremen dürfen. Er und Mathilde. Diese Momente hatten die Tyrannei des Vaters und das Leben in der toten Kleinstadt Penmarch fast erträglich gemacht. In diesen ganz intimen Augenblicken, in denen sie unter sich waren, hatten er und seine Mutter den Vater verspottet, einen engherzigen Stadtgärtner, der sich blödsinnige Regeln ausdachte und seiner Mutter und ihm alles verbot, was er verbieten konnte, alles was ihnen auch nur die geringste Freude oder Befriedigung verschaffte. Ihr Leben sollte sein wie Kartoffeln mit Fisch.

Die Wände des Boudoirs hatte er mit purpurner französischer Seide verkleiden lassen, die das Licht der Lampen dämpfte und in einem hellen Rot erscheinen ließ. Spiegeltisch, Diwan, Teppiche, Vorhänge, Möbel und sogar die Lilien und Orchideen in den Kristallvasen waren rosa.

Mit dem Lackieren der Zehennägel begann das Ritual, wie immer. Für sein Make-up verwendete er nur die allerbesten Erzeugnisse und vollendete es mit dem Puder Poudre Sur Mesure von Yves Saint Laurent. Das wichtigste Kleidungsstück waren die mit einer Gelfüllung gepolsterten Dessous, die ihm sowohl an den Hüften und am Hintern als auch an der Brust frauliche Kurven verliehen. Es folgten die Strumpfhosen von La Perla, das zeitlose schwarze Kleid von Givenchy und Schuhe von Dior. Dann zog er sich vorsichtig eine Echthaar-Perücke von Marie-Thérèse Lebeau auf den Kopf. Zum Schluss sprühte er Parfum Chanel N°5 in die Luft und ging rasch mit leicht wiegenden Hüften durch die Parfümwolke. So hatte Mathilde das auch gemacht.

Als Make-up, Haar und Kleidung fertig waren, stellte er sich vor den Spiegelschrank, atmete tief ein und hängte sich die Handtasche an den Unterarm, eine Chanel 2.55, die Krönung des Ganzen. Jetzt war er bereit, jetzt war er Mathilde. Die Tasche hatte Mutter geliebt, sie war der einzige Luxusgegenstand gewesen, den sie besaß. Genau mit dieser Tasche fing damals auch seine Geschichte als Mathilde an. Nach dem Tod der Mutter hatte er ihre wenigen Habseligkeiten erhalten und die Tasche zuweilen in seiner Wohnung getragen, um seinen Schmerz und die Trauer zu lindern. Dann war er auf die Idee kommen, ihre alten Kleider anzuziehen, und schließlich hatte er sich in seine Mutter, in Mathilde, verwandelt. Sie war eine Träumerin gewesen und hatte zugelassen, dass ihr Mann sie allmählich erstickte. Birou fühlte sich immer noch auf schmerzliche Weise schuldig an ihrem Schicksal. Im Frankreich der fünfziger Jahre hätte eine Mutter ihren Sohn nicht mitnehmen dürfen, wenn sie ihren Mann verlassen wollte.

All das hatte sie ihm erst bei ihren letzten Begegnungen im Krankenhaus anvertraut. Sie war wegen ihres kleinen Gilberts in Penmarch und bei Vater geblieben.

Gilbert Birou bewunderte sich im Spiegel. Genau so hatte Mutter damals ausgesehen, als alles noch besser gewesen war. Die Ähnlichkeit war verblüffend. Er sah eine gutherzige Frau, die alles Schöne genoss und nette Jungen mochte, genau so, wie Mutter ihn damals vor langer Zeit gemocht hatte.

*

Valeri stand an einem der großen Fenster seines Zimmers und schaute hinunter auf den Place Vendôme. Er wartete auf Mathilde. Die Umstände hätten auch schlimmer sein können. Manche seiner Kumpels mussten sich ihre Kunden in den mit besoffenen Touristen vollgestopften Gassen am Place de Clichy, Montmartre oder Pigalle selbst beschaffen; im Winter waren sie gezwungen, es ihnen halb umsonst zu besorgen, um sich aufzuwärmen, denn ohne Kunden durften sie nicht in die Zimmer. Und am armseligsten und gefährlichsten waren jene dran, die ihre Freier im Park Bois de Boulogne suchen mussten, der von den Perversen und Junkies beherrscht wurde. Er hingegen lebte in einer schönen, gut beheizten Wohnung und bekam anständiges Essen. Jedenfalls war das hier tausendmal besser als eine Zelle in einem ukrainischen Jugendgefängnis, selbst wenn *Madame* manchmal versuchte, ihren zwei Zentner schweren Körper in sein Bett zu zwängen.

Valeri betrachtete die Säule, die am Rande des Platzes in den Himmel ragte, und fragte sich, ob man das Bordell gerade deshalb in diesem Gebäude eröffnet hatte, weil die Kunden von hier aus einen vierundvierzig Meter hohen Penis sahen – die Vendôme-Säule. Die Statue »Mutter Heimat« zu Hause in Kiew war immerhin zweiundsechzig Meter hoch. Nachdem er ein Jahr in diesem geschlossenen Club gearbeitet hatte, wunderte er sich nicht mehr, warum Herrscher als Zeichen ihrer Macht Penis-Denkmäler errichteten. Die ganze Welt drehte sich um Sex, zumindest jene Welt, in der er jetzt lebte. Um Sex und Geld. Vor einem Jahr hatte ihm eine Kiewer Arbeitsvermittlungsfirma einen gutbezahlten Job in Frankreich zugesagt, er sollte Elektronikartikel, Bekleidung, Musik, vielleicht sogar Motorräder oder Autos verkaufen. Doch nach seiner Ankunft in Paris hatte man ihn gezwungen, sich selbst zu verkaufen, die Scheißkerle nahmen ihm den Pass weg und drohten ihm, seinen Geschwistern würden schreckliche Sachen passieren, wenn er die Kosten für das Flugticket und die Einreise nicht zurückzahlte. Auch jetzt versprach man ihm immer noch, dass er in ein paar Monaten eine normale Arbeit bekäme. Immer in ein paar Monaten.

Jemand klopfte energisch an die Tür. Valeri trank sein Wodkaglas aus, steckte ein Bonbon in den Mund und warf einen Blick in den Spiegel. In dem kurzärmligen weißen Hemd und den blauen Kniehosen, mit dem Schlips, dem roten Slipover und den Schnürschuhen sah er lächerlich aus. Das blaue Jackett würde er jedenfalls nicht anziehen. Wo hatte Mathilde bloß diese Schülerklamotten für ihn besorgt, die mussten etliche Jahrzehnte alt sein.

Gilbert Birou betrat Valeris Zimmer mit einem Lächeln, als Mathilde. Zu seinem Glück wusste er nicht, was hinter der Wand geschah. Das hätte den Höhepunkt seiner Woche ruiniert, die kurze Zeitspanne, in der er für eine Weile in die glückliche Zeit mit seiner Mutter zurückkehren durfte.

10

Freitag, 13. August

Kirill Butko, Major des weißrussischen KGB, setzte sich im Maxim-Gorki-Park im Minsker Stadtzentrum auf eine Bank, von der aus er sowohl das Observatorium als auch das Riesenrad des Vergnügungsparks sah. Doch er hatte den Platz beileibe nicht wegen der schönen Aussicht gewählt, sondern weil die brünette Frau auf der Bank fünfzig Meter von ihm entfernt die aus dem geheimen Forschungsinstitut in der Nähe von Osintorf geflohene Wissenschaftlerin war. Major Butko wusste über die Frau genauso viel wie über das Forschungsinstitut – nichts. Doch er verstand sehr wohl, dass die Frau wichtig war: Der KGB, die Streitkräfte, alle Milizeinheiten und die Grenzpolizei waren alarmiert worden, um die Wissenschaftlerin zu suchen, und die Macht, so einen Befehl zu geben, hatte in Weißrussland nur einer – Präsident Lukaschenko.

Schwerbewaffnete Soldaten der Spezialeinheit OMON in Kampfstiefeln, Tarnanzügen und mit schwarzen Baretten umzingelten die Frau so unauffällig, dass Kirill Butko sie erst bemerkte, als der Zugriff erfolgte. Dann rauschte es in seinem Polizeisprechfunkgerät, und der Leiter des OMON-Kommandos meldete, dass er die Frau in seiner Gewalt hatte.

Major Butko erhob sich und ging zu der Festgenommenen, die auf dem Rücken lag, man hatte sie zu Boden geworfen und hielt sie fest. Er holte das Foto der Wissenschaftlerin aus seiner Brusttasche und verglich es mit der zu Tode erschrockenen Frau. Die Ähnlichkeit war verblüffend. Ärgerlich war nur eins: Die geflohene Ausländerin konnte kein Wort Weißrussisch und auch keine andere slawische Sprache, die Schöne hingegen, die da vor ihm lag, sprach den mit rollendem R gewürzten südwestlichen Dialekt des Weißrussischen mit solcher Schnelligkeit, dass sie ihn garantiert nicht im Laufe einen Tages aus dem Wörterbuch gelernt haben konnte.

»Нічога не разумею!«, rief die Frau Kirill Butko hinterher, aber der Major war schon mit einem größeren Problem beschäftigt. Was würden seine Vorgesetzten wohl tun, wenn sie hörten, dass sich auch der letzte ernstzunehmende Hinweis auf die geflohene Wissenschaftlerin als falsch erwiesen hatte?

*

Dr. Andrej Rostow und Manas saßen im zweiten Kellergeschoss des Forschungsinstituts von Osintorf. Auf dem Betonfußboden des Telekommunikationsraumes lagen keine Teppiche, und die Wände waren größtenteils mit Monitoren bedeckt.

»Katastrophen ereignen sich immer in Dreierserien«, sagte Manas. »Die Zerstörung des Prototyps bei dem Brand, Pianinis Flucht und der Misserfolg in Sellafield.«

»Eine rechtzeitige Fertigstellung des Prototyps ist noch möglich, und Pianini wird binnen kurzem gefunden werden, aber der Fehlschlag in Sellafield lässt sich nicht wiedergutmachen. Wegen dir ist unser ganzes Projekt in Gefahr.« Rostow verfolgte auf einem Bildschirm die Nachrichtensendung im ersten Programm des weißrussischen Fernsehens, in der umfangreich über die Suche nach einer unter Terrorismusverdacht stehenden Frau berichtet wurde. Sabrina Pianinis Foto war ständig zu sehen, die Zuschauer sollten sich ihr Gesicht einprägen.

Rostow hätte Manas am liebsten in noch schärferer Form Vorwürfe gemacht, aber er brauchte den Mann und konnte es sich deshalb nicht leisten, ihr Verhältnis übermäßig zu belasten. Manas fühlte vielleicht nichts, verstand aber sehr wohl, wann man ihn kritisierte. »Nach dem Anschlag von Sellafield sollte mit allen

Diebstählen von seltenen Metallen und Elementen Schluss sein, und wir wollten von der Bildfläche verschwinden. Was ist schief gelaufen?«

»Der Leiter der Abteilung für die Lagerung hat einen Fehler begangen«, antwortete Manas. »Der Mann war ein gekaufter Helfer. Du weißt so gut wie ich, dass Geld allein ein schlechter Motivator ist. Der Mensch wirft erst dann seine ganze Seele in die Waagschale, wenn er glaubt, für irgendein höheres Ziel zu arbeiten. Ich habe sofort den Befehl zur Zerstörung des Lkws durch Fernzündung gegeben, als wir sahen, dass man ihn stoppen würde.«

Andrej Rostow war nicht versöhnt. »Mundus Novus wird möglicherweise eine bessere Erklärung verlangen. Unsere Operation in Sellafield hätte gelingen müssen, das ist dir ja wohl klar. Andere Alternativen bieten sich uns ganz einfach nicht mehr. Die Verantwortung für die praktische Umsetzung der Operationen liegt bei dir, wie willst du jetzt weiter vorgehen? Ein neuer Anschlag kommt zumindest in nächster Zeit nicht in Frage, so viel verstehe auch ich von der direkten Aktion. Wir haben unsere Karten aufgedeckt, unser Hauptziel genannt.« Der Gesichtsausdruck und das Verhalten von Manas verrieten nichts, so sehr Rostow ihn auch unter Druck setzte. Man konnte einfach nicht abschätzen, ob in seinem Gefühlszustand irgendwelche Veränderungen vor sich gingen.

»Ich trage die Verantwortung für die Planung der Operationen, nicht für deren Ausführung«, korrigierte Manas. »Ich kann nicht zur gleichen Zeit an mehreren Orten sein.«

»Warum hast du nicht selbst an diesem Anschlag teilgenommen? Er war wichtiger als alle vorher.«

Manas nahm an, dass Rostow dumme Fragen stellte, weil ein Mensch, wenn er wütend ist, das Enzym TPH absondert, das die Intelligenz vorübergehend herabsetzt. Allerdings würde er nicht den Fehler begehen, Andrej Rostow zu unterschätzen. »Die Behörden wissen, dass ich den Anschlag in Marcoule geleitet habe, und unser gemeinsamer Besuch in Barga bei Sabrina Pianini ist ihnen auch bekannt. In Großbritannien wurde für die Terrorismusgefahr die Stufe ›kritisch‹ ausgerufen, momentan sollte ich wirklich nicht dorthin reisen.«

»Du hast meine Frage nicht beantwortet, wie willst du weiter vorgehen?«, fragte Rostow.

»Wir liefern einen Beweis unserer Macht und zwingen sie, uns zu geben, was wir haben wollen.«

Rostow wartete vergeblich darauf, noch mehr zu erfahren. »Möchtest du sagen, wie?«

Das wollte Manas nicht. Je weniger den Plan kannten, desto weniger könnten ihn verraten, aber er erzählte es dennoch. Der detaillierte Bericht dauerte über zehn Minuten.

Rostow gelang es, zugleich überrascht und hoffnungsvoll dreinzuschauen. »Eine ziemlich … facettenreiche Strategie. Ich muss das erst mal einen Augenblick verarbeiten.«

Die Zeit gewährte Manas seinem alten Partner gern. Er verließ den Keller und das Forschungsinstitut und ging auf dem knirschenden Kies ein paar Dutzend Meter bis zu einer alten Bretterhütte. Als Stalin Anfang der fünfziger Jahre den Befehl zur Errichtung dieses Militär- und Forschungsstützpunktes gegeben hatte, gehörten Speicher aus Brettern noch zu solch einem Gebäudekomplex. Doch Manas verstand nicht, warum man die Hütte stehen gelassen hatte, als der Stützpunkt vor etwa zehn Jahren für die Zwecke von Mundus Novus saniert worden war.

Er zog die Schuhe aus, trat ein und heizte den Kanonenofen an, auf den er den Wasserkessel stellte. Das Zimmer war spartanisch eingerichtet: ein Feldbett, zwei Hocker, ein kleiner Tisch und Regale, zum größten Teil vollgestopft mit Büchern. Hätte Manas irgendwann Gäste in seine Hütte gelassen, dann wäre denen möglicherweise aufgefallen, dass es sich dabei fast ausschließlich um Sachbücher handelte, die alle entweder die Kriegsführung und damit zusammenhängende Themen, Militärgeschichte,

Medizin, Psychologie, Psychiatrie oder den Kommunismus behandelten. Auf dem Tisch lag aufgeschlagen das Buch »Allahs Schwert: Khalid ibn al-Walid, Leben und Feldzüge« aus dem Jahr 1969, verfasst vom Generalleutnant der pakistanischen Armee A. I. Akram. Nur wer sich in der Militärgeschichte auskannte, wusste, dass Khalid ibn al-Walid einer der bedeutendsten Feldherrn der Weltgeschichte war, der Befehlshaber der Armee des Propheten Mohammed und seiner Nachfolger, der Eroberer Jerusalems, der in über hundert Schlachten sowohl gegen das Byzantinische Reich und Persien als auch gegen Syrien unbesiegt blieb.

Manas goss kochendes Wasser in einen Emaillebecher, rührte Teeblätter darunter und setzte sich auf das Feldbett. Das Werk von A. I. Akram musste noch warten. Andrej Rostows Gefühlszustand, sein Gesichtsausdruck und sein Tonfall waren in seinem Gedächtnis noch frisch, deshalb war das der geeignete Zeitpunkt, sich mit dem zu beschäftigen, was ihm besonders fremd war – Gefühle. Er besaß Dutzende anspruchsvolle Lehrbücher zu dem Thema, doch nur zwei Werke las er ab und zu: das Sachbuch des Hirnforschers Joseph E. LeDoux »Das emotionale Gehirn« und den Roman »David Copperfield« von Charles Dickens.

*

Die Wunde an der großen Zehe schmerzte und der Hunger nagte in ihrem Bauch, doch verglichen mit den Entzugserscheinungen waren das nur Kleinigkeiten. Sabrina Pianini hatte Muskelkrämpfe, zitterte und schwitzte und wurde in kurzen Abständen von Schüttelfrostattacken geplagt. Sie saß in einem Waggon eines weißrussischen Güterzugs auf dem harten Bretterboden und bemühte sich, ihrem Reisegefährten trotzdem zuzuhören. Der Zug ratterte und rumpelte so heftig, dass sie sich an den Metallstreben der Wände festhalten musste. Das Tempo war nicht gerade schwindelerregend. In dem Waggon stank es fast genauso widerlich wie in dem Versteck, in dem man sie aus Italien weggeschafft hatte. Jetzt befand sie sich zwar vorübergehend in Sicherheit, aber kein einziges ihrer Probleme war gelöst: Guido lag im Sterben, die weißrussischen Behörden machten Jagd auf sie, und sie hatte keine Ahnung, wie sie Hilfe erhalten sollte. Angst hatte sie immer noch, aber nicht vor Aleh Kovel, dem weißbärtigen Mann, der ihr in den Zug geholfen hatte.

Kovel trug ein blau-rot-weißes Hemd, das aussah wie ein traditionelles Kleidungsstück. Ohne jede Eile erzählte er ihr, was er alles hatte erleben müssen, seit er vor über zehn Jahren aus der weißrussischen Armee ausgeschieden und pensioniert worden war und angefangen hatte, sich der Schreckensherrschaft von Präsident Alexander Lukaschenko zu widersetzen. Er war aus der kommunistischen Partei ausgeschlossen worden und politischer Gefangener gewesen, er hatte als oppositioneller Journalist gearbeitet, die Rechte weißrussischer Andersdenkender verteidigt und sich um seine Enkel gekümmert, und schließlich war er obdachlos geworden. Und die Geschichte ging noch weiter.

»Im Gefängnis in der Minsker Akrestsina-Straße waren die Bedingungen so entsetzlich, dass ich mich bei allen möglichen Behörden beschwert, an Zeitungen geschrieben und Interviews gegeben habe, bis wir Löffel erhielten und Wasserhähne. Vorher mussten wir mit den Fingern essen und zum Waschen das Wasser der Toilettenbecken nehmen.« Kovel lag auf der Seite und klärte sie über seine Vergangenheit auf. »1999 kam ich in das Gefängnis in der Wolodarskaja-Straße, nachdem ich in Minsk den ›Marsch der Freiheit‹ organisiert hatte. Als die Miliz ihn auflöste, wurden viele meiner Freunde verletzt. Im Jahr 2001 erhielt ich eine Geldstrafe in Höhe von einer Million Rubel wegen meines Artikels in der Zeitung ›Narodnaja Volja‹ über die Fälschung der Kommunalwahlergebnisse in Wizebsk«, erzählte Kovel und rieb sich den Bart. »Im Gefängnis Zhodzina bin ich gelandet, als ich auf einer Versammlung demonstrieren wollte, die Innenminister Uladzimir Navumau organisiert hatte. Zhodzina war von allen das Schlimmste, oder jedenfalls die Wärter, die haben mir sogar den Bart mit Gewalt abrasiert.«

»Ist das alles in Weißrussland … üblich?« Sabrina Pianini wählte ihre Worte mit Bedacht.

»Ich könnte wetten, dass kein anderer weißrussischer Menschenrechtsaktivist genauso oft verhaftet, mit Geldstrafen belegt, verprügelt und ins Gefängnis gesteckt worden ist wie ich. Aber in diesem Land ist das üblich, dank Lukaschenko.«

»Kann ein Präsident wirklich für alle Missstände verantwortlich sein?«, fragte Sabrina Pianini. Als sie Kovels bestürzten Gesichtsausdruck sah, fügte sie um Wiedergutmachung bemüht hinzu: »Entschuldigung, ich weiß nichts über Weißrussland.«

Das wirkte auf Kovel so, als hätte sie Öl ins Feuer gegossen. »Weißrussland ist die letzte totale Diktatur in Europa. Lukaschenkos Administration kontrolliert sowohl die Politik und die Wirtschaft als auch die normalen Bürger und unterdrückt ihre politischen Gegner und jede Opposition. Sie behindert immer wieder die Arbeit der unabhängigen Presse, schließt Zeitungen der Opposition und bestraft jeden, der demonstriert oder überhaupt irgendeine Form gesellschaftlicher Aktivität an den Tag legt. Und Weißrussland ist auch der letzte Staat in Europa, der die Todesstrafe anwendet. Die Hinrichtungen sind geheim, die zum Tode Verurteilten und ihre Verwandten werden nicht vorher informiert, und die Angehörigen erfahren nicht einmal, wo die Hingerichteten begraben wurden.«

Sabrina Pianini wusste nicht, was sie sagen sollte, Kovel machte den Eindruck, als wäre er bei vollem Verstand, er dachte sich das wohl kaum alles aus, was er da erzählte.

»Weshalb haben sie dich verhaftet?«, fragte Aleh Kovel, nachdem er sich wieder beruhigt hatte.

»Das weiß ich wirklich nicht. Man hat mich gegen meinen Willen hierher gebracht. Aus Italien.« Nach Kovels Schilderungen hielt Sabrina Pianini das, was ihr widerfahren war, nicht mehr für so unbegreiflich wie noch vor wenigen Stunden.

Kovel richtete sich auf und beugte sich zu Sabrina Pianini hin. »Wer hat dich entführt, wo wurdest du gefangen gehalten?«

»Keine Ahnung. Man hat mich in ein riesiges Forschungszentrum mitten im Wald gebracht, vielleicht zwanzig Kilometer von der Stelle entfernt, wo ich auf diesen Zug aufgesprungen bin.«

Kovel überlegte einen Augenblick. »Das muss das Institut in der Nähe von Osintorf sein.«

»Kennst du das, weißt du, was das ist?«

Kovel lachte kurz: »Das weiß niemand. Aber ich kannte während meines Militärdienstes vor langer Zeit ein paar Soldaten, die dort gewesen waren. Sie behaupteten, es sei ein geheimes Forschungsinstitut der Sowjetunion, angeblich hing es mit der Entwicklung neuer Waffen zusammen.«

Kovel saß wieder eine Weile in Gedanken versunken da. »An die Behörden solltest du dich auf keinen Fall wenden, wenn Polizei und Armee nach deinem Verschwinden alarmiert wurden und nach dir suchen, dann stecken die da mit drin. Vielleicht kann ich dir helfen, von Minsk nach Vilnius oder Warschau zu kommen, ich habe eine Aktie daran, dass viele Andersdenkende aus Weißrussland hinausgebracht werden konnten. Aber das würde möglicherweise ein paar Tage dauern. Du brauchst einen Pass und ein Visum.«

Sabrina Pianini lächelte das erste Mal seit ihrer Entführung. Sie dachte an Guido und erinnerte sich aus irgendeinem Grund an ihre Großeltern Alvaro und Claudia, die noch mit achtzig von der Terrasse der Villa Elena aus den Pania della Croce und den »Toten Mann« betrachtet hatten. Sie saßen einfach nur still da, und man sah ihnen an, dass sie zusammengehörten.

Plötzlich bekam Sabrina Pianini einen Krampf im Bein, der so schmerzhaft war, dass sie zur Seite kippte und auf dem Bretterboden aufschlug.

Kovel beugte sich über sie, griff nach ihrem Knie und dem Fußgelenk und streckte das Bein.

»Sie haben mir Drogen gespritzt«, sagte Sabrina Pianini mit heiserer Stimme.

»Wir müssen dir ein Medikament besorgen.«

»Und ein Telefon«, fügte Sabrina Pianini hinzu.

11

Freitag, 13. August

Die Zimmertür in der siebenten Etage des Hotels »Vaakuna« in Helsinki ging auf, Leo Kara warf seine Tasche aufs Bett, holte die Flasche Linie heraus und nahm einen Schluck, obwohl er den Aquavit sonst nur eiskalt trank. Es ging ihm nicht gut, er konnte sich jetzt an immer mehr aus seiner Vergangenheit erinnern, das war schon zu viel.

Jedes Mal, wenn er schlief, wurde der Alptraum wieder um ein Stück ergänzt, es schien so, als würde das Gehirn im Schlaf aus lange Zeit verschwundenen Erinnerungen eine lückenlose Vergangenheit zusammenflicken. Vor einer reichlichen Stunde war er im bis auf den letzten Platz besetzten Flugzeug vom eigenen lauten Rufen aufgewacht; eine proppenvolle Metallröhre, die keiner verlassen konnte, war ein besonders geeigneter Ort, um als Verrückter abgestempelt zu werden. Er spürte die Blicke der anderen Passagiere immer noch im Nacken. Dass man ihn anstarrte wie einen Idioten, daran konnte er sich nicht gewöhnen, am schlimmsten waren die mit Angst vermischten Blicke. Die führten dazu, dass er sich selbst für eigenartig und auch gefährlich hielt.

Durch den Traum im Flugzeug hatte er sich an Einzelheiten des Schicksals seiner Schwester Emma erinnert, die dafür sorgten, dass er sich schämte. Plötzlich war er sich gar nicht mehr so sicher, ob er diesen Weg einschlagen sollte. Würde er die Wahrheit ertragen? Wäre es klüger, das Exelon nicht mehr einzunehmen, die Alpträume loszuwerden und so weiterzumachen wie früher? Auch diese Alternative war nicht gerade verlockend.

Kara trat ans Fenster und begriff, dass er fast in demselben Zimmer stand, das er vor einem Jahr nach dem Tod seines Freundes Ewan Taylor mehrere Tage lang bewohnt hatte. Der Blick auf die City von Helsinki war ihm vertraut: das Einkaufscenter, das im Volksmund »Wursthaus« genannt wurde, das Kunstmuseum Ateneum, die Kaivokatu, der Bahnhof und der Platz daneben, der Elielinaukio. Er hatte in den letzten Monaten nicht sehr oft an Ewan und ihre gemeinsamen Jahre in der Internatsschule von Winchester gedacht. Die Knabenschule war das erste jener zahlreichen Gefängnisse gewesen, die er nach dem Oktober 1989 kennengelernt hatte. Später war er in Zellen sowohl in England als auch im Sudan und in Laos zu Gast gewesen, und in dem Gefängnis, das sich in seinem Kopf befand, saß er schon drei Jahrzehnte. Er musste lange überlegen, wann er das letzte Mal Ewans Witwe Helene oder sein Patenkind Oliver angerufen hatte, und fühlte sich gleich noch viel schlechter.

Er trank einen Schluck, holte »The Economist« aus der Tasche und ließ sich aufs Bett fallen. Die Zeitschrift hatte er nur gekauft, weil ihr Thema das Jahr 1989 war, ein verrücktes Jahr, ein Jahr, das die Welt veränderte. Seine Welt hatte es jedenfalls tatsächlich verändert. Kara erinnerte sich nicht einmal an die Hälfte der bedeutenden Ereignisse jenes Jahres: den Fall der Berliner Mauer, die Demokratisierung der Ostblock-Länder, das Ende des Kalten Krieges, das Blutbad auf dem Tian'anmen in Peking, das gelungene Experiment mit einer kalten Fusion …

Eine Stunde später verließ Kara das Hotel. Im Juli, auf dem Höhepunkt der Urlaubssaison, verwandelte sich Helsinki in eine Geisterstadt, aber nun, Mitte August, herrschte wieder ein geschäftiges Treiben, vor allem während der Rushhour am Nachmittag. Auf einer Leuchtreklame wechselten sich das Unicef-Plakat »Leb wohl Mutter« und die Werbung einer bei der Jugend beliebten Bekleidungskette ab, auf der junge Frauen im Bikini ihre Reize spielen ließen. Und wie immer flanierten im Park an der Esplanadi Dutzende schöne Frauen, die er nie kennenlernen würde. Kara nahm den Weg über die Eteläranta, um das Meer zu sehen, der Anblick würde hoffentlich beruhigend auf ihn wirken.

Ihm fielen die Ergebnisse von zwei Untersuchungen ein, die er kürzlich gelesen hatte. Demnach war Finnland das wohlhabendste Land der Welt, und Helsinki lag in einer Rangliste der angenehmsten Städte der Welt auf dem sechsten Platz. Dennoch stimmte hier etwas nicht: Das Leben war teuer, die Löhne niedrig, die Dienstleistungen der öffentlichen Hand hatte man in den letzten Jahren heruntergefahren, es gab Hunderttausende Arbeitslose, die Selbstmorde erreichten Rekordwerte, Menschen gingen genauso oft auf Grund einer Erwerbsunfähigkeit in Rente wie aus Altersgründen, nicht selten wegen Depressionen, Alkoholismus und Gewalt florierten. Vielleicht lagen die Ursachen der Probleme im Volkscharakter. Am deutlichsten bemerkte man die unter der Oberfläche schwelenden Spannungen, wenn man von einem längeren Auslandsaufenthalt nach Finnland zurückkehrte.

Etwa zwei Kilometer Fußweg hatte Kara hinter sich, als er in dem Haus an der Ecke Tehtaankatu und Telakkakatu Aufgang A betrat, die Treppe hinaufstieg bis in die zweite Etage und an der Tür der Kanzlei klingelte.

»Leo. Lange nicht gesehen«, sagte Kati Soisalo, die müde aussah und sich zu einem Lächeln zwang. Beide wussten nicht, ob sie sich die Hand geben oder umarmen sollten, schließlich streckte Kara seine Hand aus.

Jonny Karlsson im Trainingsanzug wirkte kaum munterer als seine Freundin.

»Gibt es etwas Neues von Vilma?« Kara hielt sich nicht mit Vorreden auf, während er sich auf das Sofa setzte, auf dem er bei seinem letzten Finnland-Besuch auch übernachtet hatte.

Kati Soisalo schüttelte den Kopf. »Wir verfolgen immer noch den Hinweis, den ich in Belgrad erhalten habe. Laut Paranoid vertritt die Firma Severnaja, die Viktor Hofman Geld überwiesen hat, in Finnland russische Landmaschinen und besitzt außerdem ein Restaurant in Helsinki. Die Angelegenheiten von Severnaja besorgt in Finnland Marat Krylow, ein Gehilfe des Menschenhändlers Dimitri Arbuzow. Es ist mir noch nicht gelungen, Kontakt zu Krylow aufzunehmen.«

»Ich habe auch einige Informationen über Kivijalka gefunden, dieses andere Unternehmen, das Hofman Geld gezahlt hat«, sagte Paranoid, er holte vom Schreibtisch einen Stoß Unterlagen und reichte Kara ein paar Blätter.

»Kivijalka ist der parallele Firmenname eines auf der Insel Jersey registrierten Trusts namens Stone Foundation.«

»Eines Trusts?«, fragte Kara.

»Auf Jersey werden Trustfonds verwendet, um Mittel zu verwalten, sie unterliegen nicht dem Gesellschaftsrecht und werden nicht in einem Register eingetragen. In ihnen wird Geld versteckt«, fasste Paranoid zusammen.

Kara sah enttäuscht aus. »Da endet dann die Spur? Auf der Insel Jersey.«

»Beinahe. Ich habe immerhin den Namen des *Trustee,* also des Treuhänders, von Kivijalka herausgefunden. Es ist der Anwalt Eero Palomaa aus Helsinki. Ein achtundfünfzigjähriger Junggeselle, er wohnt in einem Haus am Meeresufer in Jollas, hat keinerlei Hobbys und kümmert sich meines Erachtens nur um die Angelegenheiten von Kivijalka und die Buchhaltung von Severnaja.«

»Mit Palomaa sollte man anfangen«, sagte Kara.

Kati Soisalo klopfte mit dem Finger auf ihren Schreibtisch. »Diesmal müssen wir unser Vorgehen sorgfältig planen. Beim letzten Mal waren wir immer einen Schritt langsamer als unsere Gegner.«

»Zu viele wissen schon, dass wir in Arbuzows Geschäften mit dem Menschenhandel und Viktor Hofmans Finanzen herumstochern«, erwiderte Kara. »Bogdan Bojanić, mein Chef Gilbert Birou und wahrscheinlich auch das Kabinett.«

Und Jukka Ukkola, hätte Kati Soisalo am liebsten hinzugefügt, sagte dann aber: »Du glaubst also, das Kabinett steht irgendwie auch mit diesem Fall in Verbindung.«

»Was wissen wir über das Kabinett?«, fragte Paranoid.

»Das, was ich letztes Jahr in Kapstadt von Henri Pohjala erfahren habe«, antwortete Kati Soisalo. »Er hat erzählt, dass die sowjetischen und später russischen Nachrichtendienste seit den sechziger Jahren bis zum heutigen Tage maßgebende finnische Persönlichkeiten anwerben. Die Gruppe ist klein, aber äußerst einflussreich und gut organisiert und nennt sich Kabinett. Sie steuert die Beschlussfassung in Finnland von Schlüsselpositionen der Gesellschaft aus und erhält ihre Befehle direkt von der höchsten Ebene Russlands, von der Verwaltung Putins – von den Silowiki.«

Kara nahm wieder das Wort: »Das Kabinett hat mit Viktor Hofman zusammengearbeitet, und jetzt stellt sich heraus, dass Hofman aus Finnland nur von Kivijalka und Severnaja Geld erhalten hat und von niemand anderem. Es ist also ziemlich wahrscheinlich, dass Kivijalka und Severnaja oder zumindest eine der beiden Firmen in irgendeinem Zusammenhang mit dem Kabinett steht.«

»Ich habe doch erzählt, was Henri Pohjala gesagt hat, als ich ihn gedrängt habe, Beweise für die Existenz des Kabinetts zu nennen. Oder?« Sie stellte die Frage Kara, beantworte sie aber selbst. »*Follow the money*. Folgt dem Weg des vom Kabinett verwalteten Geldes, dann erfahrt ihr alles.«

»Dazu ist von uns dreien nur Paranoid imstande«, meinte Kara.

Kati Soisalo machte einen nachdenklichen Eindruck. »Wir kennen nur die Identität eines einzigen Mitglieds des Kabinetts, und ich kann versichern, dass Jukka Ukkola nicht sehr kooperativ ist. Es gibt nur ein Mittel, dem Kabinett auf die Spur zu kommen, und das besteht tatsächlich darin, den Geldströmen zu folgen.«

»Und der ehemalige Chef der SUPO, Jussi Ketonen?«, sagte Kara, und es klang hoffnungsvoll. »Der Mann hat doch letztes

Jahr behauptet, dass man ihn seinerzeit daran gehindert hat, Ermittlungen zum Kabinett aufzunehmen. Vielleicht ist Ketonen jetzt bereit, zu reden, beim letzten Mal war er mit seinen Informationen sehr knickrig.«

»Ich kümmere mich um Marat Krylow und Severnaja, Kara übernimmt Kivijalka und Jussi Ketonen und Paranoid folgt den Spuren der Finanzen des Kabinetts und versucht sich etwas auszudenken, wie wir in Ukkolas …« Kati Soisalo brach mitten im Satz ab und schaute Paranoid fragend an.

Der lachte: »Kara wird mich ja wohl kaum bei der Polizei verpfeifen. Ich habe ein neues Spionageprogramm entwickelt. Mit dem CatchU können wir Ukkolas Gespräche abhören und die Position seines Handys in Erfahrung bringen. Das ist, ohne mich loben zu wollen, ein leistungsfähiges Programm, es kann sogar das Mikrophon eines ausgeschalteten Telefons starten.«

»Ist es schon in Aktion?«, fragte Kara erfreut.

»Sobald mir einfällt, wie ich es in Ukkolas Handy installieren kann. Es ist ein verdammtes Pech, dass er damit nicht ins Internet geht.«

*

Assessor Eero Palomaa wusste, wie man unangenehmen Dingen aus dem Wege ging. Schon mit acht Jahren war es ihm gelungen, seine Mutter hinters Licht zu führen. Er hatte eine Mixtur aus Joghurt, Müsli und Essig geschluckt und so erreicht, dass er sich übergeben musste und zu Hause bleiben durfte. Er saß in der warmen Stube und aß Schokolade, während seine Klassenkameraden bei strengem Frost einen Wettkampf im Skilaufen bestreiten mussten. So hatte er auf einen Schlag gelernt, dass ein scharfer Verstand und Betrug sich lohnten. Im Laufe der fünfzig Jahre nach dieser Erleuchtung war Eero Palomaa so gut wie allen Widrigkeiten, die seine Ruhe bedrohten, erfolgreich ausgewichen.

Für seine besten Leistungen auf diesem Gebiet hielt Palomaa in seiner Jugend die Befreiung vom Sportunterricht am Gymnasium und vom Wehrdienst. Als Erwachsener hatte er diese Fähigkeiten zunächst in der juristischen Fakultät weiterentwickelt und später im Berufsleben vervollkommnet, erst in einer internationalen Kanzlei für Buchprüfung und später in einem britischen Konzern, der sich mit Steuerplanung und Finanzverwaltung beschäftigte und einen etwas zweifelhaften Ruf besaß. Die Mühe hatte sich gelohnt, allerdings war das Geld dann doch zum wichtigsten Motiv geworden. Im abgelaufenen Steuerjahr betrugen seine Einkünfte 414 377 Euro, dafür hatte er 24 762 Euro und 16 Cent Steuern gezahlt, eine annehmbare Summe.

Neben Steuern mied Eero Palomaa auch seine Verwandtschaft, zwischenmenschliche Beziehungen, Behörden, öffentliche Verkehrsmittel, Menschenansammlungen, billige alkoholische Erzeugnisse, Fertiggerichte, Besuche auf dem Lande, Tiere, das Händeschütteln und Kleinkinder. Mit gutem Erfolg.

Die Klingel in Palomaas Kanzlei am Bulevardi klirrte, und der hundertdreißig Kilo schwere, recht kleingewachsene Anwalt öffnete die Tür mit einem Druck auf einen Knopf am Schreibtisch. Auf seinen eigenen Beinen bewegte er sich nur, wenn es sein musste. Der Besucher war Leo Kara, ein Mann, dem er liebend gern aus dem Weg gegangen wäre, doch er war gezwungen, ihn zu empfangen. Auch sein Leben war noch nicht perfekt. Kara hatte ihn erst vor einer knappen Stunde angerufen und dabei Kivijalka und das Kabinett, seine beiden einzigen Honorarzahler, im selben Satz erwähnt. Er musste herausfinden, was der Mann wusste.

Palomaa übersah Karas ausgestreckte Hand, nahm dessen Visitenkarte entgegen, setzte sich und kam ohne Umschweife zur Sache. »Sie sagten, Sie seien Mitarbeiter des UN-Büros für Drogen- und Verbrechensbekämpfung. Was führt Sie nach Finnland? Und zu mir?«

»Viktor Hofman. Sie kennen den Mann doch?«, fragte Kara.

Palomaa kniff die Augen zusammen und schien zu überlegen.

Die Antwort ließ nach Karas Ansicht zu lange auf sich warten. »Wir wissen schon, dass der von Ihnen vertretene Trust Kivijalka Millionen Euro auf Hofmans Konten eingezahlt hat. Was haben Sie als Gegenleistung für Ihr Geld erhalten?«

Palomaa schob seinen Sessel ein wenig weiter weg von Kara. »Leider kann ich nicht über die geschäftlichen Angelegenheiten meines Mandanten sprechen, wie Sie sicher verstehen werden. Warum untersucht das UNODC die Aktivitäten dieses Viktor Hofman?«

Das durfte Kara nicht verraten. »Ich kann nur soviel sagen: Man weiß, dass Hofman in den letzten Jahren zahlreiche sehr schwere Straftaten begangen hat. Wahrscheinlich können Sie sich gar nicht vorstellen, wie schwer die Verbrechen waren.«

»Davon weiß ich nichts«, versicherte Palomaa. »Alle Transaktionen von Kivijalka brauchen das Tageslicht nicht zu scheuen, unsere Buchführung, unsere Verträge, alles ist bis zum letzten Komma in Ordnung.«

»Ich bin kein Jurist, aber selbst ein Dummkopf sieht doch, dass Sie mit dem in Jersey registrierten Trust Kivijalka Steuern hinterziehen und Finanzmittel verstecken. Von wem erhalten Sie Ihre Befehle?« Kara bereute sein Aufbrausen, kaum dass ihm die Worte herausgerutscht waren.

Palomaa lachte. »Ein Dummkopf sieht das vielleicht, aber die Dummheit dürfte gerade darin bestehen, dass er es nicht sonderlich gut versteht. Nicht wahr?«

Kara biss sich auf die Lippen und zählte bis fünf. »Neben dem UNODC ermitteln in diesem Fall auch Interpol, die britischen Behörden und die KRP. Und die werden die Partie nicht mittendrin abbrechen, solange die Aktivitäten von Hofman und Kivijalka nicht gründlich untersucht sind.«

»Das hoffe ich aufrichtig. Gesetzesverstöße müssen Strafen nach sich ziehen, das ist klar. Ebenso klar ist aber auch, dass man kompetente Juristen nicht dafür bestrafen kann, wenn sie Schlupflöcher in Gesetzen finden, die ihre unfähigen Kollegen schlecht formuliert haben.«

Kara hätte Palomaa am liebsten an der Krawatte gepackt und die Informationen mit Gewalt aus ihm herausgeholt. Er stand auf, drückte die Fäuste auf den Schreibtisch und beugte sich zu Palomaa hin. »Hier geht es um größere Dinge als das Umgehen von Paragraphen, und das wissen Sie. Wenn Sie uns jetzt helfen, können Sie den unangenehmen Folgen vielleicht entgehen.«

Palomaa erhob sich mühsam. »Ich verstehe nicht, warum Sie das so dramatisieren. Ich bin Jurist und habe mir nichts Gesetzwidriges zuschulden kommen lassen. Dieses Treffen ist nunmehr beendet«, sagte er und zeigte auf die Tür.

Kara verkniff sich seinen gallebitteren Kommentar. Palomaa war ein Profi, er verschwendete nur seine Zeit und trieb unnötig seinen Blutdruck in die Höhe, wenn er mit dem Anwalt herumstritt.

*

In Kati Soisalos Wohnung duftete es nach Gewürzen. Kara schnitt schon seit etwa fünf Minuten eine mittelgroße Zwiebel, es sah so aus, als hielte er das Küchenmesser zum ersten Mal in der Hand. Er traute sich nicht zu sagen, dass er sich meist nur Fertiggerichte in der Mikrowelle zubereitete, und oft nicht mal das. Kati Soisalo hatte ihre Freitagsflasche bereits geöffnet, bevor Kara gekommen war, jetzt tranken sie schon die zweite Flasche Rotwein. Die Frau wirkte angespannt, als sie ihre Tagespost durchging.

»Dieser verdammte Irre. Für einen Moment hatte ich diese Katastrophe schon fast vergessen«, sagte sie und knallte wütend einen Brief auf den Küchentisch. »Ich habe eine Vorladung zur Vernehmung bekommen. Ukkola hat ein Strafverfahren gegen mich eingefädelt, die Ermittlungen sind angelaufen, und ich soll als Verdächtigte gehört werden. Wir haben Ukkola voriges Jahr durch den Bluff mit dem Foto erpresst, und das will er mir jetzt heimzahlen, und zwar mit Zinsen. Wahrscheinlich wird man mich verurteilen, das werde ich nicht verhindern können.«

Kara erkundigte sich nach den Einzelheiten und Kati Soisalo erzählte es ihm.

»Kannst du den Ermittlungen nicht irgendwie … das Wasser abgraben. Indem du nachweist, dass die Zeugen lügen. Oder aufdeckst, dass Ukkola die Zeugen bestochen hat?«, fragte Kara.

»Ich brauche hieb- und stichfeste Beweise. Hoffen wir, dass Paranoid auf Ukkolas Computern etwas findet, das weiterhilft.«

Das Messer rutschte ab, Kara schnitt sich in den Finger, Blut spritzte und er fluchte so heftig, dass Kati Soisalo erschrak. Sie holte ein Pflaster aus dem Schrank und klebte es auf die Wunde. »Bei deinem Wutausbruch eben musste ich glatt an Ukkola denken.«

»Was hat der übrigens unternommen, damit Vilma gefunden wird?«, fragte Kara und spürte, wie ihn die Wut packte, als Kati Soisalo nur schnaufte und den Kopf schüttelte. Dann senkte sich Stille über die Küche.

»Hast du schon Kontakt zu Marat Krylow aufgenommen?« Kara wechselte das Thema und nahm einen Schluck Rotwein.

»Das war ein Schlag ins Wasser, ich habe auf seinem Anrufbeantworter mehrere Nachrichten hinterlassen. Am Nachmittag bin ich wenigstens kurz in dem Restaurant in der Uudenmaankatu gewesen, das Severnaja gehört. Aber auch die Mühe hätte ich mir sparen können, wenngleich dort immerhin eine passable Pfifferlingssuppe serviert wurde. Beide Kellner und der Koch sind junge Finnen und haben nicht mal zugegeben, Krylows Namen gehört zu haben.«

Als der Tisch gedeckt und die Pasta mit Blauschimmelkäse aufgetan war, wurde Kati Soisalo ernst. »Die Tage vergehen, und bei der Suche nach Vilma gibt es keinerlei Fortschritte. Ich habe heute wieder im serbischen Innenministerium und in der finnischen Botschaft in Belgrad angerufen, keiner konnte etwas Neues berichten.«

Kara bemühte sich, mitfühlend auszusehen. »Das kommt einem schon seltsam vor, dass es auch in Europa immer noch Länder gibt, in denen Frauen und Kinder verkauft werden wie Gegenstände. Und das in diesem Jahrtausend.«

»Wer sein Kind nicht verloren hat, kann nicht verstehen, was es für ein Gefühl war und ist, Vilma zu verlieren«, sagte Kati Soisalo, trank ihr Glas aus und füllte es wieder.

»Ich kann es verstehen.« Der Satz rutschte ihm heraus, ehe er sich seine Worte überlegen konnte. Kati Soisalo schaute ihn erstaunt an.

Es war nicht so, dass Kara sich entschloss, ihr von seiner Familie zu erzählen. Die Worte sprudelten einfach von allein aus ihm heraus. »Ich habe … hatte eine jüngere Schwester – Emma. Ein toller Typ, fröhlich und lebhaft, ein ganz anderer Menschenschlag als ich. Aber diese Geschichte muss man der Reihe nach erzählen, und angefangen hat sie 1989. Damals drang ein Trupp bewaffneter Männer in unser Londoner Zuhause ein und zwang die ganze Familie mitzukommen. Sie brachten uns zur Arbeitsstelle meines Vaters in einem alten Fabrikgebäude, das der Waffenhersteller BAE Systems gemietet hatte. Es lag im Nordwesten Londons auf dem Industriegelände im Park Royal, nicht sehr weit von unserem Haus entfernt.«

Kara runzelte die Stirn. »Jahrzehntelang wusste ich von diesen drei Tagen so gut wie nichts mehr. Man hat versucht mich umzubringen, ich bekam eine Kugel in den Kopf, unter den Folgen leide ich noch heute. Doch in den letzten Wochen hat sich der Zustand geändert … und ändert sich weiter, vermutlich weil ich ein neues, wirksames Medikament einnehme. Ich erinnere mich jetzt zumindest an einen Teil von dem, was mit meiner Schwester passiert ist.«

Kati Soisalo legte die Gabel auf den Teller.

Kara starrte vor sich hin, ohne etwas zu sehen, er tauchte tief in einen Strom von Erinnerungen ein, in dem er zwanzig Jahre lang nicht geschwommen war. »Wir beide, ich und Emma, wurden zunächst in einem Kellerraum des Gebäudes gefangen gehalten. Das war ein kaltes, dunkles und feuchtes Loch. Emma entdeckte unter Kisten den Deckel der Kanalisation und versuchte die Öffnung mit den bloßen Händen zu vergrößern; und sie schaffte es auch, ein paar Stücke aus dem Fußboden herauszubrechen. Aber nicht genug. Das Loch blieb zu eng, Emma hätte mit Müh und Not hindurchgepasst, aber ich nicht.« Kara verstummte.

»Emma war zehn Jahre alt und voller Energie, aber natürlich außer sich vor Angst. Wir hörten Vaters und Mutters Schreie irgendwo weiter oben, sie wurden misshandelt, man versuchte wahrscheinlich, sie zum Sprechen zu bringen. Ich war schon alt genug und begriff, dass man Vater und Mutter mit Emma und mir erpressen könnte, ich wartete nur darauf, wann man auch uns holen und schlagen würde. Emma war in Panik und reagierte ihr Entsetzen ab, indem sie die ganze Zeit irgendetwas machte. Das alles überstieg vollkommen ihr Begriffsvermögen. Schließlich beschloss Emma, durch die Kanalisation zu fliehen und bat mich, ihr das zu erlauben, sie erhoffte sich wohl, dass ich ihr Mut zusprach. Ich habe lange überlegt und ihr schließlich verboten, zu fliehen. Ich musste Emma festhalten, so sehr wollte sie weg. Diese Entscheidung hat Emma das Leben gekostet.«

Kati Soisalo zog die Augenbrauen zusammen. »Du hast deiner Schwester verboten, zu fliehen?«

»Ich wusste nicht, wo wir uns befanden. Emma kannte die Gegend nicht, ich habe nicht geglaubt, dass sie Hilfe finden würde. Sie war zehn!« Karas Selbstbeherrschung versagte. Er musste tief durchatmen und einen Schluck Wein trinken. »Ich hatte Angst, dass man sich für Emmas Flucht an Vater und Mutter rächen würde. Oder an mir.«

»Was ist mit Emma geschehen?«

»Sie wurde zusammen mit Vater und Mutter umgebracht, ich weiß allerdings nicht, wie. Ich erinnere mich nicht. Mir graust schon bei dem Gedanken an den Tag, an dem ich das herausfinden werde. In der Fabrikhalle stand ein alter Koksofen, in dem die Leichen verbrannt wurden. Man hat eindeutig versucht, alle Beweise zu vernichten, ich weiß nicht, was schiefgelaufen ist, warum man mich nicht ins Jenseits befördert hat.«

Kati Soisalo verarbeitete Karas Bericht eine Weile, bemerkte dann, dass die Pasta auf dem Teller kalt geworden war und aß lustlos ein paar Bissen. »Ist das alles, was du noch weißt? Bist du sicher?«

»Ich bin mir bei gar nichts sicher«, antwortete Kara schon viel ruhiger. »Mit einer Ausnahme: Mundus Novus ist irgendwie in das verwickelt, was im Oktober 1989 geschah. Und Viktor Hofmans Arbeitgeber war Mundus Novus, deshalb will ich diesen Fall untersuchen. In diesem Chaos muss es irgendwo einen roten Faden geben.«

Kati Soisalo saß einen Augenblick regungslos da. »Vielleicht verstehst du doch, wie mir zumute ist«, sagte sie, stand auf und nahm Kara an der Hand. »Lass uns versuchen, eine Weile nicht an unangenehme Dinge zu denken.« Dann griff sie nach der Rotweinflasche und führte Kara ins Wohnzimmer. Sie hörten sich Musik von Sophie Zelmani an, die auf hypnotische Weise beruhigend wirkte, und redeten über dies und das, bis Kati Soisalo ins Bad ging und Wasser in die Wanne einließ. Kara begriff erst, was vor sich ging, als sie anfing, ihn auszuziehen.

12

Samstag, 14. August

Paul Wells, Entwicklungsingenieur für PLC bei Schneider Electric, war genauso begeistert wie immer, als er in Sellafield durchs Fenster des Kleinbusses das Gebäude B570 betrachtete – die Atommüllwiederaufbereitungsanlage THORP. Einige Vorsprünge der beigefarbenen und braunen Fassade des kastenförmigen Gebäudes waren rot gestrichen; die schräg auftreffenden Strahlen der Morgensonne ließen diese Stellen heller erscheinen. Der gewaltige Gebäudekomplex, der seinerzeit drei Milliarden Pfund gekostet hatte, war zweifellos der eindrucksvollste Anblick auf dem Kernkraftwerksgelände. Ein Besuch in THORP wirkte immer noch wie eine Visite in einem Raumschiff.

Am Haupteingang wurde Wells einer gründlichen Sicherheitskontrolle unterzogen und erhielt ein tragbares Strahlungsmessgerät sowie eine neue Ausweiskarte, die ausdrücklich zum Aufenthalt in THORP berechtigte. Schuhe, Handy und nicht dringend benötigte persönliche Gegenstände musste er in einem verschließbaren Fach zurücklassen. Dann war es Zeit, die blauen Wollsocken überzustreifen – Blau war die Kennfarbe der Firma BNFL, die THORP verwaltete. Im nächsten Raum zog er den bis zu den Knien reichenden blauen Mantel mit gelbem Kragen und dem Logo der BNFL an, der zugeknöpft werden musste, bevor er sich an den Schuhtresen setzen konnte. Auf der anderen Seite stellte ein Mitarbeiter von THORP die Schuhe auf den Fußboden. Wells drehte sich um hundertachtzig Grad und schob die Füße vorsichtig in die Schuhe. Wenn die Wollsocken den Boden berührten, war man gezwungen, wieder von vorn anzufangen und sich neue blaue Socken zu holen.

Noch eine Sicherheitskontrolle, bei der die persönlichen Gegenstände überprüft wurden, die der Besucher nicht in dem Schließfach zurückgelassen hatte, dann standen Wells die riesigen Räume von THORP zur Verfügung. In dem fünfhundert Meter langen Gebäude nahmen die Flure kein Ende, zuweilen musste er stehen bleiben und Kontrolltüren öffnen. Schließlich traf er in der Vorbereitungshalle ein, wo der verbrauchte radioaktive Kernbrennstoff aus den Sicherheitsbehältern entnommen und gelagert wurde, hier warteten die Atommüllzylinder auf den Transport in das Hauptlagerbecken. Wells ging weiter.

Noch ein paar Türen, eine lange Treppe, dann erreichte er das Herz von THORP, das Hauptlagerbecken, das so groß war wie zwei Fußballfelder. Hier wurden die Atommüllzylinder vor der Wiederaufbereitung fünf bis sechs Jahre aufbewahrt. Im Laufe dieser Zeit veränderte sich der Atommüll und bestand schließlich aus sechsundneunzig Prozent abgereichertem Uran, einem Prozent Plutonium und drei Prozent wertlosem Abfall.

Wells blieb stehen und schaute prüfend auf das gigantische acht Meter tiefe Becken, in dem innerhalb von vierundzwanzig Stunden tausende Kubikmeter Wasser zirkulierten. Sein Boden war mit Metallzylindern bedeckt, die insgesamt zweitausend Tonnen radioaktiven Atommüll enthielten. Die Stille wirkte bedrohlich. Näher kam niemand in Sellafield an den hochradioaktiven nuklearen Abfall heran, und näher wollte auch niemand heran. Wells warf einen Blick hinauf zur aus gewöhnlichen Baumaterialien errichteten Decke von THORP und zum Himmel, der durch die oberen Fenster zu sehen war, und überlegte einmal mehr, wie leicht ein Passagierflugzeug das Dach durchschlagen, in das Lagerbecken stürzen und eine beispiellose Zerstörung anrichten könnte.

Sein Arbeitgeber Schneider Electric war für die Kühlaggregate zuständig, mit denen die Wassertemperatur in den Becken von THORP reguliert wurde. Wells selbst war kürzlich für die Erneuerung und Aktualisierung der speicherprogrammierbaren Steuerung verantwortlich gewesen, mit der die Kühlaggregate kontrolliert wurden. In THORP funktionierte fast alles computergestützt, das erklärte, warum der Ort so gespenstisch wirkte: In dem gewaltigen Gebäude arbeitete nur eine Handvoll Menschen. Wells sollte die monatliche Routineüberprüfung des Kühlsystems durchführen.

Plötzlich erklang ein unheimliches, zweiteiliges Warnsignal, das an das Geräusch eines Echolots erinnerte – *Criticality alarm*. Das Signal ertönte immer wieder, die Uhr zeigte 08:14, das war keine Übung. Die Computer hatten etwas festgestellt, das von der Normalität abwich, einen Defekt oder …

Wells rannte los und hörte den Widerhall seiner Schritte. Die Flure kamen ihm nun noch länger vor als sonst, er brauchte mehrere Minuten bis zur Kontrollzentrale. Er riss die Tür auf und blickte in ernste, blasse Gesichter.

»Die Wassertemperatur ist schon um zwei Grad gestiegen, und ein Ende ist nicht abzusehen. Die Steuerung … die Computer reagieren überhaupt nicht auf Befehle.«

Wells hastete zur Zentraleinheit der speicherprogrammierbaren Steuerung. Es gab fünf Logic Controller, zwei Paare von jeweils zwei Controllern und eine selbständig arbeitende Einheit. Er versuchte das für die Kühlung des Wassers zuständige Controllerpaar zu schließen und die Funktion auf das andere Paar zu übertragen – vergeblich. Dann bemühte er sich, beide Controllerpaare zu umgehen. Angespannt schauten die Mitarbeiter in der Zentrale Wells bei der Arbeit zu, Adrenalin schoss ihnen ins Blut, man konnte die Angst fast riechen. Die Stille störten nur die Finger des Ingenieurs, die auf der Tastatur tanzten. Dann hielten auch sie inne.

»Die Steuerungseinheiten gehorchen den Befehlen nicht. Es

scheint so, als hätte sie jemand außerhalb von THORP unter Kontrolle. Die Anlage muss evakuiert werden.«

*

Die Stärke der Ermittlungsgruppe des SIS war nach dem ersten Anschlag auf Sellafield von achtzehn auf fünfunddreißig Personen erhöht worden. Auf der Lagetafel im Beratungsraum der siebenten Etage konnte man den Brief der Terroristen im Wortlaut lesen.

Wir haben die speicherprogrammierbare Steuerung der Kühlung sowohl der Lagerbecken des THORP-Gebäudes in Sellafield (B570) als auch des Lagers für hochradioaktiven Atommüll (B215) unter unsere Kontrolle gebracht. Den Beweis dafür haben wir geliefert, indem wir die Temperatur des Hauptlagerbeckens in THORP für eine Stunde um vier Grad erhöht haben. Gegebenenfalls können wir auch zahlreiche weitere Teile der Datensysteme in Sellafield sowie der Überwachungs- und Sicherheitsprogramme, die allesamt von entscheidender Bedeutung sind, unter unsere Kontrolle bringen. Es steht in unserer Macht, in Sellafield einen Unfall auszulösen, in dessen Folge eine beispiellose Dosis radioaktiver Strahlung in die Luft gelangen würde.

Wir fordern von der BNFL und den britischen Sicherheitsbehörden Folgendes: Morgen am 15. August 20:00 Uhr UTC (Coordinated Universal Time) treffen in Sellafield am Eingang Calder Gate zwei Spezialfahrzeuge vom Typ Seddon Atkinson ein. Es ist dafür zu sorgen, dass sie sich ungehindert auf dem Gelände von Sellafield bewegen dürfen und durch die Besatzung mit den von ihr gewünschten Materialien aus den Lagerbereichen B215 und B211 beladen werden können. Die Spezialfahrzeuge verlassen das Gelände durch das Tor Calder Gate. Die britischen Behörden stellen sicher, dass uns das Hafenterminal der Pacific Nuclear Transport Ltd. (PNTL) in Barrow-in-Furness mitsamt seinen Hafenkränen und anderen Anlagen zur Verfügung steht. Wir teilen den Namen des Schiffes, das wir einsetzen, zwei Stunden vor seinem Eintreffen im Hafen mit. Es ist zu gewährleisten, dass unser Schiff den Hafen gegen 22:00 Uhr (UTC) verlassen und ungestört navigieren kann, um internationale Gewässer zu erreichen. Der sonstige Schiffsverkehr im Hafenbereich und in einer Zone von zehn Seemeilen rund um das Schiff muss verboten werden, und niemand darf dem Schiff folgen, das mit Radar und Echolot ausgestattet ist. Detailliertere praktische Anweisungen werden im Laufe des morgigen Tages übermittelt.

Wir werden die oben angeführten Kühlsysteme für die Dauer unserer Operation ausschalten, beginnend morgen, am 15. August, um 15:00 Uhr (UTC). Sofern man unsere Forderungen erfüllt, werden wir die Systeme von Sellafield morgen um 23:59 Uhr (UTC) wieder in den Normalzustand zurückführen.

Sie können uns Ihre Entscheidung auf der Seite des Facebook-Nutzers FLUCHTGESCHWINDIGKEIT mitteilen.

Clive Grover hatte die Nachricht als erster durchgelesen: »Fluchtgeschwindigkeit?«

Der Leiter der Abteilung Unterstützungsprozesse des SIS hatte die Antwort parat. »Nach der Definition im Lexikon ist die Fluchtgeschwindigkeit die kleinste Geschwindigkeit, die nötig ist, damit sich ein Körper aus dem Gravitationsfeld eines anderen Körpers entfernen kann, falls es keine Reibung oder andere der Bewegung entgegenwirkende Kräfte gibt.«

Betha Gilmartin gab sich große Mühe, ruhig zu bleiben und ihren Puls im Zaum zu halten. »Innerhalb von drei Tagen zwei Anschläge auf ein Objekt, das eines der bestbewachten sein müsste. Verflucht noch mal, was ist hier im Gange?«

»Die Datensysteme von Sellafield werden derzeit von hunderten Fachleuten überprüft. Man wird es auf jeden Fall schaffen, dass die Ersatzsysteme funktionieren, aber erst müssen die Systeme der THORP-Einheit manuell geschlossen und von der Außenwelt isoliert werden«, erwiderte der Leiter der technischen Abteilung des SIS.

»Handelt es sich um dieselbe Gruppe, die den Bombenanschlag vorgestern verübt hat?«, fragte Betha Gilmartin und wartete die Antwort nicht ab. »War die Explosion dieses Lasters ein Versehen oder hatten sie die Absicht, in Sellafield etwas zu stehlen wie im Kernkraftwerk Marcoule in Frankreich?«

»Plutonium ist es, was sie wollen«, antwortete Grover. »Selbst ein kleiner Teil des Plutoniums in Sellafield würde ausreichen, um ein gewaltiges Kernwaffenarsenal herzustellen, von ›schmutzigen‹ Bomben ganz zu schweigen. Darum geht es.«

»Haben wir keine neuen Informationen über die Explosion des Lastkraftwagens?«, wetterte Betha Gilmartin.

»Der MI5 hat herausgefunden, dass im Zwischenboden des Wagens Azetonperoxid versteckt war, der Lieblingssprengstoff von Terroristen, er wurde auch bei den Anschlägen in London im Sommer 2005 verwendet. Der Lastkraftwagen wurde mit einem Fernzünder in die Luft gejagt«, erklärte der Leiter der technischen Abteilung.

»Der MI5 hat auch etwas im Background des toten Verantwortlichen für die Lagerung gefunden«, ergänzte ihn der für die Sicherheit des Datenverkehrs zuständige Leiter. »Auf das Konto der Ehefrau von Andrew Snow waren kürzlich zwanzigtausend Pfund eingezahlt worden, das ist mehr, als die Frau im Jahr verdient. Snows Frau hat ausgepackt, als zwei Mitarbeiter des MI5 sie zum Verhör holten. Das Geld gehörte ihrem Mann.«

»Das freut mich für den MI5, aber was haben wir denn zustande gebracht? Ihr Trantüten werdet doch wohl nicht behaupten wollen, dass irgendein Abteilungsleiter aus Beckermet diese Anschläge geplant hat. Wer …«

»Zwischen den Anschlägen in Marcoule und Sellafield könnte es eine Verbindung geben.« Clive Grover unterbrach seine Vorgesetzte, die zu sehr in Rage geraten war.

»Nach Ansicht unserer Experten und der von der französischen DCRI ist der Cracker, der in das Sicherheits- und Alarmsystem von Marcoule eingedrungen ist, wahrscheinlich derselbe, der die … Steuerung der THORP-Anlage in Sellafield gekapert hat.«

»Wie können die das wissen?«, fragte Betha Gilmartin voller Interesse.

Der Verantwortliche für die Sicherheit des Datenverkehrs räusperte sich: »Jeder Cracker hat seine eigene Arbeitsweise und Methode, seinen Modus Operandi, genau wie herkömmliche Straftäter. Sie verwenden oft ähnliche Mittel beim Einbruch in Systeme, von ihnen selbst entwickelte Würmer, Hintertüren, Trojaner oder …«

Plötzlich verzog Betha Gilmartin das Gesicht und ächzte, als sie einen schneidenden Schmerz in der Herzgegend spürte, auf dem Pulsmesser blinkten die Zahlen 136, sie musste den Kopf auf die Knie legen und tief durchatmen. Dann stellte sie sich vor, dass ihr Körper aus Luftballons bestand. Sie öffnete die Ventile an den Beinen, die Luft strömte hinaus, bis die Beine leer waren, nun das Ventil an der Brust, das am Kopf …

Als sich die Wirkung der Entspannungsübung einstellte, richtete sie sich auf. »Wir brauchen unbedingt Ergebnisse. Geht alles durch, was über die Anschläge in Marcoule und Sellafield bekannt ist, der Leiter der Ermittlungsgruppe, Clive Grover, wird euch von einer möglichen Verbindung dieser Anschläge mit der Raketenkrise vom vergangenen Jahr berichten und euch detaillierte Aufträge erteilen«, sagte Betha Gilmartin mit schmerzverzerrtem Gesicht und verließ im Kreuzfeuer neugieriger Blicke langsam den Beratungsraum. Am liebsten hätte sie sich selbst ans Bein getreten, musste sie denn auch noch Anlass für Klatsch und Tratsch liefern, und das gerade jetzt, wo die Auseinandersetzung um die Auswahl eines neuen SIS-Chefs auf Hochtouren lief.

Wenig später betrat Betha Gilmartin ihr Büro, zerrte den Saum ihrer Bluse aus dem Rock heraus und riss den Klettverschluss des Stützkorsetts auf. Sie sank in ihren Sessel und holte tief Luft. Dass es eine Verbindung zwischen den Anschlägen von Marcoule und Sellafield gab, hatte sie ausgesprochen überrascht, das musste sie sich eingestehen. Mundus Novus hatte erst in Marcoule Material für »schmutzige« Bomben gestohlen und dann zweimal in einem der weltweit größten Plutoniumlager zugeschlagen. Da wurde selbst dem Dümmsten klar, dass etwas Großes im Gange war, etwas noch Größeres als die Marschflugkörper, die Mundus Novus letztes Jahr hatte bauen lassen. Damals war es der internationalen Gemeinschaft der Nachrichtendienste nicht gelungen, den Raketenanschlag des Sudan und seiner Verbündeten auf das UN-Hauptquartier in Kenia zu verhindern, doch diesmal konnte man sich einen Misserfolg einfach nicht leisten: Ein Unglück in Sellafield würde schlimmstenfalls Millionen Menschen töten, und das Eingehen auf die Forderungen der Terroristen auch.

Seit Jahren hatte sich Betha Gilmartin nicht solche ernsten Sorgen um ihren Gesundheitszustand gemacht, oder genauer gesagt um ihre Pumpe, und die nächsten Tage würden die anstrengendsten ihrer ganzen Laufbahn werden. Sie hatte die Nase voll und fühlte sich müde, merkwürdigerweise sah sie den Garten ihres Sommerhauses in Torquay vor sich. Als sie jünger war, hatte sie sich nicht im Geringsten für Blumen oder Gartenarbeit interessiert, doch nachdem sie jahrelang erlebt hatte, wie Albert seine Rosen liebte, verstand auch sie allmählich die meditative Dimension der Gartenpflege, einer stillen Arbeit, die mit einer kurzzeitigen Blüte und schnellem Verwelken belohnt wurde. Triebe, Blüte, Verwelken, Tod. Jedes Jahr, immer wieder von neuem.

Betha Gilmartin bemerkte auf ihrem Schreibtisch aktuelle Berichte über Mundus Novus und wollte sie durchlesen, bevor sie die Informationen mit ihren Kollegen teilte.

Das Ergebnis der Zusammenfassung zu Andrej Rostow, der Sabrina Pianini gemeinsam mit Manas in Barga besucht hatte, war gleich null. Die Analytiker der Russland-Abteilung hatten über Rostow nichts herausgefunden, und in den Aufzeichnungen der Überwachungskameras aller Flughäfen in Norditalien fand sich kein einziges Bild von Manas, weder von ihm allein noch mit seinem Begleiter. Sie wussten von Dr. Rostow weiterhin nur das, was die verstorbene Haushälterin Sabrina Pianinis berichtet hatte. Leitete Andrej Rostow tatsächlich irgendeine Art Forschungsinstitut, arbeitete Rostow für Mundus Novus so wie Manas? Ihr Instinkt sagte ihr, dass es den SIS beim Versuch, das Ziel von Mundus Novus zu erkennen, einen großen Schritt voranbringen würde, wenn man Rostow finden und verhören könnte.

Betha Gilmartin warf die Zusammenfassung auf den Schreibtisch und griff nach der nächsten Mappe. Sie enthielt einen Bericht über den Trust namens Kivijalka und die Firma Severnaja, Personenprofile zu Eero Palomaa und Marat »Ratte« Krylow sowie einen brandneuen Rapport über die Zusammenarbeit von Bogdan Bojanić und Dimitri Arbuzow. Anscheinend hatte Leo wie gewohnt gute Arbeit geleistet, alles, was der Junge in Wien herausgefunden hatte, war hieb- und stichfest: Sowohl Severnaja als auch Kivijalka hatten nach den Daten des Zahlungsverkehrs ständig mit Viktor Hofman zusammengearbeitet. Also mit Mundus Novus. Und jetzt untersuchte Leo Kara die Angelegenheiten von Mundus Novus zweifellos auf seine Art, so rücksichtsvoll wie jemand, der Zäune einriss.

Gilbert Birou musste Kara schon eher aus Finnland abkommandieren, nicht erst am Montag, beschloss Betha Gilmartin.

*

Für Gilbert Birou hätte der Tag nicht besser beginnen können. Als er morgens halb sechs mit einer Erektion aufgewacht war, konnte er den Duft von Valeri und Mathilde noch auf seiner Haut spüren. Er war früh mit der ersten Maschine nach Wien geflogen, hatte im Café »Daniel Moser« sein Frühstück genossen und legte nun gerade den handgefertigten Montecristi-Panamahut von Brent Black auf die Garderobe in seinem Büro. Birou wischte ein paar Fussel vom Ärmel seines Sommeranzugs, rückte die Krawatte zurecht, setzte die Brille mit Goldgestell auf und schob seine Armbanduhr, eine Patek Philippe Gondola, in die richtige Position. Zum Schluss strich er über seine Schläfenhaare, setzte sich hin und griff nach dem obersten Brief des Stapels mit der Post, die nicht aus dem Haus kam. Manchmal musste man schließlich auch arbeiten.

Eine Zusammenfassung der Reden auf der Interpol-Konferenz über Produktfälschungen, eine Einladung zur Vernissage einer Edvard-Munch-Ausstellung im Leopold-Museum, ein Brief ohne Absender oder Logo irgendeiner Firma oder Organisation … solche Post bekam er äußerst selten. Er schnitt den Umschlag mit dem Brieföffner auf und holte einen Stapel … Fotos heraus.

Gilbert Birous Welt stürzte innerhalb von Bruchteilen einer Sekunde ein, noch bevor die Fotos, die ihm aus der Hand fielen, auf dem Schreibtisch landeten. Er, oder besser Mathilde, und Valeri aufgenommen aus allen möglichen Perspektiven. Er, gekleidet als Mathilde, und Valeri in den Schulsachen eines kleinen Jungen … Birou griff mit zitternden Händen nach den Fotos. Das hier war nicht bei dem gestrigen Treffen fotografiert worden, und das auch nicht, jemand hatte seine Spiele schon seit Monaten ausspioniert. Gilbert Birou ging auf die Toilette seines Büros, beugte sich über das Klobecken und versuchte sich zu übergeben. Das Schlimmste war eingetreten, man hatte ihn erwischt und wollte ihn nun erpressen. Er stürzte zurück an den Schreibtisch – wo war die Forderung oder Drohung, der Brief musste auch noch etwas anderes enthalten als die Fotos, was wollten sie von ihm …

Die ausgedruckte Nachricht fand sich unter dem Stapel Fotos.

»Rufen Sie die Nummer +420 739 774 709 an.«

Birou musste an einen Novembersonntag mit besonders eisigem Wind denken. Damals war sein Vater mit ihm auf die Spitze des fünfundsechzig Meter hohen Eckmühl-Leuchtturms in seinem Heimatort gestiegen und hatte ihn gezwungen, sich über das Geländer zu lehnen. Zwar hatte Vater ihn am Gürtel festgehalten, aber er war sicher gewesen, dass er ihn loslassen würde. Er hatte sich vorgestellt, wie er ins Schwanken geraten und über das Geländer kippen und dann einen Moment in der Luft schweben würde, bis er schließlich hinabstürzte, immer schneller wurde und ... Der Augenblick, den er gerade erlebte, kam ihm fast genauso vor. Mit dem Unterschied, dass er sich das jetzt nicht nur vorstellte, die Fotos logen nicht, jemand wollte ihn erpressen. Und dieser Jemand würde garantiert loslassen und ihn abstürzen lassen, wenn er nicht tat, was man ihm befahl.

Er wählte die Nummer auf dem Zettel, hörte ein Hallo und sagte seinen Namen.

»Wir wissen, dass Sie die Dienste Valeris schon seit einem Jahr in Anspruch nehmen, sämtliche Treffen wurden fotografiert. Das gilt für all Ihre Besuche in dem Bordell am Place Vendôme. Der Generaldirektor des UNODC ist ein so wertvoller Fang, dass wir abgewartet haben, bis sich wirklich Bedarf ergab, Ihre Beziehungen auszunutzen.«

Die monotone Stimme des englisch sprechenden Mannes hörte sich fast so an, als käme sie vom Band. »Was wollen Sie?«, fragte Birou, obwohl er die Antwort gar nicht hören wollte.

»Sie müssen sicherstellen, dass Ihr Assistent, der die Zusammenarbeit von Bogdan Bojanić und Dimitri Arbuzow untersucht, in Helsinki nichts findet. Und wenn er möglicherweise etwas in Erfahrung bringt, dann gewährleisten Sie, dass durch diese Informationen niemandem Nachteile entstehen. Sie ...«

»Ich kann meinen Mitarbeiter sofort aus Finnland zurückbeordern«, sagte Birou erfreut. So leicht käme er davon? Ging es gar nicht um Geld?

»Nein. Wenn Ermittlungen des UNODC plötzlich abgebrochen werden, würde das bei den anderen Behörden, die sich mit

Bojanić und Arbuzow beschäftigen, nur auffallen und Fragen aufkommen lassen. Sie bringen uns mehr Nutzen, wenn Sie uns Informationen übermitteln, wir wollen alles erfahren, was über die Aktivitäten des Menschenhändlerringes herausgefunden wird. Ihre zweite Aufgabe besteht darin, uns über die Ermittlungen zu den Anschlägen in Marcoule und Sellafield zu berichten. Nehmen Sie Verbindung zu Interpol und allen anderen Behörden auf, zu denen Sie Beziehungen haben. Bringen Sie bei Ihren Kollegen möglichst viel in Erfahrung, nutzen Sie all Ihre Kontakte. Tun Sie alles, was Sie können, und am Schluss entscheiden wir, ob das genug war.«

»Ich brauche Zeit.« Birou war nahe daran, in Tränen auszubrechen.

»Ihre erste Zusammenfassung übermitteln Sie morgen früh«, sagte der Mann mit der eintönigen Stimme.

»Vernichten Sie die Fotos, wenn …«, erwiderte Birou, doch das Gespräch war schon beendet. Die Antwort kannte er ohnehin: In der digitalen Ära waren Fotos genauso unsterblich wie Gerüchte. Er würde den Erpressern bis ans Ende seiner Tage ausgeliefert sein, selbst wenn er alles tat, was sie verlangten.

Birou trat an die Fenster seines Büros in der dreizehnten Etage und schaute auf einen Mann, der den Verbindungsgang zum Haus D entlangrannte, und auf die Menschen, die draußen an den Tischen der Restaurants saßen. Er bereute nichts. Schon vor Jahren hätte er auf die Stunden als Mathilde verzichtet, wenn er nur dazu imstande gewesen wäre, aber wer verzichtete schon freiwillig auf die einzigen Glücksmomente in seinem Leben? Es war in gewissem Sinne nur natürlich, dass alles so zu Ende gehen würde, wie es begonnen hatte, mit einer kalten und herzlosen Tat gegenüber Mathilde. Im Jahr 1969 hatte sein Vater von dem unzertrennlichen Verhältnis zwischen Sohn und Mutter genug gehabt. Er renovierte das alte Gartenhaus und befahl Mutter, dort einzuziehen. Damit war das Leben seiner Mutter gleichsam zu

Ende gewesen, sie zog sich in sich selbst zurück, wurde krank und schwand langsam dahin.

Das Telefon klingelte und unterbrach seine Gedankengänge.

»Die Lage hat sich geändert. Du musst Kara schon heute aus Helsinki abziehen«, sagte Betha Gilmartin.

13

Samstag, 14. August

Eine Fliege landete auf dem Nachttisch, summte auf der Bettdecke herum, flog weiter und stieß gegen die Scheibe des Schlafzimmerfensters. Kati Soisalo wachte auf und hörte Leo Kara schwer atmen. Ihr fiel ein, was letzten Abend geschehen war, und sie wusste nicht, ob sie weinen oder lachen sollte. Das kam vom Wein. Alles war schlagartig passiert, ungeplant und unbeabsichtigt. Sie und Kara und Sex; und der Mann war im Bett wirklich alles andere als eine träge Flunder. Dann dachte sie daran, was Kara von seiner Schwester erzählt hatte, und sie spürte schmerzhafte Sehnsucht. Würde Vilma nun mit sechs Jahren immer noch nachts zu ihr unter die Decke kriechen? Sie konnte sich nicht einmal mehr richtig erinnern, wie Vilma geduftet hatte, wenn sie sich an ihre Schulter kuschelte.

»Wie hast du dir die Hand verletzt?«, fragte Kara so überraschend, dass Kati Soisalo zusammenzuckte.

»Ich dachte, du schläfst.«

»Das würde ich gern, wenn ich es könnte. Heute Nacht habe ich aber wenigstens keine Alpträume gehabt.«

Kati Soisalo rieb sich das Handgelenk und schob die Hand unter die Decke, um sie zu verstecken, dabei berührte sie Karas steifes Glied. Sie lächelte. Nach kurzem Überlegen zog sie die Hand heraus und zeigte Kara eine fünf Zentimeter lange Narbe. »Es dürfte nicht schwer sein, zu erraten, was passiert ist, wenn jemand, der nervlich ein Wrack ist, so etwas an der Pulsader hat.«

»Dann haben wir beide Narben«, sagte Kara und zeigte seine Narbe am Haaransatz.

»Wie bist du zu der gekommen?«

»Eine Schusswunde. Die stammt aus ... den Tagen in London, von denen ich gestern erzählt habe. Das ist alles, was ich darüber weiß, und auch das habe ich erst vom Arzt eine Woche danach erfahren. Durch die Kugel kam es zu einer Verletzung des Frontallappens, und das führte zu einer Persönlichkeitsveränderung.«

Sie lagen eine Weile schweigend da, dann ging Kati Soisalo ins Bad, duschte, zog den Bademantel an und kehrte ins Schlafzimmer zurück. Das Bett war leer. Im Wohnzimmer stellte sie zu ihrer Überraschung fest, dass Karas Schuhe verschwunden waren und seine abgenutzte Ledertasche auch. Eine merkwürdige Art des Abgangs, an seinen Manieren musste Kara, vorsichtig ausgedrückt, noch arbeiten.

Kati Soisalo kochte Kaffee, strich Marmelade aus schwarzen Johannisbeeren auf eine Scheibe Toast und erinnerte sich schmerzhaft deutlich, wie Vilma morgens oft einen Stuhl zum Toaster gezerrt hatte, um bei der Zubereitung des Frühstücks mitzuhelfen. Butter, Apfelmarmelade, Hüttenkäse und Käse – Vilma hatte alles aufgezählt, was sie auf ihr halbes, aufgebackenes Brötchen haben wollte.

Nach dem Frühstück öffnete Kati Soisalo ihren Laptop auf dem Küchentisch. Marat Krylows Firma Severnaja vertrat in Finnland Landmaschinen von Agromasch. Ihre Verkaufsstellen befanden sich in Bollsta in der Kommune Raasepori, in Ylämaa und in Säyrylä bei Jämsä. Die Orte waren so klein, dass sie auf einer Karte im Internet nach ihnen suchen musste. Bollsta lag am nächsten, von Herttoniemi waren es vierundneunzig Kilometer.

Anderthalb Stunden später fuhr Kati Soisalo in der ehemaligen Gemeinde Pohja, die heute zu Raasepori gehörte, die Lövdalintie entlang und fragte sich verwundert, warum das Gebäude für den Weiterverkauf der Landmaschinen von Agromasch an einem Sandweg in einer abgelegenen Gegend von West-Uusimaa lag. Am Ziel angekommen, parkte sie ihren Wagen auf dem Hof einer roten Fabrikhalle, stieg aus und schaute sich im warmen Nieselregen um. Der Hof war leer, und an dem Gebäude waren weder die Bezeichnung Agromasch noch der Name von Severnaja zu lesen.

Die riesigen Schiebetüren der hohen Halle hatten keine Fenster, wohl aber die Giebelwand des Gebäudes. Dort befand sich auch eine normale Tür, die musste in die Büroräume führen. Kati Soisalo klopfte, zerrte an der Klinke, wartete und schlug dann mit der Faust an die Tür. Nichts. Sie drückte ihr Gesicht an eine Scheibe: ein Tisch, ein Stuhl und ein Schrank, und der war halb leer. Sie ging um das Gebäude herum, ohne andere Fenster oder Türen zu finden. Nachdem sie einen Augenblick die Alternativen abgewogen hatte, ergriff sie ein Brett, das an der Wand lehnte, trat vor das Bürofenster, schützte ihr Gesicht und holte aus. Dann stieß sie die scharfen Glassplitter hinein, die noch im Rahmen steckten, und kletterte in das Büro. In allen Schubfächern herrschte gähnende Leere, und die einzige Werbebroschüre im ganzen Regal mit Bildern von Landmaschinen war russischsprachig.

Die Tür zur Halle öffnete sich knarrend. Kati Soisalo tastete nach dem Lichtschalter, die Leuchtröhren knackten und gingen langsam an. Leer – in der ganzen Halle war nicht eine einzige Maschine zu sehen. Es stank nicht mal nach Benzin, es fanden sich keine Ölflecken oder Reifen, es gab keinerlei Hinweise auf Landmaschinen. An einer Wand war etwas aufgestapelt. Kati Soisalo ging näher heran: Schaumstoffmatratzen. Schmutzige, stinkende Matratzen! Jetzt fügten sich die Puzzleteile ganz von allein zu einem Bild zusammen. Arbuzow hatte die Halle als Menschenlager gemietet, hier wurden die Mädchen gefangen gehalten, die man durch Finnland hindurch in andere Teile Nordeuropas transportierte. Endlich hatte sie wenigstens eine Art Beweis dafür entdeckt, dass sie auf der richtigen Spur war. Ihr Herz hämmerte, als sie langsam, den Blick auf den Boden geheftet, durch die Halle lief, vielleicht entdeckte sie etwas, Abfall, ein Kleidungsstück, irgendetwas.

Vilmas Schicksal ging ihr durch den Kopf und zerriss ihr fast das Herz, obwohl sie mit aller Kraft versuchte, gerade jetzt nicht an ihre Tochter zu denken. Die Kinder, die hier übernachtet hatten, waren behandelt worden wie Vieh. Unschuldige junge Menschen, die niemandem etwas Böses zuleide getan hatten! Wie brachten es diese Bestien nur fertig, so etwas zu tun? Manchmal verachtete sie die ganze Menschheit. Weltweit lebten derzeit fast dreißig Millionen Menschen als Sklaven, mehr als man während der ganzen Zeit, in der Sklavenhandel legal war, aus Afrika entführt hatte, mehr als jemals zuvor in der Geschichte. Heutzutage konnte man einen Sklaven im Durchschnitt für hundert Euro kaufen, ein Mensch war billiger als ein gutes Handy.

Plötzlich erblickte sie ein Stück Papier, das unter der Fußbodenleiste eingeklemmt war. Sie öffnete den zusammengefalteten Zettel vorsichtig, er sah wie eine Quittung aus, die Buchstaben waren lateinisch, aber die Sprache osteuropäisch – *Informace pro cestující.* Sie würde den Zettel mitnehmen, Paranoid musste herausfinden, was er bedeutete, mit etwas Glück half ihnen der Text womöglich weiter. Inzwischen würde sie nach Ylämaa fahren; wenn auch in der zweiten Agromasch-Verkaufsstelle gähnende Leere herrschte, gab es keinen Zweifel mehr, dass Marat Krylow Dimitri Arbuzow half, Menschen durch Finnland hindurch in andere europäische Länder zu schmuggeln.

Der Smart-Motor mit seinen einundsechzig PS lief den ganzen Weg von Karjaa nach Helsinki auf vollen Touren, Kati Soisalo kümmerte sich nicht um Blitzer, der Tacho zeigte hundertzehn an, schneller fuhr das Zwergauto nicht. In der Punavuorenkatu parkte sie ihren Wagen vor dem Haus, in dem Paranoid wohnte. Auf dem Fußweg drehte sie sich um, als sie Schritte hörte, die rasch näherkamen. Sie sah gerade noch ein schwarzes Tuch vor ihrem Gesicht, dann wurde es um sie herum dunkel und der glitschige Stoff drang in ihren Mund, als sie nach Luft schnappte. Sie trat um sich, wäre fast gestürzt und wollte den Angreifer zu fassen kriegen, aber blind konnte man nicht kämpfen. Jemand riss ihr die Hände auf den Rücken und fesselte sie, das alles geschah innerhalb weniger Sekunden. Kati Soisalo kam erst auf die Idee, um Hilfe zu rufen, als jemand sie im Genick packte, nach vorn beugte und in ein Auto stieß. Sie lag im Fußraum des Rücksitzes und spürte, dass etwas mit viel Kraft auf ihren Rücken drückte. Es gelang ihr nicht mehr zu schreien, selbst das Atmen tat weh.

»Versuchen wir dieses Treffen möglichst kurz zu halten«, sagte ein freundlich klingender Mann auf Englisch mit russischem Akzent. »Sie suchen Ihre Tochter, und wir wissen, wo sie ist.«

Die Freude verdrängte die Angst für einen Augenblick. Es stimmte also doch. Vilma war am Leben. »Wo ist meine Tochter?«

»Das erfahren Sie nicht. Bestimmte … Dinge lassen sich nicht rückgängig machen. Aber Sie können sicherstellen, dass Ihre Tochter nicht umgebracht wird. Hören Sie sofort auf, nach ihr zu suchen.«

Das Auto hielt an, Kati Soisalo wurde an den Füßen hinausgezogen und fiel auf den Asphalt, sie zerschrammte sich den Arm und hörte, wie der Wagen mit aufheulendem Motor wegfuhr. Ihre Hände waren immer noch auf dem Rücken gefesselt und ihr Gesicht bedeckt. Es dauerte eine Weile, ehe sie ihre Hände über das Hinterteil bis zu den Kniekehlen geschoben hatte, sie musste sich die Schuhe herunterstoßen, erst dann rutschten die Hände über die Fußsohlen nach vorn, nun konnte sie die Fesseln durchbeißen. Es schmeckte nach Plastik, und die Eckzähne taten weh, aber allmählich zerbrach die Fessel. Als sie schließlich ganz zerriss, zog sich Kati Soisalo die Kapuze vom Kopf und holte tief Luft. Ein Kabelbinder und ein Kissenbezug aus schwarzem Satin. Sie stand am nördlichen Ende des Kaivopuisto-Parks. Und zu ihren Füßen lag ein Briefumschlag.

Kati Soisalo öffnete ihn und zog ein Foto heraus. Die Tränen kamen ihr sofort, als sie ihre Tochter erblickte, sie sah Vilma nur verschwommen, so sehr sie sich auch die Augen wischte. Ihr

Haar wirkte nun ein bisschen dunkler. Ach, wie war das Mädchen gewachsen. Die Wangen waren nicht mehr so rund, die strahlend weißen Zähne schimmerten zwischen den lächelnden Lippen. Am unteren Rand war das Datum aufgedruckt, das Bild stammte aus diesem Sommer. Vilma sah ganz genauso aus wie sie als Kind. Endlich wusste sie mit Sicherheit, dass es Vilma gutging; instinktiv hatte sie das immer gewusst, aber die aussichtslose Suche über drei lange Jahre hatte dazu geführt, dass auch Zweifel aufkamen.

Und nun, als sie endlich die Gewissheit erlangt hatte, dass Vilma lebte, sollte sie darauf verzichten, nach ihr zu suchen.

*

Der Sattelzug vom Typ Scania R 500 passierte die Ortschaft Ylämaa in Südostfinnland und verließ die Landstraße 3864 in Richtung des Sees Metjärvi. Die Landschaft sah aus wie auf einer Ansichtskarte. Das Fahrzeug war vor einer knappen halben Stunde dreißig Kilometer entfernt an der vielbefahrenen Grenzübergangsstelle Vaalimaa aus Russland gekommen.

Als sie sich dem von Severnaja gemieteten Fabrikgebäude näherten, nahm Marat »Ratte« Krylow auf dem Beifahrersitz die Füße vom Armaturenbrett herunter. Es wunderte ihn, dass er bei so einer Fahrt immer noch nervös war, schließlich hatte er die Kontrollen an der Grenze zwischen Finnland und Russland schon Dutzende Male überstanden, obwohl im Fahrzeug sowohl menschliches Vieh als auch Drogen versteckt waren. Derjenige, der für die Bestechung der Grenzposten und Zollbeamten verantwortlich war, leistete ausgezeichnete Arbeit.

Der Sattelzug hielt vor der roten, aus Holz errichteten Maschinenhalle an, und Krylow sprang hinaus, um die großen Schiebetore zu öffnen. Es tat gut, sich die Beine zu vertreten, sie waren in den letzten drei Tagen von Kiew über Minsk, Vilnius, Riga, Tallinn und St. Petersburg bis Ylämaa gefahren, zweitausend Kilometer und jede Menge Grenzübergänge. Hoffentlich war die Fracht nicht verdorben.

Der Scania fuhr in die Halle, und die Tore wurden geschlossen. Krylow und der Fahrer öffneten die Türen des halbleeren Hängers und schoben Kisten mit Landmaschinenteilen und Zubehör beiseite, bis sie an die Bretterwand des an der Stirnseite eingebauten Verstecks herankamen.

Krylow ächzte, als ihm der Fäkaliengestank ins Gesicht schlug.

»Ein Kadaver. Das Herz hat wohl die Spritzen nicht vertragen«, sagte ein blasser Mann auf Russisch beim Verlassen des Verstecks, in dem er die Handelsware bewacht hatte.

»Von denen ist immer eine krank oder einfach nur schwach. Und wir sind keine Ärzte, wenn jemand die Fahrt nicht durchsteht, dann ist er selber schuld. Begrab sie an derselben Stelle wie die anderen«, befahl Krylow und trat zur Seite, als das erste völlig verdreckte Mädchen angstvoll in der Tür des Verstecks erschien und die Augen zusammenkniff. Der Wille und der Widerstand der jungen Menschen wurden gebrochen, zum einen durch Gewalt und zum anderen, indem sie drogenabhängig gemacht wurden. Dabei musste man sehr genau aufpassen, Verletzungen, Überdosierungen und Selbstmorde durften nicht vorkommen.

Krylow zerrte das Mädchen am Arm heraus und trieb auch die anderen lautstark zur Eile an, obwohl er wusste, dass sie kein Wort verstanden. Die begriffen aber trotzdem, worum es ging. Er wusste nicht einmal, in welchen Ländern man die Ware diesmal aufgetrieben hatte, am häufigsten wurde sie in Rumänien, Bulgarien, Albanien, Mazedonien, in der Ukraine und unter den Flüchtlingen auf dem Balkan beschafft. Dort, wo die Bedingungen so erbärmlich waren, dass die Menschen um jeden Preis wegwollten, und wo Geld so dringend benötigt wurde, dass man sogar bereit war, Menschen zu verkaufen. Kaufen war einfacher als entführen. In Südostasien, Afrika und Lateinamerika konnte man Kinder noch mühelos direkt von den Verwandten kaufen, in Europa war die Beschaffung von Ware komplizierter geworden, zugleich aber auch einträglicher.

Die hier durften glücklich sein, dass sie in Finnland gelandet waren. Hier musste man unauffällig vorgehen, es kam also nicht in Frage, die Mädchen in Baustellenbaracken einzuschließen, die dann täglich Tausende Männer besuchten. In Paris und anderen Metropolen war das möglich. Das galt auch für den Handel mit Minderjährigen. In Großstädten konnte der Preis einer erstklassigen Jungfrau bei Versteigerungen auf mehrere zehntausend Euro klettern.

Als auch das letzte übelriechende Mädchen den Auflieger verlassen hatte, entfernte Krylow eines der Bodenbretter und holte zwei große Stoffbeutel heraus. Er wusste nicht, was für Drogen sie diesmal enthielten, und er brauchte es auch gar nicht zu wissen, für die Herstellung und Verpackung der Drogen waren die Helfer von Arbuzow in St. Petersburg zuständig und für ihre Verteilung der finnische Polizeidirektor.

Krylow trug die Beutel zur Tür des Büros und kehrte in die Halle zurück, wo die Jugendlichen in einer Reihe an der Wand standen. Ein abstoßender Anblick, die Ware sah erbärmlich aus, aber eine Dusche und zwei, drei gute Mahlzeiten würden zumindest bei denen, die nicht von Geburt an hässlich waren, Wunder bewirken. Es war Zeit für das Roulette.

Er trat vor das erste Mädchen und drückte ihr grob den Mund auf, um den Zustand der Zähne zu beurteilen. Dann prüfte er die Brüste, drehte sie kurz herum, um den Hintern zu begutachten, und fragte in fünf verschiedenen Sprachen, mehr oder weniger richtig ausgesprochen, nach dem Alter. *»Возраст, age, vek, eră, moshë.«*

Das Mädchen antwortete in einer Sprache, die Krylow nicht verstand, er musste ihr zeigen, wie man mit den Fingern zählt. Das Fräulein war achtzehn Jahre alt, das bestmögliche Alter, legales Fleisch für jeden Verwendungszweck.

Krylow überprüfte alle dreizehn, zehn Mädchen und drei Jungen, und verteilte sie, die einen kamen in Bordelle, die anderen würden verkauft. Dann befahl er dem Fahrer und dem Wächter, der seine Arbeit als Totengräber erledigt hatte, die Ware in die beiden Kleintransporter zu verladen. Aus irgendeinem Grund hatte Arbuzow angeordnet, das Fleisch diesmal sofort an seine Bestimmungsorte zu bringen. In der Regel durfte sich die Fracht erst ein paar Tage ausruhen und Kräfte sammeln, bevor sie in verschiedene Teile Finnlands, Schwedens, Norwegens, Dänemarks und der baltischen Länder weiterbefördert wurde.

Die Lieferwagen fuhren aus der Halle hinaus, die Schiebetüren wurden geschlossen, und Krylow betrat das Büro. Er zuckte zusammen, als er einen Mann sah, der mit dem Rücken zu ihm stand, erkannte ihn aber sofort an seiner Kleidung. Das war Dimitri Arbuzow. Kein anderer russischer Krimineller, den er kannte, trug ein hellrotes Bowling-Shirt, geblümte Bermudashorts und zitronenfarbene Crocs-Sandalen. Das runde Gesicht, die kurzen, fast weißen Haare und die rosige Haut ließen Arbuzow aussehen wie ein riesiges Baby.

»Dimitri!«

»Ratte!«

Die beiden begrüßten einander freudig und küssten sich auf die Wangen – links, rechts und wieder links. Dann spürte Krylow eine vierte Berührung, eine kalte. Arbuzow drückte ihm die Pistole ins Gesicht und starrte ihn lächelnd an, ihre Nasen berührten sich fast.

Krylow rammte Arbuzow mit der Stirn, griff nach der Waffe und stieß ihm das Knie in den Unterleib. Arbuzow brüllte auf und krümmte sich vor Schmerz, die Pistole fiel zu Boden, und er sackte zusammen und begrub sie unter sich. Krylow trat den am Boden liegenden Mann, der sich stöhnend auf den Rücken wälzte und den Griff der Waffe zu fassen bekam. Der Weg zur Tür des Büros war nun versperrt, also drehte sich Krylow um und stürzte in die Halle, er musste sie verlassen, bevor Arbuzow schießen konnte.

Doch diese Hoffnung war vergeblich, das wurde ihm klar, als er an der Klinke des Tores zerrte – abgeschlossen. Und er hatte keine Waffe.

Es blieb nicht viel Zeit, vielleicht schaffte er das nicht schnell genug, aber Alternativen gab es nicht.

Krylow nahm einen Benzinkanister, der an der Wand stand, schüttete Benzin unter den Tank der Zugmaschine und hörte Arbuzows unsichere Schritte. Doch das Fahrzeug bot ihm Sichtschutz, Aufschub für ein paar Sekunden.

Er legte sich auf den Bauch und sah Arbuzows Schuhe knapp zwanzig Meter entfernt auf der anderen Seite des Lastzugs. Hastig griff er sich ein Stück Stahlrohr und schlug mit dem scharfen Ende gegen den Benzintank, einmal, zweimal, gottverdammt, warum platzte das Ding nicht? Beim fünften Schlag strömte endlich stinkendes Dieselöl heraus und floss auf den Fußboden. Aber Arbuzows Schritte waren schon ganz in der Nähe zu hören.

Krylow zündete wenige Meter von der rasch größer werdenden Pfütze entfernt eine Zigarette an und warf sie im selben Augenblick in das Benzin, als Arbuzow hinter der Fahrerkabine hervorkam. Zwischen den Männern loderte ein Flammenmeer hoch wie eine Feuerwand, aber Kugeln konnte sie nicht aufhalten. Die erste schlug in der Schiebetür ein, die zweite in Krylows Hals und die dritte in seiner Brust.

Dimitri Arbuzow vergewisserte sich, dass Krylow tot war, und verließ schnell die Halle, die sich in einen Backofen verwandelte. Er schnappte sich die Drogenbeutel, rannte zu seinem Wagen, gab Gas, fuhr auf die Landstraße 3864 und wenig später auf die 387 und entspannte sich erst auf der Zufahrt zur E18 ein wenig. In anderthalb Stunden würde er in Helsinki sein.

Ein Menschenhändler bekam ab und zu Probleme, das wusste

Dimitri Arbuzow schon seit fast zehn Jahren. Es war gefährlich, Geschäfte mit einer Ware zu machen, die ihren Verkäufer anzeigen konnte. Aber das ließ sich nicht ändern, Menschenhandel war jedenfalls einträglicher als Drogenhandel: Ein Gramm Drogen ließ sich einmal für hundert Euro verkaufen, aber ein Mädchen konnte man zum gleichen Preis zehnmal pro Tag verkaufen, und das zehn Jahre lang. Kein Wunder, dass in der Welt heute jedes Jahr Millionen Menschen verkauft wurden, gemessen am Geld war der Menschenhandel weltweit die bedeutendste Form der Kriminalität geworden.

Die Ursache aller derzeitigen Probleme Arbuzows lag im Kidnapping eines kleinen Mädchens vor drei Jahren in Dubrovnik. Er kannte den Fall gut, es war eine der ersten von ihm organisierten, wichtigen Entführungen gewesen, und er hatte die Männer persönlich befragt, die diese Sache damals erledigt hatten. Ein heißer Tag, ein Kind, das allein mit seiner Mutter im Park war und genau die Anforderungen einer Bestellung erfüllte: ein dreijähriges blondes Mädchen, hübsch wie eine Puppe. Angeblich hatte es sich die Augen aus dem Kopf geweint, als seine Männer schließlich in der Nähe von Podgorica in Montenegro die Fesseln gelöst und den Knebel entfernt hatten. Die Angst des Kindes war seinen Leuten nicht im Gedächtnis geblieben, schließlich musste ja jeder in seinem Leben mal Schweres durchmachen, aber sein ohrenbetäubendes Geschrei, das stundenlang anhielt.

Dimitri Arbuzow verstand sich meisterlich darauf, geeignete Ware aufzuspüren. Das war eine Kunst. Er hatte Modelagenturen gegründet und Firmen, die Arbeitsvermittlung und Begleitservice anboten. Sie dienten ihm dazu, die Wünsche, Träume und die Lebenssituation geeigneter Opfer zu ermitteln. Auf der Grundlage der so beschafften Informationen lockte er junge Leute ins Ausland, wo ihnen ein Job als Model oder eine Heirat oder eine Lehre als Fotograf oder irgendeine andere Arbeit in Aussicht gestellt wurde. War das Opfer dann ins Zielland gebracht worden, wurde sein Pass eingezogen. Man drohte ihm, sich an seinen Angehörigen zu rächen, wenn es floh oder Schwierigkeiten machte, und zwang es so, sich zu verkaufen. Jedes der Opfer musste einen Traum haben, den es im Ausland verwirklichen wollte, und eine Familie, ein Kind oder Verwandte, mit denen man es erpressen konnte. So einfach war das.

Arbuzow hatte es geschafft, sein Geschäft so aufzubauen, dass es glänzend lief. Seine Truppe von etwa zweihundert Mann arbeitete einzig und allein für Mundus Novus. Der russische Geheimdienst FSB sorgte dafür, dass sie in Ruhe agieren konnten. Alles klappte wie geschmiert, sie verhielten sich möglichst unauffällig, seine Organisation hatte nicht einmal einen Namen.

Als bei Hamina die Autobahn begann, beschloss Arbuzow, den *Japontschik* anzurufen. Der kleine Japs Jukka Ukkola verehrte die japanische Geschichte mit einer merkwürdigen Leidenschaft. Er durfte helfen, die Probleme unter den Teppich zu kehren. Hätte er mal seine Exfrau in Schach gehalten, dann wäre dieses ganze Knäuel von Schwierigkeiten gar nicht erst entstanden.

»Hast du meine Ex getroffen?« Ukkola meldete sich am Telefon mit einer Frage.

»Ich habe es so gemacht, wie du vorgeschlagen hast, jetzt müssten wir sie im Griff haben. Dafür gibt es seit vorhin ein zusätzliches, größeres Problem. Ich wollte Krylow ... von der Bildfläche verschwinden lassen, er ist die einzige Verbindung zwischen uns und der Ware, aber die Sache ist gegen den Baum gegangen.« Arbuzow berichtete von den Ereignissen in Ylämaa, soweit er es am Telefon wagte.

Ukkola fluchte. »Der Fall landet zwangsläufig bei der KRP. Ich muss die Ermittlungen jetzt sofort übernehmen, bevor die falschen Leute in Ylämaa herumstochern. Wir machen jetzt nur mit halber Kraft weiter, bis Gras über die Sache gewachsen ist.«

Jukka Ukkola saß in seinem Büro in der ersten Etage des Gebäudes der KRP in Vantaa und lehnte sich im Schreibtischsessel zurück. Er hatte die Polizeibehörde von Süd-Karelien angerufen, um die wesentlichen Informationen über die Ereignisse in Ylämaa zu erhalten, und anschließend Kriminalinspektor Markus Virta, den untalentierten Chef der Gruppe »Organisierte Kriminalität« in der Ermittlungsabteilung der KRP, angewiesen, unverzüglich nach Ylämaa zu fahren. Die Soloeinlage von Arbuzow versuchte er möglichst zu vergessen, es war besser, diesen Mann nicht zu verärgern. Arbuzow hatte eine gewaltige Organisation hinter sich und unglaublich gute Beziehungen zu den russischen Behörden.

Ukkola bewunderte seine letzte Neuerwerbung, ein *Katana*, ein handgeschmiedetes, mit traditionellen Verfahren hergestelltes Samuraischwert im Wert von zwölftausend Euro, eine exakte Kopie der Waffe von Uesugi Kenshin. Kenshin war ein lokaler Herrscher, ein *Daimyō*, und einer der berühmtesten Soldaten und Strategen der Samurai-Periode in Japan. Ukkola empfand für ihn eine tiefe Verehrung. In der legendären vierten Schlacht von Kawanakajima 1561 wendete Kenshin erstmals eine geniale Taktik an, bei der die Soldaten der vordersten Linie von Zeit zu Zeit ihren Platz mit Kämpfern aus den hinteren Reihen tauschten. So durften sich die ermatteten Soldaten ausruhen, die Verwundeten konnten weggebracht und versorgt werden, und frisches Blut kam in die vorderste Linie.

Ihm gefiel die Einstellung Kenshins. In der Samuraiperiode war es äußerst selten, dass ein Armeebefehlshaber an den eigentlichen Kämpfen teilnahm, aber nachdem Kenshin dank seiner neuen Taktik die Oberhand über den Gegner gewonnen hatte, ritt er allein zum Zelt Takeda Shingens, des Kommandeurs der feindlichen Armee, und schlug mit dem Schwert auf ihn ein. Kenshin schaffte es zwar nicht, Shingen zu töten, bevor dessen Soldaten herbeieilten und seinen Angriff stoppten, aber das war egal,

Kenshin hatte jedenfalls bewiesen, dass es ihm nicht an Wagemut fehlte.

Die Drohung gegen Kati Soisalo war natürlich seine Idee gewesen, genau wie die Ermittlungen zu der Unterschlagung in Eini Eronens Nachlass. Künftig würde Kati keinen Ärger mehr machen, weder ihm noch dem Kabinett. Er beschloss, den Leiter dieser Ermittlungen ein bisschen auf Trab zu bringen, die Sache müsste möglichst bald beim Staatsanwalt vorliegen, das würde Kati noch mehr zu denken geben. Für seine Ex scheute er keine Mühe. Binnen kurzem würde sie demütig zu ihm zurückkehren, und der Gedanke an diesen Augenblick versetzte ihn schon jetzt in Erregung.

Ukkola nahm seine Anzugjacke vom Bügel, ging am Eckzimmer des Chefs der KRP vorbei und musste lächeln: Timo Neulamaa hatte nicht die geringste Ahnung davon, dass sein Stellvertreter sowohl am Menschenhandel als auch am Drogenschmuggel beteiligt war. Dadurch verdiente Ukkola im Monat so viel wie der Polizeirat im ganzen Jahr. Auf dem Flur kam ihm der Chef der Internen Kontrolle entgegen, grüßte nicht einmal und schaute ihn nur verächtlich an wie das, was ein Hund auf der Straße fallenlässt.

Jukka Ukkola wusste sehr wohl, was man in der KRP von ihm dachte: Da kommt er wieder, der machtgierige Spieler, dem jedes Mittel recht ist, wenn es um seinen eigenen Vorteil geht. Früher, in seiner Zeit als Abteilungsleiter, hatten Kollegen und sogar seine Vorgesetzten noch zuweilen angedeutet, dass sein Egoismus und seine ergebnisorientierten, die Gesetzesgrenzen streifenden Methoden ihn irgendwann ins Verderben führen würden. Er hatte sich natürlich um solche Sprüche nicht gekümmert. Im Gegenteil, im Laufe der Jahre hatte er das Tempo beschleunigt und war von der Grauzone zwischen Gesetz und Gesetzlosigkeit ganz in den schwarzen Bereich übergewechselt. Er hatte sich sowohl der Erpressung von Vorgesetzten, der Bestechung, Beweisfälschung, der Verführung Minderjähriger wie auch der Körperverletzung schuldig gemacht. Doch seine Drogengeschäfte mit Arbuzow waren eine ganz andere Qualität, mit internen Ermittlungen, Suspendierung und einer Gefängnisstrafe würde er hier nicht davonkommen, mit seinen Drogengeschäften betrog und benutzte er auch das Kabinett. Es ging um enorme Summen und Vertrauensmissbrauch, er wusste genau, wie das Kabinett ihn bestrafen würde, wenn man ihn dabei erwischte.

Die Holzkirche von Östersundom mit ihrem Schindeldach befand sich im östlichsten Zipfel von Helsinki, außerhalb des Berufsverkehrs brauchte man vom Gebäude der KRP bis hierher nur eine reichliche Viertelstunde. Die Vorsitzende des Kabinetts, die eine Leinenjacke trug, saß auf einer Bank und las die Abendzeitung. Im Kreise der Kabinettsmitglieder kannte man die Frau als »Fidel«, allerdings wagte niemand, diesen Namen in ihrem Beisein zu benutzen. Gerüchte besagten, dass Fidel ihren Spitznamen schon als Teenager Anfang der siebziger Jahre erhalten hatte, weil sie ein großer Bewunderer der kubanischen Revolution und Fidel Castros war und daumenstarke Zigarren rauchte.

»Sicher handelt es sich um etwas Wichtiges, da du mich so kurzfristig treffen wolltest«, sagte Fidel, ohne von der Zeitung aufzuschauen, als Ukkola sich neben sie setzte.

Jukka Ukkola hatte es in seinem Leben weit gebracht, weil er niemanden achtete und sich bei niemandem anbiederte, aber diese Frau hatte eine derart große Autorität, dass sie auch bei ihm Eindruck hinterließ. Jeder Finne kannte Fidels Verdienste. Die Frau verstand es glänzend, Schwierigkeiten zu überstehen, sie war eine Meisterin der Vernetzung und ein unvergleichlicher Profi in der Machtausübung.

»Die gute Nachricht besteht darin, dass uns Kati Soisalo jetzt nicht mehr im Wege steht. Und die schlechte Nachricht ist, dass Marat Krylow vor einer Stunde in Ylämaa einen Sattelzug in Brand gesteckt hat, der für Menschentransporte verwendet wurde. Man wird dort Leichen finden, die Polizei erfährt spätestens dann vom Menschenhandel, wenn eines der Opfer identifiziert ist. Und falls die Halle nicht total niedergebrannt ist, könnten sie auch andere ... Beweise finden«, sagte Ukkola und dachte: »Wie zum Beispiel Spuren von Drogen.«

Fidel legte die Zeitung auf den Schoß. »Ermittlungen dieser Dimension dürften automatisch in die Zuständigkeit der KRP fallen. Kannst du die Sache erledigen?«

»Kann ich.«

»Ist das alles?«, fragte Fidel.

Ukkola war überrascht, er hatte eine Standpauke erwartet. »Dann ist da noch Leo Kara. Der Mann vom UN-Büro für Drogen- und Verbrechensbekämpfung, der die Zahlungen von Kivijalka und Severnaja an Viktor Hofman untersucht. Er hat uns schon im letzten Jahr im Zusammenhang mit dem Fall Sibirtek große Schwierigkeiten bereitet.«

»Kara ist bereits bei Palomaa gewesen und hat dort herumkrakeelt. Aber angeblich hat man ihn bereits außer Gefecht gesetzt, sein Chef wird dafür sorgen, dass uns durch die Informationen, die Kara beschafft hat, kein Schaden entsteht. Und er kommandiert Kara aus Finnland ab, wenn es Arbuzow befiehlt«, sagte Fidel, rollte die Zeitung zusammen und stand auf. »Wir verhalten uns ein paar Monate ganz ruhig, dann wird sich auch dieser Aufruhr von selbst legen.«

So abweisend hatte ihn die Chefin des Kabinetts bisher nicht behandelt, überlegte Ukkola, als die kleine, dünne Frau auf dem Parkplatz der Kirche in ihr dunkles Mercedes-Coupé stieg.

Jukka Ukkola trug die Verantwortung für die Geschäfte des Kabinetts mit Arbuzow, aber auch für das Verhalten seiner Exfrau, hoffentlich sah Fidel in ihm nicht denjenigen, der an den aktuellen Problemen schuld war. Er wusste leider nur zu genau, was daraus folgte.

14

Samstag, 14. August

Leo Kara trat aus der Duschkabine seines Hotelzimmers, trocknete sich ab und zog sich an. An seinem schwarzen Leinenhemd fehlte ein Knopf und an einer Hosentasche der Jeans ein paar Nieten. Auch die kalte Dusche hatte nicht geholfen, er verstand immer noch nicht, wie das passieren konnte: Er hatte Kati Soisalo mehr von seiner Lebensgeschichte erzählt als allen anderen Menschen zusammen in den letzten zwanzig Jahren. Das bereute er, den Sex hingegen nicht. Nur Menschen mit einem Netz sozialer Bindungen konnten behaupten, dass man Arbeit und Vergnügen nicht durcheinanderbringen sollte.

Es war ein regnerischer Tag, also beschloss Kara, auf dem Elielinaukio ein Taxi zum Restaurant »Sea Horse« zu nehmen; Jussi Ketonen, der Exchef der Sicherheitspolizei, wollte, dass ihr Treffen in seinem Stammlokal stattfand, genau wie im letzten Jahr. Als er an der Hotelrezeption vorbeihastete, rief eine Angestellte, deren Gesicht ihm schon vertraut geworden war, mit lauter Stimme: »Leo Kara?«

Er blieb stehen.

»Zimmer 884. Hier ist ein Brief für Sie«, sagte die Frau. Kara holte den Umschlag, bedankte sich mit einem kurzen Lächeln und rannte durch den Regen zum Taxi.

Während der Fahrt schaute er sich Helsinki an. Das Kinotheater »Bio Rex« im Glaspalast, das Einkaufszentrum »Forum«, die Buchhandlung »Suomalainen kirjakauppa« und das Warenhaus »Stockmann«, in dem er jedes Jahr einmal mit Emma herumgelaufen war. Sein Vater hatte die Angewohnheit gehabt, ihnen vor

Weihnachten Geld zu geben, mit dem sie für Mutter ein Weihnachtsgeschenk kaufen sollten. Bei allem, was er sah, fiel ihm jetzt etwas aus der Vergangenheit ein; seine Kindheitserinnerungen waren nirgendwohin verschwunden, er hatte nach dem Herbst 1989 einfach nur aufgehört, an sie zu denken.

Wenig später hielt er im Traditionslokal »Sea Horse« auf der Kapteeninkatu in Ullanlinna nach einem grauhaarigen, wohlbeleibten Mann mit Hosenträgern Ausschau und staunte, als er den abgemagerten Ketonen erblickte. Vor einem Jahr war sein Hemd über dem gewölbten Bauch straff gespannt gewesen, jetzt hing das grellgelbe Hawaiishirt herunter und sah aus wie ein Zelt. Kara vermutete, dass der Mann allein im Gesicht mehrere Kilo abgenommen hatte.

»Ist alles in Ordnung?«, fragte Ketonen gutgelaunt. »Wunderst du dich, wie ich aussehe? Ich habe Diabetes Typ 2. Nach Ansicht meiner Frau war das ein echter Glückstreffer, sie hatte nämlich Angst, ich könnte einen Herzinfarkt oder Schlaganfall bekommen. Die Zuckerkrankheit ist nicht ganz so gefährlich und lässt sich weitgehend mit einer Diät und mehr Bewegung, also mit Gewichtskontrolle, behandeln.«

Kara setzte sich an den separaten Tisch und nahm die Speisekarte, die Ketonen ihm reichte. »Wie ich am Telefon gesagt habe, brauche ich wieder ein wenig Hilfe. Diesmal im Zusammenhang mit dem Kabinett.«

Ketonen zog die Augenbrauen hoch und schaute ihn neugierig und zugleich erwartungsvoll an. Gerade als er etwas fragen wollte, kam die Kellnerin an den Tisch.

»Eine Lachssuppe mit Sahne, Kohlrouladen mit Pilzen und Eierkuchen mit Erdbeermarmelade. Wir bestellen auch gleich mal den Nachtisch, da entstehen später keine ärgerlichen Pausen. Und bei diesem Diätessen dürfen die Portionen ruhig etwas größer sein als normalerweise. Als Getränk einen halben Liter fettfreie Sauermilch.«

Kara bestellte das Steak des Hauses mit Zwiebel und ein Bier und kam dann zum Thema. »Das Kabinett ist also eine Gruppe einflussreicher finnischer Persönlichkeiten, die nach der Pfeife des Kreml tanzen. Im letzten Jahr stellte sich heraus, dass sie Geschäfte mit Viktor Hofman machten, und jetzt fanden sich auf den Konten der Unternehmen Hofmans Überweisungen von den Firmen Kivijalka und Severnaja aus Finnland. Die einzigen Menschen, von denen wir wissen, dass sie irgendwie mit dem Kabinett in Verbindung stehen, sind Jukka Ukkola von der KRP, der Treuhänder von Kivijalka Eero Palomaa und Dmitri Arbuzow. Ukkola und Palomaa sind Profis, wenn es darum geht, Informationen zu unterschlagen, und Arbuzow verbringt seine Zeit hauptsächlich in St. Petersburg. Wir stecken in einer Sackgasse.«

»Ich helfe liebend gern bei Untersuchungen zum Kabinett«, versicherte Ketonen. »Die finnischen Behörden kommen ihm einfach nicht auf die Spur, die Mitglieder des Kabinetts sind imstande, alle Versuche schon im Keim zu ersticken. Ich weiß, wovon ich rede, ich habe in meinen Jahren bei der SUPO etliche Male und auf allen möglichen Umwegen versucht, etwas über diese Truppe herauszufinden. Ich spreche hier aber als Privatperson und nenne nur den Verdacht, den ich selbst habe, ich kann kein einziges Dokument vorlegen, um meine Worte zu untermauern. Selbst bei der SUPO werden nicht alle Erkenntnisse zu Papier gebracht, vor allem nicht die wichtigsten. Auch ich habe meine Informationen über das Kabinett nicht notiert, aus Angst, sie könnten in die falschen Hände gelangen. Wenn man überhaupt von Informationen sprechen kann, vielleicht sind es eher aufschlussreiche Vermutungen.«

Kara nickte. »Du hast bei unserem letzten Treffen erzählt, wie der KGB in den sechziger Jahren zahlreiche finnische Studenten und Politiker als Agenten angeworben hat und …«

»Hauptsächlich als geheime Kontaktpersonen und Helfer, richtige Agenten wurden nur wenige. Und dann gab es noch viele

›entwicklungsfähige Objekte‹, Personen, die man erst anzuwerben versuchte«, präzisierte Ketonen.

»Du hast erzählt, dass der KGB alles daran setzte, diese ...«

»Seine Kontaktpersonen«, ergänzte Ketonen.

»... in Schlüsselpositionen der Gesellschaft sowohl in der Politik als auch in der Wirtschaft zu bringen. Du hast gesagt, dass viele dieser Kontaktpersonen des KGB weiterhin eine führende Stellung im finnischen Geschäftsleben innehaben.«

Nun war es Ketonen, der nickte. »Die meisten von ihnen wurden in den siebziger Jahren angeworben, als die Zeit der ›Hausrussen‹ ihren Höhepunkt erreichte. Damals musste so gut wie jeder ernstzunehmende finnische Politiker, angefangen beim Präsidenten und den Ministerpräsidenten, einen eigenen sowjetischen Verbindungsmann in der Botschaft des Großen Bruders haben, seinen eigenen ›Hausrussen‹, dem er alles erzählte, was ihm in den Sinn kam. Die finnischen Politiker plauderten freiwillig und aus eigenem Antrieb alles aus, was die Sowjets in anderen Ländern mühselig und unter gefährlichen Umständen durch Spionage und mit Hilfe von Agenten in Erfahrung bringen mussten. Man kann sagen, dass der KGB in Finnland damals einen unblutigen Staatsstreich ausgeführt hat. Das war wirklich eine ganz besondere Zeit. Stell dir mal vor, der jetzige Generaldirektor von Suomen Pankki, der Finnischen Zentralbank, hat 1972 als junger linker Parlamentsabgeordneter vorgeschlagen, in Finnland ein Gesetz zu erlassen, in dem Kritik an der Sowjetunion verboten werden sollte«, erklärte Ketonen mit gequälter Miene.

Doch als die Kellnerin die Lachssuppe auf den Tisch stellte, veränderte sich sein Gesichtsausdruck sofort, er lächelte. Der ehemalige Chef der Sicherheitspolizei strich dünn Butter auf eine Scheibe Roggenbrot, angelte mit dem Löffel genüsslich Lachsstückchen aus der Suppe wie Rosinen aus dem Kuchenteig und ließ den Rest der cremigen Suppe auf dem Teller. Dann bedeutete er der Kellnerin, sie könne das Hauptgericht bringen, und setzte mit zufriedener Miene seinen Bericht fort.

»Für deine Untersuchungen, also für die Frage, wie man dem Kabinett auf die Spur kommt, ist jedoch der letzte – ich würde sagen – *Angriff* auf Finnland der Schlüssel zu allem. Dessen Ziel und Motiv sind immer noch ein Rätsel. Aus irgendeinem Grund erarbeiteten die Abteilung für Internationale Beziehungen und die Abteilung für Propaganda beim Zentralkomitee der KPdSU 1986 unter strenger Geheimhaltung einen ganz einzigartigen Plan. Seine Bezeichnung war ›Komplexer Plan der Finnland betreffenden ideologischen Arbeit für die Jahre 1987–89‹. Ich kenne sogar das Aktenzeichen noch auswendig: St-34/6«, sagte Ketonen lachend und schob die Hände unter die schlaffen Hosenträger. »Das war ein echter großer ideologischer Angriff auf Finnland, der Plan einer gigantischen Gehirnwäsche, der sich gegen einen ganzen Staat richtete, und noch dazu gegen eine westliche Demokratie. Und er wurde voll und ganz umgesetzt, das weiß man. Obendrein fasste das Zentralkomitee der Kommunistischen Partei der Sowjetunion in denselben Jahren Dutzende streng geheime Beschlüsse in Bezug auf Finnland, deren Inhalt immer noch nicht offengelegt ist.«

Nun waren die Kohlrouladen mit Pilzen an der Reihe. Ketonen schnitt die Rouladen längs durch und quetschte Preiselbeermarmelade und ein Klümpchen Butter zwischen die Hälften.

»In den Jahren 1988 und 89 fing die Sowjetunion zudem an, in hektischem Tempo Gemeinschaftsunternehmen mit ihren ausländischen Partnern zu gründen, auch mit vielen finnischen Firmen. Diese Unternehmen entwickelten sich zu einem neuen wichtigen Kanal der Arbeit des KGB, der setzte natürlich seine eigenen Leute in all diese Joint Ventures.«

Ketonen schob ein Stück Kohlroulade in den Mund, und sein Gesichtsausdruck wurde ernst. »Das Kabinett spielte nach 1989 aufgrund dieser Entscheidungen, die man in der Sowjetunion getroffen hatte, eine große Rolle in Finnland, so viel habe ich seinerzeit herausgefunden.«

Zu seiner eigenen Überraschung geriet Kara in Wut und schnitt so ungestüm ein Stück vom Zwiebelsteak ab, dass sein Messer auf dem Teller knirschte. Ließ ihn denn dieses verdammte Jahr 1989 nicht wenigstens mal für eine Weile in Ruhe? »Das hilft mir nicht viel weiter.«

Ketonen schaute ihn mit väterlicher Miene streng an. »Als die Sowjetunion ein paar Jahre später zusammenbrach, wurde das gewaltige Vermögen der kommunistischen Partei im Wert von Milliarden mit Unterstützung des KGB und unter seiner Kontrolle in private Hände kanalisiert. Das Eigentum der Sowjetunion wurde mittels Geldwäsche in der ganzen Welt angelegt. Westliche Unternehmen, Stiftungen, Organisationen ... alle verlässlichen Partner des KGB, die nur irgendwie konnten, beteiligten sich natürlich voller Begeisterung an diesem Prozess. So auch das Kabinett. Das waren stürmische Jahre«, sagte Ketonen und lachte. »Stell dir mal vor, da versuchten 1990 drei Russen bei einer finnischen Bank einfach so reichlich zehn Milliarden Dollar einzuzahlen, in bar, und wollten das Geld in die Schweiz überweisen.«

»Das Kabinett betrieb also Geldwäsche, es legte Eigentum der Sowjetunion in Finnland an?«, fragte Kara.

Ketonen nickte, trank etwas Sauermilch und wischte sich den Mund mit dem Handrücken ab.

»Wo hat das Kabinett das Geld aus Russland investiert?« Kara wollte es genauer wissen.

Ketonen hob die Arme.

»Ich brauche Namen«, sagte Kara. »Ich weiß nur, dass der stellvertretende Chef der KRP Jukka Ukkola eines der Mitglieder des Kabinetts ist.«

Ketonen schob wieder die Hände unter die Hosenträger. »Ukkola ist dort erst eingestiegen, als ich die SUPO bereits verlassen hatte. Das ist freilich schon ein paar Jahre her.«

»Über Ukkola werden wir kaum an das Kabinett herankommen, ich brauche den Namen einer Person, die … leichter verwundbar ist«, bat Kara.

»Den größten Teil meiner Informationen über das Kabinett habe ich vom ehemaligen Generaldirektor der Finnsteel AG Henri Pohjala erhalten, aber der ist letztes Jahr ums Leben gekommen, wie du weißt. Doch auch Pohjala war nicht bereit, Namen von Kabinettsmitgliedern zu verraten. Einmal, nach einem besonders feuchten Abendessen, hat er allerdings den Rufnamen Fidel erwähnt.«

Karas Frust wurde immer größer. »Du hast zweiunddreißig Jahre bei der finnischen Sicherheitspolizei gearbeitet, davon die letzten acht Jahre als ihr Chef, und du sagst, dass du jahrelang Untersuchungen zum Kabinett angestellt hast. Du musst doch irgendetwas wissen.«

Ketonen wirkte verärgert, er schaufelte die ganze Erdbeermarmelade vom Tellerrand auf den Stapel Eierkuchen, der inzwischen eingetroffen war, und schüttete noch einen Teelöffel Zucker darüber. Dann zog er einen Stift aus der Brusttasche, nahm eine Serviette und begann zu schreiben. Das dauerte mehrere Minuten, aber schließlich war er fertig. Er reichte sein Gekritzel über den Tisch und konzentrierte sich auf die Eierkuchen.

Eine Namensliste. Je mehr Kara las, umso höher zog er die Augenbrauen. Erzbischof … Generaldirektor … Präsident … Polizeirat … noch ein Generaldirektor … Präsident eines Appellationsgerichts … Ministerpräsident …

»Ein Teil von ihnen ist pensioniert, ein Teil immer noch im Amt. Doch die pensionierten Leute üben oft mehr Macht aus als jene, die weiter im Arbeitsleben stehen, die einflussreichen Rentner sitzen in Dutzenden Aufsichtsräten und anderen Entscheidungsgremien. Sie nutzen die Beziehungen, die sie in ihrer aktiven Zeit aufgebaut haben, und steuern die Dinge hinter den Kulissen«, sagte Ketonen.

»Wie kann so eine … Gruppe, das Kabinett, jahrzehntelang geheim bleiben?«, fragte Kara verwundert.

»Die Mitglieder des Kabinetts sprechen nie, unter keinen Umständen, darüber, dass sie Mitglied sind. Nur unter der Voraussetzung, dass niemand vom Kabinett oder ihrer Mitgliedschaft weiß, können sie ihre exponierte gesellschaftliche Stellung im Interesse des Kabinetts nutzen. Bei uns in Finnland existiert ja auch der allgemein bekannte Mittwochs-Club, ein geschlossener Diskussionsclub, der sich einmal im Monat versammelt. Zu ihm gehören etwa hundert Größen aus Politik und Wirtschaft. Und was dort behandelt wird, weiß auch niemand.«

Kara überflog die Liste noch einmal. »Die sind alle Kabinettsmitglieder?«

»Ja, aber diese Liste hat einen Haken«, erwiderte Ketonen und beugte sich zu Kara hin. »Neunundneunzig Prozent der Menschen auf der Liste gehören zum Kabinett, aber nicht unbedingt alle. Deswegen kannst du dir bei keinem einzigen Namen sicher sein. Das heißt, die Liste nützt dir nicht sehr viel, sofern du nicht bei den einflussreichsten Leuten in Finnland von Tür zu Tür gehen und nach dem Kabinett fragen willst. Das würde ich nicht empfehlen.«

Karas Zuversicht schwand, als ihm klar wurde, dass Ketonen Recht hatte. Diesmal konnte ihm der Exchef der SUPO nicht viel weiterhelfen. Es sei denn, Paranoid war imstande, etwas mit den Namen auf der Liste anzufangen.

Draußen auf der Kapteeninkatu gab er Ketonen die Hand, und dann trennten sich ihre Wege. Kara nahm Kurs auf das Meeresufer in der Hoffnung, dass er durch Bewegung an der frischen Luft klarer denken konnte. Doch es kam anders. Als er am Hafen das Ufer erreichte und den Kaivopuisto-Park erblickte, erinnerte er sich plötzlich ganz intensiv, wie sein Vater Emma und ihn einmal hierhergebracht hatte, um ein Feuerwerk anzuschauen. Das war einer der seltenen Tage gewesen, an denen sie drei etwas gemeinsam unternommen hatten.

Karas Telefon klingelte, als er auf dem Meritori eintraf. Er fluchte, auf dem Display blinkte der Name von Gilbert Birou.

Kara meldete sich mit einem »Guten Morgen«.

»Wir haben anscheinend keine genaue Vereinbarung zu deiner Berichterstattungspflicht getroffen«, sagte Birou so mürrisch wie üblich.

»Nur ein völliger Idiot verwendet den Begriff Berichterstattungspflicht«, dachte Kara, sagte aber: »Heute ist Sonnabend. Ich wollte mich am Montag ganz früh melden. Du verbringst doch die Wochenenden in der Regel woanders als im Büro.«

»Hast du etwas herausgefunden? Über die Firmen, die Hofman Geld überwiesen haben, über Krylow oder Arbuzow, über den Menschenhandel oder irgendetwas anderes? Diesmal will ich jedes einzelne Detail erfahren.«

Kara war überrascht, es hörte sich so an, als hätte Birou sich mit dem Fall beschäftigt. »Hier ist so viel passiert, dass man darüber nicht am Telefon berichten sollte. Außerdem bin ich gerade auf dem Weg in die U-Bahn, und das Handy ...«

»Du lieferst mir im Laufe dieses Tages eine detaillierte Zusammenfassung ...« Birous Worte verklangen im Äther, als Kara das Telefon ausschaltete.

Es hatte aufgehört zu regnen und war wärmer geworden. Vom Meer her wehte ein leichter Wind, und am Himmel zogen Quellwolken dahin, sogar das Geschrei der Möwen schien zu diesem perfekten Sommertag zu passen. Boote aller Art schaukelten draußen auf den Wellen. Kara empfand es als enttäuschend, dass Ketonens Informationen so vage waren, es blieb nur zu hoffen, dass Paranoid mit seinen magischen Künsten am Computer dem Rufnamen Fidel auf die Spur kam. Ging es bei all dem also um Geldwäsche? Das passte zumindest zu dem Hinweis, den Henri Pohjala kurz vor seinem Tode Kati Soisalo gegeben hatte: *Follow the money.*

Kara lief am Meritori und an Uunisaarensalmi vorbei, erreichte den Uferweg am Kaivopuisto und sah auf der Terrasse des Café »Ursula« eine Frau, die ein Buch las. Im selben Moment fiel ihm der Brief ein, den man ihm an der Rezeption gegeben hatte.

Wenig später griff er an der Kasse nach seinem Portemonnaie, schimpfte verärgert vor sich hin und fragte sich, wieso die Leute in Helsinki bereit waren, ohne zu murren sieben Euro für ein kleines Bier zu zahlen. Seiner Ansicht nach war er nicht geizig, sondern ging nur sehr sorgsam mit seinem Geld um.

Kara setzte sich auf der Terrasse des Cafés an einen Tisch und hob das beschlagene Glas an die Lippen. Helsinki war eine hübsche Kleinstadt: Wenn man an dieser Stelle des Ufers auf das Meer hinausschaute, hatte man das Gefühl, in den Schären zu sein. Kara holte den zerknitterten Brief aus der Gesäßtasche und bemerkte erst jetzt, dass sich auf dem Umschlag weder eine Briefmarke noch eine Adresse befand, nicht einmal die Zimmernummer, nur sein Name. Er riss das Kuvert auf.

Leo,

wir haben uns über zwanzig Jahre nicht gesehen, und ich will nicht verraten, wer ich bin, um Dich nicht zu schockieren. Du hast wegen der Ereignisse im Oktober 1989 schon genug leiden müssen. Nachdem sich unsere Wege getrennt hatten, habe ich Dein Schicksal zunächst nur sporadisch verfolgt, doch allmählich wurde es zu einer Art Hobby, Dein chaotisches Leben zu beobachten. Jetzt habe ich mich entschieden, Dir zum ersten Mal eine Nachricht zu schicken, eine Warnung: Der Fall, den Du gerade untersuchst, wird aus Deiner Sicht unweigerlich ein schlimmes Ende nehmen. Das wird Dich zugrunde richten, egal ob Du Erfolg hast oder nicht.

Höre jetzt auf damit, lass die Vergangenheit und die Toten ruhen.

PS

Zum Beweis für die Richtigkeit meiner Worte: Als Du Dich auf dem Weg in das Industriegelände Park Royal am 13. 10. 1989 in Deine Kapuze übergeben hast, erklang im Autoradio der Titel ›If you don't know me by now‹.

Als Kara den Titel las, packte ihn die Wut, an den hatte er sich über zwanzig Jahre lang kein einziges Mal erinnert. Er kippte den Rest des Bieres hinunter. Ein kurzer Augenblick genügte, und schon war alles noch verworrener. Nur seine Familienmitglieder und die Entführer wussten, welcher Song seinerzeit in dem Transporter gelaufen war. Vater, Mutter und Emma waren tot, also musste der Verfasser des Briefes einer der Entführer sein, und diese Alternative ergab nicht den geringsten Sinn. Warum sollte einer der Mörder seiner Familie ihn jetzt warnen, über zwanzig Jahre nach all dem?

Kara spürte, wie der Druck in seinem Schädel immer größer wurde, er wollte hinter all das einen Schlusspunkt setzen. Es war eine richtige Entscheidung gewesen, nach den Spuren von Manas und Mundus Novus zu suchen, er musste die Geheimnisse, dieses ganze Leben wie in einem offenen Gefängnis, endlich loswerden. Sonst würde alles beim Alten bleiben, nur die Tage, die Monate und die Jahreszahlen würden wechseln.

Ein beklemmendes Gefühl überkam ihn mit solcher Wucht, dass er keinen Augenblick zögerte, sondern sofort vier Pillen mit je fünf Milligramm Dialar aus der Tasche holte und in den Mund steckte. Seit er das letzte Mal zu einer Überdosis von Beruhigungsmitteln hatte greifen müssen, war fast ein Monat vergangen.

15

Samstag, 14. August

Jukka Ukkola musste hundert Meter von der abgebrannten Halle entfernt parken. Am Ort des Geschehens standen schon Fahrzeuge des Rettungswesens und der Polizei von Süd-Karelien und der Freiwilligen Feuerwehr Ylämaa sowie etwa zwei Dutzend neugierige Einheimische. Das Gelände war mit dem blau-weißen Band der Polizei abgesperrt. Ukkola öffnete erst den Kofferraum des Volvo und dann seinen Exitus-Koffer und zog einen Einwegschutzanzug, Überschuhe, eine Kopfhaube und Latexhandschuhe an und setzte einen Atemschutz auf. Dann zeigte er einer jungen Polizistin, die eine Weste mit der Aufschrift ›Polizei‹ trug, seinen Dienstausweis und ging zu einem Zelt, das am Rande des Grundstücks aufgebaut war. Die Kriminaltechniker sahen nicht sehr froh aus. In der Mitte des Zeltes stand ein Arzt an einem zusammenklappbaren Tisch und beschäftigte sich mit einer Leiche. Auf einem kleinen Beistelltisch aus Metall lagen Wegwerfhandschuhe, Pinsel, Beutel und Gefäße für Proben. Neonlampen tauchten die Szene in taghelles Licht.

»Hier wurde ein Massengrab gefunden. Fünf Leichen, sie sehen wie Ausländer aus. Jedenfalls die zwei, an denen man noch irgendetwas sieht«, sagte der fast eins siebzig große Kriminalinspektor Markus Virta, der neben Ukkola stehen geblieben war.

Der Arzt hörte, was Virta sagte. »Es sind alles junge Leute, um die zwanzig, höchstens.«

Ukkola wurde klar, dass Krylows Helfer, dieser Idiot, die Kinder, die während des Transports umgekommen waren, auf dem Gelände der Halle begraben hatte. Die Ermittlungen zu Krylows

Tod und zur Explosion des Lastzugs hätte er vielleicht noch irgendwie abbiegen können, doch die Leichen würden die KRP unweigerlich auf die Spuren des Menschenhandels führen. Nicht einmal er wäre imstande, Ermittlungen dieses Kalibers zu untergraben.

Vom Leiter der Ermittlungen bei der örtlichen Polizei würde er kaum etwas erfahren, was er nicht ohnehin schon wusste, also lief Ukkola mit großen Schritten zum Führungswagen der Feuerwehr. »Wer ist der Brandmeister?«, fragte er und zeigte seinen Dienstausweis.

»Hugo Toivonen.« Ein kleiner Mann mit lebhaften, lachenden Augen, der nach Zigarettenrauch stank, reichte ihm die Hand. »Jemand von der Leitung der KRP ist zwei Stunden nach dem Alarm am Brandort in Süd-Karelien, dazu die Leiche eines Russen und ein Massengrab. Es dürfte sich also um organisierte Kriminalität handeln.«

»Was wissen Sie?«, fragte Ukkola.

»Der Alarm kam um 11.54 Uhr. Zehn Minuten später sind wir hier eingetroffen, da war die Halle schon fast abgebrannt. Eine Halle aus Holz brennt lichterloh, aber nicht lange. Ausgangspunkt waren Benzin und der Lastzug, wodurch sich das Feuer entzündet hat, weiß ich allerdings noch nicht. Opfer gibt es eins, also abgesehen von dem Massengrab. Ein etwa dreißigjähriger Mann mit einem Einschussloch in der Brust und einem im Kopf, das heißt, der ist wahrscheinlich nicht durch einen Unfall gestorben.« Um seinen Mund spielte ständig ein Lächeln. »Und was wissen Sie?«, fragte Brandmeister Toivonen

Ukkola antwortete nicht, er hatte genug erfahren. Durch die Leichen aus dem Grab und durch Krylow würde der Fall mit dem Menschenhandel in Verbindung gebracht werden. Bei der KRP wusste man freilich, dass über Finnland jährlich hunderte Opfer des Menschenhandels ins Ausland transportiert wurden. Aber die Spuren mussten bei Krylow enden, dafür hatte er zu sorgen.

Glück im Unglück war, dass von der Rolle Arbuzows vorläufig nur Kati Soisalo etwas wusste, die Frau, die er mit großem Vergnügen hasste. Nun musste er sicherstellen, dass seine Exfrau Arbuzows Drohung ernst genommen hatte.

*

Kati Soisalo verließ die Telakkakatu und ging auf der Hietalahdenranta weiter, die Fußwege waren nach einem Regenschauer noch verwaist. Ihr tat der Magen weh, und sie fühlte sich auch sonst nicht gut. Ebenso wie Paranoid war sie überzeugt, dass der Mann, der sie vor wenigen Stunden in sein Auto gezwungen hatte, entweder Krylow oder Arbuzow gewesen war. Vilmas Foto ging ihr ständig durch den Kopf. Jonny hatte es in seinen Computer eingescannt und mit Programmen zur Gesichtserkennung und allen möglichen anderen Verfahren mit Dutzenden alten Fotos von Vilma verglichen. Anhand eines einzigen Bildes sei es nicht möglich, mit Sicherheit zu sagen, ob das Mädchen auf dem Foto tatsächlich Vilma war, behauptete Jonny, sie jedoch vertraute ihrer Intuition. Trotz all der Niedertracht, die ihr widerfuhr, flackerte tief in ihr eine wärmende Flamme – ihre Tochter lebte.

Gemeinsam mit Paranoid hatte sie sich einen Plan für das bevorstehende Treffen zurechtgelegt. Es war ein glücklicher Umstand, dass Ukkola zufällig gerade angerufen und ein Treffen vorgeschlagen hatte, jetzt brauchte sie das nicht unter irgendeinem Vorwand zu tun. Sie hatte Jukka noch nie so anlügen können, dass es glaubhaft wirkte. Es war ein merkwürdiger Zufall, dass sich Ukkola gerade jetzt meldete, da kam man zwangsläufig auf den Gedanken, dass er von dem Überfall wusste. War Ukkola irgendwie in die Aktivitäten von Krylow und Arbuzow verwickelt? Kati Soisalo verachtete und verabscheute Jukka Ukkola aus tiefstem Herzen und konnte sich kaum etwas Gemeines und Verwerfliches vorstellen, das sie ihm nicht zutrauen würde.

Das Restaurant »Wave« hatte erst vor wenigen Minuten, um sechzehn Uhr, geöffnet, auf den Sofas in der Lounge hockten nur bunte Kissen. Kati Soisalo bestellte sich zwanzig Zentiliter Chardonnay und für Ukkola ein großes Bier und setzte sich in einen Sessel mit Blick auf die Tür der Herrentoilette. Sie war fürchterlich aufgeregt. Jonny hatte auf Ukkolas Rechnern nichts gefunden, was ihr helfen würde, die strafrechtlichen Ermittlungen zu vereiteln, die er eingefädelt hatte. Es war also von entscheidender Bedeutung, dass dieses Treffen ein Erfolg wurde.

Kati Soisalo kostete ihren Wein. Ukkolas nur allzu vertraute Gestalt tauchte erst am Eingang auf, als ihr Glas schon halb leer war.

»Du wolltest mich sprechen?«, sagte sie und schob ihrem Exmann das Bier hin.

»Du sitzt in der Klemme, und zwar schlimmer als je zuvor, und nur ich kann dir helfen. Vielleicht wäre das der richtige Augenblick, über die Rückkehr nach Pitäjänmäki nachzudenken. Nur wenige Leute bekommen die Chance, eine schwere Unterschlagung mit einer Zahlung in Naturalien zu sühnen«, erwiderte Ukkola, warf seine Jacke aufs Sofa, ließ sich neben sie fallen und trank in einem Zug das halbe Glas aus.

»Du kannst mir nur helfen, indem du deinem Leben ein Ende setzt«, dachte Kati Soisalo, sagte aber: »Warum wolltest du mich sprechen?«

»Ich weiß, dass du heute Dimitri Arbuzow getroffen hast. Und dass Vilma am Leben ist«, entgegnete Ukkola.

Hass schlug in ihr hoch, Kati Soisalo spürte, wie ihr Gesicht rot anlief. Zu jedem anderen Zeitpunkt wäre sie handgreiflich geworden, aber nicht jetzt. »Wie lange weißt du es? Wo ist Vilma? Was ist mit ihr … passiert?«

»Ich weiß es seit einem knappen Jahr, aber Einzelheiten kenne ich auch nicht. Es ist übrigens gut, dass du diese Information so gelassen nimmst. Ich habe dir bisher nichts davon gesagt, weil deine Einstellung zu Vilmas Verschwinden so emotional ist. Dimitri Arbuzows Aktivitäten werden in der KRP schon lange beobachtet, aber wir können nicht gegen seine Menschenhändlerorganisation vorgehen, um ein einzelnes Kind, egal wer es ist, zu retten. Es sind koordinierte internationale Ermittlungen im Gange, Finnland ist nur ein kleiner Teil des ganzen Komplexes …«, sagte Ukkola und trank sein Glas aus.

Kati Soisalo ging zum Tresen und bestellte noch ein Bier und ein Glas Weißwein. Was war das für ein Mensch, der zusah, wie seine Tochter Entführern ausgeliefert war, und die Mutter in dem Glauben ließ, ihr Kind wäre tot? So eine krankhafte Gefühllosigkeit hätte sie nicht einmal Jukka Ukkola zugetraut.

»Wenn du mich betrunken machen willst, solltest du härtere Sachen ausgeben«, spottete Ukkola, als Kati Soisalo das volle Bierglas vor ihn stellte. Dann lächelte er kurz der Kellnerin zu, die vorüberging.

»Was wollte Arbuzow?«

»Er hat verlangt, dass ich die Suche nach Vilma aufgebe. Und er hat gedroht, dass ihr sonst etwas passieren wird.«

Ukkola sagte nichts dazu, sondern fragte nur in schroffem Ton: »Willst du dich daran halten?«

»Nein«, dachte Kati Soisalo, antwortete aber: »Das muss ich ja.«

Plötzlich stand Ukkola auf, und Kati Soisalo erschrak, wollte er schon gehen? »Wegen der Ermittlungen gegen mich möchte ich noch …«

»Darüber reden wir gleich, ich gehe erst mal pinkeln.«

Endlich! Kati Soisalo wartete, bis sich die Tür der Herrentoilette schloss, und holte dann aus ihrer Schultertasche Paranoids Mini-Laptop. Sie griff nach Ukkolas Jackett, suchte sein Handy und wurde schon nervös, fand es aber schließlich in der Brusttasche. Rasch das Micro-USB-Kabel anschließen, sie musste Paranoids Spionageprogramm schnell genug auf das Telefon überspielen. Ihre Finger zitterten, sie drückte die falsche Taste, noch einmal, dann endlich erschien auf dem Display ein farbiger Balken zum Zeichen dafür, dass …

Im selben Augenblick ging die Toilettentür auf, Ukkola betrat das Restaurant und rieb sich dabei die Hände. Kati Soisalo zog hastig das Kabel aus Ukkolas Telefon, es blieb keine Zeit, alles wieder ordentlich an seinen Platz zu legen, sie ließ das Handy in eine seiner Jackentaschen fallen und steckte den Minilaptop blitzschnell in ihre Schultertasche.

Ukkola setzte sich wieder und wirkte noch überheblicher als sonst. »Eine Weile kann ich noch Einfluss auf den Verlauf der Ermittlungen in deiner Angelegenheit nehmen, aber die Sache geht bald an den Staatsanwalt, und dann musst du selber sehen, wie du klarkommst. Wenn du mir deine Möse noch allzu lange vorenthältst, kann ich dir vielleicht auch nicht mehr helfen.«

»Ich muss jetzt los, ein Mandant hat eben angerufen, als du auf dem Klo warst, ein Notfall«, log Kati Soisalo, schnappte sich ihre Tasche und hastete hinaus. Bis zu Jonnys Wohnung waren es ein paar hundert Meter, sie rannte den ganzen Weg.

»Ich weiß nicht, ob es geklappt hat, … es war zu wenig Zeit.« Kati Soisalo war noch völlig außer Atem, als Jonny Karlsson die Tür öffnete, er sah verschlafen aus.

»Dann wollen wir Ukkolas Telefon mal auf dem Rechner öffnen«, sagte Jonny und ging zu seiner gewaltigen Computerzentrale. Das Arbeitszimmer war fast bis unter die Decke vollgestellt mit mehreren Zentraleinheiten, Monitoren, Modems, Druckern und Geräten, von deren Verwendungszweck Kati Soisalo nicht die geringste Ahnung hatte.

»Jetzt warten wir einfach ab, bis Ukkola sein Telefon benutzt«, verkündete Jonny wenig später und schob die Hände in Kati Soisalos Gesäßtaschen.

»Ich hab jetzt keine Lust«, sagte Kati Soisalo und sah Leo Kara nackt vor sich. Der chaotische Tag hatte sie fast vergessen lassen, was in der letzten Nacht passiert war. Sie bereute es kein bisschen, das war vermutlich ein gutes Zeichen.

Jonny holte einen Stapel Blätter aus dem Drucker und ließ sich im Wohnzimmer auf das Sofa fallen. »Das Kabinettsmitglied Henri Pohjala hatte Recht, als er dir voriges Jahr den Rat gegeben hat, die Gelder des Kabinetts zu verfolgen«, erklärte er und reichte ihr ein Blatt.

»Die von Krylow gemanagte Severnaja hat im Laufe des letzten Jahres etliche Millionen Euro an den Kivijalka-Trust gezahlt, den der Anwalt namens Palomaa verwaltet, und …«

Kati Soisalo unterbrach ihn: »Dass Severnaja und Kivijalka irgendwie zusammenhängen, wissen wir schon, sie hatten beide mit Viktor Hofman zu tun.«

»Was Severnaja gehört, habe ich schnell herausgefunden, wie du weißt, aber Kivijalka scheint eine Firma zu sein, die sich ausschließlich mit der Verwaltung von Finanzen beschäftigt und zumindest in Finnland über keinerlei Besitz verfügt. Das ist bei den Trusts ja meistens so.«

Kati Soisalo wartete einen Augenblick und drängte ihn dann in barschem Ton fortzufahren: »Na, nun sag schon.«

Paranoid lächelte. »Palomaa ist noch vorsichtiger, als ich es mir vorstellen konnte. Etwas Interessantes habe ich erst bei der Überprüfung der Vorgangsdaten seiner Kreditkarte aus den letzten zwei Jahren gefunden. Immer wenn Kivijalka Geld von Severnaja erhält, unternimmt Palomaa in den darauffolgenden Tagen eine Art Rundreise in die Provinz. Das erschien mir ungewöhnlich, weil der Mann ansonsten die Hauptstadtregion höchstens dann verlässt, wenn er ins Ausland fliegt. Auf diesen Touren durch Finnland hat er seine Kreditkarte achtmal in Restaurants und Cafés verschiedener Feriendörfer benutzt. Nach dem, was ich von Palomaa weiß, macht er nicht den Eindruck, als würde er im November zu seinem Vergnügen an den Pielinen-See reisen, um eine Nacht in einem Feriendorf zu verbringen, das über einen schönen Badestrand verfügt und unvergessliche Kanutouren anbietet. Und er würde auch garantiert nicht mit seinem Wagen im März achthundertfünfzig Kilometer bis zum Polarkreis fahren, um in einem Ferienhaus in Olkkajärvi zu übernachten …«

»Ferienhäuser. Kommt dir da derselbe Gedanke?«

»Die eignen sich glänzend für das Geschäft mit dem Menschenhandel, als Bordelle, die Kunden kommen und gehen. Alle befinden sich in ziemlich abgelegenen Gegenden, von hier aus gesehen die nächsten sind die in Pernaja und Lohja, das ist nur vierzig Kilometer entfernt.«

»Ich fahre da gleich hin …«, sagte Kati Soisalo, doch dann fiel ihr Arbuzows Drohung ein. »Oder vielleicht ist es besser, wenn Kara das übernimmt.«

»Bei der Recherche zu Palomaa habe ich noch etwas Interessantes gefunden.«

Kati Soisalo zog die Brauen fragend hoch.

»Der Mann hat einen Herzschrittmacher.«

»Und warum ist das interessant?«

»Ich könnte in das Gerät … eindringen, seine Funktion stören, ihn vielleicht sogar so programmieren, dass er Palomaa Elektroschocks verpasst. Der Schrittmacher wird nicht jedes Mal herausgenommen, wenn der Arzt die Einstellungen regulieren will, das geschieht mit einer drahtlosen Steuerung.«

Kati Soisalo schaute ihn ungläubig an und schüttelte den Kopf. Urplötzlich erklang aus den Lautsprechern eine vertraute Stimme – Jukka Ukkola.

»Virta, hör auf mit deinen Erklärungen, Nyman braucht die Einzelheiten nicht zu wissen …«

»Er ist mein Vorgesetzter.«

»Und ich bin sein Vorgesetzter. Du stellst alle Informationen über den Fall in Ylämaa zusammen, und wir gehen sie zu zweit durch, bevor wir andere hineinreden lassen. Ich bin in einer halben Stunde da«, schnauzte Ukkola ihn an und beendete das Gespräch.

»Now we are getting somewhere«, sagte Kati Soisalo und hätte fast ein Lächeln zustande gebracht, wäre ihr nicht im selben Moment eingefallen, dass sie gleich ihren Arzttermin verpasste.

*

In der Einzimmerwohnung im dreizehnten Stockwerk eines heruntergekommenen Plattenbaus aus Sowjetzeiten stank es nach Kohl und Knoblauch. Die dicke Staubschicht, die Berge von alten Zeitungen und schmutzigem Geschirr verrieten, dass in der Bude vermutlich seit Monaten kein einziges Mal saubergemacht worden war.

Sabrina Pianini lag auf einem ausgebleichten Plüschsofa und hatte überall Schmerzen, auch an Stellen, an die man eher selten dachte, wie die Kniekehlen. Sie hatte alles erbrochen, ihr Magen war leer, die Hand zitterte, während sie das Wasserglas zum Mund führte, ihr war so, als hätte sie Fieber. Dann wurde ihr Körper von einem Schüttelfrostanfall erschüttert, die Haut juckte überall. Natürlich hatte sie gewusst, dass Heroin eine stärkere Abhängigkeit bewirkte als jedes andere betäubende Schmerzmittel und ein intensiveres Verlangen nach Drogen und heftigere Entzugserscheinungen hervorrief als jedes andere Rauschgift. Aber jetzt wusste sie leider auch, was das in der Praxis bedeutete. Jede Zelle ihres Körpers schrie nach mehr Heroin.

In der Wohnung hatte sie mit Aleh Kovel im Fernsehen verfolgt, wie die Behörden Weißrusslands sie als Terrorismusverdächtige suchten. Das glich einem schlechten Traum. Oder einem schlechten Witz. Sabrina Pianini wusste nicht, was sie tun sollte, wenn Kovel nicht bald zurückkehrte. Der Dissident wollte ihr einen Pass und ein Visum besorgen, aber die waren ihr im Moment völlig egal, sie brauchte jetzt etwas, was ihr Erleichterung verschaffte. Angeblich kannte Kovel einen Arzt, der Heroinsüchtigen Rezepte verschrieb, sofern man über das Honorar Einigung erzielte.

Sabrina Pianini warf einen Blick hinaus und sah, dass die Sonne gerade unterging. Panik erfasste sie. Und wenn Kovel nun erst morgen zurückkam? Die Nacht würde sie nie und nimmer überstehen, die Schmerzen wurden ständig schlimmer, vermutlich konnte man an den Entzugserscheinungen auch sterben. Doch es gab keine Alternativen, sie musste einfach nur warten und leiden. Wenn sie in Minsk ohne Geld und Sprachkenntnisse herumlief, würde man sie schon nach wenigen Minuten aufspüren. Und Kovel hatte versprochen, ihr auch ein Handy mitzubringen. Dann könnte sie endlich Guido und die italienischen Behörden anrufen.

Durch die Schmerzen kam sie ihrem Bruder anscheinend noch näher, war für ihn das Leben ständig so gewesen? Guido hatte von Geburt an immer gekränkelt, sie hingegen war bis heute stets gesund geblieben. Sabrina Pianini stand auf und trat ans Fenster.

Sie betrachtete die Landschaft, die von den hässlichen Wohntürmen und dem Asphalt beherrscht wurde, und bemerkte plötzlich auf dem Hof des Hauses eine kleine Kabine, vor der ein Junge stand, er hatte die Hände in den Taschen und spielte mit Steinen Fußball. War das eine Telefonzelle? Sie durchwühlte wie ein Wirbelsturm die ganze Wohnung, Schränke, Fächer, Küche, Bad, fand jedoch keine einzige Münze. Ein R-Gespräch, vielleicht könnte sie auf Kosten des Empfängers anrufen …

Sabrina Pianini nahm von der Garderobe Jeans und einen muffigen Mantel. Beide waren ihr etwas zu groß, aber die zerknitterten Sachen aus dem Forschungsinstitut wollte sie nicht anziehen, um nicht aufzufallen.

Der Fahrstuhl funktionierte nicht, sie musste die Treppe benutzen. Der Weg durch dreizehn Etagen des Wohnhauses in Minsk war für ihren Geruchssinn wie eine Fahrt mit der Achterbahn. Hörte sie da irgendwo das Gackern eines Huhnes? Nach dem Gestank im Treppenhaus erschien ihr die Luft draußen wie ein Fest, obwohl sie auch nicht gerade die allerfrischeste war. Sie blieb vor der Telefonzelle stehen. Der junge Mann, der so ungeduldig ausgesehen hatte, stand jetzt in der Zelle und plapperte ohne jede Eile mit einem seligen Lächeln. Garantiert redete er mit seiner Freundin.

Das Gespräch zog sich in die Länge, ihre Befürchtungen, dass es Guido schlechtging, wurden von Minute zu Minute größer. Das Krankenhaus hatte hoffentlich die Suche nach einem neuen Nierenspender eingeleitet, sie mussten es doch wenigstens versuchen. Wenn sie anrufen und Hilfe bekommen könnte, würde sie es bestenfalls morgen bis nach Florenz schaffen, vielleicht war es noch nicht zu spät.

Die Tür der Telefonzelle knallte, Sabrina Pianini war an der Reihe. Sie trat hinein, nahm den Hörer ab und hörte ein Tuten. Der Apparat hatte eine Öffnung für Telefonkarten. Sie tippte Guidos Handynummer ein, dann noch ein zweites und drittes Mal, aber es erklang nur ein monotoner weißrussischer Rufton. Plötzlich klopfte jemand an die Tür.

Sabrina Pianini drehte sich um, sah eine ältere, heftig gestikulierende Frau mit Kopftuch, knallte den Hörer hin und bemerkte etwa zwanzig Meter entfernt Aleh Kovel. Er zeigte auf das Haus und redete voller Eifer auf eine etwa zehnköpfige Gruppe ein, die ihm hastig folgte. Verdutzt beobachtete Sabrina Pianini, wie zwei Männer mit einer Systemkamera das Haus aufnahmen, das sie eben verlassen hatte, eine Frau trug auf der Schulter eine Kameratasche.

Brechreiz überkam sie, als ihr klar wurde, worum es hier ging, sie musste die Telefonzelle verlassen, sich hinkauern und tief durchatmen. Kovel hatte als oppositioneller Journalist gearbeitet und versucht gegenüber westlichen Medien Missstände der Diktatur von Präsident Lukaschenko aufzudecken. Und sie hatte ihm erzählt, dass sie nach ihrer Entführung in Italien hier in Weißrussland gelandet war, in einem Forschungszentrum mitten im Wald. An einem Ort, den Kovel kannte. Da hatte er die Chance gewittert, Aufsehen in der Weltöffentlichkeit zu erregen. Kovel beabsichtigte, den Medien ihre Geschichte preiszugeben und so international für Schlagzeilen über das brutale Vorgehen der Behörden Weißrusslands zu sorgen. Kovel wollte ihr nicht etwa helfen, sondern sie ausnutzen. Die weißrussischen Behörden würden garantiert von ihr und Aleh Kovel erfahren, noch bevor auch nur ein Wort veröffentlicht war, und sie landete wieder in dem Forschungsinstitut.

Sabrina Pianini lief zum Fußweg einer stark befahrenen Straße und sah das M einer Metrostation. Dorthin ging sie besser nicht, war es denn nicht so, dass bei Fahndungen nach Flüchtigen gerade in den öffentlichen Verkehrsmitteln, auf Bahnhöfen und Metrostationen besonders intensiv gesucht wurde? Was zum Teufel sollte sie tun? Sie war inzwischen an einem großen Park angekommen und stellte fest, dass sie nicht einmal mit Sicherheit sagen konnte, was für ein Wochentag es war. Angesichts der vielen Jugendlichen, die auf dem Rasen herumlagen, Musik hörten und Getränke konsumierten, war es vermutlich Freitag oder Sonnabend. Vielleicht fand sie ein paar freundliche Leute, bestimmt sprachen auch die Weißrussen Englisch, vielleicht hatte sie Glück und jemand borgte ihr sein Handy. Und wenn nicht, dann würde sie eben irgendwo eins klauen, verdammt noch mal. Oder vielleicht wagte es jemand, ihr zu helfen. Doch zuallererst brauchte sie etwas, das ihr Erleichterung verschaffte.

16

Samstag, 14. August

Das Cabinet Office, das den Premierminister und die Regierung unterstützte, hatte seinen Sitz in 70 Whitehall. An diesem Ort ließ König Heinrich VIII. im 16. Jahrhundert ein Theater erbauen, das auch als Arena für den Hahnenkampf diente. Von dieser Atmosphäre war man auch jetzt nicht weit entfernt, denn der Premierminister hatte neben dem COBR-Komitee, das auf Terroranschläge in Großbritannien reagieren sollte, auch die Mitglieder des Joint Intelligence Committee JIC in den Beratungsraum A gerufen, also etwa zwanzig Spitzenbeamte, zwanzig Ausgaben eines übergroßen Egos. Zusätzlich zu den Vertretern der Nachrichtendienste und Polizeiorgane saßen in den Komitees die Repräsentanten der wichtigsten Ministerien.

Man hatte es in Sellafield nicht geschafft, die Reservesysteme in Betrieb zu nehmen. Es war nicht gelungen, die Steuerung der Wiederaufbereitungsanlage für nukleare Abfälle THORP zu schließen, die Anlage ließ sich nicht isolieren, die Terroristen kontrollierten weiterhin zumindest einen Teil der Datensysteme von THORP.

Die Lageberichte der Aufklärungsabteilung der Streitkräfte DIS, des Aufklärungsregiments SRR und des Staatlichen Kommunikationshauptquartiers GCHQ zur Gefahr eines Terroranschlags auf Sellafield hatte man schon gehört, jetzt nahm der Chef des Geheimdienstes MI5 das Wort.

»Die Ermittlungen zu der Explosion vorgestern in Sellafield kommen gut voran. Andrew Snow, der Leiter der Abteilung für die Lagerung ungefährlicher Stoffe, war bestochen und an dem

Plan beteiligt, dessen Ziel wahrscheinlich darin bestand, Plutonium aus Sellafield zu stehlen. Im Background von Fahrer und Beifahrer des explodierten Lkw findet sich nichts Interessantes, aber ihr Arbeitgeber, der Leiter und Besitzer der Firma Nuclear Transport Tony Shea, hat an dem Tag nach der Explosion seine Glücksspielschulden in Höhe von fünfzigtausend Pfund bar bezahlt. Der Mann ist festgenommen und wird verhört.«

Nun war Betha Gilmartin an der Reihe und berichtete, was der SIS zustande gebracht hatte. »Wir konnten herausfinden, dass es eine Verbindung zwischen dem Ultimatum in Sellafield und dem Raub auf dem Gelände des KKW Marcoule am letzten Dienstag gibt. Es sieht so aus, als würde eine Art mehrteiliger Komplexplan zur Beschaffung von Plutonium und einigen anderen Elementen ausgeführt. Leider sind wir vorläufig noch nicht an die Schuldigen herangekommen, weder durch die elektronische Aufklärung noch durch die Signalaufklärung …«

»Warum nicht?«, fragte der Innenminister ungehalten. »Jährlich werden Millionen Pfund in die Beschaffung von Geräten für das Staatliche Kommunikationshauptquartier und die Nachrichtendienste gesteckt.«

Betha Gilmartin warf einen Blick auf ihren Pulsmesser. »In der Welt der Aufklärung hat es in den letzten Jahren einen Rückschlag gegeben. Die elektronische Aufklärung unserer und auch anderer großer Nachrichtendienste ist nun so wirksam, dass die Terroristen auf ihre alten Kommunikationswege zurückgreifen; sie übermitteln ihre geheimsten Informationen von Mund zu Mund oder von Hand zu Hand. Dagegen ist die elektronische Überwachung machtlos. Der Umfang der Personenaufklärung wurde in den letzten Jahren stark erhöht, aber wir brauchen hunderte zusätzliche Mitarbeiter, wenn wir zumindest alle uns bekannten Gefahrenfaktoren beobachten wollen.«

Der recht junge Premierminister, der noch nicht lange im Amt war, hatte sich alle Zusammenfassungen konzentriert angehört.

Durch die hohe Stirn, das schmale, aber volle Gesicht und die leuchtenden Augen wirkte er zumeist jungenhaft, doch diese Besprechung ließ ihn ungewöhnlich düster dreinschauen.

»Und nun das *Worst case scenario*. Was ist das schlimmste mögliche Endergebnis, wenn die Terroristen ihre Drohung wahr machen?«, fragte er.

Der Leiter der für die Überwachung der britischen Kernkraftwerke zuständigen Atomic Energy Authority antwortete: »Eine Explosion in Sellafield würde die Küsten Englands, Irlands und Schottlands für Generationen unbewohnbar machen, und der radioaktive Niederschlag würde sich bis nach Skandinavien und Kontinentaleuropa ausbreiten. Viele Großstädte müssten wegen des radioaktiven Niederschlags evakuiert werden – das ergäbe ein unbeschreibliches Chaos. Verglichen damit war das Unglück von Tschernobyl eine Kleinigkeit.«

»Und was geschieht, wenn wir auf die Forderungen eingehen? Denken wir mal einen Augenblick darüber nach«, sagte der Verteidigungsminister erregt. »Die Terroristen würden genug Plutonium für die Herstellung zahlloser ›schmutziger‹ Bomben oder Kernwaffen bekommen. Schon eine kleine Bombe von zehn Kilotonnen würde in einem Radius von einem Kilometer um den Ort der Explosion alle Gebäude zerstören und die Menschen töten. Außerhalb dieser Zone würde der vom Himmel herabregnende radioaktive Abfall tödliche Gammastrahlen verbreiten. Der Wind würde den radioaktiven Niederschlag in Regionen befördern, die viele Kilometer entfernt sind, und zwar mit solcher Geschwindigkeit, dass eine Flucht nicht möglich wäre. Die Detonation selbst so einer kleinen Bombe könnte beispielsweise in London sofort Millionen Menschen töten, und in den kommenden Jahrzehnten würde sich die Zahl der Todesfälle durch Krebs vervielfachen.«

Der Außenminister nickte. »Es ist noch nicht lange her, da hat Präsident Barack Obama die Explosion ›schmutziger‹ Bomben als *unmittelbarste und extremste Bedrohung* der globalen Sicherheit bezeichnet.«

In dem Raum war für eine Weile nur schweres Atmen, das Surren der Klimaanlage und das Rascheln von Stoff zu hören, wenn eines der Komiteemitglieder sich bewegte.

Der Unterstaatssekretär im Außenministerium brach das Schweigen: »Wir sind gezwungen, mit diesen Terroristen zu verhandeln.«

»Mit Terroristen wird nicht verhandelt, und auf ihre Forderungen wird nicht eingegangen. Das ist die offizielle britische Position, und wir alle wissen, wohin es führt, wenn man davon abweicht«, sagte der Kanzleichef des Innenministeriums.

Der Direktor des MI5 schüttelte den Kopf. »Die Regierung hat im Laufe der Jahre sowohl mit irakischen, nordirischen, afghanischen als auch …«

Der Kommandeur des Aufklärungsregiments SRR setzte dem Disput ein Ende: »Es ist unmöglich, auf diese Forderungen der Terroristen einzugehen. Denkt mal an unsere Lage. Bei jedem einzelnen Anschlag mit den von ihnen hergestellten Waffen würde man uns für mitschuldig halten.«

»Musste sich schon einmal jemand zwischen zwei derart entsetzlichen Alternativen entscheiden? Entweder wir geben den Terroristen eine fast unbegrenzte Menge Baumaterial für Kernwaffen, oder wir lassen zu, dass die Britischen Inseln unbewohnbar werden. Beide Alternativen können unmöglich akzeptiert werden«, erklärte der Premierminister.

»Vielleicht gibt es noch eine dritte Alternative«, sagte Betha Gilmartin, und sofort wurde ihr die uneingeschränkte Aufmerksamkeit des Publikums zuteil. »Wir wissen nicht, was genau sie aus Sellafield haben wollen. Vielleicht können wir mit den Terroristen einen Handel machen.«

»Bleibt dafür Zeit?«, fragte der Premierminister.

»Das Kühlsystem der THORP-Anlage wird morgen um

15.00 Uhr abgeschaltet, und danach bleiben uns neun bis zwölf Stunden Zeit, bevor radioaktive Lecks auftreten«, antwortete der Leiter der Atomic Energy Authority.

Der Premierminister erhob sich. »Nehmt Kontakt zu den Terroristen auf.«

*

Betha Gilmartin mochte Politiker und Vorgesetzte nicht sonderlich, und jetzt musste sie Vertreter beider Spezies kurz hintereinander treffen. Ihr Fahrer Joe Bradley hatte eine glänzende Leistung vollbracht und die Strecke von Whitehall nach Legoland in einer Viertelstunde geschafft. Der Chef des SIS, Sir Anthony Richardson, der wie seine Vorgänger »C« genannt wurde, wartete in seinem Zimmer; der kleingewachsene Mann stand am Fenster mit dem Rücken zur Tür und drehte sich nicht um, als Betha Gilmartin hereinkam.

»Ich habe meine ganze Autorität eingesetzt, als ich dich zu meinem Kandidaten für die Nachfolge erwählt und zur stellvertretenden Chefin ernannt habe«, sagte Sir Anthony und setzte sich an seinen Schreibtisch. »Verheimlichst du mir etwas?«

»Nicht dass ich wüsste. Was meinst du damit?« Was war denn jetzt los? Betha Gilmartin hatte nicht die geringste Ahnung, wovon Richardson sprach. Hatte irgendein Kollege, der scharf auf das Amt des Chefs war, Klatsch und Tratsch verbreitet, oder hing es damit zusammen, dass der SIS sich als unfähig erwiesen hatte, den Anschlag auf Sellafield zu verhindern?

»Du hattest mitten in der Besprechung einen Anfall.«

Oh verflucht, auch das noch. »Das war nichts Ernstes, bloß ein Herzrasen. Du weißt doch schließlich von meiner Krankheit. Darunter leide ich ja immer, und trotzdem bin ich mit meiner Arbeit stets gut zurechtgekommen.«

Sir Anthony starrte seine Stellvertreterin eine Weile an. »Ich habe mich mit den Unterlagen zu diesen Anschlägen in Sellafield beschäftigt.« Er klopfte auf den Stapel von Dokumenten, der auf seinem Tisch lag. »Der Terrorismus hat seine Fangarme ja heutzutage überall, aber das hier ist ein Komplex, der besonders bedrohlich erscheint. Was wollen die mit dem Plutonium aus Sellafield machen? Hat denn deine Truppe gar keine Idee, wer hinter alledem steckt? Keinen einzigen Namen ...«

»Wenn du die Unterlagen gelesen hast, dann weißt du, dass wir einen in Russland ausgebildeten Soldaten namens Manas, einen Wissenschaftler namens Andrej Rostow und die in Italien entführte Sabrina Pianini suchen.«

Sir Anthony beugte sich vor. »Was würdest du zu einem kurzen Urlaub sagen? Clive Grover weiß über die Ermittlungen zu Sellafield genauso viel wie du. Und du könntest ein wenig ausspannen und dann in Bestform zurückkehren.«

»Einen Scheißdreck weiß Clive Grover«, erwiderte Betha Gilmartin und verließ den Raum.

*

Andrej Rostow und Manas standen in der gewaltigen Halle des Forschungszentrums von Osintorf neben einem großen Gerät, an dem Techniker in weißen Kitteln hantierten.

»Warum hast du der britischen Regierung so viel Zeit gelassen?«, fragte Rostow. »Jetzt können sie Vorkehrungen treffen, bevor ihr die Fracht aus Sellafield abholt.«

»Im Zeitalter der Satelliten bereitet es den Nachrichtendiensten keine Probleme, uns zu beobachten«, antwortete Manas. »Natürlich werden sie auf jeden Fall genau wissen, wo sich unsere Spezialfahrzeuge und unser Schiff befinden, aber für das Gelingen des Plans ist das unerheblich. Wir haben die Frist so knapp wie möglich gefasst, den heutigen und morgigen Tag brauchen wir noch für unsere Vorbereitungen.«

Plötzlich kam einer von Rostows Forschungssekretären im Laufschritt herbeigeeilt. »Sie hatten um eine sofortige Meldung gebeten, wenn auf der Facebook-Seite ›Fluchtgeschwindigkeit‹ eine Nachricht eintrifft.«

Wenig später hielten die beiden Männer in Rostows Büro eine Botschaft mit folgendem Text in der Hand: *»Ihre Forderungen sind unangemessen. Wir wollen wissen, was Sie aus der Anlage mitnehmen werden.«*

»Sie gehen nicht auf unsere Forderungen ein. Das hast du anscheinend nicht in Betracht gezogen«, sagte Doktor Rostow und goss sich Kaffee in seinen Pott.

Manas lächelte äußerst selten, aber zuweilen klang seine Stimme freundlicher als sonst. »Im Gegenteil. Es wird sich ja wohl niemand, der bei vollem Verstand ist, einbilden, dass die britische Regierung uns einfach so Tausende Kilo Plutonium überlässt.«

»Ich verstehe nicht, warum Mundus Novus dir die Vollmacht für einen solchen Plan erteilt hat«, schimpfte Rostow. »Bist du wirklich bereit, ihn auszuführen?«

»Welchen Sinn hätte es, einen Plan auszuarbeiten und dann nicht bereit zu sein, ihn auszuführen? Du verstündest das alles, wenn du dich in seine Einzelheiten vertiefen würdest.«

»Mach du deinen Teil, und ich erledige meinen. Du weißt, dass ich es eilig habe. In drei Tagen muss alles fertig sein. Und wie ist es übrigens möglich, dass Sabrina Pianini immer noch nicht gefunden wurde?«

»Ein Dissident aus Minsk hat ihr geholfen, er wollte die Medien mit Pianinis Geschichte füttern und so die Situation in Weißrussland ins Rampenlicht der Weltöffentlichkeit rücken. Die Pianini scheint geschickter zu sein, als alle geglaubt haben, sie ist aus der Wohnung des Mannes geflohen, bevor die Presse vor Ort eintraf.«

Rostow schniefte verärgert. »Sind alle sonstigen Gefahren eliminiert?«

»Alle außer Leo Kara. Er hat mein Gesicht zweimal gesehen,

voriges Jahr im sudanesischen El Obeid und als Junge vor etwa zwanzig Jahren. Damals wurden zu viele Fehler begangen, man hätte alle Spuren beseitigen müssen.«

»Du hast hoffentlich nicht vergessen, wie unser Plan aussah? Es ist nur nicht alles so gelaufen, wie es sollte«, sagte Rostow und setzte sich hin. »Ich jedenfalls habe Karas Mutter umgebracht und seine Schwester erledigt. Die Verantwortung für Leo Kara lag bei dir.«

»Dieser Plan war dein Werk. Und es ist ein totaler Reinfall gewesen«, erwiderte Manas und bemerkte, wie Rostows Gesichtsausdruck noch angespannter wurde. »Ich verstehe nicht, warum Kara nicht spätestens jetzt getötet werden soll.«

»Alle polizeilichen Ermittlungen im Zusammenhang mit Mundus Novus sind eine Gefahr. Und Karas Vergangenheit ist zu sehr mit Mundus Novus verbunden. Ich will nicht, dass man darin herumstochert. Das würde jedoch unweigerlich passieren, wenn Kara umgebracht wird. Der Tod von UN-Mitarbeitern wird immer besonders gründlich untersucht«, erklärte Andrej Rostow, seine Stimme wurde dabei immer lauter. »Außerdem wäre es überflüssig, Kara zu töten, solange wir ihn mit Hilfe von Gilbert Birou unter Kontrolle haben. Mundus Novus hat Dimitri Arbuzow befohlen, Birou zu erpressen, der wird Kara schon im Zaum halten.«

Manas antwortete nicht.

»Was Kara angeht, bin ich es doch, der am meisten zu befürchten hat, und Mundus«, fuhr Rostow fort und klang jetzt etwas versöhnlicher. »Niemand weiß, an wie viel sich Kara erinnert. Unser ganzes Forschungsprojekt und das Ziel von Mundus Novus würden ernsthaft in Gefahr geraten, wenn meine Identität herauskäme. Der KGB und der FSB konnten sie vierzig Jahre lang geheim halten.«

Manas betrachtete in aller Ruhe die Fotos an der Wand von Rostows Arbeitszimmer. Auf den meisten posierte der Doktor im weißen Kittel neben irgendeiner zweifellos sehr wichtigen Maschine oder Anlage, aber diese Fotos sagten Manas nichts, so sehr er sie auch anstarrte. In seinen Augen sahen alle Räume gleich aus. Nur eine Schwarzweißaufnahme verriet etwas über Andrej Rostow. Darauf stand der fröhlich grinsende, etwa zwanzigjährige Rostow auf der Treppe eines Hauses und rauchte eine Zigarette. Manas erkannte das Gebäude, weil er selbst an der Schule Nummer 101, der KGB-Hochschule für Aufklärung, studiert hatte. Andrej Rostows Vergangenheit war ein Rätsel, und Manas brannte darauf, die Lösung zu finden.

Rostows Telefon klingelte. »Es wird Zeit, wieder an die Arbeit zu gehen«, sagte er und meldete sich.

Manas trat hinaus auf den langen Flur, verließ das Forschungszentrum und ging zu seiner Bretterhütte, einem ehemaligen Wirtschaftsgebäude. Rostows Brutalität war allen bekannt: Andrej Rostow hatte Karas Mutter im Park Royal hingerichtet, ohne mit der Wimper zu zucken, er ließ in seinen Forschungsinstituten Menschenversuche durchführen und gab den Befehl zur Ermordung von Wissenschaftlern, die zu einer Gefahr für seine Ziele wurden oder überflüssig waren, weil er sie nicht mehr brauchte. Rostow war ein äußerst interessantes Individuum, ein wahrhaft grausamer Mensch.

In seiner Hütte ließ sich Manas der Länge nach auf das Feldbett fallen, schloss die Augen und rekapitulierte das Gespräch mit Rostow. Er war dem Gefühl der Verärgerung sehr nahe gewesen, als Rostow starrsinnig verboten hatte, Kara zu töten. Und er hatte auch einen anderen wichtigen Moment erkannt: Wenn er die Fähigkeit zu fühlen besäße, wäre er bei Rostows Worten *»die Verantwortung für Leo Kara lag bei dir«* wütend geworden. Das war eindeutig ein Vorwurf gewesen. Manas hatte auch den Augenblick verpasst, in dem er mit einem Achselzucken hätte lachen müssen.

Und jetzt müsste er Freude empfinden, auch das war ihm klar. Freude über seine enormen Fortschritte, seit er zielstrebig begonnen hatte, das Fühlen zu lernen. Alle ihm zugänglichen Fachbücher über Gefühle und das Fühlen hatte er gelesen, doch am meisten gelernt hatte er aus zwei Büchern. Zum einen »Das emotionale Hirn« von Joseph E. LeDoux. Der Mann war ein unvergleichlicher Fachmann auf dem Gebiet der Mechanismen der Angst. Das andere war der Roman »David Copperfield« von Charles Dickens. Darin wurde von einem Jungen erzählt, der wie er selbst ohne Vater aufwuchs und von der Mutter auf eine Internatsschule geschickt wurde. Sollte etwas eines Tages bei ihm eine Gefühlsreaktion auslösen, dann war es diese Geschichte. Bis zu einem Durchbruch fehlte nicht mehr viel. Er hatte soeben im Verhalten von Andrej Rostow Furcht erkannt; der Doktor hatte Angst vor Leo Kara, oder vielleicht davor, woran Kara sich erinnern konnte.

*

Kati Soisalo saß im Medizinischen Zentrum von Eira im Sprechzimmer der Fachärztin für Gynäkologie und Geburtshilfe Charlotta Widman-Lahti und fühlte sich sowohl erleichtert als auch angespannt. Endlich würde sie erfahren, was ihr fehlte.

»Aufgrund der Ergebnisse der Laparoskopie ..., also der Endoskopie der Bauchhöhle, ist die Diagnose eindeutig, du leidest an einer Endometriose. Das bedeutet, Gebärmutterschleimhaut tritt auch außerhalb der Gebärmutter auf. Du hast solche Schleimhautherde sowohl in den Eileitern als auch im Bauchfell.«

»Und das ist die Erklärung für die furchtbaren Regelschmerzen der letzten Zeit?«, fragte Kati Soisalo.

Die Ärztin nickte. »Wenn diese überflüssige Schleimhaut dicker wird, führt das zu einem ständigen Druck auf die Eileiter und die Bauchhöhle. Das Blut aus den Schleimhäuten kann nicht abfließen, sondern staut sich in den Hohlräumen.«

»Und was passiert nun? Kann das heilen?«

»In deinen Eileitern haben sich leider schon Endometrioseherde gebildet, sogar eine Zyste. Lebst du in einer Partnerbeziehung, gibt es …«

»Was zum Teufel hat das damit zu tun?«, fragte Kati Soisalo erbost.

»Entschuldigung. Ich wollte mich nur erkundigen, ob du daran gedacht hast, weitere Kinder zu bekommen. Deine Krankheit hat leider schon so viel Schaden angerichtet, dass es unter Umständen schwierig sein könnte, schwanger zu werden. Solltest du derzeit gerade versuchen, ein Kind zu bekommen, kann ich dir keine Gelbkörperhormonderivate verschreiben. In dem Falle ist die einzige Alternative eine Operation. Durch eine Entbindung kann die Endometriose übrigens sogar ganz verschwinden.«

Kati Soisalo schaute die Ärztin ungläubig an.

»Vielleicht möchtest du diese Informationen erst eine Weile verdauen, bevor du irgendwelche endgültigen Entscheidungen triffst«, schlug Charlotta Widman-Lahti vor und lächelte.

»Vielleicht«, antwortete Kati Soisalo und war nicht fähig, an etwas anderes zu denken als an Vilma und daran, wie klein Neugeborene waren. Sie konnte ihre Tochter damals im Handwaschbecken baden.

17

Samstag, 14. August

Vizechef Jukka Ukkola spürte im Beratungsraum »Walze« der Hauptabteilung der KRP, wie seine Angst zunahm. Die Ermittlungen zu den Ereignissen in Ylämaa waren völlig aus dem Ruder gelaufen: Der Chef der KRP Timo Neulamaa interessierte sich auf einmal für den Fall, er hatte eine Beratung einberufen, war selbst gekommen und hatte einen Experten mitgebracht, der sich speziell mit ausländischen kriminellen Gruppierungen beschäftigte. Ein unglaubliches Pech, dass der Polizeirat zufällig gerade an diesem Samstag im Dienst war. Ukkola konnte Markus Virta, den Leiter der Ermittlungen im Fall Ylämaa, nicht daran hindern, seine Informationen an Neulamaa und alle anderen Beratungsteilnehmer weiterzugeben. Und er wagte es auch nicht, das Wort zu ergreifen, da er keine Zeit mehr gehabt hatte, sich von Virta auf den neuesten Stand der Dinge bringen zu lassen.

»Marat *Krysa* Krylow wurde erschossen. Krylow arbeitete für den bekannten Kriminellen Dimitri Arbuzow aus St. Petersburg. Das bringt das Geschehen von Ylämaa in einen Zusammenhang mit der russischen organisierten Kriminalität«, berichtete Kriminalinspektor Virta.

»Was ist dieser Arbuzow für ein Mann, wie nennt sich die Organisation, die er führt?«, fragte Polizeirat Neulamaa.

Virta suchte Arbuzows Personenprofil und die Zusammenstellung seiner elektronischen Daten heraus und reichte sie Neulamaa. »Arbuzows Organisation ist groß, operiert aber außergewöhnlich unauffällig. Von ihr ist anders als sonst bei russischen kriminellen Gruppierungen nicht einmal ein Name bekannt.«

»In dem ausgebrannten Lastzug wurden auch Überreste von sechs verschiedenen Rauschgiftarten gefunden«, fuhr Virta in seiner mündlichen Zusammenfassung fort. »Heroin, Ecstasy, Amphetamin, MDPV, Kratom und Spice.«

»Kratom?«, fragte der Polizeirat.

»Kratom ist eigentlich keine Droge, zumindest noch nicht, es ist ein rezeptpflichtiges Medikament«, antwortete Ukkola. »Es wird aus den Blättern eines südostasiatischen Baumes gewonnen, die einen Stoff enthalten, der auf das zentrale Nervensystem wirkt.«

Virta räusperte sich. »Im Auflieger des verbrannten Lasters wurde ein versteckter Raum gefunden, den man zum illegalen Transport nicht nur von Drogen, sondern auch von Menschen nach Finnland nutzte. In dem Massengrab am Rande des Grundstücks, auf dem die Lagerhalle stand, wurden fünf Leichen exhumiert. Die Spezialisten für die Opferidentifizierung konnten bisher bei keinem der Toten die Identität feststellen, schätzen aber ein, dass alle bei ihrem Tod jung, höchstens zwanzig Jahre alt waren. Die beiden, die noch nicht verwest waren, sahen nicht wie Finnen aus. Auch die Route des Lastzugs wurde ermittelt. Er ist am letzten Mittwochmorgen in Kiew gestartet und in drei Tagen eine Strecke von zweitausend Kilometern über Minsk, Vilnius, Riga, Tallinn und St. Petersburg bis nach Ylämaa gefahren.«

Polizeirat Neulamaa konnte es kaum fassen. »Ein und derselbe Fall hängt sowohl mit dem Drogenhandel und der organisierten Kriminalität als auch mit dem Menschenhandel zusammen.«

»Und der Geldwäsche«, sagte Markus Virta und zögerte einen Augenblick, als er Jukka Ukkolas wütende Miene sah.

»Krylow hat sich in Finnland um eine Firma namens Severnaja gekümmert, die in den letzten beiden Jahren Millionen Euro ins Ausland überwiesen hat. Die Zentralstelle für Ermittlungen zur Geldwäsche untersucht die Angelegenheit.«

Neulamaa wirkte nun noch ernster. »Darüber muss im Operativen Komitee der Taskforce zur Kriminalitätsbekämpfung im

Ostseeraum und in den Experten-Arbeitsgruppen gesprochen werden.«

Jukka Ukkola lachte trocken. »Wollen wir nicht lieber erst mal versuchen herauszufinden, worum es hier geht? Es verwundert ein wenig, dass die Aufklärungsabteilung keine Ahnung von den Aktivitäten dieses Krylow in Finnland gehabt hat. Sitzt ihr nur rum und bohrt in der Nase?«

Der Leiter der Aufklärungsabteilung, Kriminaloberinspektor Claes Nyman, rückte auf seinem Stuhl nach hinten. »In Finnland sind etwa achtzig organisierte Gruppen von Kriminellen aktiv, die insgesamt etwa tausend Mitglieder haben. Allein im letzten Jahr haben wir über fünfzig von ihnen unter die Lupe genommen, für mehr reichen unsere Ressourcen nicht. Fast alle ausländischen Organisationen, die hier operieren, stammen aus Russland oder den baltischen Ländern und werden vom Ausland aus geführt. Bei uns erwischt man nur kleine Handlanger, die lediglich Befehle ausführen, oder Kuriere und finnische Partner ausländischer Gruppierungen. In der Regel sind beispielsweise für die Verteilung der Drogen Finnen zuständig, natürlich zwingt man die kleinen Täter, die größten Risiken einzugehen.«

»Die KRP ist nicht international genug«, sagte der Experte.

Das brachte Nyman in Harnisch. »Quatsch! Die KRP hat sich im letzten Jahr öfter an internationalen Ermittlungsgruppen beteiligt als irgendein anderes Polizeiorgan eines EU-Staates.«

Der Experte wirkte verlegen. »Zumindest müssen die Ressourcen für die Aufklärung im Bereich der Kriminalität ausgebaut werden, wie du selbst gesagt hast. Insbesondere die Mafiaorganisationen aus Serbien, Bulgarien und Albanien breiten sich in raschem Tempo überall in Europa aus, und sie machen Geschäfte mit dem Schmuggel von Waren, mit Drogen und dem Menschenhandel. Auch in den nordischen Ländern werden die Mafiaorganisationen aus den Balkanländern und Litauen schnell immer stärker, die schwedische Polizei hat schon große Probleme mit den Serben. Und die Balkan-Route ist zum wichtigsten Weg für den Transport von Drogen ins EU-Gebiet geworden.«

»Sind aus Russland Informationen über Krylow gekommen?«, fragte Ukkola Nyman.

»Die haben überraschenderweise einen ganzen Stapel Informationen geschickt. Krylow war Major des FSB.«

In Jukka Ukkolas Kopf setzte etwas aus. Er begriff zwar, was Nyman gesagt hatte, aber sein Gehirn weigerte sich, es zu glauben. Hatte er zusammen mit einem Offizier des russischen Geheimdienstes am Menschenhandel teilgenommen und Drogen in Finnland verbreitet? Wusste man in Moskau von seiner Rolle?

»Krylow hat also verdeckt ermittelt?«, fragte Polizeirat Neulamaa.

Nyman nickte. »Wir haben die Unterlagen aus Moskau erst vor ein paar Minuten bekommen, um die zu sichten, benötigt man jedoch mehrere Stunden.«

»Ich lasse euch jetzt eure Arbeit weitermachen. Haltet mich auf dem Laufenden«, sagte der Polizeirat und verließ den Beratungsraum, der Experte folgte ihm auf den Fersen.

Ukkola wartete, bis die Tür zu war. »Ich will die Unterlagen aus Moskau sehen.«

»Aber gern. Damit kann man sein Wochenende auf angenehme Weise verbringen, das sind an die zweihundert Seiten«, erwiderte Nyman frohgelaunt. »Sie sind per E-Mail gekommen und können direkt auf deinen Rechner geschickt werden.«

Das war der letzte Nagel für seinen Sarg. Eine totale Katastrophe, er wäre auf keinen Fall imstande, aus den Moskauer Unterlagen die Informationen herauszufiltern, die ihm oder dem Kabinett schaden konnten. Ukkola zeigte mit dem Finger auf Virta. »Wir unterhalten uns heute noch«, sagte er und verließ den Beratungsraum.

Ukkola ging kurz in sein Zimmer, um Fidel eine Nachricht über den Blogdienst Twitter zu schreiben, fuhr dann mit dem

Aufzug ins Parkhaus hinunter, setzte sich in seinen Volvo und rief Arbuzow an.

»Wusstest du, dass Krylow ein Mann des FSB war?«, brüllte Ukkola und hörte, wie Arbuzow bremste.

»*Blya!* Wer behauptet das?«

»Der FSB!«, rief Ukkola.

»Das ist unmöglich. Ich habe ›Ratte‹ im Kresty kennengelernt, im Untersuchungsgefängnis Nr. 1, dem beschissensten Ort in St. Petersburg.«

Ukkola fuhr über die Auffahrt auf den Ring III, sein Gehirn lief auf Hochtouren. »Hast du Krylow Arbeit angeboten, oder hat er selbst vorgeschlagen, bei dir mitzumachen?«

Arbuzow überlegte einen Augenblick, wie er antworten sollte. »Ich hatte zu der Zeit Probleme mit den Heroinlieferungen der Tschetschenen. Krylow hat sich angeboten, die Sache zu erledigen, und damit fing sie an, unsere Zusammenarbeit.«

»Alle Aktivitäten, die mit dem Drogenhandel zu tun haben, werden ab sofort eingefroren. Und für dich wäre es am klügsten, auf der Stelle nach St. Petersburg zurückzukehren«, sagte Ukkola, brach das Gespräch ab und lenkte seinen Volvo auf die Ausfahrt zum Einkaufszentrum »Jumbo«. Er fuhr in die abgelegenste Ecke des Parkplatzes und spürte in der Nase den widerwärtigsten aller Gerüche, den Gestank des Misserfolgs. Sein Vater fiel ihm ein, als er zum zehnten Mal vergeblich auf eine Beförderung gewartet hatte, das Gesicht seines Professors, als er zum vierten Mal durch dieselbe Prüfung gerauscht war, die Frauen, bei denen er sich einen Korb geholt hatte ... Er wusste genau, wie Misserfolg roch.

Endlich kurvte das dunkle Mercedes-Coupé auf den Parkplatz. Ukkola wartete, bis er anhielt, und stieg dann in Fidels Auto.

»Zwei Treffen unter vier Augen am selben Tag.« Fidel wandte sich nicht einmal zur Seite, um Ukkola anzuschauen.

»Das ist alles Krylows Schuld. Es besteht die Gefahr, dass durch die Ereignisse in Ylämaa auf einen Schlag die ganze Wurmbüchse geöffnet wird. Der Polizeirat hat sich in den Fall eingemischt, und jetzt laufen bei uns schon Ermittlungen zum Menschenhandel, zu Arbuzows Organisation und, was beinahe das Schlimmste ist, zur Geldwäsche. Die KRP weiß von den Überweisungen Severnajas an Viktor Hofman.«

»Beinahe das Schlimmste?«, fragte Fidel. »Was könnte gefährlicher sein, als wenn jemand den Transaktionen des Kabinetts auf die Spur kommt?«

Es dauerte eine Weile, bevor Ukkola wieder etwas herausbrachte. »Marat Krylow hat beim FSB gearbeitet. Und der FSB hat unserer Aufklärungsabteilung haufenweise Informationen geschickt. Ich begreife nicht, warum. Ich bin nicht mehr imstande, diese Ermittlungen unter Kontrolle zu halten.«

Jetzt wandte sich Fidel ihm zu. »Krylow war der Mann deiner Wahl.«

»Ich habe ihn akzeptiert, das stimmt. Aber nur, weil Dimitri Arbuzow ihn empfohlen hatte. Sie kannten sich gut, hatten sogar in derselben Zelle gesessen. Ich konnte doch nicht ...«

Fidel hob den Zeigefinger und Ukkola verstummte. »Alle Aktionen hier in Finnland, die mit dem Menschenhandel zusammenhängen, sind ab sofort beendet, eure Pfuscherei wird auch zu einer Gefahr für das Kabinett. Arbuzow kehrt nach St. Petersburg zurück und du verhältst dich unauffällig. Sämtliche Lagerhallen hatte Krylow gemietet, nach seinem Tod stellen die also für uns keine Gefahr mehr dar. Ist es so, dass die Eigentümer der von Severnaja genutzten Feriendörfer nur Krylow getroffen haben?«

Ukkola spürte, wie sich die Schlinge um seinen Hals zuzog. »Arbuzow und ich haben nur zu dem Besitzer des Feriendorfes Hormajärvi in Lohja Kontakt gehabt. Das war der wichtigste Ort von allen, er wurde genutzt, um Material für Erpressungen zu sammeln, wir haben alles gefilmt, was dort passiert«, erklärte Ukkola und ergänzte für sich: »Oder zumindest fast alles.« Dabei dachte er an Jelena.

»Gut. Du kannst gehen«, sagte Fidel und ließ den Motor an.

Ukkola stieg aus, setzte sich in seinen Wagen und hielt das Lenkrad so fest, dass die Knöchel ganz weiß waren. Diese Situation gefiel ihm ganz und gar nicht. Es gab in der Welt, sogar in Finnland, Menschen, verglichen mit denen er weiter nichts war als ein Anfänger ohne beachtenswerte Macht. Nun konnte er sich selbst nicht mehr sicher fühlen. Er und Arbuzow wussten, dass die Erträge des Menschenhandels über Mittelsmänner an das Kabinett flossen, und jeder, der zu viel wusste, war eine Bedrohung für das Kabinett.

*

Kati Soisalo, Leo Kara und Paranoid, der die Fernbedienung hielt, sahen sich triumphierend an, als aus dem Lautsprecher des Computers die letzten Worte von Ukkolas und Fidels Gespräch erklangen – *Du kannst gehen*. Paranoids Spionageprogramm funktionierte perfekt.

»Krylow ist ... war Major des FSB«, sagte Kara. »Was zum Teufel bedeutet das? Ist der russische Geheimdienst am Menschenhandel und am Drogengeschäft beteiligt, oder versuchte der FSB mit Hilfe von Krylow Arbuzows Organisation auf die Spur zu kommen?«

»Das einzige Kabinettsmitglied, das uns bis jetzt etwas Wichtiges verraten hat, war Henri Pohjala«, erwiderte Kati Soisalo. »Demnach erhält das Kabinett seine Befehle von den Silowiki.«

»Silo... was?«, fragte Paranoid.

»Silowiki. Die Truppe, die Putins Befehlsgewalt untersteht und Russland beherrscht, vor allem die Führung des FSB und die der anderen Nachrichtendienste«, antwortete Kati Soisalo.

»Ukkola ... die KRP ist uns gegenüber jetzt im Vorteil, wir kriegen auf keinen Fall heraus, was die FSB-Unterlagen beinhalten«, sagte Kara.

»Ach, wirklich? Du hast anscheinend einen Blackout«, entgegnete Paranoid mit einem Lächeln, er ging zu seinem Computer und ließ die Finger eine Weile auf der Tastatur tanzen. Dann rasselte der Drucker, und Paranoid reichte Kara eine Seite.

»Ukkola benutzt dieselben Computer wie letzten Sommer, seine Festplatten befinden sich immer noch auf meinem Rechner«, erläuterte Paranoid. »Und der Mann von der Aufklärungsabteilung der KRP hat ihm wie versprochen die Unterlagen des FSB per E-Mail geschickt.«

Kara las den Text. »Laut FSB lief Krylows verdeckte Operation schon jahrelang, der Mann sollte nicht nur Arbuzows Aktivitäten aufdecken, sondern auch der ganzen Menschenhändlerkette auf die Spur kommen.«

Kati Soisalo dachte fieberhaft nach. »Das müssen die Russen der KRP natürlich so erklären. Aber meines Erachtens sieht es vielmehr ganz danach aus, dass mit dem Menschenhandel Geld für das Kabinett beschafft wird und der FSB seinen Mann als Helfer für Ukkola und Arbuzow, die Vasallen des Kabinetts, eingeschleust hat, weil er mit dem Kabinett zusammenarbeitet.«

»Jetzt ist es am wichtigsten herauszufinden, wen Ukkola eben getroffen hat«, betonte Kara. »Es hörte sich so an, als wäre die Frau der Chef des Kabinetts. Zumindest muss sie in dessen Hierarchie viel höher stehen als Ukkola.«

»Kannst du die Identität der Frau auf Ukkolas Computer ermitteln, vielleicht halten sie per E-Mail-Kontakt?«, fragte Kati Soisalo Paranoid.

»Ich kann es versuchen.«

»Habt ihr übrigens bemerkt, dass Ukkola ihr gegenüber Drogen mit keinem Wort erwähnt hat?«, sagte Kati Soisalo. »Und das, obwohl die KRP auch Krylows Rauschgiftgeschäfte untersucht. Der Stoff wurde mit denselben Lastkraftwagen wie die Opfer des Menschenhandels nach Finnland gebracht.«

Kara begriff, worauf Kati Soisalo hinauswollte. »Wenn Ukkola und Arbuzow Nebengeschäfte mit Drogen gemacht haben, dann müssen wir irgendwie dafür sorgen, dass auch das Kabinett davon erfährt. Das wäre dann Ukkolas Ende.«

Auch Paranoid hatte einen Vorschlag. »Wir sollten der Aufklärungsabteilung der KRP mitteilen, dass der Besitzer dieses Feriendorfes in Lohja Ukkola und Arbuzow mit dem Menschenhandel in Verbindung bringen kann und wer weiß, womit sonst noch.«

»Wir haben keine Ahnung, was der Besitzer des Feriendorfes von Ukkolas Rolle weiß und ob er irgendwelche Beweise hat«, gab Kara zu bedenken. »Ukkola ist der stellvertretende Chef der KRP, ich wette, er ist imstande, die Ermittlungen so zu steuern, dass man ihm selbst nichts nachweisen kann. Wenn wir wollen, dass Ukkola geschnappt wird, brauchen wir Beweise.«

Kati Soisalo geriet in Rage. »Hoffentlich habt ihr das Wichtigste nicht vergessen – Vilma. Ich will meine Tochter finden, und das gelingt nur, wenn ich Arbuzow irgendwie zu fassen kriege!« Wütend versetzte sie dem Papierkorb aus Metall einen Tritt, so dass er umkippte.

»Möglicherweise findet sich darin etwas«, sagte Paranoid, als er einen Stapel Blätter aus dem Drucker nahm, die Unterlagen des FSB.

»Vielleicht sollten wir einen Abstecher in dieses Feriendorf in Lohja machen«, schlug Kati Soisalo vor. »Wer weiß, was die von Ukkola erwähnten Aufzeichnungen alles enthalten? Sie könnten doch etwas über Arbuzow ans Licht bringen.«

»Ich fahre gleich morgen früh hin. Kommst du mit?«, fragte Kara.

»Darüber reden wir im Auto. Ich kann dich ins Hotel bringen, es ist gleich Mitternacht.«

Paranoid wollte Kati Soisalo zum Abschied küssen, aber die hielt nur die Wange hin.

Die Tür des Smart war auf dem Innenhof des Häuserblocks Hamppuvarpunen noch gar nicht richtig zu, da eröffnete Kara das Spiel. »Holen wir irgendwo etwas zu essen? Die Grillbuden und Hamburgerstände sind noch geöffnet.«

»Und das Nachtquartier in Herttoniemi auch«, sagte Kati Soisalo und schaute Kara kurz an. »Von der gestrigen Pasta ist noch jede Menge übrig.«

»Das hört sich gut an.«

Kati Soisalos Wohnung sah noch ganz genau so aus wie am Morgen – unaufgeräumt. Kara marschierte geradewegs in die Küche zum Weinregal. Als er das Foto eines kleinen Mädchens auf dem Tisch sah, blieb er stehen.

»Das ist Vilma, wahrscheinlich. Es ist schrecklich, dass man sich nicht einmal sicher sein kann, ob man seine eigene Tochter erkennt.«

»Woher hast du das?«, fragte Kara.

Kati Soisalo schüttete die Pasta vom Vorabend aus einer Plastikschüssel in die Bratpfanne, setzte sich hin und vergrub ihr Gesicht in beiden Händen. »Arbuzow hat mich vor dem Haus von Paranoid für einen Moment in sein Auto gezwungen. Dort hat er mir das Foto gegeben und gedroht, dass er sich an Vilma rächen wird, wenn ich weiter in der Geschichte herumwühle.«

»Verdammt, warum erzählst du das jetzt erst!« Karas Augen funkelten vor Zorn. Er kam ihr mit dem Gesicht ganz nahe, doch diesmal konnte er die Worte, die er schon auf der Zunge hatte, zurückhalten. Im letzten Moment wurde ihm klar, was Kati Soisalo da eben gesagt hatte: »Vilma ist also am Leben?«

»Woher soll ich das mit Sicherheit wissen?«, antwortete sie und schaffte es nur mit viel Mühe, die Tränen zu unterdrücken. »Dieses Foto ist kein vollständiger Beweis, zumindest nach Paranoids Ansicht.«

»Was willst du nun tun? Ich könnte es sehr gut verstehen, wenn du bei dieser … bei alldem nicht mehr mitmachen willst.«

»Ich kann ja wohl nicht zulassen, dass meine Tochter in den

Händen wildfremder Leute bleibt, was zum Teufel denkst du dir eigentlich?«

Kara schwieg eine Weile. »Ich habe heute auch Post bekommen. Die war, vorsichtig ausgedrückt, etwas überraschend.« Er holte den anonymen Brief aus seiner Gesäßtasche und reichte ihn Kati Soisalo.

Die brauchte nicht lange, um den Zettel zu lesen. »Wer hat das geschrieben?«

»Da gibt es nicht viele Möglichkeiten. Der Verfasser des Briefes muss in dem Auto gewesen sein, mit dem man uns in Vaters Forschungsinstitut gebracht hat. Aber ich verstehe absolut nicht, warum einer der Mörder meiner Familie mich warnen möchte.«

»Vielleicht bereut es einer von ihnen. Oder ist auf die richtige Seite des Gesetzes übergewechselt. In zwanzig Jahren kann alles Mögliche passieren.«

»Und Kühe können fliegen!«, brüllte Kara.

Kati Soisalo erschrak, obwohl sie den Grund für Karas unberechenbares Verhalten kannte.

»Entschuldige«, sagte er und schaute mit betretener Miene auf den Tisch. »Aber es ist äußerst unwahrscheinlich, dass eine dieser Bestien die Seite gewechselt hat. Schließlich haben sie drei Morde begangen. Und auch mich wollten sie umbringen.«

»Erzähl etwas von ihnen, von deinen Eltern«, bat Kati Soisalo.

Kara trank einen Schluck Wein. »Meine Mutter hieß Molly, Molly Dalston. Geboren wurde sie in Carlisle, im äußersten Nordwesten Englands, etwa zwanzig Kilometer von der schottischen Grenze entfernt. Sie hat wahrscheinlich eine ganz normale Kindheit gehabt und sich schon früh für Sprachen interessiert, Finnisch hat sie nach ihren eigenen Worten deshalb fasziniert, weil Tolkien es als Vorbild für die von ihm erschaffene Elbensprache in ›Der Herr der Ringe‹ benutzt hat.«

»Wirklich?«, fragte Kati Soisalo, während sie die Bratpfanne auf den Tisch stellte, Teller und Besteck folgten.

»Mutter hat am University College in London Finnisch studiert und ist natürlich oft hier gewesen, um vor Ort fleißig die Sprache zu lernen. Auf einer ihrer Reisen hat sie Vater kennengelernt und ist dann, als sie ihr Studium abgeschlossen hatte, hier geblieben und hat an verschiedenen Schulen oder anderen Einrichtungen Englisch unterrichtet. Sie hat, glaube ich, auch zwei, drei Bücher für irgendwelche kleinen Verlage übersetzt.«

»Seid ihr dann wegen deiner Mutter nach London gezogen?«

»Nein, natürlich wegen der Arbeit meines Vaters«, antwortete Kara und konzentrierte sich auf seine Pasta. »Und es gab wohl auch andere Gründe. Genau weiß ich das nicht, ich war damals zehn. Soweit ich mich erinnere, sind Vater und Mutter nie richtig miteinander klargekommen, sie haben sich die ganze Zeit gestritten. Vater war selten zu Hause, Mutter musste uns so gut wie allein erziehen. Aber Emma war Vaters Liebling.«

Kati Soisalo erhob ihr Weinglas und schaute Kara an. »Auf welchem Gebiet hat dein Vater geforscht?«

»Er war Doktor der technischen Wissenschaften. Als junger Mann hat er in Bell's Laboratories in New Jersey gearbeitet, das ist wahrscheinlich die renommierteste Forschungseinrichtung der Welt. Dann in Finnland im Kältelabor und am Physik-Institut der Technischen Hochschule in Espoo, bis er schließlich als Leiter einer Forschungsgruppe nach London gegangen ist. Um die Welt zu verbessern, hat er behauptet.«

Kati Soisalo runzelte die Stirn.

»Erklärt hat er das nicht. Vater war so ein Weltverbesserer, er hat immer über die Weltpolitik und den Imperialismus und die Unterdrückung der Völker palavert. Und eigenartig war er auch sonst.«

»Wieso?«

Kara lachte trocken. »Vater merkte sich alles. Beispielsweise auch, wie viele Schritte er im Urlaub zehn Jahre zuvor in Florenz vom Tisch im Restaurant zur Toilette gegangen war. Er rechnete eine Quadratwurzel genauso schnell aus wie ein Taschenrechner und konnte tausende Dezimalstellen der Pi-Zahl behalten. Doch es wusste kaum jemand von diesem Gedächtniswunder, Vater wollte nicht als Freak abgestempelt werden.«

Kati Soisalo legte die Gabel auf den leeren Teller und klopfte auf ihren Bauch. »Was mag das für ein Gefühl sein?«

»Vermutlich gar keins. Bei meinem Gedächtnis gibt es auch eine leichte Abweichung. Ich beherrsche elf Sprachen, oder jetzt eigentlich zwölf, weil ich in Afghanistan die Grundkenntnisse des Paschtunischen erlernt habe.«

»Bei dir findet man ständig neue merkwürdige Eigenschaften.« Kati Soisalo lachte, obwohl sie es genau so meinte, wie sie es gesagt hatte.

»Das hört sich so an, als wäre es etwas Besonderes, ist es aber nicht. Ich lerne seit fünfundzwanzig Jahren Sprachen, erst in der Schule und dann im Beruf und bei der Arbeit in verschiedenen Ländern. Da entsteht ein bestimmtes System für das Erlernen von Sprachen, je mehr von ihnen man beherrscht, umso leichter ist es, sich neue anzueignen. Mit Intelligenz hat das nicht viel zu tun.«

Schweigen senkte sich über den Tisch, als Kara das Besteck auf den Teller legte. Sie tranken Wein.

»Denkst du die ganze Zeit an Vilma?«, fragte er schließlich.

Kati Soisalo schaute nicht von ihrem Glas auf, sie nickte nur und begann zu weinen. Kara stand auf und nahm sie in die Arme, um sie zu trösten. Diesmal brauchte Kati Soisalo nicht den ersten Schritt zu tun.

18

Sonntag, 15. August

Jelena wachte auf, als jemand sie grob an der Schulter packte, das tat weh, instinktiv schützte sie ihr Gesicht mit den Händen. Sie wurde mit solcher Wucht aus dem Bett gezerrt, dass sie auf den Fußboden fiel und sich das Steißbein verletzte. Es dauerte eine Weile, bis sie begriff, dass sie weder zu Hause in Hinceşti war noch im Schulinternat, dieser Mann war nicht ihr Vater und auch nicht Cebotaru, der Lehrer. Diese Scheißkerle erkannte sie schon am Geruch, der eine stank nach Mist, der andere nach Schnaps. Das hier war der finnische Besitzer des Feriendorfes, ein merkwürdiger mürrischer Typ, der bis jetzt kein einziges Mal in ihr Zimmer und auch nicht in sie eingedrungen war. Der mochte anscheinend Jungs. Oder der finnische Polizist, der aussah wie eine Krähe, hatte ihm verboten, sie zu besuchen.

Der Mann riss ihre Schränke so heftig auf, dass die Türen schepperten, dann nahm er alle Taschen und Beutel, die er fand, schmiss sie auf den Fußboden und brabbelte die ganze Zeit irgendetwas Unverständliches. Warum musste er sogar das Poster von Ashton Kutcher an der Wand abreißen?

Jelena sah durch die offene Tür, wie Mirjeta mit dem Rucksack auf dem Rücken und einem Beutel in der Hand aus ihrem Zimmer in den Vorraum schlurfte. Mirjeta war die ängstlichste von ihnen, eine Albanerin, die aus einer guten Familie stammte und so schön war, dass sie ziemlich oft arbeiten musste. Es gab hier zweierlei Mädchen: Den einen hatte man eine Arbeitsstelle oder eine Heirat in Aussicht gestellt und sie mit diesen verlogenen Versprechungen aus ihrer Heimat weggelockt. Die anderen waren mit

Gewalt aus ihrer Heimat weggebracht worden. Sie gehörte zu den Betrogenen, Mirjeta zu den Entführten. Die wurden nach ihren Erfahrungen schlechter damit fertig, vielleicht, weil sie ja nicht einmal darauf eingestellt waren, ins Ausland zu gehen.

Als der Mann das Zimmer verlassen hatte, zog sich Jelena aus, nahm Natalja, ihren Plüschelefanten, unter den Arm und trug den massiven Stuhl ins Bad. Sie schloss ab und verkeilte die Stuhllehne so fest wie möglich hinter der Tür. Dann langte sie mit der Hand auf den Spiegelschrank, zögerte einen Moment und griff schließlich nach dem Gegenstand, den sie dort mit Klebeband befestigt hatte.

Jelena drehte die Dusche auf, wartete, bis das Wasser warm war, und setzte sich dann zusammen mit Natalja in die Duschkabine. Sie wollte keinen einzigen neuen, unbekannten Ort mehr sehen, sie hatten alle nur das eine zu bieten, was ihr erst der Vater, dann Lehrer Cebotaru und später zahllose ausländische Männer gegeben hatten. Längst war ihr klar geworden, dass es nur einen Fluchtweg gab.

Tränen liefen ihr über die Wangen, als sie das Brotmesser auf ihr linkes Handgelenk drückte. Das Messer war erstaunlich scharf, es schnitt ganz leicht in die Haut, man musste es tief hineindrücken, bis unter die Venen, dorthin, wo die Schlagader verlief. Das warme Wasser linderte den Schmerz, sie wimmerte leise, schloss die Augen, und die Hand um den Messergriff erschlaffte. Es tat nicht sehr weh. Wenn sie wieder dorthin ginge, wohin man sie schickte, müsste sie Schmerzen erleiden, die um ein Vielfaches größer wären. Sie wusste schon, was auf dieser Seite zu finden war, auf der anderen Seite konnte es zumindest nicht schlimmer sein. Am besten würde es ihr gefallen, wenn auf der anderen Seite gar nichts wäre, dann hätte sie endlich ihre Ruhe. Das erste Mal im Leben.

Jelena fielen die Augen zu. In den nächsten Minuten würde sie noch niemand suchen, das reichte, danach könnte man sie nicht mehr gegen ihren Willen retten. Eines war jedenfalls sicher, ins

Krankenhaus würde man sie nicht bringen. Das wohltuend warme Wasser löste sie auf wie Zucker, sie fühlte, wie sie zerschmolz und dorthin floss, wo es besser war.

*

Manas saß in einem Mietwagen, der auf einem Waldweg am Rande des Feriendorfes Hormajärvi stand, etwa sechs Kilometer vom Zentrum Lohjas entfernt. Er trug einen reißfesten und absolut fusselfreien Schutzanzug, eine Kommandokapuze, eine Schutzbrille, Armeehandschuhe aus Leder und Kevlar- und Nomexfasern, die vor Schnittwunden und Stichen von Injektionsnadeln schützten und über vierhundert Grad Celsius aushielten, und niedrige Stiefel mit glatter Sohle. Die mit Gummiband versehenen Ärmel des grünen Schutzanzugs waren mit Tape an den Handschuhen und die Hosenbeine an den Stiefeln festgeklebt. Ein Nachtsichtgerät brauchte er nicht, in diesem seltsamen Land war es morgens um sechs Uhr schon hell.

Er wartete im Schutz der Bäume. Auch diese Aktion würde nicht vollkommen nach Plan verlaufen, das wusste er jetzt schon. Das Feriendorf wurde immer noch evakuiert, obwohl man ihm versichert hatte, dass nach vier Uhr morgens nur der Eigentümer anwesend sein würde. Diese Verzögerung überraschte Manas jedoch nicht sonderlich, unvorhergesehene Ereignisse ließen sich in seinem Beruf nicht vermeiden. Wie man damit zurechtkam, das unterschied den Profi von den Amateuren. Und wenn jemand ein Profi war, dann er.

Die beste Methode für ein perfektes Gewaltverbrechen bestand darin, den Tod so zu tarnen, dass er wie ein Unfall aussah. In den seltenen Fällen wie jetzt, in denen dafür keine Zeit blieb, war es am wichtigsten, dafür zu sorgen, dass die Leiche niemals gefunden wurde. Das Sicherste war natürlich, wenn sie gar nicht gefunden werden konnte, deshalb zog es Manas vor, sie nicht zu verstecken, weder im Ganzen noch in einzelnen Teilen. Er kannte die effektivsten Methoden. Die schon bald anfallende Leiche würde er in Säure auflösen. Die Flüssigkeiten, die man dafür benötigte, befanden sich im Kofferraum des Mietwagens.

Der Auftrag war überstürzt erteilt worden, er hätte nicht einmal in Erwägung gezogen, ihn auszuführen, wäre er nicht von jemandem gekommen, der bei Mundus Novus eine hohe Position innehatte. Bis zum Höhepunkt der Sellafield-Operation waren es nur noch knapp zwei Tage, und er hockte vor Kälte bibbernd in der finnischen Einöde im Wald. Der Sellafield-Plan war zwar fertig, aber er müsste für den Fall, dass Probleme auftraten, erreichbar sein. Manas wunderte sich einmal mehr über die Rolle, die das Kabinett spielte. Warum befand es sich im kleinen und abgelegenen Finnland, und warum war es für Mundus Novus so wichtig? Er wusste nicht genau, was das Kabinett tat, aber es musste für das Erreichen des Endziels von Mundus Novus eine existentielle Bedeutung haben. Sonst hätte man ihn nicht hierher beordert.

Endlich ruckte der Bus an, der auf dem Hof des Feriendorfes stand, und fuhr los. Manas griff nach der Pistole, einer russischen MP-446 Viking, zog eine durchsichtige Plastiktüte darüber und klebte sie am Ärmel des Schutzanzugs fest. Er war bereit.

Das zweistöckige Hauptgebäude befand sich in einem genauso schlechten Zustand und war genauso nichtssagend wie die anderen Gebäude des Feriendorfes. Natürlich hätte er das Haus und seine Umgebung vor der Operation gründlich untersuchen müssen, aber dafür blieb keine Zeit. Er war gezwungen, das Objekt blind zu betreten.

Es gab drei Türen; er wählte jene, die in die Küche führte, weil er durch die Fenster sah, dass dieses Zimmer leer war. Sie öffnete sich leise, er blieb stehen und lauschte. Der Heizkörper summte, andere Geräusche waren nicht zu hören. Er ging vorsichtig ins Foyer. Auf dem Fußboden lagen übereinandergeworfene Teppiche und überall verstreut Kleidungsstücke, die Zimmertüren standen sperrangelweit offen. Niemand.

Manas betrat die Treppe, die ins Obergeschoss führte, sie knarrte unter seinem Gewicht, und im selben Augenblick war oben etwas zu hören. Mit ein paar Sätzen stürmte er die Treppe hinauf, stoppte zwei Meter vor dem Eigentümer des Feriendorfes, der ihn entgeistert anschaute, schoss ihm eine Kugel durch das Stirnbein in den Lateralventrikel des Frontallappens und eine zweite durch das Sternum ins Herz.

Das war problemlos abgelaufen, diesmal hatte er Glück. Er wühlte die Schränke und Regale im Büro durch und fand das Gesuchte, nachdem er das Schloss der Schreibtischschublade aufgebrochen hatte. Es dauerte eine Weile, bis die externe Festplatte an den DVD-Player angeschlossen war und ein Bild auf dem Monitor des LCD-Fernsehers erschien.

Plötzlich hörte man im Erdgeschoss Schritte.

Leo Kara fuhr mit Kati Soisalos Smart auf den Hof des Feriendorfes Hormajärvi. Früh um sechs war er aufgewacht, hatte Gilbert Birou einen Bericht geschrieben und war dann verschwunden, ohne Kati zu wecken. Er hatte nicht die geringste Ahnung, geschweige denn einen Plan, wie er erreichen wollte, dass der Besitzer des Feriendorfes die Aufzeichnungen herausrückte, die Ukkola erwähnt hatte. Irgendwie würde er sich durchlavieren, je nachdem, wie das Treffen verlief.

Kara klopfte eine Weile an die Tür des Hauptgebäudes und klingelte auch, aber es war nichts zu hören. Er ging um das Gebäude herum, bemerkte die angelehnte Tür, betrat die große Küche und lauschte. Nichts. Im Foyer wuchs seine Verblüffung noch, hier sah es aus wie nach einem Wirbelsturm. War das Feriendorf letzte Nacht auf Anordnung des Kabinettsmitglieds, das mit Ukkola geredet hatte, geräumt worden? Jetzt ließen sich die Räume leicht durchsuchen, aber würde er noch etwas finden?

Im Erdgeschoss befanden sich neben der Küche und dem Foyer nur Wohnräume. Schaute man sich die Poster an der Wand und die zurückgebliebenen Sachen in den Badezimmern, Schränken und Schubfächern an, dann hatten hier offensichtlich junge Frauen gewohnt. Es war nicht schwer, zu schlussfolgern, wofür man die von Krylow und Arbuzow nach Finnland geschmuggelten osteuropäischen Mädchen hierhergebracht hatte. Das Büro musste im Obergeschoss ein, die von Ukkola erwähnten Aufzeichnungen wurden sicher dort aufbewahrt. Kara kam bis zum ersten Treppenabsatz, dann hielt er inne.

Dieser Geruch. Den hatte er in seinem ganzen Leben nur wenige Male wahrgenommen, aber stets in Situationen, die er nie vergessen würde: Im Oktober 1989, später auf einem Londoner Schießstand, einmal auf einer Dienstreise in Nigeria, und im Frühjahr letzten Jahres erst im Sudan und dann in Finnland. Hier hatte jemand geschossen. Kara lauschte und hörte die Stille des Hauses und seinen Herzschlag, der immer lauter wurde. Schließlich lief er mit großen Schritten die Treppe hinauf bis ins Obergeschoss und blieb stehen. Vier Türen, von denen zwei offen standen. Die Gardinen mussten zugezogen sein, weil es im Foyer hier oben dunkler war als unten. An der Wand hingen alte Gebrauchsgegenstände: eine Bügelsäge, Kupferpfannen, Brotschieber, hölzerne Suppenlöffel …

Kara hielt den Atem an, als sich auf dem Fußboden etwas bewegte. Er kniff die Augen zusammen, kauerte sich hin und beugte sich dem nächstgelegenen Zimmer zu, um besser zu sehen, was da auf dem Boden kroch. Es wurde größer … floss … das war eine Flüssigkeit …

Im selben Moment, als ihm klar wurde, dass er auf eine Blutlache starrte, griff er nach der einen Meter langen Handwaage, die an der Wand hing. Er konnte die schwere Eisenstange noch hochheben, als ein Mann in einem grünen Anzug das obere Foyer betrat und eine Pistole auf ihn richtete, die von den Resten einer Plastiktüte bedeckt war. Die Waage rauschte durch die Luft und traf die Hand des Mannes mit der Waffe, der Knochen knackte.

Kara warf sich auf die heruntergefallene Pistole, ergriff sie und bekam einen Tritt an die Schläfe. Ihm wurde schwarz vor Augen, aber die Waffe hatte er immer noch in der Hand, er rollte sich auf die Seite, das Gesicht zum Feind, drückte den Abzug und feuerte wahllos um sich. Ein Fenster splitterte, ein zweiter Schuss traf irgendetwas Weiches, der dritte und vierte schlugen in der Wand ein … Dann packte von hinten jemand seinen Arm mit der Pistole und drehte Kara blitzschnell auf den Bauch, ein Knie presste sich in seinen Rücken und um seine Handgelenke spannte sich etwas Kaltes und Straffes.

Manas ging zu den Fenstern, zog die Gardinen auf und die Kapuze vom Kopf. Kara schaute in die dunklen Augen des kirgisischen Auftragskillers und empfand rasende Wut und abgrundtiefen Hass. Im Oktober 1989 war er Zeuge gewesen, als Manas seinen Vater folterte, und im Frühjahr letzten Jahres hatte er zusehen müssen, wie der Mann die Sicherheitsberaterin Katarina Kraus und den sudanesischen Oberst Baabas erschoss. Und nun würde er in das Gesicht dieses kirgisischen Mörders schauen, wenn sein letztes Stündchen schlug.

Kara warf einen Blick in das Zimmer. Hinter der Tür sah er auf dem Fußboden einen Toten oder genauer gesagt seine Beine, und auf dem Fernsehbildschirm lief eine Szene, die in einem der Zimmer des Erdgeschosses aufgezeichnet worden war und wie ein deutscher Pornofilm aus den siebziger Jahren wirkte.

»Man hätte dich schon damals umbringen sollen«, sagte Manas auf Russisch, setzte sich an den Schreibtisch und legte die MP-446 Viking vor sich hin.

»Warum hast du es nicht gemacht?«, fragte Kara, während er sich hochschraubte.

Manas steckte Patronen in das Pistolenmagazin. Das klappte auch mit einer Hand gut. »Für dich war etwas Besonderes geplant.«

»Wer hatte das geplant? Und warum? Mundus Novus? Wer

steckt hinter Mundus, welches Ziel verfolgt Mundus? Stille meine Neugier, bevor du deine Arbeit erledigst.«

Urplötzlich ließ auf dem Hof ein Polizeiauto seine Sirene aufheulen, Manas war so überrascht, dass er eine Patrone auf den Tisch fallen ließ. Er stand auf, wandte sich zum Fenster, sah den Streifenwagen und zog die Gardine zu.

Kara hastete mit langen Schritten los und war bereits im Foyer, als er hörte, wie Manas das Magazin in die Pistole schob.

Polizeiobermeister Ville Parola war schon früher im Feriendorf Hormajärvi gewesen, einmal, um einen Betrunkenen, der mit dem Messer herumfuchtelte, in die Grüne Minna zu verfrachten, ein andermal, um einen Autofahrer, der auf der Honkaharjuntie in den Straßengraben gerast war, ins Röhrchen blasen zu lassen, und mehr als zehnmal hatte er hier ein Mädchen aus Litauen gevögelt und sich nie die Mühe gemacht, sie nach ihrem Namen zu fragen. Jetzt war er in Hormajärvi, weil die Polizeiwache in Lohja früh um sechs einen Anruf von einem Anwohner erhalten hatte, der behauptete, er habe beim Gassigehen mit seinem Jagdhund im Wald am Rande des Feriendorfes ein Auto mit einem seltsam gekleideten Mann darin gesehen und vom Feriendorf her ungewöhnlichen Lärm gehört.

Den am Rand des Waldwegs abgestellten, leeren Mercedes Benz C180 der Autovermietung Avis hatten sie schnell gefunden, aber in den Häusern des Feriendorfes war kein Laut mehr zu hören. Dafür stand auf dem Hof ein Zwergauto, das einem Straußenei ähnelte. Die Zentrale hatte eben mitgeteilt, dass es Kati Helmi Irina Soisalo gehörte, gegen die nichts vorlag. Ihr Name stand auch nicht auf der »VORSICHT!«-Liste der gefährlichen Personen.

»Na, was meinst du, gehen wir hinein, obwohl wir über den Fahrer des Mietwagens nichts wissen?«, fragte Parola seinen jüngeren Kollegen Vuorenmaa.

»Wir können aber auch nicht noch ewig auf eine andere Streife warten«, erwiderte Vuorenmaa, stieg aus und jammerte dabei über seinen Rücken.

Parola schaute aus etwa zwei Metern Entfernung zu, wie Vuorenmaa an der Tür des Hauptgebäudes klingelte. Dann klopfte der junge Polizist, wartete noch einen Augenblick, drückte die Klinke, ging hinein und rief, ob jemand da sei. Die Tür blieb offen.

Gemächlich holte Parola die Zigaretten aus der Tasche und zündete sich eine an. Er machte in aller Ruhe ein paar tiefe Züge und trat unmerklich immer näher an die Tür. Das dauerte aber bei Vuorenmaa. Der junge Mann musste noch viel lernen, er ließ die Kunden zu viel erklären und verplauderte sich zuweilen.

»Ist da jemand?«, rief Parola und hörte gleich danach ein gedämpftes Zischen. Bildete er sich das ein? Wer zum Henker sollte hier mit einer Waffe schießen, die einen Schalldämpfer hatte? So eine Nacht ohne Schlaf spielte ihm heutzutage übel mit, kein Wunder, er hatte schon bald dreißig Jahre Nachtschichten auf dem Buckel.

Parola zog seine Dienstwaffe, eine Glock. Auch für diese Situation gab es bestimmt eine objektive Erklärung. In der Gegend von Lohja war es nicht üblich, etwas anderes als Wild zu schießen, das dürfte erst das zweite Mal in seiner Polizistenlaufbahn sein, dass er im Dienst die Waffe ziehen musste. Frauen gegenüber gab er allerdings manchmal mit seiner Pistole an, anders als das etwa zwanzig Zentimeter lange Teil war sein eigenes Ding leider nicht gerade sehr vorzeigbar.

Polizeiobermeister Ville Parola trat durch die offene Tür hinein und sah mit Besorgnis das Chaos, hier hatte es jemand bei seinem Abgang eilig gehabt. Er sagte Vuorenmaas Namen, erst leise, dann mit etwas mehr Sicherheit in der Stimme. Keine Antwort. In der Nähe des Feriendorfes standen zwei Autos, also konnten sich in dem Gebäude mehrere Personen befinden. Er drückte den

Notknopf seines Sprechfunkgeräts, jetzt würden alle Streifenwagen im Gebiet von Lohja dasselbe hören wie er, und die Zentrale erhielt einen Notruf.

Im Erdgeschoss war nur eine Tür geschlossen, er öffnete sie vorsichtig mit erhobener Waffe. Ein Schuss war nicht zu hören, nur das Geräusch, als sich Parola übergab und den Inhalt seines Magens auf den Flickenteppich entleerte. Vuorenmaa, der auf dem Bett lag, hatte kein Gesicht mehr, und die Decke war blutdurchtränkt. Parola begriff, dass er auf der Stelle fliehen, wegrennen musste, so rasch wie nie zuvor, aber die Panik lähmte ihn. Zu seiner Überraschung schoss ihm der Gedanke durch den Kopf, dass es über den Polizeifunk zu viele Leute hören würden, wenn er jetzt weinen müsste. Ville Parola wollte sich zusammenrollen und so kleinmachen, dass er verschwinden könnte, er wollte sich in einer Fußbodenritze verstecken, zu Hause in seinem Bett aufwachen … Und dann hörte er Schritte, die näher kamen.

*

Vor dem Hotel »Arcotel«, hundert Meter vom Haupteingang der UNO-City entfernt, roch es streng und widerlich. Der Gestank ging jedoch nicht von Gilbert Birou aus, sondern stammte aus der Kanalisation, denn er stand auf einem Gullydeckel. In der Hand hielt er Leo Karas Zusammenfassung, ständig gingen Menschen an ihm vorbei, die es eilig hatten. Sein Büro oder seine Telefone würde kaum jemand abhören; er rief den Erpresser nur deshalb von hier aus an, weil er sein Arbeitszimmer nicht mit diesem Dreck beschmutzen wollte. Rasch tippte er die Nummer auf seinem Handy ein.

Gilbert Birou gab bis ins Detail die Informationen weiter, die er von Kara erhalten hatte. »Sie sind also ziemlich gut im Bilde über die Aktivitäten von Severnaja und Kivijalka, sie kennen Palomaas Rolle und haben irgendwie auch Zugriff auf das Material bekommen, das der FSB an die Zentrale der finnischen Kriminalpolizei geschickt hat. Am meisten verwundert dabei, dass Kara und Soisalo anscheinend alles wissen, was die Polizei weiß. Es sieht so aus, als würden sie Informationen vom stellvertretenden Leiter der KRP Jukka Ukkola erhalten.«

»Haben sie sich getroffen? Verrät Ukkola Informationen?«, fragte der Erpresser in einförmigem Tonfall.

Birou blätterte Karas Zusammenfassung schnell durch. »Soisalo und Ukkola haben sich in den letzten Tagen zweimal getroffen. Mehr berichtet meine Quelle nicht.«

»Bring das in Erfahrung«, sagte der Mann und beendete das Gespräch.

Birou bemerkte, dass seine Hände zitterten, als er Kara anrief. Er hatte das Gefühl, bereits verurteilt zu sein: Das Verbrechen war begangen, man hatte ihn erwischt, und nun blieb ihm nur noch, voller Spannung abzuwarten, ob man ihn hinrichten würde oder ob er mit lebenslänglicher Haft davonkäme. In der Leitung waren eine Frauenstimme in einer merkwürdigen Sprache und ein Signalton zu hören, dann konnte Gilbert Birou seinen Frust abreagieren und etwas auf Karas Anrufbeantworter brüllen. Er setzte sich in Bewegung, als ein Mann im offiziellen repräsentativen Dress der Geschäftswelt, einem dunklen Anzug, stehen blieb, um dieses akustische Spektakel zu verfolgen.

Gilbert Birou spürte, dass er am Rande des Abgrunds taumelte. Bis jetzt hatte er die Krisen seines Lebens gemeistert, indem er bei Mathilde, seinen Wertgegenständen oder in seinen Lieblingsrestaurants Zuflucht suchte, doch bald wäre all das für ihn nicht mehr zugänglich. Er würde ins Gefängnis kommen. Warum hatte er aus den Ereignissen vor vier Jahren im Londoner Mayfair, als die Metropolitan Police ihn bei einer Razzia in einem Bordell bei einem weißrussischen Jungen erwischt hatte, keine Lehren gezogen? Warum? Vermutlich deshalb, weil er nicht auf Mathilde verzichten wollte und lieber die furchtbare Schande ertrug, die auf ihn fiele, wenn alles aufgedeckt würde.

Wie zum Teufel sollte er Betha Gilmartin erklären, dass er nicht imstande war, Kara aus Helsinki abzukommandieren? Man konnte seinen Hintern nicht gleichzeitig in zwei Richtungen hinhalten, bald würde er gezwungen sein, eine Entscheidung zu treffen.

19

Sonntag, 15. August

Das Kreuzfahrtschiff war bei Sturm im Golf von Alaska auf Grund gelaufen, direkt vor der Insel Kodiak. Alles hatte sich innerhalb weniger Minuten abgespielt: Als das Schiff auflief, gingen die Scheinwerfer aus, und Panik erfasste sowohl die Passagiere als auch die Besatzung. Nur äußerst wenige schafften es in der stockfinsteren Nacht bis in die Rettungsboote, er hockte als einziger in dem offenen Gummifloß. Es war so kalt, dass selbst die Gedanken einfroren. Das Schiff sollte eigentlich in Anchorage anlegen, also hatte auch er seine wärmsten Sachen mitgenommen, im Januar sank das Quecksilber in dieser Gegend zuweilen bis auf fünfzig Grad minus. Doch als das Unglück geschah, hatte er nur Jeans und ein T-Shirt an und zitterte nun wie Espenlaub, der Frost stach in die Haut wie ein Nagelbrett.

Leo Karas Phantasiegebilde fiel in sich zusammen, als es an der Tür der Arrestzelle der Polizeibehörde in Vantaa klapperte. Unter der Decke war doch eine Überwachungskamera befestigt, warum mussten die Wächter durch den Spion kontrollieren, dass er sich nicht aufgeknüpft hatte? Bald müsste er auch diese Alternative in Erwägung ziehen, lange konnte er sich nicht mehr zusammenreißen. Seit den Ereignissen vor reichlich zwanzig Jahren hielt er es in Zellen oder anderen geschlossenen Räumen nicht aus. Da war es völlig egal, ob sie sich in Finnland oder im Sudan befanden.

Er rollte sich auf der knochenharten Pritsche zusammen, lag da wie ein Embryo und versuchte wieder in seine Phantasiewelt zu fliehen. Aus irgendeinem Grund funktionierten die Geschichten am besten, in denen er sich nach einem Unglück oder aus der Wildnis retten konnte. Genauer gesagt, sie hatten funktioniert, derzeit klappte nicht einmal mehr die Flucht in sein Inneres richtig.

Kara erhob sich von der Pritsche, trat zur Tür und schlug mit der Faust einmal, zweimal, ein drittes Mal an den Stahl. Zu seiner Überraschung waren im selben Moment hinter der Tür Stimmen zu hören, es klirrte metallisch, dann ging die schwere Tür langsam auf, und wer stand da? Jukka Ukkola. Kara schlug sofort zu und traf die Tür. Ukkola erschrak so sehr, dass er zögerte, in die Zelle hineinzugehen.

»Nun reiß dich mal am Riemen, du Verrückter, bei einem tätlichen Angriff auf Vollzugsbeamte kommt man nicht mit einer Geldstrafe davon.«

Kara ging zur Pritsche, setzte sich hin und schloss die Augen, es blieb ihm nichts anderes übrig, sonst könnte er die Verantwortung für das, was er tat, nicht mehr übernehmen. Jemand musste Ukkola eine Lehre erteilen, die er nicht vergessen würde. Der Mann machte Kati Soisalos Leben zu einem Alptraum und war sowohl am Menschenhandel als auch am Drogenschmuggel beteiligt.

»Ich bin freiwillig hierhergekommen, um zu berichten, was in Lohja geschehen ist«, sagte Kara. »Ihr habt keinen Grund mehr, mich in der Zelle festzuhalten. Selbst du wirst nicht so dumm sein und dir einbilden, dass ich zwei Polizisten erschossen habe.«

»Das Leben so eines Typs, der ständig ausrastet, ist bestimmt sehr interessant«, erwiderte Ukkola, der sich bis in die Tür gewagt hatte, und betrachtete Kara. »Du hast erzählt, ein Kirgise namens Manas habe in Hormajärvi den Eigentümer des Feriendorfes und zwei Polizisten umgebracht, dir aber sei es gelungen, zu fliehen. Bis jetzt wurde dort nichts gefunden, was deine Geschichte bestätigen würde, außer der Nachricht einer Polizeistreife, wonach in der Nähe der Gebäude zwei Autos geparkt waren – ein Mercedes einer Autovermietung und Kati Soisalos Smart, mit dem du unterwegs warst. Hast du meine Frau übrigens gevögelt?«

Kara ging zur Tür und blieb so nahe vor Ukkola stehen, dass der sich ein wenig nach hinten beugen musste. »Aber natürlich. Kati ist gut im Bett.«

Für einen Augenblick sah es so aus, als würde Ukkola die Nerven verlieren. Er spitzte die Lippen, strich über sein rabenschwarzes Haar und stieß die Tür ganz auf. »Der Generaldirektor des UNODC hat das Außenministerium in den letzten zwei Stunden mit Telefonaten bombardiert. Die Schmauchspurenproben zeigen, dass du in den Stunden vor der Untersuchung nicht geschossen hast. Ich lasse dich jetzt gehen, aber vergiss nicht, wie du dich in diesem Loch gefühlt hast. Nach Abschluss dieser Ermittlungen wirst du Jahre irgendwo in einer ähnlichen Zelle verbringen.«

*

Als Kati Soisalo das Gebäude der Helsinkier Polizei in Pasila verließ, war sie so in Gedanken versunken, dass sie an ihrem bestellten Taxi vorbeilief. Ukkola hatte bei seiner Inszenierung gründliche Arbeit geleistet und dafür gesorgt, dass sie beschuldigt wurde, einen Teil des Nachlasses von Eini Eronen unterschlagen zu haben. Man hatte sie gerade unter dem Verdacht einer Straftat vernommen, der Straftatbestand lautete schwere Unterschlagung, und die Polizei war dank der Zeugenaussagen vollkommen im Bilde über den Ablauf der Ereignisse. Ein netter junger Kriminalobermeister hatte sie eine Stunde lang dazu befragt, warum die Halskette Eini Eronens, deren Wert auf hundertzwanzigtausend Euro geschätzt wurde, im Nachlassverzeichnis fehlte und wie sie in den Besitz des Juweliergeschäfts »Myrow« gelangt war.

Vor dem ehemaligen Gerichtsgebäude wäre Kati Soisalo um ein Haar gegen einen auf dem Fußweg abgestellten Kleintransporter gelaufen, da fiel ihr ein, dass sie ein Taxi angerufen hatte, sie machte kehrt und ging zurück. Vilmas Schicksal, die Anklage, Arbuzows Drohung, Karas Bericht über seine Vergangenheit, die Tatsache, dass sie Paranoid betrogen hatte, die Diagnose der Ärz tin, die vielen Menschenleben, die durch die Geschäfte der Menschenhändler zerstört wurden ... Das war einfach zu viel, sie fühlte sich so, als würde ihr jeden Moment der Kopf zerspringen.

Sie stieg hinten in das Taxi ein, nannte Jonny Karlssons Adresse, schloss die Augen und sah vor sich Vilmas Foto, das Arbuzow ihr gegeben hatte. Würde Vilma noch ihre Hand auf die der Mutter legen, wenn die auf dem Küchenbrett Gemüse zerschnitt? Kein Mensch war psychisch so stark, dass er all das gleichzeitig bewältigen konnte. Für sie war nur eins wirklich wichtig, sie wollte Vilma finden. Sie würde alles andere verschieben, an nichts anderes denken als an Vilma. Irgendwie musste sie Dimitri Arbuzow zu fassen kriegen, das war das einzige Mittel, Vilma auf die Spur zu kommen, bevor es zu spät sein würde.

»Wie ist es gelaufen?«, fragte Jonny an seiner Wohnungstür, als Kati Soisalo eintrat. Er aß gerade einen Hamburger aus der Mikrowelle.

»Jetzt muss der höchste Gang eingelegt werden, die Zeit läuft uns davon. Hast du in diesem Material des FSB irgendetwas Interessantes gefunden? Und was hat Ukkola getrieben?« Sie machte einen hektischen und besorgten Eindruck.

»In den Unterlagen des FSB findet sich nichts, was bei der Suche nach Vilma helfen würde, und auch Kara dürfte daran nicht viel Freude haben. Es werden lediglich Krylows Aktivitäten und die Verbrechen von Arbuzows Organisation geschildert. Von Ukkola ist nur zu berichten, dass er eben in der Arrestzelle der Polizei in Vantaa war und Kara provoziert und zur Weißglut gebracht hat.«

»Wir müssen Kontakt zu Arbuzow bekommen«, sagte Kati Soisalo.

Jonny stopfte sich die Reste des Hamburgers in den Mund, leerte sein Colaglas und ging in sein Arbeitszimmer. »Das ist kein Problem, ich kenne schon zwei Handynummern von Arbuzow.

Die eine habe ich in den Unterlagen des FSB gefunden und die andere auf Ukkolas Telefon. Was hast du damit vor, willst du ihn zum Mittagessen einladen?«

Kati Soisalo holte sich aus dem Kühlschrank Joghurt, schüttete ihn in ein Glas und setzte sich aufs Sofa. »Ich brauche nur verdammt viel Geld und einen glaubwürdigen Mittelsmann. Und ich weiß, wo ich beides finde.«

*

Leo Kara parkte den Smart in einer Lücke, in die ein normales Auto keinesfalls gepasst hätte, und verdrängte die Erinnerung an das Steakrestaurant in der Punavuorenkatu, in dem seine Familie Anfang der achtziger Jahre samstags oft gegessen hatte. Mit langen Schritten stürmte er die Treppe hinauf zu Paranoids Wohnung.

»Was zum Teufel ist in Lohja eigentlich passiert? Im Radio und Fernsehen wird über nichts anderes mehr geredet«, fragte Kati Soisalo, während sie die Tür öffnete, und Kara verdichtete das Geschehen von Hormajärvi zu einem zweiminütigen Vortrag.

»Die Medien überschlagen sich, da es um Polizistenmord geht«, sagte Paranoid. »Es wurden schon Leute interviewt, die in der Nähe wohnen, alle haben Andeutungen gemacht, dass in dem Feriendorf ein Bordell war. Es ist nur eine Frage der Zeit, dann werden die anderen Feriendörfer auch entdeckt, die Severnaja angemietet hat.«

»Gut so. Jetzt ist Arbuzow gezwungen, sich etwas Neues einfallen zu lassen, wenn er in Finnland weitermachen will. Krylow und Ukkola sind aus dem Spiel, die Drogentransporte sind unterbrochen, und bald ist auch Schluss mit den Einnahmen aus dem Verkauf der Mädchen in den Feriendörfern«, erklärte Kati Soisalo. »Vermutlich hattest du keine Gelegenheit, die Videos zu suchen, die Ukkola erwähnt hat?«, fragte sie Kara.

Der schüttelte den Kopf. »Manas hat sie mitgenommen.«

»Ukkola hat vorhin eben mit Claes Nyman, dem Leiter der Aufklärungsabteilung der KRP, geredet oder besser gesagt gestritten«, berichtete Paranoid. »Es sieht so aus, als würde Nyman genau wie wir mit Ukkola auf Kriegsfuß stehen. Wollen wir Nyman nicht mitteilen, dass Ukkola in die Geschäfte Krylows und Arbuzows verwickelt ist? Ich könnte Nyman ziemlich viele Daten schicken: Informationen über Telefongespräche und Nachrichten …«

»Eine gute Idee«, sagten Kara und Soisalo wie aus einem Munde.

Plötzlich ging die Badtür auf, und Kara erblickte einen alten Bekannten: Sakke Tirkkonen, Präsident des Bikerclubs MC Black Angels, zog gerade seinen Gürtel straff. Die Wange des hundertachtzehn Kilo schweren ehemaligen Gewichthebers in Jeansjacke und Lederweste zierte ein Tribaltattoo, so groß wie eine Untertasse. Kati Soisalo hatte Tirkkonen vor Jahren in einer Strafsache verteidigt, und der wiederum hatte ihnen im vorigen Jahr bei der Aufdeckung von Verbrechen finnischer Waffenfirmen geholfen. Die beiden Männer begrüßten sich.

»Wenn du Tirkkonen zur Unterstützung angefordert hast, dann dürftest du Arbuzow gefunden haben,«, meinte Kara und schaute Kati Soisalo an.

»Gewissermaßen. Die Geschichte ist aber ein wenig komplizierter. Setz dich hin und hör zu, wir wollten gerade anfangen«, befahl Kati Soisalo, dann nahm sie am Küchentisch Platz und gab Tirkkonen ein kariertes Blatt Papier.

»Halte dich an deinen Rollentext, dann wird alles gut verlaufen. Und wenn Arbuzow etwas Unerwartetes fragt, hörst du dir erst an, was ich sage, und antwortest danach. Denk dir nichts selber aus«, riet ihm Kati Soisalo.

Tirkkonen drückte die Taste mit dem grünen Hörer und schaltete den Lautsprecher ein. Es dauerte eine Weile, bis sich Arbuzow in mürrischem Ton mit einem russischen Wort meldete.

»Sakke Tirkkonen aus Finnland. Spreche ich mit Dimitri Arbuzow?«

»Kennen wir uns? Von wem hast du diese Nummer? Wie war der Name?«, fragte Arbuzow.

Kati Soisalo nickte, als sie Arbuzows Stimme erkannte. Das war derselbe Mann, der sie bedroht und ihr Vilmas Foto gegeben hatte.

»Sakke Tirkkonen. Ich rufe an, um ein Angebot zu machen. Ich weiß, dass eure Kooperationspartner hier in Finnland aus dem Spiel sind und eure Aktivitäten auf Eis liegen. Der MC Black Angels kann die Verteilung und Vermittlung eurer Erzeugnisse übernehmen. Wir haben …«

»MC Black Angels. Der Motorradclub?« Arbuzow klang überrascht.

»Wir haben Verteilungskanäle, die jederzeit verfügbar sind, und erfahrene Leute. Probier es einmal mit uns, und wenn du zufrieden bist, können wir weitermachen.«

»Bei einem neuen Zwischenhändler würde der Preis für die erste Fracht mindestens zwei Millionen Euro betragen. In bar.«

Tirkkonen hielt die Hand über das Telefon und hörte sich an, was Kati Soisalo sagte, bevor er antwortete. »No problem. Die Black Angels sind ein internationaler Club, und unsere Dachorganisation unterstützt eine Expansion gern. Wir bekommen das Geld auf alle Fälle zusammen.«

Kati Soisalo schrieb etwas in fieberhafter Eile und legte den Zettel vor Tirkkonen hin. »Aber die Übergabe muss in Finnland erfolgen, wir haben nicht so gute Beziehungen zum Zoll wie eure ehemaligen Partner.«

In der Leitung herrschte einen Moment Schweigen, während Arbuzow nachdachte. »Ich überprüfe ein paar Dinge und komme dann darauf zurück. Aber eins kann ich schon jetzt sagen: Ich will im Voraus Beweise dafür, dass ihr das Geld habt.« Dann war das Gespräch zu Ende.

Kati Soisalo und Paranoid strahlten vor Zufriedenheit, Tirkkonen holte sich aus dem Kühlschrank ein Bier und verschwand im Wohnzimmer. Kara saß da und schaute sie entgeistert an.

»Zwei Millionen. Wie zum Teufel wollt ihr so viel Geld beschaffen?«, fragte er schließlich.

»Das ist ganz einfach«, antwortete Kati Soisalo. »Ich habe dir doch voriges Jahr erzählt, dass Bestechung auch in Finnland ein ganz normaler Teil des Geschäfts der Konzerne ist. Bei vielen Industrieunternehmen kommen alle Kunden aus dem Ausland, und dort muss man sich an die Spielregeln halten, die vor Ort gelten. Bei meinem ehemaligen Arbeitgeber Fennica war es üblich, bei fast jedem Deal irgendeinem Broker oder Berater ein, zwei Prozent vom Kaufpreis zu zahlen. Die Bestechungsgelder wurden von einem extra dafür eingerichteten Konto genommen. Und da es bei den Geschäften nahezu immer um Hunderte Millionen ging, lagen auf dem Konto etliche Millionen.«

»Du kannst an diese Gelder nicht mehr herankommen.« Karas Feststellung hörte sich wie eine Frage an.

»Im Gegenteil. Ich komme an dieses Geld, wenn es sein muss, sofort heran. Otto Mettälä, der geschäftsführende Direktor von Fennica, und ich haben damals in Zürich bei der Bank »Julius Bär« ein Konto für Bestechungsgelder eröffnet. Die Gelder auf diesem Konto stammten von Fennica, und zwar völlig legal. In den Geschäftsbüchern des Unternehmens erschienen sie als ganz normale Zahlungen an einige Kooperationspartner in Mitteleuropa. Eines verrieten die Fennica-Konten allerdings nicht: Diese Partner überwiesen die Gelder weiter auf eben das Bestechungskonto, nachdem sie vorher ihren Anteil, ein Honorar von einigen Prozent, abgezogen hatten. Nur ich und Mettälä kannten sowohl die Nummer, die SWIFT- und IBAN-Daten dieses Bestechungskontos als auch die Geheimzahl für das Onlinebanking. Und aus irgendeinem Grund hat Otto Mettälä die Daten nicht an seinen Nachfolger weitergegeben, vielleicht ist er vor seinem Tod nicht mehr dazu gekommen oder hatte die Befürchtung, der könnte die ganze Regelung der Polizei verraten. Wie dem auch sei, das Konto existiert immer noch, und ich bin die einzige Person, die das Geld abheben kann. Der Saldo belief sich gestern auf vier Millionen siebenhunderttausend und ein paar Zerquetschte. Euro.«

Kara schüttelte den Kopf. »Ich bin in meiner beruflichen Laufbahn auf vielerlei Straftaten gestoßen, darunter ein paar verdammt schwere, und ich bin auch selbst zweimal für kleinere Sachen verurteilt worden. Aber das hier ist eine Straftat von einem Kaliber, bei dem das Kittchen winkt, und zwar für eine ganze Weile. Und das Gefängnis ist genau der Ort, wo ich meine Zukunft ganz bestimmt nicht verbringen will. Kapiert ihr das?«

Kati Soisalo wirkte nicht im Geringsten besorgt und beruhigte ihn: »Bei dieser Sache wird niemand erwischt. Diese Gelder liegen bis ans Ende aller Tage auf der Bank »Julius Bär«, wenn ich sie nicht verwende.« Dann fuhr sie schweres Geschütz auf: »Ihre Rücküberweisung an Fennica würde für viel Aufsehen sorgen und zumindest mir eine Gefängnisstrafe einbringen. Das heißt, diese Gelder bleiben entweder bis zum Sankt-Nimmerleins-Tag auf der Bank, oder sie fließen auf das Konto einer Waffenfirma zurück, die sich des Schmuggels und der Bestechung schuldig gemacht hat, oder wir verwenden sie für die Zerschlagung eines Menschenhändlerringes. Du hast die Wahl.«

»Willst du Sakke Tirkkonen wirklich vertrauen?« Kara senkte die Stimme. »Bei den kriminellen Aktivitäten der Bikerclubs fließt enorm viel Geld, es geht um Milliarden Dollar. Die Clubs machen Geld mit Drogenhandel, Prostitution, Erpressung und Gewalt.«

Kati Soisalo nickte. »Damit muss ich leben.«

Kara schloss die Augen und hatte das Gefühl, immer tiefer im Sumpf zu versinken.

»Na gut. Aber ich will, dass wir auch weiter nach Spuren des Kabinetts und von Mundus Novus suchen. Hast du etwas Neues über Fidel herausgefunden?«, fragte er Paranoid.

»Merkwürdigerweise nicht. Außer dass sie über Twitter Kontakt zu Ukkola hält.« Paranoid schwieg einen Augenblick. »Und wenn wir nun Fidel über Twitter im Namen von Ukkola ein Treffen vorschlagen?«

»Das machen wir«, antwortete Kara und fühlte, wie sein Handy in der Tasche vibrierte. Gilbert Birou. Am liebsten hätte er sich nicht gemeldet, aber das würde seine Lage nur noch verschlechtern.

»Wo zum Teufel hast du gesteckt, ich ...«

»Im Knast.« Damit brachte Kara seinen Chef zum Schweigen und erzählte ihm dann, was nach seinem letzten Lagebericht geschehen war. Was Kati Soisalo mit Arbuzow vorhatte, verschwieg er, da ihm auf die Schnelle nicht einfiel, wie er die Beschaffung des nötigen Geldes erklären sollte.

»Menschenskind, bist du nicht imstande, wenigstens mal einen Tag wie ein normaler Mensch zu leben, ohne Probleme zu bekommen?«, fragte Birou und schnaufte.

»Anscheinend nicht.«

»Woher bekommst du übrigens deine Informationen über diesen Mann von der KRP? Wer ist deine Quelle?«

»Meine Quellen kann ich nicht verraten, du verstehst sicher, dass ...«

»Hör mir jetzt mal ganz genau zu, Kara.« Es schien so, als wollte Birou ihm durch die Leitung an die Gurgel gehen. »Hier steht jetzt mehr auf dem Spiel, als in deinen Schädel geht. Du berichtest mir bis ins Detail alles, was in Finnland passiert, oder du fliegst auf der Stelle raus, und zwar achtkantig und mit ein paar Anklagen am Hals. Und es interessiert mich einen Dreck, was du mit deinen Informationen über mich anstellst. Hast du das kapiert?«

Kara schaute auf Paranoid, der sich mit Kati Soisalo unterhielt, und hörte den kleinen Teufel tief in seinem Inneren flüstern, wie leicht er Katis Freund loswerden könnte, wenn er erzählte, dass Paranoid in die Computer des stellvertretenden Leiters der KRP eingebrochen war. Von Birou würde die KRP sicher davon erfahren. Leider würde diese Meisterleistung zugleich ihre Chancen zunichtemachen, Vilma zu finden und dem Kabinett auf die Spur zu kommen. Die Idee starb genau so schnell, wie sie entstanden war.

»Die Quelle ist einer der Mandanten von Soisalo, ich versuche den Namen zu ermitteln«, log Kara und beendete das Gespräch.

*

Anita Arho zündete sich in ihrem Büro am Eteläranta eine kubanische Zigarre an, eine H. Upmann Magnum 50, und warf einen Blick auf das Foto von Fidel Castro an der Wand. Als sich damals Ende der sechziger Jahre die kleine, gutaussehende Teenagerin die sechzehn Zentimeter lange Zigarre der Marke Super Robusto zwischen die Lippen schob, schnellten die Zeiger der finnischen Stalinisten nach oben, aber heutzutage befriedigte das Rauchen des Phallussymbols nur noch ihre Nikotinsucht. Die Zeiger der Stalinisten ließ vermutlich auch nichts anderes mehr nach oben schnellen.

Anita Arho war in der Geschäftsbank Kansallis-Osake-Pankki der größte Verfechter von Valutakrediten gewesen, bevor die Finnmark 1991 abgewertet wurde und zehntausende Unternehmen und Privatpersonen in Konkurs gingen. Sie hatte die schwerste Krise der finnischen Wirtschaftsgeschichte in den Jahren 1990 bis 1993 fast ohne Makel überstanden, obwohl sie in der Zeit vor der Krise über die Darlehensvergabe der Bank entschieden hatte. Als im Jahre 2000 der Wert der IT-Aktien einbrach, leitete sie das größte finnische Unternehmen für Dienstleistungen auf dem Gebiet der Informationstechnologie und saß in den Aufsichtsräten von zwei anderen IT-Firmen. Und noch kurz vor der letzten Krise hatte sie in ihrer Eigenschaft als Vorstandsvorsitzende des bedeutendsten finnischen Holzverarbeitungskonzerns gegenüber Medienvertretern die glänzenden Zukunftsaussichten der Branche gepriesen. Drei Ehemänner hatte sie zum Standesamt geführt – gegen deren mehr oder weniger großen Widerstand. Ihre Jagdhunde erschoss sie selbst, wenn sie keine Spur mehr aufnehmen konnten, sie war die Vorsitzende ihres Jagdvereins, weidete die Elche selbst aus, die sie schoss, und saß noch in der Sauna, wenn dem letzten Mann längst die Luft ausgegangen war.

Anita Arho öffnete das Fenster, die Magnum 50 qualmte wie ein Haufen nassen Laubs. In Finnland musste man zum Glück nicht sehr viel können oder wissen, um Unternehmen zu führen, es reichte, wenn man die richtigen Leute kannte und genug Schneid, Wagemut und Selbstvertrauen besaß, sich erhobenen Hauptes vor den Medien und den Leuten auf der Jahreshauptversammlung der Aktionäre hinzustellen und mit leuchtenden Augen zu behaupten, alles sei in bester Ordnung, selbst wenn das Fallbeil der Guillotine schon herabrauschte. Nie hatte jemand ihre Sprechblasen aufgestochen und hinter ihre Fassade geschaut, es fehlte den Leuten entweder an Mut oder an Können.

Doch jetzt war die Situation eine andere. Denn Mundus Novus fürchtete die Behörden oder die Strafgesetze nicht und verstand mehr von Geschäften als jeder andere. Die Lage war katastrophal, weil die Ermittlungen der KRP nun schon das Kabinett bedrohten. Die Polizei untersuchte die Aktivitäten von Severnaja und Kivijalka, über kurz oder lang würde sie Wind vom Kabinett bekommen. Derartige Ermittlungen musste man im Keim ersticken. Wenn die einfachen Polizisten erst einmal Verbrechen großen Kalibers witterten, würde es noch schwieriger, die Angelegenheit unter den Teppich zu kehren. Sie hatte alles in ihren Kräften Stehende getan und den Eigentümer des Feriendorfes in Lohja umbringen und die Frauen aus allen Feriendörfern entfernen lassen. Und sie hatte dafür gesorgt, dass die Urheber des ganzen Knäuels von Ermittlungen, Kati Soisalo und Leo Kara, in den Würgegriff genommen wurden. Und dennoch ging alles den Bach hinunter, und zwar immer schneller.

Anita Arho legte die qualmende Zigarre auf den Rand des Aschenbechers, nicht einmal sie war ein derart eingefleischter Nikotinist, dass sie es schaffte, eine ganze Super Robusto auf einmal zu rauchen. Sie nahm den Laptop auf den Schoß und las die Nachricht auf Twitter noch einmal. Ukkola schlug ein Treffen wieder am selben Ort wie zuletzt vor. Das war ansonsten ein guter Versuch, doch die einzige Regel ihrer Treffen bestand darin, dass sie sich nie zweimal hintereinander am selben Ort trafen. Verdammt, wer hatte sie hier ins Visier genommen? War Ukkola jetzt völlig verwirrt oder erwischt worden? Und warum hatte er ihr gegenüber mit keinem Wort erwähnt, dass Krylow beim Menschenschmuggel auch Drogen nach Finnland gebracht hatte? Machte Ukkola tatsächlich hinter ihrem Rücken Geschäfte? Dieser Idiot bildete sich doch wohl nicht ein, dass sie keine Verbindung mit ihren anderen Kontakten bei der Polizei hielt? Das Kabinett hatte schließlich im Polizeiapparat auch höherrangige Mitglieder als einen stellvertretenden Leiter der KRP.

Sie hatte vorhin mit Dimitri Arbuzow gesprochen. Seiner Ansicht nach wusste dieser Leo Kara, dass Ukkola sich mehrmals mit einer Frau getroffen hatte, die Fidel genannt wurde. War es Ukkola, der auch das verraten hatte? Es war nur eine Frage der Zeit, dass Kara ihre Identität ermittelte.

Das erste Mal in ihrer reichlich dreißigjährigen Laufbahn hatte Anita Arho Angst. Es war an der Zeit, sicherzustellen, dass Eero Palomaa und Jukka Ukkola weder ihr noch dem Kabinett Schaden zufügen konnten. Sie würde Verbindung zum FSB aufnehmen und Palomaa einen Besuch abstatten.

Eine Stunde später saß Anita Arho am Beratungstisch in Eero Palomaas Kanzlei, studierte die Unterlagen und schaute dann auf. »Weitere Fragen dürfte es meinerseits nicht geben. Die Buchführung ist bis hinters Komma auf dem aktuellen Stand, wie immer.«

»Natürlich«, erwiderte Palomaa erleichtert und hob die linke Hand auf seinen Bauch, um den Gürtel etwas zu lockern. Vom Stress bekam er Bauchschmerzen.

»Eine Frage«, sagte Arho in ihrem strengsten Tonfall. »Ist es möglich, dass die Polizei über Kivijalka dem Kabinett und seiner Aufgabe auf die Spur kommt? Laut Jukka Ukkola wissen die KRP und die Zentralstelle für Ermittlungen zur Geldwäsche bereits von den Zahlungen, die Kivijalka und Severnaja an Viktor Hofman sowie Severnaja an Kivijalka geleistet haben.«

»Das Kabinett ist in Sicherheit«, antwortete Palomaa, ohne zu zögern. »Der größte Teil der Geschäfte Viktor Hofmans war ganz legal, ich kann die Rechnungen und auch die anderen Belege vorweisen, die mit unseren Zahlungen im Zusammenhang stehen. Die Überweisungen von Severnaja an Kivijalka habe ich als Raten der Teilzahlung für fünf Mähdrescher getarnt, und die stehen in Litauen. Ich bezweifle stark, dass die KRP Interesse daran hat, sie zu sehen, da die von mir ausgefertigten Unterlagen bis auf den letzten Punkt in Ordnung sind.«

»Ausgezeichnet«, stellte Arho fest. »Dich braucht man nicht einmal zu bitten, künftig ganz unauffällig zu agieren, führe einfach wie bisher dein normales, unbemerktes Leben. Und mach weiter deine gute Arbeit.«

Palomaa bewegte seinen einhundertdreißig Kilo schweren Körper mühselig. Er drückte auf den am Schreibtisch angebrachten Knopf, das elektrische Türschloss surrte, und Anita Arho verschwand im Treppenhaus und mit ihr der Zigarrengestank.

Eero Palomaa mochte es, unangenehmen Dingen aus dem Weg zu gehen, daneben interessierte er sich auch für Männerchorgesang, Kirchenarchitektur und Kaffeehäuser in Mitteleuropa, oder vielmehr für das Gebäck in den Cafés, das sich leider genauso unausweichlich auf seinen Hüften niederließ wie die Sonne abends am Horizont. Jahrzehntelang hatte er sich damit befasst, auf professionelle Weise unangenehme Dinge zu vermeiden, nun war die Zeit gekommen, sich auf andere Interessengebiete zu konzentrieren.

Mit der Behauptung, die KRP werde dem Kabinett nicht auf die Spur kommen, hatte er Arho die Wahrheit gesagt. Ihm selbst könnten die Behörden jedoch sehr wohl auf die Spur kommen. Die Ereignisse der letzten Tage zeigten ganz ohne Beschönigung, dass sich die Schlinge um seinen Hals allmählich zuzog: Der Mann vom UNODC flog von Wien extra nach Finnland, um Kivijalka zu überprüfen, die Bordelle von Severnaja waren aufgedeckt worden, Marat Krylow hatte man umgebracht, und nun flatterten sogar die Nerven von Anita Arho, die sonst stets einen kühlen Kopf bewahrte, noch kühler als einer, der Bomben entschärfte.

Alles war bereit. Wenn man Problemen aus dem Wege gehen wollte, war das der springende Punkt: Widrigkeiten durften nie überraschend auftreten. Eero Palomaa hatte schon lange in die eigene Tasche gewirtschaftet, seit fast zwanzig Jahren hatte er Gelder des Kabinetts auf seine Bankkonten in Liechtenstein, Gibraltar und auf den Bermudas überwiesen. Von Anfang an. Selbst ein Dummkopf begriff, dass die Arbeit als Verwalter von fast ausschließlich mit illegalen Mitteln beschafften Geldern jederzeit ein unangenehmes Ende nehmen könnte, und Eero Palomaa war nicht dumm. Zu seinem Glück lagen die Stärken von Anita Arho auf anderen Gebieten, jedenfalls nicht bei den Feinheiten der Buchführung, und sie hatte als Einzige die Konten von Kivijalka kontrolliert.

Eero Palomaa hatte vor Jahren eine Villa in der Nähe von Perpignan in Südfrankreich gekauft und vermutete, dass ihn dort am Rande des Schwimmbeckens nicht einmal der kirgisische Killer finden würde, den das Kabinett jetzt schon zwei Jahre hintereinander mehrmals nach Finnland gerufen hatte, um Probleme zu lösen. Doch ein Profi auf dem Gebiet der Vermeidung von Problemen überließ nichts dem Zufall und bloßen Vermutungen.

Er nahm Väinö Hervos Ölgemälde von der Wand, legte es auf die Kommode und öffnete mit zitternden Händen seinen Safe, einen Ponsec ES1-650. Danach gäbe es kein Zurück mehr. Er schob die Lederunterlage auf seinem Schreibtisch zurecht und legte ein Dokument genau in die Mitte, den sonstigen Inhalt des Tresors stopfte er in seinen Pilotenkoffer.

Palomaa zog sich an und warf einen letzten Blick auf die Räume, die zwanzig Jahre lang sein Hauptquartier gewesen waren, dann trat er ins Treppenhaus und ließ die Wohnungstür einen Spalt offen. Von seiner Rolle als Schatzmeister des Kabinetts wusste nur eine Person, Anita Arho. Im Gegensatz zum Kabinett konnte er dem kirgisischen Killer nicht befehlen, sie zum Schweigen zu bringen, er musste die Frau mit Hilfe der Polizei und der Gerichte ausschalten. Falls Anita Arho im Gefängnis landete und aus dem Kabinett flog, wäre sie kaum imstande, ihn zu suchen und zu finden. Der Polizei würde er seine Informationen nicht übergeben; wer weiß, in wessen Hände sie gerieten, wenn Jukka Ukkola oder einer seiner Befehlsempfänger als Erster in der Kanzlei eintreffen würde. Palomaa holte Leo Karas Visitenkarte aus der Tasche, er würde ihn auf dem Flughafen anrufen, kurz bevor er in die Maschine stieg.

Der Titel des Dokuments, das Eero Palomaa auf seinem Schreibtisch hinterlassen hatte, lautete kurz und prägnant »Kabinett«.

20

Sonntag, 15. August

Betha Gilmartin war am Vormittag um zehn Uhr noch zu Hause in Putney und nicht in Legoland, wie man es von der stellvertretenden Leiterin des Auslandsgeheimdienstes eines Staates, der erpresst wurde, erwartet hätte. Allerdings hatte sie nicht verschlafen oder war nicht einmal später als sonst aufgestanden, sondern saß mit angelegter Rüstung und der Katze Violet auf dem Schoß in ihrem Arbeitszimmer und las einen medizinischen Artikel, dessen Beschreibung der Folgen eines traumatischen Erlebnisses hundertprozentig auf Leo zutraf.

In was für einem Zustand musste der vierzehnjährige Leo im Oktober 1989 gewesen sein, wenn er mit angesehen hatte, was seiner Familie angetan worden war. Sicher hatten ihn Angst und Entsetzen überwältigt. Es war frustrierend, dass ihr nichts einfiel, wie sie Leo helfen könnte.

Auf dem Schreibtisch lag auch ihr neuestes ärztliches Gutachten, doch sie hatte keine Lust hineinzuschauen. Sie wusste schon, was es enthielt: Von Geburt an hatte sie ein Loch in der Herzscheidewand zwischen den Herzkammern, und damit musste sie einfach klarkommen.

Betha Gilmartin schloss die Augen und stellte mit Besorgnis fest, dass sie wieder den Garten ihres Sommerhauses in Torquay vor sich sah. War das ein Zeichen dafür, dass sie die Nase voll hatte von der Welt der Nachrichtendienste, vom ständigen Stress, vom Zweifel an allem? Wäre sie imstande, ihre Arbeit aufzugeben?

Sie ging in die Küche, wo Albert sein Morgenritual vollzog. Er bereitete das Frühstück vor: Spiegeleier und Tomaten, Bohnen, Toastbrot und Kaffee. In sechsundzwanzig Ehejahren hatte Albert gelernt, nicht zu viele Fragen zu stellen, obwohl er es sofort bemerkte, wenn ihr etwas auf der Seele lag. Albert wusste, dass sie ihm ihre Sorgen in Kürze offenbaren würde.

»Wann gehen wir in Pension?«, fragte Betha mit einem Lächeln, als sie sich an den Frühstückstisch setzten.

»Meinetwegen sofort«, antwortete Albert grinsend, legte aber die Gabel auf den Teller, als er Bethas ernste Miene sah.

»Ist etwas nicht in Ordnung?«

»Der Arzt und Sir Anthony sind der Meinung, dass meine Pumpe die Arbeit als Chefin des SIS nicht durchhält.«

»Und was meinst du?«

»Sie wird so lange durchhalten, wie es eben geht.«

Albert dachte einen Augenblick nach. »Im Prinzip könnten wir jederzeit in das Ferienhaus in Torquay umziehen und uns um den Garten kümmern. Ich würde einen Literaturstudenten engagieren, der sich um den Laden kümmert, so viel wirft der allemal ab, dass ich einen kleinen Lohn zahlen könnte. Wir beide kämen mit deiner Pension prima zurecht.«

Betha bemerkte, dass Albert zuversichtlich wirkte. Das machte es ihr noch schwerer, eine Entscheidung zu treffen. Nur wenn sie weiter arbeitete, wäre sie imstande, Leo zu helfen, und das dürfte sie dem Jungen schuldig sein. Bei den Ermittlungen im Jahr 1989 waren entsetzliche Fehler begangen worden.

*

Das Kühlsystem in den oberirdischen Betonsilos der Anlage B125 in Sellafield würde in drei Stunden nicht mehr funktionieren, also genau ab 15.00 Uhr. So lautete die Drohung der Terroristen. Der hochradioaktive Atommüll in einundzwanzig Stahltanks würde etwa neun bis zwölf Stunden später anfangen zu kochen und trotz der Schutztanks binnen kurzem das Lüftungssystem der

Anlage überlasten. Die Folge wäre eine Explosion und ein schwerer atomarer Unfall.

Die Mitglieder der Ermittlungsgruppe des SIS im Lageraum der dritten unterirdischen Etage von Legoland waren sich der Situation sehr genau bewusst. Sie zerrte an ihren Nerven. Betha Gilmartin konzentrierte sich darauf, ruhig zu atmen, als Clive Grover das Blatt mit der soeben auf der Facebook-Seite »Fluchtgeschwindigkeit« eingegangenen Nachricht las.

»Sie wollen hundert Kilogramm waffenfähiges Plutonium-239 und zehntausend Kilo verschiedener, nicht näher bestimmter Elemente aus der strategischen Reserve seltener Elemente und Metalle.«

Stimmengewirr erfüllte den Raum.

»Woher zum Teufel wissen sie überhaupt, dass wir so eine Reserve haben?«, sagte Betha Gilmartin und bemühte sich, möglichst ruhig zu bleiben. »Sie wurde doch erst vor ein paar Jahren ganz geheim wieder neu geschaffen. Die müssen über diese Dinge bestens im Bilde sein.«

Sie bemerkte den fragenden Gesichtsausdruck einiger Kollegen. »Die strategische Reserve Großbritanniens an seltenen Elementen und Metallen wurde in den neunziger Jahren nach dem Ende des Kalten Krieges aufgelöst, doch schon bald erwies sich das als Fehler. China strebt bereits seit fünfzehn Jahren eine Monopolstellung bei der Produktion seltener Elemente an. Jetzt haben die Chinesen schon einen Anteil von fünfundneunzig Prozent bei den Metallen der seltenen Erden. Deshalb wurde die strategische Reserve kürzlich sowohl in den USA als auch bei uns neu aufgebaut.«

»Was genau enthält diese Reserve?«, fragte Grover.

»Alles Mögliche«, antwortete der Leiter der Technischen Abteilung des SIS und atmete hörbar durch die Nase ein. »Helium, Indium, Chrom und Kobalt, Iridium, Germanium, Beryllium, Neodym, Diamanten, Molybdän und vieles andere. Ohne die gehen in der Hightechindustrie die Lichter aus.«

»Warum braucht jemand zehn Tonnen davon?«, fragte Grover und schaute dabei auf die Liste der Forderungen.

»Vielleicht bekommt man derzeit nicht genug auf dem freien Markt. Vielleicht hat China schon einen großen Teil davon einkassiert«, schlug jemand als Erklärung vor.

»Mich interessiert mehr, warum die Terroristen nur hundert Kilo waffenfähiges Plutonium haben wollen«, sagte Betha Gilmartin.

»Die Menge reicht für den Bau von über zehn Kernwaffen«, erwiderte der Leiter der Technischen Abteilung.

Betha Gilmartin wurde immer nervöser. »Manas, der Diener von Mundus Novus, war am Anschlag in Marcoule beteiligt, und ein und derselbe Cracker ist in die Datensysteme von Sellafield und Marcoule eingebrochen. Es könnte also gut sein, dass Mundus Novus hinter beiden Anschlägen steckt. Ich kann einfach nicht an Zufall glauben, wenn zwei derart ähnliche Objekte in derselben Woche ausgeraubt werden.«

»Möglich ist alles«, widersprach Grover und lachte kurz. »Denkt mal daran, dass der Leiter der Kernenergiebehörde von Kasachstan kürzlich über die Hälfte der Uranvorräte seines Landes gestohlen hat. Mit seinen Helfern hat er die Eigentumsrechte an ganzen Uranbergwerken über Offshore-Firmen ins Ausland übertragen und dabei Dutzende Milliarden Dollar verdient. Auf dem Gebiet von Kasachstan befinden sich annähernd zwanzig Prozent der weltweiten Uranvorräte.«

»Kasachstan … Was hat das denn damit zu tun!«, entgegnete Betha Gilmartin ungehalten.

Die vierzig Mitglieder der Ermittlungsgruppe verstummten, als Betha Gilmartins Sekretär aus dem Lift in den Lageraum trat. Der Mann ging zu ihr, reichte ihr einen Zettel und sagte ein paar Worte so leise, dass nicht einmal Clive Grover sie hörte, der nur einen Meter entfernt war.

Betha Gilmartin setzte sich hin und dachte einen Augenblick

nach, die Stille verdichtete sich, die ganze Gruppe versammelte sich um sie.

»Der Premierminister hat beschlossen, auf die Forderungen der Terroristen einzugehen«, verkündete sie schließlich.

»Auch in Bezug auf das Plutonium?«, fragte Grover. Gilmartin nickte.

»Ist die Evakuierung von Sellafield schon angeordnet worden?«, erkundigte sich der Leiter der Technischen Abteilung.

»Der Premierminister fürchtet, dass dadurch ein Chaos ausgelöst würde. Derzeit wird nur das THORP-Gebäude evakuiert«, antwortete Betha Gilmartin.

»Hoffentlich fällt irgendjemandem eine gute Erklärung für die Medien ein«, sagte Grover und klatschte dann in die Hände, um die Aufmerksamkeit der Gruppenmitglieder auf sich zu ziehen. »Wir gehen wieder an die Arbeit. Die Spielregeln haben sich geändert, jetzt müssen wir alles tun, um das Plutonium aufzuspüren, nachdem es aus Sellafield weggebracht worden ist.«

»Gibt es etwas Neues von Pianini oder Rostow?«, erkundigte sich Betha Gilmartin bei Grover, als die anderen wieder an ihre Arbeit gegangen waren.

Clive Grovers Gesichtsausdruck wurde ernst. »Wir haben vorhin gerade erfahren, dass Manas in Finnland mit zwei Polizistenmorden in Verbindung gebracht wird. Nach Ansicht der lokalen Behörden wurde seine Spur schnell aufgenommen, er konnte das Land nicht verlassen. Sie sind zuversichtlich, ihn zu finden. Übrigens war unser alter Bekannter, Kara vom UNODC, am Tatort, wenn ich das richtig verstanden habe.«

Auch ohne auf die Anzeige zu schauen, wusste Betha Gilmartin, dass ihr Puls gerade in die Höhe schnellte. Warum zum Teufel hatte Gilbert Birou Kara immer noch nicht aus Finnland abkommandiert?

*

Die Jalousien der Zweizimmerwohnung im Helsinkier Stadtteil Pajamäki waren geschlossen. Manas fühlte sich alles andere als sicher, obwohl nur ein Mitglied des Kabinetts wusste, dass er sich hier aufhielt. Die Katastrophe von Lohja ging ihm ständig durch den Kopf, dafür sorgten schon sein lädierter Arm voller blauer Flecken und die Medien, die wegen der Polizistenmorde in heller Aufregung waren.

Er saß an seinem Laptop, starrte auf die Facebook-Seite »Fluchtgeschwindigkeit« und wusste, dass er außer sich vor Wut sein müsste. Wegen des blödsinnigen Auftrags von Mundus Novus steckte er in Finnland fest, ausgerechnet jetzt, wo die britische Regierung grünes Licht für die Operation Sellafield gab.

Manas nahm sein Blackberry-Telefon und rief Rostow an. Dank des Verschlüsselungsprogramms Cellcrypt Mobile ließ es sich einigermaßen sicher benutzen.

»Du hast bestimmt schon erfahren, dass unser Angebot angenommen wurde«, sagte er, als Andrej Rostow sich meldete.

»Bist du noch in Finnland? Müsstest du nicht die Lage in ... England beaufsichtigen?«

»Das kann ich auch von hier aus, ich brauche nur eine Steckdose und einen Breitbandzugang«, antwortete Manas. »Außerdem ist alles bereit, der Plan ist bis zu Ende durchdacht und ausgefeilt. Wie steht es um den Prototyp? Ich trage die Verantwortung für das Gerät.«

»Er wird rechtzeitig fertig, vorausgesetzt natürlich, der Sellafield-Plan gelingt.«

Manas beendete das Gespräch, er hatte erfahren, was er wollte. Dann griff er nach John Kosas Studie zur Psychologie des Kommunismus und streckte sich auf der Schaumstoffmatratze aus, die auf dem Fußboden lag. Jetzt musste er nur warten. Diesmal würde es länger dauern, bis eine sichere Ausreise aus dem Land organisiert war. Ein Profi tötete Polizisten nur im absoluten Notfall, weil die Behörden immer alles in ihren Kräften Stehende unternahmen, um einen Kriminellen zu fassen, der sich an ihren eigenen Leuten vergriffen hatte.

Er entfernte den rosafarbenen Haftzettel auf Seite 17, bis hierher war er beim letzten Mal gekommen. Kosas Buch war faszinierend, er las es schon zum x-ten Mal. Manas brannte darauf, das System zu verstehen, das ihn ausgebildet und einer Gehirnwäsche unterzogen hatte.

Eigentlich hätte er dem Kommunismus dankbar dafür sein müssen, dass er sich überhaupt für Gefühle interessierte. In seiner Kindheit, als man ihn in der internationalen Schule »E. D. Stasowa« systematisch mit der Ideologie der kommunistischen Welteroberung indoktrinierte, hatte er den Kommunismus für eine dumme Erfindung gehalten und die Schlussfolgerung gezogen, dass die Welt der Erwachsenen ein Spiel, eine Art Theater sein musste. Warum hätten die Kommunisten sonst ein System gepriesen, mit Leib und Seele verteidigt und den Bürgern eingetrichtert, das aufrecht erhalten wurde, indem man die Freiheit einschränkte und all jene, die sich weigerten mitzuspielen, in Arbeitslagern oder auf Friedhöfen entsorgte. Als er älter wurde, hatte er begriffen, dass tatsächlich alles ein Spiel war, aber zu seinem Erstaunen auch festgestellt, dass ein Teil der Menschen es ernst nahm. Damals hatte er zum ersten Mal irgendwie geahnt, was Gefühle sind, es gab schließlich keinen rationalen Grund als Erklärung für die Sichtweise der fanatischsten Verfechter des Kommunismus. Von da an hatte er sein Möglichstes getan, um verstehen zu lernen, was Gefühle waren, woher sie kamen und was Menschen veranlasste, schwarz für weiß und weiß für schwarz zu halten.

*

Dimitri Arbuzow stand im Bernsteinzimmer des Katharinen-Palastes oder genauer gesagt in dessen knapp zehn Jahre alter Nachbildung. Das Original, der Anfang des achtzehnten Jahrhunderts entstandene Saal, war während des Zweiten Weltkriegs zerstört worden. Sein Kindergesicht, das grellgelbe Pikeehemd, die geblümten Bermudashorts und die Crocs-Sandalen erwiesen sich als ideale Tarnung, er sah aus wie ein Tourist. Er hatte keine Ahnung, warum Nikolai Mironow, der Erste Vizechef des FSB, des Nachrichtendienstes der Föderation, ihn ausgerechnet hier treffen wollte, wo sich ganze Heerscharen von Touristen drängten. Womit Mironows Anliegen zusammenhing, glaubte er indes zu wissen. Schließlich war der FSB seine Organisation und der Beschützer von Mundus Novus.

Nikolai Mironow, Veteran zweier Tschetschenienkriege, betrat den Raum. In Zivil sah der breitschultrige General eher wie ein Waldarbeiter aus. Er blieb an der Wand stehen, um einige Details der mit Bernstein bedeckten Paneele zu betrachten. Arbuzow gesellte sich zu ihm. Das Sprachgewirr der begeisterten Besucher erfüllte den Raum.

Mironow kam ohne Umschweife zur Sache. »Ich wollte mich mit dir über die Situation in Finnland unterhalten. Das Kabinett befürchtet, dass der stellvertretende Chef der KRP absichtlich oder unwissentlich Informationen an die Behörden verrät. Jukka Ukkola ist dein Kooperationspartner. Weißt du, wie die Lage ist?« Der Erste Stellvertreter des FSB-Chefs redete leise und legte eine Pause ein, wenn einer der Touristen in Hörweite geriet.

»Nach Ansicht des Generaldirektors des UNODC erhält sein Assistent Leo Kara Informationen von Ukkola. Wie, weiß ich nicht genau«, antwortete Arbuzow.

»Du musst den Kontakt zu Ukkola abbrechen«, befahl Mironow.

»Warum hat der FSB Krylow gegenüber der finnischen Polizei enttarnt?«, fragte Arbuzow.

»Um Mundus Novus und dich zu schützen. Jetzt erhalten wir Informationen von der KRP. Wenn die Finnen Krylows Verbindung zum FSB selbst herausgefunden hätten, wären sie möglicherweise auf den Verdacht gekommen, dass wir etwas mit Krylows Geschäften zu tun haben«, antwortete Mironow mit einem schiefen Lächeln. Er beugte sich weiter vor zu dem Wandpaneel, auf dem ein prächtiges königliches Adlerwappen zu sehen war, und setzte dann die Besichtigung des Bernsteinzimmers fort wie ein ganz normaler Tourist. Das Treffen war beendet.

Arbuzow wartete eine Weile, verließ dann den Katharinen-Palast, eilte im Laufschritt zum Parkplatz und stieg in seinen Lexus. Die Fahrt vom Vorort Puschkin bis ins Zentrum von Sankt Petersburg würde unheimlich lange dauern, da blieb Zeit genug, aus dem Auto in Finnland anzurufen. Mironows Befehl, die Zusammenarbeit mit dem *Japontschik* Ukkola zu beenden, hatte seine Entscheidung besiegelt. Jetzt war er gezwungen, einen neuen Kooperationspartner als Zwischenhändler für die Mädchen und Drogen anzuheuern, sonst wären die Geschäfte in Finnland zu Ende, und das kam nicht in Frage. Seine Helfer produzierten in Sertolowo weiterhin ohne Unterbrechung synthetische Drogen, und die Heroinroute aus Afghanistan funktionierte unverändert. Wenn er keine Ware mehr abkaufen würde, könnte jemand die Nerven verlieren. Und überhaupt sollte man eine melkende Kuh nicht schlachten, die Operation in Finnland hatte irre viel Geld abgeworfen. Er griff zum Telefon.

Sakke Tirkkonen meldete sich an Paranoids Küchentisch. Kati Soisalo setzte sich mit Block und Stift neben ihn, bereit, Anweisungen zu schreiben.

»Ich habe das Image eures Clubs und deinen Background überprüfen lassen. Wir könnten eine Zusammenarbeit probieren, mit einer Lieferung, dann werden wir sehen, ob es weitergeht«, sagte Arbuzow. »Wir liefern die Ware irgendwohin nach Südostfinnland, den Ort könnt ihr wählen. Habt ihr das Geld?«

Tirkkonen zog einen Zettel aus der Brusttasche seiner Jeansweste. »Du erhältst das Passwort und eine Transaktionsnummer unseres Escrow-Kontos bei der UBS-Bank. Du hast Zugang zu der Seite, kannst aber natürlich ohne uns von dort kein Geld überweisen.« Er nannte die Ziffern. Dann drückte ihm Kati Soisalo einen neuen Zettel in die Hand.

»Ich mache das Geschäft nur mit dir persönlich«, las Tirkkonen vor.

In der Leitung wurde es für einen Augenblick still. »In dem Fall wird die Ladung in Russland übergeben.«

Kati Soisalo schüttelte den Kopf so heftig, dass ihre Haare flatterten.

»Das geht nicht«, widersprach Tirkkonen verärgert. »Ich habe doch gesagt, dass wir die … Grenzformalitäten nicht hinkriegen.«

Arbuzow überlegte eine Weile. »Na gut. Wir organisieren zwei Treffen, an einem Ort wird die Ladung überprüft und übergeben, und die Bezahlung erledigen wir per Computer irgendwo anders.«

Kati Soisalo hielt den Daumen hoch.

»Das ist o.k.«, antwortete Tirkkonen.

»Ich überprüfe euer Konto und melde mich wieder«, sagte Arbuzow, beendete das Gespräch und bremste, als er die rasch näherkommenden Rücklichter vor sich sah. Auf der Moskowskoje Chaussee hatte es mal wieder einen Unfall gegeben.

*

Jukka Ukkola ging mit einem Blumenstrauß in das Pflegeheim für Demenzkranke in der Luotsikatu im Helsinkier Stadtteil Katajanokka, etwa zweihundert Meter von der Uspenskikathedrale entfernt. Seine Mutter wohnte in der Station »Stern« des Leena-Heimes. Die alten Möbel und Einrichtungsgegenstände sollten dafür sorgen, dass sich die Alzheimer-Patienten heimisch fühlten, am besten erinnerten sie sich an Dinge und Ereignisse in ihrer Jugend.

Auf dem Flur begegnete er einer Schwester, die er kannte.

»Hat meine Mutter gegessen?«

»Eliisa hat gestern und heute schön gegessen. Sie hat jetzt eine richtig gute Phase«, antwortete die Schwester sorglos.

Ukkola betrat das Zimmer, setzte sich aufs Bett, auf dem eine Tagesdecke aus Spitze lag, und betrachtete seine Mutter, die in einem Schaukelstuhl auf- und niederschwang, über dem Stuhl hing eine braune Rya. Das schwere Stadium der Alzheimer-Krankheit hatte vor ungefähr einem Jahr begonnen. Jetzt wurden seiner Mutter Windeln angelegt, und sie musste gefüttert werden. Manchmal, wenn er ihr richtig lange und konzentriert in die Augen schaute, bildete er sich ein, eine Art Aufleuchten zu sehen, ein Zeichen dafür, dass sie ihn erkannte. Doch der Arzt versicherte, das sei äußerst unwahrscheinlich.

»Ich habe weiße Rosen mitgebracht. Die magst du doch.« Ukkola wickelte die Blumen aus und stellte sie in die Vase. Die Schwester würde ihnen schon Wasser geben.

»Wie geht es dir? Das Essen hat dir geschmeckt, habe ich gehört.« Ukkola redete nur deshalb, weil es ihm blöd vorkam, stumm wie ein Fisch in dem Zimmer zu sitzen. Mutter verstand nicht mehr, was man sagte.

»Essenszeit, Essenszeit …«, wiederholte sie immer wieder.

Die arme Frau hatte keine Ahnung, wo sie sich befand. Er konnte nur hoffen, dass sie keinen Krampfanfall bekam oder ihn, wie beim letzten Mal, für seinen Vater hielt.

Die Besuche hier waren kein Vergnügen, aber Mutter hatte nun mal niemand anders. Und schließlich hatte sie seinerzeit für ihn gesorgt. Zwei Jahrzehnte lang hatte sie Kerzen verpackt und fast noch einmal genauso lange auf dem Bahnhof Fahrkarten verkauft. Und das war nun der Lohn dafür.

Vor etwa zwanzig Jahren war er eher froh gewesen, als Vater sich den Strick genommen hatte, aber mit zunehmendem Alter war ihm klargeworden, dass man auch diesen Loser gebraucht hätte. Mutter hatte sehr um Vater getrauert.

Um keinen Preis der Welt würde er zulassen, dass er in einen derartigen Zustand geriet. Seine Patientenverfügung war im Kamin seines Hauses in Pitäjänmäki versteckt. Sie hatte auch einen Namen: SIG Sauer P226.

Jukka Ukkola hielt die Hand seiner Mutter und dachte eine Weile an überhaupt nichts.

Als im Radio das Zeitzeichen erklang, küsste Ukkola seine Mutter auf die Stirn und verließ das Haus, das nach Altsein roch. Er setzte sich in seinen Volvo und rief Arbuzow an, erreichte aber nur den Anrufbeantworter und hinterließ eine Nachricht voller Flüche. Verdammt, hier stimmte etwas nicht, niemand reagierte auf seine Bitten um einen Rückruf, weder Arbuzow noch Fidel. Er fühlte sich wie im Zentrum eines Gewittersturms, wenn der Wind eine Pause machte und alles still wurde, kurz bevor die ersten grellen Blitze zuckten.

In großer Gefahr und sehr allein.

*

Eine halbe Stunde nach Eero Palomaas Anruf stand Leo Kara an dessen Schreibtisch. Seit er vor einem reichlichen Jahr das erste Mal vom Kabinett und von Mundus Novus gehört hatte, wartete er auf so etwas: echte Enthüllungen eines Menschen, der wusste, wovon er redete. Auf dem Tisch lag ein Dokument mit der Aufschrift »Kabinett«. Er nahm es in die Hand.

Mit dieser Erklärung informiere ich die Behörden über das Kabinett nur in dem Maße, wie ich es für unabdingbar halte, damit das Vorstandsmitglied der Nokia AG, der UPM-Kymmene AG und der Wärtsilä AG Anita Arho für bestimmte Straftaten juristisch zur Verantwortung gezogen wird.

Es ist schwierig, den genauen Zeitpunkt der Gründung des Kabinetts zu bestimmen. Sein Kern bildete sich schon 1981, nachdem offensichtlich geworden war, dass Präsident Kekkonen durch seine Krankheit daran gehindert wurde, sein Amt wirkungsvoll auszuüben. Die ersten Kabinetts-

mitglieder lernten sich in der Saunagesellschaft von Tammisaari kennen, einer vom engsten Kreis um Präsident Kekkonen an dessen Wohnsitz ins Leben gerufenen inoffiziellen Runde, in der für Finnland wichtige Entscheidungen diskutiert und getroffen wurden.

Die ersten Kabinettsmitglieder waren ebenso wie Präsident Kekkonen selbst Kontaktpersonen oder Helfer des KGB. Sie beschlossen, ihre gesellschaftliche Stellung, ihre Beziehungen zum KGB sowie den sich ständig verschlechternden Gesundheitszustand Kekkonens auszunutzen, um ihre Macht sowohl in der Wirtschaft als auch in den politischen Entscheidungsprozessen zu erweitern. Vor dem offiziellen Ende der Amtszeit Kekkonens als Präsident im Januar 1982 war es ihnen gelungen, viele Kanäle der Machtausübung des Präsidenten unter ihre Kontrolle zu bekommen.

Der Einfluss des Kabinetts wuchs, nachdem die Abteilung für Internationale Beziehungen und die Abteilung für Propaganda des Zentralkomitees der KPdSU Ende 1986 ein geheimes Dokument ausgearbeitet hatten, das den Titel ›Komplexer Plan der Finnland betreffenden ideologischen Arbeit für die Jahre 1987–89‹ trug. Im Rahmen dieses Planes begann die Sowjetunion in hektischer Eile mit der Gründung von Gemeinschaftsunternehmen in Finnland, diese Unternehmen stellten einen neuen wichtigen Kanal für die Aktivitäten des KGB dar. In den Jahren 1987 bis 1989 wurde das Kabinett gestärkt und gründete verschiedene Briefkastenfirmen sowie Tarnfirmen sowohl in Finnland als auch in Steueroasen überall in der Welt.

Dem Kabinett wurden aus der Sowjetunion erhebliche Vermögenswerte durch Operationen übertragen, die Kreml und KGB als »Unterstützung befreundeter Firmen« bezeichneten. Moskau überließ den Unternehmen, die dem Kabinett gehörten, Erzeugnisse zu einem Spottpreis. Die verkauften sie weiter zum normalen Marktpreis und steckten sich die Gewinne in die Tasche. Moskau unterstützte seine Freunde auch mit geheimen, oft illegalen Banktransaktionen, durch die Valuta im Werte von hunderten Millionen Dollar nach Finnland transferiert wurde.

In den Jahren 1990–91, als sich das Ende der Sowjetunion schon ab-

zeichnete, nahm die Unterstützung, die man den finnischen »Freunden« gewährte, noch weiter zu. Der KGB, der befürchtete, im neuen Russland an Bedeutung zu verlieren, erhöhte auch die Anzahl der Illegalen (unter falscher Identität im Lande lebende Aufklärer) in Finnland, die nach dem Zusammenbruch der Sowjetunion überraschenderweise eine wachsende Rolle spielten.

Es war kein Zufall, dass Finnland in den Jahren 1991 und 92 in die schwerste Wirtschaftskrise seiner Geschichte stürzte, gerade zu einem Zeitpunkt, als das riesige Vermögen des sowjetischen Staates in andere Hände überging. Die finnische Wirtschaftskrise war geplant, eine unsichtbare Hand aus Moskau zeichnete für ihren Ablauf verantwortlich. Eingeleitet wurde sie 1989 damit, dass man den Werftkonzern »Wärtsilä Meriteollisuus« in den Konkurs trieb, den bis dahin größten der nordischen Länder, und die Keskus-Osake-Pankki, die Zentralbank der Sparkassen, ins Trudeln brachte. Die Neuaufteilung des finnischen Vermögens und die Sanierung des Unternehmensbestands erfolgten zu einem Zeitpunkt, als den Kreisen, die mit dem KGB kooperierten (u. a. dem Kabinett), Milliarden zur Verfügung standen.

Die Generale des KGB, die nach dem Zerfall der Sowjetunion Privatunternehmer geworden waren, sowie der Erbe des KGB, der FSB, wurden Kooperationspartner des Kabinetts, das nun begann, deren wirtschaftliche Interessen zu vertreten. Auch die sonstigen alten Kontakte des KGB zu Finnland wurden für die Zwecke des FSB eingespannt.

Anfangs, zu Beginn der achtziger Jahre, waren die Mitglieder des Kabinetts nicht nur daran interessiert, zu prosperieren, sondern sie wollten auch die von Präsident Kekkonen geerbte politische Macht nutzen. Doch nach dem Zusammenbruch der Sowjetunion konzentrierte sich das Kabinett mehr und mehr ausschließlich auf die wirtschaftlichen Aktivitäten. Seine Aufgabe wurde es, das in private Hände gelangte Milliardenvermögen der Sowjetunion zu waschen und anzulegen. Das Kabinett war der größte, geheimste und effizienteste aller vom KGB initiierten und vom FSB weitergeführten Komplexpläne. Der Kreml und die Nachrichtendienste Russlands haben für die wichtigste Aufgabe ihrer Geschichte, die

Privatisierung des Eigentums der Sowjetunion, gewissermaßen einen ganzen Staat eingespannt – Finnland.

Anita Arho hat entweder persönlich oder über die von ihr geleiteten Unternehmen sowohl zu Zeiten der Sowjetunion aus dem Solidaritätsfonds (Wneschekonombank, Geheimkonto Nr. 1, Anhänge 1–17) als auch in der Zeit der Russischen Föderation aus vielen verschiedenen Quellen (Anhänge 18–39) erhebliche Geldsummen entgegengenommen. Der Deckname Anita Arhos, den sie Ende der siebziger Jahre vom KGB erhielt, lautet Fidel. Sie hat im Laufe der Jahrzehnte dem KGB und dem FSB hunderte Male Informationen über die finnische Wirtschaft sowie die von ihr geleiteten Unternehmen zukommen lassen und somit Verstöße zumindest gegen Kapitel 12, § 5 des Strafgesetzbuches und darüber hinaus gegen viele Gesetze zur Regulierung der Börse und der Finanzmärkte (Anhänge 40–82) begangen. Anita Arho ist derzeit die Vorsitzende des Kabinetts.

Leo Kara legte die Erklärung auf Palomaas Schreibtisch und bemerkte, dass er lächelte. Endlich ein Durchbruch. Er holte aus der Gesäßtasche seiner Jeans die Serviette von Jussi Ketonen und fand darauf Anita Arhos Namen. Jetzt wusste er, wer die Vorsitzende des Kabinetts war, jetzt könnte er Jukka Ukkola beim Kabinett hochgehen lassen.

Palomaas Erklärung würde er an die Polizei weiterleiten, natürlich, aber vorher wollte er sich mit Anita Arho treffen. Und sie unter Druck setzen, das war die Chance seines Lebens, Informationen über das Kabinett und zugleich dessen Kooperationspartner Mundus Novus zu erhalten.

Doch zuallererst stand nun das Treffen mit Dimitri Arbuzow bevor.

21

Sonntag, 15. August

Sakke Tirkkonen war zwar Präsident eines Motorradclubs, besaß aber auch ein Auto. Kati Soisalo saß auf dem Beifahrersitz. Als der kantige und kompakte Dodge Nitro auf dem Parkplatz des Sportgeländes von Herttoniemi in Ost-Helsinki zum Stehen kam, stieg sie sofort aus. Darauf hatte sie drei Jahre lang gewartet, das erste Mal nach Vilmas Verschwinden würde sie jemanden treffen, der ganz genau wusste, was mit ihrem Kind geschehen war.

Leo Kara sah, dass Kati Soisalo total unter Strom stand. »Vergiss nicht, was wir ausgemacht haben. Wir erfahren nur etwas über Vilma, wenn wir diese Geschichte mit kühlem Kopf durchziehen.«

Dass er tauben Ohren predigte, wurde ihm spätestens dann klar, als Kati Soisalo ihr Hemd hob und eine Pistole, eine Glock 19, aus dem Hosenbund zog. Tirkkonen legte noch eins drauf und zeigte seine fünf Zentimeter längere Beretta 92.

Dann stellte er seine Computertasche auf den Boden, holte das Telefon aus der Hose und rief seine Männer an. Es war vereinbart, den Kaufpreis auf Arbuzows Konto zu überweisen, sobald die Drogen und eine Lkw-Ladung mit Menschenhandelsopfern auf dem Parkplatz der Raststätte »ABC-Majakka« in Pyhtää, zwischen Helsinki und Vaalimaa, an Tirkkonens Leute vom MC Black Angels übergeben wurden.

Kati Soisalo hastete im Laufschritt hinauf zum Turm der Sprungschanze auf dem Hügel. Gut, dass Arbuzow mit dem Treffpunkt einverstanden gewesen war, den sie vorgeschlagen hatte, diese Gegend kannte sie wie ihre Westentasche.

Kara und Sakke Tirkkonen mit der Computertasche mussten

sich anstrengen, um an dem steilen Anstieg nicht hinter Kati Soisalo zurückzubleiben. Keuchend erreichten die drei den Schanzenturm. An der Dutzende Meter hohen Holzkonstruktion lehnte ein etwa vierzigjähriger Mann mit rundem Gesicht, der Sommerkleidung in grellen Farben trug.

»Dieses Treffen wird ein wenig anders verlaufen, als du es dir vorgestellt hast«, sagte Kara. Sowohl Tirkkonen als auch Soisalo richteten ihre Waffe auf Arbuzow.

»In dem Fall bekommt ihr die Ware nicht«, entgegnete Arbuzow verärgert und überrascht.

»Wir wollen die Ware nicht, du Idiot, wir wollen Informationen!«, rief Soisalo.

»Welche Mitglieder des Kabinetts wissen von den Kindern und Drogen, die du nach Finnland bringst? Jukka Ukkola, Anita Arho?«, fragte Kara in scharfem Ton.

»Ihr habt nicht vor, mich umbringen«, sagte der Russe mit dem Kindergesicht.

Kati Soisalo trat näher an Arbuzow heran und musterte ihn eine Weile. »Du hast zwei Alternativen. Entweder du sagst mir, wo meine Tochter ist, und bekommst das Geld, oder du sagst es nicht, dann rufen wir die Polizei sowohl hierher als auch in Pyhtää zu dem Lastzug.«

Dimitri Arbuzow machte einen Schritt auf Soisalo zu. »Ich bin ein ganz normaler russischer Tourist und weiß nicht einmal, wo Pyhtää liegt. Ich glaube, ich versuche mein Glück lieber bei der finnischen Polizei, als mich mit denen anzulegen, die für das Schicksal deiner Tochter verantwortlich sind. Außerdem ähneln die finnischen Gefängnisse eher Hotels, wenn man sie mit dem Kresty in Sankt Petersburg vergleicht.«

Kati Soisalo musste den Finger vom Abzug nehmen, um nicht vor Wut abzudrücken. »Solange du mir nicht gesagt hast, wo meine Tochter ist, gehst du hier nicht weg, das kann ich dir versprechen.«

Arbuzow trat noch einen Schritt näher an sie heran. »Ich weiß alles, was an jenem Tag passiert ist: Es war heiß, du hattest ein weißes Kleid an, deine Tochter trug irgendein Dschungelkleid und ein Kopftuch. Man hat euch vom Stradun bis zum Onofrio-Brunnen und von da bis in den Gradac-Park verfolgt. Angeblich war es so einfach wie ein Kinderspiel, du hast es uns wirklich leichtgemacht, deine Tochter zu entführen, als du in den leeren Park spaziert bist. Deine Tochter ist meinen Leuten während der Flucht allerdings auf die Nerven gegangen, nicht mal mit einem Knebel im Mund hat das Geheule aufgehört. Aber natürlich haben sie auch gegen so ein Geschrei Mittel gefunden.«

Kati Soisalo versetzte Arbuzow einen Tritt in den Unterleib, als ihr klar wurde, dass er an der Entführung ihres Kindes beteiligt gewesen war. Blinde Wut trübte ihr den Verstand, sie setzte sich Arbuzow, der zu Boden gegangen war, auf den Bauch, packte ihn mit beiden Händen an den Haaren und schlug seinen Kopf auf die Erde, einmal, ein zweites Mal …

Kara schlang die Arme von hinten um Soisalos Brustkorb und zerrte sie von Arbuzow weg.

Kati Soisalo holte ein paarmal tief Luft, dann drückte sie dem Russen die Mündung ihrer Pistole auf die Stirn.

»Wo ist Vilma jetzt?«

»*Suka!*« Arbuzow fluchte mit schmerzverzerrtem Gesicht und schaute ihr in die Augen. »Mir ist es egal, durch wessen Kugel ich sterbe.«

Kati Soisalo schoss so dicht an Arbuzows Kopf vorbei, dass seine Haare flatterten. »Wo ist Vilma?«

»Ist dir klar, dass du von dem Augenblick an, wo du hier weggehst, Freiwild bist, selbst wenn du mich umbringst? Meine Leute hören alles, was hier gesprochen wird.« Arbuzow setzte sich auf und klopfte auf das Handy, das aus seiner Brusttasche herausschaute.

Kati Soisalos Gesichtsausdruck wirkte nun noch entschlossener, sie drückte Arbuzow wieder die Pistolenmündung an die Stirn.

»In Italien. In der Provinz Veneto, in der Kleinstadt ...«

Ein Schuss, ein Zischen, sein Kopf schnellte erst nach hinten, fiel dann nach vorn, und ein dunkelroter Fleck, so groß wie eine Münze, erschien an der Stelle, wo die Kugel in Dimitri Arbuzows Gehirn eingedrungen war.

*

Sabrina Pianini wachte auf und schaute sich um: Die Luft in dem chaotischen Zimmer war so stickig, dass man sie sehen konnte. Um ein Haar hätte sie entsetzt aufgeschrien, als ihr klar wurde, dass sie nackt neben einem schwer atmenden, behaarten Mann lag, der stank wie ein Abwaschlappen. Plötzlich tauchte aus ihrem Gedächtnis das Bild des tätowierten Kreuzes auf der nackten Brust des Mannes auf, das irgendwann verschwitzt über ihr auf- und niedergeschwungen war. Ihr wurde übel.

Sie konnte sich nur an einen Teil der Ereignisse vom letzten Abend erinnern. In dem riesigen Park im Zentrum von Minsk trieben sich Dutzende junge Drogensüchtige herum, Junkies erkannte man immer leicht. Aus der Ferne hatte sie ein junges, harmlos wirkendes Paar beim Dealen beobachtet, sich zu ihnen gesellt und schließlich mit etwas Glück einen Schuss bekommen. Das war aber auch so gut wie alles, woran sie sich erinnerte. Abgesehen davon, dass ihr dieses Heroin einen viel intensiveren Kick verschafft hatte als der Stoff der Entführer. Nun befürchtete sie noch heftigere Entzugserscheinungen.

Sie stützte sich auf den Ellbogen, richtete sich auf und zuckte zusammen, als der tätowierte Mann im Schlaf knurrte. Das junge Paar, Artjom und Polina, lag Arm in Arm auf dem Fußboden, und auf dem Sofa schnarchte ein muskulöser und kahlköpfiger Mann. Die ganze Truppe war völlig weggetreten.

Sabrina Pianini stand vorsichtig auf, zwischen den Beinen tat es weh. Sie wollte gar nicht daran denken, was sie sich alles für Krankheiten geholt haben könnte, die ganze Gruppe hatte dieselbe Injektionsspritze verwendet, und der tätowierte Mann benutzte garantiert keinen Gummi. Den Tränen nahe zog sie sich an und schaute nach, ob die Unterlagen von Doktor Rostow noch in der Jeanstasche steckten. Als sie den BH suchte, fiel ihr Blick auf den Couchtisch – ein Handy.

Sie schnappte sich das Telefon, diese Gelegenheit durfte sie sich nicht entgehen lassen. Wäre es besser, zu fliehen oder von hier anzurufen? Hier wäre sie eher in Sicherheit als auf der Straße, und diese Clique würde nicht aufwachen, wenn sie leise sprach. Sabrina Pianini ging ins Badezimmer und schloss ab. Am liebsten hätte sie Guido angerufen, um die Stimme ihres Bruders zu hören, um sich zu vergewissern, dass es ihm gutging, dass noch Zeit blieb, doch sie tippte die Nummer der Auskunft ihres italienischen Operators ein. Wenn sie nicht aus Weißrussland herauskam, waren Guidos Tage gezählt.

Eine energisch klingende Frau versprach, sie mit dem AISI, dem italienischen Inlandsnachrichtendienst, zu verbinden.

»Zeichnen Sie dieses Gespräch auf«, verlangte Sabrina Pianini, als sich ein Mann meldete, dem man anhörte, dass er wenig Zeit hatte.

»Alle Gespräche, die beim Bereitschaftsdienst auflaufen, werden aufgezeichnet. Worum geht es bei Ihrem Anliegen?«

Sabrina Pianini hörte aus dem Zimmer Stimmen, jemand war aufgewacht. Sie hockte sich in eine Ecke des Bades und schützte das Telefon, als wollte sie im Wind ein Streichholz anzünden. »Mein Name ist Sabrina Pianini, ich wurde vor einer Woche in Barga entführt, am 9. August, das war ein Montag. Ich bin in Minsk in Weißrussland, in irgendeiner Wohnung, ich weiß nicht genau …«

Es klopfte an der Tür.

»Besetzt, es dauert noch einen Augenblick«, rief Pianini auf Englisch.

»Geht es Ihnen gut? Sind Sie jetzt frei?«, fragte der Diensthabende des AISI.

»Ich versuche in den Park zu kommen, im Zentrum von Minsk. Jemand muss mir helfen. Dort ist ein Observatorium, ich gehe immer zur vollen Stunde daran vorbei, wenn ich kann. Ich kenne Minsk nicht ...«

Nebenan rief jemand etwas auf Weißrussisch, dann hörte man ein Poltern und Schritte, und schließlich prallte etwas gegen die Tür.

»Können Sie noch etwas anderes sagen? Haben Sie ...« Das Gebrüll nebenan und das Hämmern übertönten die Frage des Diensthabenden.

Dann krachte die Tür, der Rahmen zerbarst und der Tätowierte stürmte mit hochrotem Gesicht brüllend ins Bad und zeigte auf das Handy.

Sabrina Pianini schrie auf, als er ihr das Telefon entriss, sie an den Haaren packte, quer durchs Zimmer schleifte und aufs Bett schmiss. Auch der Kahlköpfige war aufgewacht, er klopfte mit dem Finger an eine Injektionsspritze und schaute zu, wie an der Nadelspitze zwei, drei Tropfen einer klaren Flüssigkeit austraten.

*

Am Schanzenturm von Herttoniemi krachte ein zweiter Schuss. Kati Soisalo ging unter dem Turm in Deckung hinter einer Bretterhütte, der Umkleidekabine, es folgte ein dritter Schuss, Sakke Tirkkonen schrie auf und stürzte hin. Kara warf sich neben Kati Soisalo, kurz bevor ein vierter Schuss am Fuße des Schanzenturms neben Arbuzows Leiche Staub aufwirbelte.

»Aus welcher Richtung schießt er?«, fragte Kati Soisalo mit der Waffe in der Hand, während Kara sein Handy aus der Tasche holte, den Notruf wählte und meldete, dass am Schanzenturm von Herttoniemi geschossen wurde.

»Jetzt geht es um Minuten«, sagte Kara. »Wir müssen durchhalten, bis die Polizei hier ist.«

»Komm mit«, erwiderte Kati Soisalo. Sie erhob sich, rannte im Schutze der Hütten unter dem Turm bis zum Schanzentisch und kletterte hinauf. Kara folgte ihr auf den Fersen. Holz splitterte, als ein Geschoss einschlug, und gleich danach heulte eine zweite, abgeprallte Kugel. Die hohen Anlaufränder aus Brettern und Sperrholz boten einen guten Sichtschutz, hielten aber die Kugeln nicht auf.

Kati Soisalo kroch auf allen vieren die Anlaufspur hinauf, und Kara kroch ihr hinterher. Sie hatten die Kante des Schanzentischs etwa fünfzehn Meter hinter sich gelassen, als unter ihnen etwas klirrte. Kati Soisalo erstarrte, Kara ebenso. Sie hörten die Schritte des Schützen, er befand sich unter der Schanze. Dann wurde es still. Kati Soisalo hielt den Griff ihrer Waffe noch fester, als die Holzbauten des Sprungturms plötzlich knarrten. Versuchte der Killer zu ihnen hinaufzuklettern?

Ihr blieb nichts anderes übrig, als zu warten, die Stützkonstruktion des Turmes lag außerhalb ihres Blickfeldes, selbst wenn sie über den Rand hinwegschauen würde. Sie musste lauschen und versuchen zu schlussfolgern, an welcher Stelle der Killer auftauchte. Und als Erste schießen.

Die Sirenen waren zunächst nur ganz schwach zu hören und im fernen Rauschen des Verkehrs kaum auszumachen, wurden aber schnell lauter. Kara stieß Soisalo an die Schulter, zeigte erst auf ihre Waffe, dann auf den Plastikboden der Schanze und bedeutete ihr, ohne einen Ton von sich zu geben, sie solle schießen.

Kati Soisalo zögerte. Sie kannte die Position des Killers nur ungefähr, aber wenn sie schoss, verriet sie ihm, wo sie sich befand. Also war sie gezwungen, zu treffen. Die Sirenen heulten jetzt schon sehr laut, doch Hilfe würde frühestens in ein oder zwei Minuten eintreffen.

Sie legte ihre Waffe auf den Plastikbelag der Anlaufspur, zog ihren Gürtel so straff wie möglich und erklärte Kara mit Gesten, dass sie über den Bretterrand schauen wollte und er sie an den Fußgelenken festhalten sollte.

Es dauerte ein paar Sekunden, bis Kara einwilligte. Sie bewegten sich möglichst leise bis an den Rand, schauten sich an und zählten lautlos bis drei. Kara packte Kati an den Fußgelenken und stieß sie nach oben, während sie sich gleichzeitig abdrückte. Kati Soisalo schwang sich über den Rand, hing mit dem Kopf nach unten und der Waffe in der Hand und sah unter dem Schanzenturm nur die dicken Balken der Stützkonstruktion.

*

Die Außentemperatur lag bei etwa zwanzig Grad, aber die Atmosphäre in Jukka Ukkolas Volvo war aufgeheizt. Anita Arho war so außer sich, dass sie nicht gewartet hatte, bis Ukkola in ihr Auto stieg, wie es sonst üblich war. Diesmal trafen sie sich auf dem Parkplatz der Metrostation Kulosaari.

»Du wusstest, dass Arbuzow und Krylow mit ihren Ladungen auch Drogen nach Finnland brachten. Du warst ihr Kontaktmann und hast in Finnland alles organisiert. Ich habe heute einen anonymen Hinweis und Beweise dafür erhalten.«

»Die Ladungen dieser Laster habe ich doch nicht überprüft, ich bin nicht mal in den Aufliegern drin gewesen, kein einziges Mal.« Diese unerwartete Wendung war Ukkola mächtig in die Glieder gefahren, deshalb hörte er sich glaubwürdig an, obwohl er log, dass sich die Balken bogen.

Anita Arho ließ sich nicht überzeugen. »Und als ob das mit den Drogengeschäften nicht schon genug wäre, plauderst du nun auch noch Insiderwissen aus.«

Jetzt sah Ukkola echt verdutzt aus.

»Dimitri Arbuzow hat von den Informationen berichtet, die der Generaldirektor des UNODC erhalten hat. Leo Kara und deine Ex haben von dir die Unterlagen, die der FSB an die KRP geschickt hat, und auch noch andere Informationen.«

»Warum sollte ich denen helfen, verdammt noch mal, ich habe doch versucht, die loszuwer...«

Seine Erklärungen interessierten Arho nicht. »Jemand weiß auch, wie wir über Twitter unsere Treffen vereinbaren, und ich habe das nun ganz bestimmt nicht verraten.«

Ukkola ahnte schon das Allerschlimmste. »Was meinst du damit?«

»Jemand hat mich über Twitter in deinem Namen zu einem Treffen gebeten. Wenn du es nicht warst, dann ist jemand in deinen PC eingebrochen.«

Ukkola antwortete nicht, ihm fielen ein paar Alternativen ein, die so widerwärtig waren, dass sie ihm die Sprache verschlugen.

»Du bist nicht fähig, die Ermittlungen der KRP unter Kontrolle zu halten, du hast hinter dem Rücken des Kabinetts und auf Kosten seiner Sicherheit Drogengeschäfte gemacht, du hast es nicht geschafft, deine Exfrau auszuschalten, und du verrätst Informationen!«, rief Anita Arho und stieg aus. »Arbuzow wurde übrigens vor einer Stunde in Ost-Helsinki umgebracht. Von euch Drogenhändlern bist nur du noch übrig«, fügte sie hinzu und warf die Tür zu.

Jukka Ukkola hatte das Gefühl, unter eine Dampfwalze geraten zu sein. Fidel bedrohte sein Leben, der kirgisische Killer war höchstwahrscheinlich immer noch in Finnland, und er wusste ganz genau, wer in seine Computer eingebrochen war.

*

Der Chef der Aufklärungsabteilung, Kriminaloberinspektor Claes »Klasu« Nyman, saß im Beratungsraum »Heftmaschine« der KRP und spürte, wie ihm die Galle hochkam. Schon seit seiner Kindheit wurde er leicht wütend und hatte deshalb im Laufe der Jahre etliche Methoden – eine sonderbarer als die andere – entwickeln müssen, die ihm helfen sollten, sich in der Gewalt zu haben. Eine davon bestand darin, auf einem Stressball herumzudrücken. Ein Kriminalist sah sich natürlich hin und wieder mit unangenehmen Personen konfrontiert, Klasu Nyman hatte jedoch gelernt, zwei Gruppen von Menschen mit ganz besonderer Entschiedenheit zu verabscheuen: Polizisten, die Verbrechen begingen, und Leute, die alle Finnlandschweden für reich hielten, auch ihn, den Bauernsohn aus Närpiö in Österbottnien, der im Gestank einer Nerzfarm aufgewachsen war.

Nyman hatte seine verlässlichsten Kollegen zusammengerufen, um über die anonyme Anzeige gegen Jukka Ukkola zu reden.

»Wir sind nicht wegen der Polizistenmorde von Lohja hier, aber die Angelegenheit hängt gewissermaßen damit zusammen. Wie ich euch allen schon in unseren Einzelgesprächen unter vier Augen gesagt habe, sieht es so aus, dass Jukka Ukkola russischen Kriminellen geholfen hat, Menschentransporte und Drogenlieferungen zu organisieren. Fehler können wir uns jetzt nicht leisten, Ukkola ist schließlich stellvertretender Leiter der KRP. Wir wissen schon, dass er per Telefon sowohl zu Krylow als auch zu Arbuzow Kontakt gehalten hat. Was wissen wir sonst noch?«, fragte er.

Die anderen Polizisten schauten einander an.

Nyman geriet gleich wieder in Harnisch: »Menschenskind, nun spuckt schon aus, was ihr wisst.«

»Wir haben zusammen mit den Russen die Angaben zu allen Lastzügen herausgesucht, die der Firma Severnaja in den letzten zwei Jahren Waren gebracht haben. Sie wurden ohne Ausnahme jedes Mal von denselben Zollbeamten kontrolliert. Die hatten Telefonkontakt sowohl zu Krylow als auch zu Ukkola und werden noch heute verhört«, sagte der Kriminalkommissar, der das gemeinsame Aufklärungs- und Analysezentrum PTR von Polizei, Zoll und Grenzwacht leitete.

Der Leiter der Anti-Drogeneinheit meldete sich zu Wort. »Unter unseren Informanten heißt es wirklich, Ukkola und Krylow hätten zusammengearbeitet. Und einer der Eigentümer dieser von Severnaja gemieteten Feriendörfer behauptet, er habe Krylow und Ukkola zusammen in einem Auto gesehen.«

»Findet sich sonst nichts? Wir sollten uns alle unserer Sache verdammt sicher sein, bevor wir die Genehmigung zur Überwachung des stellvertretenden Leiters der KRP einholen.«

»Wir alle wissen, was für ein Schwein Ukkola ist«, sagte der Leiter der Anti-Drogeneinheit.

»Und was gibt es zu den neuesten, überraschenden Ereignissen zu sagen? Von wem wurde Dimitri Arbuzow erschossen, und was ist mit dem Lastzug in Pyhtää?«, fragte Nyman.

»Leo Kara und Kati Soisalo sind schon vernommen worden. Ihre Angaben stimmen überein. Sakke Tirkkonen ist noch im Krankenhaus, er wird sofort verhört, wenn der Arzt die Genehmigung gibt. Niemand hat den Schützen gesehen, aber Kara glaubt, dass es derselbe Mann war, der die Polizisten in Lohja umgebracht hat«, berichtete die einzige Frau der Gruppe, eine streng dreinschauende Kriminalhauptmeisterin aus der Ermittlungsabteilung.

»Und der ist einfach so verschwunden?«

Die Hauptmeisterin senkte den Blick. »Der Mann wird auf jeden Fall gefunden. Die Grenzen werden so genau kontrolliert wie vielleicht noch nie zuvor. Niemand will, dass der Polizistenmörder aus Finnland entkommt.«

»Die Ladung des Lastzugs in Pyhtää wird die Ermittlungen in vieler Hinsicht voranbringen«, erklärte der Leiter der Anti-Drogeneinheit. »In dem Auflieger wurden zehn Mädchen und zwei Jungen entdeckt sowie eine größere Menge unterschiedlicher Drogen. Wir stehen in engem Kontakt mit den Kollegen von Interpol, dieser Fund könnte bei deren Ermittlungen zum Menschenhandel einen großen Durchbruch bedeuten.«

Nyman überlegte kurz. »Wir brauchen unbedingt Ergebnisse, und zwar schnell, die Presse ist auf hundertachtzig!«

*

Kati Soisalo stand schon in der Tür, als Kara vom Polizeiverhör zurückkehrte und die Treppen zu Paranoids Wohnung heraufkam.

»Endlich haben sie dich auch rausgelassen. Weißt du, wie es Tirkkonen geht?«, fragte sie und schloss hinter Kara die Tür.

»Die Polizei meinte, es sei nur eine oberflächliche Wunde und eine leichte Gehirnerschütterung.«

»Merkwürdig, dass der Schütze Tirkkonen am Leben gelassen hat«, sagte Kati Soisalo.

»Er hatte sicher keinen Auftrag für Tirkkonen.« Kara erinnerte sich noch genau an die Worte von Manas vor über einem Jahr im Sudan, als der Kirgise ihn verschont hatte.

Kati Soisalo zog Kara am Ärmel in Paranoids Arbeitszimmer.

»Es gibt gute Nachrichten«, verkündete Paranoid. »Fidel vom Kabinett hat den Verdacht, dass Ukkola Informationen verrät. Ich habe eben ihr Gespräch mitgehört.«

»Worüber sprechen wir zuerst, über die sechsjährigen Mädchen in der Provinz Veneto oder über Eero Palomaas Unterlagen?«, fragte Kara.

»Über Vilma«, antwortete Kati Soisalo.

»In der Provinz Veneto leben 4,6 Millionen Menschen«, erklärte Paranoid. »Ihr habt gesagt, dass wir Vilma in einer Kleinstadt suchen, also habe ich die 735 000 Einwohner von Padua, Venedig und Verona weggelassen. Übrig bleiben ungefähr 3 865 000 Menschen. Eben habe ich Kontakt zu einem italienischen Kollegen aufgenommen, der die Sprache beherrscht und in die italienischen Datenbanken zu Adoptionen einbrechen kann. Wenn Vilma wie in Italien üblich die Vorschule besucht hat, wird die Suche erleichtert. Ich suche dann nur alle Dreijährigen, die vor etwa drei Jahren ins Melderegister aufgenommen worden sind, und …«

»Das hört sich alles gut an, aber wie lange dauert das? Wir haben es verdammt eilig. Arbuzows Leute wissen, dass ich Vilma suche, möglicherweise wird man ihr etwas antun, wie sie es angedroht haben. Und Arbuzow hat gesagt, ich wäre nach dieser Aktion Freiwild.«

»Das dauert halt seine Zeit«, erwiderte Paranoid etwas ratlos und zuckte die Achseln.

Kara wechselte das Thema. »Was findet sich in Palomaas Unterlagen?«

»Alles Mögliche. Der Mann hat über Jahrzehnte Quittungen, Kontoauszüge und sonst was für Belege gesammelt wie ein Eichhörnchen. Dank dieser Beweise wird Anita Arho ganz sicher in den Knast müssen.«

Paranoid reichte sowohl Kara als auch Kati Soisalo ein Blatt. »Und auch über das von Kivijalka verwaltete Vermögen hat er ein exaktes Verzeichnis angelegt. Dutzende Konten in Finnland wie im Ausland.«

Kara ging die Liste rasch durch, bis er einen Namen entdeckte, der in ihm sofort schlimme Erinnerungen weckte. »Weshalb hat Kivijalka an die Stiftung zur Entwicklung des Industriegeländes im Londoner Park Royal Geld gezahlt?«

Kati Soisalo schaute Kara an. »Ist das der Ort, wo deine Familie …«

Kara nickte.

Paranoid suchte in seinen Unterlagen. »Das ist eine regelmäßige Zahlung, sie wird einmal im Monat vom Konto abgebucht. Eine ziemlich große Summe, eine halbe Million Euro jedes Mal.«

Kara las die Liste weiter. »Kivijalka besitzt keine einzige Immobilie, nur eine Wohnung in Pajamäki. Wer nutzt die?«

»Aus diesen Unterlagen geht ja nun auch nicht alles hervor«, murmelte Paranoid, wandte sich seinem Computer zu und ließ die Finger ein paar Minuten auf der Tastatur tanzen. »Dort wohnt anscheinend schon jahrelang niemand.«

»Vielleicht ist es angebracht, diese Bude einmal in Augenschein zu nehmen«, sagte Kara.

22

Sonntag, 15. August

Leo Kara parkte Kati Soisalos Wagen auf der Pajamäentie und ging entschlossen zum Aufgang B des dreigeschossigen Hauses mit der Eigentumswohnung, die Kivijalka gehörte. Die Haustür war nicht abgeschlossen, er stieg die Treppe hinauf in die erste Etage. Kein Namensschild an der Tür, nur ein Aufkleber »Keine Werbung«. Er legte ein Ohr an die Tür, lauschte und hielt den Atem an, seine Herzschläge waren zu hören und das Rauschen des Heizkörpers im Treppenhaus. Vom Innenhof aus würde er vielleicht die Fenster der Wohnung sehen.

In den fünfziger und sechziger Jahren wurden die Wohnviertel noch nicht so dicht bebaut, hier war viel Platz; zwischen den Häusern lag ein grüner Garten wie ein kleiner Park, mit überdachtem Grillplatz, Sandkasten und Schaukel. Auf den Balkons zeigte sich gerade niemand. Er war sich ziemlich sicher, welche der Fenster in der ersten Etage zur Wohnung von Kivijalka gehörten. Wie viele Minuten hätte er Zeit, auf den Balkon zu klettern, ehe jemand die Polizei rief?

Kara ging zur Hauswand, sprang nach oben, zog sich am Metallgeländer des untersten Balkons hoch und stellte sich darauf. Er bekam das Geländer im ersten Stock zu fassen, schwang ein Bein über das Metall und hing nun in der Waagerechten; die Arme wurden auf eine harte Probe gestellt, bis es ihm endlich gelang, sich hochzuhieven. Er hatte es geschafft. Auf dem Innenhof und den Balkons des gegenüberliegenden Hauses war nichts zu hören. In der Wohnung von Kivijalka herrschte Dunkelheit. Die Jalousien waren unten und die Balkontür geschlossen, obwohl die

Sonneneinstrahlung der letzten Tage auch dieses Haus aufgeheizt hatte. Drinnen war es garantiert drückend heiß.

Die Scheibe einzuschlagen kam nicht in Frage, das würden die Nachbarn hören. Kara ging an ein Ende des langen Balkons, dann an das andere und bemerkte ein Fenster, das einen Spalt offen stand. Er stieg auf das Geländer, tastete mit den Händen langsam die raue, verputzte Wand entlang, bis er am Fensterrahmen Halt fand. Es krachte, als er das Fenster aus der Halterung zerrte, er fiel nach vorn und landete in der Fensteröffnung auf dem Bauch. Nachdem er sich hineinmanövriert hatte, blieb er eine Weile auf dem Küchenfußboden liegen und lauschte konzentriert. Nichts.

Kara schloss das Fenster und wartete einen Augenblick, bis sich die Augen an die Dunkelheit gewöhnt hatten. Dann ging er in den Flur, öffnete die erste Tür, die er sah, und schaltete im begehbaren Kleiderschrank das Licht an. Die Tür ließ er nur einen Spalt offen, um nicht die ganze Wohnung zu erleuchten. Es war klar, dass hier niemand ständig wohnte, sowohl im Schlafzimmer als auch in der Küche herrschte in den Schränken gähnende Leere. Als er den Schrank im Flur öffnete und ein Scharfschützengewehr der Marke Dragunow und einen leeren Pistolenkoffer aus Aluminium erblickte, wurde sein Verdacht bestätigt. Die Wohnung war das Versteck von Manas.

Kara untersuchte alle Räume, fand aber nichts Interessantes außer einem Laptop auf dem Couchtisch im Wohnzimmer. Er klappte den Deckel hoch, und das Display leuchtete auf, das Gerät befand sich im Stand-by. Das E-Mail-Fach war leer, er klickte den Explorer an und überprüfte, welche Seiten der Benutzer des Geräts zuletzt besucht hatte. Manas war auf den Websites der Universitätsapotheke, des Zolls, der Grenzwacht sowie der Polizei gewesen und, was das Schlimmste war, auch auf der von Kati Soisalos Kanzlei. Unter den »Favoriten« waren nur Links zu Fotos gespeichert. Kara öffnete einen, daraufhin erschien auf dem Display das Bild einer eingeschossigen Industriehalle.

Plötzlich wurde ein Schlüssel in das Sicherheitsschloss der Wohnungstür geschoben. Kara klappte den Computer zu, stürzte in die Küche, nahm den Mörser aus Gusseisen und konnte das Licht gerade noch ausschalten, bevor die Tür aufging und jemand hereinkam und nach dem Lichtschalter tastete. Er verpasste dem Ankömmling mit dem Mörser einen Schlag auf den Kopf, der ihn von den Beinen holte.

Kara schloss die Wohnungstür, schaltete das Licht an, zog die Pistole aus dem Schulterhalfter von Manas, der zu Boden gegangen war, und stürmte ins Bad. Er riss die Wäscheleine, die über der Badewanne hing, herunter und kehrte in den Flur zurück. Es war nicht einfach, Manas auf den Bauch zu drehen. Er fesselte ihn an den Hand- und Fußgelenken, bog die Unterschenkel nach oben und band die Hand- und Fußfesseln zusammen. Ein gut verschnürtes Paket.

Er betrachtete den vor ihm auf dem Boden liegenden Killer, der seinen Freund Ewan Taylor und wahrscheinlich auch seinen Vater erschossen hatte. Grenzenlose Wut überkam ihn und trübte seinen Verstand, er zielte mit der Pistole auf den Kopf des Kirgisen und wollte gerade abdrücken, da schoss ihm das Bild einer Gefängniszelle durch den Kopf. Eine Zelle nach der anderen tauchte vor ihm auf: der Keller in der Fabrikhalle des Royal Park, der Knast der Polizeistation von Brixton, die Zelle des sudanesischen Geheimdienstes in Khartum …

Kara ließ die Waffe sinken. Man würde ihn fassen, wenn er Manas umbrachte: Kati und Paranoid wussten, dass er hierhergefahren war, für einen Mörder würden sie garantiert nicht lügen. Und das wollte er auch nicht.

Er setzte sich an den Laptop und betrachtete die Fotos. Eine hässliche, fensterlose Fabrikhalle und ein asphaltierter Hof inmitten von wunderschönen grünen Wiesen. Er vergrößerte das Bild und versuchte vergeblich wenigstens ein einziges Detail zu finden, mit dem er das Gebäude geographisch einordnen könnte. In Finnland lag es jedenfalls nicht, da war er sich ganz sicher.

Ein Rascheln war zu hören. Kara schaute vom Computer auf und sah, wie Manas, der sich auf die Seite gedreht hatte, mit den gefesselten Händen nach irgendetwas tastete, das auf dem Fußboden lag. Er rannte zu ihm hin und trat ihm auf die Hand, kurz bevor sie das Klappmesser umschloss. Als Kara seine neunzig Kilo über die Schuhabsätze auf die Handgelenke des Kirgisen drückte, gab der keinen Laut von sich. Dann löschte ein Faustschlag bei Manas das Licht.

Kara schnappte sich das Messer, kehrte an den Computer zurück, überprüfte noch einmal sowohl die Favoriten als auch die aufgerufenen Seiten und entfernte dann alle Spuren, die er hinterlassen hatte.

Manas spuckte Blut aus, als Kara sich neben ihn kauerte.

»Was ist im Oktober 1989 im Industriegelände des Park Royal passiert und warum?«, fragte Kara auf Russisch.

Manas betrachtete eine ganze Weile prüfend Karas hassverzerrtes Gesicht. »Die Tage damals waren ein schöne Vorstellung. Obwohl nicht alles so geklappt hat, wie es sollte.«

»Du hast meinen Vater umgebracht.«

Manas antwortete nicht.

»Letztes Jahr hast du meinen Freund Ewan Taylor in Khartum hingerichtet!«, zischte Kara so hasserfüllt, dass Speichelspritzer sprühten.

Manas blieb still, er starrte Kara an, als würde er ein interessantes Schauspiel verfolgen.

Karas Faust traf Manas am Backenknochen, sein Kopf schnellte nach hinten. »Warum musste meine Familie umgebracht werden?«

Es dauerte eine Weile, bis Manas den Mund aufbekam. »Du bildest dir doch nicht ernsthaft ein, dass ich rede. Ich bin dafür ausgebildet worden, Schmerzen zu ertragen, die du dir nicht einmal vorstellen kannst.«

»Nenne mir einen einzigen guten Grund, warum ich dich nicht auf der Stelle umbringen sollte.«

»Du bist nicht dumm«, antwortete Manas. »Ich kenne deine Geschichte einigermaßen und glaube deshalb nicht, dass du eine lebenslängliche Strafe absitzen willst. Vorhin in deinem Jähzorn hättest du möglicherweise geschossen, aber jetzt hast du deine Wut schon unter Kontrolle.«

Kara wurde klar, dass Manas recht hatte. »Ich rufe die Polizei und warte hier, bis man dich holt.«

»Russland würde meine Auslieferung verlangen, und die Bitte würde man binnen kurzem erfüllen. Du weißt nicht, mit wem du es zu tun hast«, erwiderte Manas. Allerdings hatte er nicht die geringste Absicht, verhaftet zu werden.

Kara lachte gezwungen. »Wenn du glaubst, dass ich dich gehen lasse, bist du nicht nur verrückt, sondern auch dumm.«

»Ich rede nur über die unmittelbare Gegenwart. Und wenn ich dir nun etwas über Mundus Novus erzähle?«, schlug Manas ganz ruhig vor.

In Karas Kopf herrschte Aufruhr. Er sah sich hier von Angesicht zu Angesicht einem Mann gegenüber, der imstande war, fast alle Fragen zu beantworten, die ihn so brennend interessierten. Wo sollte er anfangen?

Plötzlich fielen ihm Palomaas Unterlagen ein. »Nach den Angaben des Juristen, der die Angelegenheiten des Kabinetts verwaltet, wird aus Finnland monatlich Geld an die Stiftung zur Entwicklung des Industriegeländes im Park Royal gezahlt. Weshalb?«

»Keine Ahnung«, antwortete Manas, ohne auch nur einen Augenblick zu zögern. »Bei Mundus Novus weiß jeder nur so viel, wie erforderlich ist, damit er seine eigene Aufgabe erfüllen kann, und ich habe nichts zu tun mit dem Park …«

Manas brach mitten im Satz ab, als es an der Tür dreimal laut klopfte.

Noch ehe Kara irgendwie reagieren konnte, rief Manas schon Anweisungen auf Russisch. Dann krachte der Türrahmen.

Kara rannte zum Balkon, öffnete die Tür, griff nach dem Geländer und sprang.

*

Die Wände von Jukka Ukkolas Büro schmückte neben der Kopie des Katana-Schwerts, mit dem der legendäre Samurai Uesugi Kenshin gekämpft hatte, auch eine Sammlung der wichtigsten Meilensteine seiner beruflichen Laufbahn: der Ehrentitel ›Polizist des Jahres‹ aus der Zeit als Kriminalkommissar, das mit einer Widmung versehene Silberne Verdienstkreuz der Polizei als Anerkennung für besondere Verdienste in der Polizeiarbeit, ein Zeitungsausschnitt mit der Meldung über das Urteil gegen die Insulinmörderin, die er aufgespürt hatte, und ein Foto von einer Feier bei einem Profiler-Kurs der FBI-Akademie für ausländische Polizisten.

Ukkola bereute seine Taten nicht, er ärgerte sich über sein Pech. Die unerwarteten Ereignisse der letzten Tage drohten alles zu zerstören, wofür er in den letzten zwanzig Jahren zielstrebig gearbeitet hatte. Aber Risiken gehörten nun mal dazu, wenn man den Willen besaß, auf seine eigene Weise voranzukommen und nicht zu Kreuze kriechen und den Ernennungen und Beförderungen ausgeliefert sein wollte, über die dümmere Vorgesetzte mit allen möglichen Begründungen entschieden. Er hatte nicht die Absicht, untätig dazusitzen und auf seinen Untergang zu warten, er war keiner, der sich von anderen auf irgendein Gleis schieben ließ, sondern einer, der sein Schicksal selbst in die Hand nahm.

Es gab vier Probleme: die Ermittlungen der KRP zu den von ihm und Arbuzow organisierten Drogengeschäften, Leo Kara, Kati Soisalo sowie Katis Freund, der Cracker Jonny Karlsson, genannt Paranoid. Bei dem Gedanken an Karlsson schlug Hass in ihm hoch. Jetzt konnte er nicht einmal mehr sein Telefon und seine Computer benutzen. Gerade als er geglaubt hatte, seine Exfrau endgültig an der Kandare zu haben, stellte sich heraus, dass sie ihn zum Clown gemacht hatte. Es tat regelrecht weh, sich vorzustellen, wie Karlsson und Kati seine Gespräche abhörten, die Festplatten seiner Computer kopierten und alles, was er tat, beobachteten. Und dann auch noch vögelten.

Mit einem Anruf bei Gilbert Birou konnte er vielleicht zwei Probleme auf einen Schlag lösen: Birou besaß möglicherweise wichtige Informationen zu den Ermittlungen der Behörden, und er könnte Kara aus Finnland abkommandieren. Die einzige Schwierigkeit bestand darin, dass er von Birou nur das wusste, was er von Fidel und Arbuzow gehört hatte, und das war nicht viel. Aber ein Versuch lohnte sich allemal.

Ukkola ging in das Beratungszimmer »Bindeglied« in der Etage des Stabes und griff nach dem Telefon. Er fühlte sich sofort ein wenig stärker, als Gilbert Birou sich meldete. Nichts belebte den Geist so sehr wie die Ausübung von Macht.

»Ich rufe im Zusammenhang mit Leo Kara und deiner ... Situation an«, sagte Ukkola und machte eine Pause, er wollte Birou Gelegenheit geben, zu erschrecken.

»Es ist an der Zeit, Leo Kara aus Helsinki abzuberufen«, verkündete Ukkola und hörte zu seiner Überraschung in der Leitung einen Seufzer der Erleichterung.

»Wie schnell lässt sich das machen?«, fragte er.

»Sofort im Anschluss an dieses Gespräch«, antwortete Birou.

»Nehmen Sie danach Verbindung zu Interpol auf und bringen Sie alles, was Sie können, in Erfahrung über die Operationen von Marat Krylow und Dimitri Arbuzow in Finnland, gegen wen die finnische Polizei Ermittlungen führt und ob Festnahmen zu erwarten sind«, sagte Ukkola und beendete das Gespräch.

So viel zu Leo Kara, von Wien aus würde der Mann zumindest ihm selbst keine zusätzlichen Probleme bereiten. Und Kati würde schon bald klein beigeben, spätestens, wenn sie wegen der von ihm eingefädelten Ermittlungen auf der Anklagebank landete.

Jukka Ukkola ging bei allem, was er tat, präzise und systematisch vor, nicht zuletzt bei der Klassifizierung von Menschen nach ihrer Brauchbarkeit. Die schwierigen Fälle setzte er normalerweise zunächst auf die in seinem Gedächtnis gespeicherte Liste mit dem Titel »Menschen, denen man eine Lehre erteilen muss«. Aber bei Jonny »Paranoid« Karlsson gedachte er eine Ausnahme zu machen. Der Mann kam sofort auf die Liste mit der Überschrift »Zu vernichten«. Er würde sich persönlich um Karlsson kümmern, sobald die Ermittlungsgruppe der KRP für Straftaten auf dem Gebiet der Informationstechnik wasserdichte Beweise dafür beschafft hatte, dass es Karlsson gewesen war, der sein Handy abgehört hatte und in seine Computer eingebrochen war.

Dann würde der junge Mann einsehen, dass man seine Frau besser nicht vögelte.

*

Leo Kara saß im Rauchersalon der Wohnung von Anita Arho am Ufer der Insel Kuusisaari und schaute durch die Panoramafenster auf die Bucht Laajalahti. Arho gehörte offenbar die ganze zweite Etage. Kara hatte Dutzende Male versucht, die Vizevorstandsvorsitzende von Nokia zu erreichen, bis er schließlich auf die Idee gekommen war, auf ihrem Anrufbeantworter zu hinterlassen, dass er sich gern über die Erklärung Eero Palomaas zum Kabinett unterhalten würde. Eine Minute später hatte ihn Arho angerufen.

Anita Arho war einer von den »Jungs« an den Schalthebeln der Wirtschaft. Im Finnland der achtziger Jahre musste eine Frau garantiert so hart wie eine Eisenstange sein, um im Geschäftsleben bis zur Spitze aufsteigen zu können, überlegte Kara, während er die zierlich gebaute Hausherrin betrachtete, die eine Zigarre von der Größe einer kleinen Banane paffte. Sie saß breitbeinig in einem Designersessel, Kara hatte keine Ahnung, wer ihn entworfen hatte. An eine Tasse Kaffee oder einen freundlichen Plausch war nicht zu denken, Anita Arho hatte ihm an der Tür nicht einmal die Hand gegeben.

»Du hast Eero Palomaa und das Kabinett erwähnt«, sagte sie.

»Das stimmt. Palomaa hat einen äußerst detaillierten Bericht über deine Rolle im Kabinett hinterlassen …«

»Hinterlassen? Was meinst du damit?« Anita Arho richtete sich in ihrem Sessel auf.

»Palomaa hat das Land verlassen. Anscheinend wusstest du das nicht.« Kara schwieg eine Weile, um seine zweite Neuigkeit wirken zu lassen, die ebenfalls wie eine Bombe einschlug. Er hielt Palomaas Erklärung in der Hand und spürte förmlich, wie sehr Anita Arho darauf brannte, sie zu lesen.

»Palomaa berichtet detailliert von der Gründung des Kabinetts, von seinen Verbindungen zum KGB und FSB, von den Geldern, die es vom Kreml bekam, vom Transfer des Milliardenvermögens der Sowjetunion in andere Hände nach 1991, von Fidel, also von dir, und von allem möglichen anderem.«

Anita Arho erinnerte sich daran, dass sie eine Magnum 50 Super Robusto von H. Upmann in der Hand hielt, als die glühende Zigarrenspitze schon fast ihren verkrampften Oberschenkel berührte. »Darf ich lesen, was Palomaa genau genommen behauptet?«

»Nein.«

»Es ist immer leicht, haltlose Beschuldigungen vorzubringen. Wenn man in großen Unternehmen führende Posten bekleidet, gewöhnt man sich an die Angriffe von Kunden, die ihren Besitz verloren haben oder aus anderen Gründen verbittert sind, und von ehemaligen Kooperationspartnern.« Anita Arho legte die Zigarre auf den Rand des Aschenbechers und lehnte sich in ihrem Sessel zurück. »Dank meiner Position bin ich imstande, meinen Widersachern das Leben sehr schwer zu machen.«

»Ist dir klar, dass Palomaa über Jahre Beweise gegen dich gesammelt hat? Er will, so sagt er in seiner Erklärung, dass du strafrechtlich für deine Taten zur Verantwortung gezogen wirst. Ich wette, dass er als Jurist sehr kompetent ist, schließlich hat auch das Kabinett seine Dienste in Anspruch genommen.«

Anita Arhos Gesichtsausdruck war so angespannt, dass die Falten in den Augenwinkeln verschwanden. Sie überlegte lange. »Beweise«, sagte sie schließlich.

Kara öffnete Palomaas Erklärung und las die Anschuldigungen gegen Arho vor. »Palomaa hat seiner Erklärung allein als Belege für diese Punkte zweiundachtzig Anhänge beigefügt.«

»Oh verdammt«, entfuhr es Arho. Sie stand auf, wandte Kara den Rücken zu und stellte sich ans Fenster. »Was willst du?«

»Ich will Informationen über den Kooperationspartner des Kabinetts, über Mundus Novus. Ich habe es nicht auf das Kabinett oder einzelne seiner Mitglieder abgesehen, auch nicht auf dich, obwohl du seine Vorsitzende bist.« Kara drückte sich so diplomatisch wie möglich aus.

Anita Arho versuchte zu lachen: »Ich bin wahrhaftig nicht die Vorsitzende des Kabinetts, auch wenn Palomaa und Ukkola das annehmen. Es gibt noch Leute über mir.« Sie überlegte eine Weile. »Ich bin für die finanziellen Angelegenheiten unserer ... Gruppe verantwortlich. Die ganze Arbeit des Kabinetts beruht darauf, dass nur eine Person alle Mitglieder kennt. Jedes Mitglied hat eine Kontaktperson, über die es Verbindung zu den anderen Mitgliedern hält. Palomaa und Ukkola standen in der Hierarchie nicht sehr weit oben, und daran wird sich auch nie etwas ändern.«

»Was ist Mundus Novus?«, fragte Kara.

Anita Arho zögerte, setzte sich hin, schloss die Augen und zögerte noch mehr. »Das ist sinnlos. Ich kann ganz einfach nicht ...«

»Palomaas Erklärung wird so oder so bei der Sicherheitspolizei und der KRP landen. Wenn du redest, gebe ich dir ... sagen wir mal, bis morgen Mittag Zeit, deine Angelegenheiten zu regeln, und wenn du nicht redest, übermittle ich sie der Polizei jetzt sofort.«

»Es gibt auch noch andere Alternativen.« Anita Arho witterte die Chance, einen Handel zu machen. »Du kannst mir die Erklärung zu einem hohen Preis verkau ...«

Kara unterbrach sie: »Was ist Mundus Novus?« Er rückte auf dem Sessel nach vorn, bereit aufzustehen, sobald Arho eine falsche Antwort gab.

Die Stille hielt lange an, die kleingewachsene Anita Arho sank immer tiefer in ihren Sessel. »Der Zweck des Kabinetts besteht darin, Geld für Mundus Novus zu beschaffen. Das ist alles, was ich über Mundus Novus weiß.«

Kara zog die Brauen hoch. »Und Mundus Novus verwendet das Geld ... wofür?«

»Du glaubst doch wohl nicht ernsthaft, dass ich das weiß?«

Kara spürte, dass sich bei ihm ein Wutanfall ankündigte, er stützte die Ellbogen auf die Knie und beugte sich vor. War er nicht einmal fähig, die richtigen Fragen zu stellen? »Warum wurde vom Kivijalka-Konto jeden Monat Geld nach London an die Stiftung zur Entwicklung des Industriegeländes im Park Royal überwiesen?«

»Weil Mundus Novus das so befohlen hat. Kein Kabinettsmitglied hat je den Park Royal besucht, jedenfalls soviel ich weiß.«

»Das bringt nichts. Erzähle mir etwas, womit ich Mundus Novus zu fassen kriege«, sagte Kara nun deutlich lauter und hielt Palomaas Bericht hoch.

Arho zögerte immer noch. Sie redete erst, als Kara aufstand. »Du gibst mir also bis morgen Mittag Zeit.«

Kara nickte.

»Wir bekommen von Mundus Novus projektbezogene Zielvorgaben. Für jedes Projekt muss eine bestimmte Menge Geld bis zu einem vorher festgelegten Termin beschafft werden. Übermorgen ist der Termin für ein Projekt, das heißt, Mundus Novus wird dann etwas fertigstellen. Die Zahlungen an die Stiftung zur Entwicklung des Park Royal hängen mit diesem Projekt zusammen.«

»Wie hält Mundus Novus Kontakt zum Kabinett?«, fragte Kara.

»Keine Ahnung, jedenfalls nicht über mich.«

Jetzt kam Kara in Fahrt: »Wer ist der Vorsitzende des Kabinetts?«

»Das kann ich nicht sagen, das ist unmöglich. Du hast schon versprochen, mir Zeit zu geben ...« Anita Arho hörte sich erschrocken und angstvoll an.

»Was für einen Nutzen zieht ihr Kabinettsmitglieder aus alldem?«

Anita Arho schien die Frage nicht zu verstehen. Sie hob die Hände. »Jeden, den man sich vorstellen kann.«

Kara machte ein paar Schritte in Richtung Flur, hielt inne und wandte sich noch einmal Anita Arho zu. »Wir haben gestern erfahren, dass Dimitri Arbuzow an der Entführung von Kati Soisalos Tochter beteiligt war. Weißt du, wo Vilma Soisalo ist, hat Arbuzow jemals über das Mädchen gesprochen?«

Anita Arho räusperte sich abfällig. »Das musst du Jukka Ukkola fragen. Er kennt den Aufenthaltsort seiner Tochter seit der Entführung.«

Für Kara war das Maß voll, Ukkolas Grausamkeit überschritt alle Grenzen. Als er Anita Arhos Wohnung verließ, hatte er Angst vor sich selbst. Er wollte die Wahrheit aus Jukka Ukkola herausholen, und dieses Treffen würde kein gutes Ende nehmen.

Gilbert Birou saß in seinem Büro im Haus E des UNODC und wollte den Versuch, Leo Kara zu erreichen, schon aufgeben, da meldete sich sein Assistent doch endlich.

Birou redete nicht lange um den Brei herum: »So, Kara, wir haben jetzt hier wieder genug Leute im Büro, du kannst also nach Wien zurückkehren.«

»Hier wird in den nächsten Tagen sowieso alles erledigt sein«, erwiderte Kara.

»Du verlässt Finnland morgen mit der ersten Maschine!« Birous Stimme zitterte vor Wut, obwohl er sich sorgfältig auf das Telefongespräch vorbereitet hatte. »Und du schreibst bis morgen Abend einen äußerst detaillierten Bericht über deine Reise. Darin führst du alles an, was du herausgefunden hast.«

Kara hatte eine Idee. »Ziehst du meinen Urlaub eine Woche vor, wenn ich verspreche, Finnland morgen zu verlassen? Dann könnte ich von hier direkt nach London fliegen, um Bekannte zu treffen.«

»Aber natürlich. Mach in aller Ruhe Urlaub«, antwortete Gilbert Birou und beendete das Gespräch. Sein sonst stets gepflegtes Äußeres wirkte jetzt unordentlich und genauso wirr wie seine Gedanken. An jedem normalen Tag hätte er um diese abendliche Zeit in einem der besten Wiener Restaurants gespeist, doch diese Tage dürften, was ihn anging, für immer vorbei sein. Auch seinen Appetit hatte er verloren.

Vor so eine Entscheidung sollte man niemanden stellen, und ihn schon gar nicht. Schließlich hatte er es in seinem Leben gerade deswegen weit gebracht, weil er schwierige Situationen und Entschlüsse vermieden hatte. Das Leben war ein PR-Projekt, dessen Ziel darin bestand, möglichst viel zu bekommen und möglichst wenig dafür zu leisten; Erfolg hatte mit Intelligenz und Befähigung herzlich wenig zu tun, dafür war er ein lebender Beweis. Gilbert Birou erinnerte sich nur schwach daran, was Freud mit seinem Begriff »Über-Ich« genau meinte, aber er begriff nur allzu gut, dass ein innerer Zwang ihn nun eine Entscheidung treffen ließ, die im Widerspruch zu seiner Weltanschauung stand.

Er hatte sich nie aus verwerflichen Gründen mit Valeri oder dessen Vorgängern getroffen, er hatte die jungen Männer nur gebraucht, um Mutter und Sohn, Mathilde und Gilbert zusammenzubringen. Die armen Kerle hatten lediglich die Rolle des jungen

Gilbert spielen müssen, keinen von ihnen hatte er auch nur mit einem Finger angerührt. Jedenfalls nicht so. Er hatte nie einem Kind weh tun wollen, er war der festen Überzeugung, dass der Missbrauch von Kindern die niederträchtigste aller Formen der Kriminalität darstellte. Es schmerzte immer noch, wenn er an die Organisation namens L'Arche de Zoé dachte. Sie hatte vor einiger Zeit versucht, über hundert entführte Kinder aus Darfur im Sudan auszufliegen und in Frankreich adoptieren zu lassen. Die Organisation behauptete, es wären Waisenkinder aus Darfur, und hatte sie mit Verbänden als Kranke getarnt. Die Mitarbeiter des UN-Flüchtlingshilfswerks fanden jedoch schnell heraus, dass die Kinder gesund waren und größtenteils nicht einmal aus dem Krisengebiet Darfur stammten, sondern aus dem Tschad, wo man sie ihren Eltern mit Gewalt weggenommen hatte. In Frankreich suchte L'Arche de Zoé öffentlichkeitswirksam Ersatzfamilien für »zehntausend Waisen aus Darfur« und kassierte von jedem Kunden dreitausend Euro für ihre Dienste.

Er hatte nach dem letzten Anruf des Erpressers genau das getan, was man von ihm verlangte, also Verbindung zu Interpol aufgenommen und herausbekommen, was man dort über Marat Krylows und Dimitri Arbuzows Geschäfte in Finnland wusste. Er hatte viel in Erfahrung gebracht. Die jahrelangen Ermittlungen von Interpol zur Balkan-Route und zum internationalen Menschenhandel standen vor dem Abschluss, eine große Polizeioperation in mehreren Staaten wurde vorbereitet. Die Menschenfracht, die in Finnland entdeckt worden war, hatte dazu beigetragen, bei den Ermittlungen die letzten Lücken zu schließen. Wenn er die Informationen von Interpol an seine Erpresser weitergäbe, würde die jahrelange Arbeit der Behörden zumindest teilweise, vielleicht auch ganz zunichtegemacht, und tausende Kinder und Jugendliche würden leiden müssen, weil die Kriminellen ihre Aktivitäten dann rasch neu organisieren und dort weitermachen könnten, wo sie stehengeblieben waren. Und falls er seine Informationen nicht an die Erpresser weitergab, wäre es nur eine Frage der Zeit, dass man ihn bloßstellte, dann würde er gefeuert und wäre für den Rest seines Lebens als Perverser abgestempelt.

Das war keine leichte Entscheidung.

23

Sonntag, 15. August

19.45 Uhr war alles bereit, fünfzehn Minuten bevor die Terroristen mit ihren Spezialfahrzeugen in Sellafield am Eingang Calder Gate eintreffen wollten. Der frischgebackene Premierminister Großbritanniens hatte den Tagungsort des Krisenbewältigungskomitees COBR in das Herz von Westminster verlegt, in die unterirdische Stadt Citadel, die unter den wichtigsten Gebäuden der britischen Regierung versteckt war. Auch die Mitglieder des Aufklärungskomitees JTC, darunter die Chefs aller britischen Nachrichtendienste, sowie der Leiter des Joint Terrorism Analysis Centre JTAC waren anwesend. Eine riesige Lagetafel erstreckte sich über eine ganze Wand, und auf den Tischen am Rand standen Unmengen von elektronischen Geräten.

Die Hauptverantwortung für die operativen Ermittlungen zu den Anschlägen in Sellafield trug weiterhin der Krisenstab Riddle des MI5, aber auch das Personal des Auslandsnachrichtendienstes SIS, der Aufklärungsabteilung der Streitkräfte DIS, des Aufklärungsregiments SRR und des Staatlichen Kommunikationshauptquartiers GCHQ arbeitete mit voller Kraft. Durch die Kommunikationsverbindungen standen die Aufklärungseinrichtungen an verschiedenen Orten Englands in ständigem Kontakt mit dem COBR-Komitee.

»Wie ist die Lage?«, fragte der Premierminister.

»Das Schiff der Terroristen, die ›Pacific Hero‹, ist im Hafen von Barrow-in-Furness eingetroffen«, antwortete der Chef des GCHQ. »Die ›Pacific Hero‹ verfügt über ein INF3-Zertifikat der Internationalen Seeschifffahrtsorganisation IMO und kann MOX-

Brennstäbe sowie Plutoniumoxid transportieren. Das Schiff wurde 2006 auf der Tamano-Werft in Japan gebaut, seine Länge beträgt 104 Meter, die Breite 17 Meter, das Zuladungsgewicht 4916 Tonnen, die Verdrängung 9667 Tonnen, es hat zwei Wärtsilä-Dieselmotoren mit je 3600 PS. An Deck sind zwei 23-mm-Flakgeschütze zu sehen, zwei Schiffsgeschütze von Bofors mit dem Kaliber 57 Millimeter sowie zwei 12,7-mm-Schiffsmaschinengewehre, wir wissen jedoch nicht, was sich alles unter Deck befindet. Unsere Skynet-Satelliten 5A und 5C wurden von ihren sonstigen Aufgaben abgezogen und stehen ausschließlich für diese Operation zur Verfügung. Wir erhalten fortlaufend Bilder von den Objekten, die wir sehen wollen, und hören sowohl die ›Pacific Hero‹ als auch die Spezialfahrzeuge der Terroristen ab.«

Der Premierminister nickte, schien aber nicht zufrieden zu sein. »Und die Situation in Sellafield?«

Der Technische Direktor des Unternehmens BNFL, das Sellafield verwaltete, räusperte sich. »Der hochradioaktive Atommüll in den Lagerbecken des THORP-Gebäudes und in der Lagerabteilung B215 kann keine radioaktiven Emissionen in die Atmosphäre abgeben, wenn die Terroristen, wie sie es versprochen haben, die Systeme von Sellafield um 23.59 Uhr in den Normalzustand zurücksetzen. Wir müssen jedoch die umfassende Evakuierung der umliegenden Gebiete sicherheitshalber schon jetzt beginnen, für den Fall, dass es dennoch zu einer Katastrophe kommt.«

Der Premierminister rieb sich die Schläfen. »Wenn wir mit der Evakuierung beginnen, dann gelangt die ganze Sache an die Öffentlichkeit. Es würde Panik ausbrechen. Auf die Sache mit der Evakuierung kommen wir später zurück.«

Der Chef des GCHQ meldete sich wie ein Schuljunge und zeigte dann auf das Satellitenbild, das auf der Lagetafel zu sehen war. »Wir haben die Spezialfahrzeuge der Terroristen geortet. Sie nähern sich Sellafield von Norden, aus Richtung Whitehaven, und sind noch etwa acht Meilen entfernt.«

Der Premierminister warf nervös einen Blick auf die Uhr, es blieb vor Beginn der Vorstellung keine Zeit mehr für viele Fragen. »Und die Überwachung des Schiffes, wenn es den Hafen von Barrow-in-Furness verlässt?«

Der Leiter der Aufklärungsabteilung der Streitkräfte DIS nahm das Wort. »Wir haben Vorkehrungen für alle möglichen Situationen und auch für einige unmögliche getroffen. Die Sonne geht um 20.34 Uhr unter und um 05.43 Uhr wieder auf, das heißt, wir verlieren den Sichtkontakt zu den Terroristen für etwa neun Stunden teilweise oder ganz.« Der Drei-Sterne-General saß kerzengerade da. »Während der Dunkelheit verfügen wir über eine Trumpfkarte, mit der die Terroristen auf keinen Fall rechnen konnten: das atomgetriebene Jagd-U-Boot »HMS Astute« mit der Schiffskennung S119. Sein Echolotsystem besitzt mehr unter Wasser funktionierende Mikrophone als jedes andere Echolot, außerdem ist das Schiff mit neununddreißigtausend schalldämmenden Gummikacheln ummantelt, die es fast unmöglich machen, die »Astute« mit dem Echolot aufzuspüren. Die Wärmebildkameras des Schiffes können auch im Dunkeln Aufnahmen machen.«

Stolz fuhr der Leiter des DIS fort: »Die »HMS Astute« kann die »Pacific Hero« völlig problemlos von einer Position außerhalb der von den Terroristen vorgegebenen Sicherheitszone von zehn Seemeilen beobachten.«

»Ausgezeichnet«, sagte der Premierminister.

Im selben Augenblick blinkte Betha Gilmartins Handy und zeigte an, dass eine Nachricht eingegangen war. »Sabrina Pianini konnte fliehen, sie hat vor ein paar Stunden den AISI in Italien angerufen. Pianini befindet sich in Minsk in Weißrussland. Ort und Art eines Treffens sind vereinbart, der AISI hofft, dass er die Frau schon heute Abend in seiner Obhut hat.«

»Endlich mal eine gute Nachricht«, dachte Betha Gilmartin.

*

Der nach Helsinki beorderte Hauptmann des FSB fuhr einen Toyota Corolla, neben ihm saß Manas, der einen hellblauen Anzug aus Synthetics und als Kopfbedeckung einen Kolpak trug. Jetzt musste er wie ein gewöhnlicher Kirgise in seiner Sonntagskleidung aussehen. Als sie sich der Grenzstation Nuijamaa näherten, schaute er auf seine Uhr. Nach Aussage des Hauptmanns würden die Grenzwacht von Südostfinnland und der Zoll sie durchlassen, sofern sie zwischen 20.00 und 20.05 Uhr am Grenzübergang eintrafen. So war es vereinbart. Natürlich hatte der FSB auch erstklassige Ausweispapiere für ihn gefälscht, aber doppelt hielt bekanntlich besser. Auf der russischen Seite war die dem FSB unterstehende Grenzverwaltung des Leningradskaja Oblast zuständig, dort brauchten sie nur kurz ihren FSB-Ausweis zu zeigen.

Der Hauptmann des FSB folgte den Hinweisschildern bis in den Bereich für den Personenverkehr, fuhr in die grüne Zone, hielt den Wagen an und füllte zwei Zollerklärungen aus. Wenige Minuten später lag die Grenze hinter ihnen.

Manas stellte die Sitzlehne etwas nach hinten und suchte sich eine bequeme Position. Die Fahrt bis ins ungefähr zweihundert Kilometer entfernte St. Petersburg und der Flug am späten Abend nach London boten ihm die letzte Atempause, danach begann bei dem Projekt ›Fluchtgeschwindigkeit‹ die entscheidende Phase. Nichts durfte den Erfolg des Unternehmens gefährden, es war eine Etappe von ausschlaggebender Bedeutung auf dem Weg zum Hauptziel von Mundus Novus. Allerdings drohten nicht viele Gefahren, und Sorgen bereitete ihm nur eine: Leo Kara interessierte sich für die Zahlungen des Kabinetts an die Stiftung zur Entwicklung des Park Royal. Der arme Kerl hatte nicht die geringste Ahnung, was Mundus Novus gegenwärtig dort und auch anderswo in England tat, aber Kara könnte etwas finden, wenn er weiter so ungewöhnlich hartnäckig seine Nase in die Angelegenheiten von Mundus steckte. Es war dumm von Rostow, dass er ihm nicht erlaubt hatte, Kara zu eliminieren. Doch ein Mensch, der sein Verhalten nicht unter Kontrolle hatte, beging früher oder später einen Fehler. Auch Kara.

Er bereute die ganze Reise nach Finnland. Vor allem deshalb, weil der Augenblick des Todes für jemanden, der Gefühle studierte, eine echte Goldgrube darstellte. Doch diesmal war er gezwungen gewesen, alle seine Opfer in großer Eile zu liquidieren. Wenn die Möglichkeit bestand, verwendete er in der Regel ein Messer, mit Schusswaffen war alles zu schnell vorbei. Ihn interessierte jener Moment, in dem das Leben zu Ende ging, er wollte die Empfindungen seiner Opfer studieren, die kleinen Details, das Mienenspiel, die Ausbrüche von Angst und Entsetzen genießen. In seinen letzten Momenten, kurz bevor das Leben entwich, offenbarte der Mensch sein Innerstes, sein wahres Ich, seine Feigheit oder Tapferkeit.

*

Kati Soisalo starrte entgeistert auf Paranoids Wohnungstür, durch die Leo Kara gerade ins Treppenhaus verschwunden war. Was zum Teufel hatte Kara eigentlich vor? Kommt hier hereingerauscht wie eine Furie, fragt, wo Jukka Ukkolas Haus ist, will unbedingt kurz mal die Schlüssel dafür haben und weigert sich strikt zu erklären, worum es geht. »Später«, hatte er nur gemurmelt.

Doch ihre einzige Sorge war es jetzt, Vilma zu finden, alles andere, auch dass sie halbtot vor Müdigkeit war und Bauchschmerzen hatte, musste warten. Wenn Arbuzows Drohung zutraf, dann blieb ihr wirklich nur wenig Zeit.

Sie kehrte in Jonnys Arbeitszimmer zurück. »Die Zusammenfassung.«

»In den Kleinstädten der Provinz Veneto wohnen 29625 Mädchen, die bezogen auf Vilmas Geburtstag innerhalb eines Jahres geboren wurden«, sagte Paranoid. »Nach Aussage des Kollegen, der in die Datenbanken der italienischen Adoptionsorganisationen eingebrochen ist, wurden vor drei Jahren in Italien 3158 Kinder adoptiert, von denen dreihundertsechzig Mädchen ungefähr in Vilmas Alter waren. Als ich die Kinder in den Großstädten, dunkelhäutige und chinesische Kinder und jene, die aus anderen Gründen nicht in Betracht kommen, weggelassen habe, blieben hundertachtzehn Kinder übrig.«

»Auch das ist noch zu viel. Ich schaffe es auf keinen Fall, zu allen Kindern zu gehen«, erwiderte Kati Soisalo gereizt.

»Wir wissen ja nicht einmal, ob Vilma über eine Organisation in ihre … neue Familie gebracht wurde. Aber ich mache natürlich weiter, solange wie …«

Kati Soisalo schloss die Augen und schüttelte den Kopf.

*

Leo Kara stand im Wohnzimmer von Jukka Ukkolas Haus in Pitäjänmäki, den Schlüssel hatte er von Kati Soisalo bekommen. Dass Ukkola schon die ganze Zeit wusste, wo die entführte Vilma lebte, hatte er Kati nicht gesagt, aus Angst davor, was sie dann womöglich mit ihrem Exmann anstellen würde. Er selbst hätte Ukkola wahrscheinlich auch krankenhausreif geschlagen und wäre wieder einmal in einer Zelle gelandet, wenn er den Kerl in dem Moment zu fassen bekommen hätte, als er davon erfahren hatte. Was war das für ein Vater, der sein eigenes Kind Entführern überließ? Ukkola musste wirklich krank sein. Und es dürfte auch eine Straftat sein, dass er den Behörden Informationen vorenthielt. Allerdings hatte Ukkola andere Verbrechen begangen, die um ein Vielfaches schwerer wogen. Kara spürte, wie sich vor Wut seine Kopfhaut spannte.

Er ging durch die Zimmer im Erdgeschoss und blieb einen Moment stehen, um die Sammlung der japanischen Schwerter und

Messer an der Wand zu betrachten. Dann stieg er die knarrende Holztreppe hinauf ins erste Stockwerk, trat in Ukkolas Arbeitszimmer und ging die Ordner und Unterlagen durch. Anscheinend rechnete Ukkola damit, Probleme zu bekommen, Kara fand nicht einmal all die Dokumente, von denen Kati nach ihrem letztjährigen Einbruch in das Haus berichtet hatte.

Jetzt waren der Keller und der Tresor an der Reihe. Der muffige Geruch wurde stärker, als Kara die Treppen hinunterstieg. Er tastete in dem stockfinsteren Keller an der Wand herum, fand schließlich den Lichtschalter und öffnete die Tür des Kartoffelkellers. Der kleine Tresor, ein Kaso E2–410, stand genau dort, wo Kati ihn vorgefunden hatte. Kara tippte in das elektronische Schloss Katis Zahlenreihe ein: 0–7–0–6. Der siebente Juni, jener Tag, an dem Kati und Vilma aus diesem Haus geflohen waren und Jukka Ukkola die schlimmste Demütigung seines Lebens einstecken musste.

Der Tresor war leer, keine Spur mehr von den Hängeordnern mit den Aufschriften »Kabinett«, »Sibirtek« und »Waffenhandel«, die Kati damals gesehen hatte. Das überraschte Kara freilich nicht: Ukkola wusste, dass er in der Klemme saß, natürlich hatte er die Dokumente, die für ihn eine Gefahr darstellten, vernichtet oder versteckt. Jetzt war höchstwahrscheinlich Alarm ausgelöst worden: Kurz nachdem Kati Soisalo den Tresor geöffnet hatte, war Ukkola in seinem Haus erschienen und hatte irgendetwas von einem Alarm gemurmelt.

Kara stieg die Kellertreppe hinauf und stellte sich so ans Fenster, dass er den Weg vom Hof auf die Straße im Blickfeld hatte. Es verwunderte ihn, dass im ganzen Haus kein einziges Foto von Vilma zu sehen war. Von Minute zu Minute kam er immer mehr zu der Überzeugung, dass er Jukka Ukkolas Seelenleben gar nicht verstehen wollte. Wenn er den morschen Sandkasten und die völlig verrostete Schaukel betrachtete, weckte das unangenehme Gefühle.

Sechzehn Minuten nach dem Öffnen des Tresors fuhr Jukka Ukkolas schwarzer Volvo durch die Öffnung in der Weißdornhecke auf den Hof. Kara trat blitzschnell vom Fenster weg und drückte sich an die Wand.

Die Tür ging auf, Jukka Ukkola betrat sein Zuhause und bekam Leo Karas rechte flache Hand mit solcher Wucht ins Gesicht, dass er zu Boden ging. Kara packte ihn am Hemdkragen, zerrte ihn ins Haus und schloss die Tür.

Ukkola spuckte Blut, seine Augen glühten, während er seine Möglichkeiten abschätzte. Von der Kraft her könnte er es mit dem eins fünfundachtzig großen und sehnigen Kara aufnehmen, aber der besaß viel mehr Erfahrungen bei Schlägereien, wie die ganze Latte von Verurteilungen wegen Körperverletzung verriet.

Kara stieß Ukkola in einen Sessel. »Anita Arho hat gesagt, du wüsstest, wo Vilma ist. Angeblich hast du es die ganze Zeit gewusst.«

Ukkola schaute ihn verblüfft an. »Darum geht es also. Du machst den Laufburschen für die Soisalo, das Weib hat auch dich für ihre Zwecke eingespannt.«

»Wo?«

Ukkola überlegte einen Augenblick. »Anita Arho weiß nicht, wovon sie spricht.«

Kara griff nach dem prächtigen grellroten Samurai-Helm aus Metall und der Gesichtsmaske, die auf der Kommode lagen.

»Vorsichtig!«, Ukkola sah nun das erste Mal besorgt aus. »Die sind beide, *Kabuto* und *Mempo*, von Hand gefertigt.«

Kara setzte sich den drei Kilo schweren Helm auf und näherte sich Ukkola, der blitzschnell schaltete und die Gelegenheit beim Schopfe packte, er rollte sich aus dem Sessel auf den Boden, glitt zum Kamin, griff hinein und zog eine Neun-Millimeter-Pistole hervor, eine SIG Sauer P226. Kara schmiss die Samuraiausrüstung auf den Dielenfußboden, dass es krachte.

Als Ukkola die Waffe in der Hand hielt, war er wieder ganz der

Alte mit seiner maßlosen Selbstsicherheit. »Jetzt erzählst du Idiot mir äußerst detailliert alles, was du mit Soisalo und diesem Computerclown Karlsson sowohl über mich und Arbuzow als auch über das Kabinett herausgefunden hast.«

Karas Hand schnellte nach vorn, packte Ukkola an der Kehle und drückte sie zusammen wie einen Staubsaugerschlauch. Ukkola röchelte, sein Gesicht verfärbte sich rot.

»Dieser Kara ist noch verrückter als angenommen«, dachte er. Der stürzte sich auf ihn, obwohl er eine Waffe in der Hand hielt. Er war gezwungen, den Abzug zu drücken.

Man hörte ein metallisches Klicken, als sich der Schlagbolzen der SIG Sauer bewegte.

»Kati Soisalo hat mir von deiner Waffe erzählt. Seltsamerweise hast du nicht am Gewicht erkannt, dass ihr Magazin leer ist«, sagte Kara, nahm Ukkola die Waffe aus der Hand und stieß den Mann in den Sessel. Er nahm die Patronen aus seiner Tasche, steckte ein paar in das Magazin, lud durch und drückte die Pistolenmündung auf Ukkolas Hosenschlitz.

»Wo?«

»In Vittorio Veneto knapp hundert Kilometer nördlich von Venedig«, antwortete Jukka Ukkola.

»Die Adresse?«

»Ich weiß nur, dass Vilma derzeit in Vittorio Veneto die Vorschule im Sommer besucht. Aber ihr werdet das Mädchen kaum finden. Die italienische Polizei mischt bei der Sache mit.«

Eine Viertelstunde später nahm Kara auf der Treppe zu Paranoids Wohnung hinauf immer zwei Stufen auf einmal. Obwohl die Zeit drängte, hatte er Kati Soisalo die neuen Informationen zu Vilma nicht per Telefon mitgeteilt, weil er fürchtete, dass sie dann auf der Stelle allein nach Italien geflogen wäre. Solche Sorgen machte er sich in der Regel nur, wenn es ihn selbst betraf, anscheinend war Kati durch seinen Panzer gedrungen.

»Vilma ist in Vittorio Veneto«, sagte Leo Kara, als Kati Soisalo die Tür öffnete. »Die Adresse habe ich nicht herausbekommen, aber angeblich besucht sie dort jetzt im Sommer irgendeine Vorschule.«

Es dauerte einen Augenblick, bis Kati Soisalo begriff, was sie da gehört hatte. »Wo hast du das erfahren?«

»Das ist eine lange Geschichte, die erzähle ich später. Du hast es jetzt eilig.«

Kati Soisalo schaute ihn einen Moment an und wollte etwas fragen, doch dann gab sie diese Absicht auf und wandte sich an Paranoid: »Mach eine Liste von allen Vorschulen in Vittorio Veneto, von den adoptierten Mädchen, die sie besuchen, mach … mach alles, was in deinen Kräften steht«, befahl sie und griff nach ihren Schuhen, die im Flur standen.

»Du hast hoffentlich Arbuzows Drohung nicht vergessen?«, fragte Kara.

»Ja, ich bin Freiwild«, erwiderte Kati Soisalo ungehalten und legte die Hand auf die Klinke.

Kara hielt sie an der Schulter fest. »Diese Reise ist zu gefährlich, du kannst nicht allein nach Italien fliegen.«

Kati Soisalo wurde wütend: »Bis ich das alles der italienischen Polizei erklärt habe, wäre Vilma schon weit weg aus Vittorio Veneto!«

»Ich meinte nicht die Polizei, der kann man angeblich nicht einmal trauen. Nimm Tirkkonen mit«, schlug Kara vor.

»Oder dich«, sagte Soisalo, und die beiden schauten sich einen Augenblick unverwandt an.

»Tirkkonen ist dir eine bessere Hilfe, ich kann mich nur schlagen, wenn ich in Wut gerate. Außerdem möchte ich in London einen Hinweis überprüfen, den ich in Palomaas Unterlagen gefunden habe.«

»Meinetwegen. Ich gehe jetzt jedenfalls die Flugtickets buchen und packen, und dann hole ich meine Tochter.«

DRITTER TEIL

Piloto Mayor

15. August – 21. August

24

Sonntag, 15. August – Montag, 16. August

Die Sicherheitssysteme in den Lastkraftwagen der Terroristen, die im Dienste von Mundus Novus standen, suchten ihresgleichen, denn die Fahrzeuge des Herstellers Seddon Atkinson waren für den Transport von radioaktiven MOX-Brennelementen und Plutoniumdioxid vorgesehen. Ihre Vorrichtungen für die GPS-Ortung hatte man entfernt und die Kommunikationsgeräte so eingestellt, dass sie den Bedürfnissen der Terroristen entsprachen. Die Laster erreichten um 20.02 Uhr den Eingang Calder Gate in Sellafield. Die Kontrollzentrale, die in ständigem Kontakt mit dem vom Premierminister geleiteten COBR-Komitee stand, erteilte ihnen unverzüglich die Erlaubnis, ihre Fahrt fortzusetzen. Die Tore des Kernkraftwerksgeländes öffneten sich.

Die Spezialwagen fuhren zunächst zum Lager B211 für Atommüll mittlerer Radioaktivität und dann zum Lager B215 für hochradioaktiven Atommüll. Entsprechend den Anweisungen der Terroristen waren die Überwachungskameras in den Lagerräumen ausgeschaltet. Die Männer in ihren vor Radioaktivität schützenden Anzügen bedeckten alle Behälter mit Planen und schafften sie dann auf Gabelstaplern in die Fahrzeuge. Der Beladevorgang dauerte zweiundzwanzig Minuten.

Die Lkw verließen Sellafield durch den Eingang Calder Gate und fuhren auf den Fernverkehrsstraßen A595 und A590 nach Barrow-in-Furness, für die fünfundvierzig Meilen brauchten sie eine knappe Stunde. Die Sonne war schon untergegangen, als die Behälter aus den Spezialfahrzeugen in den Frachtraum der »Pacific Hero« umgeladen wurden.

Die Wiederaufbereitungsanlage in Sellafield war Opfer eines Raubüberfalls geworden.

*

Von den schaumbedeckten Sturmwogen der Irischen See spürte man nichts in der Kommandozentrale des atomgetriebenen Jagd-U-Boots »HMS Astute«, das nahe der Isle of Man in einhundert Metern Tiefe schwebte. Derzeit war die Bewaffnung des U-Boots, die aus Spearfish-Torpedos sowie Marschflugkörpern der Typen UGM-84 Harpoon und Tomahawk Block IV bestand, nicht seine wichtigste Eigenschaft, sondern die Echolotsysteme Thales 2076 und Atlas DESO sowie das Kommunikationssystem Raytheon Successor IFF.

Kapitän Ian Griwsold und sein Erster Offizier schauten sich an, als Leben in die Anzeigen auf dem Kommandopult kam. Das von BAE Systems Insyte hergestellte Astute Combat Management System stellte aus den Daten, die es von den Echoloten, Sensoren und aus Dutzenden anderen Quellen erhielt, mittels komplizierter Algorithmen den aktuellen Informationsstand zusammen und zeigte ihn auf dem elektronischen Pult an.

Die Information besagte, dass die »Pacific Hero« der Terroristen 15,11 Seemeilen entfernt in Barrow-in-Furness abgelegt hatte.

*

Nein, verdammt noch mal, ich lege mich nicht auf den Fußboden, mir dürfen die Augen nicht zufallen. Wie lange kann man ohne Schlaf auskommen, ist das der zweite oder schon der dritte Tag? Eiskalt ist es, das Dach strahlt eine tierische Kälte aus, selbst der Atem gefriert, ich muss mir die Arme reiben, warum findet sich nirgendwo etwas anzuziehen oder wenigstens Stofffetzen, Lappen … Nimmt diese Qual denn nie ein Ende. Und wenn das nun doch bloß ein Traum ist, ein Alptraum, vielleicht bin ich einfach nur eingeschlafen. Sollte ich das hier überstehen, mache ich einen Monat lang nichts anderes als essen und schlafen.

Metall klirrt – unten geht die Tür des Verhörraumes auf. Ich drücke das Gesicht auf das Loch, das ich an der Brandmauer in den Fußboden der Dachkammer geschabt habe. Vater wird doch nicht etwa gestorben sein, er ist blutüberströmt und hält sich nur deswegen auf dem Stuhl, weil er festgebunden ist. Verflucht, ich werde jetzt nicht mehr weinen. Warum ist der Mann, der Vater foltert, so rasch zurückgekommen?

Jetzt passiert etwas: Der Asiate löst Vaters Fesseln und schaut nach oben, direkt in meine Richtung, weiß er, dass ich hier bin? Sein Gesicht ist im Licht der Deckenlampe deutlich zu erkennen: hohe Backenknochen, Schlitzaugen mit stechendem Blick, schwarze Haare …

Der Mann schreit Vater an, will ihn zwingen aufzustehen, als könnte Vater das in dem Zustand … Der Folterer nimmt etwas in die Hand. Eine Waffe.

EIN SCHUSS. NOCH EIN SCHUSS.

Mir wird schlecht, ich muss brechen, direkt auf das Guckloch, es läuft hinunter in den Verhörraum. Der Asiate hat Vater umgebracht. Und gleich wird er hierherkommen …

Leo Kara öffnete die Augen und hörte noch seinen eigenen Schrei im Hotel »Vaakuna«. Das Kopfkissen war schweißnass. Er stand auf, ging unter die Dusche und versuchte mit kaltem Wasser das Bild wegzuspülen, das in sein Gedächtnis eingeätzt war: Zweimal schwang der Kopf seines Vaters durch die Wucht des Schusses nach hinten. Gottverdammt, er wollte sich nicht an noch mehr erinnern. In seinem nächsten Alptraum würde er garantiert sehen, was mit ihm selbst passiert war. Scheißpillen.

Er trocknete sich ab, schaltete das Licht an und den Fernseher ein und startete seinen Laptop. Dann streckte er sich auf dem Bett aus und stellte den Rechner auf seinen Bauch. Allmählich hatte er die Nase voll von diesen Träumen, dass sie in letzter Zeit immer öfter auftraten, musste zumindest teilweise an dem neuen Medikament für das Gedächtnis liegen.

Kara beschloss, das Exelon ab sofort nicht mehr einzunehmen.

Er wollte das alles lieber in wachem Zustand aufklären als mit Hilfe von Alpträumen. Bis zum Abflug der Maschine nach London waren es zum Glück nur noch drei Stunden; je schneller er die Wahrheit über die Vergangenheit erfuhr und all diesen Müll weit hinter sich lassen konnte, um so besser. Sowohl für ihn als auch für andere

Er würde es noch schaffen, Birou eine Zusammenfassung zu schreiben.

*

Der Premierminister, der noch nicht lange im Amt war, fühlte sich nicht wohl und empfand nicht die geringste Erleichterung, als der Befehlshaber der Royal Navy, der Erste Seelord Admiral Mark Soames, auf den Monitoren der Lagetafel erschien und meldete, dass die HMS Astute der Pacific Hero, dem Schiff der Terroristen, außerhalb der geforderten Sicherheitszone von zehn Seemeilen folgte.

Als die Bildverbindung endete, wandten sich die Mitglieder des COBR-Komitees, das sich in der unterirdischen Stadt Citadel versammelt hatte, von den Monitoren ab und blickten abwechselnd den Premierminister und ihre Kollegen an.

Der Leiter des MI5 brach das Schweigen: »Was tun wir, wenn das Plutonium an seinem Zielort angelangt ist?«

»Stürmen können wir das Schiff erst, wenn wir die Systeme von Sellafield unter Kontrolle haben, und zwar in jeder Hinsicht«, sagte der Oberkommandierende der Streitkräfte, ein grauhaariger Luftmarschall.

»Haben wir denn wirklich keinerlei Ahnung, wohin die Fracht der Pacific Hero gebracht wird? Oder wofür man sie verwenden will?«, fragte der Premierminister.

Betha Gilmartin räusperte sich hörbar und hielt sich am Tisch fest, als fürchtete sie, vom Stuhl zu fallen. Sie sah blass aus. »Nach Aussage unserer Nordkorea-Analytiker hat der codierte Nachrichtenverkehr in Pjöngjang während der letzten Tage in alarmierendem Maße zugenommen. Den Grund kennen wir nicht, die Lage in Nordkorea ist natürlich wie immer gekennzeichnet durch ein katastrophales Durcheinander, aber man nimmt nicht an, dass es derzeit Raketentests oder andere Provokationen gegen Südkorea oder Japan vorbereitet. Und in der Führung des Landes ist nichts im Gange, was über den normalen Machtkampf hinausgeht.«

»Es ist unbegreiflich, dass man eine Diktatur, die Kernwaffen baut, so lange in Ruhe lässt. Für den Angriff auf den Irak reichte der bloße Verdacht der Entwicklung von Massenvernichtungswaffen«, sagte der Verteidigungsminister erregt. »Und Nordkorea hat den Vereinigten Staaten und Südkorea in den letzten Jahren etliche Male mit Kernwaffenschlägen gedroht.«

»Nordkorea hat doch aber selbst Plutonium«, wandte der Außenminister ein.

Betha Gilmartin schüttelte den Kopf. »Nach seinen eigenen Angaben besitzt das Land etwa dreißig Kilo waffenfähiges Plutonium und nach Ansicht der nachrichtendienstlichen Quellen sieben bis vierundzwanzig Kilo. Also ausreichend für die Herstellung von mindestens einer oder höchstens sechs Kernwaffen. Sofern Nordkoreas Ziel darin besteht, eine starke Abschreckung durch Kernwaffen aufzubauen, braucht es unbedingt mehr waffenfähiges Plutonium.«

»Wie real ist die Bedrohung durch Nordkorea?«, fragte der Premierminister.

»Das weiß niemand«, antwortete der Leiter der Aufklärungsabteilung der Streitkräfte DIS. »Aus dem inneren Zirkel um Kim Jong Il dringen praktisch keine Informationen nach außen. Wir wissen aber, dass Nordkorea die totalitärste Diktatur der Welt ist, die über einige Kernwaffen verfügt. Das nächste Projekt des nordkoreanischen Raketenprogramms, Taepodong-3, ist eine interkontinentale Rakete mit einer möglichen Reichweite von schlimmstenfalls bis zu zwölftausend Kilometern. So eine Rakete könnte von Nordkorea aus bis tief in das Gebiet der USA fliegen. Und bis nach London.«

Als der Leiter des DIS verstummte, nahm Betha Gilmartin wieder das Wort. »Nordkorea ist ein völlig unberechenbarer Staat. Es provoziert ständig Südkorea, Japan und die USA mit seinen Raketentests und allen möglichen Konflikten und schert sich einen Dreck um irgendwelche internationalen Abkommen. Es besitzt eines der weltweit größten Arsenale chemischer Waffen, fünftausend Tonnen, neben Sarin auch Senfgas und Phosgen. Und es kann dreizehn verschiedene biologische Waffen, wenn es sein muss, sofort einsetzen, einschließlich Milzbrand.«

»Die Nordkoreaner nutzen angeblich Häftlinge als Versuchskaninchen bei der Entwicklung von chemischen und biologischen Waffen. Und letztes Jahr hat sich mehrmals das Nervengift Sarin mit dem Wind von Nordkorea bis nach China ausgebreitet«, fügte der Leiter des DIS hinzu.

Mit jeder Wortmeldung schienen die Probleme des Premierministers nur größer zu werden. »Bleibt nur zu hoffen, dass wir Sellafield rasch unter Kontrolle bekommen und die Pacific Hero stoppen können, bevor das Plutonium irgendjemandem übergeben wird.«

*

Man konnte spüren, wie angespannt die Atmosphäre im Horchraum des U-Boots HMS Astute war. Der Offizier am Echolot drückte die Kopfhörer fester auf die Ohren und schaute ungläubig auf die Monitore. Schließlich nahm er Verbindung zur Kommandozentrale auf.

»Die Pacific Hero ist stehengeblieben. Alle Maschinen sind abgeschaltet.«

»Die Position?«, fragte der Kapitän.

»Kurs 047, direkt an der Wetterboje K1.«

Plötzlich hob ein rothaariger Oberbootsmann die Hand, schaute zum Offizier am Echolot und drückte einen Knopf, damit das Geräusch in seinen Kopfhörern auch über den Lautsprecher zu hören war. »Ganz in der Nähe der Pacific Hero lässt sich ein extrem gedämpftes Geräusch feststellen, es gehört zu keinem Schiff oder U-Boot aus der Audiobibliothek. Möglicherweise stammt es von der Boje.«

»Mach eine Audioaufnahme, die schicken wir ins *Hauptgebäude*«, sagte der Offizier und berichtete dem Kapitän über die Lage. Die Aufnahme wurde direkt ins Hauptquartier der Streitkräfte in London gesendet.

»Das Objekt bewegt sich«, sagte der Oberbootsmann und ließ die Finger über die Regler der Geräte gleiten. »Das Signal ist äußerst schwach, fast nicht zu bemerken. Es steigt zur Oberfläche auf.«

Ian Griwsold, der Kapitän des Jagd-U-Boots HMS Astute runzelte die Brauen, als auf dem Kontrollpult in der Kommandozentrale eine Nachricht erschien: »Aufnahme identifiziert – ein bisher nicht festgestelltes ballistisches Raketen-U-Boot der Russischen Föderation aus der Borei-Klasse.«

»Bisher nicht festgestellt?«, sagte der Erste Offizier.

»Die Fahrt auf ultraleise«, befahl der Kapitän. »Das muss die ›Wladimir Monomach‹ sein, ein U-Boot, das als nächstes Schiff der Borei-Klasse vom Stapel laufen sollte. Die Russen haben es eher fertiggestellt, als wir vermuteten. Das Boot verfügt also wahrscheinlich über sechzehn ballistische Raketen vom Typ SS-NX-30, es kann mit Atomkraft fahren, aber auch mit einem fast lautlosen Düsenringpropeller-Aggregat, seine Spitzengeschwindigkeit beträgt neunundzwanzig Knoten, das heißt, sie ist ungefähr so schnell wie wir.«

»Das ist ja noch geräuschloser als das vorhergehende Schiff der Borei-Klasse, die ›Alexander Newski‹. Wie ist das möglich?«, fragte der Erste Offizier.

Im selben Augenblick hörte man über den Lautsprecher der Kommandozentrale den Ruf des Offiziers am Echolot, der Kapitän meldete sich.

»An der Wetterboje ist noch ein drittes Geräusch zu hören, das laut und deutlich ist und von einem mittelgroßen Frachtschiff stammt. Das ist von seinem Kurs abgewichen und läuft nun direkt auf die Pacific Hero und das russische U-Boot zu.«

Der Kapitän bestätigte und rieb sich das Kinn. Die Minuten vergingen, und aus dem Horchraum kamen keine neuen Nachrichten. Er wollte gerade nach dem Mikrophon greifen, als sich der Offizier am Echolot endlich meldete.

»Das Frachtschiff hat an derselben Stelle gestoppt wie die Pacific Hero und das russische U-Boot. Alle drei Schiffe befinden sich am selben Ort.«

»Haben wir mit den Wärmekameras ein Bild?«, fragte der Kapitän und erfuhr, dass an der Oberfläche drei Schiffe zu sehen waren.

Der Kapitän und der Erste Offizier mussten wieder quälend lange warten, abgesehen vom leichten Rauschen der Klimaanlage herrschte absolute Stille. Schließlich meldete sich der Horchraum.

»Jetzt wurden die Maschinen der Pacific Hero angelassen. Es entfernt sich von dem russischen U-Boot. Auch die Maschinen des Frachtschiffes laufen wieder. Und das Summen des U-Boots ist erneut zu hören.«

»Welchem Schiff folgen wir?«, fragte der Erste Offizier den Kapitän.

»Die Sonne geht in zwei Stunden auf, die Pacific Hero wird dann leicht auf den Satellitenbildern zu finden sein, ebenso das Frachtschiff. Wir folgen dem russischen U-Boot.«

*

Kati Soisalo und Sakke Tirkkonen rasten mit dem in Venedig am Flughafen »Marco Polo« gemieteten Wagen in Richtung Vittorio Veneto. Die zulässige Höchstgeschwindigkeit betrug hundertdreißig Stundenkilometer, aber Tirkkonen hielt das Tempo des Audi A6 Avanti durchgängig auf der besseren Seite der hundertfünfzig. Kati Soisalo hatte versprochen, das Bußgeld zu zahlen. Sie fuhren auf der Autostrada A27 nach Norden. Die Maschine der Air Berlin war pünktlich um 10.40 Uhr in Venedig gelandet, sie würden vor Mittag in Vittorio Veneto eintreffen. Hoffentlich waren Arbuzows Kumpane nicht vor ihnen da.

Jetzt wusste Kati Soisalo das erste Mal seit Vilmas Verschwinden, wo ihre Tochter zu finden war. Ein Misserfolg kam diesmal nicht in Frage.

Ihr Ziel rückte nur entnervend langsam näher. Kati Soisalo blickte dann und wann auf das Navigationsgerät und hörte mit einem Ohr Tirkkonen zu, der ihr seine Lebensgeschichte erzählte, als wäre sie eine Seelenverwandte. Das Geschwafel des Berufskriminellen, das kein Ende nehmen wollte, verwunderte Kati Soisalo; sie hatte schon während des Fluges mehrmals versucht, das Gespräch auf andere Themen zu lenken, aber Tirkkonen ließ sich anscheinend durch nichts aufhalten. Trotz ihrer Zusammenarbeit war Kati Soisalo nicht besonders begierig darauf, alles über die Vergangenheit des Bikers zu erfahren, aber da konnte man nichts machen.

Tirkkonen hatte fünfzigtausend Euro als Gegenleistung für seine Hilfe gefordert, und die zahlte Kati Soisalo gern, ihr stand ja das für Arbuzow reservierte Geld zur Verfügung. Merkwürdig, dass Tirkkonen nicht mehr verlangt hatte, anscheinend war er durch die Gehirnerschütterung immer noch leicht angeschlagen, er schob sich ständig Schmerztabletten in den Mund, als wären es Bonbons.

»Ich bin ja schon in der Schule ziemlich wild gewesen, aber erst in Otaniemi ist dann alles total aus dem Ruder gelaufen.«

Seit er mit seiner Lebensgeschichte angefangen hatte, wurde

nun erstmals Kati Soisalos Neugier geweckt. »Hast du an der Technischen Hochschule studiert?«

»Ich war viele Jahre immatrikuliert. Ungefähr zwanzig Wochen mit jeweils vierzig Stunden habe ich auch zusammengekriegt.«

»Das überrascht mich jetzt etwas.«

»Na ja, ich hab von Anfang an immer mit Motoren gespielt, erst mit Mopeds, dann mit leichten Motorrädern und später mit den großen Schlitten. Mathe und Physik hab ich mit links gemacht. Ich wollte in Otaniemi Maschinentechnik studieren ...«

Kati Soisalo ließ ihn nicht ausreden: »Warum hast du das Studium abgebrochen?«

Tirkkonen knurrte irgendetwas. »Wer Mitglied werden will, wird erst in den Club aufgenommen, wenn er eine Straftat begangen hat. Also ein richtiges Ding gedreht hat – Drogen, Gewalt, Raub ... Bei mir war es zufällig so, dass ich Schulden eintreiben musste, ich sollte einem Schuldner ordentlich die Fresse polieren. Aber der Kerl stand mit einem Brett in der Hand vor seinem Haus ... Ich hab ein Jahr und zehn Monate wegen schwerer Körperverletzung gekriegt und abgesessen. Nach der Zeit im Knast hat mich das Studium nicht mehr sonderlich interessiert, ich hab gedacht, einen Vorbestraften stellt sowieso keiner ein.«

»Eine Haftstrafe unter zwei Jahren wird nach zehn Jahren aus dem Register gelöscht«, sagte Kati Soisalo.

»Der Club hat sich um mich gekümmert, als ich im Kittchen saß, und als ich wieder draußen war, hab ich einen Anteil von den Einkünften des Clubs abgekriegt. Da kommt richtig gutes Geld rüber, das kannst du glauben.«

Als sie an einem Rastplatz vorbeirauschten, sah Kati Soisalo flüchtig ein kleines Mädchen, das sich die Beine vertrat, sofort war sie mit ihren Gedanken wieder bei Vilma. »Was glaubst du, kommen wir zu spät? Arbuzows Helfer haben schon gestern Abend von meinem ... Projekt erfahren.«

»Das hängt vermutlich davon ab, wen sie nach Vittorio Veneto schicken. Die Menschenhandelskette ist in ganz Europa aktiv, und wenn sie in Italien jemand haben, der in der Lage ist, deine Tochter wegzubringen, dann könnte es gut sein, dass wir schon zu spät kommen.«

»Gib Gas«, bat Kati Soisalo, obwohl der Tacho 154 anzeigte. Die Landschaft veränderte sich und wurde immer schöner, ländlicher, man sah weniger Häuser und mehr Weingüter. Sie wusste nicht so recht, was sie mehr fürchtete, dass man Vilma schon aus Vittorio Veneto weggeholt hatte oder dass sie ihre Tochter endlich in die Arme schließen konnte.

Das Hotel »Calvi« fand sich mit dem Navi-Gerät schnell, es lag im nördlichen Teil von Vittorio Veneto, direkt am Rande der ältesten Stadtviertel. Im Norden war ein schneebedeckter Berggipfel zu sehen. Sie parkten den Wagen, meldeten sich im Hotel an und trugen ihre Sachen in das romantische Zimmer. Der Balkendecke und dem Dielenfußboden sah man das ehrwürdige Alter an, neben den Fensterrahmen hatte man die Wandziegel sichtbar belassen, und von dem Gemälde über dem Bett schaute ein liebenswürdiger Engel herab. Das Doppelbett mit Sakke Tirkkonen zu teilen war nicht gerade ein verlockender Gedanke, aber Kati Soisalo wusste, dass sie auf dieser Reise erst schlafen würde, wenn sie Vilma gefunden hatte.

»Ich rufe Paranoid an«, sagte Kati Soisalo, schüttete sechs Dokumentenmappen aus ihrer Tasche aufs Bett und ordnete sie nach ihrer Wichtigkeit.

»Wo beginnen wir mit der Suche?«, fragte sie, als Paranoid sich meldete.

»Es gibt im Sommer zehn Vorschulen, fünf kommunale und fünf private, ich habe dir ihre Namen und Adressen als E-Mail geschickt.«

»Irgendwelche Hinweise oder Tipps, mit welcher Einrichtung wir anfangen sollten?« Kati Soisalo breitete den Stadtplan aus, den sie an der Rezeption bekommen hatte.

In der Leitung wurde es für einen Augenblick still. »Also, wenn es mal erlaubt ist, laut zu denken, würde ich sagen, die … *Anschaffung* Vilmas war nicht gerade ein sehr billiges Vergnügen. Man könnte sich vorstellen, dass die Eltern wohlhabend sind, vielleicht haben sie Vilma in eine private Vorschule gegeben.«

»Das heißt?«, drängte Kati Soisalo.

»In der Nähe eures Hotels befinden sich die ›Scuola Materna E. De Mori‹, deren Adresse lautet: Viale Cavour 61, und die ›Scuola Materna San Pio X‹ mit der Adresse Piazza Pieve Di Bigonzo 14. Fangt da an.«

*

Leo Karas Maschine landete 09.15 Uhr mit einer Viertelstunde Verspätung auf dem Londoner Flughafen Heathrow. Diesmal hatte er sich mit Medikamenten ruhiggestellt, er wollte nicht wieder im Traum schreien und bei den anderen Passagieren für Verwirrung sorgen wie beim letzten Flug. Der Blick auf die Silhouette der Terminalgebäude von Heathrow bewirkte, dass ihm auch ungewollt ständig die Vergangenheit durch den Kopf ging. Er verband Heathrow mit vielen glücklichen Kindheitserinnerungen: Als sie noch in Finnland gewohnt hatten, waren sie hier eingetroffen, um ihre Ferien in England zu verbringen, und als sie später in London wohnten, waren sie hier aufgebrochen, um in Finnland Urlaub zu machen. Aus irgendeinem Grund waren Vater und Mutter in den Ferien relativ gut miteinander ausgekommen.

Kara fuhr mit dem Heathrow Express in einer Viertelstunde bis zum Bahnhof Paddington und von dort mit der Metro der District Line bis zur Station East Putney. Der kurze Fußmarsch bis zum Haus der Gilmartins dauerte nicht lange. In Gedanken versunken klingelte er an der Tür des zweistöckigen edwardianischen Gebäudes und war verblüfft, als Albert öffnete. Der Mann sah müde und besorgt aus.

Kara gab Albert die Hand und legte die andere auf seine Schulter, in den zwanzig Jahren ihrer Freundschaft waren sie einer Umarmung nicht näher gekommen und würden es auch künftig nicht tun. Britische Männer in Alberts Alter umarmten so gut wie nie jemanden.

»Wie geht's, Junge? Dich sieht man heutzutage nur, wenn irgendetwas nicht in Ordnung ist«, sagte Albert und schloss die Tür, als Kara in den Flur getreten war. »Hast du jetzt Urlaub? Betha und ich haben gestern gerade über Torquay gesprochen. Wollen wir nicht zusammen für eine etwas längere Zeit hinfahren? Wir stellen die Liegestühle in den Garten und schlürfen von früh bis spät Pimm's. Auch Betha würde jetzt mehr denn je Urlaub brauchen.«

»Das hört sich gut an. Aber ich muss erst eine bestimmte Sache zu Ende bringen.«

»Musst du?«, fragte Betha, die in der Tür ihres Zimmers erschienen war.

Albert sah beleidigt aus, als Kara in ihr Arbeitszimmer ging und Betha die Tür hinter ihm schloss.

»Wir müssen uns ernsthaft unterhalten. Es bleibt nicht viel Zeit, ich muss nach Vauxhall Cross zurück. Ich bin mitten in der beschissensten Krise, in die der SIS während meiner Laufbahn geraten ist, hergekommen, um dich zu sehen«, sagte Betha, die müde und erschöpft wirkte.

»Du siehst furchtbar aus. Wie kommt deine Pumpe mit dem Stress zurecht?« Kara hörte sich besorgt an.

»Glänzend, sie schlägt wie verrückt, danke der Nachfrage.«

»Hast du etwas über den Park Royal herausbekommen?« Kara setzte sich, und sofort sprang die Katze Violet auf seinen Schoß. Aus irgendeinem rätselhaften Grund mochten die Miezen ihn, vielleicht weil er ihnen keinerlei Beachtung schenkte.

»Verdammt noch mal. Ich bin die Vizechefin des SIS, ich bekomme alles heraus, was ich will. Zumindest fast alles«, rief

Betha. »Wir haben das ganze Industriegelände überprüft. Dort befindet sich nichts, wofür du dich interessieren solltest.«

»Erkläre mir nur noch, warum Kivijalka in den letzten Jahren etliche Millionen Euro an die Stiftung zur Entwicklung des Park Royal gezahlt hat, dann bin ich zufrieden«, erwiderte Kara.

Betha schnaufte, setzte sich hin und griff widerwillig nach den Unterlagen auf ihrem Schreibtisch. »Der größte Eigentümer der Stiftung und des ganzen Park Royal ist das Rüstungsunternehmen BAE Systems.«

»Dieselbe Firma, die seinerzeit die von meinem Vater geleitete Forschungsgruppe finanziert hat.« Kara war wie durch einen Zauberspruch plötzlich hellwach. »Gibt es bei BAE irgendeine Verbindung zu Mundus Novus?«

»Das weiß allein der Himmel. Es kann gut sein, dass BAE weltweit das Unternehmen mit dem meisten Dreck am Stecken ist. Allein schon seine Al-Yamamah-Waffengeschäfte mit Saudi-Arabien wurden jahrelang untersucht, hier bei uns und anderswo in der Welt. Bis zu einem Gerichtsurteil hat man es nie gebracht, aber es scheint so, dass BAE ständig Unsummen, Milliarden Dollar, für Bestechung ausgibt. Das machen allerdings auch viele andere Großunternehmen: Siemens, Halliburton, Lockheed ...«

»Laut Anita Arho wird gerade irgendein Projekt abgeschlossen, und zwar im Park Royal. Dort muss sich etwas finden.« Kara klang so, als wäre er sich ganz sicher.

Betha Gilmartin schüttelte den Kopf. »Wo willst du da suchen? Weißt du überhaupt, was für ein riesiges Gelände der Park Royal heutzutage ist? Siebenhundert Hektar, etwa zweitausend Unternehmen und vierzigtausend Mitarbeiter. Und außerdem hast du Urlaub. Birou hat dich auf mein Bitten hin aus Helsinki abkommandiert und von diesem Fall abgezogen.«

Kara schnellte hoch wie ein Schachtelteufel. Die Wut trübte seinen Verstand so sehr, dass er kein Wort herausbrachte.

»Schau dich doch an«, sagte Betha ganz ruhig. »Du bist in keinem guten Zustand. Und wenn du in den Angelegenheiten von Mundus Novus und in der Vergangenheit herumstocherst, wird das deinen Zustand nur noch verschlechtern. Lies das mal.« Betha reichte Kara ein Blatt Papier.

»Die Erinnerung an Traumata ist von dem emotionalen und physiologischen Zustand abhängig, in dem die Erinnerungen entstanden sind. Das wird als vom emotionalen Zustand abhängiges Erinnern bezeichnet. Die Erinnerungen, die aus dem Bewusstsein verdrängt wurden und vom Gefühlszustand abhängig sind, bleiben im Unterbewusstsein aktiv und verursachen psychologische und psychosomatische Probleme. Das Opfer kann sie sich jedoch unter Umständen wieder ins Gedächtnis rufen, wenn es in einen emotionalen oder physiologischen Zustand gerät, der dem ähnelt, in dem sie entstanden sind.«

»Ein Besuch im Park Royal kann in dir eine psychische Reaktion auslösen, und keiner weiß, was für eine«, erklärte Betha, als Kara den Text gelesen hatte. »Dort hat man dich seinerzeit gefunden, auf dem Fußboden einer Halle in der dritten Etage eines Industriegebäudes, mit einer Kugel im Kopf. Du hattest dich nur mit den Händen Dutzende Meter weit geschleppt, das sah man an der Blutspur. Deine Augen waren zugeschwollen, deine Kleidung zerrissen, dein Körper mit blauen Flecken bedeckt und dein Puls und Blutdruck lebensgefährlich niedrig. In einem alten Koksofen brannte ein richtiger Scheiterhaufen – dein Vater, deine Mutter und deine Schwester. Alles Blut an den Wänden und auf dem Boden war weggewaschen, die ganze Halle war desinfiziert, aber die Kriminaltechniker haben die Spuren des Blutbades natürlich entdeckt.«

Betha ließ ihren Bericht bei Kara eine Weile sacken und fuhr dann fort: »Warum willst du nicht endlich einmal probieren, was es für ein Gefühl ist, richtig Urlaub zu machen? Du würdest dich entspannen und ausruhen. Du könntest mit Albert schon nach Torquay ins Ferienhaus fahren, und ich würde sobald wie möglich nachkommen.«

»Das machen wir, und zwar sofort, wenn ich herausgefunden habe, was im Jahre 1989 passiert ist«, antwortete Kara.

»Bist du sicher, dass du die Wahrheit wissen willst? Bist du sicher, dass du sie aushältst? Dass du mit ihr leben kannst?«

»Es geht nicht darum, ob ich das will, sondern darum, dass ich es tun muss. Das alles muss ein Ende finden«, sagte Kara.

»Ist es dir egal, mit wem du dich da anlegst? Manas kennst du schon, aber wusstest du, dass Dimitri Arbuzow gestern Vormittag in St. Petersburg den Ersten Stellvertretenden Chef des FSB getroffen hat? Ist dir klar, in welche Richtung die Spuren von Mundus Novus anscheinend führen? Begreifst du, über welche Macht die russischen Nachrichtendienste verfügen? In ihren Diensten steht fast eine Million Menschen.«

Kara antwortete nicht. Am liebsten hätte er Betha von Palomaas Enthüllungen erzählt, aber er wollte sein Versprechen gegenüber Anita Arho halten. Die Frau hatte noch ein paar Stunden Zeit, bevor Paranoid das Dokument der Sicherheitspolizei und der KRP übermitteln würde.

»Mundus Novus plant derzeit irgendetwas Großes«, fuhr Betha schließlich fort. »Sie haben in Sellafield waffenfähiges Plutonium, Iridium und noch alles mögliche andere gestohlen. Ich erzähle dir das, obwohl ich damit Gefahr laufe, gegen so gut wie alle Regeln zu verstoßen. Gibt es nichts, was dich dazu bringen könnte, deine Meinung zu ändern?«

Kara brauchte nicht erst zu überlegen, bevor er antwortete. »Ich will diese Geschichte durchziehen, bis zum Ende. Entweder du hilfst mir oder eben nicht.«

Betha sah enttäuscht aus. »Das habe ich ein wenig befürchtet.« Sie schrieb etwas auf einen Zettel und gab ihn Kara.

»Auf dem Gelände des Park Royal gibt es einen Mitarbeiter von BAE Systems, der sich möglicherweise an das von deinem Vater geleitete Forschungsprojekt erinnert. Zufälligerweise sitzt er auch im Vorstand der Stiftung zur Entwicklung des Park Royal. Ich habe selbst stundenlang mit ihm geredet, damals unmittelbar nach den Ereignissen im Oktober 1989. Auch später haben wir uns mehrmals getroffen. Aber er weiß nichts, was dem SIS bei seinen Ermittlungen weiterhelfen würde.«

Kara steckte den Zettel in die Tasche. »Vielleicht hast du nur nicht die richtigen Fragen gestellt.«

25

Montag, 16. August

Jukka Ukkola saß in seinem Büro und wusste nicht, was er tun sollte. Das Gefühl war ihm fremd. Er hielt sich bei weitem nicht für außergewöhnlich schlau, nach den Intelligenztests, denen er sich im Internet unterzogen hatte, entsprach seine Hirnkapazität dem akademischen Durchschnitt. Seine außergewöhnlichen Stärken fanden sich auf anderen Gebieten: im Lügen, Drohen, Bestechen, Erpressen und Manipulieren der Meinung von Menschen. Er bekam fast ohne Ausnahme, was er wollte. Wenn er in seiner Jugend etwas gelernt hatte, dann auf jeden Fall, dass man nichts umsonst bekam. Und dass ehrlich nicht am längsten währte, im Gegenteil, brave Schlappschwänze wurden übergangen. Gerade in diesem Moment spürte Jukka Ukkola das erste Mal seit Jahren selbst die Absätze anderer auf seinem Rücken.

Leo Kara hatte ihn mit der Waffe bedroht und erpresst. Kati Soisalo, von der er angenommen hatte, sie wäre endgültig zermürbt und gezähmt, war nun zusammen mit dem Präsidenten eines Bikerclubs nach Vittorio Veneto gereist, und Anita Arho war verschwunden. Und überdies hatte man in Europa eine großangelegte, von Interpol koordinierte Polizeioperation gestartet, die den von Dimitri Arbuzow geleiteten Menschenhändlerring und die Balkan-Route aufdecken und zerschlagen sollte. Eine schlechte Nachricht kam tatsächlich nie allein. Aus seiner Sicht ging jetzt alles voll gegen den Baum, wirklich alles.

Sein Blick fiel auf das *Katana* von Uesugi Kenshin, und sein Blut geriet in Wallung. Flennen und jammern würde er jedenfalls nicht, gottverdammich, er war schließlich der stellvertretende

Chef der KRP. Er würde all seine Kontakte und seine Stellung als Vorgesetzter skrupelloser denn je ausnutzen, die Weitergabe der Ermittlungsergebnisse im Fall Soisalo an den Staatsanwalt beschleunigen und, wenn es sein musste, mit dem Flammenwerfer alle Beweise für seine Beteiligung an den Geschäften von Arbuzow und Krylow vernichten. Und dafür sorgen, dass Jonny Karlsson ins Gefängnis kam. Für Kara würde er sich etwas Besonderes ausdenken. Rache allein genügte ihm nicht, der Mann sollte leiden. Niemand bedrohte und erpresste Jukka Ukkola ungestraft.

Das Telefon hatte noch gar nicht richtig geklingelt, da meldete sich Ukkola schon.

»Du hattest gebeten anzurufen, sobald wir Ergebnisse haben«, sagte der Leiter der Ermittlungsgruppe für Straftaten auf dem Gebiet der Informationstechnik.

»Erzähl.«

»Die Festplatte sowohl deines Laptops als auch deines Computers im Büro sind gespiegelt worden, das heißt, es besteht eine Kopie auf einem anderen PC. Du hast dich zumindest ein Jahr lang in die Kopie deiner Festplatte auf dem Computer irgendeines Crackers eingeloggt. Jemand hat alles, was du getan hast, ausspioniert.«

»Ich habe doch schon gesagt, wer es war – Jonny Karlsson. Habt ihr genug Beweise gegen den Mann gefunden?«

»Nichts haben wir gefunden, das ist es ja. Wir kommen mit deinen Rechnern diesem Hostcomputer nicht auf die Spur. Wer das gemacht hat, ist ein Cracker der Weltklasse, das steht fest, ich habe noch nie gesehen …«

Ukkola legte auf und versuchte sich zu beruhigen. Zumindest hatte er jetzt eine Zielperson, auf die er sofort mit allen möglichen Waffen losgehen konnte. Eine Zielperson, die zu alledem auch noch seine Frau schon wer weiß wie lange bestiegen hatte.

*

Die Gruppe, die Kriminaloberinspektor Claes »Klasu« Nyman, Chef der Aufklärungsabteilung der KRP, aus Kollegen zusammengestellt hatte, denen er vertraute, versammelte sich im Beratungsraum »Klammer« der Abteilung für Gewaltverbrechen. Diesmal war auch der Leiter der Internen Kontrolle einbezogen worden.

Nyman lehnte seine Unterarme, die so dick wie Zaunpfosten waren, auf den Beratungstisch und schaute den Leiter der Anti-Drogeneinheit unverwandt an. »Wie ist die Lage in Hinsicht auf Ukkola?«

»Der Mann ist reif und kann gepflückt werden. Nach den Informationen, die wir von den Operatoren der Gruppe für die Telekommunikationsüberwachung bekommen haben, hat Ukkola sowohl zu Krylow als auch zu Arbuzow über zwei Jahre lang regelmäßig Kontakt gehalten.«

Als Nächster meldete sich der Kriminalkommissar zu Wort, der das gemeinsame Aufklärungs- und Analysezentrum PTR von Polizei, Zoll und Grenzwacht leitete. »Die Zollbeamten, die jedes Mal die Laster der Firma Severnaja kontrolliert haben, packen in den Verhören langsam aus. Sie wollen mit ihren Informationen einen Handel machen, zwar geben sie zu, dass sie mit Ukkola vereinbart haben, bestimmte Lastzüge nach Finnland durchzulassen, aber sie sind nicht bereit, zu erklären, wie diese Geschichte in der Praxis umgesetzt wurde. Zwei einfache Zollbeamte können so etwas nicht organisieren.«

Nyman wirkte zufrieden. »Was ist eure Meinung, sollen wir noch weitere Beweise sammeln oder ziehen wir Ukkola aus dem Verkehr? Sicher wird niemand wollen, dass er noch Zeit hat, Beweise zu vernichten oder sich mit seinen Kumpanen abzusprechen.«

Der Leiter der Internen Kontrolle räusperte sich. »Nehmt es mir nicht übel, das geht nicht gegen die Anwesenden, aber Ukkola wird auf jeden Fall in Kürze über irgendeinen Weg von dieser

Sache erfahren. Der Mann kennt schließlich fast alle Leute in diesem Haus und ziemlich viele Richter und …«

»Ist ja gut. Ich rede sofort nach dieser Besprechung mit dem Polizeirat«, sagte Nyman. »Gibt es sonst noch etwas im Zusammenhang mit dem Fall Ukkola?«

»Ukkolas Exfrau ist heute Morgen mit Sakke Tirkkonen, dem Präsidenten des MC Black Angels, nach Venedig geflogen«, berichtete die einzige Frau der Gruppe, eine junge Hauptmeisterin aus der Ermittlungsabteilung.

»Was haben die Black Angels damit zu tun?«, fragte Nyman in schroffem Ton.

Niemand antwortete.

»Auch das wird sich zu gegebener Zeit herausstellen. Überall in Europa wurde heute eine gewaltige, von Interpol koordinierte Polizeioperation zur Aufdeckung des Menschenhändlerringes, der auch in Finnland aktiv war, durchgeführt.« Nyman klopfte auf den Tisch zum Zeichen dafür, dass die Besprechung beendet war.

*

Sabrina Pianini lag in der Einzimmerwohnung der Minsker Drogensüchtigen auf dem Sofa, unbekleidet, schlaff wie ein Stück Bindfaden, aber alle Sinne hellwach. Sie war alles andere als in bester Verfassung, gelüftet hatte hier den ganzen Tag keiner, und fünf Menschen atmeten die vom Zigarettenrauch geschwängerte Luft pausenlos. Von draußen hörte man das gleichmäßige Rauschen des Straßenverkehrs. Der Tätowierte, Ilja, hatte sich erst nach mehreren Stunden, einem Schuss und Tranquilizern wieder beruhigt und ihre Aktion vergessen. Der Kerl war an die Decke gegangen, weil sie das Handy ohne seine Erlaubnis benutzt und auf seine Rechnung angerufen hatte. Aber fortgehen ließ Ilja sie immer noch nicht, deshalb durfte sie sich nicht anziehen. Sie hatte keine Lust, noch einen Wutanfall des jähzornigen Fixers zu erleben, ihr nächster Versuch musste gelingen.

Artjom und Polina lagen auf dem Bett und schauten sich im Fernsehen irgendeine synchronisierte amerikanische Seifenoper an, Ilja war im Bad, und der kahlköpfige Taras hatte eben gerade zwei blaue Pillen geschluckt. Die machten ihn schläfrig, die roten hingegen euphorisch. Sie ging im Geiste noch einmal alles durch, Schritt für Schritt, eine Handbewegung nach der anderen.

Als Taras die Lider zufielen, sprang Sabrina Pianini vom Sofa auf. Die Hände bewegten sich blitzschnell, als sie ihren Slip und ihr Hemd vom Fußboden aufhob und anzog. Sie stürzte zur Tür, entfernte die Kette und bückte sich, um ihre Schuhe und Jeans aufzusammeln, in dem Moment brüllte vom Sofa her jemand. Sabrina Pianini brauchte sich nicht umzudrehen, um zu sehen, was Taras machte, sie hörte jede Bewegung des Mannes, der so groß wie ein Wal war. Sie drückte Schuhe und Hosen an sich, öffnete die Tür und stürmte ins Treppenhaus.

Das Stakkato ihrer Füße auf den Stufen klang wie das Klopfen eines Spechts, der Boden unter den nackten Fußsohlen war kalt, noch ein paar Etagen, die Schritte kamen näher, es waren mindestens zwei Verfolger, zwei Stockwerke über ihr, zum Glück verstand sie nicht, was sie riefen … Auch Ilja war ihr schon auf den Fersen.

Die Haustür öffnete sich, und vor ihr lag eine verkehrsreiche Straße mit vier Spuren. Sabrina Pianini schaute sich rasch um, sie entdeckte ein großes M und sprintete in Richtung Metrostation. Das Risiko musste sie eingehen, auf dem Bahnhof patrouillierten möglicherweise Polizisten, aber dort könnte sie im Menschengewimmel untertauchen. Sie rannte, was die Beine hergaben, bemerkte aber doch, dass die Leute sich nach ihr umdrehten. Der heiße Asphalt brannte unter den Fußsohlen. Wenn jemand halbnackt hier entlang hetzte, würde es nicht lange dauern, und die Polizei schnappte ihn sich, ihr musste etwas einfallen. Sie blieb stehen, schaute nach hinten, sah Taras etwa hundert Meter hinter ihr. Sie fuhr hastig in die Jeans, zog die Stoffschuhe an und raste weiter. Taras war bis auf zwanzig Meter herangekommen.

Am Eingang der Metrostation schlüpfte Sabrina Pianini mühelos in die Menschenmenge hinein, der zierlichen Frau fiel es leichter, sich zwischen den Leuten hindurchzuschlängeln als dem über zwei Zentner schweren Taras. Hinter ihr waren Rufe zu hören, die lauter wurden. Sabrina Pianini erreichte den zweiten Eingang der Station und warf einen Blick zurück: Taras war es gelungen, für ein Chaos zu sorgen, wütende Menschen umzingelten den Koloss, der vergeblich nach ihr Ausschau hielt.

Sabrina Pianini vergewisserte sich, dass Dr. Rostows Unterlagen in ihrer Hosentasche steckten, und schaute auf die Bahnhofsuhr. Die vom AISI geschickten italienischen Beamten wären in einer halben Stunde im Gorki-Park. Vielleicht konnte sie ihrem Bruder doch noch rechtzeitig helfen.

*

»Vittorio Veneto entstand erst im Jahre 1866, als Serravalle und Ceneda sich vereinigten, aber wir, also wir hier in Serravalle, haben eine tausendjährige Geschichte«, erzählte die Frau an der Rezeption des Hotels Calvi, die eine tolle Frisur hatte.

»Gibt es in Vittorio Veneto einen Autoverleih?«, fragte Kati Soisalo ganz ruhig schon zum dritten Mal. Am liebsten hätte sie gebrüllt. Natürlich war es gut gemeint und freundlich, dass die Hotelbesitzerin von ihrer Heimatstadt erzählte, aber gerade jetzt galt es, keine Sekunde zu verschwenden.

»Serravalle wird bald zum UNESCO-Weltkulturerbe ernannt«, sagte die Frau und schaute die Touristin tadelnd an, die tatsächlich die Frechheit besaß, keinerlei Interesse für die Sehenswürdigkeiten von Serravalle zu zeigen. Dann zeichnete sie endlich mit dem Kugelschreiber auf Soisalos Stadtplan einen Kreis um einen Autoverleih.

Kati Soisalo bedankte sich, nahm die Karte und trat hinaus auf die Via Calvi. Sie hastete im Laufschritt in Richtung der Viale Cavour und der Vorschule E. De Mori, es blieb nicht viel Zeit, in ein paar Stunden ging der Schultag zu Ende. Sakke Tirkkonen würde nach dem Duschen mit dem Auto zur Vorschule San Pio X fahren. Sie musste sich eingestehen, dass dieses kleine Serravalle mit seinen Kirchen, Kanälen und den Gewölbebögen an den Gebäuden wie ein Ort aussah, in dem sie nur allzu gern Urlaub machen würde. Sobald sie Vilma zurückbekommen hatte.

Ihr Handy klingelte, als sie gerade eine schöne, von mittelalterlichen Häusern gesäumte Piazza überquerte.

»Habt ihr … etwas gefunden?«, fragte Kara.

»Wir beginnen erst mit unserer Runde durch die Vorschulen. Deshalb habe ich es jetzt etwas eilig, wir telefonieren später. Oder wolltest du etwas?«

»Jukka Ukkola weiß die ganze Zeit, wo Vilma ist.«

Kati Soisalo blieb mitten auf der Piazza stehen. »Ich bring den Kerl um.«

»Genau das hatte ich befürchtet. Deswegen wollte ich dir das erst erzählen, wenn du etwa zweitausend Kilometer weit weg von Finnland und Ukkola bist. Aber darüber können wir später ausführlicher reden. Du hast jetzt etwas zu tun, das wichtiger … am allerwichtigsten ist.«

»So ist es.« Kati Soisalo beendete das Telefongespräch, und ein abscheulicher Verdacht kam in ihr auf. Ukkola war in die Geschäfte eines Menschenhändlerringes verwickelt und hatte Vilma doch nicht etwa ihrem Schicksal überlassen, um sich und seine kriminellen Kumpane zu schützen. Das würde sie noch herausfinden, die Zeit für die Abrechnung mit Ukkola kam auf jeden Fall.

Die Vorschule E. De Mori befand sich in einem alten Gebäude, in Finnland hätte man es garantiert längst in ein Museum verwandelt. Kati Soisalo sah ein kleines Mädchen in das Gebäude hineinhuschen und erinnerte sich daran, wie sie in Belgrad durchgedreht war und ein wildfremdes Kind für Vilma gehalten hatte. Jetzt musste sie kühlen Kopf bewahren. Sie ging durch den Haupteingang in das Haus, lief die Flure entlang und lauschte, was hinter den Türen geschah. Die lebhaften Kinderstimmen waren gut zu hören; in einem Raum wurde gesungen und in einem anderen wiederholte ein Kinderchor etwas, was der Lehrer vorsang. Als sie hinter sich schnelle, schwere Schritte vernahm, drehte sie sich um und sah zwei Frauen, die zusammen ein Zimmer betraten.

Die temperamentvoll geführte Unterhaltung brach ab, als Kati Soisalo in dem Lehrerzimmer erschien, in dem sich nur drei Menschen befanden, zwei Frauen und ein Mann. Sie holte aus ihrer Schultertasche einen Stapel Fotos von Vilma, Paranoids Kopien der Aufnahme, die Dimitri Arbuzow ihr gegeben hatte.

»Ich suche meine Tochter«, sagte Kati Soisalo und reichte jedem Lehrer ein Foto. »Meine Tochter ist vor drei Jahren verschwunden, sie wurde entführt. Gestern habe ich erfahren, dass sie hier in Vittorio Veneto lebt«, erklärte sie auf Englisch.

Der Lehrer übersetzte es ins Italienische, die eine Frau starrte Kati Soisalo erschrocken an und die zweite betrachtete das Foto.

»Suchen Sie allein nach Ihrer Tochter, wo ist die Polizei?«, fragte der Mann aufgeregt.

»Mir bleibt sehr wenig Zeit, ich fürchte, dass meine Tochter von hier … weggebracht wird.« Man hörte ihr an, wie verzweifelt sie war, jetzt schauten auch die anderen Lehrer das Foto an. Hoffnung keimte bei Kati Soisalo auf, als die beiden Frauen miteinander sprachen, schwand aber sofort wieder, als ein Lehrer nach dem anderen den Kopf schüttelte.

»Wissen Sie denn nicht, welche Schule Ihre Tochter besucht?« Die jüngste der drei Lehrer schien misstrauisch zu sein.

»Sie benötigen Hilfe, rufen Sie um Himmels willen die Polizei an«, sagte der Mann und ging zum Telefon.

Kati Soisalo holte Visitenkarten aus ihrer Tasche und legte sie auf den Tisch. »Zeigen Sie das Foto Ihren Kollegen, Freunden … Rufen Sie mich an, wenn irgendjemand etwas über das Mädchen auf dem Bild weiß, egal was.«

Sie rannte hinaus auf den Schulhof und holte ihr Handy

heraus. Warum zum Teufel hatte sie das nicht bedacht, wenn schon ihr Überraschungsbesuch im Lehrerzimmer Verwunderung hervorrief, was würden die Lehrer von Vittorio Veneto dann erst denken und tun, sobald sie den Koloss Sakke Tirkkonen mit seinem Tribaltattoo erblickten. Garantiert würden sie die Polizei rufen. Hoffentlich konnte sie den Biker rechtzeitig aufhalten. Das würde freilich ihre Suche noch weiter verzögern. Ihr lief die Zeit davon.

*

Der Generalsekretär von Interpol betrat Gilbert Birous Büro im Haus E des UNODC in Wien mit einem Lächeln, das an Sirup erinnerte und Zähne entblößte, gegen deren strahlendes Weiß die Deckenbeleuchtung matt wirkte.

Gilbert Birou fühlte sich nur ein wenig erleichtert, als ihm klarwurde, dass Anthony Blake die Wahrheit über ihn nicht kannte. Die Erpresser hatten ihre Informationen über ihn noch nicht offengelegt. Er brachte die Andeutung eines Lächelns zustande, gab dem amerikanischen Meister der Vernetzung die Hand und war sich dabei schmerzlich bewusst, dass er unter anderen Umständen dessen Stellung und Beziehungen nun ungerührt ausgenutzt hätte. Aber das UNODC würde die letzte Sprosse auf Gilbert Birous Karriereleiter bleiben, das wusste er längst.

»Es ist schon viel zu viel Zeit vergangen, seit wir uns das letzte Mal getroffen haben. Ich weiß nicht einmal mehr, wo das war.« Anthony Blake schüttelte Birous Hand übertrieben heftig.

»Bei der Eröffnung unserer gemeinsamen Antikorruptionsakademie hier in Wien. Das ist schon Jahre her«, sagte Birou und deutete auf den Sessel. »Was hat dich diesmal hierher geführt?«

»Dir kann ich das ja erzählen. Wir planen mit den Mitgliedsländern von Interpol die Schaffung eines neuen Technologiezentrums«, antwortete Blake, setzte sich hin und wartete, bis die Sekretärin mit ihrem Kaffeetablett das Zimmer wieder verlassen hatte. »Du hast hier eine effiziente Organisation, eine bis ins Kleinste ausgefeilte Maschinerie. Ihr habt unglaublich viel über die Balkan-Route herausgefunden, über die Zusammenarbeit von Dimitri Arbuzow und Bogdan Bojanić, über die Regelungen, die es zwischen ihnen und Agromasch gab, über den ganzen Mechanismus der Menschentransporte. Und überdies ist es, wie man hört, deinem persönlichen Assistenten gelungen, der finnischen Polizei einen von Arbuzows Lastzügen in die Hände zu spielen. Von den Opfern, die aus dem Wagen gerettet wurden, haben wir wertvolle Informationen bekommen. Die Operation zur Zerschlagung der Balkan-Route ist zum Teil gerade deswegen erfolgreicher verlaufen als zu erwarten war. Du hast dich bei diesen Ermittlungen anscheinend in beträchtlichem Maße engagiert.«

Das war schon tragikomisch. Normalerweise hätte sich Birou diese Situation gnadenlos zunutze gemacht und seine Verdienste und seinen Anteil an den Ermittlungen übertrieben, um in seiner Karriere weiter voranzukommen, aber jetzt war ihm das alles gleichgültig. Es kam ihm so vor, als hätte er auf dem Weg in ein Restaurant mit drei Michelin-Sternen eine Lebensmittelvergiftung bekommen.

»Wo hast du bloß deine ganzen Informationen her?«, fragte Blake.

»Aus Leo Karas Zusammenfassung«, dachte Birou, sagte aber: »Bei uns liefen zufällig gerade mehrere Projekte im Zusammenhang mit der Balkan-Route.«

Blake lehnte sich zufrieden zurück. »Du hättest unsere Operation sehen sollen, sie trug die Bezeichnung ›Balkan Force‹. Im Lagezentrum unseres Hauptquartiers in Lyon habe ich einen umfassenden Überblick gehabt. Stell dir mal vor, fast dreitausend Polizisten sind gleichzeitig in Bosnien, Kroatien, Serbien, Slowenien, Montenegro, Albanien, Mazedonien, in der Türkei, im Kosovo, in der Ukraine, in Rumänien und Bulgarien im Einsatz gewesen – Straßensperren, Hubschrauber, Sondereinsatzkommandos der Polizei, Hunderte Hausdurchsuchungen und Festnahmen, die Befreiung von über zweihundert Kindern und Frauen …«

Birou sah einen kleinen Hoffnungsfunken schimmern. »Hat man die Haupttäter gefasst? Reichte die Operation auch bis nach Russland und Skandinavien, bis ins Baltikum?«

»Das sind nur Verteilungsgebiete, beschafft werden die Opfer des Menschenhandels zumeist auf dem Balkan und in der Ukraine. Aber der größte Teil der Kriminellen, die an der Balkan-Route beteiligt waren, konnte gefasst werden, die Aktivitäten auf der Route kommen garantiert zum Stillstand. Bei den Verhören der Schuldigen stehen wir natürlich erst am Anfang, der endgültige Erfolg der Operation hängt davon ab, was wir in den nächsten Tagen alles herausfinden.«

»Auch vieles andere hängt davon ab, was in den nächsten Tagen alles herausgefunden wird«, dachte Birou.

»Du bist ein guter Mensch, Gilbert. Anscheinend liegen dir die Opfer des Menschenhandels wirklich am Herzen«, sagte Anthony Blake und schaute auf seine Armbanduhr.

Die Männer verabschiedeten sich voneinander und versprachen, in Kontakt zu bleiben.

Gilbert Birou sank so lustlos wie noch nie auf seinen Bürosessel. Nichts interessierte ihn, nicht einmal das Essen. Er wartete. Er wartete auf den Anruf der Erpresser, seit er Interpol alle Informationen Karas übergeben hatte und auch die Erkenntnisse der UNODC-Gruppe zur Untersuchung des Menschenhandels und des Schmuggels von Migranten. Es war zum Teil sein Verdienst, dass man die Balkan-Route so gründlich zerschlagen hatte. Natürlich wäre es theoretisch möglich, dass die Erpresser nicht erfuhren, welche Rolle er gespielt hatte, aber das erschien zweifelhaft. Und dass die von Interpol koordinierte Operation ihn von der Schlinge um seinen Hals befreien würde, bezweifelte Birou erst recht. Wenn die Erpresser verhaftet waren, würden sie garantiert mit ihren Informationen ein Geschäft machen wollen und …

Das Telefon klingelte. Gilbert Birou wusste schon, bevor er auf dem Display *Unbekannter Teilnehmer* las, dass es genau dieser Anruf war, auf den er gewartet hatte.

»Das Bildmaterial, das Sie betrifft, wird im Laufe des Tages an die Redaktionen von ›Le Monde‹ und ›Der Kurier‹ geschickt«, sagte ein Mann in gleichgültigem Tonfall auf Englisch und legte auf.

Es fehlte nicht viel, und Gilbert Birou hätte sich für den Anruf bedankt. In gewisser Weise war er auch dankbar, dass die Erpresser ihre Absichten im Voraus mitteilten. So bekam er eine Chance. Er würde jetzt sofort nach Paris fliegen.

26

Montag, 16. August

Leo Kara fuhr mit Alberts Jaguar XJ die Fulham Palace Road entlang und fühlte sich extrem unwohl, obgleich er die Ledersitze und den Luxus des leistungsstarken Motors in Alberts Schmuckstück immer genossen hatte. Doch diese Gegend kannte er nur zu gut, es war schwierig, die auftauchenden Erinnerungen im Zaum zu halten. Plötzlich sah er seine Mutter vor sich, wie sie mit besorgter Miene nach der sechsjährigen Emma schaute, die gerade mit ihrem brandneuen hellroten Fahrrad die verkehrsreiche Palace Road überquert hatte. Er war jetzt nur einen Kilometer entfernt von Fulham und seinem Londoner Elternhaus, von dem Ort, an dem man ihn, Vater, Mutter und Emma seinerzeit entführt hatte.

Sein Handy meldete den Eingang einer SMS. Paranoid bestätigte, dass er Palomaas Bericht an die finnischen Behörden geschickt hatte. Es ging voran, sagte sich Kara.

Das siebenhundertfünfzig Hektar große Industrie- und Gewerbegebiet »Park Royal«, das größte Londons und ganz Europas, befand sich in Westlondon auf dem Territorium der Vororte Ealing, Brent, Hammersmith und Fulham. Leo Kara dankte dem Himmel dafür, dass es nicht mehr im Geringsten an das Gelände erinnerte, in dem er vor reichlich zwanzig Jahren die entsetzlichsten drei Tage seines Lebens verbracht hatte. Sogar das Gebäude der Guinness-Brauerei war abgerissen worden. Trotzdem konnte er die Nähe jenes Fabrikgebäudes spüren, in dem alles passiert war.

Urplötzlich hatte er das brennende Bedürfnis, nach Finnland

zurückzukehren. Hier in London würde er nie von seinen Erinnerungen an das Schicksal seiner Familie und die widerwärtigen Jahre in der Knabenschule loskommen. Vielleicht würde er sich irgendwann in Finnland niederlassen, wenn er alles geklärt hatte. Vielleicht und wenn.

Der Sitz von BAE Systems befand sich in der Coronation Road in der Nähe des Central Middlesex Hospital und der Abbey Road. Kara parkte Alberts Jaguar, betrat das funkelnagelneue elfstöckige Gebäude und registrierte überrascht, wie gründlich die Sicherheitskontrolle war. Er hatte einen Termin beim Geschäftsführer der Firma Detica, die BAE Systems gehörte. Betha vermutete, dass der Mann etwas über die Forschungsgruppe wusste, die sein Vater seinerzeit geleitet hatte.

Kara setzte sich auf ein Ledersofa. Als er die Menschen in dem Foyer beobachtete, das mit Marmorfußboden und moderner bildender Kunst ausgestattet war, wurde ihm klar, dass er sich und seinem Anliegen einen Gefallen getan hätte, wenn er etwas korrekter gekleidet wäre und nicht in Jeans und T-Shirt hier sitzen würde. Seine Einstellung zum Kauf von Kleidungsstücken war dieselbe wie zur Zubereitung von Essen: Es war ein notwendiges Übel, das er erledigen musste, wenn es niemand anders für ihn tat.

Er konnte den Dschungel der Bürogebäude hinter den Glaswänden des mehrere Stockwerke hohen Foyers nur kurz betrachten, eine Frau mit kaltem Blick und dank ihrer Stöckelabsätze fast genauso groß wie er blieb vor dem Sofa stehen und bat ihn, ihr ins Büro von Geschäftsführer Sullivan zu folgen.

Kara roch während der Fahrt mit dem Aufzug das intensive Parfüm der Sekretärin und wurde dann in ein geräumiges Eckzimmer mit Panoramafenstern geführt. Hinter einem riesigen Schreibtisch saß in seine Arbeit vertieft ein Mann, der aussah wie ein Troll und erst aufschreckte, als die Sekretärin verkündete, der Gast sei eingetroffen.

»Ronny Sullivan«, sagte der bärtige Mann mit einer großen Nase und reichte ihm lächelnd die Hand. Kara stellte sich vor.

»Warum interessiert sich das UNODC für Detica? Bist du hier wirklich an der richtigen Adresse?«, fragte Sullivan. »Wir sind ein Consultingunternehmen, das zu hundert Prozent BAE Systems gehört, wir sammeln, verarbeiten und nutzen Informationen, mit denen Aufklärungsaktivitäten aufgedeckt werden können, die im Gange sind. Wir verkaufen unser Know-how sowohl an Staaten als auch an Großunternehmen.«

»Ich bin nicht wegen Detica hier, sondern weil die Stiftung zur Entwicklung des Park Royal Millionen Euro von einem Trust namens Kivijalka aus Finnland erhalten hat. Weshalb?«, erwiderte Kara und entspannte sich. Sullivans Dauerlächeln war nicht gestellt, es kam von innen und wirkte fast ansteckend.

»Ich kenne die Einzelheiten der Buchhaltung unserer Stiftung nicht, aber ich weiß, dass die Konten in jeder Hinsicht in Ordnung sind. Dafür gibt es natürlich Gutachten der Buchprüfer«, antwortete Sullivan, und es klang aufrichtig.

»Ich habe auch gehört, dass du in Großbritannien der letzte Mitarbeiter von BAE Systems bist, der sich an die Arbeit einer von meinem Vater geleiteten Forschungsgruppe im Park Royal erinnern könnte. Mein Vater hieß Aleksi Kara, er wurde ermordet.«

Sullivan wirkte sowohl überrascht als auch neugierig. »Ich weiß noch alles von der Forschungsgruppe deines Vaters. Ihre Überwachung gehörte zu meinen Aufgaben, ich habe damals in der Abteilung ›Programmes and Support‹ gearbeitet. BAE Systems zahlte zehn Prozent der Kosten der Gruppe und überließ ihr eines der Industriegebäude, die der Firma gehörten. Aber die Arbeit der Forschungsgruppe deines Vaters war geheim, offen gesagt unglaublich geheim. Manchmal hatte ich den Verdacht, dass die Wissenschaftler der Gruppe selbst nicht wussten, was sie entwarfen.«

»So viel weiß ich auch«, erwiderte Kara in schroffem Ton.

Sullivan runzelte die Stirn wegen des patzigen Kommentars. »Weißt du, warum dein Vater, deine ganze Familie, um den Jahreswechsel 1983–1984 hierher nach London gezogen ist?«

»Damals wurde die Forschungsgruppe gegründet.«

»Und warum wurde die Forschungsgruppe gerade damals gegründet?« Sullivan wartete einen Augenblick, bevor er seine Frage selbst beantwortete. »Weil der US-Präsident Ronald Reagan, der Große Kommunikator, im März 1983 seine Rede vom Krieg der Sterne hielt, mit der er nicht nur jede Menge zusätzliche Gelder für die Aufrüstung bekommen, sondern auch die militärische Macht der USA wiederherstellen wollte. Reagan warnte in seiner Rede, dass Kürzungen bei den Verteidigungsausgaben der demokratischen Staaten zur Stärkung und Ausbreitung der Diktaturen führen könnten. Seiner Ansicht nach hatte die Strategie aus der Zeit des Kalten Krieges, die auf der Angst vor einem Gegenschlag beruhte, ausgedient. Reagans neues Ziel bestand darin, ein Waffenarsenal zu schaffen, mit dem die strategischen interkontinentalen Raketen der Sowjetunion abgewehrt oder vernichtet werden konnten, bevor sie ihr Ziel erreichten.«

Sullivan ging zu seinem Bücherregal, zog Ronald Reagans Biographie heraus und kehrte an seinen Schreibtisch zurück.

»Ich habe eine Entscheidung gefällt, die unseren Kindern im nächsten Jahrtausend neue Hoffnung gibt ... Ich appelliere an die Gemeinschaft der Wissenschaftler unseres Landes, die uns die Kernwaffen gegeben haben, dass sie nunmehr ihre Fähigkeiten zum Nutzen der Menschheit und des Weltfriedens einsetzen und uns die Mittel in die Hand geben, um diese Kernwaffen unwirksam und überflüssig zu machen ... Dazu wird die Arbeit von Jahren, wahrscheinlich von Jahrzehnten nötig sein ... Ich ordne an, dass in einer umfassenden und intensiven Anstrengung ein langfristiges Forschungs- und Entwicklungsprogramm ausgearbeitet wird, um unser Endziel zu erreichen, die Beseitigung der Bedrohung durch strategische Kernwaffen ...«

Das Lächeln auf Sullivans Gesicht wurde noch breiter, als er in dem Buch umblätterte. *»Liebe Mitbürger, heute Abend beginnen wir eine Arbeit, die das Versprechen enthält, dass in der Geschichte der Menschheit der Kurs geändert wird. Auf diesem Weg drohen Gefahren, und um Ergebnisse zu erreichen, wird es Zeit brauchen. Aber ich glaube, dass wir dazu imstande sind. Wir begeben uns auf diesen Weg, und ich bitte Sie um Ihre Gebete und Ihre Unterstützung. Danke, gute Nacht und Gott segne Sie.«*

»Die Arbeit der von meinem Vater geleiteten Forschungsgruppe hing also irgendwie mit dem Programm ›Krieg der Sterne‹ zusammen?«, fragte Kara neugierig.

Sullivan nickte. »Das ist alles, was ich weiß. Sie planten mehrere, auf unterschiedlichen Technologien basierende Systeme, mit denen von Feinden abgefeuerte Raketen entweder in der Abschuss-, der Flug- oder der Landephase vernichtet werden können: Energiewaffen, Infrarot, konventionelle Abwehrraketen, Röntgenlaser, chemische Laser, hyperschnelle Waffen, Teilchenstrahlen, Sonnenenergie und keiner weiß, was noch alles. Sie entwickelten alle möglichen neuen Instrumente der Kriegsführung.«

»Was hat die Forschungsgruppe von Vater denn zuwege gebracht?«, fragte Kara. »Was ist mit ihrer Arbeit ... mit den Forschungsergebnissen nach dem Oktober 1989 passiert? Mein Vater war ja wohl das einzige Mitglied der Gruppe, das ermordet wurde.«

Sullivan fasste sich an den Bart und drehte ein paar Haare zwischen Daumen und Zeigefinger. »Das ist es ja. Die Forschungsgruppe zerfiel nach dem Tod deines Vaters. Sie hatte zweiundsechzig Mitglieder, das ist eine gewaltige Anzahl von Spitzenwissenschaftlern, wenn man berücksichtigt, dass die Gruppe zumindest in der Anfangsphase nur Brainstorming betrieb. Achtzehn von ihnen sind tot, und die restlichen vierundvierzig sind einfach so spurlos verschwunden.«

Kara beugte sich vor. »Verschwunden?«

»Nicht einmal der SIS hat es geschafft, auch nur ein einziges

Mitglied der Forschungsgruppe deines Vaters zu finden. Das letzte Mal haben wir es vor einem Jahr versucht. Eine Wissenschaftlerin haben wir zwar aufgespürt, aber die wird dir keine große Hilfe sein. Lilith Bellamy ist schon vor Jahrzehnten an Schizophrenie erkrankt.«

Kara überlegte eine Weile, bevor er etwas sagte. »Du hast erwähnt, dass BAE Systems zehn Prozent der Kosten dieser Forschungsgruppe getragen hat. Ihr musstet doch wissen, für welchen Zweck euer Geld verwendet wurde und wer sonst noch die Forschungsgruppe finanziert hat.«

»Ich war nur für die verwaltungsmäßigen Aufgaben bei diesem Projekt zuständig, die Kosten des Industriegebäudes, die Suche nach Mietwohnungen für die Mitglieder der Forschungsgruppe und Ähnliches. Meines Erachtens wusste bei uns nur der Direktor für Technologie, was der Zweck der Forschungsgruppe war und wer sie finanzierte. Der SIS ist seine Unterlagen schon mehrmals durchgegangen. Der Mann ist übrigens bei einem Verkehrsunfall umgekommen, zur selben Zeit wie dein Vater hier im Park Royal.« Sullivans Lächeln wirkte jetzt schief.

Ohne jede Vorankündigung packte Kara die Wut, er stand auf und fluchte. »Die haben alle Wege blockiert, keiner kommt auch nur einen Millimeter weiter, selbst wenn man all das jahrelang untersuchen würde.«

»Das stimmt«, pflichtete Sullivan ihm bei. »Der einzige Tipp, den ich geben kann, hängt nicht mit der Forschungsgruppe deines Vaters zusammen, sondern mit dem Zeitpunkt, zu dem sie vernichtet wurde, mit dem Jahr 1989. Die Kette von Ereignissen, die zum Zerfall der Sowjetunion führte, nahm damals ihren Anfang: Ungarn öffnete seine Grenzen, in Polen wurden freie Wahlen organisiert, bei denen die Kommunisten nur ein Drittel der Stimmen erhielten, der Zusammenbruch des ganzen Ostblocks war zu erwarten und schon in Sicht. Und im November 1989 fiel dann schließlich die Berliner Mauer. Die Nachrichtendienste der Sowjetunion unternahmen zu jener Zeit viele verzweifelte Schritte in ihrem Kampf ums Überleben.«

Kara hatte genug gehört, bei der Suche nach den Spuren von Mundus Novus kam er sich vor, als wäre er in ein Labyrinth geraten, das keinen Ausweg hatte. »Du hast gesagt, dass ein Mitglied der Forschungsgruppe noch am Leben ist. Diese Schizophrene.«

»Lilith Bellamy. Du findest sie im Nightingale-Krankenhaus hier in London. Das ist eine teure Privatklinik in Marylebone. Aber du sparst viel Zeit und Mühe, wenn du es gar nicht erst versuchst. Die Frau hat wirklich nicht alle Tassen im Schrank.«

Kara gab Sullivan die Hand und war schon an der Tür, als seinem Gastgeber noch etwas einfiel. »Der Name der Forschungsgruppe deines Vaters lautete übrigens Piloto Mayor. Vielleicht reagiert Lilith Bellamy irgendwie darauf, wenn du ihn erwähnst.«

*

Jukka Ukkola parkte seinen Volvo an einer abschüssigen Stelle der Kustaankatu im Helsinkier Viertel Harju, nur einen Steinwurf entfernt von der Aleksis-Kiven-Katu und dem Restaurant Populus.

»Warte hier«, sagte er und ließ Martikainen im Wagen zurück. Der junge Kriminalhauptmeister von der Gruppe »Organisierte Kriminalität« der Ermittlungsabteilung war nur dabei, damit alles vorschriftsgemäß ablief. Martikainen war von allen, die Ukkola bei der KRP kannte, der einfältigste, in seiner Gegenwart musste man fürchten, dass Dummheit ansteckte. Doch gerade weil Martikainen so ein Hohlkopf war, hatte er ihn heute mitgenommen.

Ukkola blieb vor der schwarzen Stahltür stehen, die auf den Innenhof des 1911 erbauten Jugendstilhauses führte, und drückte den Knopf des Summers. Das Schloss surrte, Ukkola ging zum Aufgang B und stieg hinauf in die erste Etage.

Matti »Wampe« Paikkolas Wohnungstür stand offen.

Ukkola ging hinein, schloss die Tür, zog ein Bündel Geldscheine aus seiner Jacke und drückte es dem spindeldürren Paikkola in die Hand. »Hast du besorgt, was du solltest?«

Wampe Paikkola holte aus einer Tasche seiner viel zu großen Hosen einen kleinen Plastikbeutel. »Es kommt mir nicht sehr vernünftig vor, dem stellvertretenden Chef der KRP Speed zu verkaufen.«

»Hier sind tausend Euro. Du kriegst noch zwei Tausender dazu, wenn du der Polizei dann erzählst, was ich dir befohlen habe.«

Wampe starrte Ukkola an wie einen übermäßig zutraulichen Dobermann, den man schnell loswerden musste, aber nicht wütend machen durfte.

»Du siehst nicht sehr begeistert aus. Wiederhole noch mal, was wir am Telefon vereinbart haben«, befahl Ukkola.

»Ich sage der Polizei, dass ich zweimal ein Päckchen Pep von einem Mann namens Jonny Karlsson gekauft habe.«

Ukkola schob sein Gesicht näher an Wampe heran. »Du sagst, dass du bei Karlsson dreimal eine Einzeldosis Amphetamin gekauft hast. Und wo ist es passiert?«

»In der Tehtaankatu. Im ehemaligen ›Schiffshund‹«, erwiderte Wampe, der sich nun zusammenriss. »Müsste ich denn nicht wenigstens wissen, wie der aussieht?«

»Wer?«

»Na, dieser Karlsson.«

»Gut, Wampe. Das hätte ich doch glatt vergessen«, erwiderte Ukkola frohgelaunt und holte aus der Brusttasche seines Hemdes ein Foto von Jonny Karlsson. Zum Glück hatte die Ermittlungsgruppe für IT-Straftaten wenigstens eine Mappe zu dem Chaoten und Cracker angelegt, der ins Pentagon eingebrochen war.

»Ich empfehle dir, keine Alleingänge zu versuchen. Mach das, was wir vereinbart haben, dann kriegst du eine Geldstrafe für den Konsum von Speed und wirst um drei Tausender reicher. Wenn du Dummheiten machst, garantiere ich dir, dass du im Knast landest«, drohte Ukkola und war froh, dass er die Wohnung verlassen konnte, in der es nach Bier und Selbstgedrehten stank.

Jetzt war alles bereit, überlegte Ukkola und startete wenig später auf der Kustaankatu seinen Volvo.

»Sollte ich denn nicht mitkommen?«, fragte Kriminalhauptmeister Martikainen, als sie in Richtung Hämeentie fuhren.

»Ich habe nur einem alten Kumpel guten Tag gesagt«, entgegnete Ukkola und trat aufs Gaspedal, der Wagen schoss los wie eine Rakete, so dass Martikainen auf seinen Sitz gedrückt wurde, den Griff an der Decke mit weißen Knöcheln presste und sehnsüchtig nach einer Streife Ausschau hielt, die den Volvo stoppen würde.

Das geschah jedoch nicht.

Ein paar Minuten später hielt Ukkola vor dem Torweg in der Punavuorenkatu an und wandte sich Martikainen zu. »Wie gesagt, dieser Mann ist ein Dealer, eine kleine Nummer, und du bist nur deswegen dabei, damit alles vorschriftsmäßig abläuft.«

»Alles klar«, sagte Martikainen und sah aus wie ein wandelndes Fragezeichen.

Ukkola eilte mit Martikainen im Schlepptau die Treppe hinauf und klingelte an Karlssons Wohnungstür.

»Jonny Karlsson?«, fragte er, als die Tür vierzehn Sekunden später aufging und der Cracker in Unterhosen und T-Shirt ihn anschaute, als wäre er der Leibhaftige. Der Mann war so konsterniert, dass er nur nicken konnte.

»Ich bin gekommen, um dich festzunehmen«, sagte Ukkola und zeigte seinen Dienstausweis. Karlsson versuchte die Tür zu schließen, aber Ukkola konnte seinen Fuß dazwischenstellen.

»Was für ein Verdacht liegt gegen mich vor?«, fragte Jonny Karlsson.

»Der eines schweren Drogenvergehens.«

»Was soll die Scheiße?«, fluchte Karlsson, und Ukkola stieß ihn im Vorübergehen so heftig gegen den Flurschrank, dass es krachte.

»Ich führe eine Hausdurchsuchung durch. Eine schriftliche Anordnung liegt im Augenblick nicht vor, aber das Ziel der Durchsuchung besteht darin, Drogen zu finden«, erwiderte Ukkola und schaute sich rasch um.

»Martikainen, führe Protokoll. Und notiere, dass der Verdächtigte auf die Anwesenheit eines Zeugen verzichtet hat.«

»Du kannst doch nicht einfach so hier reinkommen, verdammt noch mal, ohne ...«

Ukkola unterbrach Karlsson: »Der stellvertretende Leiter der KRP kann sowohl eine Hausdurchsuchung als auch eine Festnahme anordnen. Das ist einer der Vorzüge dieses Amtes.« Er ging ins Schlafzimmer, in die Küche und das Arbeitszimmer, öffnete wahllos Schränke und wühlte in den Sachen. Anschließend trat er ins Bad, öffnete den Deckel des Wasserbehälters der Toilette, holte aus seiner Jackentasche das Tütchen mit Speed, das er von Wampe bekommen hatte, und tauchte es ins kalte Wasser. Dann kehrte er in den Flur zurück.

»Schreib auf, Martikainen, auf dem Klo fanden sich weit über hundert Gramm Speed. Schreib Amphetamin«, sagte Ukkola und plötzlich wurde ihm klar, dass er den Stoff noch nicht einmal geprüft hatte. Er steckte den kleinen Finger in den Mund, berührte dann leicht das weiße Pulver, kostete und nickte selbstsicher.

»Notiere, dass Karlssons Computer beschlagnahmt und untersucht werden müssen. Auf ihnen findet man bestimmt jede Menge Namen von Süchtigen, vielleicht helfen die uns, auch dem Importeur der Drogen auf die Spur zu kommen.« »Und auf denen finden sich hundertprozentig die Kopien meiner Festplatten«, dachte Ukkola. »Hier muss natürlich auch noch eine sorgfältige Hausdurchsuchung erfolgen, aber das ist keine Arbeit für den stellvertretenden Chef der KRP.«

Im selben Augenblick klingelte Karlssons Handy. Ukkola riss es dem Cracker aus der Hand, las auf dem Display den Namen Kati und verpasste Paranoid mit aller Kraft einen Faustschlag in die Magengegend.

»Schreib auch auf, dass sich der Mann der Festnahme widersetzt hat«, befahl Ukkola.

*

»Spätestens im Laufe dieses Abends oder der kommenden Nacht sind Arbuzows Kollegen garantiert bei Vilma. Sie wissen, wo meine Tochter wohnt«, sagte Kati Soisalo niedergeschlagen auf dem Beifahrersitz des gemieteten Audi, den Sakke Tirkkonen steuerte. Sechs der zehn Vorschulen von Vittorio Veneto hatten sie besucht. Das Wort ›Verzweiflung‹ war zu schwach, um ihre Gefühlslage zu beschreiben, die Kinder hatten die Schulen schon verlassen, und bald würden auch die letzten Lehrer nach Hause gehen.

»Vielleicht haben sie Vilma schon gefunden«, merkte Tirkkonen an. »Woher sollen wir das wissen? Wir gehen ja nur in den Schulen herum und zeigen ihr Foto.«

»Was sollen wir denn sonst machen, verdammt noch mal!«

Tirkkonen hielt den Wagen auf der Via Berlese an, und Kati Soisalo schmiss die Tür so heftig zu, dass Staub aufgewirbelt wurde. Nach den ersten Erfahrungen hatte sie ihre Methode verfeinert: Jetzt ging sie immer ins Lehrerzimmer, verteilte Vilmas Foto an alle Anwesenden, erzählte, sie sei eine finnische Touristin und suche das Mädchen auf dem Bild. Von Entführung oder Verschwinden sagte sie kein Wort, falls nicht gefragt wurde. In einigen Schulen hatten sich schon alle Lehrer das Foto angeschaut und den Kopf geschüttelt, bevor jemand auf die Idee kam, zu fragen, warum sie das Kind suchte.

Die Vorschule in der Via Berlese war klein. Das Lehrerzimmer fand sich schnell, aber dort war niemand mehr. Kati Soisalo wollte den Raum schon verlassen, als die Tür am anderen Ende des Zimmers aufging. Eine Reinemachfrau mit hängenden Schultern lächelte übers ganze Gesicht und versuchte fröhlich, ihr irgendetwas begreiflich zu machen.

Kati Soisalo brachte auch eine Art Lächeln zustande, holte das Foto von Vilma aus der Tasche und hielt es der Frau vor die Nase.

Eine Reaktion! Die Putzfrau erkannte das Mädchen auf dem Bild, sie hatte Vilma schon einmal gesehen. Dann nahm sie das Bild, rieb sich das Kinn, erklärte irgendetwas und redete dabei immer schneller. Schließlich überlegte sie, wiegte den Kopf hin und her und gab das Bild wieder zurück.

»Haben Sie das Mädchen gesehen? Hier?«, fragte Kati Soisalo auf Englisch und gestikulierte wie ein Verkehrspolizist, aber die Reinigungskraft schüttelte energisch den Kopf.

Sie musste jemanden aus der Schule finden, der Englisch sprach. Kati Soisalo lief den ganzen Flur entlang und öffnete die Türen. Es war kein Mensch zu sehen. Am Ende des Flures betrat sie einen kleinen Saal und einen Lagerraum – aber auch die waren leer.

Kati Soisalo drückte die Schnellwahltaste ihres Handys und wurde noch nervöser, als Paranoid sich nicht meldete. Sie brauchte jetzt sofort die Adressen der Kinder aus dieser Schule, oder zumindest der Lehrer, und nur Paranoid konnte ihr schnell genug helfen. Kapierte der nicht, was für kritische Momente sie jetzt erlebte? Sie hätten Vilma schon finden müssen.

Rasch verließ sie das Gebäude, vielleicht würde die Hotelbesitzerin ihr helfen, die Telefonnummer eines Lehrers im Internet zu finden. Auf dem Weg zum Audi bemerkte sie am Fahrradständer einen schimpfenden jungen Mann mit einem Rucksack, aus dem ein Tennisschläger herausschaute.

»Entschuldigung, arbeiten Sie in dieser Vorschule?«, fragte Kati Soisalo auf Englisch den Mann, der mit den Tücken seines Fahrradschlosses kämpfte.

Sein Ja hing noch in der Luft, da zog Kati Soisalo schon Vilmas Foto aus der Tasche.

Der Lehrer nahm das Bild und warf einen Blick darauf. »Warum suchen Sie Viola Rossi?«

Kati Soisalos Herz setzte für einen Schlag aus, dann schoss Adrenalin in ihr Blut. Jetzt war es passiert, sie hatte Vilma gefunden! »Wissen Sie, wo das Mädchen wohnt?«

Der Mann ließ endlich sein Schloss in Ruhe und musterte Kati Soisalo. »Violas Adresse findet sich natürlich in der Schule, aber ich kann Sie Ihnen nicht einfach so geben. Worum handelt es sich?«

»Das Mädchen ist meine Tochter. Sie wurde vor drei Jahren in Dubrovnik entführt, seitdem habe ich sie gesucht. Geben Sie mir die Adresse. Jetzt sofort. Ich bitte Sie darum. Es bleibt wirklich wenig Zeit«, sagte Kati Soisalo und hoffte, dass der Mann seine Meinung änderte, als er ihre Tränen bemerkte. Er zögerte einen Augenblick.

»Es tut mir leid. Sie sollten morgen mit der Polizei in die Schule kommen. Ich bin schon spät dran«, erwiderte der Lehrer, bückte sich und fummelte wieder an seinem Schloss herum. Kati Soisalo winkte heftig in Richtung des Audi.

Der junge Lehrer seufzte, als das Schloss endlich aufschnappte. Er zog das Fahrrad aus dem Ständer und drehte es zur Straße, da legte ein Mann wie ein Schrank mit einem Tattoo auf der Wange die Hand auf seine Schulter und sagte: »Du machst jetzt am besten das, was das Fräulein sagt.«

*

Das Stimmengewirr in den Tiefen des unterirdischen Bunkersystems Citadel verstummte, als der Premierminister in die Beratung des COBR-Komitees zurückkehrte.

»Wie ist die Lage?«, fragte er.

Der Leiter der Aufklärungsabteilung der Streitkräfte ergriff das Wort. »Beim dritten Schiff an der Wetterboje K1 handelt es sich um das nordkoreanische Frachtschiff MS Mu San, es wird per Satellit sowie durch die Fregatte HMS Lancaster beobachtet. Unser U-Boot HMS Astute folgt weiter dem russischen Raketen-

U-Boot, und die Pacific Hero wird von der Fregatte HMS Portland überwacht. Das in Sellafield gestohlene Plutonium steht immer noch unter unserer Beobachtung.«

»Das U-Boot ist also mit Sicherheit ein russisches?«, fragte der Außenminister.

»Aufgrund der Aufnahme des Geräuschs sind wir da fast hundertprozentig sicher«, bestätigte der Leiter der Aufklärungsabteilung der Streitkräfte. »Ein nordkoreanisches ist es jedenfalls nicht, ein derart lautloses Schiff kann nur ein russisches oder ein deutsches U-Boot vom Typ 212A sein.«

Der Premierminister dachte in aller Ruhe über die Situation nach. Mit seinem gelassenen und selbstsicheren Auftreten hatte er das Vertrauen der meisten Komiteemitglieder gewonnen. »Wie ist die Lage in Hinsicht auf die Datensysteme in Sellafield, haben wir sie wieder unter Kontrolle? Wann können wir die Pacific Hero stoppen?«

»Nach Ansicht der Zentrale in Sellafield wird das jeden Augenblick passieren«, versicherte der Chef des MI5. »Aber es wird schwierig werden, das nordkoreanische Frachtschiff und das russische Raketen-U-Boot zu stoppen.«

»Es sieht fast so aus, als hätten die Terroristen gewusst, dass wir die Pacific Hero mit einem U-Boot überwachen wollen. Ein Schiff der Borei-Klasse ist so ziemlich das einzige U-Boot in der Welt, dass beim Katz-und-Maus-Spiel unter Wasser der HMS Astute Paroli bieten kann.« Vorwurfsvoll schaute der Außenminister abwechselnd die beiden Chefs der Nachrichtendienste an.

»Was hat Russland mit diesem ganzen Durcheinander zu tun?«, erkundigte sich der Premierminister.

Niemand antwortete. Betha Gilmartin rieb sich die Schläfen und beschloss zu schweigen. Über die Verbindungen von Mundus Novus zum FSB würde sie erst reden, wenn sie mit Sicherheit wusste, dass Mundus Novus hinter der Sellafield-Operation steckte.

»Wohin steuern die Schiffe?«, fragte der Premierminister.

Der Oberkommandierende der Streitkräfte besprach etwas mit seinem Adjutanten, ehe er antwortete. »Die Pacific Hero nimmt Kurs auf Island, MS Mu San ist unterwegs zur Westseite der Iberischen Halbinsel, und das U-Boot läuft in Richtung Ärmelkanal.«

»Es ist höchste Zeit, Vorkehrungen zu treffen. Die Soldaten müssen den Befehl bekommen, ihre Ausgangspositionen zu beziehen«, verlangte der Verteidigungsminister.

»Dann machen wir das«, sagte der Premierminister.

27

Montag, 16. August

Sakke Tirkkonen hielt in der Via Gian Paolo Malanotti an, hundert Meter von dem Haus entfernt, in dem Vilma wohnte. Kati Soisalo stieg aus und stand auf dem Asphalt, der Wärme ausstrahlte. Wenn alles gut verlief, würde sie gleich ihre Tochter in die Arme schließen. In ein paar Jahren könnten sie sich dann vielleicht voller Freude an diesen Tag, an ihr Wiedersehen erinnern. Vielleicht würden sie sogar nach Vittorio Veneto zurückkehren, um die Wunden zu heilen, um gemeinsam die Schrecken der vergangenen Jahre zu verarbeiten und zu überwinden.

Kati Soisalo beeilte sich nicht, sie hatte die Wohnung ihrer Tochter gefunden, nun würde Vilma nicht mehr verschwinden, nirgendwohin. Außerdem hatte sie Angst. So große Angst, dass sie sich am liebsten auf die Bordsteinkante gesetzt hätte, um abzuwarten, bis sie wieder ruhiger atmete.

Das große, cremefarbene Haus hatte zwei Etagen. Gebäude dieser Größe nannte man in Italien *Villen*, auch der Garten erstreckte sich garantiert über einen halben Hektar. Vilma würde es doch nicht etwa vorziehen, bei ihrer neuen Familie zu bleiben, statt nach Finnland mitzukommen? Schlagartig wurde ihr klar, dass Vilma schon genauso lange in ihrer neuen Familie gewohnt hatte wie mit ihr zusammen. Und Kinder haben nicht viele Erinnerungen an ihre ersten Lebensjahre. Vilma hatte doch nicht etwa ihre Mutter vergessen?

Auf dem Hof stand ein Auto, ein gelber Fiat Punto, das Haus war also nicht verlassen, stellte sie erfreut fest.

Kati Soisalo wartete vor der Tür und versuchte vergeblich, ganz ruhig und gelassen zu sein. Ihr stockte der Atem, und die Augen wurden feucht. Am liebsten hätte sie gleichzeitig geweint und geschrien. Es könnte sein, dass Vilma diese Tür öffnete. Sie klingelte. Man hörte keine Schritte. Sie drückte noch einmal auf den Klingelknopf. Immer noch nichts. Sie klopfte und schrak zusammen, als die Tür knarrend ein Stück aufging. Das war kein gutes Zeichen, ganz und gar nicht.

Verzweiflung überwältigte sie schon, als sie vom Flur ins Wohnzimmer trat und sah, dass auf dem Fußboden überall Gegenstände herumlagen. Die Küche war leer, ebenso die zwei Schlafzimmer im Erdgeschoss, in den Kleiderschränken hingen nur Bügel. Das Haus war verlassen worden. Und zwar in großer Eile.

Kati Soisalo stieg hinauf in die erste Etage, lief durch die leeren Zimmer, nahm eine Plüschkuh, die auf dem zugemauerten Kamin lag, und hockte sich mit dem Plüschtier im Arm auf das Parkett. Sie brach in Tränen aus und schluchzte laut.

Sakke Tirkkonen blieb im Wohnzimmer des Obergeschosses stehen und hielt es für das Beste, zu schweigen.

Plötzlich knarrte die Haustür, unten waren Schritte zu hören.

Kati Soisalo stand auf und wischte sich die Augen trocken, die Hoffnung erwachte genauso schnell, wie sie eben gestorben war. Jemand kam herauf, es waren mehrere Leute. Sie starrte auf die Treppe und konnte nichts dagegen tun, dass sie voller Sehnsucht darauf wartete, das Gesicht ihrer Tochter zu sehen.

Bogdan Bojanić.

Sie machte zwei Schritte, packte den Mann an den Oberarmen, beugte sich zurück und trat dem Serben mit solcher Wucht gegen die rechte Kniescheibe, dass die Bänder knackten. Bojanić brüllte so laut, dass es in dem leeren Haus widerhallte. Einer seiner Helfer schlug mit der Faust nach Kati Soisalo, doch die wich aus, klemmte mit dem Arm sein Handgelenk ein, drehte sich und rammte ihm den Ellenbogen ins Gesicht. Dann zielte der dritte

Serbe mit seiner Pistole aus zwei Metern Entfernung auf ihren Kopf und sie stoppte ihren nächsten Krav-Maga-Griff.

Der Mann mit der Waffe befahl Soisalo und Tirkkonen in holprigem Englisch, sich auf den Fußboden zu setzen. Bojanić lag wie ein Embryo zusammengekrümmt auf dem Boden und wimmerte wie ein junger Hund, der sich verlaufen hat. Der Serbe, der ihren Ellbogen gekostet hatte, spuckte Blut aus.

Es dauerte über eine Minute, bis Bojanić wieder reden konnte und zunächst ein paarmal alle serbischen Flüche von sich gab, die er kannte. Dabei erhob er sich, packte Kati Soisalo an den Haaren, schleifte sie zum einzigen Stuhl im Wohnzimmer, einem niedrigen Holzhocker, auf den er sich setzte, ohne sie loszulassen.

»Diese Situation muss man jetzt richtig auskosten«, sagte Bojanić, der Kati Soisalo aus einer Entfernung von ein paar Zentimetern anstarrte und unter seinem Hemdsaum eine Pistole vom Typ Zastava CZ-99 hervorholte.

Kati Soisalo fühlte sich wie betäubt, abgestorben. Ihr war jetzt alles egal. Sakke Tirkkonen schaute sie mit hochgezogenen Brauen an und erwartete eine Erklärung.

»Dimitri Arbuzows serbischer Geschäftspartner«, erklärte sie ihm.

»Na, wie fühlst du dich jetzt? Deine Tochter ist schon irgendwo auf dem Balkan.« Bojanić versuchte die Konstellation zu genießen, obwohl er offensichtlich immer noch Schmerzen hatte. Er drückte die Pistolenmündung auf ihr Augenlid. »Ich habe mir die Mühe gemacht, hierherzukommen, um dich eigenhändig ins Jenseits zu befördern, allerdings musste ich Belgrad sowieso verlassen. Begreifst du Weibsstück eigentlich, was du angerichtet hast? Arbuzow ist tot, und die Hälfte der Polizei auf dem Balkan ist gestern über unsere Organisationen hergefallen.«

»Wie konntet ihr rechtzeitig … wie konnten die rechtzeitig dieses Haus räumen?«, fragte Kati Soisalo und verzog das Gesicht, als sie den Atem von Bojanić roch. Ihre Gesichter berührten einander fast.

»Dafür war nur ein kurzer Anruf nötig«, spottete Bojanić. »Glaubst du, dass die neuen Eltern des Mädchens auf ihr Kind verzichten würden? Der Vater des Mädchens ist einer von unseren Leuten, ein guter Buchhalter, er stellt keine überflüssigen Fragen, hat eine blütenweiße Weste, keine Vorstrafen. Er zaubert aus unserem illegalen Geld legales. Wir besorgen dem Vati deines Kindes einen neuen Wohnort und einen neuen Namen, hier hat er auch nicht seinen richtigen benutzt.«

Einer seiner Helfer runzelte die Stirn und sagte etwas auf Serbisch.

»Diese Hure wird niemandem mehr irgendetwas erzählen«, erwiderte Bojanić auf Englisch, den Blick immer noch auf Kati Soisalo geheftet. »Dafür werde ich höchstpersönlich …«

Ein Klopfen an der Haustür ließ ihn mitten im Satz abbrechen. Er bedeutete einem seiner Männer, auf Tirkkonen zu achten, als plötzlich von unten jemand rief:

»Permesso, ce la Polizia!«

»Hier sind drei Bewaffnete!« konnte Kati Soisalo noch rufen, ehe Bojanić ihr den Mund zuhielt.

Einer der Serben hastete mit schussbereiter Waffe zum Treppengeländer im Obergeschoss und sah, wie die Polizisten aus dem Haus hinausrannten.

Sie steckten in der Falle.

*

Leo Kara vermutete, dass er schon bald einen schweren Fehler machen würde, aber das war schließlich nichts Neues. Er hatte in den letzten zwanzig Jahren zahllose Dummheiten begangen. Das war kein Wunder, denn er hatte sich und sein Verhalten nicht unter Kontrolle, weil ihm diese Fähigkeit fehlte. Er wollte endlich ein anderes Leben oder überhaupt ein richtiges Leben und nicht ständig von einer Katastrophe in die nächste stolpern. Doch das gelang ihm nur, wenn der Schleier über den Geheimnissen seiner Vergangenheit gelüftet wurde. Und wenn das wiederum voraussetzte, dass er – wie Betha behauptet hatte – in einen ähnlichen Zustand und ähnliche Umstände geriet wie damals, als seine Traumata entstanden waren, dann musste er diesen Preis zahlen.

Kara stand hundert Meter von dem Industriegebäude entfernt, das die Forschungsgruppe seines Vaters damals genutzt hatte. Ihm war übel. Kein einziges Beruhigungsmittel hatte er genommen, wer versuchte, in die geheimsten Verstecke seines Gehirns einzudringen, durfte es nicht betäuben. Er wollte den Ort besuchen, an dem alles angefangen hatte.

Die Scheiben der vergitterten Fenster in dem vierstöckigen Gebäude waren teilweise eingeschlagen, die Balkone auf den Treppenabsätzen abgerissen und einige Türen zugenagelt. Das Industriegebiet Park Royal wurde in rasantem Tempo erweitert, auch dieses verlassene Objekt würde man garantiert demnächst abreißen, es war eines der letzten altersschwachen, halb verfallenen Gebäude, die hier noch standen.

»Wer nichts wagt, der nichts gewinnt«, sagte sich Kara und ging zum Haupteingang. Die verrosteten Scharniere gaben nach, als er dreimal kräftig gegen die Tür trat. Drinnen roch es nach Metall, Kara atmete tief ein und war überrascht: Der Anblick der Eingangshalle löste bei ihm keinerlei Reaktion aus. Er hatte angenommen, schon allein beim Betreten des Gebäudes würden Bilder aus seiner Erinnerung wieder auftauchen. Vielleicht musste er Orte aufsuchen, an denen Schlimmes geschehen war: Den Dachboden und den Raum, in dem man Vater getötet hatte. In den Keller würde er nicht gehen, alles hatte seine Grenzen.

Nach den überall herumliegenden Kabelresten und Verpackungen zu urteilen, hatte hier zuletzt irgendeine Elektronik- oder Elektrofirma ihr Domizil gehabt. Die Sonne schien durch die vergitterten Fenster in die große Fabrikhalle, aber im Treppenhaus war es dämmrig. Je näher er der dritten Etage kam, um so mehr beschleunigte sich sein Puls. Er sah seinen Vater genauso deutlich vor sich wie die Treppenstufen, auf dem Stuhl in den letzten Stunden vor seinem Tod. Vor dem Mord.

An der Tür zum Folterraum atmete Kara tief ein und schob sie dann auf.

Er hörte das dumpfe Geräusch, als die Faust von Manas Vater traf, und schloss die Augen. Blut floss von Vaters Kopf auf die Schultern, die Rinnsale vereinigten sich zwischen den Schulterblättern zu einem kleinen Bach. Vater saß vorgebeugt auf dem Metallstuhl, das Kinn lag auf der Brust.

Kara musste die Augen öffnen, die Bilder aus seiner Erinnerung waren so lebendig, dass es unerträglich wurde. Dort, nur zwei Meter entfernt, hatte Vater zusammengesunken gesessen, gefesselt an den Stuhl, misshandelt, blutüberströmt. Er hatte gestöhnt mit leiser, tiefer Stimme, man sah ihm an, dass er nicht mehr lange durchhalten würde. Der Blutverlust war gewaltig gewesen, er wurde schon zwei Tage lang gefoltert. Wenn Manas Vater quälte, dann verrieten seine Bewegungen Sicherheit und Ruhe, auf dem Gesicht des Kirgisen ließen sich keinerlei Empfindungen ablesen; nur als er Vater mit einem Stock schlug, hatte er vor Anstrengung immerhin die Stirn gerunzelt. Vater war zwischen Wachsein und Bewusstlosigkeit hin- und hergetaumelt, warum nur hatte er nicht aufgegeben, der Dummkopf. Und dann hatte Manas gelächelt, und es war kein teuflisches Lächeln gewesen, sondern ein freundliches …

Das Lächeln des Killers ließ Kara keine Ruhe, als er den Raum verließ, er konnte sich nicht erinnern, es jemals vorher so deutlich gesehen zu haben. Warum hatte Manas seinen Vater angelächelt?

Die Holztreppe zum Dachboden sah morsch aus, aber Kara trat vorsichtig auf den Rand der Bohlen und verlagerte einen Teil seines Gewichts über die Arme auf die Geländer. Er musste ein halbes Dutzend Mal gegen die zugenagelte Tür treten, ehe sie nachgab. Dann lag sein Versteck vor ihm. Der Anblick war wie ein Schlag ins Gesicht. Nichts hatte sich verändert. Vielleicht war nach diesen Tagen niemand mehr hier gewesen.

Er erinnerte sich genau, was er damals empfunden hatte: die grenzenlose, zermürbende Angst, das tiefe Mitleid mit Vater, die quälende Sorge um das Schicksal von Schwester und Mutter. Kara zwang sich dazu, einige Schritte zu gehen. An der Brandmauer bückte er sich, kniete nieder, drückte das Gesicht auf den Boden und schaute mit einem Auge durch das winzige Loch, das er vor einundzwanzig Jahren in den Fußboden gekratzt hatte.

Wut loderte in ihm empor, als kein einziges neues Bild aus seinem Gedächtnis auftauchte. Diese ganze Tortur brachte überhaupt nichts. Kara stand auf, stieg die Holztreppe hinunter und betrat die Halle in der dritten Etage. Hier hatte ihn laut Betha die Polizei damals halbtot gefunden. Doch er wartete vergeblich auf neue Erinnerungen. Ihm blieb nichts anderes übrig, als in den Keller zu gehen.

Kara warf sich drei Dialar-Pillen in den Mund, obwohl er wusste, dass sie noch nicht wirken konnten, wenn er jetzt gleich einen Schock erlitt, aber zumindest würden sie ihn abkürzen. Er stieg rasch ins Erdgeschoss hinunter und verlangsamte unten seine Schritte. Das Licht wurde immer schwächer, und als er den Keller erreichte, herrschte völlige Dunkelheit. Er probierte den Lichtschalter, doch der funktionierte nicht. In den Kellerräumen befanden sich unterhalb der Decke kleine, vergitterte Fenster, durch die Tageslicht hereindrang, das wusste Kara, er würde also etwas sehen können, sobald er eine der Türen öffnete. Doch die waren im dunklen Kellergang kaum zu erkennen. Dann fand er endlich die richtige Tür. Hier war es gewesen. In diesen Raum hatte man ihn und Emma eingesperrt. Der Spion war noch da, und der Schlüssel steckte im Schloss.

Vorsichtig öffnete er die Stahltür. Die Scheibe des vergitterten Fensters war kaputt, es rauschte, die Ursache dafür war der Durchzug. Mit klopfendem Herzen trat er hinein und sah die Ziegelwand und den Kanalisationsschacht, an dessen Rändern Emma verzweifelt gekratzt und herumgeklopft hatte. Jetzt ging es los, in seinem Kopf passierte etwas.

Im selben Augenblick fiel die Tür hinter ihm ins Schloss.

Manas schaute durch den Spion des Kellerlochs und sah und hörte, wie Kara brüllte. Ihm blieb genug Zeit, zu beobachten, wie der Mann durchdrehte. Es würde sicher eine Weile dauern, bis Kara es schaffte, zu telefonieren und Hilfe herbeizurufen, und noch mehr Zeit würde vergehen, ehe die Hilfe eintraf. Eine solche Gelegenheit, Gefühle zu beobachten, bot sich, wenn überhaupt, äußerst selten. Es gab erstaunlich viele Ähnlichkeiten zwischen Leo Kara und ihm selbst. Kara hatte 1989 unter großem Stress Eigenschaften an den Tag gelegt, auf die auch er stolz gewesen wäre.

*

Sabrina Pianini lief in der Abteilung für Männerbekleidung des GUM-Warenhauses umher und machte sich Vorwürfe. Warum nur hatte sie dem Mann vom AISI gesagt, sie würde zu jeder vollen Stunde am Observatorium im Minsker Zentralpark vorbeigehen? Gerade war sie von ihrer zweiten vergeblichen Runde um das Observatorium zurückgekehrt. Binnen kurzem würde sie irgendjemandem auffallen, das erschien unvermeidlich, warum brauchten die Polizisten so verdammt lange, um von Italien nach Weißrussland zu kommen? Vielleicht würde auch gar niemand kommen, möglicherweise hatte man ihren Anruf als wirres Gefasel einer Verrückten abgetan. Das war jetzt schon das dritte Mal, dass sie im GUM von einer Etage zur anderen ging, auf der Straße könnte sie einem Polizisten in die Arme laufen.

Aus der Männer-Abteilung wollte sie schnell weg, die brachte sie nur auf unangenehme Gedanken. Als Guido früher viel Zeit im Krankenhaus verbringen musste, hatte sie zuweilen einen Abstecher in die Warenhäuser von Pisa gemacht und Kleidungsstücke für ihren Bruder gekauft. Der hatte sich allerdings, auch wenn es ihm gut ging, nie sonderlich darum gekümmert, wie er angezogen war, er schämte sich, weil er einen verkrüppelten Fuß hatte und krankhaft dünn war.

Sabrina Pianini blieb vor einem Spiegel stehen. Sie sah erbärmlich aus, sogar im Vergleich mit den Einwohnern von Minsk, die zumindest nach italienischen Maßstäben nicht sehr viel Wert auf ihr Outfit legten. Nun wusste sie also auch, dass sich ein Mensch innerhalb einer Woche aus einer normalen Wissenschaftlerin in eine Fixerin mit fettigem Haar und eingefallenen Wangen verwandeln konnte, dafür genügte es, dass man entführt und gezwungen wurde, Drogen zu nehmen. Seit der letzten Spritze war schon bald ein halber Tag vergangen, und sie fühlte sich zunehmend schwächer. Wie viele Male würde sie ihre Runde durch den Park noch schaffen, wenn erst die Entzugserscheinungen wieder einsetzten?

Eine Teenagerin, die in ihr Handy sprach, blieb neben ihr stehen. Es wäre ein Kinderspiel gewesen, dem Mädchen das Telefon zu entreißen, hinauszurennen und Guido im Krankenhaus anzurufen. Leider hätte das aber auch bedeutet, dass sie mit fast hundertprozentiger Sicherheit gefasst worden wäre. Doch in Kürze würde ihr das auch nichts mehr ausmachen. Bald würde sie in so tiefe Verzweiflung versinken, dass ihr alles egal wäre.

Sie ging die breite Treppe hinunter in die Lebensmittelabteilung und fühlte sich noch schwächer, als ihr eine bunte Mischung von Gerüchen in die Nase stieg. An den Düften gab es nichts auszusetzen, im Gegenteil, das Problem bestand darin, dass sie vor Hunger Magenkrämpfe quälten, das letzte Mal hatte sie am Abend zuvor etwas gegessen. Sie musste Energie in ihren Organismus bekommen, bevor sie so schwach wurde, dass sie nicht mehr fähig wäre, etwas zu essen. Aber wie? Sie besaß nicht einen

Pfennig. Plötzlich fiel ihr ein Mann in einem glänzenden, grauen Anzug auf, der rasch den Blick von ihr abwandte und nicht zu wissen schien, in welche Richtung er gehen sollte.

Hatte jemand sie erkannt, ein Warenhausdetektiv oder ein Wachmann? Pianini drehte sich um, lief zum Ausgang, beschleunigte ihre Schritte und warf einen Blick zurück. Der Mann im grauen Anzug folgte ihr in zehn Metern Abstand und sagte etwas in ein Sprechfunkgerät.

Sabrina Pianini trat hinaus auf den Prospekt Nezawisimosti, rannte los und hörte hinter sich jemanden wütend rufen.

*

Einer der Männer von Bogdan Bojanić öffnete die Balkontür der Villa in Vittorio Veneto, schlich geduckt zur Brüstung und kehrte ins Wohnzimmer zurück.

»Eine Streife der Gemeindepolizei, zwei Mann. Die alarmieren garantiert die Staatspolizei oder die Carabinieri.«

Bogdan Bojanić stieß jede Menge grober serbischer Flüche aus und drückte Kati Soisalo seine Waffe so brutal unters Kinn, dass sie aufschrie.

»Hör zu«, konnte sie mit Mühe sagen, und Bojanić verminderte den Druck um einen Deut.

»Sie sind wegen uns hier. Wir haben meine Tochter gesucht und sind den ganzen Tag von einer Vorschule zur anderen gegangen, haben nach ihr gefragt und mussten einen Lehrer zwingen, Vilmas Adresse zu verraten. Ihr habt noch Zeit zu verschwinden, bevor Verstärkung eintrifft. Es sind nur zwei Polizisten, sie können das Haus nicht von allen Seiten bewachen. Wir würden sie ablenken. Dann habt ihr einen Vorsprung.«

Bojanić wollte aus dieser Sackgasse herauskommen und war deshalb gezwungen, über ihre Worte nachzudenken. Er befahl seinen Männern, die Ausgänge des Hauses zu überprüfen.

»Es gibt nur ein Mittel, zu verhindern, dass du uns verpfeifst, sobald wir das Haus verlassen haben«, sagte Bojanić und befestigte einen Schalldämpfer an seiner Pistole.

Jetzt machte auch Sakke Tirkkonen den Mund auf: »Dann habt ihr die ganze italienische Polizei auf dem Hals, wenn ihr uns umbringt. Ich könnte mir eine Geschichte ausdenken, die ich den Bullen erzähle. Beispielsweise, dass die Frau einen Nervenzusammenbruch gekriegt hat, als sie ihre Tochter nicht gefunden hat.« Tirkkonen deutete mit dem Kopf auf Kati Soisalo. »Ich lüg ihnen irgendwas vor, mir fällt schon was ein. Niemand erfährt, dass ihr hier gewesen seid.«

Einer der Serben kehrte aus dem Erdgeschoss zurück und erklärte etwas ganz begeistert.

Bojanić wog die Alternativen einen Augenblick ab und wandte sich dann an Tirkkonen. »Und du bist?«

»Ein Kollege von dir aus Finnland. Ich weiß, dass sich deine Organisation rächt, wenn ich mein Versprechen nicht halte.«

»An dieser Hure wird sie sich rächen, selbst wenn du machst, was du versprichst«, erwiderte Bojanić und stieß den Pistolenlauf so tief in Kati Soisalos Hals, dass die Luftröhre knackte. »Warum begleitest du die Frau?«, fragte er Tirkkonen.

»Herrgott noch mal, was glaubst du wohl, warum? Zu meinem Vergnügen? Natürlich wegen des Geldes.«

Bogdan Bojanić starrte Kati Soisalo einen Augenblick an, begann eine Melodie zu summen und ging mit seinen Männern ins Erdgeschoss.

»Was war das für ein Lied?«, fragte Kati Soisalo Tirkkonen.

»Das ist eine Drohung. Wir sehen uns wieder. *We'll meet again*.«

28

Montag, 16. August

Kara kauerte auf dem Boden, die Arme um die Schienenbeine gelegt, den Bauch fest gegen die Oberschenkel gedrückt. Er öffnete und schloss die Augenlider wie eine Eule im Abstand von einigen Sekunden, das verdrängte die Bilder, die aus der Dunkelheit ans Licht strebten. Außerdem bewahrte ihn das davor, ständig auf die Wand dieses Kellers zu starren, in dem er vor einundzwanzig Jahren seine Schwester zum letzten Mal gesehen hatte. Doch nichts half, weder die Phantasie noch die Flucht in sein Inneres, er konnte nicht entkommen. Sein Kopf quoll über von Erinnerungen – alten und neuen.

Er war nicht imstande, weiter auf der Stelle zu hocken, er stand auf und durchmaß das Kellerloch mit langen Schritten, aber das brachte auch keine Erleichterung. Er war wacklig auf den Beinen. Der Druck im Kopf wuchs, er kochte vor Wut und fürchtete, jeden Moment zu explodieren und in Atome zu zerfallen. Natürlich wusste er, dass es so etwas nicht gab, aber vielleicht war sein derzeitiger Zustand eine Ausnahme; alles in ihm glich einem unüberhörbaren stummen Schrei, die Panik hatte ihn im Würgegriff, schlimm wie nie zuvor. Lange würde er sich nicht mehr zusammenreißen können, er brauchte Medikamente, Luft, Licht – Hilfe. Er musste aus diesem Keller raus, um jeden Preis, egal wohin, selbst ein Grab war verlockender als diese Qual.

Ein Gedanke schoss ihm durch den Kopf, der klarer war als all die anderen, Kara fiel ein, dass er vor dem Betreten des Gebäudes Dialar genommen hatte. Vielleicht würde die Wirkung bald einsetzen, vielleicht könnte er bald sprechen, anrufen. Er lief noch eine Weile umher und beschloss dann, einen Versuch zu unternehmen.

Das Handy heraus und den Notruf wählen – 999.

Kara versuchte zu sprechen, aber die Wörter kamen undeutlich heraus und in der falschen Reihenfolge, und seine Kraft reichte nicht aus, sie zu korrigieren und zu ordnen.

Manas stand an der Kellertür und beobachtete durch den Spion fasziniert, wie Kara in dem dunklen Raum auf und ab ging und immer wieder die Augen zusammenkniff. Ein echter Verrückter. Würde er im Verlauf der nächsten Minuten mit ansehen können, wie ein Mensch psychisch zusammenbrach?

*

Das COBR-Komitee Großbritanniens kam schon den vierten aufeinanderfolgenden Tag im Beratungsraum der unterirdischen Stadt zusammen. Ein großer Teil der wichtigsten Politiker und Beamten des Landes kämpfte gegen die Müdigkeit an, als Muntermacher dienten Kaffee, Tee, Energydrinks und das Adrenalin, das wegen der immer angespannteren Lage in den Kreislauf gepumpt wurde. Sie mussten ständig verfügbar sein.

»Haben die Einheiten schon ihre Positionen bezogen?«, fragte der Premierminister, dessen Augen von den durchwachten Nächten gerötet waren.

Der Oberkommandierende der Streitkräfte war auf dem Laufenden. »Die Fregatte HMS Lancaster folgt dem nordkoreanischen Frachtschiff MS Mu San sozusagen auf Tuchfühlung, und der Pacific Hero ist die HMS Portland auf den Fersen. Die *Black Troop* der M Sqadron des Special Boat Service, ein auf Angriffe gegen Schiffe von Hubschraubern aus spezialisiertes Anti-Terrorkommando, ist einsatzbereit, ebenso die gemeinsame X Sqadron von SAS und SBS, deren Spezialität die Terrorismusbekämpfung ist.«

»Der Kommandant der HMS Lancaster hat das nordkoreanische Schiff aufgefordert, im Hafen von A Coruña in Spanien festzumachen. Wir haben gemäß einem Beschluss des UN-Sicherheitsrates das Recht, zu überprüfen, ob sich auf dem Schiff Waffen befinden. Dieser Beschluss verbietet sowohl den Export von Waffen aus Nordkorea als auch ihre Einfuhr in das Land. Es wurden auch drei Sabre-Sqadrons des SAS-Regiments 22 nach A Coruña geflogen, insgesamt hundertzweiundachtzig Mann, für den Fall, dass an Land etwas passiert«, sagte der Verteidigungsminister.

Der Außenminister runzelte die Brauen. »Das ist eine ziemlich gewagte Interpretation des Sicherheitsratsbeschlusses, schließlich werden darin keine militärischen Angriffe erlaubt, an sich ist die Anwendung von Gewalt in allen Fällen verboten. Wir können nur darum bitten, dass dieses Schiff in den Hafen einläuft.«

Die Tür des Beratungsraumes ging auf, alle Anwesenden schauten auf den Mann, der hereinkam, und folgten ihm mit ihren Blicken. Der Stabschef des Premierministers ging zu seinem Vorgesetzten und reichte ihm Unterlagen. Der Gesichtsausdruck des jungen Regierungschefs wurde noch angespannter, als er sie las.

»Sind die schon veröffentlicht?«, fragte er seinen Stabschef.

»Noch nicht.«

Der Premier räusperte sich. *»Die Demokratische Volksrepublik Korea gibt hiermit bekannt, dass sie heute ein furchtloser Kernwaffenstaat ist, und als solcher droht sie Großbritannien, dass sie dem Land Schaden zufügen wird, sollte es das Frachtschiff »MS Mu San«, das unter der Flagge der Demokratischen Volksrepublik Korea fährt, angreifen. Die Demokratische Volksrepublik Korea sieht sich als Objekt einer gezielten Provokation des imperialistischen Kriegstreibers Großbritannien und versichert, dass ihre unbesiegbare Armee mit Kernwaffen zurückschlägt, sofern sie in irgendeiner Weise das Opfer von Gewaltanwendung wird. Die Demokratische Volksrepublik Korea hofft, dass der Regierung Großbritanniens klar ist, mit wem sie es zu tun hat, und spricht die Warnung aus, dass die Annahme, Großbritannien müsse nicht leiden, falls es einen bewaffneten Konflikt auslöst, ein großer Fehler ist.«*

Die Mitglieder des Komitees wirkten besorgt. Als Erster ergriff der Außenminister das Wort. »Nordkorea ist der unberechenbarste Kernwaffenstaat der Welt. Und im schlimmsten Fall verfügt es schon über eine interkontinentale Rakete mit einer Reichweite bis London.«

»Gute Nachrichten!«, verkündete der Leiter des Staatlichen Kommunikationshauptquartiers GCHQ lautstark. »BNFL hat die Systeme von Sellafield jetzt wieder in jeder Hinsicht unter Kontrolle. Die Terroristen kommen nicht mehr an seine speicherprogrammierbare Steuerung heran. Und auch an nichts anderes. Die ›Pacific Hero‹ und das russische U-Boot können gestoppt werden.«

Der Oberkommandierende der Streitkräfte musste lachen. »Aber mein Herr. Wenn unsere Informationen zutreffen, ist dieses russische U-Boot mit sechzehn neuen ballistischen Raketen vom Typ SS-NX-30 ausgestattet, von denen jede sechs selbständig ihr Ziel suchende Sprengköpfe enthält, Kernwaffen, von denen jede eine Zerstörungskraft von hundertfünfzig Kilotonnen hat. Das Schiff verfügt über beispiellos gute Eigenschaften im Ausweichen, Mittel zur Irreführung und Täuschkörper, und es ist gegen Schläge und Schäden durch elektromagnetische Pulse geschützt.«

Betha Gilmartin sah, dass auf dem Tisch das Display ihres Privathandys blinkte, sie nahm es und ging zur Wand des Beratungsraums.

»Hier Doktor Kathy Dunbar von der Rettungsstelle des Krankenhauses Central Middlesex. Spreche ich mit Betha Gilmartin?«

Betha antwortete und setzte sich hin. Ihr Puls war auf 138 gestiegen, sie sah die Ziffern doppelt. Es war nicht schwer, zu erraten, wen der Anruf betraf.

»Wir haben hier einen Mann namens Leo Kara. Er hat Sie als nächsten Angehörigen angegeben.«

*

Jukka Ukkola hatte Jonny Karlsson eingelocht, den Kerl mit dem lächerlichen Namen Paranoid, der seine Exfrau vögelte, doch er fühlte sich danach nicht sehr viel besser und erst recht nicht befriedigt. Da Jelena beschlossen hatte, sich eigenhändig in die ewigen Jagdgründe zu befördern, blieben ihm kaum noch Mittel, Druck abzulassen. Vier sollte es geben, wurde behauptet: Sex, Sauna, Schnaps und Sport. Doch auf seiner Liste stand neben dem Sex nur die Macht, oder genauer gesagt der Kick, den es ihm verschaffte, wenn er Macht ausüben konnte.

Er betrachtete das prächtige *Katana* von Uesugi Kenshin an der Wand seines Büros im Haus der KRP. Kenshin kämpfte vierzehn Jahre lang gegen die Armee des Samurai-Kriegsherrn Takeda Shingen, doch er achtete seinen Erzfeind. Die Männer bedachten sich sogar gegenseitig mit Geschenken. Shingen gab Kenshin sein Lieblingsschwert, den wichtigsten Gegenstand eines Samurai. Feinde hatte auch Ukkola mehr als genug, aber es war ihm nie gelungen, Freunde zu finden, und das war kein Wunder, er verstand nicht, welchen Zweck sie haben sollten.

Plötzlich klopfte es, und Polizeirat Neulamaa trat in seiner bekannten wichtigtuerischen Art ein. »Jukka, komm doch mal kurz in mein Zimmer.«

Die Schwierigkeiten gingen anscheinend weiter, war es jemandem gelungen, ihn mit Marat »Ratte« Krylow oder gar mit Dimitri Arbuzow in Verbindung zu bringen? Beweise hatte niemand, da war er sich ganz sicher, somit bestand auch kein Grund zur Besorgnis. Er war den anderen immer einen Schritt voraus.

Ukkola schaute entgeistert drein, als er in Neulamaas Zimmer den Staatsanwalt des Amtsgerichts Espoo und Klasu Nyman erblickte, um dessen Mund ein frostiges Lächeln spielte.

»Du bist am Ende«, konstatierte Nyman, der Chef der Aufklärungsabteilung.

»Na, Jungs, wir wollen das zivilisiert über die Runden bringen«, sagte der Polizeirat und stellte sich hinter seinen Schreibtisch.

»Ohne Umschweife gesagt ist die Lage so, Jukka, dass ich dich ab sofort vom Dienst suspendiere«, erklärte Neulamaa und machte unbeabsichtigt eine kleine Pause, als er das erste Mal in seinem Leben sah, wie Jukka Ukkola völlig fassungslos war. Er wirkte wie ein Kind, dem man gerade mitgeteilt hatte, dass Weihnachten ausfällt.

»Die Angelegenheit wird jetzt an eine unabhängige Instanz übergeben, die Ermittlungen leitet der Staatsanwalt des Amtsgerichts Espoo. Aus ermittlungstaktischen Gründen kann ich natürlich keine Einzelheiten nennen, aber leider haben sich eine ganze Menge Beweise gegen dich angesammelt«, fuhr Neulamaa fort.

»Für die Beteiligung am Drogen- und Menschenhandel. Unter anderem«, ergänzte Nyman.

»Du musst deine Schlüssel, deine Zugangskarten, deine Waffe und deinen Dienstausweis abgeben. Brauchst du etwas aus deinem Zimmer?«, fragte der Polizeirat.

Ukkola marschierte aus dem Eckzimmer des Chefs der KRP hinaus und ließ sich nicht dazu herab, irgendetwas zu erklären. Nyman folgte ihm auf den Fersen.

In seinem Zimmer legte er die Glock 19 und die anderen von Neulamaa aufgezählten Dinge auf den Schreibtisch und öffnete dann eines seiner Schubfächer.

»Zum jetzigen Zeitpunkt werden keine Unterlagen mitgenommen. Alles muss erst durchgesehen werden«, sagte Nyman und schloss das Schubfach.

Ukkola nahm Uesugi Kenshins *Katana* unter den Arm, ein zweites Samurai-Schwert, das an der Wand hing, und ein paar Erinnerungsstücke.

Wer genau hinschaute, hätte möglicherweise gesehen, dass Ukkolas Augen feucht waren.

*

»Jetzt ist alles in eine Sackgasse geraten«, sagte der britische Außenminister im unterirdischen Beratungsraum des COBR-Komitees. »Nordkorea beteuert, dass sich auf seinem Frachtschiff keine Waffen befinden, und droht uns mit dem Völkerrecht und einem Kernwaffenschlag, wenn das Schiff angerührt wird. Russland seinerseits bestreitet in ungewöhnlich scharfem Ton jedwede Beteiligung an der ganzen Sellafield-Operation. Es behauptet, keines seiner U-Boote befinde sich an der von uns bestimmten Position, versichert jedoch, alle erforderlichen militärischen Maßnahmen zu ergreifen, um sich gegen unprovozierte Angriffe zu verteidigen, von welcher Seite und in welcher Form auch immer sie erfolgen. Und auch die NATO hat weitere Truppen in Alarmbereitschaft versetzt.«

»Diese Nachricht macht die Situation noch komplizierter«, sagte der Oberkommandierende der Streitkräfte und setzte seine Lesebrille auf. »Ein *Troop* der gemeinsamen X Sqadron von SAS und SBS ist im Atlantik westlich von Irland an Bord der ›Pacific Hero‹ gegangen. Das Schiff ist leer.«

Der Premierminister rieb sich die Schläfen. »Habe ich das jetzt richtig verstanden? Das in Sellafield gestohlene waffenfähige Plutonium und die Elemente befinden sich jetzt entweder auf dem nordkoreanischen Frachtschiff oder auf dem russischen Raketen-U-Boot der Borei-Klasse. Und sowohl Nordkorea als auch Russland drohen uns mit Krieg, falls wir ihre Schiffe antasten.«

Stille senkte sich über den Beratungsraum.

»Wie lautet Ihre Empfehlung?«, sagte der Premierminister, richtete seine Frage aber nicht an eine bestimmte Person.

Der Oberkommandierende der Streitkräfte antwortete. »Wir können dem U-Boot jetzt ganz offen folgen, Russland weiß längst, dass wir es im Auge behalten. Probleme entstehen erst, wenn das Schiff russische Hoheitsgewässer erreicht, die nächstliegende Möglichkeit dafür besteht vor Kaliningrad in der Ostsee. Und genau in die Richtung läuft das Schiff jetzt. In Bezug auf die »MS

Mu San« empfehle ich die Erstürmung. Wir können uns auf den Beschluss des UN-Sicherheitsrates stützen. Nordkorea ist nicht bereit, das Frachtschiff im Hafen von A Coruña vor Anker gehen zu lassen, und erlaubt uns nicht, das Schiff zu kontrollieren. Die Anwendung von Gewalt ist meiner Ansicht nach in diesem Fall berechtigt, schließlich handelt es sich um die Suche nach einer Plutoniummenge, die für die Herstellung von Waffen geeignet ist. Und wenn das Plutonium auf der »MS Mu San« gefunden wird, können wir das russische U-Boot in Ruhe fahren lassen.«

»Und wenn nicht?«, fragte der Außenminister.

Niemand antwortete.

»Wie lange braucht dieses U-Boot bis nach Kaliningrad?«, erkundigte sich der Premierminister.

»Mit Höchstgeschwindigkeit etwa zwanzig Stunden, es sind ungefähr sechshundert Seemeilen«, antwortete der Oberkommandierende der Streitkräfte. »Aber die Entscheidung über eine Erstürmung der »MS Mu San» muss bald getroffen werden. In der Gegend von A Coruña geht die Sonne in einer halben Stunde unter, und danach ist es um das Schiff herum stockdunkel. Angesichts momentan sehr schwerer See ist eine Erstürmung des Frachters bei Nacht nicht zu empfehlen.«

»Dafür muss auf jeden Fall die Zustimmung Spaniens und der NATO-Verbündeten eingeholt werden«, sagte der Premierminister leise. Er hörte sich nicht mehr sehr entschlossen an.

*

Gilbert Birou saß im Restaurant »Pierre Gagnaire« in der Pariser Rue Balzac, das über drei Michelin-Sterne verfügte, und bedauerte aufrichtig, dass er die Speisen nicht mit allen Sinnen genießen konnte. Das Restaurant »Pierre Gagnaire« hatte schließlich im letzten Jahr den neunten Platz auf der S. Pellegrino-Rangliste der fünfzig weltbesten Restaurants erreicht. Birou aß schon das Dessert, Salzmandeleis mit Ananaskirschen, Mandelgebäck »Cantuccini« und Kürbisstreifen. Es schmeckte himmlisch. Die Krönung war seiner Ansicht nach jedoch schon die Vorspeise gewesen, ein lauwarmer, mit Kräutern gewürzter Artischockensalat. Das Hauptgericht, Steinbutt mit Chinakohl, Essiggurken, Pilzen und Walnüssen, dürfte vielleicht für so einen feierlichen Anlass einen Deut zu traditionell gewesen sein. Verwässert wurde das Ganze auch ein wenig dadurch, dass er keinen Wein getrunken hatte. Er wollte einen klaren Verstand behalten.

Als Gilbert Birou einen Espresso und zwei verwirrend delikate Pralinen von Michel Cluizel genossen hatte, war er bereit. Nachdem er die Rechnung bezahlt hatte, ging er ein Stück auf der Rue Balzac in Richtung Arc de Triomphe und winkte dann ein entgegenkommendes Taxi heran. Er bat den Chauffeur, über die Champs Élysées zur Avenue du Docteur Brouardel zu fahren, und schaute mit ernster Miene auf das Herz von Paris, das im Glanz der Straßenlaternen und Leuchtreklamen badete.

Er wollte immer noch nicht richtig glauben, dass er in eine derartige Sackgasse geraten war, nur weil Mathilde die Möglichkeit haben musste, Zeit mit Jungen zu verbringen, mit Jungen wie Gilbert.

Wenig später hielt das Taxi am Rande des Champ de Mars an. Birou betrachtete den Fahrer, während er bezahlte. Es stimmte ihn wehmütig, dem Mann auf Wiedersehen zu sagen, obwohl sie sich nie zuvor getroffen hatten und sich auch nie wieder sehen würden. Er stieg die Treppe hinauf in die zweite Etage und öffnete seine Wohnungstür.

Empfangen wurde er nur von den schönen Gegenständen, die er im Laufe der Jahrzehnte gesammelt hatte. Viel Glitzerglanz und grelle Farben, wenig angenehme Erinnerungen.

Er wollte es nicht in die Länge ziehen. Nach dem Duschen und dem sorgfältigen Rasieren der Körperhaare öffnete er die Tür seines Boudoirs und hatte endlich das Gefühl, zu Hause zu sein, als er in den Raum mit purpurner Seide, gedämpftem rotem Licht und rosafarbenen Möbeln trat. Die Orchideen waren allerdings verwelkt.

Es vergingen fast zwei Stunden, bis er seine Zehennägel lackiert, Make-up aufgelegt, sich angekleidet und die Perücke aufgesetzt hatte. Diesmal tat er alles sorgfältiger als je zuvor.

Als Letztes nahm er aus dem Spiegelschrank die jahrzehntealte Handtasche Chanel 2.55 seiner Mutter und stellte sich vor den Spiegel, um Mathilde zu betrachten. Das war sein Meisterwerk. Sein Erbe.

Gilbert Birou ging in die Küche und nahm zwei Teller aus dem Kühlschrank. Das Essen hatte er schon vorher am Nachmittag zubereitet. Er schaute sich gründlich in seiner Wohnung um, kehrte in das Boudoir zurück und verschloss die Tür.

Es war Zeit, den Punkt auf das I zu setzen. Er rückte den Spiegeltisch in die Mitte des Raumes und stellte zwei Stühle dazu, einen für Mathilde und einen für Gilbert. Ein gerahmtes Farbfoto des zwölfjährigen Gilbert Birou stellte er an das gegenüberliegende Ende. Dann deckte er den Tisch, schob die Teller, das Besteck und die weißen Servietten zurecht und setzte sich.

Jetzt war alles gut. Alles war so wie damals vor langer Zeit, als Gilbert und Mathilde noch gemeinsam Kartoffeln mit Fisch gegessen hatten. Mathilde durfte nie mehr nett und freundlich zu einem lebendigen Gilbert sein, also war es auch für sie Zeit, sich in eine bloße Erinnerung zu verwandeln.

29

Dienstag, 17. August

Leo Kara wusste nicht, ob er wach war oder träumte. Er fühlte sich gut und ausgeruht und konnte sich nicht erinnern, auch nur einen einzigen Alptraum gehabt zu haben. Vielleicht war irgendetwas in seinem Kopf kaputtgegangen, oder wiederhergestellt worden. Betha hatte recht gehabt, die Rückkehr in den Park Royal hatte etwas bewirkt, er erinnerte sich jetzt an Dinge, die jahrzehntelang in den dunklen Tiefen seines Gedächtnisses geschlummert hatten.

Er öffnete die Augen und erblickte Alberts besorgtes Gesicht.

»Endlich bist du aufgewacht. Geht es dir gut? Was ist eigentlich mit dir passiert?« Albert war aufgestanden und beugte sich über Kara.

»Schön, dich zu sehen. Wo ist Betha?«

Albert ächzte. »Sie konnte nicht kommen, in Vauxhall Cross ist natürlich gerade wieder mal irgendwas Besonderes los. Was ist das für ein Leben, wenn man nicht einmal einen nahestehenden Menschen im Krankenhaus besuchen kann?«

»Betha ist eben Betha. Jeder muss halt seine Arbeit machen«, erwiderte Kara.

»Ihr geht es nicht gut, ich bemerke das natürlich, obwohl sie wie üblich über nichts klagt. Sie wirkt so gestresst wie noch nie. Ich fürchte, dass ihr Herz das nicht mehr lange mitmacht.«

Kara antwortete nicht. Albert machte sich wegen Bethas Herzfehler Sorgen, seit er ihn kannte. »Wie lange liege ich schon hier? Wie spät ist es?«, fragte er und setzte sich auf. Dann entdeckte er die Uhr an der Wand, sah, dass die Zeiger auf der Acht standen, und warf einen Blick hinaus – es war taghell, also früh am Morgen. »Habe ich seit gestern Abend geschlafen?« Als Erstes schoss ihm der Gedanke durch den Kopf, ob es nun schon zu spät sei. Er stand auf und fühlte sich ausgezeichnet, allerdings war der Fußboden unter den nackten Füßen eisig.

»Hast du die Medien verfolgt? Wurde in irgendeinem Zusammenhang über Sellafield berichtet?«, fragte er Albert, der die Hand auf seine Schulter legte.

»Ich habe nichts gehört, ich sitze schon stundenlang hier. Junge, steh doch nicht gleich wieder auf …«

Kara ging zum Kleiderschrank und begann gerade sich anzuziehen, als eine junge Ärztin im weißen Kittel hereinmarschiert kam und mitteilte, sie sei Oberärztin Harris, die Stationsärztin der Notaufnahme.

»Ich kann auf gar keinen Fall empfehlen, dass Sie nach Hause entlassen werden. Sie hatten gestern eine akute Psychose und haben eine ziemliche Menge Neuroleptika bekommen«, sagte die Ärztin besorgt und schaute sich Karas Patientendaten an.

»Ich gehe jetzt!« Kara fuhr sie so heftig an, dass die Ärztin einen Schritt zurückwich. Albert schüttelte den Kopf.

»Sie sind ja immer noch ganz außer sich«, warnte die Ärztin.

»Danke, Albert, dass du gekommen bist. Und entschuldige, dass ich jetzt gehen muss. Ich erkläre das alles irgendwann später«, sagte Kara und kümmerte sich nicht um die besorgte Miene der Oberärztin.

»Ja, ja, natürlich. Sei wenigstens vorsichtig«, erwiderte Albert.

Oberärztin Harris stellte sich Kara in den Weg.

»Ich bin der persönliche Assistent des Generaldirektors des UNODC und halte mich dienstlich in London auf«, verkündete Kara so ruhig wie möglich. »Ich kann Ihnen natürlich sehr detailliert erläutern, warum ich gezwungen bin, dieses Krankenhaus jetzt sofort zu verlassen, aber das würde uns beide nur unnötigerweise Zeit kosten.«

Dr. Harris zuckte die Achseln und trat beiseite.

Der Haupteingang des Krankenhauses Central Middlesex lag nur ein paar hundert Meter vom Firmensitz der BAE Systems entfernt. Alberts Jaguar stand noch da, wo Kara ihn am Vortag geparkt hatte, allerdings schmückte die Windschutzscheibe jetzt ein Knöllchen. Kara beschloss, die Geldstrafe bei nächster Gelegenheit zu bezahlen. Es ärgerte ihn, dass er nicht daran gedacht hatte, Albert zu fragen, ob er sich den Wagen noch weiter ausleihen durfte.

Er nahm auf dem Ledersitz Platz, suchte mit der Internetverbindung seines Telefons die Website des Nightingale-Krankenhauses und tippte die Adresse in das Navigerät ein:

11–19 Lisson Grove, Marylebone. Die Entfernung betrug 4,1 Meilen.

Kara erinnerte sich nur an wenige Details der Ereignisse des vorhergehenden Abends, er wusste nicht mehr viel von den Polizisten, die ihm zu Hilfe gekommen waren, oder der Fahrt ins Krankenhaus. Das Dach des Krankenwagens war grau gewesen, und er hatte sich vorgenommen, nie wieder etwas Graues anzuziehen. So verwirrt war er bisher nur selten gewesen.

An einer Bushaltestelle hing ein Werbeplakat eines Museums: Der Tod von König George II. jährte sich zum zweihundertfünfzigsten Mal. »Geboren 1683, gestorben 1760«, dachte Kara. Der letzte außerhalb von Großbritannien geborene König und der letzte Herrscher, der seine Armee selbst aufs Schlachtfeld führte. Es war das Verdienst der Internatsschule von Winchester, dass er die Liste der englischen Herrscher immer noch auswendig kannte.

Die Fahrt zum Nightingale-Krankenhaus nahm nur eine Viertelstunde in Anspruch, was im Londoner Verkehr so gut wie nichts war. Kara parkte den Wagen und erinnerte sich dunkel, den Namen der Klinik schon einmal gehört zu haben, als irgendein Promi dort eine Entziehungskur angetreten hatte.

Das nett und gemütlich eingerichtete Krankenhaus wirkte fast wie ein Hotel. Kara sagte der höflichen Frau am Empfang, er habe vorhin angerufen und wolle Lilith Bellamy besuchen. Sie bat ihn, im Foyer Platz zu nehmen und zu warten.

Bellamys behandelnder Arzt Praveen Sharma traf ein, noch bevor Kara die Sitzgruppe erreicht hatte. Die kohlrabenschwarzen Augen des Mannes indischer Abstammung musterten Kara unruhig. »Lilith Bellamys Erkrankung ist eine paranoide Schizophrenie. Sie leidet unter Verfolgungswahn, Gehörhalluzinationen hat sie kaum.« Sharma redete pausenlos weiter, während er Kara zur Treppe führte.

»Ihre Wahnvorstellungen sind ungewöhnlich stabil und schon seit Jahren fast unverändert, sie treten sehr oft auf. Man könnte fast sagen, dass Lilith Bellamy ihre Wahnvorstellungen nie los wird, nicht mal für einen Augenblick. Sie ist auf eigenen Wunsch hier und natürlich dank der ... Unterstützung ihrer Familie.« Doktor Sharma und Kara erreichten die zweite Etage des Krankenhauses.

»Ich muss Sie warnen. Ein Patient mit paranoider Schizophrenie kann zuweilen wegen seines Verfolgungswahns aggressiv und geradezu gefährlich werden. Lilith Bellamy hat die Angewohnheit, gelegentlich die ... Kontrolle über sich zu verlieren.«

»Ich auch«, dachte Kara, sagte aber: »Ich möchte nur ein paar Fragen zu einer Forschungsgruppe stellen, an deren Arbeit sie vor über zwanzig Jahren beteiligt war. Das dürfte bei ihr kaum einen Wutanfall auslösen.«

»Ganz im Gegenteil«, widersprach der Arzt mit einem Ächzen. »Die Wahnvorstellungen von Lilith ... Fräulein Bellamy hängen namentlich mit ihrer Arbeit zusammen. Sie hat seinerzeit an irgendwelchen geheimen Projekten der Rüstungsindustrie gearbeitet und in Verbindung damit eine gewaltige, die ganze Welt umfassende Verschwörungstheorie entwickelt. Eigentlich ist das eine äußerst geniale Konstruktion.«

Praveen Sharma blieb vor einer geschlossenen Tür stehen und sah nun noch besorgter aus. »Vielleicht sollte ich doch mit hineinkommen. Sicherheitshalber.«

Kara fand, dass der Arzt ihn behandelte wie den ersten Freund seiner Tochter im Teenageralter. »Es tut mir leid, aber die Angelegenheit ist ein wenig … heikel.«

»Seien Sie vorsichtig«, mahnte Praveen Sharma, klopfte an und öffnete die Tür, als er eine schwache Stimme hörte.

»Lilith, dein Besucher ist da«, sagte er, schaute Kara grimmig an wie einen Kriminellen und ging zur Treppe.

Kara kam es so vor, als wäre er in ein Hotelzimmer getreten. Lilith Bellamys Bett hatte sie garantiert nicht selbst gemacht, persönliche Gegenstände sah man nur wenige.

»Ich bin Leo Kara vom UN-Büro für Drogen- und Verbrechensbekämpfung, ich möchte mich mit Ihnen über eine Forschungsgruppe unterhalten, deren Mitglied Sie vor langer Zeit waren. Um genau zu sein, von 1984 bis 1989. Der Name der Gruppe lautete angeblich ›Piloto Mayor‹«, erklärte er und nahm im Sessel Platz, gegenüber von Lilith Bellamy, die steif auf der Bettkante saß. Die Frau war verblüffend schön. Nicht wie ein Model oder ein Filmstar, sondern wie eine Skulptur oder ein Porzellangegenstand. Bellamy sah zerbrechlich aus, sie war klein, blond und blass, ihre Finger erinnerten an die Hände einer Puppe.

»Du bist einer von denen«, sagte Lilith Bellamy.

»Von denen? Wer sind die?«

»Tu nicht so, als wüsstest du das nicht.«

Kara wurde klar, dass er irgendwie Zugang zu Lilith Bellamys Welt finden musste. Es machte ihn wütend, dass er nicht imstande gewesen war, sich besser auf dieses Treffen vorzubereiten. »Ich bin nicht einer von denen, ich bin eines ihrer Opfer.«

Lilith Bellamy zog die Brauen ein paar Millimeter hoch. »Was haben die mit dir gemacht?«

»Sie haben meine Familie umgebracht. Mein Vater war Aleksi Kara, der Leiter der Forschungsgruppe im Park Royal, in der auch du gearbeitet …«

Kara brach mitten im Satz ab, weil Lilith Bellamys Gesicht erstarrte. Die Frau rückte weg bis ans Bettende und zog sich die Tagesdecke über. »Warum bist du gerade jetzt gekommen, gerade heute? Sind sie fertig?«

Kara konnte Bellamys Stimme kaum hören, die nun noch schwächer geworden war. Er hatte nicht die geringste Ahnung, wovon sie sprach. »Ich möchte erfahren, was du von der Forschungsgruppe meines Vaters noch weißt. Du bist das einzige Mitglied, das ich gefunden habe. Was genau habt ihr gemacht? Und auf wessen Befehl? Wo sind all die anderen Mitglieder der Forschungsgruppe?«

»Sie sind alle unter deren Kontrolle. Die Forschungsgruppe deines Vaters war nur der Anfang, die erste Etappe der Entwicklungsphase. Danach ist alles gewachsen, die haben jetzt Tausende Wissenschaftler, Hunderte Forschungsgruppen, Dutzende Forschungszentren. Und ihr Versuchsgelände ist die ganze Welt.«

Kara konnte damit nichts anfangen, es sah so aus, als wäre Bellamy nicht in der Lage, etwas Vernünftiges von sich zu geben. »Sag mir, wo ich wenigstens einen dieser Wissenschaftler finde. Oder wenigstens eines dieser Forschungszentren.«

»Hier in England befindet sich meines Wissens nur noch ein Forschungsinstitut. Sie arbeiten nicht gern auf feindlichem Gebiet«, antwortete Bellamy und musterte Kara. Sie ließ die Tagesdecke ein ganzes Stück heruntergleiten.

»Wo befindet es sich?«, fragte Kara und kam sich wie ein Trottel vor, als er hoffte, eine brauchbare Antwort zu bekommen.

»In Northumberland, nahe der schottischen Grenze. Auf der Autobahn kommt man bis Alnwick, dann etwa fünf Meilen auf einer kleinen Straße bis Edlingham und nach rechts abbiegen.«

Kara holte sein Telefon aus der Tasche, loggte sich in den Landkartenservice ein und stellte verdutzt fest, dass Lilith Bellamys Angaben stimmten. »Was befindet sich dort?«

Lilith Bellamy wirkte plötzlich misstrauisch. »Erzähl mir etwas von deinem Vater«, bat sie.

Kara überlegte einen Augenblick. »Er war von normaler Größe, schwarzhaarig, ziemlich breitschultrig und sportlich. Meines Wissens war er unter seinen Kollegen recht beliebt«, sagte er und dachte für sich: »Anders als in seiner Familie.«

»Hatte er irgendwelche eingefahrenen Gewohnheiten, an denen er immer festhielt ...«

»Ich kann jederzeit leicht beweisen, dass ich Aleksi Karas Sohn bin.«

»Sicher kannst du das!«, schrie Lilith Bellamy und stieß sich die Tagesdecke von den Füßen. »Wenn du einer von denen bist, kannst du garantiert alles beweisen.«

Kara bemühte sich, einen möglichst gelassenen Eindruck zu machen, obwohl das Treffen allmählich zu einer Quälerei wurde. Plötzlich hatte er eine Idee, wie er sich vergewissern konnte, ob sich Bellamy auch an reale Dinge erinnerte und nicht alles, was sie sagte, ein Produkt ihrer Phantasie war. »Machen wir es doch so, dass wir beide etwas von meinem Vater erzählen, was nur ein Mensch wissen kann, der viel Zeit mit ihm verbracht hat. So können wir beide nachweisen, dass wir Aleksi Kara kannten.«

Lilith Bellamy sah immer noch misstrauisch aus. »Du fängst an.«

»Mein Vater rauchte Zigaretten ohne Filter.«

Es dauerte entnervend lange, bis Lilith Bellamy den Mund aufmachte. »Dein Vater hatte ein unglaubliches Gedächtnis. Einmal haben wir in Paris einen Vormittag im Louvre verbracht, und danach hat er am Restauranttisch im Kopf ausgerechnet, wie viele Gemälde wir gesehen hatten.«

»Was habt ihr in Paris gemacht?«, fragte Kara.

»Hauptsächlich haben wir miteinander geschlafen. Wir hatten ein Verhältnis.«

Jetzt reichte es, beschloss Kara. Er stand auf, dankte Lilith Bellamy, wünschte ihr weiter alles Gute und verließ den Raum. Lilith Bellamy hatte sich zumindest nicht alles ausgedacht: Kara erinnerte sich noch gut an die Paris-Reise seines Vaters, oder besser gesagt daran, wie sich seine Eltern danach zu Hause so gestritten hatten, dass die Fetzen flogen. Und von seinem außergewöhnlichen Gedächtnis hatte Vater nur seinen besten Freunden erzählt.

In Alberts Jaguar programmierte Kara die Route in den Navigator seines Telefons ein, startete den Wagen und beschloss, in Erfahrung zu bringen, ob Betha oder der SIS etwas über das Forschungszentrum in Northumberland wussten.

Nach dem zweiten Versuch wollte er schon aufgeben, rief dann aber doch noch einmal an, und diesmal meldete sich Betha. Kara berichtete kurz, was er von Lilith Bellamy erfahren hatte.

»Das hört sich so an, als wäre es eine vergebliche Mühe. Du bildest dir doch nicht ernsthaft ein, dass sich irgendwo an der schottischen Grenze ein Forschungszentrum befindet, von dem der SIS nichts weiß«, sagte Betha Gilmartin angespannt.

»Du regst dich auf, wenn ich dir sage, was ich vorhabe, und wenn nicht, dann regst du dich auch auf«, fauchte Kara zurück und war nahe daran, das Telefonat abzubrechen.

»Entschuldige. Hier ist vorsichtig ausgedrückt der Teufel los. Schick mir die Adresse, dann bitte ich jemanden von uns, zu prüfen, was sich dort befindet. Da ersparst du dir eine überflüssige Reise«, erwiderte Betha Gilmartin.

»Auch der SIS findet nicht alles heraus«, sagte Kara. »Wie kommen deine … eure Ermittlungen voran?«

»Das russische Schiff und die … gestohlene Ware werden im Atlantik und auf der Ostsee immer noch verfolgt.« Betha formulierte ihre Antwort mit Bedacht und brach dann das Gespräch ab.

»Viel Glück«, wünschte Kara ihr, obwohl Betha es nicht mehr hörte.

*

Das Krisenkomitee COBR beriet schon seit fünf Tagen in der Citadel unter London. Es herrschte ein ständiges Kommen und Gehen, die laufenden Geschäfte des Landes mussten erledigt werden, auch wenn Großbritannien die schwerste Krise seit den Kriegen im Irak und in Afghanistan drohte. Die Schlüsselpersonen aus dem Kreise der Regierung und der Spitzenbeamten starrten auf die große Lagetafel, die neben anderen Informationen ein Live-Bild aus Nordwestspanien zeigte, aus dem Hafen von A Coruña, in dem kurz zuvor das nordkoreanische Frachtschiff »MS Mu San« angelegt hatte.

Der Oberkommandierende der Streitkräfte schaute den Premierminister unverwandt an. »Die Männer haben ihre Stellungen bezogen und das Schiff liegt am Kai, die Zeit für den Angriff ist jetzt gekommen.«

»Die nordkoreanische Nachrichtenagentur hat den Medien ein neues Kommuniqué übermittelt«, gab der Außenminister bekannt, der aufgestanden war. *»Die Demokratische Volksrepublik Korea ist bereit zu einem Atomschlag gegen Großbritannien, wenn sie zu der Ansicht gelangt, dass Großbritannien ihre Sicherheit bedroht. Die Untersuchung eines unter der Flagge der Demokratischen Volksrepublik Korea fahrenden Frachtschiffes muss als feindseliger Akt angesehen werden, auf den rasch und mit militärischer Härte eine Antwort erteilt wird. Die Demokratische Volksrepublik Korea erklärt auch, dass sie künftig die Sicherheit ausländischer Schiffe an ihrer Küste nicht garantieren wird.«*

»Das sind weiter nichts als die typischen Drohgebärden der Nordkoreaner«, erwiderte der Oberkommandierende der Streitkräfte und fixierte den Außenminister wie einen Feind.

»Wir müssen verantwortungsvoll handeln, damit die Situation nicht eskaliert. Die Baltische Flotte Russlands befindet sich schon im Alarmzustand, und die NATO hat die Einsatzbereitschaft ihrer Reserveeinheiten erhöht.«

»Stürmt das Frachtschiff.« Der Befehl des Premierministers beendete den Streit.

Es dauerte einen Augenblick, bis der Oberkommandierende der Streitkräfte den Raum verlassen hatte, und dann noch eine Weile, bis auf den Monitoren der Lagetafel etwas passierte.

Zwei sechsköpfige Kommandos der X Sqadron von SAS und SBS, die auf die Terrorismusbekämpfung spezialisiert war, erschienen auf dem Bildschirm. Die schwerbewaffneten Elitesoldaten in Kampfausrüstung stiegen rasch an Deck der hundertsiebenundfünfzig Meter langen und fünfundzwanzig Meter breiten MS Mu San, eine Gruppe vom Bug her und die andere vom Heck. Troop 1 steuerte den Frachtraum an, Troop 2 die Kommandobrücke und die Kojen der Mannschaft. Die Aufnahmen der Kameras an den Helmen der Gruppenführer wurden auf die Lagetafel übertragen, auf die alle Mitglieder des COBR-Komitees angespannt schauten. Die Nordkoreaner auf der Kommandobrücke leisteten keinen Widerstand, und Troop 1 gelangte problemlos in den Frachtraum.

»Die Plutoniumbehälter befinden sich hier. Alle sind da, versiegelt und in jeder Hinsicht in Ordnung«, meldete der Gruppenführer, und im unterirdischen Beratungsraum der Citadel hörte man laute Seufzer der Erleichterung.

»Das ging aber einfach«, sagte der Premierminister. Seit er den Soldaten die Erlaubnis erteilt hatte, das Schiff zu betreten, waren drei Minuten und achtundzwanzig Sekunden vergangen.

*

Der junge Wachtmeister Benoît Moreau von der Pariser Polizeipräfektur stand an der Wohnungstür eines Mannes namens Gilbert Birou und sah gleichgültig zu, wie der nach Tabak riechende Hausmeister an seinem riesigen Schlüsselbund den Schlüssel suchte, der genau in dieses Schloss passte.

Es war Mittag, noch zwei Stunden, dann hatte er die Schicht hinter sich gebracht. Er wollte seine Sachen packen, bevor Yvonne aus der Boutique nach Hause kam, denn er hatte nicht die geringste Lust, mit ihr über seine Entscheidung zu diskutieren. Zumindest ein paar Nächte dürfte er in Alains Bude schlafen, vielleicht reichte das, und er fand in der Zeit eine vorübergehende

Bleibe zur Miete. In Paris war alles sauteuer, aber das dürfte diesen Gilbert Birou kaum interessieren. Wer im siebenten Arrondissement wohnte, in der Avenue du Docteur Brouardel am Rande des Champ de Mars, und fast eine ganze Etage in einem tollen alten Haus besaß, der litt wahrscheinlich nicht unter Mangel an Kleingeld.

»Was hat denn dieser Birou angestellt?«, fragte der Hausmeister, während er den x-ten Schlüssel probierte.

»Er ist nicht an seinem Arbeitsplatz in Wien erschienen. Anscheinend ist es irgendein hohes Tier, sonst würde man ja nicht so schnell nach ihm suchen.«

Der Hausmeister jubelte, als die Tür endlich aufging, und wollte gerade die Schwelle überschreiten, doch Wachtmeister Moreau hielt ihn an der Schulter zurück. »Sie warten hier im Hausflur.«

Moreau klopfte und wiederholte mehrmals Gilbert Birous Namen, bevor er die Diele betrat. Ihm wurde klar, dass er sich in einer Wohnung befand, die für einen unter chronischem Geldmangel leidenden Polizisten wie ein Paradies wirkte. Überall waren wertvolle Gegenstände zu sehen, Schalen, Vasen aus Glas und Porzellan, Gold ... Er beschloss, einen Rundgang durch alle Zimmer zu machen und etwas Wertvolles zu stehlen, etwas, das mühelos in die Tasche passte und sich leicht verkaufen ließ. Dann wäre er seine Geldsorgen für lange Zeit los. Plötzlich nahm er einen Geruch wahr, der nicht in die Wohnung zu passen schien und ihn an irgendetwas erinnerte, aber ihm fiel nicht ein, an was.

Moreau ging von einem Zimmer zum anderen und war nun überzeugt, dass Birou eine Art Sammler sein musste, warum hätte er sonst jeden Winkel seines Zuhauses mit kostbaren Schmuckgegenständen vollgestellt. Die Quelle des üblen Geruchs war nicht zu finden, der Gestank musste aus der Küche stammen.

Der Mülleimer in der perfekt sauberen, strahlend weißen Küche war leer, stellte Moreau fest. Er kehrte in die Diele zurück, überprüfte das Schlafzimmer und das Bad und griff nach der Klinke der letzten Tür. Abgeschlossen. Hier wurde der Geruch stärker. Er klopfte laut und rief ein paarmal Birous Namen.

Benoît Moreau drückte die Klinke und stieß mit der Schulter gegen die Tür, sie wackelte, und das Schloss klirrte. Dafür musste man kein sonderlicher Muskelprotz sein. Er ging einen Schritt zurück und trat gegen die Tür. Der Rahmen krachte, die Tür flog auf, und Moreau erschrak so sehr, dass ihm ein seltsames Röcheln entfuhr. Halb über dem Spiegeltisch lag die Leiche einer Frau. Der Chef hatte doch gesagt, dass Birou allein wohnte.

Moreau begriff, dass er ein Boudoir betreten hatte. In einem derart kitschig eingerichteten Raum war er noch nie gewesen, überall nur rosa und purpurrot. Er näherte sich vorsichtig der Leiche und sah nun, woher der Geruch in der Wohnung stammte: Auf dem Tisch standen zwei Teller, das Essen war verdorben: Kartoffeln mit Fisch.

Bei dieser Kundin brauchte man gar nicht erst den Puls zu messen, die Frau war tot wie ein Stein: Flecken im Gesicht und an den Händen, die Haut fühlte sich kühl an und die Augen starrten ausdruckslos ins Leere. Verdammt noch mal, sie hatte ja Bartstoppeln.

Auf dem Tisch stand ein gerahmtes, altes Farbfoto eines Schuljungen, daneben lagen ein handgeschriebener Brief, eine Injektionsnadel und eine leere Ampulle mit der Aufschrift »T 61«. Man durfte nichts berühren, das wusste Moreau, aber den Brief könnte er lesen, ohne dass es jemand bemerkte. Er war an den französischen Nachrichtendienst adressiert.

Nachdem ich in meinem Privatleben in eine totale Sackgasse geraten bin, habe ich mich entschlossen, eine persönliche Entscheidung zu treffen, um der öffentlichen Schande zu entgehen. Verbunden mit meinem Ableben gebe ich den Behörden bestimmte Dinge zur Kenntnis, die für die Sicherheit Frankreichs von Bedeutung sind.

Botschaftssekretär Igor Maslow von der sowjetischen Botschaft in Paris trat das erste Mal 1970 in der Anfangszeit meines Universitätsstudiums an mich heran. Den Grund hat er nie erwähnt, aber ich nehme an, dass der KGB meine Personendaten von der Sozialistischen Partei erhielt, an deren Versammlungen ich zu jener Zeit aus anderen als ideologischen Gründen teilnahm. Maslow bot mir finanzielle Unterstützung an und versprach mir beim Fortkommen in meiner beruflichen Karriere behilflich zu sein. Da ich mittellos und überzeugt war, nur über eine durchschnittliche Begabung zu verfügen, ließ ich mich nach kurzer Bedenkzeit als Helfer des KGB anwerben.

Benoît Moreau wusste, dass er jetzt sofort seinen Vorgesetzten anrufen müsste, aber seine Neugier war stärker. Er zog einen Handschuh an und blätterte um …

Meine Kontaktpersonen in der sowjetischen (später russischen Botschaft) in Paris sowie in Wien führe ich in Anhang I auf.

Nach bestem Wissen führe ich in Anhang II alle Dokumente auf, die ich dem KGB/FSB übermittelt habe.

»Kann ich endlich gehen, ich habe auch noch anderes zu tun, als sinnlos im Treppenhaus rumzustehen«, sagte der Hausmeister, der an der Boudoirtür aufgetaucht war, und Moreau fiel ein, dass er noch nicht dazugekommen war, auch nur einen einzigen von Gilbert Birous Schätzen einzustecken.

30

Dienstag, 17. August

Sabrina Pianini unterdrückte den Brechreiz und bemühte sich, nicht an das Kratzen zu denken, das am Boden des großen Müllcontainers zu hören war. Ratten konnten ja wohl nicht in einen Behälter aus Metall gelangen, oder doch? Die verdorbenen Lebensmittel aus dem GUM-Kaufhaus stanken wie ein Katzenkadaver an einem heißen Tag. Sie schwitzte und zitterte, wie befürchtet führte das Heroin von Artjom und Polina anscheinend zu noch schlimmeren Entzugserscheinungen.

Nun hatte sie sich lange genug versteckt, sie musste jetzt in den Maxim-Gorki-Park gehen, sonst wäre sie zur nächsten vollen Stunde nicht am Treffpunkt. Unter Aufbietung aller Kräfte schob sie den Metalldeckel ein Stück zur Seite und spähte hinaus auf den Weg hinter dem Kaufhaus – kein Mensch zu sehen. Der Deckel war schwer, es dauerte eine Weile, bis sie sich durch den Spalt hinaus gezwängt hatte. Sie nahm eine ungeöffnete Packung Brot mit und warf einen Blick auf die Uhr, noch vier Minuten.

Der Park befand sich ganz in der Nähe, auf der anderen Seite einer verkehrsreichen Straße mit mehreren Spuren, sie würde es noch schaffen, wenn sie rannte. Im Laufen aß sie ein Stück Brot, das Schlucken tat weh, und Magenkrämpfe plagten sie. An der Ampel blieb sie stehen und versuchte eine alte Dame anzulächeln, doch die trat naserümpfend ein paar Schritte zur Seite.

Das war ihre letzte Chance, lange würde sie es nicht mehr durchhalten. Wenn sie am Observatorium immer noch niemanden vorfand, war garantiert etwas schiefgegangen. Vielleicht hatten die weißrussischen Behörden die vom AISI hergeschickten Polizisten festgenommen. Sie war jetzt im Park, schaute auf die Uhr und verlangsamte am großen Springbrunnen ihr Tempo. Das Observatorium war schon zu sehen. Davor stand jemand, zwei Personen, doch Sabrina Pianini wollte sich nicht zu früh freuen. In einem öffentlichen Park waren schließlich ständig Leute unterwegs.

Sie glaubte immer noch, dass Guido am Leben war, sie würde es ganz sicher tief in ihrem Inneren spüren, wenn sie ihren Zwillingsbruder verlor.

Auf dem Sandweg zum Observatorium hinauf beschleunigte sich ihr Atem, und die Bauchschmerzen wurden schlimmer. Keuchend erreichte sie endlich den Gipfel des Hügels und wäre vor Erschöpfung und Schmerz fast zusammengebrochen, doch dann sah sie einen der beiden Männer, die vor dem Observatorium standen. Sabrina Pianini war in Italien geboren und hatte fast ihr ganzes Leben dort verbracht, sie war mit jeder Faser Italienerin. Natürlich würde sie einen Italiener sofort erkennen. Und dieser Mann dort war einer, auf jeden Fall.

»Sabrina Pianini?«, fragte der Mann, während sein Kollege die Umgebung beobachtete wie der Leibwächter eines Staatsmannes.

Sabrina Pianini nickte, es war ein Gefühl, als hätte man ihr einen tausend Kilo schweren Mühlstein abgenommen. Sie ging zur nächsten Parkbank, setzte sich hin und brach in Tränen aus, die sie nun nicht mehr zurückhalten konnte.

»Ich bin Detective Antonio Mordente vom italienischen Nachrichtendienst. Es tut mir leid, aber wir können nicht hierbleiben. Wir müssen Sie in Sicherheit bringen.«

»Wissen Sie etwas von meinem Bruder? Guido Pianini?«

»Von Ihrem Bruder? Leider nicht.«

»Geben Sie mir eine Minute Zeit zum Kräftesammeln«, sagte Sabrina Pianini mit stockender Stimme und holte aus der Hosentasche die Unterlagen von Doktor Rostow. »Es ist am besten, wenn Sie das jetzt an sich nehmen. Auf der Namensliste finden sich auch andere entführte Wissenschaftler und Wissenschaftlerinnen.«

Mordente warf einen Blick auf die Dokumente. »Wohin hat man Sie gebracht, von wo sind Sie entkommen?«

»Aus einem riesigen Forschungszentrum. Ich habe hinterher gehört, dass es in der Nähe eines Ortes namens Osintorf liegt.«

»Was wurde dort geforscht?«, fragte Mordente.

»Alles Mögliche. Das dringendste Projekt war eine Laserwaffe der Gigawattklasse, die angeblich am 17. August erprobt werden soll. In jener Nacht, in der ich fliehen konnte, wurde sie bei einem Brand teilweise zerstört. Sie brauchten zusätzliches Iridium und Neodym und weitere Elemente, um die Laserwaffe zu reparieren, das Material sollte angeblich mit einer Operation namens ›Fluchtgeschwindigkeit‹ beschafft werden.«

»Der 17. August ist heute«, sagte Mordente.

Sabrina Pianini öffnete den Mund, und plötzlich schnellte ihr Kopf nach hinten. Sie konnte nichts mehr denken, nicht einmal an ihren Bruder Guido, der nun auch sterben würde. Als sie nach vorn kippte und von der Bank fiel, war sie schon tot.

Antonio Mordente räusperte sich, als er das faustgroße Loch in ihrem Hinterkopf sah. Der KGB-Major Kirill Butko und der Scharfschütze von der OMON-Spezialeinheit schauten sich hundert Meter vom Observatorium entfernt zufrieden an, während zwei zahme Krähen neben der Parkbank landeten und das fraßen, was eben noch der wichtigste Teil des zentralen Nervensystems von Sabrina Pianini gewesen war.

*

Andrej Rostow saß in seinem Büro im Forschungszentrum von Mundus Novus in Weißrussland, trank Kaffee und versuchte das Ausmaß der Katastrophe zu erfassen, mit der er sich konfrontiert sah. Seit Sabrina Pianinis Tod waren eine Stunde und drei Minuten vergangen.

»Es hat sich herausgestellt, dass die Frau wirklich clever war«, berichtete der KGB-Major Kirill Butko. »Während ihrer fünftägigen Flucht ist es ihr zweimal gelungen, ein Versteck in Minsk zu finden, und sie hat es jedes Mal geschafft, zu fliehen, als die Lage kritisch wurde.«

»Und was genau hat Pianini den italienischen Polizisten erzählen können?«

Major Butko zog einen Notizblock aus der Jackentasche. »Dass es hier bei Osintorf ein geheimes Forschungszentrum gibt. In dem unter anderem eine Laserwaffe der Gigawattklasse entwickelt wird, deren Probelauf heute stattfindet. Die Frau hat auch erwähnt, dass Sie Iridium und einige andere Elemente mit einer Operation namens Fluchtgeschwindigkeit beschaffen wollen. Außerdem hat sie ihren Landsleuten Dokumente übergeben und behauptet, die habe sie von Ihnen bekommen und die würden Namen entführter Wissenschaftler und Wissenschaftlerinnen enthalten. Das ist alles.«

»Können Sie den Ermittlern des AISI diese Liste abnehmen?« Rostows Stimme wurde lauter.

»Nichts leichter als das«, versicherte Butko. »Aber es wäre, mit Verlaub gesagt, sehr kurzsichtig. Dann könnten wir gleich zugeben, dass der KGB Pianini umgebracht hat. Meines Erachtens will der Präsident genauso wenig wie Sie, dass sich daraus ein internationaler Konflikt entwickelt.«

»Das ist schon ein internationaler Konflikt«, dachte Andrej Rostow, hielt aber den Mund.

Rostow stand auf, ging eine Weile im Zimmer umher und betrachtete dann ein altes, gerahmtes Foto an der Wand, auf dem nur zwei Männer zu sehen waren, die mit dem Rücken zur Kamera stehen. Er und der damalige Chef des KGB der Sowjetunion Juri Andropow.

»Sie können gehen. Danke, dass Sie die Frau zum Schweigen gebracht haben«, sagte er schließlich zu Butko, der gehorchte, ohne Fragen zu stellen.

Die italienischen Polizisten wussten jetzt von dem Forschungszentrum, also musste es geschlossen werden. Das bedeutete eine Unterbrechung ihrer Arbeit für einige Tage, vielleicht auch Wochen. Die Verlagerung der Anlagen und Menschen in ein anderes großes Forschungszentrum, von denen Mundus Novus Dutzende besaß, brauchte seine Zeit. Doch die Laserwaffe würde in den nächsten Stunden fertig und einsatzbereit sein, das war das Wichtigste. Im Falle der anderen Forschungsprojekte von Mundus Novus blieb noch genügend Zeit, sie zum Abschluss zu führen. Das Dokument, das Pianini den italienischen Behörden übergeben hatte, würde keinen übermäßigen Schaden anrichten: Die Nachrichtendienste erfuhren lediglich, dass einige Wissenschaftler in seiner Forschungsgruppe arbeiteten, die man für tot oder vermisst gehalten hatte.

Andrej Rostow setzte sich an seinen Schreibtisch, machte einen Zug mit dem weißen Pferd und drehte das Schachbrett um. Die größten Sorgen bereitete ihm überraschenderweise die Nachricht aus London, dass Lilith Bellamy Leo Kara getroffen hatte. Die Frau war schließlich das einzige Mitglied der Forschungsgruppe »Piloto Mayor« auf freiem Fuß.

Rostow erinnerte sich ganz ausgezeichnet an die schöne und zerbrechliche Lilith. Sie hatten sich 1985 in der Forschungsgruppe kennengelernt, zu einer Zeit, als alles noch in Ordnung war und die Welt vom Kreml aus dirigiert wurde. An die ersten Jahre dieser Gruppe dachte er oft mit Wehmut zurück. Sie waren junge, hungrige Wissenschaftler gewesen, die darauf brannten, Großes zu schaffen. Nur ganz wenige Akademiker durften in ihrer Laufbahn eine solche Freude an wissenschaftlicher Arbeit erleben.

Die Vernichtung der Gruppe »Piloto Mayor« war ein Bluff gewesen, ein Ablenkungsmanöver, eine geschickte Inszenierung. Die tüchtigsten Generale der Sowjetunion, die in ihren letzten Zügen lag, hatten das Zentralkomitee der Kommunistischen Partei belogen und behauptet, die für den Westen arbeitende Forschungsgruppe müsse eliminiert werden, ehe die USA und ihre Verbündeten gegenüber der Sowjetunion einen allzu großen Vorsprung erreichten, was das Gleichgewicht des Schreckens erschüttern würde. Die Generale hatten das auch mit ihrer Befürchtung begründet, dass nach dem Fall des Eisernen Vorhangs die Zerschlagung der Forschungsgruppe vielleicht nicht mehr möglich wäre.

Die Wahrheit sah natürlich ganz anders aus. Es bestand nie die Absicht, die Forschungsgruppe zu vernichten, sie sollte nur für die Ziele neuer Herren eingespannt werden. Die Operation 1989 im Park Royal war eine der ersten Machtdemonstrationen der neuen Herrscher Russlands. In Wirklichkeit führte die Forschungsgruppe ihre Arbeit nach den Ereignissen im Jahr 1989 weiter, geschlossener und stärker als zuvor. Und als Putin seine Macht in Russland stabilisiert hatte, wuchs sie allmählich immer weiter, bis aus ihr ein Riese wurde – Mundus Novus. Ein Riese, dessen wichtigsten Teil er, Andrej Rostow, leitete. Ohne seine Arbeit und seine Forschungszentren gäbe es Mundus Novus nicht. Die neue Welt.

*

Die Stimmung im unterirdischen Beratungsraum des Krisenkomitees COBR wirkte befreit. Das gesamte gestohlene Plutonium aus Sellafield war im Hafen A Coruňa in dem nordkoreanischen Frachtschiff »MS Mu San« gefunden worden, und die »Pacific Hero« hatte man zur Untersuchung nach Cork in Irland geschleppt.

»Wurde die Besatzung der »Pacific Hero« schon verhört?«, fragte der Premierminister und stapelte seine Unterlagen. Er schien bereit zu sein, Citadel zu verlassen.

»Die Besatzung wurde auf den Philippinen angeheuert, wir glauben nicht, dass bei ihnen viele Informationen zu holen sind, sie haben nur Befehle befolgt. Der Kapitän ist der Einzige, der genau wusste, worin die Fracht des Schiffes bestand«, antwortete der Chef des MI5.

In dem Moment kehrte Betha Gilmartin, die am Rande mit ihrem Handy telefoniert hatte, an den Beratungstisch zurück und räusperte sich ein paarmal, um die Aufmerksamkeit der anderen auf sich zu lenken. »Die vor acht Tagen in Italien entführte Wissenschaftlerin Sabrina Pianini ist in Minsk in Weißrussland ermordet worden. Allerdings konnte sie dem italienischen Nachrichtendienst noch einige Informationen übermitteln. Laut Pianini wurde der Anschlag in Sellafield ausgeführt, weil die Terroristen eine erhebliche Menge Iridium, Neodym und andere Elemente brauchten, um eine Laserwaffe der Gigawattklasse zu reparieren, die eine beispiellose Wirkung erzielen soll. Heute will man sie erproben.«

Betha Gilmartin setzte sich hin, sie sah erschöpft aus, die Komiteemitglieder schauten sie immer noch fragend an.

»Sie wollen eine Laserwaffe testen. Wo? Woran will man sie erproben? Und warum?«, fragte der Oberkommandierende der Streitkräfte schließlich.

»Das konnte Pianini nicht mehr sagen«, antwortete Betha Gilmartin.

»In welchem Maße ist die Erfindung solch einer Laserwaffe der Gigawattklasse eigentlich revolutionierend?« Der Premierminister kam anscheinend nicht ganz mit.

Der Oberkommandierende der Streitkräfte hob die Arme. »Die Lasertechnologie ist schon fast ein alter Hut, sie wird in zahllosen Geräten für den Alltag genutzt, aber für den militärischen Einsatz geeignete wirkungsvolle Laser konnte man erst in den letzten Jahren richtig testen. Ein Laser der US-Air-Force, ein Advanced tactical Laser, der in eine Boeing 737 passt und aus der Luft feuert, ist so gut wie einsatzbereit. Auch China hat seine Hochenergielaser erprobt, indem es über sein Territorium fliegende amerikanische Satelliten geblendet hat. Und die Russen, so nimmt man an, entwickeln einen bodengestützten Laser, der Satelliten blendet oder zerstört.«

Der Leiter der Aufklärungsabteilung der Streitkräfte DIS ergänzte: »Eine derart wirkungsvolle Laserwaffe mit einer Leistung im Gigawattbereich hat noch niemand entwickeln können, nicht einmal als Prototyp. Aber alle großen Staaten streben das an. Dem Laser gehört die Zukunft in der Kriegsführung, ein Laser mit ausreichender Leistungskraft wird Raketenabwehrsysteme überflüssig machen und kann sogar Satelliten abschießen.«

Der Verteidigungsminister nickte. »Eine Waffe, die fähig ist, Raketen in der Luft zu zerstören, wäre die wichtigste waffentechnologische Erfindung seit Jahrzehnten. Über Raketen verfügen heutzutage außer den Großmächten auch viele instabile Länder: der Iran, Nordkorea, Pakistan, China ...«

»Was genau wurde aus Sellafield mitgenommen?« Der Premierminister sprach jetzt lauter.

»Aus der strategischen Reserve der seltenen Elemente und Metalle wurden sechzehn verschiedene Stoffe gestohlen, insgesamt zehntausend Kilo. Ich habe eben die Liste erhalten«, sagte der Chef der Firma BNFL, die Sellafield verwaltete. »Die größte Menge wurde vom Iridium mitgenommen, sechstausend Kilo, das entspricht etwa der Weltproduktion von zwei Jahren.«

»Sind Iridium und die anderen Materialien für die Herstellung einer Laserwaffe irgendwie wesentlich?«, erkundigte sich der Premier.

Es dauerte eine Weile, bis sich jemand fand, der eine Antwort geben konnte. Das lebhafte Gesicht des Generaldirektors des Defence Science and Technology Laboratory erschien auf der Lagetafel. »Was das Iridium angeht, ist die Antwort klar, derzeit kann man es nicht auf dem freien Markt beschaffen. Die Weltvorräte an Iridium wurden im Laufe des letzten Jahres aufgekauft. Iridium hält extreme Bedingungen aus, es ist äußerst hart und das zweitdichteste sowie korrosionsbeständigste Element. Sein Schmelzpunkt liegt bei unglaublichen 2419 Grad Celsius, und auch Säuren vermögen es nicht aufzulösen. Für Iridium gibt es in einer Laserwaffe viele Einsatzmöglichkeiten.«

Für eine Weile herrschte Schweigen, das Betha Gilmartin schließlich brach. »Nur wenige von uns werden sich daran erinnern, dass die Sowjetunion schon in den achtziger Jahren am Projekt einer Laserwaffe arbeitete. Präsident Reagans Pläne vom Krieg der Sterne hatten die Sowjets so sehr erschreckt, dass sie eine Forschungsgruppe gründeten, deren Aufgabe darin bestand, eine Weltraumwaffe namens Poljus Skif zu entwickeln. Der große sowjetische Satellit sollte einen hochwirksamen Laser enthalten, der imstande wäre, die künftigen Raketenschilde der USA zu zerstören.«

»Das Iridium und diese anderen Elemente wurden weder auf der ›Pacific Hero‹ noch auf der ›MS Mu San‹ gefunden«, sagte der Oberkommandierende der Streitkräfte nach einem Moment der Stille. »Sie müssen in dem russischen U-Boot sein.«

»Ist die ›HMS Astute‹ ihm noch auf den Fersen?«, fragte der Premierminister.

Der Oberkommandierende nickte. »Die Schiffe erreichen die Gewässer vor Kaliningrad und die russischen Territorialgewässer in ein paar Stunden. Die Zeit droht uns davon zu laufen.«

»Was können wir tun?« Die Stimme des Premierministers stieg erneut um eine Oktave an.

»Nichts«, antwortete der Verteidigungsminister. »Der Versuch, ein russisches Atom-U-Boot nur deshalb zu stoppen, weil es an sich ungefährliche Elemente und Metalle transportiert, wäre blanker Wahnsinn. Die Region Kaliningrad ist außerdem die am stärksten militarisierte Zone der Russischen Föderation, dort befindet sich ein beachtliches Arsenal taktischer Kernsprengköpfe.«

»Auf jeden Fall können wir es ja über diplomatische Kanäle probieren«, schlug der Außenminister vor. »Wir setzen Russland auf allen Ebenen unter Druck.«

Der Verteidigungsminister lachte.

*

Kara fuhr auf der Autobahn M1 in der Nähe von Leicester nach Norden und dachte darüber nach, was Mundus Novus mit dem selbstgewählten Namen ausdrücken wollte. Mundus Novus, die Neue Welt, war ein Brief des Forschungsreisenden Amerigo Vespucci, in dem er von seiner Reise nach Südamerika in den Jahren 1501–1502 berichtete, das war Kara schon länger bekannt gewesen. Jetzt hatte er im Internet herausgefunden, dass anscheinend auch der Begriff »Piloto Mayor« mit Vespucci zusammenhing. Die spanische Königin Johanna die Wahnsinnige hatte den Forschungsreisenden 1508 zum Piloto Mayor, zum spanischen Chefnavigator oder Flottenkommandeur ernannt. Was machte Vespucci in den Augen von Mundus Novus zu etwas Besonderem? Dass Amerika nach ihm benannt war? Oder dass manche Vespucci für den wahren Entdecker Amerikas hielten, weil er wusste, dass er einen neuen Kontinent gefunden hatte, während Christoph Kolumbus, der als erster Entdeckungsreisender nach Amerika gesegelt war, glaubte, Indien erreicht zu haben?

Karas Handy klingelte und unterbrach seine Reflexionen. Überrascht sah er Nadines Namen, wenn er auf Dienstreisen war, telefonierten sie äußerst selten.

»Morgen.«

»Wie geht es in Finnland?«, fragte Nadine.

Kara hörte schon am Tonfall seiner Freundin, dass etwas nicht in Ordnung war. »Ich bin in London. Oder genau genommen fahre ich gerade in Richtung Norden nach Northumberland. Ist etwas passiert?«

Es dauerte eine Weile, ehe Nadine antwortete. »Die Polizei hat Bruno zum Verhör geholt.«

»Ich habe es geahnt«, dachte Kara, sagte aber: »Weshalb?«

»Ich weiß nicht. Warum kümmern sich die meisten achtzehnjährigen Jungs um ihre Ausbildung und ihre Zukunft und warum versauen sich andere ihr Leben mit Drogen?«

Es entstand eine unangenehme Pause, weil Kara nichts einfiel, was er hätte sagen können.

»Jetzt steckt Bruno so schlimm in der Klemme, dass auch ich ihm nicht mehr helfen kann«, fuhr Nadine mit schwacher Stimme fort. »Ich habe den einzigen Polizisten angerufen, den ich kenne, einen alten Klassenkameraden, der beim Bundeskriminalamt arbeitet. Nach langem Bitten hat er mir erzählt, dass Brunos Sache mit einer größeren Polizeioperation zusammenhängt, die gestern überall auf dem Balkan durchgeführt wurde. Mein Bekannter hat von Menschenhändlern und sonst was gesprochen. Wo ist Bruno da bloß reingeraten, verdammt! Jetzt muss er sicher ins Gefängnis.«

»Alle Anzeichen dürften erkennbar sein: eine neue Clique, Kumpels mit Migrationshintergrund und schlagartig jede Menge Geld.« Kara bemühte sich, seine Worte sorgfältig zu wählen. »Es tut mir leid für dich und noch mehr für Bruno.«

»Was soll ich jetzt tun?« Nadine klang verzweifelt.

»Bruno braucht einen guten Anwalt, jemanden, der versteht, wie schwierig es ist, der Drogenhölle zu entkommen.« In der Leitung herrschte für einen Augenblick Schweigen, weil Kara nachdachte. »Nimm Verbindung zu Clemens Lansky auf. Ich bin im UNODC auf seinen Namen gestoßen. Er ist an verschiedenen Projekten und sozialen Programmen beteiligt, mit denen jungen Drogenabhängigen geholfen werden soll. Seine Nummer erhältst du sicher bei der Auskunft. Die Kanzlei liegt, soweit ich mich erinnere, innerhalb der alten Stadtmauer, ich glaub, in der Singerstraße.«

»Danke, Leo. Wann kommst du nach Wien zurück?«

»Das weiß ich nicht«, antwortete Kara. Er wusste wirklich nicht, ob er jemals nach Wien zurückkehren würde.«

»Deine Hilfe würde mir viel bedeuten. Und deine Unterstützung.«

»Ich melde mich sofort, wenn ich meine Pläne kenne. Vorher

kann ich Lansky ja mal anrufen, vielleicht bin ich in der Lage, ihm irgendwie zu helfen«, sagte Kara und verabschiedete sich von Nadine. Im selben Moment zeigte sein Telefon den Eingang einer SMS an.

»Die einzigen großen Gebäude in der Nähe deines Ziels: Forschungs- und Entwicklungsabteilung der Arzneimittelfabrik Sanofar Alnwick und George D. Brown, Verkauf und Verleih von Landmaschinen. Du fährst umsonst dahin. Gruß Betha.«

Kara warf das Telefon auf den Beifahrersitz, über sein Gesicht huschte ein leichtes Lächeln. Derzeit stieß er offenbar an allen Ecken und Enden auf Landmaschinen.

*

»Sie sind einverstanden. Das ist das erste Mal in meiner Laufbahn, dass sich die Russen diplomatischem Druck beugen. Sie wollen jemanden auf ihr U-Boot lassen, der sich vergewissern soll, dass die in Sellafield gestohlenen Elemente nicht an Bord sind ...«

Das Stimmengewirr im Beratungsraum des COBR-Komitees wurde gedämpft, als der britische Verteidigungsminister mit bestürzter Miene ein Blatt Papier schwenkte wie einen Fächer bei großer Hitze.

»Es gibt aber eine ganze Latte von Bedingungen: Der Inspekteur darf kein Militär sein ... er muss von der UNO ernannt werden ... und Bürger irgendeines neutralen Staates sein und ...«

»Endlich wird im Verteidigungsministerium einmal zugegeben, dass man gelegentlich auch mit Diplomatie etwas erreicht«, sagte der Außenminister. »Mein Ministerium hatte sich an Dutzende verschiedene Seiten gewandt, an alle NATO-Staaten, an Indien, China ...«

Der Premierminister unterbrach ihn: »Wie lange dauert es, einen Inspekteur auf das U-Boot zu bekommen?«

»Ich würde denken, das geht ziemlich schnell. Im Wiener

Hauptquartier der UNO wird sich ein Sachverständiger finden«, antwortete der Chef des MI5.

»Wenn die Russen die Absicht haben, einen Inspekteur auf das U-Boot zu lassen, dann sind die Elemente nicht dort«, gab Betha Gilmartin zu bedenken.

»Wo sollen sie denn sonst sein?«, entgegnete der Oberkommandierende der Streitkräfte verärgert. »Sowohl die ›Pacific Hero‹ als auch ›MS Mu San‹ wurden gründlich durchsucht.«

»Vielleicht lassen die Russen den Inspekteur am Ende gar nicht auf ihr Schiff. Vielleicht wollen sie nur Zeit gewinnen«, spekulierte der Verteidigungsminister.

»In dem Falle werden sie wohl Erfolg haben. Wir müssen jetzt bei der Überprüfung des U-Boots schnell vorwärtskommen«, erklärte der Außenminister.

31

Dienstag, 17. August

Kati Soisalo saß zu Hause in Herttoniemi regungslos auf dem Sofa und starrte das an, was sie auf den Couchtisch gelegt hatte: ihre Lieblingsfotos von Vilma und die Glock 19. Das waren ihre Alternativen.

Vor einer Stunde war sie mit der Maschine aus Venedig auf dem Flughafen Helsinki-Vantaa angekommen und mit dem Taxi nach Herttoniemi gefahren. Ursprünglich wollte sie sich die Autoschlüssel und ihre Waffe schnappen und auf der Stelle zu Jukka Ukkolas Haus in Pitäjänmäki fahren, doch nach einem Blick in Vilmas Zimmer hatte sie sich hingesetzt und angefangen nachzudenken.

Sie fühlte sich ausgehöhlt und vollkommen leer, wusste aber, dass es nur eine Frage der Zeit war, bis die bodenlose Trauer um den Verlust Vilmas und der grenzenlose Hass gegen Jukka Ukkola sie ganz beherrschen und ihren Verstand lähmen würden. Deshalb musste sie jetzt einen Entschluss fassen.

Jukka Ukkola hatte ihr Leben über Jahre zur Hölle gemacht, er hatte sie vergewaltigt, misshandelt, versucht, die Firma ihrer Eltern in den Konkurs zu treiben, jemanden beauftragt, ihre Schwester zu verprügeln und eine Anklage gegen sie inszeniert. Und seine neueste Heldentat war es gewesen, Drogen in Paranoids Wohnung zu verstecken, um unter diesem Vorwand die Computer ihres Freundes zu beschlagnahmen. Das hatte sie erst heute Morgen erfahren, als Paranoid nach den Verhören durch die KRP freigelassen worden war.

Doch nur eine seiner Taten führte dazu, dass sich Kati Soisalo ernsthaft mit dem Gedanken beschäftigte, Ukkola hinzurichten. Er hatte seit Vilmas Verschwinden, also die letzten drei Jahre, gewusst, wo sie sich befand. Die ganze Zeit, in der sie ihre Tochter verzweifelt gesucht und sich halb zu Tode getrauert hatte und manchmal überzeugt gewesen war, dass sie nicht mehr lebte. Der Mann hatte wissentlich zugelassen, dass seine eigene Tochter in der Obhut fremder Menschen blieb, das war das Entsetzlichste. Das zu verzeihen oder zu verstehen war unmöglich, nur ein vollkommen gefühlloser Mensch war zu so etwas fähig. Konnte sich Ukkola wirklich nicht vorstellen, was seine kleine Tochter erleiden musste? Hatte er das eigene Kind geopfert, um seine kriminellen Kumpane und sich selbst zu schützen?

Wenn sie Ukkola tötete, bedeutete das, Vilma endgültig aufzugeben. Das wäre eine unwiderrufliche Entscheidung, und zwar in vieler Hinsicht. Das wurde ihr klar, als sie sich an die Frage der Ärztin im Krankenhaus von Eira erinnerte: *Hast du daran gedacht, weitere Kinder zu bekommen*? Wäre sie imstande, die Suche nach Vilma zu beenden? Würde sie für den Rest ihres Lebens den Schmerz um den Verlust des Mädchens spüren und immer Vilmas Gesicht vor sich sehen und ihre Stimme hören? Würde sie jemals aufhören, darauf zu warten, dass Vilma wieder nach Hause kam?

Plötzlich piepte ihr Handy.

»Ukkola ist zu Hause«, lautete der Text der SMS. Kati Soisalo verließ sich auf Paranoids Mitteilung, sie wusste, dass er nahezu alles herausfinden konnte.

Kati Soisalo nahm ihre Pistole und betrachtete die glänzende schwarze Oberfläche. Physisch würde sie mit Ukkola fertigwerden, das bereitete ihr überhaupt keine Sorgen, man trainierte das von der israelischen Armee entwickelte Nahkampfsystem Krav Maga nicht, um bei irgendwelchen Wettbewerben erfolgreich zu sein, sondern um seinen Gegner nötigenfalls mit einem anständigen Schlag vor den Ballon auszuschalten. Krav Maga war das Gegenteil einer gewaltfreien Kampfsportart. Aber Ukkola war nicht dumm, seit Kara ihn gezwungen hatte, seine Beteiligung an Vilmas Verschwinden einzugestehen, wusste er, dass sie kommen würde. Und Ukkola wäre garantiert bewaffnet.

*

Leo Kara war die über dreihundert Meilen von London nach Northumberland nicht gefahren, um die nordenglische Landschaft zu bewundern, aber wenn man hinterm Lenkrad saß, konnte man sie unmöglich übersehen. Unberührte Wiesen und Weideland, Schafe in einem hügeligen Gelände und kleine alte Dörfer. Das musste der Winkel Englands mit der geringsten Bevölkerungsdichte sein. Vor kurzem hatte er im Zentrum der kleinen mittelalterlichen Stadt Alnwick haltgemacht und im »Hot Wok« gebratene Nudeln mit Huhn gegessen. In einem asiatischen Fastfoodlokal brauchte man nicht unnötig lange zu warten.

Aus irgendeinem Grund fiel Kara das widerliche Essen in der Knabenschule von Winchester ein. Der grün gestrichene Speisesaal, der Geruch von Desinfektionsmitteln, Aufwaschlappen und Bratfett, das Tischgebet, das Amen und als Hauptgericht viel zu oft Gemüse, vor allem gekochter Rosenkohl und Blumenkohl mit Käse überbacken, dazu Nierenpastete und Kartoffeln und als Nachtisch natürlich Obstsalat aus der Dose.

Wenig später wurde die Gegend immer ländlicher, und Kara erreichte das Dorf Edlingham. Nach Lilith Bellamys Angaben musste man hier irgendwann nach rechts abbiegen, die Straßennummer hatte sie nicht erwähnt, und das Navigerät bot viele verschiedene Trampelpfade als Alternativen an. Der Jaguar fuhr auf der Straße B6341 im Kriechtempo, ein junger Mann mit Rucksack überholte ihn auf seinem Fahrrad mit Gangschaltung.

An der nächsten Wegkreuzung lösten sich Karas Probleme wie von selbst, als er die Schilder der Arzneimittelfabrik Sanofar Alnwick und auch des Landmaschinengeschäfts George D. Brown erblickte. Die Gebäude beider Firmen lagen an derselben Straße.

Kara bog nach rechts ab, beschleunigte und hoffte, dass die morschen Zäune die Schafe, die überall herumliefen, von der schmalen Asphaltstraße fernhielten. Ein paar Minuten später tauchten hinter Hügeln mit frischem Grün zwei größere Hallen auf. Kara bremste etwas ab und brauchte nicht einmal auszusteigen, um zu erkennen, dass in dem Landmaschinenhandel von George D. Brown nichts anderes geplant wurde als Geschäfte. Die riesigen Schiebetüren der beiden großen Maschinenhallen standen an dem warmen Tag sperrangelweit offen, und Kara konnte in beide hineinschauen. Nichts als Maschinen und Geräte.

Nun blieb nur noch eine Chance – die Forschungs- und Entwicklungsabteilung der Arzneimittelfirma Sanofar Alnwick. Er fuhr auf der Straße, die sich durch die Landschaft schlängelte, noch einige hundert Meter weiter und schließlich einen Hügel hinauf, der etwas höher war als die anderen. Vor ihm lag grüne naturbelassene Wiese, so weit das Auge reichte, und mitten darin wie eine Warze ein asphaltiertes Gelände, das nicht eingezäunt war. Darauf stand eine mindestens einen Hektar große weiße, fensterlose, einstöckige Industriehalle. Der Ort wirkte nicht gerade geheim und auch nicht sonderlich gut bewacht. Plötzlich kam es Kara so vor, als hätte er die Halle schon einmal irgendwo gesehen.

Er fuhr bis auf etwa zwanzig Meter an das Gebäude heran, parkte den Wagen neben einem hohen Lichtmast und erkannte jetzt die Einzelheiten des Gebäudes: Der braune Sockel war aus Ziegeln gemauert und hatte einige vergitterte Fenster und Glastüren. Die mindestens zehn Meter hohe Fassade aus Holz durchbrachen acht weiße Hubtüren, durch die ein Lastzug passte. Über ihnen waren ein großer Scheinwerfer und eine Überwachungskamera angebracht. Von außen betrachtet sah der Ort verlassen aus, auf dem Parkplatz stand kein einziges Auto, nicht einmal ein Fahrrad. Auf einmal wurde Kara klar, wo er das Gebäude gesehen hatte: Die Fotos auf dem Computer von Manas waren hier aufgenommen worden. Er hatte … etwas gefunden.

Kara ging zu einer Glastür, schaute in das Gebäude hinein und war überrascht: Mitten in der geräumigen und hell erleuchteten Halle stand ein Apparat so groß wie der Laderaum eines Lkw, umgeben war er von Leitern, Hebebühnen, Menschen in weißen Kitteln und allen möglichen Geräten. Ansonsten befanden sich in der Halle nur die Zugmaschine eines Lasters und drei Gabelstapler.

Dann hörte er hinter sich eine Stimme.

»Willkommen«, sagte Manas.

*

Die Kaffeemaschine wenigstens funktionierte noch, obwohl das Teil mindestens zwanzig Jahre alt war, er hatte sie irgendwann am Ende der Studienzeit von seiner Mutter bekommen. Jukka Ukkola goss sich Kaffee in einen Keramikpott, auf dem ihn eine hässliche, aber lustige Visage anglotzte. Der Anblick bewirkte immer noch, dass er sich geborgen fühlte. Als Kind hatte er unzählige Male, fast jeden Sonnabend, zugesehen, wie Vater nach der Sauna aus dem Becher Bier getrunken hatte. Das waren die Momente gewesen, die sie gemeinsam verbrachten, ihr Männerabend. Er wusste nicht, warum er diesen Pott aufgehoben hatte, vielleicht, weil er Vater wichtig gewesen war, er hatte ihn von seinen Kollegen auf der Polizeiwache in Kaarti als Geburtstagsgeschenk bekommen. Bedauernswerterweise dürfte dieser lumpige Becher die größte Anerkennung gewesen sein, die der Vater in seinem Leben erhalten hatte. Es war nun mal nicht üblich, Polizeihauptmeistern, die ihren Dienst quittierten, indem sie sich aufhängten, Verdienstmedaillen zu verleihen.

Ukkola konnte sich nicht erinnern, wann er das letzte Mal mitten am Tag an seinem Küchentisch gesessen hatte. Und seit seiner Schweinegrippe im Jahr zuvor hatte er auch nicht mehr von abends bis mittags geschlafen. Doch jetzt war er in der Form seines Lebens, voller Energie und voller Pläne. Als er von seiner Suspendierung erfahren hatte und danach beim Verhör saß, hatte er ein paar Stunden lang geglaubt zu verstehen, warum Menschen aus lauter Verzweiflung bestimmte Entscheidungen trafen. Diese Schwäche bereute er schon. Danach hatte er sich jedoch zusammengerissen und war schnell zur Besinnung gekommen, er hatte seine Kraft zurückgewonnen und war wieder ganz der Alte. Er wollte wie alle anderen auch Macht und Erfolg, aber er wollte noch mehr als andere.

Gott sei Dank hatte er durch seine Kontakte von der Flucht Anita Arhos und von Palomaas Erklärung erfahren. Sein Plan war nun fertig. Trotz der Suspendierung bestanden seine Beziehungen und Kontakte weiter, er war immer noch Mitglied des Kabinetts und kannte nach wie vor die wichtigsten Leute der finnischen Unterwelt. Er würde dafür sorgen, dass man Arho und dem Kabinett nicht auf die Spur kam, und damit zugleich den Wert seiner Aktien im Kabinett steigern. Und er würde einen beispiellosen Feldzug gegen den Leiter der Ermittlungen zu seinem Fall in Gang setzen und Klasu Nyman, der Beweise gegen ihn gesammelt hatte, so sehr madigmachen, dass ihn keiner mehr ernst nehmen könnte. Beginnen würde er mit einem Anruf beim Leiter der Abteilung Polizei im Innenministerium, seinem höchsten Vorgesetzten, und beim Generalstaatsanwalt, es war immer das Klügste, ganz oben anzufangen und gleich schweres Geschütz aufzufahren. Das führte am schnellsten zu Ergebnissen. Menschenskind, er war wirklich verdammt kompetent! Da musste man sich ja fast schämen.

*

Die Mitglieder des COBR-Komitees schauten gespannt auf die Lagetafel, als das rumänische Mitglied des Wissenschaftlichen Ausschusses der UN zur Untersuchung der Auswirkungen der atomaren Strahlung in der Kapitänskajüte des britischen Zerstörers »HMS Liverpool« vor die Kamera trat. Das Schiff schaukelte auf den Wellen der Ostsee an der Grenze der Territorialgewässer der Russischen Föderation, so nahe wie möglich an Kaliningrad und dem Hauptstützpunkt der Baltischen Flotte Russlands. Die Russen hatten den UN-Inspekteur nur im überdachten Hafenbecken des Flottenstützpunkts von Baltijsk auf ihr U-Boot gelassen, weil dort keine Satellitenaufnahmen gemacht werden konnten.

»So«, sagte der rumänische Inspekteur und räusperte sich. »Ich habe die Räume des ballistischen Raketen-U-Boots ›Wladimir Monomach‹ der Russischen Föderation überprüft und meinen Untersuchungsbericht den UN übermittelt. Sowohl aus New York als auch von der Russischen Föderation habe ich die Genehmigung erhalten, auch vor Ihnen eine Stellungnahme abzugeben. Die für die Prüfung zur Verfügung stehende Zeit war ziemlich knapp bemessen, reichlich eine Stunde. Ein Teil der technischen Anlagen des U-Boots war abgedeckt, aber ich konnte alle Schiffsräume betreten. Meine Aufgabe bestand darin, zu klären, ob sich auf dem Schiff eine Fracht von zehntausend Kilo verschiedener seltener Metalle und Elemente befindet. Die Antwort lautet – nein.«

Für eine Weile bekam keines der COBR-Mitglieder ein Wort heraus.

»Und da sind Sie sich ganz sicher?«, fragte der Premierminister schließlich.

»Ja«, antwortete der rumänische Inspekteur. Der Premier bedankte sich und die Bildverbindung wurde abgebrochen.

Betha Gilmartin schaute auf ihren Pulsmesser, erschrak und schloss die Augen. Atme tief ein, spanne die Zehen an und lass sie wieder locker. Spanne die Waden an, und lösen. Nun die Oberschenkel, und lösen. Spüre, wie sich deine Beine allmählich entspannen, und nun weiter nach oben …

*

»Gib mir dein Telefon«, sagte Manas zu Kara. Er brauchte seine Pistole nicht zu zeigen, die Waffe war in seinem Schulterhalfter deutlich zu sehen.

Kara tat, was er verlangte, und sah zu, wie Manas den Akku und die SIM-Karte herausnahm. Diesmal würde er das nicht überstehen. Zweimal hatte er fliehen können, ein drittes Mal würde es nicht geben.

»Die Zeit ist leider knapp, dieser Apparat müsste schon unterwegs sein«, erklärte Manas und zeigte mit der Hand zur Halle.

»Was ist das?«, fragte Kara.

»Die Zukunft der Kriegsführung, eine mobile Laserwaffe der Gigawattklasse. Sie kann überall stationiert werden, auf einem Schiff, in einem Flugzeug, im Weltraum, am Boden, auf einem Lastzug«, antwortete Manas, packte Kara am Ärmel und zog ihn in Richtung der hinteren Hallenwand.

»Dafür habt ihr das Iridium gebraucht?« Kara blickte sich um. Es sah so aus, als könnte er hier nur fliehen, wenn er Manas erledigte. Einen von KGB und FSB geschulten Killer.

Manas antwortete nicht.

»Ist der Apparat jetzt in Ordnung?«, fragte Kara und erkannte, dass Manas ihn zu einer Tür an der Giebelwand der Halle führte. In eine Zelle würde er nicht gehen. Die hatte er jetzt endgültig satt.

»In ein paar Minuten. Wir haben die erforderlichen Elemente aus Sellafield vorletzte Nacht bekommen.«

Kara blieb stehen und riss seine Hand los. »Wie denn? Meines Wissens befindet sich das russische U-Boot immer noch in der Ostsee, es wird von den Briten die ganze Zeit überwacht.«

»Das war mein Plan. Als die ›Pacific Hero‹ an der K1-Boje ankam, war es stockdunkel. Unser Schiff wartete an der Boje mit abgestellten und kalten Motoren, deswegen wurde es nicht einmal mit Wärmekameras entdeckt. Dann trafen die nordkoreanische ›Mu San‹ ein, auf die das Plutonium umgeladen wurde, und das U-Boot ›Wladimir Monomach‹, in das überhaupt nichts verladen wurde. Unser Schiff musste nur mit abgestellten Motoren noch eine Weile warten, bis meine Leute die Fracht aus Sellafield mit

Hubschraubern von dem Schiff holten, ohne von irgendjemandem beobachtet zu werden.«

Kara brauchte eine Weile, bis er den Bericht von Manas verdaut hatte. »Ihr hattet es von Anfang an gar nicht auf das Plutonium abgesehen, sondern auf das Iridium und diese anderen … Stoffe.«

»Plutonium könnten wir anderswo wirklich leichter beschaffen als in Sellafield. Wir haben es nur gestohlen, damit die Briten etwas zum Nachdenken hatten. Und hätten sie das Plutonium nicht von den Nordkoreanern zurückbekommen, dann hätten wir dafür einen guten Preis erhalten.«

»Was wollt ihr mit diesem Gerät machen?«, fragte Kara und nickte in Richtung Halle.

»Das verrate ich nicht. Sicherheitshalber.« Manas packte Kara mit einem schmerzhaften Griff im Genick und am Oberarm und schob ihn vorwärts.

Bis zu der Tür waren es noch etwa zehn Meter, da stemmte Kara seinen rechten Fuß auf den Boden, drehte den Körper zu Manas, der links von ihm lief, ballte die Faust und legte all seine Kraft in diesen einen Hieb. Doch der Kirgise konnte den Schlag wenige Zentimeter vor seinem Adamsapfel abfangen. Es knackte, als er ihm das Handgelenk verdrehte, Kara fiel auf die Knie. Manas lockerte seinen Griff nicht, sondern zog Kara hinter sich her, und dem blieb nichts anderes übrig, als die letzten Meter neben dem Kirgisen zu hüpfen wie der Affe eines Leierkastenmannes.

Sie erreichten die Giebelwand der Halle, Manas stieß Kara in einen kleinen Lagerraum und blieb an der Schwelle stehen.

»Warum bist du hier? Wohl kaum wegen mir«, fragte Kara.

»Der bislang wichtigste Test, den Mundus Novus durchführt, erfolgt in Kürze.« Manas deutete mit dem Kopf in Richtung der Laserwaffe. »Meine Aufgabe ist es, sicherzustellen, dass der Test gelingt.«

Kara musste etwas einfallen, er wollte unbedingt erreichen, dass Manas noch nicht wegging und die Tür der Gefängniszelle offen blieb. »Der SIS weiß, dass Mundus Novus mit dem FSB zusammenarbeitet.«

Manas zog die Brauen einen Deut hoch. »Es handelt sich um mehr als eine bloße Zusammenarbeit. Mundus Novus und FSB sind zwei Seiten einer Medaille, beide streben dasselbe Ziel an, dienen derselben Macht. Und glaub mir, das ist nicht die Russische Föderation, obwohl es auf den ersten Blick so aussehen könnte.«

Kara dachte fieberhaft nach, aber er hatte keine Idee, wie er die Gegebenheiten ändern sollte. Es war ganz offensichtlich, dass er gegen Manas nichts ausrichten konnte, und er wäre auch nicht mehr lange imstande, ihn an der Tür zu halten.

»Ich habe übrigens im Park Royal beobachtet, wie du völlig durchgedreht bist«, sagte Manas. »Schade, dass ich jetzt nicht hierbleiben kann, es wäre interessant zu sehen, was geschieht, sobald ich die Tür abschließe. Spätestens dann, wenn diese Halle in Flammen aufgeht, wirst du den Verstand verlieren.«

»Warum erschießt du mich nicht einfach?«, fragte Kara.

Manas erkannte, dass dies der Augenblick war, in dem er lächeln müsste. »Glaub mir, ich würde dich sehr gern töten, aber auch ich muss Befehlen gehorchen. Die Lage ist immer noch dieselbe wie im letzten Jahr, ich habe nach wie vor keinen Auftrag für dich. Man beschützt dich. Du wirst sterben, wenn diese Halle abbrennt, dann kann ich sagen, dass es ein Unfall war, wenn du erschossen wirst, nicht. Die Brandsätze explodieren eine halbe Stunde nach unserer Abfahrt, und dieser Brand braucht nicht wie ein Betriebsunfall auszusehen. Sicherheitshalber habe ich so viel Benzin verwendet, dass die Halle wie ein Strohhaufen brennen wird.«

Als Manas nach der Tür griff, schien ihm etwas einzufallen. »Ich frage nur so aus Neugier: Wie viel weißt du noch von den Ereignissen im Jahr 1989?«

»Ich erinnere mich an dich, wie du meinen Vater getötet hast.

Und bruchstückhaft daran, dass ich mit meiner Schwester im Keller eingeschlossen war. Du bist gekommen, um uns zu holen. Emma versuchte durch die Kanalisation zu fliehen, du bist ihr hinterher, und so konnte ich entkommen. Was ist mit meiner Schwester passiert?«

»Ich habe deine Schwester auf der Stelle getötet«, antwortete Manas und beobachtete Karas Reaktion.

Plötzlich hörte man jemanden kommen, ein Mann im weißen Kittel blieb ein paar Meter von Manas entfernt stehen.

»Es ist alles bereit«, sagte er.

Manas nahm die Pistole aus dem Schulterhalfter, warf sie in eine Ecke des kleinen Raumes und schloss die Tür ab. Aus seiner Sicht war es am besten, wenn Kara sich erschoss, aber das würde er ihm natürlich nicht sagen.

Er hatte sich kaum ein paar Schritte entfernt, da krachten Karas Fäuste schon gegen die Stahltür, und dazu hörte man den Schrei eines Wahnsinnigen.

32

Dienstag, 17. August

Leo Kara hatte zwei Alternativen: Jetzt sofort eine Kugel in den Schädel oder erst dann, wenn alle anderen Möglichkeiten ausgeschlossen waren.

Die Zelle hatte nackte Betonwände, war weniger als zehn Quadratmeter groß, fensterlos und leer. Die Tür aus Stahl hatte innen kein Schloss, aber ein kleines Fenster aus Panzerglas. Kara hämmerte mit dem Griff der Waffe gegen die Scheibe, nahm dann sein Schlüsselbund aus der Tasche, drückte den schärfsten Schlüssel gegen das Glas und schlug immer wieder zu, bis die Scheibe sprang. Hastig zerrte und zupfte er die Scherben heraus und versuchte den Kopf hindurchzuzwängen, schaffte es jedoch nur, sich das Gesicht blutig zu kratzen. Er schob den Arm bis zur Achsel hinaus, tastete die Tür ab und fand das Schloss, in dem natürlich kein Schlüssel steckte.

Kara lief mit der Waffe in der Hand immer im Kreis. Er hatte Schuhe, Hemd und Hose, Schlüsselbund und Portemonnaie und eine Pistole. In Kürze würde die Halle in Flammen aufgehen, und Manas hatte einen derartigen Scheiterhaufen errichtet, dass sowohl das Gebäude als auch er selbst im Handumdrehen verbrennen und zu Asche zerfallen würden. Er drückte die Waffe so heftig, dass die Finger schmerzten. Die Lage war aussichtslos. Es gab nur einen Weg hinaus.

Die Waffe. Kara hatte eine Idee: Vielleicht ließ sich Hilfe herbeirufen, wenn er irgendwohin schoss. Er schob das Gesicht in die Fensteröffnung hinein, bis er im Rahmen steckenblieb, und schaute in die Halle: nur Lampen, Leitern und Gestelle, die auf dem Boden lagen, und Zubehör, das die Weißkittel zurückgelassen hatten. Den Boden bedeckten dicke Bohlen, die tragenden Konstruktionen und Wände bestanden aus Holz. Kara sah die Benzinkanister, die Manas an den Wänden im Abstand von einigen Metern aufgestellt hatte. Er zog den Kopf wieder heraus und schob ihn noch einmal schräg in die Öffnung, um die Wand mit den Toren zu sehen. Durch eine Glastür entdeckte er draußen auf dem Hof ein kleines, mit Behältern gefülltes Metallgestell.

Flüssiggas! Kara erinnerte sich, dass eines der Fotos auf dem Computer von Manas einen Stahlkäfig mit Gasflaschen gezeigt hatte. Würde er es schaffen, die Flaschen in die Luft zu jagen? Das Geräusch der Explosionen und die lodernden Flammen könnten vielleicht die Feuerwehr alarmieren, bevor die Brandbomben von Manas hochgingen.

Kara hatte sich nur einmal in seinem Leben mit der Pistole als Scharfschütze versucht, gemeinsam mit seinem verstorbenen Freund Ewan Taylor auf einem Londoner Schießstand in angetrunkenem Zustand mit 0,5 Promille. Die Wahrscheinlichkeit, dass er die vierzig Meter entfernten Gasflaschen traf, war genauso groß wie bei Papst Benedikt, aber einen Versuch war es allemal wert.

Er nahm die Patronen aus dem Magazin heraus, es waren zwölf, und steckte zehn wieder hinein. Die zwei restlichen würden sicherstellen, dass er nicht in der Feuersbrunst starb.

Kara schaute noch einmal durch die Öffnung in die Halle und prägte sich den Anblick ein. Dann schob er die Hand mit der Waffe hinaus, zielte und schoss dreimal. Einer der Schüsse durchschlug die Scheibe der Glastür. Überrascht sah er, dass auch die beiden anderen Schüsse im Radius von einem Meter um die Tür eingeschlagen hatten. Rasch schob er die Hand wieder nach draußen und feuerte die nächsten vier Schüsse ab, vom Rückstoß tat ihm das Handgelenk weh. Plötzlich hörte er ein Zischen, das Flüssiggas strömte zumindest aus einer Flasche aus, vielleicht auch aus mehreren. Verflucht, musste er auch noch für den Zündfunken sorgen. Vier Patronen waren übrig.

Kara holte tief Luft, schob die Hand durch die Öffnung und versuchte die Waffe auf die Flaschen zu richten, als er abdrückte. Der Schuss krachte, und dann hörte man in der Zelle, wie Flammen aufloderten. Vorsichtshalber schoss er das ganze Magazin leer.

Aber eine Explosion blieb aus. Kara wartete eine Minute und noch eine, dann wurde der Druck in seinem Kopf zu groß. Im Laufschritt hastete er in der Zelle umher, verflucht noch mal, warum explodierten die Gasflaschen nicht, obwohl zumindest zwei in hellen Flammen standen. Der von Manas vorbereitete Brand würde jeden Augenblick ausbrechen.

Urplötzlich krachte es so laut, dass Kara zusammenfuhr. Er stürzte zur Tür und hörte eine zweite Explosion. Die Gasflaschen gingen nun alle in die Luft, eine nach der anderen, die Außenwand der Fabrikhalle brannte bereits lichterloh. Die Flammen schlugen schon durch die zerbrochene Glastür herein und durch alle möglichen Löcher drang Rauch in die Halle. Bis nach Alnwick waren es reichlich zehn Meilen, die Feuerwehrautos wären schnell hier, wenn, ja, wenn jemand sie alarmierte. Falls jedoch in dem ein paar hundert Meter entfernten Landmaschinengeschäft niemand das Knattern der Gasflaschen gehört hatte, dann würde er hier in seiner Zelle bald lebendig gebraten.

Auf einmal war eine dumpfe Explosion zu hören, die anders klang als die anderen vorher. Kara rannte wieder zur Tür und sah, wie das Feuer etwa zwanzig Meter entfernt schon die Innenwände erfasst hatte, dann schlugen ihm nach einer zweiten Explosion die Flammen ins Gesicht. Die Brandbomben von Manas gingen im Abstand von einigen Sekunden hoch. Kara zog sich an die Wand zurück und sah durch die Fensteröffnung, wie sich die Halle in ein Feuermeer verwandelte.

Er kauerte sich auf den Boden, rollte sich zusammen wie ein

Igel und versuchte nicht an die Stille und Ruhe zu denken, die ihm eine leichte Bewegung des Zeigefingers auf dem Abzug schenken würde.

*

Der Smart glitt durch die Öffnung in der Weißdornhecke auf den Hof von Ukkolas Haus und wirbelte beim Anhalten Sand auf. Kati Soisalo ging, ohne irgendwelche Vorkehrungen zu treffen, geradewegs zur Tür, steckte ihren Schlüssel ins Schloss und trat ein.

Jukka Ukkola wartete mitten im Wohnzimmer und zielte mit der Pistole auf sie. »Nimm ganz ruhig deine Glock, leg sie noch ruhiger auf den Fußboden und stell dich neben den Kamin«, sagte er.

»Glaubst du ernsthaft, ich wäre dir direkt in die Arme marschiert, wenn ich dich umbringen wollte? Ich habe keine Waffe mitgenommen«, erwiderte Kati Soisalo.

»Zieh das Hemd und die Hose aus«, befahl Ukkola.

Die weiten Jeans rutschten zu Boden, als Kati Soisalo den Gürtel öffnete, das Hemd aufzuknöpfen dauerte etwas länger. Dann stand sie in Ukkolas Wohnzimmer und hatte nur den schwarzen Slip an und den BH.

»Ist dir klar, du Verrückte, was du zuwege gebracht hast? Ich bin vom Dienst suspendiert worden!«, brüllte Ukkola. Am liebsten hätte er das Weib grün und blau geschlagen, aber er wollte Katis Fertigkeiten bei einer Schlägerei nicht einmal mit der Waffe in der Hand auf die Probe stellen.

Kati Soisalo zog die Jeans und das Hemd wieder an, machte aber nur die zwei obersten Knöpfe zu. Sie setzte sich zwei Meter von Jukka Ukkola entfernt aufs Sofa, schaute ihm in die Augen und bemühte sich mit aller Kraft, ruhig zu bleiben.

»Du verdammte Hure hast mit diesem jungen Mann gevögelt. Und ihr habt zusammen meine Computer ausspioniert, die Rechner des stellvertretenden KRP-Chefs! Hast du überhaupt nicht daran gedacht, dass es auch schiefgehen könnte? Dieser Karlsson wird wegen des Verkaufs von Drogen und wegen des Einbruchs in Datensysteme angeklagt werden, und dein Prozess beginnt auch bald.«

Kati Soisalo saß bewegungslos da und wartete darauf, dass Ukkola sich abreagiert hatte. Für eine Weile schaute sich das einstige Ehepaar nur an.

»Du bist hierhergekommen, um dich dafür zu rächen, dass ich das von Vilma nicht erzählt habe.« Ukkola brüllte nicht mehr. Er hatte das Seelenleben von Kati Soisalo oder anderen Frauenzimmern noch nie verstanden, aber jetzt stimmte etwas an ihrem Verhalten ganz und gar nicht. Warum saß sie nur da und starrte ihn an.

»Ich bin nicht hierhergekommen, um mich zu rächen. Im Gegenteil, ich bin hier, um mich zu versöhnen.«

Ukkola beugte sich zu ihr hin, die Waffe hielt er immer noch in der Hand. Meinte sie das ernst? War es ihm endlich gelungen, Katis Rückgrat zu brechen?

»Ich bin zu allem bereit«, sagte sie. »Du bist meine letzte Chance, Vilma zurückzubekommen. Sag mir, wo sie ist, dann hole ich sie nach Finnland, und wir ziehen wieder bei dir ein.«

Ukkola vermochte seine Befriedigung nicht zu verbergen, und er versuchte es auch gar nicht. »Das hört sich gut an. Allerdings fällt es schwer, einen Grund zu sehen, warum ich deinen Worten trauen sollte.«

»Das ist ganz einfach. Du bekommst das alleinige Sorgerecht für Vilma, das können wir schriftlich miteinander vereinbaren. Dann bin ich gezwungen, bei dir zu wohnen, wenn ich mit Vilma zusammen sein will.«

Ukkola brauchte nicht lange zu überlegen. Kati Soisalo stand endlich mit dem Rücken zur Wand, sie steckte in einem Dilemma, aus dem sie nicht mehr herauskam. Sie war gezwungen, sich seinem Willen zu beugen, wenn sie ihre Tochter wiedersehen wollte. »Das dürfte der intelligenteste Vorschlag sein, den du jemals von dir gegeben hast.«

»Du bist also einverstanden. Dann sag mir, wo Vilma ist.«

Ukkola lachte. »Es dauert ein paar Tage, bis ich die notwendigen Dinge geregelt habe. Bis dahin bleibt uns genug Zeit, die Vereinbarung über das Sorgerecht zu treffen und auch sonst zu testen, ob die Sache funktioniert. Bei gebrauchten Autos muss man immer eine Probefahrt machen und dabei ganz besondere Sorgfalt walten lassen. Du kannst dich gleich wieder ausziehen.«

»Lässt sich der Teil der Versöhnung nicht verschieben, ich …«

»Nein«, erwiderte Ukkola.

Kati Soisalo zog sich aus und setzte sich aufs Sofa.

Jukka Ukkola nahm das Magazin aus seiner SIG Sauer P226 heraus, schüttete die Patronen auf den Couchtisch und verschwand in der Küche, um die Waffe zu verstecken. Dann kehrte er ins Wohnzimmer zurück und blieb einen Meter vor Kati Soisalo stehen. Als er nach seiner Gürtelschnalle griff, ging plötzlich die Haustür auf und ein südeuropäisch aussehender Mann mit schwarzem Bart kam herein, als wäre es sein Zuhause.

»Endlich hast du es eingesehen und deine Waffe niedergelegt. Bogdan Bojanić möchte euch beiden Grüße übermitteln«, sagte der Mann in einem Englisch mit starkem Akzent und schoss Jukka Ukkola ins Bein.

Kati Soisalo hatte sofort begriffen, worum es ging, als sie den Mann erblickte, sie schaffte es noch, aufzuspringen und um die Ecke zur Treppe zu rennen, bevor der Serbe ihr hinterherstürmte. Ukkolas Schmerzensschreie klangen ihr in den Ohren. Nach drei Stufen packte eine Hand sie am Fußgelenk. Das bedeutete nichts Gutes. Sie drehte sich um, sah die Mündung der Waffe, die direkt auf ihren Kopf gerichtet war, und versuchte sich loszureißen. Ihr Gehirn konnte noch das Geräusch des Schusses registrieren, ehe acht Gramm Blei und Messing in ihren Hinterkopf eindrangen.

Die Frau mit dem Kopfschuss würde nicht wieder aufstehen, jetzt musste auch der Mann endgültig ausgeschaltet werden, beschloss der Helfer von Bojanić und eilte zurück ins Wohnzimmer. Der Kerl hatte es in der kurzen Zeit geschafft wegzukriechen, aber Widerstand könnte er nicht leisten, die Patronen lagen immer noch auf dem Tisch und die Haustür war zu. Die Blutspur führte in die Küche.

Der von Bogdan Bojanić geschickte Mann trat über die Schwelle in Jukka Ukkolas Küche, hörte ein Zischen und fiel auf die Knie, als die Kopie des Samuraischwertes von Uesugi Kenshin bis zum mit Rochenhaut umwickelten Heft in seinen Brustkorb eindrang.

*

Das Führungsfahrzeug der Alnwicker Einheit der Feuerwehr von Northumberland hielt vor der Halle der Arzneimittelfirma Sanofar Alnwick an, die in Flammen stand. Sechs Minuten vorher war aus dem Landmaschinengeschäft von George D. Brown ein Anruf eingegangen, man habe in der Nähe eine Explosion gehört. Es dauerte eine Weile, bis nach dem Führungsfahrzeug auch die zwei Löschwagen, der Tankwagen, das Schaumlöschfahrzeug, das Pulverlöschfahrzeug, der Wagen mit der Hebebühne und der Krankenwagen vor der lodernden Halle zum Stehen gekommen waren.

Nachdem der Brandmeister die Lage eingeschätzt hatte, stürmten drei Rauchtaucher in das Gebäude hinein. Vier Minuten und achtundzwanzig Sekunden später trugen zwei von ihnen Leo Kara heraus, dem übel war und der einen verwirrten Eindruck machte. Er wurde in den Krankenwagen gebracht.

»Nur Brandwunden ersten Grades an den Händen und im Gesicht. Die Ursache dafür, dass er verwirrt wirkt, sind die Rauchgase, es sieht aus wie eine Kohlenmonoxidvergiftung, die Schleimhäute sind rosa, er hat erbrochen«, meldete einer der Rauchtaucher.

Der Arzt im Krankenwagen bewertete Karas Bewusstseinszustand nach der Glasgow-Koma-Skala. »Fünf Punkte, wir intubieren und geben hundertprozentigen Sauerstoff«, sagte er.

Der Pfleger notierte die Angaben und reichte dem Arzt die Instrumente für das Einführen des Beatmungsschlauches. »Soll er in die Hochdruckkammer?«

Kara sah einen Arzt mit Brille, der sich über ihn beugte, und riss sich die Sauerstoffmaske vom Gesicht. Im Mund spürte er den Geschmack von Ruß, die Augen juckten und Gesicht und Hände brannten wir Feuer.

»Geben Sie mir ein Telefon!« Seine Stimme klang so resolut, dass der Arzt ohne Widerrede ein Handy aus der Tasche seines weißen Kittels holte und dem Patienten reichte.

Kara schaute auf dem Telefon nach der Uhrzeit und tippte dann Betha Gilmartins Nummer ein.

»Manas hat Edlingham mit einem Lastzug vor anderthalb Stunden verlassen. Sie wollen eine mobile Laserwaffe testen. Wo, weiß ich nicht.«

»Ist mit dir alles in Ordnung?«

Kara schaute den Arzt kurz an, der den Mund verzog.

»Ja«, antwortete Kara, und Betha Gilmartin beendete das Gespräch.

*

Im Beratungsraum des COBR-Komitees übernahm der Chef des für die innere Sicherheit Großbritanniens zuständigen MI5 sofort das Kommando, als er die Neuigkeiten von Betha Gilmartin gehört hatte.

»Der Radius des Suchgebietes beträgt also hundert Meilen von Edlingham in alle Richtungen. Wir alarmieren alle Polizeikräfte in dem Gebiet, auch aus Schottland, alle Hubschrauber müssen aufsteigen ...«

Der Oberkommandierende der Streitkräfte schaffte es nicht, ruhig zu bleiben. »Aus unserer Sicht ist die geographische Lage ideal. Im Luftwaffenstützpunkt Boulmer bei Alnwick ist der A Flight der 202 Sqadron stationiert, der auf Such- und Rettungseinsätze spezialisiert ist und über mehr als zehn Hubschrauber vom Typ Sea King verfügt.«

»Deine Informationsquelle wusste also nicht, was man mit der Laserwaffe vorhat?«, vergewisserte sich der Leiter des Staatlichen Kommunikationshauptquartiers GCHQ.

Betha Gilmartin schüttelte den Kopf.

»Könnte das damit zusammenhängen?«, sagte er und flüsterte seinem Mitarbeiter Anweisungen zu.

Es dauerte einen Augenblick, dann zeigte die Lagetafel die Nachrichtensendung von BBC World News und einen Reporter mit ernster Miene. »... wurde die chinesische Trägerrakete ›Langer Marsch‹ auf einer niedrigen Erdumlaufbahn vor etwa einer Stunde zerstört. Nach Informationen, die aus chinesischen Quellen durchgesickert sind, bestand die Fracht der Trägerrakete aus zwei Mondsonden – einer Aufklärungssonde und einer Forschungssonde.«

»Was wissen wir darüber?«, fragte der Premierminister.

Niemand antwortete, aber in dem Raum setzte ein lebhaftes Stimmengewirr ein, weil die Komiteemitglieder Kontakt zu ihren Einrichtungen aufnahmen.

»Die Experten in der Aufklärungsstation der Air Force in Menwith Hill sind im Bilde«, verkündete der Oberkommandierende der Streitkräfte schließlich. »Vor etwa einer Stunde haben sie beobachtet, dass ...«, der Luftmarschall hob das Blatt hoch und las vor, »an der chinesischen Trägerrakete vor ihrer Zerstörung Laserlicht reflektiert wurde. Die Messgeräte in Menwith Hill haben die von der Trägerrakete reflektierten Lichtstrahlen registriert und konnten die Photonenströme identifizieren. Das Laserlicht kam als fortlaufender Strom und nicht in Pulsen, es sollte die Trägerrakete also zerstören.«

»Und diese chinesische Rakete enthielt nur … Sonden?«

»Ihre wertvollste Fracht war die Forschungssonde«, erklärte der quicklebendige Generaldirektor der kürzlich geschaffenen Weltraumverwaltung des Vereinigten Königreichs. »Die fünfhundert Kilo schwere Sonde auf vier Rädern kann mit einem Bohrer auf dem Mond Bodenproben gewinnen, die über einen Meter groß sind, sie kann Gesteins- und Bodenproben zermahlen und auf neunhundert Grad erhitzen, um sie in gasförmigem Zustand zu untersuchen. Sie ist in der Lage, unter fast allen Bedingungen zu arbeiten, sogar bei einer Kälte von zweihundertfünfzig Grad minus, und sie kann mit ihren Laserscannern auch bei völliger Dunkelheit sehen.«

»Warum wollte jemand die chinesischen Sonden zerstören?«, fragte der Premierminister und hob ratlos die Arme.

»Auf dem Mond befinden sich die nächstliegenden außerirdischen Energieressourcen. Der Trabant wird schon seit Jahren mit Satelliten und Sonden erforscht und kartiert, und als Nächstes sind die Untersuchungen auf der Mondoberfläche an der Reihe. Dafür werden solche Sonden benötigt, ihre Ergebnisse bilden die Grundlage für die Entscheidung, an welcher Stelle man auf dem Mond mit dem Abbau beginnen sollte. Die Technik entwickelt sich in den letzten Jahren derart rasant, dass man schon in naher Zukunft imstande sein wird, die wertvollen Metalle und Elemente des Mondes abzubauen und zur Erde zu transportieren.«

»Und jemand hat also diese Sonden zerstört, um zu verhindern, dass China den Mond erforscht?« Der Premierminister schien immer noch nicht zu verstehen, worum es hier ging.

»Nach den Informationen des SIS sollte die Forschungssonde der Chinesen eine äußerst präzise Analyse der Zusammensetzung des Mondes anfertigen, das heißt, der Metalle, Mineralien und Elemente. Sie sollte den Wert des Mondes ermitteln«, sagte Betha Gilmartin. »Es liegt im Interesse aller anderen Großmächte, wenn die chinesischen Bestrebungen gebremst werden. Der Wettlauf zum Mond ist in vollem Gange, derzeit wird die Zusammensetzung des Mondes bereits in den USA, in Russland, China, Indien und der EU untersucht. Die Erforschung des Mondes ist ein wichtiger Teil der US-Weltraumpolitik, und Russland hat schon 2006 mitgeteilt, dass es beabsichtigt, den Abbau von seltenen und wertvollen Metallen auf dem Mond in Angriff zu nehmen.«

»Gibt es diese Stoffe denn in großen Mengen auf dem Mond?«, fragte der Außenminister.

Der Generaldirektor der Weltraumverwaltung lachte kurz. »Ich kann ein Beispiel anführen. Wissenschaftler haben vor einigen Jahren den Wert eines Asteroiden namens Eros berechnet und kamen auf zwanzig Billionen Dollar. Eros enthält Millionen Tonnen Aluminium, Gold, Platin, Zink und andere seltene Metalle. Doch das ist nur ein Bruchteil von dem, was man auf dem Mond zu finden glaubt.«

Betha Gilmartin, die konzentriert zuhörte, begriff plötzlich, dass mit ihr etwas nicht stimmte. Sie war zwar erschöpft, aber nicht die Spur aufgeregt, dennoch zeigte der Pulsmesser 161 an. Sie stand auf und verlor das Bewusstsein.

33

Donnerstag, 19. August – Samstag, 21. August

Kurz nach Mittag stieg Leo Kara vor dem Terminal 2 des Flughafens Helsinki-Vantaa in ein Taxi. Die Schnittwunden, die er sich zwei Tage zuvor an den Scherben zugezogen hatte, zierten sein Gesicht, und die neuen Erinnerungen, die das Kellerloch im Park Royal zutage gefördert hatte, Bethas Herzanfall und Kati Soisalos Schicksal gingen ihm durch den Kopf. Paranoid hatte ihn in London angerufen und von den Ereignissen in Finnland berichtet. Der von Bogdan Bojanić geschickte Mann hatte Kati in den Kopf geschossen, und Jukka Ukkola hatte ihn mit seinem *Katana* aufgespießt.

Kara war nach Helsinki gekommen, weil Kati Soisalo im Koma lag und Paranoid verdächtigt wurde, mit Drogen zu handeln und in die Datensysteme der KRP eingebrochen zu sein. Nur Kara selbst konnte den finnischen Behörden erklären, was sie zu dritt im Laufe der letzten Wochen herausgefunden hatten.

In der Topeliuksenkatu bezahlte er das Taxi und erkundigte sich im Krankenhaus von Töölö nach dem Weg zur Intensivstation. Dann stand er an Kati Soisalos Bett. Markus Virta von der KRP und der Stationsarzt waren bereits da, das Treffen hatten sie schon am Vortag vereinbart. Er gab Virta und dem Arzt die Hand und betrachtete die bewusstlose Kati Soisalo, die künstlich beatmet wurde.

»Die Kugel traf den Kopf der Patientin von hinten unter dem rechten Ohr und führte zu Verletzungen des Scheitelbeins, zu einer schweren Gehirnerschütterung und Nervenschädigungen. Den Hirnstamm verfehlte die Kugel nur um Millimeter, wäre er beeinträchtigt worden, hätte das mit äußerst großer Wahrscheinlichkeit zum Tod geführt. In einer sechsstündigen Operation gelang es, die Kugel zu entfernen.«

Kara zwang sich dazu, die eine Frage zu stellen: »Wird sie es überleben?«

Der Arzt lächelte kurz. »Ganz sicher. Und bei gutem Verlauf erholt sie sich möglicherweise so, dass sie völlig wiederhergestellt ist.«

Kara verließ das Krankenhaus, lief bis zum Taxistand auf dem Töölöntori und ließ sich in einen silberfarbenen Mercedes fallen. Auf der Fahrt zur Ratakatu 12 dachte er an gar nichts.

Er klingelte am Eingang der Sicherheitspolizei, schaute in die Überwachungskamera und ging dann durch die schmale Holztür in den Windfang. Die Panzerglastür öffnete sich, und Kara meldete sich beim Diensthabenden an der Wache, der ihm eine Besucherkarte gab und die zweite Panzerglastür öffnete, die in das schöne Treppenhaus aus der Zeit am Ende des 19. Jahrhunderts führte.

Im Foyer wartete Jussi Ketonen im Hawaiihemd, die Hände unter den Hosenträgern, er hatte noch mehr abgenommen. Sie gaben sich die Hand, gingen am Metalldetektor und am Durchleuchtungsgerät vorbei zu den Aufzügen und fuhren in die dritte Etage, wo der Ex-SUPO-Chef Kara in den Beratungsraum führte.

Die Leiterin der Abteilung für Gegenspionage der SUPO, Hauptkommissarin Saara Lukkari, und der Leiter der Aufklärungsabteilung der KRP, Kriminaloberinspektor Claes Nyman, erhoben sich, um ihn zu begrüßen.

»Was du diesmal geschafft hast, ist eine echte Sensation!«, sagte Ketonen.

In den letzten Tagen war so viel passiert, dass Kara nicht gleich wusste, worauf Ketonen anspielte.

»Diese Erklärung von Palomaa ist Gold wert.« Saara Lukkaris trainierter Bizeps spannte sich, als sie das Dokument hochhielt.

»Die SUPO hat jetzt erstmals hieb- und stichfeste Beweise dafür, dass dieses Kabinett existiert«, ergänzte Ketonen mit leuchtenden Augen.

»Das sind wirklich ganz unglaubliche Anschuldigungen. Die Sowjetunion hat die schlimmste Krise in der Geschichte der finnischen Wirtschaft 1989 ausgelöst, indem sie Großunternehmen in den Konkurs getrieben hat.« Auch Nyman klang ganz begeistert. »Der Kreml und die russischen Geheimdienste haben für die Privatisierung des Eigentums der Sowjetunion ganz Finnland angeheuert.«

»Jetzt können wir die Ermittlungen zum Kabinett aufnehmen«, versprach Saara Lukkari.

»Und nun erzähl uns mal alles, was du weißt. Fang an mit deinem Interesse für die Zahlungen dieser Unternehmen ...«, Ketonen blätterte in Palomaas Bericht, »Severnaja und Kivijalka an Viktor Hofman.«

Kara musste ernsthaft überlegen, was er alles berichten könnte und was er besser wegließ, schließlich hatten er, Kati und Paranoid im Laufe der letzten Wochen sehr viele gewagte oder direkt gesetzwidrige Aktionen unternommen. Ganz gelassen begann er mit seiner Zusammenfassung.

»Anscheinend beschaffte das Kabinett durch den Menschenhandel Geld für eine Stiftung namens Mundus Novus. Laut Anita Arho besteht die einzige Aufgabe des Kabinetts darin, Geld für Mundus Novus zu besorgen und zu waschen ...«

Es war schon Abend, als die finnischen Polizisten Kara endlich aus der Ratakatu 12 entließen. Er selbst war bei der Besprechung nicht viel schlauer geworden, aber vergebens war sein Besuch keinesfalls gewesen, jetzt konnten auch die finnischen Behörden mit voller Intensität gegen das Kabinett ermitteln.

Kara kaufte sich im Alko-Laden auf der Salomonkatu eine Flasche Linie-Aquavit und im Lebensmittelgeschäft des Einkaufszentrums Kamppi einen Beutel Fleischpiroggen und Senf und checkte dann für eine Nacht im Hotel »Scandic« ein. Er hatte keine Lust, im »Vaakuna« abzusteigen, dort hatte er schon zu viele Nächte voller Alpträume verbracht.

Kaum hatte er seine Schuhe von den Füßen fallen lassen und die Flasche Linie in das Gefrierfach der Minibar hineingezwängt, klopfte es an der Tür.

Ein freundlicher Hotelboy reichte ihm einen Brief, und Kara zögerte, ihn entgegenzunehmen. Er wollte keine einzige Überraschung mehr erleben.

Die Tür fiel ins Schloss, und Kara riss das Kuvert auf, unangenehme Dinge erledigte man am besten gleich.

Leo,

Du wirst bald erfahren, dass ich am Leben bin. Ich bin einer von den Dutzenden Wissenschaftlern, die man zwingt, für die Verwirklichung von Zielen zu arbeiten, die ich keinesfalls akzeptieren kann.

Ich weiß nicht, was ich sagen soll. Noch immer kenne ich nicht alle Einzelheiten der Ereignisse des Jahres 1989, ich weiß nur, dass die ganze »Vorstellung« meinetwegen inszeniert worden ist.

Vor ein paar Tagen wurden wir aus Weißrussland in ein anderes Forschungszentrum gebracht, ich habe keine Ahnung, in welchem Land ich mich derzeit befinde. Ich werde später wieder versuchen, Verbindung zu dir aufzunehmen.

Vater

Leo Kara musste laut lachen. Was hätte er auch sonst tun sollen.

*

Alberts Jaguar schnurrte am Samstagvormittag halb zehn auf der Autobahn A4. In Kürze würde Leo Kara bei Betha und Albert ankommen. Er hatte in Helsinki drei unruhige Nächte verbracht und war dreimal bei Kati Soisalo gewesen. Sie lag immer noch im Koma. Jetzt hatte er Zeit und konnte Betha zur Seite stehen. Es würde eine Weile dauern, bis sie sich von ihrem Herzanfall erholte.

Die Ereignisse der letzten Wochen waren alles andere als abgehakt, er hatte das Gefühl, dass er nicht einmal die Hälfte von dem wusste, was passiert war.

Kara parkte den Jaguar in East Putney und schlug mit dem eisernen Türklopfer an die Tür der Gilmartins, bis Albert öffnete. Seine dunklen Augenränder, die zu Berge stehenden Haare und die gebeugte Haltung verrieten Erschöpfung und durchwachte Nächte.

»Gut, dass du da bist«, sagte Albert und schaute besorgt auf Karas mitgenommenes Gesicht. »Ist bei dir alles in Ordnung?«

»Das sind bloß oberflächliche Kratzer. Wo ist Betha?«

»Im Schlafzimmer. Man hat sie gestern aus dem Krankenhaus des SIS nach Hause gehenlassen, aber eine Privatschwester weicht nicht von ihrer Seite. Betha hat oft nach dir gefragt. Doch jetzt haben wir ja keine Eile mehr. Ich gehe und richte dein Zimmer her«, antwortete Albert und verschwand im ersten Stock. Kara streifte seine Schuhe in der Flurecke ab und eilte in Bethas Schlafzimmer.

Betha musste die Schwester regelrecht anflehen, bis der weiße Engel endlich bereit war, sie beide allein zu lassen. Als Kara die Tür schloss, sah er, wie sie mit grimmiger Miene einen Stuhl zur Schlafzimmertür trug.

»Ich werde nun übrigens nicht der nächste Chef des SIS. Sir Anthony Richardson war schon gestern bei mir und hat es mir erzählt. Ich bin zu krank«, sagte Betha.

»Was willst du tun, kannst du als stellvertretende Chefin weiterarbeiten?«, fragte Kara.

»Darüber werde ich nachdenken, wenn es mir wieder bessergeht.«

Sie erzählten sich ihre Krankengeschichte und versicherten

sich gegenseitig, dass es nichts Lebensgefährliches wäre. Dann berichtete Kara detailliert, was er von Lilith Bellamy und Manas gehört hatte, und Betha erzählte von dem Raub in Sellafield und den darauf folgenden Ereignissen. Zwischendurch öffnete die Krankenschwester die Tür, um sich zu vergewissern, dass ihre Patientin wohlauf war.

»Wie hat der FSB … haben die Russen erfahren, dass die ›HMS Astute‹ diese ›Pacific Hero‹ überwachen sollte?«, fragte Kara, als Betha ihren Bericht beendet hatte.

»Im britischen Sicherheitsapparat gibt es einen Maulwurf der Russen. Der MI5 kennt seine Identität bereits, der Mann wird aufgedeckt, sobald sich ein geeigneter Augenblick ergibt.«

»Wie will sich Russland von all dem reinwaschen?« Kara war wieder mit Feuereifer bei der Sache. »Irgendwie müssen sie doch erklären, warum das U-Boot ›Wladimir Monomach‹ zur selben Zeit an der K1-Boje war wie die ›Pacific Hero‹ mit der Fracht aus Sellafield.«

Betha lachte. »Die Russen sind schlau, dieses Spiel beherrschen sie besser als jeder andere. Sie behaupten, dass die ›Wladimir Monomach‹ während einer Probefahrt auf hoher See zufällig diese interessante Situation an der K1-Boje angetroffen hat. In gewisser Weise stimmt das auch, die ›Wladimir Monomach‹ folgte der ›HMS Astute‹ nämlich, seit das U-Boot aus dem Flottenstützpunkt Faslane ausgelaufen ist. Und dadurch, dass sie den UN-Inspekteur auf ihr Schiff gelassen haben, konnten sie beweisen, dass sie eine weiße Weste hatten.«

Kara schnaufte verärgert. »Wir wissen beide, dass Russland irgendwie in all dem mit drinsteckt. Laut Manas sind FSB und Mundus Novus zwei Seiten einer Medaille.«

Betha legte sich ein zweites Kissen unter den Kopf, sie sah nicht nur müde, sondern auch sehr ernst aus. »Wir müssten die russische Staatsführung zu fassen kriegen, die Silowiki, und das ist schwierig. Fast unmöglich.«

»Was weiß der SIS über die Silowiki?«

»Nicht viel mehr als jeder andere auch. Die Silowiki sind nicht in irgendeiner festen Gruppierung organisiert. Der Kern der Gruppe ist eine ganze Schar von KGB-Hardlinern, die sich durch Gorbatschow und Jelzin verraten und entehrt fühlten, als die Sowjetunion zusammenbrach. Sie wollten einen starken Staat und ein starkes Staatsoberhaupt und keine Demokratie. Dieser Wunsch wurde Wirklichkeit, als der damalige Chef des FSB Wladimir Putin zum Ministerpräsidenten gemacht wurde. Während seiner Amtszeit als Präsident erweiterten die FSB-Leute ihre Macht ständig und bauten den FSB gewissermaßen zu einem Staat im Staate aus, so ähnlich wie der KGB seinerzeit. Jetzt beherrschen der FSB und der Auslandsnachrichtendienst SVR den Kreml, die Verwaltung des Staates, die Medien und einen großen Teil der Wirtschaft Russlands und natürlich die Armee und die Geheimdienste. Nach Ansicht der Russischen Akademie der Wissenschaften haben vier von fünf führenden Politikern und Beamten entweder in einem der Nachrichtendienste gearbeitet oder arbeiten immer noch dort. Sie sind die Silowiki – die starken Männer. Aber heutzutage sind sie nicht mehr nur ein Staat im Staate, sie sind der Staat. Russland. Dank Putin.«

Kara verdaute Bethas Erklärung, und ihm fielen keine weiteren Fragen ein.

»Das sind aber leider noch nicht alle schlechten Nachrichten.« Betha seufzte und fuhr fort: »Gilbert Birou ist tot. Er hat sich selbst mit irgendeinem Gift umgebracht, das für die Tötung von Tieren verwendet wird«, fuhr Betha fort und erzählte, was dem Mann in der letzten Zeit widerfahren war.

»Deshalb wollte er nicht, dass die Ereignisse in Mayfair an die Öffentlichkeit gelangten, kein Wunder«, sagte Kara, als er von Birous Vorlieben erfahren hatte. »Aber er hat sich entschieden, einen ziemlich hohen Preis für sein Hobby zu bezahlen.«

»Birou hatte seit seiner Studienzeit für den KGB und den FSB gearbeitet, vierzig Jahre lang. Er hat eine äußerst umfassende Liste seiner russischen Kontaktpersonen und der Unterlagen, die er ihnen geliefert hat, hinterlassen. Auf dieser Liste finden sich auch fast alle deine Zusammenfassungen zu Mundus Novus. Der FSB weiß alles, was du weißt. Deine Arbeit über zwei Jahre war für die Katz.«

Kara sah schockiert aus. »Noch am letzten Montagvormittag habe ich für Birou einen sehr umfassenden Bericht geschrieben, darin habe ich alles berichtet, was ich über das Kabinett wusste.«

»Er konnte leider auch den noch an den FSB liefern.« Betha hörte man die Enttäuschung an.

Kara musste sich sehr zusammenreißen, um nicht die Fassung zu verlieren.

»Aber die überraschendste Neuigkeit hast du noch nicht gehört«, sagte Betha. Für einen Augenblick sah es so aus, als zögerte sie, weiter zu sprechen. »Du erinnerst dich doch an Sabrina Pianini.«

»Diese entführte italienische Wissenschaftlerin.«

»Auf ihrer Flucht aus dem Forschungszentrum von Mundus Novus in Weißrussland hat sie ein Dokument mitgenommen, eine Liste der Mitglieder der Forschungsgruppe, in der sie arbeiten sollte. Auf dieser Liste stand auch ein … vertrauter Name.«

Kara zog die Brauen hoch.

»Dein Vater. Er ist am Leben. Er gehört zu den vielen Wissenschaftlern, die gegen ihren Willen in die Forschungsgruppen von Mundus Novus gezwungen wurden.«

Kara sah nicht sehr überrascht aus. Bethas Worte bestätigten nur, was Vater in seinem Brief geschrieben hatte, der zwei Tage zuvor in das Hotel Scandic gebracht worden war.

»Wie ist das möglich? Die Leichen wurden doch identifiziert«, fragte Kara.

»Natürlich wurden sie identifiziert. Aber die Proben für die DNA-Tests mussten aus Knochenmark entnommen werden, etwas anderes wurde in dem Koksofen der Fabrikhalle im Park Royal nicht gefunden. Dein Vater wurde auf der Grundlage einiger Zähne identifiziert, und wie du weißt, stirbt niemand, wenn er ein paar Zähne einbüßt. Ende der achtziger Jahre steckten die DNA-Untersuchungen noch in den Kinderschuhen, verglichen mit dem, wozu man heute imstande ist. Und das Schlimmste ist, dass die Proben aus dem Koksofen nur wenige Monate nach dem Oktober 1989 aus verschlossenen Räumen der Metropolitan Police verschwunden sind. Mit den heutigen Verfahren würde man Klarheit über das Schicksal deiner Familie gewinnen, das ist absolut sicher.«

Kara antwortete nicht. Er starrte Betha an, sein Blick war leer.

»Ich hatte immer so ein Gefühl, eine bloße Ahnung, dass es bei den Ereignissen im Jahr 1989 irgendetwas gab, das … unklar war«, fuhr Betha fort. »Offen gesagt habe ich mit dir am Anfang gerade deshalb so engen Kontakt gehalten. Ich habe geglaubt, dass auch du mehr wusstest, als du erzählen wolltest. Aber die Situation hat sich natürlich geändert, nachdem wir uns kennengelernt … angefreundet hatten.«

»Wir wissen immer noch nicht, was damals geschehen ist«, sagte Kara und rieb sich das Kinn.

»Eines Tages wird die Wahrheit ans Licht kommen.« Betha schloss die Augen, blies Luft durch die Spalten zwischen den Zähnen und legte sich richtig hin. Im selben Augenblick öffnete die Schwester die Tür, und Kara beschloss zu gehen, bevor man ihn hinauswarf. Er drückte seine Wange an die von Betha und verließ den Raum.

Nur eines hatte er nicht erzählt, das, was ihm am letzten Montag in dem Kellerloch im Park Royal wieder eingefallen war. Er hatte damals vor langer Zeit Emma keineswegs im Stich gelassen; er war zwar aus dem Keller geflohen, dann aber zurückgekehrt, um seiner Schwester zu helfen. Dabei hatte er gesehen, wie Manas Emma, die in der Kanalisationsöffnung hängengeblieben war, herausgeholfen, das Mädchen beruhigt und schließlich auf seinen Armen vorsichtig in die oberen Etagen des Fabrikgebäudes getragen hatte. Manas hatte in der Folterkammer im Park Royal weder Emma noch seinen Vater getötet.

Das alles war nichts weiter als eine Inszenierung gewesen.